Bakire

JEAN

Bakirenin Kızları

JEANE WESTIN

Çeviri: Güntülü Tercanlı & Havva Aslan

MAVİAĞAÇ

Roman

Bakirenin Kızları / Jeane Westin

Maviağaç Yayıncılık: 68

1. Baskı Mart 2010

ISBN: 978-975-996-255-5

Yazar	: Jeane Westin
Kitabın Adı	: Bakirenin Kızları
Orijinal Adı	: The Virgin's Daughters
Genel Koordinatör	: Münir Üstün
Genel Yayın Yönetmeni	: Cem Küçük
Editör	: Elif Avcı
Çeviri	: Güntülü Tercanlı & Havva Aslan
İç Tasarım	: Adem Şenel
Kapak Tasarım	: Yunus Karaaslan
Baskı-Cilt	: Kitap Matbaası Davutpaşa Cad. No: 123 Kat: 1 Topkapı -İstanbul Tel: 0 212 482 99 10

Kültür Bakanlığı Yayıncılık Sertifika No:

1206-34-004350

MAVİAĞAÇ

Çatalçeşme Sk. Meriçli Apt. No: 52 K.3

Cağaloğlu - İSTANBUL

Tel. 0212. 514 45 11 Faks. 0212. 514 45 12

www.maviagac.com / maviagac@maviagac.com

Eşim Gene'e ve kızım Cara'ya,

TEŞEKKÜRLER

Arkadaşım ve meslektaşım Shirley Paranteau'ya işe yarayan tavsiyeleri ve ilgisi; kütüphane görevlileri ile eski kitapçılara da baskısı kalmayan araştırma eserlerini bulmama yardım ettikleri için teşekkürlerimi sunarım. İngiltere Grenwich'teki Ulusal Deniz Müzesi personeline de I. Elizabeth'in ölümünün 400. yıldönümü dolayısı ile 2003'te yayınlanan muhteşem eserin artık bulunmayan kopyasını buldukları için teşekkür ederim. Ayrıca, temsilcim Danielle Egan- Miller' a da ateşli bir Kraliçe Elizabeth fanatiği olması dolayısıyla teşekkür ederim.

Bir Rönesans kostümleri hayranı olan, beni sürekli destekleyen ve devam etmemi sağlayan bilgisayar teknikerim Ashey Lucas olmadan bu kitabı yazmam imkânsızdı. Teşekkürler 'Leydi' Ashley.

Son olarak, her zaman ne yapmam gerektiğini gören ve bunu nasıl söyleyeceğini bilen muhteşem editörüm Ellen Edwards'a teşekkür etmeliyim.

TARİHİ KARAKTERLERİN SOY AĞACI

Tudor Hanedanlığı

VIII. Henry
1491- 1547

|

VI. Edward
1537-1553

|

I.Mary
1516- 1558

|

I.Elizabeth
1533- 1603

Grey- Tudor Ailesi

Mary Tudor
(VIII. Henry'nin kızkardeşi)
1496- 1533
Charles Brandon ile evli

|

Frances Brandon
Henry Grey ile evli
Suffolk Dükü
1554'te idam edildi

|

Jane Grey
Guilford Dudley ile evli
İkisi de 1554'te idam edildi

Katherine Grey
Edward Seymour ile evli
Hertford Kontu

|

Edward

Thomas
(William)

Harrington Ailesi

Sör John Harrington
Isabelle Markham ile evli

|

Sör John Harrington
Mary Rogers ile evli

Dudley Ailesi

Sör Edward Dudley
VII. Henry' nin vekili
1470- 1510
(idam edildi)

|

John Dudley
Northumberland Dükü
1501- 1553
(idam edildi)

|

Robert Dudley
Leicester Kontu
1532(3)- 1588

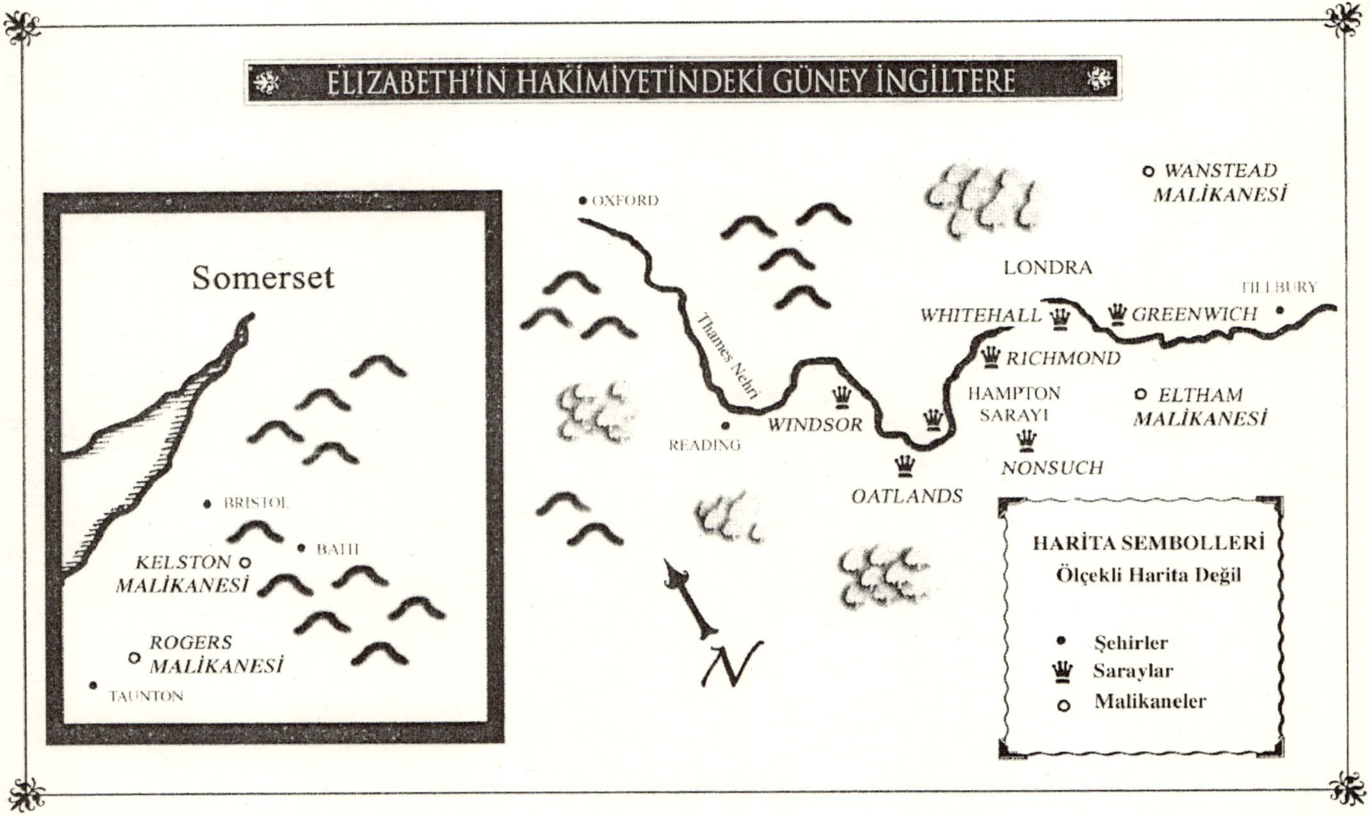
ELIZABETH'İN HAKİMİYETİNDEKİ GÜNEY İNGİLTERE
Somerset
BRISTOL
BATH
KELSTON MALİKANESİ
ROGERS MALİKANESİ
TAUNTON
OXFORD
Thames Nehri
READING
WINDSOR
OATLANDS
LONDRA
WHITEHALL
RICHMOND
HAMPTON SARAYI
NONSUCH
GREENWICH
TILLBURY
WANSTEAD MALİKANESİ
ELTHAM MALİKANESİ
N
HARİTA SEMBOLLERİ
Ölçekli Harita Değil
Şehirler
Saraylar
Malikaneler

Birinci Kısım

İLK AŞKLAR

BÖLÜM 1

"Tahtta kalmalıyım fakat tek bir kadın olarak,
bir erkekle birlikte değil!"
Elizabeth Regina

Ocak, 1562, Whitehall Sarayı

Kraliçe'nin sesi öfkeyle yankılanınca, Lady Katherine Grey hızla kabul salonunun biraz ilerisindeki kraliyet dairesine yöneldi. Durdu ve nefesini tutarak elini ağrıyan göğsüne bastırdı. Defne ve porsuk ağacının mis gibi kokusu; her tarafa dökülen kırmızı, parlak meyveleri; sarayın karla kaplı bahçesinde kalan yeşillikler ne onun için ne de saraydaki diğer leydiler için günü güzelleştiremiyordu.

Kate nefesini tutarak kraliçenin öfkesine, her türlü tehdide, saldırıya boyun eğmeye hazırlandı. Elizabeth'e hiçbir zaman karşı çıkmaz, kraliçe nedimeliği görevini tehlikeye atmazdı. Saraydan gönderilirse Bradgate'teki evine gönderilir, itibarını kaybederdi. Yüce İsa korusun! Böyle bir şey olursa Suffolk Düşesi olan annesi Frances, ailesinin sınıf atlaması için elindeki son fırsatı kaçırdığı için kızını her zamankinden daha çok aşağılardı. Kate hayatı boyunca ailesinin isteklerine boyun eğmek zorundaydı. Kimse onun ne isteyebileceği ile ilgilenmemişti. İstediği tek şey de yıllar öncesinde reddedilmişti.

Kate mermer zeminde hızla ilerlerken sendeledi; annesinin hayal kırıklıklarını, öfkesini, sert sesini hatırladı: "Seni aptal! Aileni bir kez daha yüzüstü bıraktın. Krallık, kan bağıyla ve amcan

VIII. Henry'nin vasiyetiyle senindi! Kız kardeşin Jane yaşasaydı beni gururlandıracak bir kraliçe olurdu."

İçinden *Jane'in boynuna balta vurulması seni gururlandırdı mı anne?* demek geçti ama bunu söylemedi. Evet evet, Elizabeth'in öfkesi annesinin acımasız hırsından çok daha iyiydi. Bunları düşünürken elini fark etmeden uzun, ince boynuna götürmüştü.

Derin bir nefes alarak kraliçenin dairesine doğru kararlı adımlarla yürüdü. Annesinin kurbanı olmayacaktı, çünkü annesi ve babası Jane'in tahta geçmesi için entrikalar çevirerek onu bu uğurda kurban etmişlerdi.

Kate muhafızların kraliçe dairesinin yüksek kapılarını açmalarını beklemek üzere durdu. Fakat durmakla hata etmişti. Lord William Cecil, yoluna çıkarak onu başıyla selamladı ve yumuşak bir ses tonuyla, "Leydim, baş başa birkaç kelime konuşabilir miyiz lütfen?" dedi. Kate başını salladı. "Tabii lordum" dedi. Cecil'in düşmanlığını göze alamazdı. Bu yüzden onu reddetmedi. Biraz korkuyla, biraz da merakla taş kubbeli koridorda Cecil'in kendisine eşlik etmesine izin verdi.

"Meclisteki kimi üyeler kraliçenin hiçbir zaman evlenmeyeceğini düşünüyorlar leydim."

Kate'den bir cevap geleceği umuduyla durdu, fakat Kate gözünü kırpmadan onu dinliyordu.

Cecil devam etmekte zorlanarak, "Kraliçe'nin bakire kalmak istediğine kesinlikle inanmıyorum. Her genç kadın, hatta Elizabeth gibi mükemmel bir kadın, bir erkeğin desteği ve koruması altında olmalı" dedi.

Kate, erkeklerin kadınların neye ihtiyacı olduğuna dair düşündüklerini yansıtan bu sözler karşısında sessiz kaldı.

Cecil'in yüzü kızardı, tekrar konuşmaya başladı. "Leydim, onun varisi olmanız konusunda mecliste destekleniyorsunuz. Bir eş ve çocukları içtenlikle benimseyebilecek bir kadın gibi görünüyorsunuz."

"Merak ediyorum efendim, Kraliçe'nin bakire kalacağına inanmıyorsanız neden bir varisin olması gerektiğini düşünüyorsunuz?" Tepkisini biraz daha yumuşatarak, "Beni düşündüğünüz için teşekkür ederim, fakat benim adımı öne süren danışmanlarınıza Majeste'ye sadık olduğumu söyleyebilirsiniz. O, İngiltere'nin en iyi kraliçesi ve ben de ona hizmet etmekten gurur duyuyorum. Ayrıca tahta çıkmak istemediğimi bu yüzden onların yardımına ihtiyacım olmadığını da söyleyin" dedi.

Cecil endişeli bir ses tonuyla, "Annenizin onlarla aynı fikirde olduğunu da belirtmeliyim" dedi.

"Ama ben değilim!" dedi Kate. Kelimeler, durdurmaya çalışmasına rağmen titreyerek dökülüyordu ağzından. "Size hatırlatmama gerek yok efendim. Krallığı için kimi varis olarak seçeceği Majesteleri'nin kararıdır, annemin değil. Ben de kraliçenin isteklerine uyacağım." Kate ilk kez koridora sızan kış soğuğunu hissetti ve bir kolunu diğerine doladı.

Cecil geri çekildi ve şüpheli bir ifadeyle, "Bu konuyu tekrar konuşacağız Leydi Katherine" dedi.

"Konuşabilirsiniz lordum ama benim cevabım aynı olacaktır."

"Peki ne istiyorsunuz?" dedi neredeyse fısıldayarak.

Cevaplandıramayacağı bir soru sormuştu Cecil. Kate, hayatta yalnızca tek bir şey, tek bir mutluluk istemişti ve o da reddedilmişti. Hızlı bir reveransla omuzlarını dikleştirdi ve kraliçenin dairesine girdi.

Kraliçenin emreden sesi duyuluyordu: "Çökün! Dizlerinizin üzerinde çökün lordum!"

Bir adam derin bir sesle kraliçeye cevap verdi. "Yirmi yılımı verdiğim ilk çocukluk aşkıma, kraliçeme, hiçbir karşılık alamadığım halde her zaman diz çökeceğim."

Kate bu sesi tanımıştı. Ses, Robert Dudley'e aitti. Robert'ın talihsiz kardeşi Guilford, kız kardeşi Jane ile evliydi. Tahtı ele geçirip dokuz gün boyunca tahtta kalmaya cesaret ettiklerinden dolayı ikisinin de başı Tower Green'de kesilmişti. Kate'in babası Suffolk Dükü Henry Grey, buna engel olmaya çalışmıştı. İdam edilmeden kaçmış fakat tekrar isyana katılmış ve kaybolmuştu. Ailesinin hırsına bir bakın. Tanrı'ya şükür ki bu hırs Kate'e geçmemişti.

Kraliçe'nin odasında değerli bir vazo ya da bir ayna fırlatıldı. Robert ve Kraliçe sık sık böyle şiddetli kavgalar ederler, kazananı olmayan umutsuz bir mızrak dövüşündeymiş gibi birbirlerine incitici kelimeler sarf ederlerdi ya da kendilerini uzun saatler boyunca dış dünyaya kapatır, birlikte oldukları ve kraliçenin hamile olduğu söylentilerinin çıkmasına sebebiyet verirlerdi.

Kate, tırnaklarının etine battığını hissedene kadar ellerini sıkmıştı. İlk fırsatta Kraliyet Kilisesi'ne gitmeye yemin etti. Kraliçenin böyle düşüncesizce davranmaması ve meclisi VIII. Henry'nin Protestan varisi olan kendisine yöneltmemesi için dua etmeliydi.

Patırtıdan sonra esrarengiz bir sessizlik oluştu ve Kate korkuya kapıldı. Kraliçe odada öfkeyle geziniyor muydu? Robert'in kulağına pişmanlığını mı fısıldıyordu yoksa daha da ileri mi gidiyordu? Korkmasına rağmen böyle romantik şeylerin aklına gelmesine engel olamıyordu. Bu düşünceleri uzaklaştırıyordu fakat yeniden aklına geliyorlardı. Genç bir kadındı. Her şeyin ötesinde kaybettiği bir aşk için kalbi hâlâ ve durmadan sızlayan bir kadındı. Her kadının ihtiyacı olan şeyden mahrum kalan kalbini suçlayamazdı.

Dudley ve kraliçe birbirlerine delicesine âşıklardı. Bunu kimse göremiyordu. Aykırı tavırları mecliste konuşuluyordu. Haklarında çıkan dedikodular, herkesin İngilizlerin Dudley'i kral olarak kabul etmeyeceklerini söylemesine rağmen tüm kıtaya yayılmıştı. Elizabeth tüm bu dedikodulardan haberdardı. Avrupa krallıklarının tümünden asil âşıkları vardı fakat Dudley'den ayrılamıyordu. Yetişkin bir kadın olmak ve bir adamı bu kadar çok sevmek nasıl bir şeydi? Kate hayal gücünü zorladığı anlarda benzer bir heyecan duyuyordu. Böyle bir aşkı bir kere yaşamıştı. Rüyalarına gireceğini bilmesine rağmen aşık olduğu adamın genç yüzünü gözlerinin önüne getirdi.

Kraliçenin odasındaki sesler yükseldi ve tüm leydiler sofadaki görevlerini bırakıp dinlemeye koyuldular. Bayan Parry, Leydi Saintloe, Lettice Knollys ve diğerleri ayakta, dudaklarını ısırarak ve gözlerini etrafta gezdirerek kendilerini işlemelerle meşgul etmeye çalışıyorlardı veya saten önlüklerindeki kırışıklıkları düzeltiyorlardı.

Kate sakin tavırlarla salondaki duvarı incelemeye başladı. Kraliçenin babası, onun da amcası olan VIII. Henry'nin Hans Holbein tarafından yapılan portresinden genelde uzak dururdu. Ressam, kralın şişkin, kırmızı yüzündeki zalim küçük ağzını, erkeklik gücünü yansıtan kocaman pantolon önü kapağını, kısa pelerinini, İngiltere'nin her iki tarafına da uzanacakmış gibi duran ağaç dallarına benzeyen bacaklarını çizmişti. Çocukken babası onu kralla tanıştırmaya Richmond Sarayı'na götürdüğünde kraldan çok korkmuştu. Kral, iri yarı, yaşlı ve çatık kaşlı bir adamdı, şişkin ayağı yumuşak yastıklarla destekliydi. Bacağındaki yaradan sızan irinin iğrenç kokusu odayı kaplamıştı ve Kate'i çok korkutmuştu. Kate ağlamaya başlamıştı.

Kral, "Soffolk Dükü" diye gürleyerek, "kızını susturamıyorsan buradan çıkar" dedi. Kate kuleden korkarak babasının bacağına sarıldı. Kule kralın kendisini memnun etmeyen kızları gönderdiği bir yerdi. Öyle anlatıyorlardı.

Babası Kate'in omuzlarından sıkıca tuttu. Kate onun öfkesini hissetmişti. Oysa ki babası yalnızca akşam yemeğindeki tatlıyı kesebilirdi, onun başını değil.

Kate'in kraliyet soyundan bir kız olarak kralı memnun etmesi ve kraliyet çocukları Elizabeth ve Edward ile birlikte okula gitmesi bekleniyordu. Kate'in büyük kız kardeşi Jane onlar gibi Latince konuşabiliyordu ve zekiydi. Babası Kate'in Prens Edward ile nişanlanıp sonunda kraliçe olabileceğinin mümkün olduğunu söylüyordu.

Kate, bir gün annesinin de babasına, "Biri olmazsa öteki olur. Kate, Jane kadar yumuşak başlı değil ama ondan daha güzel" dediğine kulak misafiri olmuştu.

Babası bu ziyarette kralın tavrını görünce konuyu açmamıştı. Kate zayıflık gösterdiği için babasının öfkesine maruz kalmıştı. O akşam annesine dövdürülmüş, annesi onunla günlerce konuşmamıştı. Kate odasında günlerce beklediğini, sevgi dolu bakıcısı Sybil ile yetindiğini hatırlıyordu. Bu birkaç günden fazla sürmemişti. İleri gittiğini fark ederek annesinin yanına gitmiş, diz çökmüş ve başarısızlığı için af dilemişti. Israrla gelecekte daha iyi bir kız olacağına dair sözler vermişti. Suffolk Düşesi soğuk bir tavırla onu bağışlamıştı ve Kate ihtiyacı olan şevkati vermek üzere bekleyen bakıcısına geri dönmüştü.

Kate salonda beklerken Bayan Ashley'in söylediklerini duyuyordu. Ashley, "Bu öfkeyle devam ederse bitkin düşecek. Eskiden beri aynı öfke..." diyordu. Bu kısa ve tombul dadı kraliçe küçükken ona bakmıştı, şimdi de kapalı kapılar ardında yürüyen, ellerini açıp kapatarak Elizabeth'in yükselen sesini dinleyen bir leydiydi. "Sirkeli bez getirmeliyim" dedi ve bezleri hazırlamak üzere kapıya yöneldi.

Leydi Saintloe Kate'e yaklaştı. Eğilerek, "Son kralın portresini beğendiğinizi görüyorum. Gerçek bir benzerlik, değil mi?" dedi.

Kate, Saintloe' ye bakmaksızın huzursuzca cevap verdi. "Evet, sarayına sunulduğum zaman bir çocuktum" dedi.

Saintloe, "Sanırım duymuştum" diyerek güven verici bir ifadeyle gülümsedi, yakın görünüp konuyu açmaya, konuştuklarını da kraliçenin kulağına gidecek şekilde sarayın yarısına anlatmaya niyetli olmalıydı. Kate, resmin detaylarına dalmış gibi görünerek leydiden uzaklaştı. Saintloe'nin düşüncelerine burnunu sokmak istemesinden huzursuz olmuştu.

Kraliçe, babası hakkında olumsuz ifadeler kullanılmasına izin vermiyordu. Kate bunun sebebini anlamıyordu, çünkü Henry, Elizabeth'e iyi davranmamıştı. Bu ayrıcalığın sebepleri olmalıydı.

Kate, Henry'nin sarayından kaçmış olduğu için kendini şanslı hissediyordu. Bu kral Elizabeth'in annesi Anne Boleyn'i idam ettirdikten sonra Elizabeth'i gayri meşru olarak ilan etmişti. Elizabeth'i uzun süren bir sürgüne göndermiş, bir süreliğine saraya geri getirmiş, sonra tekrar uzaklaştırmıştı. Yalnızca son vasiyetinde onu tamamen kendi kızı olarak sahiplenmişti. Hanedan üyesi olmak Elizabeth'i büyük kız kardeşi Mary'nin intikamından korumuştu. Mary, Elizabeth'i, annesi Aragonlu Katherine'nin bir kenara itilmesine, sürgüne gönderilerek yalnız ve acı dolu bir şekilde ölmesine sebep olan güzel ve ateşli Anne Boleyn'in kızı olması sebebiyle hiç affetmemişti.

Elizabeth'in sesi tekrar yükseldi ve Kate'i o ana geri getirdi. "Dizlerinizin üzerinde durun lordum! Burada kimin hükmettiğini unuttunuz mu?"

"Nasıl unutabilirim Majesteleri?" diye cevapladı Dudley. Sesi giderek yükseliyordu. "Rütbeniz bizi çocukken ayırdığı gibi şimdi de sonsuza dek ayıracak."

"Hiçbir zaman evlenmeyeceğimi söyledim size."

"Bunun bir kadının ihtiyaçlarını hissetmemiş, inatçı bir kızın sözleri olduğunu düşünmüştüm... ama artık hissettiniz Bess."

Kate, Elizabeth'in sinirlendiği zaman dudakları ile çıkardığı sesi duydu. Elizabeth hemen toparlandı.

"Lordum, bu sözler artık kutsanmış bir hükümdarın ve gördüğünüz üzere yetişkin bir kadının sözleridir." Sert sözlerin arasındaki boşluklar hayal kırıklıkları ile doluydu. "Meclisimin, parlamentonun ve sizin –fırıncının, eldivencinin, krallığımdaki tüm erkeklerin –erken bir evlilik için beni böyle sıkıştırmasına şaşırıyorum." Nefesini toplamak için durdu. "Beni biraz olsun tanıyor musunuz lordum? Elizabeth Tudor'un hiçbir erkeğin desteğine ihtiyacı yoktur!"

Dudley'in sesi yumuşuyordu ve kelimelerinden acısı anlaşılıyordu. "Bu haksızlık. Sizi herhangi bir koşula bağlı kalmaksızın, yalnızca siz olduğunuz için istiyorum ve bu hep böyle oldu..."

Elizabeth daha yumuşak kelimelerle fakat keskin bir cevap verdi. "Peki lordum, kral olmayacak mısınız?"

Kate, defne ağacının ve kuşdilinin salonun zeminine dağılan yapraklarının kokusunu içine çekerek derin bir nefes aldı. Dudley usta bir şekilde köşeye sıkıştırılmıştı, çünkü kral olmak istediği kesindi. Eniştesinin kendi sözleri ile köşeye sıkıştığı anlar çok nadirdi. Kate bu yanlış hamleden dolayı onun adına üzüldü.

"Öyleyse size veda ediyorum Bess. Bu şekilde zan altında olduğum bir yerde yapabileceğim hiçbir şey yok."

Kate, Dudley'in kelimelerinde gerçek hüznü işitti. Dudley, her geçen gün başarıya bir adım daha yaklaşıyor gibiydi ama son dakikada geri çekildi. Kate onun kraliçeyi kazanmasını gerçekten istiyordu. Eğer Elizabeth ona kalbini verip onunla evlenirse, Kate bir çocuk ve kralın varisi doğar doğmaz hanedan dışında kalırdı. Dudley'in düşmanları Leydi Katherine Grey'i sebep göstererek bir isyan çıkarabilirlerdi. Böyle bir durumda kuleye götürülür müydü? Bunu düşününce ürperdi, çünkü bu soru kendi kardeşininki de dahil olmak üzere birçok kesik başı getirmişti aklına.

Tüm leydiler Dudley'in meydan okuyuşuna kraliçenin vereceği cevabı duymak için öne doğru eğildiler.

Bir cevap olduysa da bu fark edilmedi, çünkü ne bir ses ne de bir iç çekiş duyuldu.

Elizabeth'in bayılmak üzere olduğu kesindi. Bayan Ashley, doktoru çağırmak ve baygınlığın kesin ilacı olan sirkeli bezleri hazırlamak üzere salona koştu.

Kate, duyacağından emin olduğu şeyi dinlemek için cesaretini toplayarak yatak odasının kapısına yaklaştı. Yetişkin bir kadın ve adam olmanın ve böyle bir aşk yaşamanın nasıl bir şey olduğunu hep merak ediyordu. Amy Dudley'in ölümünden beri, iki yıl içinde kaç kez Lord Dudley'in kraliçeye açıkça el uzattığına ve kraliçenin daha da yakınında tutmasına rağmen onu reddettiğine şahit olmuştu. Kate, aralarındaki çekimin giderek kuvvetlendiğini düşünüyordu.

Tüm leydiler kraliçenin son sözünü merakla bekliyorlardı ve bu söz oldukça korkutucu oldu. "Olduğunuz yerde kalın lordum. Yükselmenize müsaade etmiyorum. Ben burada kalacağım fakat yalnız bir kadın olarak, bir erkekle birlikte değil."

"Hiç bu kadar aşağılanmamıştım" dedi Dudley. Mütevazı değildi, sesi engellenmişlik duygusuyla doluydu. O kadar usulca konuşuyordu ki, en sert sözleri dahi özenle seçiyordu.

Kate yüzünü çevirdi, çünkü yüzünün düşüncelerini yansıttığını çok iyi biliyordu. Robert, kraliçeyi uslandırabilirdi. Saraydaki kadınların çoğu ona âşıktı. Elizabeth'in bunu her ziyafette ve baloda görmesini sağlıyordu çünkü onun kıskanacağını biliyordu.

Elizabeth'in cevabında ise bir tutku veya reddediş belirtisi yoktu. Kate her zaman olduğu gibi her ikisinin de sonrasında ortaya çıkacağını biliyordu, çünkü kraliçe şu ana kadar kendi isteklerine karşı koyar gibi görünüyordu. "Öyleyse lordum, benim daimi sevgimi istiyorsanız, bana sürekli eziyet etmeye bir son vermelisiniz. Biliyorsunuz ki kendi karısını öldürdüğünden şüphelenilen bir adamla evlenemem!"

Kate, Elizabeth'in bir konudan ötekine bu kadar kolaylıkla geçebilmesine hayret ediyordu, kendisinin böyle bir becerisi yoktu. Bu öğrenmesi gereken bir meziyet miydi? Cecil'in, annesinin ve meclisin birleşen gücüne karşılık boş tehditlerden daha fazlasına ihtiyacı olduğu kesindi.

Dudley'in sesi yeniden yükseldi. İncinmişti ama aynı zamanda öfkeliydi. "Amy ölene kadar hastaydı, göğsünde büyüyen bir sorun vardı. Bir kaza sonucunda öldü. Merdivenlerden düştü veya acısına katlanamadığından intihar etti. İnceleme komisyonunun da söylediği buydu. Bunu çok iyi biliyorsunuz Bess." Kate sessizlikten başka bir şey duymuyordu, fakat zihninin gözleriyle kraliçenin Dudley'e yaklaştığını görebiliyordu. Dudley'in keskin, koyu gözleri onu buna sevk etmiş olmalıydı.

En sonunda kraliçe de daha makul bir ses tonuyla konuştu. "Beni sevdiğinizi nasıl iddia edersiniz Robin? Benim size olan ilgimi gören insanlar eşinizin ölümü için suikast hazırladığımı düşünmezler mi? Meclisim bile size karşı ve babamın vasiyetine gönderme yaparak hizmetçim, vatan haini ilan edilen Suffolk Dükü'nün kızı Katherine'i desteklemekte. Perişan halimi görmüyor musunuz?"

Kate'in midesi bulanıyordu. Elizabeth'ten saklanan bir şey yok muydu?

"İnsanlar değişebilir Bess. Onlar size tapıyorlar ve bizim çocuğumuzu taşıdığınız zaman sizi daha da çok sevecekler."

"Kendinizden eminsiniz lordum, fakat son eşinizin çocuğu yoktu."

"Çünkü onunla birlikte olmuyordum Bess." Durdu, alçak sesi duyuluyordu. "Aklımda siz varken onunla nasıl birlikte olabilirdim ki?" Sesi boğuktu, fakat hâlâ kendinden emindi. "İnsanlar ikna olacaklardır. Meclisinizde bana bir yer verin, onların fikirlerini değiştireceğim Bess."

"Tanrı aşkına Robin!" Kraliçe yeniden gezinmeye başlamış olmalıydı. Sesi gidiyor, geri geliyordu. "Çok fazla şey istiyorsunuz. Sizi atlarımın ve eğlencelerin amiri yapıp, size maaş ve bez ve tatlı şarap vergilerini vermedim mi? Tüm bunlar size olan sevgimi yeterince göstermiyor mu?"

"Gösteriyor Bess ama acılı kalbimi iyileştirecek tek bir şey var..."

Elizabeth bitkin sesiyle rica ediyor gibiydi. "Sabırlı olun Robin. Belki bir gün... Şimdi ayağa kalkmanızı ve yeniden benim tatlı Robin'im olmanızı istiyorum. Aramızdaki bu sert konuşmalardan fena halde üzgünüm."

Leydi Saintloe Kate'i sinsice dürtükledi. "Ona dostluk eli uzattı!"dedi.

Kate cevap vermedi, titriyordu. Tüm bu olanlar şaşırtıcı olmaktan çok endişe vericiydi. Kraliçe'nin Dudley'i veya soylu âşıklarını her reddedişinde, Kate kendi başının sallantıda olduğunu hissediyordu.

Dudley devam ediyordu. Acılı sözleri salonda çınlıyordu. "Majesteleri, benimle olmayacaksanız sarayı terk etmeme ve huzur bulabileceğim bir ülkeye gitmeme izin verin."

"Asla Robin!" dedi Elizabeth. Kelimeleri hıçkırıklarla dökülüyordu. "Yanımda olmadığınız zaman her şey eksik."

"Öyleyse eşiniz değilsem neyiniz olacağım? Beslediğiniz, sevip okşadığınız köpeğiniz mi?"

Elizabeth, uzun kahkahasıyla tüm alaycılığını takındı. "Küçük bir köpek her zaman sahibinin yanında koşar. Tüm saray sizin yanınızda olmam gerektiğini bilecek."

Kate bu neşelendirme çabası karşısında ürperdi. Sesi arzu ile titriyordu. Dudley öfkeli olmasına karşın bu hissi kaçırmadı ve fırsatı değerlendirdi.

Saintloe yine Kate'e dönerek, "Şu anda bir gözetleme deliği için üç kat incimi gözden çıkarırdım. Richmond Sarayı gözetleme delikleriyle dolu. Neden burada hiç yok?" dedi.

Kate'in bir deliğe ihtiyacı yoktu. Bess'le Robin'in arasında geçen her şeyi bir tiyatro oyunu gibi gözünde canlandırabiliyordu. Robert Dudley şu anda altı adım öndeydi, koyu Çingene gözleri kraliçenin öfkesini alt etmişti. Gözleri olan herkes, kraliçenin onu çılgınca sevdiğini görebilirdi. Kraliçe şu anda onun kollarında olmalıydı. Bir müddet sessiz kalmışlardı. Sonra Dudley boş laflar etmiş, kraliçe de yumuşak kahkahalar atmıştı.

Kate, bildiği ama kimseye anlatamadığı bu aşkın anısıyla derinden gelen bir ürperti hissetti. Leydilerden hiçbiri duydukları hakkında konuşmaya cesaret edemedi, edemezdi de. Kate de bu konuları kimseyle konuşmazdı. Kraliçeye olan sadakatini şüpheye düşürecek, saraydan annesinin sıcak kollarına gönderilmesine sebep olacak herhangi bir şey yapmazdı.

Özellikle Elizabeth Robert Dudley'e kendi dairesinin yanında bir daire ayırdığından beri ortalıkta dolaşan dedikodular vardı. Sarayın yarısı kraliçenin hamile olduğunu düşünüyordu. Hatta bazı elçiler kraliçeyi yıkayan kadınlara menstrual kanamanın olmadığını gördüklerinde haber vermeleri için rüşvet veriyorlardı. Leydilerden birinin, genellikle Bayan Ashley'in bazen de Kate'in, kraliçenin yatağının ucundaki karyolada uyuyor olmasına rağmen, odalarının arasında gizli bir bölme olduğunu söyleyenler bile vardı. Aralarındaki ateşin her zaman alevlenebileceği inkar edilemezdi, fakat Robert Dudley bir gece perisi olmadığı sürece kraliçenin bedeninin hazzına varamazdı. Kate kraliçenin de bunu bildiğini düşündü. Elizabeth prensesken kendisi için hazırlanmış her tuzaktan kurtulmuştu, kendisine karşı olan herkesi alt etmişti. Bu tuzaklardan ilki VIII. Henry öldükten sonra üvey annesi Kraliçe Katherina Parr'ın kocası Lord Amiral Thomas Seymour'du. Thomas Seymour önce on dört yaşındayken Elizabeth'i, sonra da onun güzelliği ve popülerliğini kıskanan kırk yaşındaki, çirkin ablası kraliçe Mary'yi baştan çıkarmaya çalışmıştı. Bunun üzerine Elizabeth kendisini vatan haini olduğu için suçlamayı bekleyen özel meclis üyeleri ve kule yargıçları tarafından sorgulanmış ve hepsini zekice alt etmeyi başarmıştı. Ama şimdi Lord Robert Dudley tehlikesi karşısında çaresizce yorgun düşmüştü.

Kate Dudley'in kraliçeyi kazanıp tahtı ele geçirmesi halinde, babası ve büyük babası vatan hainliğinden idam edilmiş bu krala karşı ayaklanmalar olacağını biliyordu. Elizabeth'in gayri meşru olduğunu düşünen yabancı Katolik prensler böyle bir kralı tanımazlardı. İnsanlar kraliçenin büyülendiğini, sarayın da ahlaksız olduğunu düşünürlerdi. Sonrasında da meclis Kate'e gelip tahta çıkmasını, görev almasını söylerdi. Kate tüm tehlikeleriyle kendisine çok yakın olan, aralarında yalnızca Elizabeth'in bulunduğu krallık düşüncesi ile ürperdi. Elizabeth Tudor'un kalbini yabancı bir prense kaptırıp evlenmesi için, kendisine de kadınların hayatını düzene koyacağı düşünülen erkeklere karşı koyma gücü vermesi için Tanrı'ya dua etti.

Elizabeth Dudley'i seçerse, bu müthiş aşkın engellerin üstesinden gelmeye yetmeyeceği kesindi, kraliçe de bunu biliyordu. Peki ya kraliçe Dudley'le evlenir ve ondan bir çocuk doğurursa ne olurdu? Bu, Fransa ve İspanya'nın, İngilizleri bir sonraki Protestan varis Katherine Grey lehine Katolik bir krala karşı ayaklanmaya zorlayarak, krallığı bir Katolike vermek için ülkeyi işgal etmelerine mi sebep olurdu? Elizabeth'in kardeşi Mary'nin kanlı hatıraları hâlâ tazeydi. Kate'in düşünceleri bu olasılıklar arasında gidip geliyordu. Nereye baksa kraliyet evliliklerinin olmasına ve olmamasına dair büyük problemler görüyordu. Kraliçe'nin ve kendisinin kaderi neydi? Elizabeth gibi o da kraliyet politikalarının ağına düşmüştü.

Bayan Ashley bir tepsi sirkeli bez getirmişti.

"Bence bunlara artık ihtiyaç yok. Kraliçe rahatlamış ve kendine gelmiş görünüyor" dedi Saintloe sırıtarak.

"Leydim, göremediğiniz şeyleri bilebilmeniz beni şaşırtıyor. Majestelerinin sağlığı hakkında talimata ihtiyacım yok çünkü onunla beşikten beri ben ilgileniyorum."

Bu, Ashley'in Devon bölgesine ait aksanında tanıdık bir nakarattı. Kate bu dadının büyük ayrıcalık sahibi olduğunu bilirdi. Bu söylediği Saintloe'yi çıldırttı, Saintloe destek ararcasına Kate'e baktı, fakat Kate oralı olmadı.

Kraliçe'nin özel odasının kapısı açıldı ve Lord Dudley mücevher düğmeli, altın işlemeleri sökülmüş siyah kadife yeleğini çekiştirerek, kırmızı çizgili pelerini bir omzundan aşağı sarkmış bir halde, sağ eli kılıcının kabzasında, kepinin üzerinde sallanan tavus kuşu tüyü ile odadan çıkarak tüm boşluğu doldurdu. Leylak rengi çorapları ve kırmızı, ökçeli botlarını göstermek için veya daha açık bir ifadeyle pantolon önü kapağına ihtiyacı olmadığını göstermek için bir ayağı önde, uzunca bir süre bekledi. Krallık alıştırması mı yapıyordu? Bu erkeksi görüntü karşısında deneyimli, iffetli leydiler dahi hayranlıklarını gizleyemeyip lorddan gözlerini alamadılar ve salondan sesli iç çekişler yükseldi.

Lord leydilere ve Kate'e reverans yaparak, "Majesteleri dua etmekte" dedi. Kate, bu canlı, cüretkâr hatta galip gülümseme ve göz kırpma karşısında yüzünün kızardığını hissetti. Her şeyden önce o bir erkekti. Kim bir kadının, özellikle Elizabeth gibi ateşli bir kadının, bir erkeğe ihtiyacı olmadığını söyleyebilirdi?

Kate, zaman zaman insanların kelimelerinin ve yüzlerinin ardındaki gerçek düşüncelerini görebilmekten ötürü üzülüyordu. Bu yeteneğini kimseye söylemiyordu, çünkü kehanette bulunan kadınlara ne olduğunu çok iyi biliyordu. Onlara cadı deniyordu. Elizabeth'in akşam yemeğini yalnız yiyeceğini biliyordu. Değişken kraliçe, Dudley'e bir elini verip ötekini alarak onu dengede tutuyordu. Ayrıca kraliçe resmi ziyafetler dışında yalnız yemeyi seviyordu. Dudley, onun bu alışkanlığını bozabileceği birkaç gözdesinden biriydi, fakat bu gece bozmayacaktı, çünkü bugün ona yeterince –belki de çok fazla –lütufta bulunmuştu.

Kate bir kadın ve bir erkek arasında yatakta neler olabileceğini yalnızca tahmin edebiliyordu, çünkü Pembroke kontunun oğlu Lord Herbert ile henüz on dördündeyken yaptığı evlilik gerçekleşmeden bozulmuştu. O menarş olmadan önce, babası kız kardeşi Jane'i kraliçe yapmak için entrikalar çevirmekten dolayı idam edilmişti. Bunun üzerine kontun oğlu, Kate'i tüm bu felaketlerden ötürü kendisini suçlamadığı için onu suçlayan acımasız annesi ile sürgün bir ülkedeki bir köşkte yalnız bırakarak kaçmıştı.

Şimdi, yirmi üç yaşında bir kadın olarak üç yıldır Elizabeth'in hizmetindeydi ve bu kalabalık sarayda çok fazla ilgi görüyordu. Öyle ki bu ilgi, günahkâr hazların hakim olduğu anıları tetikleyerek Kate'in uykularını kaçırıyordu. Bu anılar, Kral Edward'ın tahtta olduğu dönemde Somerset Dükü'nün oğlu Edward Seymour'la parlak bir yaz sabahında Greenwich'deki bahçelerin yakınlarında yaşadıklarına dairdi.

Annesi Kate'in bakıcısı Sybil'e, Kate'i kalabalık şatonun iğrenç kokusundan uzaklaştırmasını, yürüyüşe çıkarmasını söylemişti. Kate yürüyüş için bir porsuk ağacı çalısının yanındaki çakıllı yolu seçmişti. Yürüyorlarken çalının arkasında kıpırdayan bir şey fark etti.

Bir erkek sesi, "Leydi Katherine" dedi.

Sybil, "Cevap vermeyin leydim" diyerek Kate'i uyardı.

Kate bu sesi tanıyarak "Bu kabalık olur" diye fısıldadı.

"Bilirsiniz, bakıcılar her zaman haklı değildir" diye cevapladı erkek sesi.

İki el çalılıkları ayırdı ve gülümseyen, sarı saçları ince dallarla ve yapraklarla kaplı bir genç önlerine atladı. "Leydim, en son karşılaşmamız iki yıl önceydi. Buna rağmen sesinizi tanıdım" dedi.

Kate reverans yaptı. Son karşılaşmalarından daha da büyük göründüğünü umarak, "Saraya döndüğünüzü bilmememe rağmen benim de sizin sesinizi tanıdığım gibi lordum" dedi. Genç iki yıl önceki halinden daha uzundu ve sakalıyla daha yakışıklı görünüyordu. Kendisinden iki yaş büyük, yani on altı yaşında olmalıydı.

Gülümseyerek başını kaldırdı. "Oxford'daki çalışmamı bitirdim, Kral Edward da burada olmamı emretti. Babamın hainliğine karşılık ailemizi bağışladı."

Kate *baban hainliğini başıyla ödedikten sonra yapılacak çok bir şey yok zaten* diye düşündü, fakat bunu söylemedi.

"Kralı yatağından kalkamayacak kadar hasta bir halde gördüğüme üzüldüm" dedi.

Kate, "Onun için dua ediyorum" diye karşılık verdi. Bu nazik konuşmada, bakıcısı yüzünden en ufak bir gülümseme yoktu.

Genç çalılıkların arasından yürümeye başladı.

"Lordum, kıyafetlerinizi yırtacaksınız."

"Size eşlik etmenin yanında değeri yok."

Sybil öksürdü.

Edward geri çekildi, Kate ilerledi. Edward çalılıklar boyunca ara ara el sallıyordu. Kate buna yüksek sesle gülmeden edemedi. Bunun üzerine Sybil kolunu çimdikledi.

Edward çalılıklardan dönüp, yolun ucundaki sakin çardağa gelince Kate adımlarını sıklaştırdı. Edward saçlarını ve yeleğini düzelterek, "Bugün sizi gördüğümde nasıl bir leydi haline geldiğinize inanamadım. Kabul salonundaydınız ve gözlerinizin rengine uyan koyu mavi bir elbise giymiştiniz" dedi ve gülümsedi. "Ama bağışlayın sayın leydim, bir bakıcıya ihtiyacı olmayacak kadar büyük görünüyorsunuz, hem de çok büyük."

Sybil araya girdi, sesi oldukça sertti. Kate gülümsemesini korumak için ağzını büzüştürdüğünü fark etti. "Lord Seymour, çok ileri gittiniz. Leydi Katherine, Pembroke Dükü'nün oğlu ile nişanlı. Saygınlığını korumak için bir bakıcısının olması gerekir" dedi.

"Oxford'dan gelmiş bir adamdan mı?" dedi gülerek. "Fakat bayan Sybil, siz bana Kate'in eski bir oyun arkadaşı olarak güveniyor olmalısınız" diye ekledi.

Kate, Lord Seymour'un ellerinden tuttu, gözleri ona kenetlenmişti.

Edward başını eğerek Kate'in parmaklarını öptü ve fısıldadı: "Sizi salondan ayrıldığınız andan beri izliyorum. Beni bekleyin. Size bir hediyem var."

Kate derin bir nefes aldı. Edward her zaman saraydaki erkekler arasında onun gözdesi olmuştu. Babası gücünü kaybettikten sonra onu bir daha hiç görememekten korkmuştu. Çalılıkların arkasında gözden kayboldu ve kafeste bir kuşla geri döndü. Bu kez Sybil'e reverans yaptı, asil bir leydiymişçesine onu selamladı. "Size Kate'i benim korumamı teklif edebilir miyim bayan?" dedi.

Sybil kıkırdadı, yüzü kızardı, gözlerini önüne indirdi.

Edward, Sybil tamamen büyülenene kadar onunla birkaç adım yürüdü. "Leydi Katherine ile burada oturmamıza ve o kuşuna alışana kadar konuşmamıza izin verin" dedi.

Kate buna izin vermesi için Sybil'e yalvaran bakışlarla baktı. Aylardır can sıkıcı, yaşlı saray mensupları ve öğretmeni dışında kimseyle konuşmamıştı. Nişanlısı bile onunla sıradan karşılama ve veda formaliteleri dışında ilgilenmemişti. Gerçi Kate onun ilgisizliğinden memnundu ve kralın ölümünden faydalanmak uğruna planlar yapmak üzere babası ile odalara kapanmasından mutluydu.

Sybil, Lord Seymour'un kibarlık gösterisi karşısında kıkırdamaya devam ediyordu, neredeyse çalıların arkasında dans edecekti.

Kate gri başlı, kızıl kahverengi göğüslü bu sarıasma kuşuna merakla, yakından bakarak, "Kuşunun bir ismi var mı?" diye sordu.

"O artık benim kuşum değil, sizin kuşunuz leydim. İsmini öğrenmek ister misiniz?" Kate'e baktı. Ciddi ve heyecanlı görünüyordu. "Bence kuşun ismi Kate olmalı" dedi.

Kate hem utandı hem de çok mutlu oldu. Büyük ıhlamur ağacının gölgesindeki bankta yan yana oturdular. Sybil de aralarında yeterli boşluğun olduğundan emin olmak için arkalarında duruyordu. Lord kafesi kucağına aldı, ince parmaklıkların arasından kuşun yumuşak tüylü göğsünü okşamaya başladı. Kate kararsız bir hareketle elini uzattı ve kuşun gözleri kapalı, oturuyor haldeyken diğer taraftan onu okşamaya başladı. Parmakları Ned'in parmaklarına değdi ve onları yakaladı. Bakışlarını iyice dikleştirdi ve nefesini tuttu, elini geri çekmesi gerektiğini biliyordu ama onun sıcaklığını bırakmak istemiyordu. Onlar okşamayı bırakınca kuş cıvıldayarak aralarındaki bağı kopardı.

Çalılıktaki diğer kuşlar da çalıları hışırdatarak cıvıldamaya başladılar, bunun üzerine sarı asma sarı gagasını açarak onları selamladı.

Kate'in şefkat duyguları uyandı, "Zavallı kuş, o da özgür olmak istiyor" dedi.

"Bu acımasız sarayda bile iyi kalbinizi korumuşsunuz Kate, bunu biliyordum."

"Kafesinde nasıl acı çektiğini anlayabiliyorum."

"Öyleyse onu kurtarmalıyız Kate" dedi. Kate onun kendisinden mi kuştan mı bahsettiğini anlamadı, belki de ikisini de kastediyordu.

Kafesin kapısını açtı, kuş yerinden kımıldamayınca onu nazik bir şekilde aldı ve çalılıkların arasına fırlattı. Kuş bankın üzerinde birkaç kez döndükten sonra çalılıkların arasına uçtu.

Kate Edward'ın yüzüne baktı ve yüzünde daha önce görmediği bir sevecenlikle karşılaştı.

Açık kahverengi gözlerinde biraz hüzün vardı fakat gülümsedi. "Bir Kate özgür" dedi.

"Teşekkürler Ned" dedi Kate. Ona ismiyle hitap etmişti. Kalbi duracak gibiydi. Ned onun ne hissettiğini biliyor olmalıydı...

Kate ona doğru uzandı. Sybil tetikteydi, kahretsin ki araya girdi ve onları ayırdı. "Neredeyse yetişkin oldunuz, rica ederim, edepli davranın!" dedi.

Bir süre sessiz kaldılar, Sybil suyun kenarından zambak toplamak için birkaç adım öteye gitti.

Ned sakince konuşmaya başladı. "Kız kardeşin Jane, iki yıl önce başını kaybetmemişken babam onunla evlenmemi istiyordu. Fakat benim istediğim sendin" dedi.

Kate boş kafesin üzerindeki elini sıktı ve kibar bir cevap için düşündü, çünkü nişanlı bir kızın başka biri ile olmaya hakkı yoktu. "Babanız Somerset Dükü... Üzgünüm Ned." Babası tüm gücü ele geçirmek için kralı kaçırmayı denemişti ve onun rakibi John Dudley, Muhafız Lordu olarak onun yerini almıştı. Onu hırsı öldürmüştü. Ned bunu da bilmeliydi. Kate aklına daha iyi bir şey gelinceye kadar ona bakamadı. "Şu anda Hertford Kontu'sunuz" dedi.

"Evet, Kral bu görevi bana verdi." Kate'e yalvaran gözlerle bakarak, "Seni her zaman en güzel ve en üzgün kız olarak hatırladım Kate" dedi.

Kate gözlerini indirdi, kalbinin sesi neredeyse duyulacaktı.

"Akşam yemeğinden sonra burada buluşalım" diye fısıldadı. "Sana anlatacağım çok şey var. Bugün seni gördüğüm andan beri boş kalbimi neyin dolduracağını biliyorum."

Kate hemen ayağa kalktı. Ned elini sıkıca tuttu ve "Ne kadar sürerse sürsün, seni bekleyeceğim" dedi.

Kate bekçilerinden nasıl kaçacağını bilmiyordu. Sadece onunla görüşmek istiyordu ve "Tamam" diye fısıldadı.

"Tamam!" Şimdi ise bu anılara dalmış bir haldeyken aynı kelimeyi yüksek sesle tekrarlamıştı. Elizabeth'in odasının önünde bekleyen tüm leydiler ona sorgulayan gözlerle baktılar. Onlara hiçbir şey söyleyemedi.

Kraliçe evlenmeye kalkışırlar korkusu ile leydilerinin erkek arkadaş edinmesine izin vermiyordu. Kate bu yüzden birçoğunun kraliçenin bu akşam Robert Dudley'siz yemek yiyecek olmasına memnun kaldığını görebiliyordu. Kraliçe onlara kızlarım diyor, erkeklerin onları baştan çıkarmasına engel olmanın, annelik görevinin bir parçası olduğunu iddia ediyordu. Fakat Kate bu iyi niyete karşı şüpheliydi. Elizabeth'in hırsını çok iyi biliyordu, çok büyük ihtimalle zayıf kadınları kendisine direnç gösterebilecekleri şeylerden mahrum ediyordu. Ona karşı böyle sadakâtsiz ve kızgın düşünceler beslemeden önce kraliçenin tepsisini hazırlama ritüeline katıldı, işlerin dikkatini dağıtmasından dolayı memnundu.

Kollarında beyaz bir bez taşıyan iki bay içeri girdiler, üç kez diz çöktüler, ellerindeki bezi dikkatlice tepsinin üzerine yaydılar, geri çekildiler ve tekrar diz çöktüler. İki kişi de uzun, gümüş bir tuzluk; dolu, gümüş bir galyon; birkaç yaldızlı tabak ve ekmekle birlikte geldi ve bunları tepsinin üzerine yerleştirdi.

Kate tepsiye aynı törenle yaklaştı, temiz tabakları daha da temizlemek için tuz ve ekmekle ovdu, tepsiden geri çekildi ve sanki kraliçe orada oturuyormuş gibi diz çöktü. Bayan Ashley'nin bu kraliyet ritüellerinin tüm detayları ile yapılıyor olduğundan emin olmak için onu gözlemekte olduğunu biliyordu.

Salon kapısı tekrar açıldı ve arkalarında altın Tudor rozeti taşıyan, kırmızı giyimli, yirmi saray çalışanı ellerinde tabaklarla ikişer ikişer içeri girdiler. Zehirli olmadığını kanıtlamak için her çalışan getirdiği yemekten bir parça yedi. Kraliçenin Fransız, İspanyol ve İskoç düşmanları olduğu gibi krallığın sonu olacak olmasına rağmen, ölümüne bir damla yaş dökmeyecek kuzey Katolik soylularından da düşmanları vardı. Hatta bazı Protestanlar, babası tarafından şart koşulan kilise ritüelini yeterince değiştirmediğini düşünüyorlardı. Kate, her hükümdarın olduğu gibi, Elizabeth'in de çok fazla düşmanı olduğunu biliyordu.

Salonun dışından trampet ve davul sesleri geliyordu. Kraliçenin özel odasının kapısı açıldı ve Kate ilk et tabağını içeriye götürdü. Tüm tabaklar onun özel odasına götürülüyor, kraliçe ne yemek istediğine öyle karar veriyordu. Kalanlar önce leydiler ve uşaklara, sonra kraliçenin aşağıdaki mutfak hizmetçilerine, en sonda da her zaman kapılarda bekleyen fakirlere akşam yemeği oluyordu.

Kate diz çöktü ve tabağı kraliçeye sundu. O esnada bir uşak da kraliçenin şarabını dolduruyordu.

Kraliçe kendine yakışır bir dikkatle oturdu, bu ya onun yücelik ve asaletinden ya da çok sıkı bağlanmış jüponundan kaynaklanıyordu. Dua ederken dahi tam anlamıyla dinlenmiyordu çünkü İngiltere için içtenlikle dua etmek onun göreviydi. Yalnızca klavsen veya ud çalarken ve kendi kendine klasik müzik tonunda şarkı söylerken huzurlu oluyordu.

Elizabeth, geleneklere göre bakire olduğunu gösteren kırmızı altın rengi Tudor saçını bir omzundan sarkıtıyordu. Bu yemek zamanlarında solgun halinden eser kalmıyordu. Yanakları buğunun ıslaklığı ile parıldıyor, koyu mavi, hatta neredeyse menekşe rengi gözleri kıvılcımla ateşleniyor, açık renkli, neredeyse görünmeyen kaş ve kirpiklerinin altında büyüyordu. Kate ona bakmamaya, onu kızdırmamaya çalışıyordu.

Kate tüm düşüncelerini, Elizabeth'in melankolisinin aklına getirdiklerini bile kendine saklamak için gayret ediyordu, çünkü kraliçenin gözleri her yeri görebiliyordu ve kraliçe her şeyi anlayabiliyordu. Ruh hali çabucak değişebiliyordu. Bir anda gülebiliyor, bir anda öfkeden deliye dönebiliyordu.

"Bu akşamki balo için elbisemi ve mücevherlerimi seçin kuzenim" diye emretti kraliçe. "Lord Dudley'in verdiği, üzerinde onun işareti, iki tarafında da çıta olan fildişi yelpazeyi taşıyacağım" diye ekledi.

"Emredersiniz Majesteleri" dedi Kate. Kraliçc seçsin diye tabağı hâlâ taşıyordu, kolları ağrımaya başlamıştı.

Kraliçe burnunu büzerek Kate'in tabağı götürmesini istedi. Kate buna sevindi çünkü ballı tarlakuşu turtası gözdesiydi ve servisi bitirdiğinde çok az kalırdı.

Kate geriye çekildi, kapının yanında duran Saintloe, "Kraliçe olduğun zaman ballı turtanı bitireceksin, değil mi Lady Katherine?" diye fısıldadı.

Kate kapıdan geçerken kaşlarını çattı ve "İstediğim tüm turtaya şu anda da sahibim" dedi. Sert cevabını yumuşatmamak adına gülümsememeye çalışıyordu. Bu kadın fazlasıyla komikti.

Neden kızıyordu? Ona doğumu hatırlatılmamalı mıydı? Eğer kraliçe evlenmeme fikrini sürdürürse, sarayın yarısı Kate'e muhtemel varis gözüyle bakacaktı. Büyükannesi VII. Henry'nin kızıydı, yani Elizabeth'in babasının kız kardeşiydi. VIII. Henry vasiyetinde Elizabeth'ten sonra Kate ve Jane'in isimlerini sıralamıştı. Kraliçe otuz yaşına gelmemişti, ama vebaya yakalanmıştı. Baygınlık geçiriyor, sinirsel baş ağrıları yaşıyordu. Birçoğu onun genç yaşta öleceğinden korkuyordu. Kate erkeklerin güç emellerinin tuzağına düşme korkusu ile Elizabeth'in uzun yaşaması için azimle dua ediyordu. Hiçbir şey babasının ve kız kardeşinin sonu olan tahta oturması için onu ikna edemezdi.

Salonda beklerlerken Saintloe sır veren ses tonuyla tekrar konuşmaya başladı. "Bu hassas konuyu açtığım için beni bağışlayın Leydi Katherine. Gençliğinizden dolayı sizi korumak için uyarıyorum. Kraliçe olmak isteyen kardeşiniz Jane'in trajik kaderini çok iyi hatırlıyorum. İdam edildiğinde henüz on altı yaşındaydı, değil mi?"

Kate' in sesi Whitehall bahçeleri gibi soğuktu. "Leydim, yirmi beş yaşına geldiğinizden hafızanızın zayıfladığını varsayıyorum. Kız kardeşimin hiçbir zaman kraliçe olmak istemediğini herkes bilir. O, Protestanlığının ve ailemin amaçlarının kurbanı olmuştur."

"Bu sıradan bir uyarı leydim. Umarım ihtiyacınız olduğunda size yararı dokunur."

"Gerçekler yeterli değil mi? Ben, kraliçe olmak istemiyorum, dolayısıyla korkacak bir şeyim yok leydim!"

Saintloe daha da kurnazca baktı. "Elizabeth etrafında krallık için hak iddia edenleri öğrendiğinde prensesti. İsteseler de istemeseler de isimleri her entrikanın içindeydi. Majestelerinin bir varis belirlemesi hem siz hem de kendi için bir intihar olur. Bunu istemeyin. Yoksa yatağınızda rahatça uyuyamazsınız."

Kate çenesini yukarıya kaldırdı. Sakin kalmayı başaramayarak, "Bu durumda korkacak bir şeyim yok leydim. Rica ediyorum, bir daha bana krallığa dair bir laf etmeyin" dedi. Tepsiye doğru gitti, işaret parmağını turtaya batırdı ve baştan sona yaladı.

Saintloe hafifçe gülerek, "Siz de Tudor mizacına sahipsiniz, belki bu işinize yarar" dedi.

Bir tabak daha alarak majestelerine götürdü. Kate öfkeliydi, fakat her köşe başında durup saldırmayı bekleyen dişi kedilerin saygısızlık yapmalarına izin vermediği için memnundu.

❀

Maskeli baloda, Robert Dudley ticaret tanrısı kostümü, yaldızlı botları ve sakalına serpiştirilmiş altınlarla ellerini arkasında birleştirerek Kate'e yaklaştı. Kate beyaz satenlere bürünmüş leydilerle birlikte duruyordu. Elizabeth yakutlarla ve kadife çiçeği renginde ipekle kaplı ihtişamlı tahtta oturuyordu. Başında yüksek, en az altmış katlı, altın tüylü bir taç vardı. Müzikte ayağıyla ritim tutuyordu, dans etmek istediği açıktı. Robert Dudley, çok popüler bir dans olan lavoltun açılış akordu yapılınca Kate'i selamladı ve elini tuttu. Bu dans, dans hocasıyla çok fazla alıştırma yapmasına rağmen Kate'e çok zor geliyordu. Elizabeth tüm leydilerinin iyi dans etmesini isterdi, ama elbette ki kendinden daha iyi değil.

Kate geri çekildi. "Lordum." Son Galliard'dan sonra nefes nefeseydi. "Bunu kabul edemem, bu dansa kraliçeyi kaldırmalısınız." dedi.

"Bu akşam daha kolay bir eş arıyorum" diye cevapladı Dudley yumuşak bir ses tonuyla. Bir adım yakına gelerek aralarındaki mesafeyi kapadı.

"Kraliçeyi kıskandırmak istiyorsunuz ve beni de bunun bir parçası yapıyorsunuz. Lavolt her zaman onundur. Bunu istemiyorum..."

"Bu akşam dans sizin sevgili Kate" dedi ve gülümsedi. Kate gözlerinin neşe ile dolu olup olmadığını görecek kadar yakındı ona ama herhangi bir neşe belirtisi yoktu. Bu ilk kez değildi. Geri çekildi, çünkü Robert'ın duygularını görmek istemiyordu. Bu duygular aklından çıkmıyor, onu sarıyordu. Onun acısını görmeye dayanamıyordu, çünkü onu çok iyi tanıyordu. Kraliçe onu sevmesine rağmen nasıl böyle incitebiliyordu?

Meşaleler duvarları aydınlatıyordu, beyaz alçı melekler de büyük salonun tavanından gülümsüyordu. Hizmetçiler dansçılar döndükçe ve sıçradıkça kıvrımlanan saten ve ipeklerle parlayan, titreyerek biten mumları yeniliyorlardı. Mücevherler göz kamaştırıyor, gerdanlardaki inciler yansımada elmas gibi görünüyordu.

Kate küçük incilerle dikilmiş bir fistan giymiş, göğüslerinin ortasında sade bir ametist taşı kolye takmıştı. Kraliçeden gösterişli görünmemeye dikkat etmişti. Saraydaki yerini asla tehlikeye atmazdı. Zavallı kardeşi Jane'den kalan lekeyi silmek için sadakâtini göstermeliydi.

Robert Dudley elini öyle sıkı yakaladı ki onu ürküttü. Elizabeth de dahil herkes onları izliyordu. Bu Dudley'in bir oyunuydu.

Kate'in yapabileceği hiçbir şey yoktu. Dudley'i reddettiğini kraliçenin görmüş olması yeterliydi. Acaba yeterli miydi? Olmalıydı. Kraliçenin kalbini çalmak için her türlü entrikadan kaçınmayan Dudley, onu neşeyle çekerken Kate doğruluk katar umuduyla içinden bu düşünceyi tekrar etti.

Udlar, borular ve viol de gamba, lavoltun hızlı notalarını çalıyordu. Kate yüzü Robert'a dönük ve asık bir halde ayaklarını yere vuruyordu.

Ellerini çırparak bir kez yer değiştirdiler, başlarını gururla dik tutuyorlardı. Robert bir elini Kate'in yanına, diğerini de sırtına koydu. Kate de onun yakın omzuna elini koyarak zor dönüş ve havada zıplama için denge sağladı. Tahtta oturan kraliçeye bakmaya cesaret edemeden iki hızlı adımla aşağıya indi. Bakmaya gerek yoktu, çünkü kraliçenin kıskandığı için ilgisiz görüneceğinden emindi. Dudley'in oyununa teslim olmak bir hataydı. Bir dahaki sefer baygınlık geçirir, saraydaki tüm sirkeli bezler onu ayıltmaya yetmezdi.

Kate dansta ardı ardına sıçramaktan nefes nefese kalmıştı ve tahta yaklaşmışlardı. Buna rağmen Dudley'i azarlamak istiyordu. Ses tonunu azaltmaya çalışarak, "Lordum, bu dünyada hiç arkadaşım yok mu? Kuzenimin bana daha fazla kızmasına sebep olmak için bir nedeniniz yok. Soyum ve hanedanlık söylentileri yeterince fazla zaten."

Robert gülümsedi ve duyulma niyetiyle, "Kraliçe olsaydınız benimle evlenirdiniz, değil mi Kate?" dedi.

Kate geri çekildi, onun bu alaycı tavrı oldukça tehlikeliydi. "Rica ederim Robert, sözlerine dikkat et, özellikle de böyle bir konuda."

Robert sesini alçaltarak, "Neden tüm sarayın hatta kraliçenin meclisinin senin bir kraliçe olarak başarılı olacağına dair söylentilerinden bahsetmemeliyim?" dedi.

Kate nefesini son nefesiymişçesine tuttu. "Robert, bir daha asla dans etmemeliyiz. Bu herkese senin erkek kardeşinin, benim de kız kardeşimin tahtı ele geçirmekten idam edildiğini hatırlatıyor olmalı."

"Ve sonrasında babamın idam edildiğini, benim de şatoda yıllarca cellatı beklediğimi" diye tamamladı Dudley. Gözleri maskesinin ardından sertçe bakıyordu, çabucak yumuşadı. "Kate, yeni günlerdeyiz. Bess baltaya sarılmakta erkek kardeşi Edward ve kız kardeşi Mary kadar aceleci değil."

"Bunu boynumla test edemem."

Dudley başını geriye doğru atarak öyle uzunca, sesli bir kahkaha attı ki, herkes onlara doğru çevirdi bakışlarını.

"Seni şaşırtacak bir şey söylemedim ki."

"Ama Bess bunu bilmiyor."

"Sen tam bir ahmaksın Robert ve ahmakların akıbetine uğrayacaksın. Beni de sürüklemene izin vermeyeceğim! Neden kimse tahtı istemediğime inanmıyor?"

Robert, Kate'in sözlerini elini sallayarak geçiştirdi. "Kate, sevgili Kate. Kim onların soyunu inkar edebilir ve kim yıldızlarında ne yazdığını bilebilir?" dedi ve bir sonraki atlayışı erteleyerek onu havaya kaldırdı, Dudley'in onu herkesin başından yükseğe kaldırdığını görmemek mümkün değildi. Sonra yavaşça kayıp inmesine izin verdi, dudaklarını kulağına yaklaştırdı ve "Ama Kate, onu gerçekten seviyorum, biliyorsun ki hep sevdim ve ölene kadar da, sonrasında da seveceğim..."

Kate endişeli ve öfkeliydi. "Onu çok seviyorsun ve bu gösteriyi yapıyorsun!"

"Evet, gerekirse yüzlerce kez yaparım. Onu bana neyin getireceğini biliyorum."

Kate gözlerinde gözyaşı pırıltısı gibi bir şey gördü ve onu azarlamayı bıraktı. "Robert, rica ederim beni bu şekilde kullanma yoksa bir arkadaşını kaybedersin."

Sesi kolay nefes alamıyormuş gibi boğazına takıldı. "Elizabeth'i kazanmak için İsa'ya yalvaracağım."

Kate kendini ona sempati duymaktan alıkoyamıyordu. "Duydum ki ölesiye aşk kendini saklamaz, bir maskenin ardına bile."

"Saklama sırası sana geldiğinde bu sözleri hatırla Kate, tıpkı Edward Seymour'a yaptığın gibi. Neredeyse skandala dönen olayları hatırlıyorum."

"Bu çok zaman önceydi. Şu anda kimseye aşık değilim. Kimse de bana aşık değil."

"İyi" dedi yüksek sesle. Yüzü Kate'e yakındı, büyük bir espri yapılmış gibi gülüyordu.

Dans bitti. Robert reverans yaptı, Kate'in elini öptü, nedimelerin karşısında duran leydilerin arasına doğru götürdü.

"Boleyn krala bir erkek çocuğu verememişken bu çocuğu veren son kraliçe Jane Seymour'un adaşı Leydi Jane Seymour'la karşılaştınız mı?" diye sordu Robert. Yine tehlikeli oyununu oynamaya başlamıştı.

"Tanrı aşkına Robert! Yine başını tehlikeye sokuyorsun. Biliyorsun ki kraliçenin annesinden bahsetmek yasak. Elizabeth bunun için seni affetmeyecektir."

"Yanılıyorsun sevgili Kate. Bess'i önceden beri tanırım. O beni her zaman affeder." Sesini alçaltarak, "Cinayet işlesem bile" dedi.

Kate irkildi. Bu, eşini öldürdüğüne dair bir itiraf mıydı? Yoksa bir uyarı mıydı? Bunu kendisi yapmamış olsa da kraliçe aşkına başka birine yaptırmış olabilirdi. Kate geri çekildi, gerçeği bilmediklerini düşündü. Boğulmuş gibi hissederek maskesini çıkardı. Bazen sürekli saklanıyor olduğunu hissediyordu. Kimse kalbinde kimin olduğunu bilmiyordu. Yalnızca Edward bilebilirdi ki, o da uzaklardaydı.

Robert baştan çıkarıcı bir erkeğin eminliği ile Kate'e gülümsedi. Mırıldanarak, "Beni bu kadar önemsediğiniz için teşekkürler leydim" dedi. Sonra herkesin duyabileceği şekilde, "Şimdi saraya yeni gelen Leydi Jane Seymour'u takdim ediyorum. Kendisi bir kraliçenin mirasçısı, diğerinin de kuzeni."

Kate, Robert'ı keyifle boğazlayabilirdi ama Robert her zaman olduğu gibi bu kez de tehlikede olduğunu hissettiğinde kaçmıştı. Zamanlaması mükemmeldi. Kate her zaman kaçabilmesini umuyordu, çünkü Robert çekici bir adamdı. Bunu kim inkar edebilirdi ki?

Jane teşekkürünü belirtmek için çöktü. "Bu karşılaşmayı uzun zamandır bekliyordum Leydi Grey. Erkek kardeşim sizden ilk bahsettiğinden beri" dedi.

Kate gücünün sınırlarındaydı. Günün birinde sarayda bir Seymour'la karşılaşacağını biliyordu. "Ben de sizinle tanışmak istiyordum Leydi Seymour" dedi. Bu kibar, yalancı saray dilini eğitim almadan önce öğrenmişti.

"Ben de Majesteleri'nin hizmetindeyim" dedi Jane. Sesi ağlamaklıydı.

"Kraliçenin leydilerinde eksik yok Leydi Seymour."

Jane gözlerini yere indirdi. "Leydi Saintloe de böyle söyledi ama sizden Majesteleri'ne bu konuda küçük bir ricada bulunmanızı rica ediyorum. Yatak odasının leydilerinden olmayı beklemiyorum, kabul salonu ya da kraliçeye eşlik eden nedimeler arasında da olabilirim. Tek bir kelime için size minnettar olurum sevgili Katherine. Ve lütfen bana Jane deyin, çünkü çok iyi arkadaş olacağımızdan eminim. Kardeşim Edward isteğini gerçekleştirebilmiş olsaydı kardeş olabilirdik. Onu hatırlarsınız eminim ki."

Kate'in onu hatırlamasına gerek yoktu ki. Edward'ın hatıraları her zaman içindeydi.

"Size o kadar aşıktı ki, siz Lord Pembroke ile evlendikten sonra bile resminizi yıllarca, İtalya'ya savaşa gittiğinde dahi, taşıdı."

Kate'in kalbi yerinden çıkacakmışçasına atıyordu. "Bu imkânsız" dedi. Sesi onu yıllarca düşünmemiş gibi sakin, endişesizdi.

"Bu bir gerçek, Katherine. İtalyan savaşlarından döndüğünde resmini üzerinde taşıdığını gördüm.

Demek ki Edward dönmüştü!

Leydi Jane konuşmaya devam ediyordu ama Jane onu anlamamaya başlamıştı.

"Sizi temin ederim Leydi Katherine. Onu, sizin artık genç ve bekâr olmadığınız, saraydaki erkekler arasında güzelliği ile bilinen yetişkin bir kadın olduğunuz konusunda uyardım. Eğer varisseniz, ki öyle olacağınızı duydum, prenslerin ve kralların size eşlik etmek isteyeceği konusunda da uyardım onu."

"Beni gururlandırdınız Leydi Seymour" dedi Kate. Bu konuşmadan uzaklaşmayı planlarken kapılarda bir hareketlilik oldu, trampet çaldı, davullar onu takip etti ve ünlü Fransız pavannesini çalmak için durdular.

"Kardeşim, Hertford Kontu Edward" dedi Jane gülümseyerek.

Kate gözlerini görkemli bir şekilde giyinmiş, kadife başlığı altından sarkan sarı bukleli saçlı, uzun boylu gence doğru çevirdi. Edward, arkasında onu takip eden kalabalıkla, mermer zeminde geniş adımlarla kraliçeye doğru yürüyordu.

"Çok değişmiş mi?" diye sordu Jane. Gözlerini Kate'den ayırmıyordu.

Kate cevap vermedi. Nasıl verebilirdi ki? Tüm duyuları birbirine karışmıştı. Evlilik günündeki buruk vedayı düşünüyor, bu andan da hiçbir şey kaçırmamaya çalışıyordu. Aklındaki adam önceden tanıdığı ve kaybettiği bir gencin siluetiydi ama şimdi karşısında tamamen büyümüş, güçlü ve şaşırtıcı derecede yakışıklı bir adam vardı.

Tahta yaklaştığında tüm dansçılar birbirlerinden ayrıldılar. Edward, saraya yeni bir soylu geldiğinde oluşan hareketlenme ve fısıltılardan daha da fazlasına sebep oldu, çünkü idam edilen Somerset Dükü'nün oğluydu. Ayrıca Somerset Dükü'nün infazını planlayan Northumberland Dükü'nün oğlu Robert Dudley de oradaydı ama oğullar geçmişteki politik meselelerden dolayı kin beslememişlerdi. Bu sebepten kin beslenecek olsaydı sarayın yarısı diğer yarısıyla konuşmuyor olurdu.

Edward, kraliçenin annesinin yerini alan Kraliçe Jane Seymour'un yeğeni olarak dansçıların tüm dikkatini üzerine çekmişti. Acaba kraliçe onu nasıl karşılayacaktı?

Jane, Kate'in kolunu ısrarla çekerek, "Size söylememiş miydim, Leydi Katherine?" dedi. "O harika değil mi?"

"Evet" dedi Kate. Düğümlenmiş boğazından ötürü söyleyebildiği tek kelime buydu.

Kraliçe yelpazesinin ardından, "Sevgili kont, maskeli balomuzu bölmenize rağmen, sizi Whitehall'daki sarayımızda, tüm asilzadelerle birlikte selamlıyoruz" dedi.

Kraliçenin her halini bilen Kate, onun bu kuru ifadesinde herhangi bir memnuniyet ifadesi duyamamıştı.

Edward Seymour elini kalbinin üstüne koyarak, "Bundan onur duydum" diye cevapladı. "En büyük isteğim size yakın olmak ve hizmetinizde olmaktı. İtalyan savaşlarından döner dönmez elinizi öpebilmek ve her zaman yanınızda kalabilmek için yolculuğu hesaba katmaksızın tüm hızımla buraya geldim" dedi.

Kraliçe bu zarif sevgi ifadelerinden duyduğu memnuniyetle konta elini uzattı, kont da kraliçenin eline oyalanarak bir öpücük bıraktı. Elizabeth yelpazesini indirdi. "Kuzey İtalyan şehirlerindeki Fransızlara karşı cesaretinizi duyduk lordum. İngiltere'nin tüm savaşçılarına ihtiyacı var."

Bir hizmetçi konta yaklaştı ve bir kutu uzattı. Kont kutuyu yavaşça açtı. "Bağışlayıcı kraliçem. 12. Gece geçmesine rağmen size sevgimin ifadesi olan ufak bir yılbaşı hediyesi getirdim. Bunu kabul etmenizi tüm kalbimle rica ediyorum" dedi.

Kate hayatında gördüğü en büyük siyah inciyi taşıyan gümüş kabartmalı siyah kutuyu görebiliyordu. Kutunun içindeki inci beyaz kadifenin içine yuvalanmış, nar bülbülü yumurtası büyüklüğünde, gözyaşı damlası şeklindeydi. Kate hediyenin ihtişamlı ve pahalı bir hediye olduğunu ama kafesinden serbest bırakılan bir kuş kadar değerli olamayacağını düşündü.

Saraylılar hediyeyi görebilmek için yaklaşıyor, diğerlerine de gördüklerini anlatmak için geri dönüyorlardı.

Kraliçe ileriye doğru eğildi, halinden fazlasıyla memnundu. "Hertford kontum, teşekkür ederim. Bana yakın olma isteğini kabul edip sana hizmetimde iyi bir iş vereceğim... Şimdi pavanne ile başlayabilirsin." Elizabeth zafer edasıyla Dudley'e doğru baktı ve o esnada dikkatsizlikle yelpazesini yere düşürdü.

"Onur duyarım Majesteleri."

Kate, Dudley'e bakıyordu; Dudley, tahtın yakınlarında geziniyor, kraliçeyi ve yeni, yakışıklı saray adamını izliyordu. Dedikoduları engellemek için de umursamaz görünmeye çalışıyordu. Bu, Kate'in de erkenden öğrendiği bir meziyetti.

Edward kraliçeye dansta eşlik etmeye başladığı an tüm saray bir kenara çekildi. Edward kraliçenin parmaklarına hafifçe dokunuyordu. Görüntüsü zarafetten başka bir şey vermiyordu. Babasının onu Pembroke ile evlendirmek için geri çevirdiği delikanlı artık bir yetişkindi.

Kate aynı şeyleri tekrar yaşamak istemiyordu. Edward'ın acısıyla geçen geceleri unutmak yıllarını almıştı. Bu çabası hiçbir zaman tamamen başarıyla sonlanmamıştı, çünkü Edward her zaman hayallerine girmeyi başarmıştı.

Kraliçenin hoşnut görüntüsünden anlaşılacağı üzere kont onda iyi bir intiba bırakmıştı, çünkü Elizabeth dans etmeyi, özellikle de yakışıklı bir erkekle dans etmeyi severdi. Salondaki maskeli leydiler de sıradan bir şeye bakıyor gibi görünerek kontu izliyorlardı. Kate de bakmamak için dirense de konttan gözlerini alamıyordu.

"Leydi Katherine, leydiler onu yakışıklı buldular, değil mi?" diye sordu Jane. "O çok iyi biridir. Onunla bir kez olsun görüşmelisiniz. Eminim ki o da bir sonraki partneri olarak sizi isteyecektir, çünkü siz leydilerin en güzelisiniz ve kraliçe kadar güzel dans ediyorsunuz" dedi ve yaklaşarak yelpazesinin ardından, "Biliyorum ki Edward bir zamanlar onunla nişanlanmak üzere olduğunuzu hiçbir zaman unutmadı" diye ekledi.

Kate'in cevabı asıl söylemek istediğinden farklıydı ve hatıralarla yüklüydü. "Leydi Jane, kardeşiniz bana evlilik teklif etmeden önce, babam Lord Pembroke'ye benim adıma söz vermişti ve çeyiz kararlaştırılmıştı. O zamanlar çok gençtik ve tüm engelleri aşabileceğimizi düşünüyorduk." Tanrı aşkına! Bu akşam eski hatıralar ve kraliçenin kıskançlığına malzeme olmamalıydı ama ne yazık ki kendini bu düşüncelerden sıyırarak leydilerin güvenli ortamına atamıyordu. Bunun yerine Edward'ın dans pistindeki tüm hareketlerini gözlerini ayırmadan izliyordu. Dudley'in şimdi yalnızca kraliçe için değil, gönlünü fethettiği leydiler için de bir rakibi vardı. Dans bittiğinde Kate ilgisiz gibi görünmek için çabalıyordu ki, Edward ona yaklaşmaya başladı. Kate bunu hem istiyor, hem de bunun olmasından korkuyordu.

Edward'ın boyu aynıydı ama on altı yaş özelliklerini kaybetmişti. Kısa, kıvırcık sakalı, etrafında da çilleri vardı. Vücudu biniciler kadar güçlüydü, geniş omuzlarını saran saten bir yelek; uzun, güçlü bacaklarını gösteren çizgili çoraplar giymişti. Kate'i selamlayarak elini tuttu, ılık dudakları ile eline hatıraları canlandıran bir öpücük kondurdu.

Kate bir şey söylemiş olmak için, "Sizi neden daha öncesinde sarayda göremedik sayın lordum?" dedi.

"Leydim, zamanında istediğim şeyi hak edene kadar bekledim" dedi Edward.

Kate lordun gözlerinin hapsindeydi ki, gözlerini yere indirdi. Yüce İsa! VIII. Henry'nin üçüncü eşi olan Jane Seymour'un yeğeni olarak böyle konuşmanın ne kadar tehlikeli olduğunu bilmiyor muydu? Bu, Kate'in babasına meydan okumaktan daha tehlikeliydi. Cevabına zeki bir karşılık verilmeliydi. Kate henüz bir karşılık vermemişti ki, Edward kaşlarını çatarak kız kardeşine baktı.

Jane'e, "Şu yaptığına bak!" diye çıkıştı. "Leydi Katherine'in güzel gözleri olduğunu yazmıştın ama ben burada güzelden öte iki paha biçilemez mücevher görüyorum. Yüzünün de çok çekici olduğunu söylemiştin ama onu senin anlattığın gibi bulmadım. Çok güzelleşmiş, yuvarlak yanakları, incecik bir çenesi var" dedi. Herhangi bir siteme, azarlanmaya mahal vermemek için Kate'i selamladı. "Bana öyle geliyor ki, kalbinin güzelliği yüzünde leydim" diye ekledi. Kate'e sormaksızın elini tuttu. Kate sessizliğinin ve memnun halinin bu samimiyete yol açtığının o anda farkına vardı. Bunu durdurmalıydı.

Elini geri çekti. "Afedersiniz lordum. Başım ağrıyor, izninizle balodan ayrılacağım."

"Ani baş ağrıları bir leydi için en kötüsüdür" diyerek eğildi Edward. Gülümsüyordu. "Odanıza kadar size eşlik etmeliyim" dedi.

Kate kalbinin sıkıştığını ve nefesini tuttuğunu fark etti. "Efendim, kraliçe buna izin vermez."

Edward gülümsedi. "Öyle görünüyor ki başınız ağrısın ya da ağrımasın dans edeceğiz ya da dedikoduya sebep olacağız. Size söz veriyorum, dikkatli davranacağım" dedi.

Fransa'da son zamanlarda popüler olan gavotte için dans pistine giderlerken Kate, hızla akan bir nehirden fırtınalı, dalgalı bir okyanusa doğru yüzüyormuş gibi hissetti. Dans öğretmeni sarayda bu dansı öğretmeye henüz başlamıştı o yüzden salondakilerin çoğu kenara çekilip izlemeye koyuldu. Kate ve Edward başka iki çift ile birlikte küçük bir daire oluşturdu. İleri geri giderken yaklaştıklarında birbirlerini öpüyorlardı. Kate Edward'ın öpücüğünden kaçmak için kafasını çevirdi ama bir sonraki sefer dudağının kenarından yakalandı.

Kate korsesinden yüzüne doğru yükselen bir sıcaklık hissetti. "Lordum, uzun süredir saraydan uzaksınız bu yüzden dikkatli davranmayı öğrenmelisiniz, yoksa ikimizi de mahvedersiniz" dedi.

Edward İtalyan güneşiyle yanmış teninin aksine beyaz dişlerini göstererek güldü. "Bu dansa öpüşme dansı diyorlar, yanılıyor muyum?"

"Evet lordum ama siz..."

Edward bu kez ciddiyetle, "Öpüşmenin sizi kızdırmadığını hatırlıyorum leydim. Ama şimdi büyüdünüz, belki de öpüşmekten yoruldunuz."

Kate öfkesini gizlemeye çalışmaksızın, "Yanılıyorsunuz lordum" dedi.

Edward dudaklarını büzdü ve yumuşak bir öpme sesi çıkardı.

Tüm erkekler Dudley gibi dikkatsiz ve düşüncesiz miydi? Kraliçe tüm erkeklerin yalnızca kendisine deliler gibi aşık olmasını isterdi. Yani Edward'ın daha sert bir uyarıya ihtiyacı vardı.

"Lordum, dikkatli olmalısınız..."

"Bana Ned derdiniz ve babanız yasaklamış olmasına rağmen bana uçarak gelirdiniz."

Kate gözlerini ondan ayırdı, çünkü sert cümleler kuracaktı. "Dokuz yıl geçti lordum, bu çocukça akılsızlıkları benim unuttuğum gibi siz de unutmalısınız" dedi.

"Unuttunuz mu? Ben unutmadım leydim. Kalbimde yalnızca siz vardınız, tüm bu yıllar boyunca da yalnızca siz oldunuz."

Sesi Kate'in hatırladığından çok daha derin ve şefkat doluydu fakat Kate'i korkuttu. Bir günde kaç tehlike atlatabilirdi? Sanki bugün tüm dünya, geçmiş, gelecek ona karşıydı.

"Leydi Katherine, ihtiyacım olan şey beni eğitmeniz. Kraliçenin tüm leydileri arasında yeniden görmek istediğim yalnızca sizsiniz. Duyduğuma göre hâlâ bekârsınız. Kraliçe'ye sadakatiniz, güçlü inancınız ve giderek artan güzelliğiniz Hertfordshire sınırlarını aştı." Sesi alçaktı, Kate'e yüzünün detaylarını ezberlemek ister gibi bakıyordu. "Bu kadar zaman sonra hayal kırıklığına uğramaktan korkuyordum ama uğramadım. Aşkı bir kez kaçırdık, bir daha kaçırmayacağız, yemin ediyorum Kate."

"Lordum, bu saraya dair çok fazla isteğiniz ve anınız var... Biz hiçbir zaman nişanlanmadık, bunu iddia etmeyin lütfen."

"Öyleyse aşkı hesaba katmıyorsunuz, öyle mi? Gece yarısında bahçede, anılarımın bana doğruyu söyleyeceği yerde buluşalım. Siz de bana adamakıllı düşünmeyi ve saray ritüellerini öğretirsiniz."

"Edward, bu saray ritüelleri için doğal bir yeteneğiniz var gibi görünüyor. Aynı zamanda benim nişanımı hiçe saydığınız gençlik yıllarınızdaki kadar cesursunuz da."

"Siz de hiçe saymamış mıydınız?"

Kate bu sözle köşeye sıkışmış, utançla ve şaşkınlıkla kıpkırmızı olmuştu. "Lordlar İtalya'da veya Hertfordshire'da sizin yaptığınız gibi istediklerini yapabilirler ama kraliçenin sarayında yapamazlar. Kraliçe beni babamdan daha fazla takip ediyor."

"O halde İtalya ve Hertfordshire'ı Whitehall'a getirmeliyim."

Kate dönerken Edward gülüyordu. Dans pistinde yalnız kaldılar. Herkes onları izliyordu. "Bunun mantıklı olduğunu düşünsem bile, ki düşünmüyorum, sizinle görüşmeye gelmeye niyetim yok lordum."

"Yok mu?"

Eğildi ve dudaklarını Kate'in dudaklarına yaklaştırdı, üzüntülü gibi görünerek, "Öyleyse zavallı bahçıvanlar sabah bahçede bana benzeyen donmuş bir heykel bulurlar" dedi.

Kate gülümsememek veya kabul eder gibi görünmemek için dudaklarını sıktı. Dans bitti ve Edward kız kardeşinin yanına doğru yöneldi. Uzun adımlarla ilerledikten sonra dönerek omzunun üzerinden baktı, büyük ihtimalle Kate'in bakışlarının kendisini takip edip etmediğini görmek istiyordu. Kate *Lanet olsun!* diye geçirdi içinden kraliçenin en çok kullandığı ifadeyle. Çünkü elbette ki Edward'ı gözleriyle takip ediyordu ve yakalanmıştı.

Onunla buluşmayacaktı. Buluşmak tam bir akılsızlık, çılgınlık olurdu! Bu gönül yarasını tekrar açmaya niyeti yoktu. Sıradan bir tanışıklıktan fazlası imkânsızdı, çünkü fazlası uzun yıllar önce olduğundan çok daha tehlikeliydi.

Kate kraliçenin elbiselerinden sorumluydu; kraliçenin kaftanını, korsasını, dantel yakasını, ipek çoraplarını ve saten kaplı ayakkabılarını aldı ve elbise odasına götürdü. Hertford'un siyah incisini de kadife kutusuyla, kraliçenin broşları, kolyeleri ve elmas yüzüğü ile beraber büyük mücevher kutusuna koydu. Kutuyu ertesi sabah korunaklı mücevher odasına götürene kadar boynundaki anahtarla kilitledi. Yatak odasına geldiğinde oda, kraliyet dairesinin sarmaşık kokularını bastıran bir gül kokusuyla doluydu. Majesteleri taze gül suyu ile dolu bir teknede banyo yapmış, işlemeli, ince, keten geceliğini giymişti.

Saat gece yarısını gösteriyor, Kate de odasına gönderilmeyi bekliyordu. Duacılar geleceklerdi, o da... Hayır, Hertford kontu ile görüşmeye gitmeyecekti. Gitmenin aptallık olduğunu biliyordu. İnsan böyle bir aşk acısına hayatında iki kez katlanamazdı. Ayrıca bir saray çalışanı onu görürse ve yeterince rüşvet almazsa kraliçeye haber verebilirdi.

Duacılar gelecekti. Kraliçenin yatağının önünde diz çökeceklerdi. Kraliçe de yastığına yaslanıp duacıların kendi dua kitabından dua okumalarını isteyecekti. Sonrasında Kate serbest kalıp, yatağına gidecekti, bahçeye değil!

Fakat kraliçe bu gece dua için hazırlanmadı. Şaşkınlıkla bakan leydilerine, "Bu akşam size ihtiyacım yok, gidebilirsiniz" dedi.

Leydiler yollarını ellerindeki mumla aydınlatarak dışarıdaki salona çıktılar.

"Leydi Katherine, sen kal. Bu gece acilen dua etmen gerekiyor."

Kate'in elleri mumun üzerinde kapandı, neredeyse mumu çatırdatacaktı. Başını eğdi ve kapı tamamen kapanana kadar bekledi. Kraliçenin burnundan soluyan sesi karşısında Leydi Saintloe'nin yüzündeki memnuniyeti tahmin edebiliyordu.

Elizabeth gezinmeye başladı, terliklerinin çıkardığı sesler bitkilerden yayılan kokuyu dağıtıyordu.

Sonunda Kate'e döndü, geceliğini çevreleyen dantellere lavanta ve gül yapraklarının kokuları sinmişti. Bir kadın için uzun, geniş bir adım attı. Holbein'in resmindeki babası gibi bir eli belinde durdu. "Bana ihanet mi ediliyor? Sana yeterince iyi davranmadım mı kuzen?" diye sordu. İspanyol Büyükelçisi'ni sus pus eden sert ses tonunu takındı.

Kate gözlerini indirdi. "Hayır majesteleri. Ben de size iyi hizmet etmeye çalıştım. Sizi üzecek ne yaptım?"

"Kraliyet soyundan bir leydi olarak kendini balodaki tüm erkeklerin önünde sergileyen biri için gerçekten alçak gönüllü sözler. Krallığımda Fransız sarayından bile duyulacak bir skandal yaratacaksın."

"Majesteleri..."

"Gördüklerimi inkar etmeye mi cüret ediyorsun?"

"Hayır majesteleri. Hatamı sizin yardımınızla düzeltirim." Bir kraliçe asla yanılmazdı. Kate, her zamanki gibi, ne olursa olsun sessiz kalmalıydı.

Elini vuracakmış gibi kaldırdı. Yüzü öfkeden kıpkırmızı olmuştu.

Kate kendini saldırıya hazırladı. O bir soyluydu ama aynı zamanda azarlanabilecek bir hizmetçiydi. Tüm itaatkârlığını takınmaya çalıştı.

Elizabeth elini yavaşça indirdi. "Sana bir annenin kızına karşı olduğu gibi olmadım mı? Seni ailenin kara lekesinden kurtarmadım mı? Leydilerimin arasında sana ayrıcalıklı davranmadım mı?"

Kate *böylece gözünü üzerimde tutabildin* diye geçirdi içinden, ama bunu söyleyemedi. Bunun yerine, "Evet majesteleri. Bunun için her gün Tanrı'ya şükrediyorum" dedi.

Kraliçenin yüzü yavaş yavaş normal, soluk rengine dönüyordu. Güzel, ince parmaklarını kalbine bastırdı. "Pembroke ile evlenmeden önce Hertford'la aranda geçenlere dair dedikoduları hatırlıyorum. Hertford'un o zamandan beri her türlü teklife karşı direndiğini duydum. Evlenmeyi düşünme Kate. Evlilik ölümdür, bunu çok iyi biliyorum. Benim gibi bir bakire olarak yaşa ve öl."

Kate gözlerini kaldırmaya cesaret edemedi. *Bakire* kelimesinin kraliçe için geniş bir anlama geldiğine dair şüpheleri vardı. Dudley, ondan önce de Thomas Seymour vardı. Thomas Seymour'un kraliçe on dört yaşındayken yatağına atladığı, eğlenirken elbisesini çıkarıp attığına dair söylentiler vardı. Skandal, Thomas kuleye çıkarıldığında kraliçenin ondan hamile olduğu iddialarıydı ama kraliçe en azından böyle bir şeyin olmadığını ispatlamıştı.

"Kocalar, bedeninin ve her şeyinin hâkimidir" diye devam etti Elizabeth. "Kendine ait tek bir düşüncen dahi olmaz. Kısa bir zaman sonra bir başkasına, sonra yine bir başkasına âşık olurlar. Konta bir erkek çocuk veremezsen ne olur hiç düşündün mü? Böyle bir durumda unvanına engel olabilecek bir şeyden kesinlikle uzak duracaktır."

Kraliçenin babasını ve gençlik yıllarını düşünüyor olduğu açıktı. Yoksa bu dersleri iyice öğrenmesi imkânsız olurdu. Artık duymak istediklerini duymasının vakti gelmişti. "Majesteleri, yirmi üç yaşındayım ve kısa bir süre sonra bana yaşlı bir bakire gözüyle bakılacak. Yaştan da önemlisi, size olan düşkünlüğümden ve hayranlığımdan dolayı evlilik veya taht için sizi terk edemem. Yemin ederim ki ömrüm boyunca size hizmet etmek istiyorum."

Elizabeth'in gözleri açıldı. "Bu yemini Tanrı'nın huzurunda etmelisin."

Kate'in midesi burkuldu ve o an başka bir yerde olmak istedi. Tanrı huzurunda yapılmış bir yemin ruhunu teslim etmeden bozulamazdı. Ölümsüzlük için Araf'ta sürünebilir, tüm azizlere yalvarabilirdi.

Fakat seçeneği yoktu. Elizabeth, Elizabeth'ti ve ona karşı çıkılamazdı. "Tamam, yemin edeceğim sevgili kuzenim" dedi.

"Benimle birlikte diz çök Kate."

Kate kraliçenin yatağının ucunda dizlerinin üzerine çöktü. Yüksek sesle, "Yüce Tanrı'nın, oğlunun ve kutsal kilisenin huzurunda dürüst, inançlı İngiltere kraliçesine hayat boyunca hizmet edeceğime yemin ediyorum."

Kraliçe doğruldu. "Bu gece kal Leydi Grey. Uyumak için biraz şaraba ihtiyacım olursa yakınımda olman beni memnun eder."

"Size hizmet etme fırsatı verdiğiniz için minnettarım Majesteleri."

Elizabeth esnedi. "Bunun için daha çok fırsatın olacak" dedi.

Kate kendini yatağına bıraktı. Uyumak istemiyordu. Uyursa rüyasında yeniden genç kız olduğunu; umutsuzca âşık olduğunu; onu hep korkutan, kendilerinden büyük, çeyiz için verilen topraktan başka bir şeyi düşünmeyen adamlarla evlendirilen ünlü ailelerin kızlarının kaderi gibi kendi kaderinden kaçamayışını görecekti. Uyusun ya da uyumasın, Edward Seymour ve onun aceleci, ürkek, çalıntı öpücüklerinin, genç vücutlarının bir araya gelişinin hayalinden kaçamıyordu. Bir kez daha kilisenin huzurunda ablası Jane, Guilford Dudley'le evlenirken kendisinin de Pembroke ile evlendirildiği o çifte düğün akşamına geri döndü.

Edward, büyük bir risk alarak onu düğün salonunda bulmuş, meşalelerden ve düğün kalabalığından uzak bir sütunun arkasına çekmişti. "Sevgilim, Holbein Kapısı'nda bizi Fransa' ya götürmek için bekleyen bir arabam var. Kral ölmek üzere, kral Protestan bir varisi yani bu akşam Guilford Dudley'le evlenen kız kardeşin Jane'i seçmezse Kraliçe Mary tahta geçer. Seçerse bu ailen için bir felaket olur. Bu entrikadan birlikte kaçalım. Sonra geri döneriz, herkes de bizi affeder" dedi.

Kate, Edward'ın kollarına sarıldı.

Edward da onu kendine doğru sertçe çekti. Sertliği korkudan veya tutkudandı, Kate bunu bilemezdi. Bildiği tek şey, ona mutluluk umuduyla sarılıp kaldığıydı.

"Benimle gel Kate, yoksa ölürüm. Yemin ediyorum..."

Kate'i sert sütuna yaslayarak korku ve tutkuyla öptü. "Ned, babam bizi takip eder. Biliyorsun ki unvanımız bizi rehin alıyor" dedi Kate. Evliliği belirleyen şey, ünvan ve toprak kazanmaktı.

Kate'in elbisesinin yakasından kabaran göğüslerini öpmek için eğildi. Nefes almakta zorlanarak, "Ned... Ned, ailelerimizin isteklerinin dışına çıkamayız. Bu hep böyle olmuştur ve böyle olmaya da devam edecektir" dedi ama gideceğinden korktuğu için ona sıkıca yapışmıştı.

Edward onu şiddetle öptü, Kate'in gözyaşları dudaklarının üzerinden akıp gidiyordu.

"Bizi takip edip yakalayacaklar. Ned... Seni kuleye atacaklar, beni de istediğini yapsın diye Pembroke'ye teslim edecekler."

Edward' ın sesi fısıltıyla geliyordu. "Sana zarar verirse onu öldürürüm!" Sesi titriyordu, acı ile "Kate, birlikte olmazsak nasıl bir hayatın olacak? Benim nasıl bir hayatım olacak?" dedi.

Onu kendine doğru öyle bir hızla çekti ki Kate cevap veremedi. Haykırarak ağlamamak için hıçkırıklarını tutmaya çalışıyordu.

Bir anda meşaleler parladı. Kate'in annesi ve babası onlara bakıyordu.

Somerset Dükü, Edward'ı kenara çekti, annesi de Kate'e saldırdı. "Seni küstah!" diye bağırdı babası. "Eğer bir yetişkin olsaydın, seni ölüme yollardım."

Muhafızlar geldi ve Edward'ı elleri arkasında salondan çıkmaya zorladılar.

Kate onun giderek azalan sesini duyuyordu. "Senin için geri döneceğim sevgilim..."

Anı burada bitiyordu ve Kate kafesine geri dönüyordu.

Bu gece Edward yetişkin bir erkek olarak geri dönmüştü ama o zamanlardaki genç kıza değil. O da şimdi yetişkin bir kadındı ve artık aşkın her zaman her şeye galip geleceğini düşünmüyordu. Gözyaşı çenesinden kraliçenin yatağının ayakucundaki kanepenin üzerindeki küçük yastığa düştü. Bunun geçmiş için döktüğü son gözyaşı olduğuna yemin etti.

Bu yemini önceden de etmişti.

Gözleri ağırlaşıp kapanmaya başlamıştı ki birinin yakınında olduğunu hissetti. Gözlerini açtığında kraliçenin beyaz geceliğinin içinde, elinde bir mumla ona doğru eğilmiş olduğunu gördü.

"Sevdiğin adamı bırakmanın ne demek olduğunu çok iyi bilirim" diye fısıldadı. "Ama kraliçeye hizmet önce gelmelidir." Derin bir nefes alarak doğruldu. "İngiltere krallığı bir kadını her şeyiyle beraber ister. Sevgili Robin'imi bunun için feda ettim."

Kate bu fedakârlığı anlamak istiyordu, çünkü kraliçenin de Robin'i istediğini biliyordu. "Niçin Majesteleri?" diye sordu.

"Onu ve annem Anne Boleyn'i kurtarmak için...Onu fahişelik ve büyücülükle suçladılar, gencecikken öldürdüler. Robin'imi de benimle evlenmek için karısını öldürmekle suçluyorlar. Doğru olsun ya da olmasın, onların fikirlerini doğrulamamak için ona olan aşkımı inkar etmeliyim. Tahtta kalacak, ülkemi babamın bana bıraktığından daha iyi bir duruma getireceğim. Hiçbir yabancı prens tahtı benimle paylaşamayacak" dedi. Tüm yüceliğini takınmıştı. Mum ışığı soluk yüzünde ve zayıf omuzlarında titriyordu. "Ben İngiltere'nin hükümdarıyım, halkım benim ırkımdan, benim soyumdan. Benim eşim ve çocuklarım onlar, bu benim için yeterli" dedi.

Kate bir dirseğinin üzerinde doğruldu. Hiçbir İngiliz, bir kadının hayatı boyunca bir erkek olmadan hükümdarlık edeceğine inanmazdı. "Anladım majesteleri" dedi. Oysa ki anlamamıştı, anlayamazdı da...

"Eski aşklar, yeni aşklar... Her ikisi de hoş olabilir, hoş olmaktan da öte olabilir ama gerekli değillerdir" diye mırıldandı.

Mumuyla birlikte kocaman, boş yatağına geri döndü.

Kate gözlerini kapadı. Ned'i mi hayal edecekti? Umutlarını uzun yıllar önce kaybetmişti, şimdi onu tekrar kalbine sokmanın zamanı değildi. Kraliçe gibi kararlı, metin olmalıydı. Bu onun tek korumasıydı.

Ne yazık ki genç aşıkların hayali yine gözlerinin önüne geldi. Tüm bu yıllar boyunca ailesi de dâhil olmak üzere hiç kimse, amaçlarına hizmet edip etmediği dışında yaşayıp yaşamadığıyla ilgilenmemişti.

Fakat Edward Seymour onu aşkla hatırlamış, bu kadar yıl sonra geri dönme sözünü tutmuştu... Kate uyuyana kadar bunu düşündü.

BÖLÜM 2

"Benden size işinize yarayacak bir uyarı:
bir hükümdarın sabrını asla zorlamayın."
Elizabeth Regina

Candlemas,
2 Şubat 1562

Katherine mücevher odasından kabul salonuna geçen taş koridordan hızla geçiyordu. Henüz gün ortası bile değildi, fakat çok yorgundu. Kraliçe erkenden uyanmış, leydilerini de uyandırmıştı.

Kraliçenin İskoç kraliçesi Mary'nin temsilcilerini kabul ederken taktığı altın tacı götürmekle meşguldü. Saat on biri gösterdiğinde kraliçenin öğle yemeği için hazır olmalıydı. Geceki yeminden sonra talepkâr kraliçeyi memnun etmek için mükemmel bir hizmet sunmalıydı. Hizmette kusur edemezdi, özellikle de kraliçenin resminden oluşan değerli, gümüş broşu takıyorken. Saray, onun varis olduğu dedikodularıyla doluydu. Bunu defalarca reddetmesine rağmen kimse ona inanmıyordu.

Midesinden gelen gurultuyla, orucunu ekmek ve şarapla bozmadığını hatırladı.

İki mızraklı asker kabul salonuna açılan kapıları açtı. Etrafta yılbaşının son hatırlatıcıları ve baharın işaretleri olan yaprakları kaldıran işçiler vardı. Kraliçenin en çok sevdiği koyu renkli menekşeler büyümüş, saksılar içinde İskoç kraliçesi Mary'nin elçileri onuruna verilecek ziyafet için düzenlenen çardaklardaki yerlerini almışlardı. Elizabeth, elçileri Mary'nin kuzeydeki sarayının aksine kendi sarayının güzelliği ile etkilemek istiyordu.

Kate girişe yaklaştığı anda Hertford kontu duvarın kenarında geziniyordu ve Kate'in yolunu kesmek üzere ileriye atıldı. Muhafızlar oralı olmadı.

Kate irkildi. Herhangi bir memnuniyet belirtisi göstermemek için uğraşarak Edward'ın yüzüne baktı. Baloda ondan kaçmak için ona bakmamaya çalışıyordu ama şu an ondan kaçmak imkânsızdı.

Edward onu gülümseyerek selamladı, eli kalbinin üzerindeydi.

Kate durdu, ona çok yakındı. Rütbesine uygun olmayan bir şekilde apar topar alçaldı. Ona doğru adım atmayı düşündü ama bu da kabalık olurdu!

"Günaydın Leydi Grey."

"Size de günaydın lordum" dedi oldukça resmi bir tonla. "İzninizle hemen gitmek zorundayım, kraliçenin öğle yemeği ve bu akşamki ziyafet için çalışmam gerekiyor" diyerek başını kaldırdı ve Edward'ın bakışını yakaladı. En ufak bir zayıflık hali böyle gözü pek adamlar için bir davet olurdu. İstenmediği halde tüm korumacılıklarını takınmalarına izin verirdi. Bakire kraliçenin sarayındaki kadınlar genç lordlarla, özellikle de zamanında sahip oldukları ama artık sahip olamadıklarına dair hak iddia edenlerle baş etmeyi öğrenmezlerse uzun yıllar bakire kalamazlardı.

Kraliçe Hıristiyanlık âlemine sarayının en iffetli saray olduğunu ilan etmişti, fakat Kate onun kendini kandırdığını biliyordu.

Kraliçeye ettiğin yemini unutma! diye uyardı kendini ve *hissettiklerin yok oldu* diye geçirdi içinden. Dudaklarının dua edercesine kımıldadığını fark etti. Bunu ne kadar çok düşünürse gerçek olma ihtimali o kadar artardı.

Kate Edward'ın sert bakışlarından kaçmaya çalışırken Edward başını eğerek onun bakışlarını yakalamaya çalıştı. "Görevleriniz için bu kadar istekli olmanız memnuniyet verici leydim. Bu şefkatli duyarlılık, genç bir kıza tavsiye edildiği gibi bir kadına da tavsiye edilir." Yüzü binlerce soru soruyordu. "Peki leydim, görev eski bir arkadaşa sert davranmak için bir sebep midir?" dedi ve yaklaştı. "Hiçbir hatam yokken ve bu kadar dürüstken böyle incitilecek ne yaptım?" diyerek kendine güvenen gülümsemesini takındı.

Karanlık köşelerde, boş bir odada birlikte geçirdikleri dakikalardaki veya bir merdiven boşluğunda buluşup çılgınca sarıldıkları anlardaki ciddi, her şeyi göze alabilen genç değişmişti. Şimdi Kate'in hayran olduğu sakin bir mizacı vardı. Edward'a karşı tutumunun tek sebebi kraliçenin gözetiminde olmasıydı. Küçük ellerini sıkıp yumruk yaptı.

Edward bu kez ciddiyetle, "Leydim, size olan hayranlığım ve doğru sözler söylemem suç mu? İtalya'dayken unutmak için savaştığım ama unutamadığım şeyleri inkâr mı ediyorsunuz, yalan söylediğimi mi düşünüyorsunuz?" dedi ve daha da yaklaşarak mırıldandı. "Gözlerimin gördüklerini ve kalbimin hissettiklerini inkâr mı ediyorsunuz?"

Kate böyle asil cümleler duymuştu ama hiçbirine şu anda Edward Seymour'un sözlerine inanmak istediği kadar inanmak istememişti. Onu durdurmak için sözünü kesti. "Lordum, birçok şeyin hakkınız olduğunu düşünüyorsunuz. Bu tavrınızla sıcak ülkelerde hatta Hertfordshire'da büyük başarılar elde ettiğinizden şüphem yok ama bu sarayda ve benimle birlikte bu mümkün değil" dedi. Bu sözler üzerine Edward'ın bakışı bir anda öyle bir hüzünle doldu ki Kate kendini mahcup hissederek hafifçe gülümsedi. "Bahçeye gelmemiş olmama rağmen donmadığınızı görüyorum Edward" dedi.

Edward bu arkadaşça tavır karşısında hareketlendi. "Ama Kate, geceki halimi görmeliydiniz. Saçlarım kırağı tutmuş, kirpiklerim ağırlaşmıştı. Isınmak için binlerce adım yürümüş olmalıyım. Bahçe içinde ve seni hep rüyalarımda gördüğüm çalılıklar arasında gelirsin diye beklerken bin adım daha yürüdüm."

Kate'in nefesi hızlandı. "Uzun hatta çok uzun bir yol yürümüşsünüz Edward. Yolculuğunuz sonrasında çok zarar görmemiş olduğunuza sevindim" diyerek ani bir hareketle yoluna devam etmeye çalıştı, fakat Edward yolunu keserek gitmesine izin vermedi. Kate diğer taraftan geçmeye çalıştı, ama Edward usta bir silahşor kıvraklığıyla o tarafa döndü. Yüzünde hoşnut bir gülümseme vardı. Kontrolü kaybetmemişti.

"Bunu yapmam gerektiği konusunda sizden hiçbir işaret almamama rağmen, beklemeye değer olduğunu düşünüyorum Kate" dedi ve "Her gelip geçişinizde bana Ned diye fısıldadığınızı hatırlıyorum" diye ekledi.

Kate bir anda, "Ned!" dedi. Bu ismi bir kez daha söylemiş olmasına şaşırdı. Yüce İsa! Bu unutulmuş ismi tekrar söylememek için kendini tuttu. Ondan uzaklaştı.

Nasıl olmuş da boş geçen dokuz yıldan sonra birbirlerine isimleriyle hitap eder hale gelmişlerdi? Bir adım ilerledi ve Edward'ın gözlerine baktı. Gözlerinin ışıltıyla parladığını, ona muzipçe baktığını gördü.

Elizabeth'in sarayında çok fazla övgü almış, fazlasıyla baştan çıkarılmaya çalışılmıştı ama hiçbiri bunun gibi değildi. Yoksa Edward genç erkeklerin sonrasında övünmek için giriştikleri oyuna mı girişmişti? Geçmişteki yenilgisini örtmeye mi çalışıyordu? Kate onun geçmişteki sevgisinin hâlâ devam ettiğine inanamıyordu. Erkekler kolaylıkla unutup başka bir kadına âşık olabilirlerdi. Eğer gerçek sevgisi devam ediyorsa onu geçmişte olduğundan daha çok önemsemeliydi. Elizabeth'in isteği üzerine ettiği yemindeki gibi kararlı ve metin olmaya çalışsa da bedeni hatırladıklarının etkisiyle onu ileriye doğru sürüklüyordu.

Edward Kate'in bu hareketini gördü ve onun izin vereceği ölçüde karşılığını verdi, çekildi ve resmi bir hareket yaptı. "Kabul salonunda kraliçenin en sevdiği menekşelerin yanından geçerken dikkat edin" diye fısıldadı. "Hertfordshire'daki köylüler menekşelerin suyunun aşk iksiri olduğunu söylerler. Ben buna dikkat etmedim ama sonucu görüyorsunuz, böylesine bir adanmışlıkla başa çıkmaya çalışan bir adam var karşınızda."

Kate neredeyse gülecekti ki, kendini tuttu. Edward, onun uzun yıllar boyunca uzak durmak istediği çocuksu hayallere mi sarılmıştı? Yoksa başarılı bir çapkın mıydı? Kate onun tutkulu halini hayal etmeye cesaret edemedi. Kalbi başka bir saldırıya dayanmazdı.

"Kate şaşırdığınızda daha da güzelleşiyorsunuz. Her görüşmemizde sizi şaşırtmanın yollarını arayacağım" dedi Edward gülümseyerek.

"Başka görüşme olmayacak Ned!" diye cevap verdi Kate. Sesini olabildiğince sert hale getirmeye çalışmıştı ama başaramamıştı işte.

"Saray tesadüfen karşılaşamayacağımız kadar büyük değil. En azından büyük salondaki akşam yemeklerinde yanınızda oturabilirim."

"Ben nadiren orada yerim."

"Öyleyse kaybolduğunuzda sizi takip ederim."

"Ben kaybolmam, yalnız da kalmam".

"Ne kadar şanslısınız leydim, çünkü ben her zaman bir çalılığın yakınlarında kaybolurum ve orada hep yalnızımdır."

"Kraliçe arkadaşlığımıza izin vermeyecektir lordum."

"Majesteleri'ne sizinle flört etmek için ricada bulunduğumda size öncelik verecektir" diyerek Kate'in kolunu sertçe tuttu. "Dünyanın en iyi kraliçesi olduğu için sarayında aşka izin verecektir, aşkın yalnızca kendisine ait olmasını istemeyecektir."

Kate boşta kalan elinin bir parmağını dudaklarına götürdü ve yanmış gibi aceleyle geri çekti. "Bir daha böyle şeyler söylemeyin, çünkü bu sözler kraliçeye ihanettir" dedi. İlk kez Edward'ın çenesinin altında, sakalının altında kaybolan yara izini fark etti ve düşünmeden ona dokundu.

Ned yakına geldi, yüzü neredeyse yüzüne değecekti. "İtalya'da bu kadar uzun süre kalmama sebep olan şey bu yaraydı" dedi.

Kate onun ışıldayan, açık kahve gözlerine sürüklendi. Sakalı Spice Adaları'nın sandal ağacı yağı ve okyanus gibi kokuyordu. Bu güzel kokunun altında nefesindeki şarap, elbiselerindeki at kokusunu duyabiliyordu. Elizabeth'in *dikkat et aptal!* diyen sesi içinde yankılandı. *Bir felaketin eşiğindesin.*

"Kate, seninle flört etmek için majestelerinden izin almak istiyorum. Ailelerimiz artık bize itiraz edemezler. Rütbe olarak da yaş olarak da birbirimize uygunuz."

"Lordum, ailelerimiz arasında bir anlaşma yoktu. İtaatkâr bir kız olarak neredeyse on dört yaşımdayken babamın emriyle evlendim." Aslında itaatkâr bir kız değildi, Pembroke ile kilise huzurunda durduğu güne kadar dayak yemişti. Ned'den uzaklaşmaya çalıştı ama sırtındaki ılık eli ve sözleri ile olduğu yerde kaldı.

"Babalarımız hırsları uğruna başlarını kaybettiler, annen Leydi Frances yaşıyor ama seni nadiren görüyor. Ailelerimiz artık yok, bir araya gelmemize bir engel de yok" dedi. Acısı yüzünden okunuyordu. "Dinle beni Kate. Seninle Tanrı'nın izniyle ve yasalara uygun bir şekilde evlenmek istiyorum. Seni Etham'daki köşküme götüreceğim ve eşim yapacağım."

Bu sözler bir kadının kalbini çalmak için yeterliydi. "Şunu bil ki Ned, tahta sahip olmak istiyorsan buna benim sayemde ulaşamayacaksın. Ben varis olmak istemiyorum, kraliçe de birini varis olarak göstermeyecektir. Birini varis göstermenin kendi ölümünü seçmek olduğunu söylüyor."

Edward'ın gözleri öfkeyle parladı. "Rica ediyorum beni diğer erkeklerle karıştırma Kate. Böyle bir hırs yüzünden mi seni istediğimi düşünüyorsun? Saraya gelmemin sebebinin bu olduğunu mu düşünüyorsun? Tanrı da şahit ki, Elizabeth'in seni evlendirmeyi planlamadığından emin olduktan sonra döndüm ben."

Kate gülmeye başladı. Bu zamana kadar gösterdiği güçten daha fazlasına ihtiyacı vardı. "Tanrı aşkına kraliçeye böyle bir konu ile gitmeyin lordum. Siz bir erkeksiniz ve Elizabeth'in ne düşündüğünü anlayamazsınız."

"Ben ne düşündüğümü biliyorum, sizinkini de."

"Bunu yapmayın lordum. Hayatım boyunca kraliçenin hizmetinde kalacağıma, bir bakire olarak yaşayıp öleceğime dair yemin ettim. Anlamıyor musunuz? Ancak bu şekilde hayatta kalabilirim" dedi ve kolunu sıyırarak kabul salonuna doğru hareket etti.

Edward arkasından, "Menekşe suyuna dikkat edin" diye seslendi.

❀

Kırmızı aydınlatmalı ziyafet salonunda Thomasina'nın da dahil olduğu bir grup soytarı bahar dansı yapıyorlardı. Büyük tahta takunyalar giymişlerdi. Mendil sallıyor, darbuka ve düdük çalıyorlardı. En sonunda neşeyle yuvarlanıyorlardı ki, kraliçe bununla çok eğleniyordu.

Kate diğer leydilerle birlikte büyük masanın arkasında kraliçe için hazır durumda bekliyordu. Elizabeth ortada, tahtında oturuyordu. Bir tarafında Norfolk Dükü olan, Howard ailesinden gelen bir Mareşal, diğer tarafında da Lethington Kontu olan kraliçe Mary'nin elçisi oturuyordu. Edward aşağıdaki masanın uzak bir köşesinde oturmuş Kate'e bakıyordu. Kate başını sallayarak onu uyarmaya çalıştı ve bakışlarını kraliçeye yöneltti. Kraliçenin arkada da gözleri varmış ve bakışmalarını fark edecekmiş gibi hissediyordu.

Kraliyet kilise korosunun çocukları tiz sesleriyle ilahi söylemeye başladıklarında, tüm dikkatini müziğe veren kraliçe Lethington kontuna döndü, kadehini kaldırdı ve herkesin duyabileceği yüksek bir sesle, "Lordum, kraliçenizin sağlığı için iyi dileklerimizi ve bire bir görüşme teklifimizi ona sunmanızı istiyoruz. Kraliçelerin işleri bizzat kendileri tarafından yapılmalıdır. Dünyada iki kuzen arasındaki anlayışlılıktan daha iyi bir şey yoktur. Her türlü sorunumuzu temiz kalplilikle, çabucak çözebiliriz" dedi. Elçinin cevabını duyabilmek için peruğu, tacı ve mücevherleriyle ağırlaşan başını eğdi.

İskoç elçisi başını nazikçe salladı. "Cömert teklifinizi majestelerine döner dönmez ileteceğim. Sizin Kraliçe Mary'yi ve yasal oğullarını yasal varisleriniz gibi tanıyor olduğunuzu da söyleyebilir miyim?" dedi.

Salonda bir anda sessizlik oldu, kadehler ve bıçaklar havada kaldı.

"Lordum, biz hanedanlık konusunda her zaman meclisimize ve parlamentomuza danışırız."

Kate kraliçenin başarılı kaçışı karşısında hayranlık duymadan edemedi. Elizabeth hiçbir elçi tarafından köşeye sıkıştırılamazdı.

Kraliçe devam etti. "Lordum, kuzenim Mary'nin kendisini İngiltere kraliçesi ilan edip ordumu kendi ordusuna katmak istemesi karşısında şaşırdığımızı itiraf etmeliyiz."

Lethington huzursuzca kımıldandı ama kraliçe sözünü bitirmemişti.

"Kraliçeniz babamın Leydi Katherine Grey'i benden sonraki varis olarak gösterdiğini bilmiyor mu?" Elini omzunun üzerinden Kate'e doğru uzattı.

Lethington elçi edasını takınarak, "Fakat kraliçem, bu leydinin hakkı, babasının hainliği sebebiyle geçersizdir."

Kate babasının suçunu bir kez daha duymuş olmaktan ötürü şaşkındı çünkü babası uzun zaman önce Jane'i tahta oturtarak bunun bedelini çok ağır ödemişti. Hiçbir zaman bağışlanmayacak mıydı? Her yerini öfke kaplamıştı ama belli etmemeye çalışıyordu. Nefesini tuttuğunu dolayısıyla bayılabileceğini fark etti ve derin derin nefes almaya başladı. Elizabeth'in babasının vasiyetini İskoç elçiye hatırlatarak diplomatik bir yalan söylediği kesindi. Bu gece uyumadan önce bunu açıklayabilirdi ama büyük ihtimalle açıklamazdı... Elizabeth hiçbir zaman davranışlarını açıklama gereği duymazdı. Kate alt masadaki Edward'a baktı. Kapana düşmüş gibi hissettiğini anlamıştı. Bunu yüzünden okuyabiliyordu.

Elizabeth Lethington'un koluna dokunarak, "Lordum, kraliçenizin bir kadın olarak uzun boylu olduğunu söylediler."

"Evet, öyle Majesteleri".

"Benden de mi uzun?"

"Evet efendim".

Kraliçe bunu vurgulamak için masaya vurarak, "Demek ki kraliçeniz çok uzun boylu."

Salondakiler şaşkınlıklarını güçlükle gizlediler. Elizabeth, güzelliği ile ünlü İskoç Kraliçesi'ni kıskanmıştı.

Elçi cevap vermeden önce Robert Dudley masadaki yerinden kalktı, aniden eğildi ve kraliçeyi selamladı.

Mutfak hizmetçilerinden birine "et bıçağı" diye seslendi.

Hizmetçi yaklaştı, et tabağının yanında durdu, tüyleri ustaca çekti ve Majesteleri'nin altın tabağına bir parça tavus kuşu eti koydu.

Elizabeth eti kendi bıçağı ile böldü, uzandı ve bir parçasını Dudley'in tabağına bıraktı. Dudley onu bileğinden yakaladı ve bıçak neredeyse boğazında olmasına rağmen bileğinin içini öptü.

Bu âşık hareketi, salonda duyulabilir mırıldanmalara ve Lethington'un yüzünün asılmasına sebep oldu.

Dudley'in başı neredeyse Elizabeth'inkine dokunacak kadar yakındaydı. Aralarındaki küçük mesafe özlemle doluydu.

Kate elçiyi ihmal ederek düşük rütbeli birini ödüllendiren bu hareket karşısında şaşkındı. Robert yerine oturmuştu. Halinden oldukça memnun görünüyordu. Etinden büyük bir lokma ısırdı ve keyifle çiğnedi. Keyfi uzun sürmedi çünkü kraliçe gülerek kendi eliyle böldüğü bir diğer parçayı hizmetçiye vererek Hertford Kontu'nun tabağına gönderdi. Kont parçayı öptü, yedi ve parmaklarını birer birer yaladı.

Kate gördükleri karşısında çok şaşkındı. Odanın yarısının kraliçeyi, yarısının da kendisini seyrettiğinin farkındaydı ve hiçbir şey belli etmemeye çalışıyordu. Adamların kraliçenin gururunu okşamaya devam etmeleri karşısında şaşırmıştı. Majesteleri bir kral gibi hükmetmesinin yanında, saraydaki tüm erkeklerin kalbinin kraliçesi olmalıydı. Leydilerinden birinin böyle bir hareket yapması dayakla değilse bile azarla sonuçlanırdı. Elizabeth'in Lethington'u ve dolayısıyla güzel kraliçe Mary'yi etkilemek için yakışıklı saraylıları kullandığını bildiği halde, bu hikâyenin anlatılacağını ve kraliçenin değerini düşüreceğini biliyordu. Bu öfkeyle tırnaklarını eldivenlerinin üzerinden acısını hissedene kadar eline batırdı. Kraliçenin Edward'a olan ilgisini kıskanmıyordu. Yalnızca ülkesini düşünüyordu. Elini gevşetmeye çalıştı.

Kate üç yıldır kraliçenin yakın hizmetindeydi. Kraliçenin her türlü halini görmüştü. Bu cilveli hali, en az sevdiği ve en sık rastladığı haliydi. Elizabeth'i bir kraliçe için çok cüretkâr buluyordu.

Elizabeth "Lordum" diyerek yeniden İskoç elçiye döndü. "Bu tatlı şekerlemelerden tatmanızı böylece kraliçenize tatlı sözlerle dönmenizi isterim" dedi.

Lord Lethington'a renkli badem ezmeleri ile dolu altınla parlayan bir tabak sunuldu. Kalabalıktan sesler yükseldi, fakat lord yalnızca bir parça şekerleme aldı, gözlerini bıçakları havada döndüren, meşaleleri ağızlarına sokan akrobatlara çevirdi.

Ziyafet ve eğlence gece yarısına kadar sürdü. Kate, oturmasına izin verildiğince çok az yedi ve çok az konuştu. Yatağına gidip uyumayı bekliyordu. Kraliçenin Edward'a olan ilgisi, Dudley'e diz çöktürmenin ötesinde ne anlama geliyordu? Elizabeth'in Kate'i varis ilan etmeyeceği kesindi. Bu sözü, diplomatik bir kaçamaktı. Kate bu düşüncelerden sıyrılmak için bir dua mırıldandı ve şeytanı uzaklaştırmak için parmağıyla haç işareti yaptı.

En sonunda kraliçeyi davullar ve trampetler eşliğinde odasına götürdüler. Kate giderek farkına vardığı düşünceden uzaklaşmaya çalışıyordu: Edward bu dünyada ona gerçek sevgiyi, huzuru sunabilecek tek kişiydi. Kraliyet hırslarından uzak olduğunu söylemişti. Kraliçe kendisini varis olarak ilan ettikten sonra bile ona inanmalı mıydı? İnanmak istediğinde kendini aptal gibi hissediyordu. Bir taraftan da bu dünyada onu gerçekten seven bir adama güvenme ihtiyacı duyuyordu. Yanlış yolda mıydı?

Odasına geldiğinde Leydi Jane Seymour'dan bir sonraki akşam için bir davetiye buldu. "Bunu kim getirdi Sybil?" diye sordu yaşlı hizmetçisine.

"Hertford Kontluğu'nun kıyafetini giymiş bir hizmetçi canım" diye cevapladı Sybil elinde bir bardak sıcak sütle beklerken. "Bana anlatmak istediğin bir şey var mı?"

"Hayır".

Giderse Ned'le karşılaşma riski çok yüksekti. Yazı masasına gitti, büyük bir kâğıda işinin olduğunu söyleyen kısa bir özür yazısı yazdı. Katladı ve balmumu sürdü, üzerine mührünü bastı.

Sybil yaklaştı. Kate, "Bunu leydi Seymour'a ver lütfen" dedi.

"Yarın sabah versem olur mu leydim? Bu saatte bir kadının sarayın dışına çıkması pek doğru değil. Etrafta görmemem gereken bir şeyi görebilir, bunun için cezalandırılabilirim hatta zehirlenebilirim" dedi gözlerini büyüterek.

Sybil haklıydı.

"Tamam sakin ol Sybil, yarın sabah erkenden götür öyleyse" dedi. Baharatlı sütünü içti, banyo yaptı, geceliğini giydi ve yatağına kıvrıldı. Bu, uzun geçen günün tek rahatlatıcı anıydı. Uyuyana kadar yatağında sessizce uzandı.

❀

Sonraki akşam Elizabeth meclisinin üst düzey üyeleri William Cecil'i ve Lethington'u özel odasında kabul etti. Kate, her şeyi kraliçenin çamaşır dolabından duyabiliyordu.

İskoç lordu Kraliçe Mary'nin Fransa'nın yardımıyla kuzey sınırına ordu gönderebileceğini ve İngiltere krallığını zorla alabileceğini ima ettiğinde kraliçe bir önceki akşam ettiği düşüncesiz laflardan dolayı pişman olmuştu. Çünkü zaten kuzeydeki lordlar İngiltere tahtında bir kadının olmasından dolayı huzursuzlardı.

Elizabeth, Kraliçe Mary'ye güzel sözler söyleyerek, ona mücevherler armağan edeceğini ima ederek elçinin gönlünü almaya çalışıyordu, çünkü savaşa giremeyecek kadar bitmiş bir krallığı devralmıştı. Kraliçe savaştan ve hazinesini boşaltmaktan kaçınmalı, hatta onların gönlünü almak için Kate' i kuleye gönderebileceğini söylemeliydi.

Kate, bundan sonra tüm sarayın kendisini varis olarak görecek olmasına içten içe üzülüyordu. Kraliçenin bundan aniden vazgeçtiği duyulunca da onu tanımayacaklardı. O satranç tahtasındaki bir piyondu.

Bayan Ashley tarafından odasına gönderilince odasında onu Jane Seymour'un dairesine götürmek üzere bekleyen bir hizmetli buldu. Düşünmeksizin onu takip etti. Edward Seymour'un kız kardeşi ile olan ilişkisini kraliçenin hoş görmeyeceğini biliyordu ama bunu umursamıyordu. Elizabeth İskoç'ları uzak tutmak için onu kullanmıştı. Ona dair her şeyi kraliçe emrediyordu. Bu bir kraliçenin hakkıydı ama Kate'in hiçbir şeye güvenmemesine sebep oluyordu.

Kate, Jane'in odasına yaklaştıklarında tedirgindi. Bu yaptığı, Elizabeth'e sessiz bir öfke, bir başkaldırıydı.

Kate Edward Seymour'un da odada olacağını tahmin ediyor, hatta bunu içten içe istiyordu. Edward oradaydı ve Kate içeri girer girmez ayağa kalktı. Robert Dudley de odadaydı.

Robin Kate'in kuleye çıkarılabileceğini duymamıştı henüz.

Leydi Jane kollarını açarak Kate'i karşıladı. "Sevgili kardeşim Kate... Sana kardeşim diyebilir miyim? Sohbet ederken de güzel bir akşam yemeği yeriz diye düşündüm."

Edward, Robert'tan önce Kate'in elini öptü. "Kate, burada oluşumdan dolayı Jane'i suçlama lütfen. İki güzel kadının yalnız başlarına korumasız bir şekilde yemek yemelerine izin veremezdim."

"Kimden korunmamız gerekiyor lordum" dedi Kate nazikçe gülümseyerek.

Robert sinsice gülerek, "Belki de benden sevgili baldızım" dedi ve akrabalığına sığınarak onu yanağından öptü.

Kate, Robert'in şaka yaptığını düşünmüş gibi güldü ama ciddi olduğunu biliyordu. Devre dışı bırakılmaya tahammülü olmayan bir adamdı. Güç istediği için ondan nefret edemezdi, çünkü kendisine aykırı olan şey onun için doğaldı.

Kate bu Tudor sarayındaki tek erkek olan Ned'in karşısına oturdu. Ned'in dışındaki herkes ondan faydalanmanın yollarını arayacaktı. Bu yüzden Ned'e inanmak istiyordu.

Yemek içinde halı kaplı bir tepsiden servis edildi. Önce, sirkeli, haşlanmış gebreotu salatası geldi, sonra sığır eti, yunus balığı, avlanmış çulluk eti ve meyve tatlısı servis edildi. Jane saray mutfağının kısıtlı mönüsünden dolayı özür diledi. Bu yemekler Kate'in kraliçenin özel mutfağından yedikleri ile karşılaştırılamazdı bile.

Kate zarif bir şekilde yemekten duyduğu memnuniyeti dile getirdi. Karşısında oturan Ned durmadan yemeğin en lezzetli parçalarını kendi tabağından Kate'in tabağına aktarıyordu. Kate, yanlışlıkla Ned'in ayağına çarpmamak, sonrasında da bunun bir anlamı olmadığını açıklamak zorunda kalmamak için ayaklarını topladı. Edward'ın tabağına koyduklarını yememeye çalışsa da iştahı her zamankinden iyiydi. Elbisesi onu hiç de alçak gönüllü göstermese de, kraliçenin kendisini her zaman aç bırakan alçak gönüllü yemek yiyiş tarzını taklit ediyordu. Edward Kate'e doğru uzandı ve tabağına ballı çulluk eti parçası koydu. Alçak sesle, yalnızca ona, "Kaçırdığınız düğün yemeğini telafi edebildiğim için çok mutluyum" dedi.

Kate neredeyse onu tekmeleyecekti, daha da kötüsü neredeyse gözyaşlarını tutamayacaktı.

Edward kardeşine dönerek, "Jane, bence Leydi Katherine akşam yemeğini çok beğendi" dedi.

Kate konunun değişmesine sevindi ama Ned tabağına bir şey daha koyunca, "İyiliğiniz için teşekkür ederim lordum ama rica ederim, artık istemiyorum" diye sızlandı.

Bu esnada Robert Jane'e anlatıyor olduğu yalnız kontesin eğlenceli masalını bitirdi. "Egzersiz en iyi ilaçtır Kate. Yarın kraliçe için bir av düzenledim. Epping Ormanı'na doğru gideceğiz. Geyiklerin etrafı çevrildi. İlk vuruşu kraliçe yapacak. Sen de gelecek misin?" dedi.

Kate, "İşlerim yüzünden Whitehall'da kalmak zorunda olabilirim Lord Robert. Kraliçenin elbiseleri ve mücevherleri benim kontrolümde. Ayrıca kraliçe bu aralar Richmond'a taşınma işareti de verebilir. Saray halkı çok uzun süredir Whitehall'da. Sarayın güzelleştirilmeye ihtiyacı var artık" dedi.

Robert gülerek, "Kraliçe düzenliliği ile bilinir ama şu aralar saray dolup taşıyor" dedi.

Edward bakışlarını Kate'den ayırmadan Robert'ın kaba sözlerine yüzünü buruşturdu. "Yarın ben de avlanacağım" dedi Kate'e. "Bayrağım, avlanma locası Great Standing'de sallanacak."

"Benimki de" dedi Robert. Bu adamdan uzak, özel bir konuşma yapılamayacak mıydı?

Jane, "Sen de gitmelisin Kate" dedi. "Ben de ata bineceğim. Benimki Kraliçeninkinin yanında çok zayıf bir gösteri olacak çünkü o tam bir..."

"Prens gibi ata biniyor" dedi Robert. "Eğerin üzerinde bir erkek gibi duruyor. Onun için İrlanda'nın en hızlı atlarını getirttim."

Kate Robert'ın Kraliçe ile gurur duyduğunu düşündü. Elizabeth sanki onun yarattığı bir şeydi. Belki öyleydi ya da Robert öyle olduğunu düşünüyordu. Bu tehlikeli bir düşünceydi, çünkü Elizabeth, Kral VIII. Henry dışında hiçbir erkeğin onu yaratmış olduğunu kabul etmeye niyetli değildi.

Akşam kısaydı, fakat Elizabeth Dudley'i çağırmadan önce tavla oynayacak zaman kaldı. Yarınki ava kraliçenin tüm leydileri için davetiye alacağını söyledi. Kibirle Kate'i yanağından öptü, odadan ayrıldı. Edward bu tavırdan rahatsız olmuştu.

Kate, Elizabeth'le ata bindiği zamanlarda ona yetişebilecek kadar iyi sürememişti ve arkada kalmıştı, ama yarın kraliçenin babasının avlanmak için yaptırdığı ünlü locayı görmek ve Whitehall'dan bir gün olsun çıkmak muhteşem olurdu.

"Yarın Kraliçe'nin birliğinde olacağım. Benimle birlikte at binecek misiniz?" diye sordu Edward. Kate'i kız kardeşi Jane ile birlikte ellerinde bir fenerle az kullanılan hizmetçi koridorundan odasına götürüyorlardı.

"Lord Edward, biliyorsunuz ki yapamam. İşlerimi erkenden bitirip bir sonraki birliğe katılmaya çalışırım. Majesteleri tüm leydilerinin at binmelerini ister."

Edward, Kate'in koluna girdi.

Koridordaki üç meşaleden ikisi az da olsa yanıyordu, koridor tamamen aydınlanmıştı. Kate Edward'ın fenerde parlayan yüzünü açıkça görebiliyordu, aniden elini elinde hissetti. Elini çekmeye çalıştı, fakat diğer tarafındaki Jane'e çarptı. "Lordum, yürümemize gerek yok" dedi. Sözleri aceleyle söylemişti fakat kulağına yalvarıyormuş gibi geldi.

Jane bile bile geride kaldı ve Edward, Kate'i duvara doğru yavaşça itti. Fener sallanıyor, renkli, kemerli tavana yansıyordu.

Duvarda kraliçenin taç giyme töreninin resmi asılıydı. Büyük ihtimalle hizmetçileri görevlerini yapmaya teşvik etmek için asılmıştı. Kate de de benzer bir etki yaratıyordu.

"Lordum, bunu yapmamalısınız."

"Korkma benden. Sana zarar verecek hiçbir şey yapmam."

Kate sırtındaki sert duvardan cesaret aldı. "Bana bir sokak serserisi gibi saldırarak zaten zarar veriyorsunuz. Kraliçe leydilerinden birini taciz ettiğiniz için sizi kuleye gönderecektir."

Edward yavaşça güldü. "Bana durmamı söylesen de sesinde herhangi bir şikayet duyamıyorum."

Kate Edward'ın cesareti karşısında şaşkındı ve kalbini kolayca okuyabildiğinden şüpheleniyordu artık. Titreyen kollarını tuttuğunda daha da şaşırmıştı. İçinde hâlâ o her şeyi göze alabilen çocuk vardı. Vücudu vücuduna değiyordu ve kalp atışlarını, bunca yıl ona koşmuş gibi sıklaşan nefesini duyabiliyordu. Hislerinden ve ısınan vücudundan korkmaya başlamıştı.

"Ne yapmaya çalışıyorsunuz lordum. Adam kaçırma eskilerde kaldı. Sizinle alay edeceklerdir" diyerek onu alaya almaya çalıştı. Böylece onu biraz olsun soğutabileceğini düşündü.

Fakat Edward feneri yere bıraktı ve ona sıkıca sarıldı. Kate nefes alamıyordu. Onun sıcaklığını hissediyordu. Edward ona en son sarıldığından beri bu rahatlığı hissetmemişti. Bu son sarılış, kız kardeşi Jane kuleye gönderilmeden yalnızca birkaç hafta önceydi. O günden beri Sybil dışında kimse onu böylesine rahatlatamamıştı.

Edward başını eğdi ve çenesini Kate'in başının üzerine koydu. Saçına inci ve İspanyol tarağı taktığına pişman olmuştu, çünkü Edward'ın çenesini acıtıyor olmalıydılar.

"Kulağına aşk sözcükleri söylemem seni incitir mi?"

Cevap vermedi, veremezdi. O aşk sözcükleri söyleyebilirdi ama Kate anlayabilir miydi, emin değildi. Babası hayatı boyunca ailesinin yararına olacak bir evlilik yapmasını istemişti, annesi de çok sertti. İlk kocası Pembroke, babası haince planları yüzünden yakalanmış ve idam edilmiş bu kızı topraklarını ve çeyiz için verdiklerini kaybetmemek için terk etmişti. Pembroke'den bir bakire olarak dönmüştü.

Yüzünü Edward'ın yüzüne gömmek istedi ama yapamadı. Kısık sesi onun dokunuşlarını hafifletti. "Senin tanıdığın genç kız artık yok" dedi. Sesi acıyla doluydu.

"Sen inkâr etsen de, ben onu bu kadının içinde görüyorum" diye mırıldandı. Çenesini kaldırdı, biraz daha eğilerek Kate'in kulağının ucundan öptü.

Çılgıncasına sevdiği genç adam bile bunu yapmamıştı. Dudaklarını yavaşça yanağına doğru getirdi ve dudaklarını buldu. Yalnızca Elizabeth bir erkeğin ılık öpüşüne sahip olabilir, böyle kaçınılmaz bir aşka karşı durabilirdi.

Kate arzuyla dolmuştu, neredeyse kendini kaybedecekti. Bir kadın olarak bu arzuya nadiren kulak vermişti. Edward içine gömdüğü arzuyu tekrar diriltmişti.

"Ned. Ned... Ne yaptığının...farkında değil misin?"

"Evlenmeliyiz" diye fısıldadı Ned. "Söz veriyorum, seni alnının akıyla bu saraydan çıkaracağım ve istediğin yere götüreceğim."

"Ned, etrafımızda bize karşı olan güçlerin farkında değil misin? Kraliçe, meclisi, annem... hepsinin benim üzerimde planları var. Kraliçe beni İskoç kraliçesini tehdit etmek için kullanıyor. Meclis beni kraliçenin bir bakire olarak yaşayıp ölme isteğine karşı kullanıyor... Annemse beni, saraydaki gücüne yeniden kavuşmak ve babamın ölümü sonrasında kraliyete geçen toprakları yeniden kazanmak için kullanıyor." Kate umutsuzluk içindeydi. "Ned, anlamıyor musun? Kraliçe beni gözünün önünden –kule haricinde bir yere –ayırmaz."

"Ondan asiller sınıfına alınmam için ricada bulunacağım."

"Ben onun için bir tehditsem, benim Tudor kanımla senin Seymour kanının birleşmesini isteyeceğini mi zannediyorsun?"

"Sen ne istiyorsun?"

Kate ona şaşkınca baktı. Onun kendi adına bir şey istemesi düşünülemezdi bile.

"Ne? Söyle bana" diye ısrar etti Ned.

"Seni" dedi. Sesi kendisini bile şaşırtacak kadar güçlüydü.

Ned daha da sıkı sarıldı ona. "Tatlım, Kraliçeden ricada bulunacağım. Dudley'in birliğindeyim, o da yardım edecektir."

"Onun Elizabeth'e karşı duracağından emin olma."

"Dursun ya da durmasın, fark etmez."

Bu yeni bir Edward'dı. Düşüncesiz bir genç yoktu karşısında; amaçlı, kararlı bir adam vardı, ama bu amaç onu korkuttu. "Beni gerçekten tanımıyorsun Ned. Ben değiştim, hiçbir şey istemiyorum. Kolaylıkla verilmeyecek bir şeyi istemek çok tehlikeli. Saraydaki yerini riske atamam."

Ned, başını kemerli tavana doğru kaldırdı ve "Benim yerimi boşver Kate. Ondan en az senin kadar nefret ediyorum. Yıllar boyu askerdim, önderdim ve tüm bu yaltaklanmalardan uzaktım" dedi. Sesini alçaltarak, "Tatlım, hiçbir zaman kuleye gitmeyeceğiz. Varis olmak Elizabeth'i kız kardeşi Mary'nin gazabından kurtardı, seni de kurtaracak ki, sen kraliçe gibi tahta sahip olmak istemiyorsun" diye ekledi. Cesurca gülümsedi ve bir kolunu gevşetti. Dişleri ışıkta bembeyaz görünüyordu. "Kraliçenin beni sevdiğini unutma. Ben onun yeni gözdesiyim ve bir prensten beklendiği gibi davranırım."

"Daha fazlasını isteyecektir" diye uyardı Kate. "Kraliçe diğer kadınlar gibi değildir. Hayranlık onun için yeterli değildir. Seni almayacaktır ama aynı zamanda paylaşmak da istemeyecektir. Beni de hiçbir zaman özgür bırakmayacaktır."

"Bir asilzade olarak evlenmeye hakkım var, evlenmek ve varis bırakmak görevim."

Edward neredeyse Kate'in aklını çelecekti ama Kate biliyordu ki Elizabeth'in tahtta hak iddia edebilecek güçteki iki insanın birleşmesine izin vereceğini düşünmek aptallıktı. Şu anda Edward'ın kollarındayken, karşı koyacak beyni olmayan bir aptal gibi hissediyordu kendini.

Edward kendilerine yaklaşan ve oldukça memnun görünen Jane'den feneri aldı. Kate, Jane kendi kendine kraliçenin leydilerinden biri olamazsa, onun için bir boşluk yaratabileceğini geçirdi aklından.

Edward yeleğinin altından Kate'in iki küçük resmini çıkardı. Biri gençlik haliydi.

Bunları bunca yıl kalbinin üzerinde mi taşımıştı?

"Buna bir bak" dedi resimlerden birini uzatarak.

Kate şaşkın bir halde, "Ben bu resim için oturmadım ki" dedi.

Jane oldukça hoşnut görünüyordu. "Leydim, oturdunuz. Sizi şu anki halinizle çizmesi için bir saray ressamı tuttum. Kraliçe ile birlikte görüldüğünüz her an bu resim için oturmuş oluyordunuz."

Edward planın bir parçası olarak başını salladı. "Kardeşimden benim için bu iyiliği yapmasını istedim. Senin hâlâ özgür ve kraliçenin leydileri arasında en güzeli, hatta Whitehall'ın en güzeli olduğunu duyduğumda, seni görmek istedim."

"Ned..." devam edemedi. Unutulduğunu ve yalnız olduğunu düşündüğü tüm bu yıllar boyunca onun aklında ve kalbinin yakınlarındaydı.

Edward, Kate bir kraliçeymiş gibi önünde diz çöktü.

Ona taparcasına baktı. Bu, bir erkekten isteyebileceği, her zaman hayalini kurduğu şeydi.

"İtalya'da olduğum yıllarda, geceleri yatağımda yanımda duran senin resmindi, uyumadan önce en son gördüğüm şey hep sendin. Şimdi ise leydim, hâlâ sensizim, senin resimlerinleyim ve böyle yaşayamıyorum. Yalan söylüyorsam eğer, şimdi burada ölmeme izin ver!"

Yerde bir tarafa düştü, gözleri kapalıydı ve kıpırtısızdı. Kate hem gülerek hem ağlayarak yanında diz çöktü. "Ned! Sevgili Ned, uyan. Sana inanıyorum."

Edward'ın gözleri hâlâ kapalıydı ama yüzüne bir gülümseme yayıldı. Yerinden kalkmadı ve Kate'i eğilip dudaklarından öpmeye mecbur bıraktı. Onu kendine doğru çekti.

Jane fenerle birlikte uzaklaşarak onları gölgede bıraktı.

Kate, Edward onu daha da yakına çekmeye çalışırken uzaklaştı. "Hayır Ned. Birileri gelebilir, bunu nasıl açıklarız?"

"Tatlım, açıklamamıza gerek kalmayacak."

Sıçrayarak yerinden kalktı ve Kate'i de kaldırdı. "Bugünden sonra ayrılmayacağız."

Bu sözle birlikte Kate' in odasına doğru ilerlemeye başladılar.

Kate'in parmaklarını kendininkilerden gönülsüzce ayırarak, "Yarın Jane'in odasına tekrar gel" diye fısıldadı.

Kate, "Tamam" dedi ve "Dikkat çekmemek için dikkatli olmalıyız" diye seslendi arkasından duyduğunu umarak.

❋

Kate, bir sonraki sabah Great Standing'e doğru yola çıkan birliklerin en sonuncusundaydı.

Atından nefes nefese kalmış bir halde Robert'e seslendi, "Lordum, korkarım kraliçe bu kadar hızlı sürerek kendini öldürecek."

Dudley aynı fikirde değildi. "O Tanrı tarafından vaftiz edilmiş, hiçbir şeyden korkmaz."

"Aşk hariç" dedi Kate, kendini tutamadan.

Robert eğilerek atının üzengisini çözdü ve atını gezdirmesi için bir çocuk çağırdı. "Onu yeterince tanımıyorsun" dedi kızgınca. Kate ilk kez onun Elizabeth üzerindeki gücüne dair kuşkuları olduğunu hissetti.

"Öyleyse neden birçok erkeğin aşkını kazanmaya çabalayıp onlardan sizinle kaçıyor?" Bu boş bir soru değildi ama Kate'in uzun zamandır cevap aradığı bir soruydu.

"Onu yanlış anlamışsın leydim. Bess aşktan korktuğu için kaçmıyor. Aşka kızgın olduğu için kaçıyor. Kontrol edemediği tek şey bu. Öfkesi bana ve Avrupa'nın tüm prenslerine direnmesine yol açıyor. Bu öfke seni ve Edward'ı da ayıracak... Özellikle de ona âşık olduğunuzu anlarsa."

"Ona âşık değilim" dedi Kate, onu ikna etmeyi umarak.

"Emin misin?"

Kate'in sesi titriyordu. "Ona âşık değilim."

Robert sırıttı. "Bu halin söylediğimi doğruluyor, Kate" dedi.

Kate konuyu çabucak değiştirerek ona çevirdi. "Lordum, aşka öfkeli olduğunu biliyorsanız neden..."

"Neden ona aşığım?" diye tamamladı soruyu. "Neden nefes aldığımı sorman çok daha iyi. Neden kraliçelik şansını Edward'la yok etmek üzere olduğunu sor kendine. Birbirimizi anlamıyoruz."

"Lanet olsun Robert! Varis olmak istemediğime kimse inanmıyor mu?"

"Kim inanır ki? Kraliçenin de sana inanacağını, üstelik annesini babasının yatağından kovan bir kadının yeğeniyle evlenmene onay vereceğini düşünme. Yalnızca bu sebeple değil, varislerin etrafında nasıl planların döndüğünü bilir. Onu böyle planlar ve komplolar Traitor kulesine ve Londra kulesine gönderdi. Biliyorum, ben de onunla aynı zamanda orada bir mahkumdum ve onunla haberleşebiliyordum. Her sabah cellatların idam için sehpa kurmalarını bekliyordu."

Kate geri adım attı. "Korkarım yanılıyorsunuz lordum. Tavsiyeleriniz oldukça gereksiz. Kont arkadaşım Jane'in erkek kardeşi."

"Yanılmak mı Kate? Beni aptal yerine koyma lütfen. Siz gençken çıkan fısıltıları hatırlıyorum. İkiniz de hâlâ aşıksınız."

Kate arkasını dönüp gitmeye çalıştı ama Robert kolunu tuttu. "Sonunda Bess her şeyi öğrenecek. Evlenmene ve çocuk sahibi olmana izin vermeyecek" dedi ve sırıtarak onları izleyenler için eğildi, Kate'in elini tutarak her zamanki havalı edasıyla ona eşlik etti. Kate'in atının dizginlerini alması için de çocuğa eliyle işaret etti. Kate huzursuzca avlanma locasının ikinci katına çıktı, korkuluklara, kraliçenin atış kabinine doğru yürüdü. Robert günün birinde onun kraliçe olmaya dair hiçbir isteği olmadığına inanabilir mi diye merak ediyordu. Kraliçeye aşık bir adam buna inanabilir miydi? Hayatı boyunca Tudor ailesinden dört hükümdar görmüştü, dördü de mutlu değildi. Buna rağmen tarihe meydan okuyarak kraliçeyi çılgınca seviyordu.

Lordların bayrakları locanın üç katından, kraliçeninkiler de dört köşeden sallanıyordu. Kate kuvvetli bir rüzgar bu binayı Epping ormanına doğru savurabilir mi diye merak etti, fakat başka bir ilginç soru daha bulamadan kraliçenin sesiyle irkildi. Kraliçe ikinci katın tırabzanlarına yaslanarak aşağıya doğru eğilmiş ve Dudley'e, "Geyiğe ateş edin lordum" diye bağırmıştı.

Dudley şaşaalı yeşil av takımı ve gösterişli başlığıyla Elizabeth'e doğru baktı. O esnada geyik aşağıdaki açık alana doğru koştu.

Elizabeth en sevdiği köpeğini yavaşça Bayan Ashley'e verdi, yaylı tüfeği aldı, nişan aldı ve oku dişi geyiğin boynuna göndererek onu düşürdü. "Güzel vuruş Majesteleri" diye bağırdı Ned. Okçudan okları aldı ve kraliçenin tüfeğine hızla yükledi.

Kraliçenin vuruşundan sonra, diğerleri de ağaçlıklara doğru koşuşan geyiklere ateş etmeye başladılar. Geyikler çocukların salladıkları yapraklardan korkarak geri dönüyorlardı. Ok yağmuruna tutulmuşlardı.

Kate geyik ani bir vuruşla ölene kadar avla ilgilenmiyordu fakat geyiğin ölümcül bir şekilde yaralanmış, bacaklarını biriken kan içinde sağa sola sallayan görüntüsü midesini ağrıttı. Bunu gördükten sonra sıcak geyik eti böreğinin kokusu burnuna hiç hoş gelmeyecekti ve o bunu belli edemeyecekti.

Av iki saat sürdü. Kraliçe altı geyik vurmuş, ilk vurduğu geyiğin başını kesmişti. Vagonlara yüklenen geyik ölülerinin bir kısmı kraliçenin sarayına, bir kısmı da Londra'nın fakir hastanelerine götürülmüştü.

Great Standing'den ayrıldıklarında Edward kraliçenin birliğini takip etmeye başladı. Kate'in yanından geçerken fısıldadığı şeyi yalnızca o duydu: "Kalbinin şu anda bile kafesteki kuşla birlikte olduğunu görebiliyorum. Bu senin güzelliğin."

Ilık kış güneşi kendini gösterince kraliçe ve leydileri atlarından inerek ormanın içine doğru yürümeye başladılar. Dudley kraliçeyi güzel kokulu bitkilerle kaplı, özenle temizlenmiş, gaydacıların ve trampetçilerin müzik çaldığı bir yola doğru götürdü. Kate Majesteleri'nin Dudley'i gördüğünde gözlerinin parladığını gördü ve kendi gözleri daha da çok parlar diye Edward' a bakmaya cesaret edemedi. Yapabileceği bir şey yoktu. Ned gibi bir erkek tarafından sevilmek, bildiği her şeyden daha keyifliydi, hatta ona olan gençlik aşkından da. Bedeni ondan ayrı kalamıyordu, ona karışmış hissediyordu kendini. İki âşık olarak, Elizabeth'in cesaret ettiklerine cesaret etmek nasıl bir şey olurdu, merak ediyordu.

Kraliçe Robin'e doğru eğilerek özel bir ses tonuyla, "Robin, sen gerçekten eğlencelerimin baş kahramanısın" dedi.

Dudley dudaklarında yarım bir gülümsemeyle kraliçeye baktı. "Teşekkürler Majesteleri. Sizin tüm zevklerinizin kahramanı olurum."

Elizabeth genç bir kız gibi kahkaha attı.

Herkes, bu baştan çıkarma karşısındaki şaşkınlıkları fark edilmesin diye bakışlarını yere indirdi. Fakat bulaşıkhane hizmetçileri de dahil hepsi bu konuşmayı duymuştu.

Kate'in öfkesi artıyordu. Elizabeth duygularını kendine saklamalıyken bunu yapmamıştı.

Piknik için hazırlanan açık alana ulaştılar. Tatlı kokulu dallar eğlence çadırının üzerine dökülüyordu. Yanmış mangallar ve buğulanmış yemekler alçak masaların üzerini dolduruyordu, İskoç elçiye ikram edildiği kadar boldu. Dudley kraliçenin omuzlarını inceden yağan kardan koruması için işlemeli bir kaftanla sardı. İnce kar taneleri yanan sobanın üzerinde cızırdıyordu. Müzisyenler hareketli bir şarkı çalıyordu. Kraliçenin isteğiyle leydiler dans etmeye başladılar.

Kraliçe üzerindeki kaftanı keyifle atarak koştu, Kate'in elini tutup havaya kaldırarak dans etmeye başladı. İnce kar tanelerinin altındaki bu kış dansında herkesten daha hızlı ve coşkulu dans ediyor, gülüyordu. Neşesi tüm dansçılara bulaşmıştı.

Kate halkadan ayrıldı. Dudley kollarında gülerek dans eden kraliçeyi kaftanına sararak toparladı.

Ned, Kate'i takip ederek, "Hasta mısın?" diye sordu.

Kate yumuşak ses tonuyla "Hayır" diye cevapladı. Kraliçe hislerini özgür bırakmayacağı için bu hisleri hapsetmesi gerektiğine dair düşüncesini Ned'le paylaşamıyordu.

Çadıra doğru yürüdü, ısınmak için bir tencereye yaklaştı. Ned'in Elizabeth'e eşlik ettiğini bildiğinden ona doğru bakmıyordu ama kendine doğru yaklaştığını görünce nefesini tuttu. Ned onu selamladı ve kışlık pelerinini ona sundu.

Alçak bir sesle, "Bunu al" dedi ve Kate'in omuzlarına sardı. "Seninle ilgilenmiyormuşum gibi görünmek için titremene göz yumamam."

Kate zarifçe gülümsedi ve herkesin duyabileceği bir şekilde, "İyiliğiniz için teşekkürler lordum" dedi ve kraliçeye doğru baktı.

Kraliçe "Lordum" dedi, yüzünden herhangi bir şey okunmuyordu. "Sabahtan beri leydi Grey'in yolunu gözlüyorsunuz. Gizli, kötü planlarınız mı var?" dedi. Sanki ajanları Kate'in sırrını onunla paylaşmışlar gibi gülümsedi. Sonra gülümsemesi yok oldu ve "Gözde olarak kalmak istiyorsanız, benim sabrımı aşacak kadar ileri gitmeyin lordum" dedi.

Ned özür diledi. O esnada Kate annesini ziyaret etmek için kraliçeden izin almaya karar verdi. Suffolk Düşesi annesi bile ona çare olabilir, Bradgate'de kendini toparlayabilir, imkansıza ulaşabilmek için bir yol bulabilir veya arzularını gizlemek için güç toplayabilirdi. Kalbindekileri Elizabeth'ten gizlemenin bir yolu olmadığını biliyordu. Elizabeth, aldanma konusunda eğitimliydi, özellikle de annesinin öldürülmesinden sonra hapisten çıkmak adına entrikalar çevirmişti.

O gece Kate, kraliçeyi uykuya hazırlarken ona bir aylığına saraydan ayrılmak istediğini söyledi.

"Şşşşt!" dedi Elizabeth Kate'in elini hızla çekip tutarak. "İmkansızı istiyorsun Leydi Grey. İki gün içerisinde sarayı Richmond'a taşıyoruz ve elbiselerin hizmetlisi olarak işinin başında olmalısın, tabii bu işe devam edeceksen..."

"Elbette ki Majesteleri" dedi Kate. Elizabeth'in hiçbir zaman affetmeyeceği düşüncelerini kendine saklayarak geri çekildi.

BÖLÜM 3

"Evli ve kraliçe olmaktansa, bekar ve fakir olmayı tercih ederim."
Elizabeth Regina

4 Şubat 1562
Whitehall/ Richmond

Thames Nehri üzerindeki yirmi dört kürekçi, küreklerini suya daldırarak kraliyet filikasını taşıyorlardı. Sabahın puslu havası dağılmış, kış güneşi gri nehrin üzerinde parlamaya başlamıştı. Kate arkadaki kabinde minderine yaslandı ve kendi kendine gülümsedi. Bu aralar rüzgarlı ve karlı olan hava bile İngiltere Kraliçesi Elizabeth'i selamlıyordu.

Kraliçe dairesinden Richmond Sarayı'na taşınacak şeylerin –binlerce elbise, mücevher, resim, kraliçenin koca yatağı ve kraliyet dairesinin eşyaları –paketleme işi esnasında çok yorulmuştu, kraliçenin görüş alanından uzak bir yerde dinlenmeye ihtiyacı vardı. Filika akıntıya karşı yol alırken dalgalara çarpıyor ve yükseliyordu. Bu da Kate'i daha çok dinlendiriyordu.

Westminster Abbey'den ve Star Chamber'dan geçerek daha açık bir alana geldiler. Haftalardır sürüp giden soğuğun aksine bahardan kalma, ılık bir günü yaşıyorlardı. Çiftçiler tarlalarına gitmiş, toprağı ekime hazırlamak için saban sürmeye başlamışlardı. Kilise çanları çalıyor, köylüler kraliyet filikasını görünce kıyıya koşup diz çöküyorlardı. "Tanrı sizi korusun Majesteleri!" diye bağırıyor, çocuklarını kraliçeyi görmeleri için ileriye doğru itiyorlardı.

Elizabeth de onları neşeyle cevaplıyordu: "Halkım, Tanrı hepinizi korusun!"

Elizabeth yalnızken çoğunlukla melankolikti ama topluluk karşısında çok neşeliydi. Güçlü ve haşmetli olmasına rağmen, yalnızca bu özelliklerini sergileyebildiği zaman mutlu oluyordu. Yoksa o hep yalnız, etrafı sözlerini düşmanlara ileten eğitmenler ve bakıcılarla çevrili, içedönük bir prensesti.

Bölmeli, vitraylı penceresinden dışarıya bakarken benzer bir yalnızlık hissine kapılmıştı ki, Ned'i gördü. Onu bir aydan az bir süredir görüyordu ama onu görmeden geçen bir günde bile çok mutsuz oluyordu. Aşk böyle kısa bir sürede yeniden alevlenebilir miydi? Yoksa zaten tüm bu yıllar boyunca için için yanmış mıydı? Hissedebileceği en doğru şeyi hissetmesine rağmen felakete sürüklenmekten korkuyordu.

Silkinerek bu kısa süreli kaygı halinden kurtuldu, diğer soylularla birlikte kraliçenin vagonlarını korumak için atını kıyıdan süren Ned'i izlemeye koyuldu. Vagonların dört yüz kadarı tıka basa paketlenmişti. Vagonların üzerinden at arabaları ve erkekler görülebiliyordu, Kate'in Ned'i görmesi de zor olmadı. Süslü, en az on yedi yaşında olan, hayatına yeniden girdiği balo gecesindeki gibi sıçrayıp hoplayan bir atın üzerindeydi. Kate o gece dans ettikleri Pavotte'u mırıldanmaya başladı ve işlemeli yastığa sarıldı. Ned hep aklındaydı. Onun son gizli öpücüklerini hayal etti. Hem de kraliçenin mücevher odasındakini!

Dün, muhafızları geçip kraliçeye broş getirmek için mücevher odasına girmişti. Odayı boş zannediyordu ama Ned içerideydi. "Burada ne..."

"Leydim, aşık bir adamın yapacağı şeyi yapıyorum" dedi. Resmi bir tonla konuşarak onu selamladı. Kahverengi gözleri parlıyordu, fakat Kate'in endişesini gidermeye yetmiyordu.

"Bu sarayda değil lordum" diye fısıldadı. "Çıldırdınız mı? Burada olduğunuz, ben kraliçenin dairesine gitmeden evvel ona ulaşacaktır."

"Muhafızlara rüşvet verdim."

"Size sadık kalmazlar. Kraliçeye anlatmasalar bile bu gece muhafızlar birliğinde bunu konuşacaklardır."

"Öyle olursa rüşvetlerinin ikinci ve daha büyük parçasını alamayacaklardır."

Kate'e yaklaştı.

"Her zaman her şeyi düşünür müsün?" dedi Kate.

"Hayır, her zaman böyle değilim. Uzun yıllar seni kaybettiğimi düşündüm, seni başka kadınlarda bulmaya çalıştım, bir daha asla bulamayacağımı zannettim. Ama Kate..." Zorlukla yutkundu. "Senin de beni aynı şekilde düşündüğünü görmem gerek..."

"İki gece önce Jane'in akşam yemeğinde kraliçenin leydilerinden birini odasına götürürken izinsizce öptüğün gibi mi? Ya da bu sabah merdivenlerdeki, dün de bahçedeki gibi mi?"

Kate gözlerini kapadı ve onun genç halini hatırladı. Ned yanağına dokundu, gözlerini açtığında yüzü çok yakınındaydı.

"Kate ben her seferinde senin iznin olduğundan emin oldum." Neşesi bir anda kedere dönüştü. "Böyle aşk oyunları oynamamalıyız Kate. Ben daha fazlasını istiyorum."

Yeleğinde sakladığı resmi çıkarmaya çalışırken öyle yaklaşmıştı ki, nefesi Kate'in yanağına çarpıyordu. "Kate, lütfen saçından bir tel saklamama izin ver" diyerek portrenin madalyonunun kilidine dokunarak açtı.

Kate telaşlanmış gibi görünerek ona takıldı. "Demek saçımı bir büyücüye götürerek bana büyü yaptıracaksın."

Ned'in kolları onu sıkıca sardı. "Ben senin büyünün etkisindeyim" dedi.

Kate onun güçlü kollarında kendini güvende hissediyordu. Ned'in elleri kalçalarına doğru kaydı ve onu kendine doğru çekti. Kate daha fazlasını istiyordu... bu kadar yakınken... Ona karşı tüm direncini kaybediyorken korkuyla geri çekildi. "Bir lordun böyle küçük bir resim tarafından büyülendiğine nasıl inanabilirim?" diye sordu açık konuşmaya çalışarak.

Edward ellerini çekti ve geri çekildi. Kahverengi gözleri Kate'in güvensizliği karşısında incindiğini yansıtıyordu. "Tek gördüğüm şeyin güzelliğin olduğunu düşünüyorsun."

"Başka ne?" diye sordu. Merakını gizleyemiyordu.

Ned resmi kaldırdı, ona, onun içine bakarak, "Yalnızlık ve şefkat görüyorum. Nezaket ve neşe arzusu görüyorum, herhangi bir emirle gelmeyen gerçek bir neşe. Özgürce uçmak isteyen bir kız görüyorum."

Kate ona yaklaştı. "Tüm bunları benim yüzümde mi görüyorsun?"

"Bunları ve daha fazlasını. Yoksa sana geri gelmezdim. Tüm bunları şimdi de görüyorum yoksa burada kalamazdım."

"Ned, sen tam bir çılgınsın" dedi Kate. Ayaklarının üzerinde yükselerek Ned'i öptü.

"Çılgından da fazlası" diyerek gülümsedi. Mücevherlerle işli hançerini çıkararak Kate'in başlığından çıkan küçük kızıl bukleyi kesti.

Filikaya çarpan dalga Kate'i geri getirdi. Ned'in vücuduna yaslanmış hayali ile tir tir titreyen halini birilerinin görmüş olacağı korkusuyla kabine baktı. Gözcü Saintloe dahil, diğer tüm leydiler işlemeleri ile meşguldü. Aslında Kate de işleme yapmalıydı ama bu sabah parmaklarını zorlamak istemiyordu.

Öpüşmelerinin ılıklığını yeniden hissetmek istiyordu, bedeninin bu sıcaklığı yeniden arzulayıp arzulamayacağını merak ediyordu ve kraliçenin mücevher odasında mumların gölgesinde hissettiklerini yeniden canlandırabilmesine, hissedebilmesine şaşırıyordu. Bu his, ondan ayrı kaldığı uzun yıllara rağmen aynı histi. Erkek bir hizmetçi Kate'in önünde durarak yüksek sesle, "Majesteleri sizi emrediyor leydim" dedi.

Kate kelimelerin sert vurgusundan tekrar edilmiş olduklarını anladı, acele etmeliydi. Elizabeth filikanın duvarlarından Kate'in yüzünü görüp aklını okumuş olabilir miydi? Bu düşünce karşısında gülümseyemedi. Kraliçe aptal değildi, Kate ve Ned kendilerini ele verirlerdi. Elizabeth Kate'e Ned'in ona eşlik etme ricasını geri çevirdiğine dair bir şey söylemese bile bunu unutmazdı.

Ned saraydaki güçlü adamları bile korkutacak kadar güçlüydü, fakat tüm erkekler bir kadından daha fazlası olan kraliçe kadar güçlü değildi çünkü hepsinin başı tehlikedeydi. Ned'i fazlasıyla dikkat etmesi konusunda yeniden uyarmalıydı, kendisi de bunu göz ardı etmemeliydi.

Kate altın yaldızla boyanmış, her tarafı bitki ve ağaçlarla donanmış güverteye doğru aceleyle ilerledi. Kürekler suya ritmle çarpıyordu. Rüzgar karşısında pelerinini daha da örterek, "Buyurun Majesteleri" dedi.

Kraliçe genç ve heyecanlı görünüyordu. Taşınıyor olmaktan mutluydu. Soluk teni nehrin sisi ile nemlenmiş, parlamıştı. Başlığını çıkardı, kızıl saçları omuzlarından döküldü. "Leydi Katherine, bize okumanızı istiyoruz" dedi. Eğlenceli kış akşamlarında kraliçe için Latince'den İngilizce'ye çevirdiği ve henüz bitirdiği *Plutarch'ın Hayatı*'nı işaret etti.

Kate, "Elbette Majesteleri" diyerek İngilizce tercümeyi açtı. Elizabeth'in huzurunda Latince'sini test etmeyeceği için Latince eğitimi almış dindar kardeşi Jane'e minnettardı.

Kate okumaya başladığında filika nehirde bir tarafa doğru eğildi ve bir patlama sesiyle birlikte kıyıdan duman yükseldi. Kürekçilerden biri bağırarak güverteye doğru düştü, yaralanmıştı, kemiği kırılan kolunu sıkıca tutuyordu. Kate, "Suikastçı!" diye bağırarak kraliçeye doğru atıldı. Muhafızların başı kılıcını çekti.

"Silahlara!"

Ned! Tehlikede miydi? Güvertedeki koşuşturmada Kate korkuluklara sıkıca tutundu ve Dudley ve Ned'in atlarından soğuk suya atlayarak sazlıkların arasından avcı botuna doğru yürüdüklerini gördü. Av tüfeğini alıp adamı suya attılar.

Baş muhafız filikayı kıyıya çektirip pusuya geçilmesini sağladığı için kraliçeden özür dilerken kraliçe güldü. "Şşşt! İngiltere kraliçesi avcılarının huzurunda pusuya yatmaz ama hizmetçilerini himaye eder. Yaralanan adamcağızı ve hayatımızı kurtaran iki ıslak lordu buraya getirin" dedi. Hemen bir bot hazırlandı ve harekete geçti.

Kate, Ned'in botu beklemeksizin filikaya doğru yüzdüğünü gördü.

Kraliçe ayağa kalktı ve yaralı kürekçinin yanına gitti. Acıyla inleyen adamın kolu korkutucu bir halde kanıyordu. Kraliçe elbisesine dikkat etmeksizin adamın önünde diz çöktü. Kürekçilere, "Buraya gelin" diye emretti. "Ülkesi için yaralanan bu cesur adamı sarın ve onunla ilgilenin. Richmond'a ulaştığımızda kraliyet doktoru onunla ilgilenecek ve ona maaş bağlanacak" dedi. Kürekçiyi rahatlatmıştı, adamın acıları kraliçenin sözleriyle biraz olsun dinmiş gibiydi. Kalktı ve kürekçilerin her tarafı çınlatan tezahüratları eşliğinde çadırına doğru yürüdü.

Kate, Ned'in varmak üzere olduğunu tahmin ediyordu ama kendini kraliçeyi izlemekten alıkoyamıyordu. Yaralı kürekçiye yaptığı iyiliğin Londra'da dilden dile dolaşacağını ve ona olan hayranlığı arttıracağını tahmin edebiliyordu. Kraliçenin saygınlığını arttırmayı düşünmeksizin böyle bir iyilik yapmış olduğuna inanmıyordu.

Ned korkuluklardan güverteye atladı, her tarafından sular akıyordu. O esnada kraliçe de tentenin altındaki tahtına yönelmişti. Elizabeth'le konuşuyordu ama Kate'e bakıyordu. "Tanrı'ya şükür güvendesiniz Majesteleri."

Kate gözleriyle Ned'i uyararak kraliçenin yanına geçti.

"Oldukça güvendeyim lordum" dedi kraliçe sertçe.

Bir diğer sırılsıklam, Robert Dudley de geldi. Korkulu gözlerle önce kraliçeye sonra da yaralı kürekçiye baktı. "İsa'ya şükür" dedi ve korkulu avcıyı korkuluklardan sürükleyerek bir çuval gibi kraliçenin önüne fırlattı. Avcı yanağını yere çarptı. Kate avcının güverteden atılıp boğulmadan daha iyi bir ölüm için dua ettiğini görebiliyordu. Kraliçeyi tehlikeye atmanın ne demek olduğunu çok iyi biliyor olmalıydı.

"Dizlerinin üzerinde kalk" diye emretti kraliçe. "Hükümdarına bak."

Lekeli deri yeleği şarap şişesi taşıdığını gösteren adam büyük bir balık gibi ağzını açıp kapadı.

"Kraliçeyi öldürmeye mi kalktın?" diye sordu kraliçe sertçe.

Avcı dilini yutmuş gibiydi, yalnızca başını sallayıp tuhaf sesler çıkarıyordu.

"Bizim insanımızı tehlikeye soktun avcı, bu İngiltere hukukunda vatana hainliktir."

Robert Dudley adamın kıyafetlerini arkasından tuttu ve "Cezası ölümdür" dedi.

Avcı sonunda sesini çıkardı. "Hayır majesteleri... Size asla zarar vermem. Cennet üzerine yemin ederim ki doğru söylüyorum."

Ned, Kate'i yerinden sıçratacak şekilde bağırdı: "Kraliçenin filikasına ateş ettin!"

Avcı, "Hayır etmedim lordum. Silah patladı" dedi daha çok titreyen sesiyle.

Kraliçe elini kaldırdı. "Sakin olun Hertford lordum. Adam dehşet içinde" dedi ve arkasına yaslandı. "Kuğularımızı avlıyordunuz avcı." Bu bir soru değildi. Kraliçe biliyordu.

Avcı başını salladı. "Evet majesteleri."

Dudley kaşlarını çattı. "Majesteleri, o yalnızca dikkatsizliği ile bile bir hain gibi öldürülmeyi hak ediyor" dedi.

Kraliçe yüksek sesle kahkaha attı. "Tüm dikkatsiz insanlarımızı idam etseydik, ülkemizde tek dikili ağaç bulamazdık. Onu bağışlayacağız. Botunu ve av tüfeğini alın, onu da bir süreliğine benim kuğularımı vurup derilerini satmak isteğine pişman olması için Bridewell Hapishanesi'ne götürün. Gelecekte şarapçısının devamlı müşterisi olamayacak" diyerek güldü. Tökezleyen avcıyı baş muhafızın himayesine bıraktı. Avcı sonraki günleri için kendini şanslı addediyor olmalıydı.

Kate kraliçenin hoşgörüsüne hayran kaldı. Onun yerinde babası olsaydı, adama tüm gece boyunca eziyet eder, bir sonraki sabah Tyburn'da onu idam eder, parçalara ayırttırır, son olarak da iç organlarını tencerede kaynatırdı.

Ned, Kate'in olduğu tarafa bakmamaya çalışıyordu. Görevinin başına dönmek için korkuluklara doğru giderken aynı anda birbirlerine baktılar. Kate onun sırıtmasını bastırmaya çalıştığını gördü. İkisi de Elizabeth'e hizmet ederlerken, Elizabeth'in bakışlarının altında birbirleriyle ilişki kurmaktan nasıl kaçınabilirlerdi ki? Onu her görüşünde hissettiklerini ne kadar süre saklayabilirdi? Kendini kısa bir iple direğe bağlanmış, etrafı çoban köpekleriyle sarılı bir ayı gibi kapana kısılmış hissediyordu.

Kısa bir süre sonra nehirde bir dönüş daha yaptılar ve büyülü, kubbeli haliyle periler ülkesini andıran Richmond'u gördüler. Kate bu sarayı birkaç kez görmüştü, fakat sarayın güzelliği onu her zaman heyecanlandırıyordu. Yeşil çayırları, balıkçıl suları çevreleyen taş saray Londra'nın vebası ve kokusundan uzak, baharda bulunulacak en muhteşem saraydı. Bahçeleri ve kapalı yollarının aşıklar için uygun olduğunu biliyordu. Avludaki fıskiyenin etkisiyle oluşan buz gibi havadan çok, bunun hayali ile titredi.

Elizabeth yüksek taş girişte karşılandı. İlk vagonlar boşaltılmıştı bile.

Saray nazırı arkasındaki tüm saray halkı –oymacı, taşıyıcı, kapı görevlisi ve papaz –ile diz çökerek, "Majesteleri" dedi.

"Daireleriniz hazırlanırken, özel mutfağınız büyük salonda size akşam yemeği hazırladı."

"Karşılama için teşekkür ederiz ama önce kiliseye gideceğiz, sonra yemekleri odamıza alacağız. Maceralı bir yolculuktu, Tanrı'ya canımızı bağışladığı için dua etmeliyiz."

Kraliçe Tanrı'ya onu koruduğu için şükretmeye gittiğinde Kate ve diğer leydiler kraliçenin dairesinin Whitehall'daki gibi yerleştirilip yerleştirilmediğini görmek için koşuşturdular.

❀

Hertford kontu sarayın girişinde kaosun ortasındaydı. Lord Stewart hamallara vagonları boşalttırıyordu, uşaklar sandıkları taşıyor, seyis yamakları da terli atları götürüyorlardı. "Unutmayın, onları yürütün, kurulayın ve soğuk su vermeyin. Yalnızca sarnıcın suyundan verin, ek binanın altından akan nehrin suyundan değil" dedi Edward.

Dudley kendi atının dizginlerini de çocuğa verdi ve atının arkasına vurdu. "Benim atıma da aynısını yapın ve en iyi ahıra koyun. Seyise bir şeyler yiyip kıyafetlerimi değiştirir değiştirmez kraliçenin atlarına bakmaya geleceğimi söyleyin" dedi.

Edward Dudley'in bu kibirli tavrını görmezden geldi. Tipik bir şekilde Edward'ın rütbesini test ediyordu ama Edward bugün tahrike kapılmayacaktı. Dudley'in kraliçe üzerindeki etkisine ihtiyacı vardı hem de hemen. Kendini Kate'in bekaretine saygı göstermeye daha ne kadar zorlayabileceğini bilmiyordu. Mücevher odasındaki son öpüşmeleri Kate'in buna ve daha fazlasına istekli olduğunu gösteriyordu. "Lordum, sizinle acil bir konu hakkında konuşmak istiyorum" dedi.

Dudley ilgilenmiş göründü fakat Edward bunun kurnaz bir ilgi olduğunu biliyordu. "Benimle daireme gelin, ben kıyafetlerimi değiştirirken konuşuruz. Kiliseden sonra kraliçeye eşlik etmem ve bir şey isteyip istemediğini anlamam gerekiyor. Babası gibi Bess'in de beklemeye tahammülü yok."

Edward ve Robert içinde avlusu olan, kraliçenin dairesine taşınan eşyalardan dolayı güçbela geçtikleri labirent gibi koridorları olan taş bir binaya girdiler.

Robert'in odasına girdiklerinde Edward hizmetçinin temiz kıyafetler getirmesini bekledi ve "Yardımına ihtiyacım var Robert" dedi.

Dudley hizmetçisi çıkana ve kapıyı arkasından kapatana kadar konuşmasın diye Edward'a el kaldırdı. "Bu Leydi Katherine Grey ile ilgiliyse, rica ederim devam etmeyin."

"Ama Robert, ben..."

Robert yaklaştı ve sesini alçalttı. "Aptal olma Edward. Bu konuşmanın her kelimesini Bess'e anlatmam gerektiğini biliyorsun. Onun isteğinin dışında olan bu şeye karıştığımı düşünürse..."

Dudley zorlukla yutkundu ve yüzünü çevirdi fakat Edward onun yüzündeki ifadeyi okuyabilmişti. Çekinmesi, kraliçenin öfkesinden korktuğu için değildi, ona olan aşkındandı. Bu aşk, Edward'ın aşkından daha umutsuz bir aşktı. Şu anda babasının ve erkek kardeşinin başını kesen baltadan kurtulan zeki, büyülü lorddan eser yoktu. Her şeyden daha fazla istediği kadın tarafından reddedilen bir adam vardı, çaresizdi. Buna rağmen Dudley'de küçük bir umut kıpırtısı olduğunu biliyordu. Biliyordu çünkü kendisi de uzun yıllar bu umudu beslemişti.

Fakat artık beklemeye tahammülü yoktu. "Lordum, lütfen dinleyin. Kraliçe ricamı görmezden geldi. Kate için ne yapmam gerekiyor bilmem gerek."

"En iyisi hiçbir şey yapmaman!" Dudley'in yüzünden öfke akıyordu. "Sen zaten kötü tavsiyelere uydun. Bu tavsiyelerin de Kate'in yatak odasındaki yerini almak isteyen kız kardeşin Jane tarafından verildiğini tahmin ediyorum."

"Kız kardeşim Jane, Henry'nin kraliçesinin yeğeni olarak sarayda hak ettiği yeri istiyor ama kuşkusuz benim mutluluğumu da istiyor ki, bu mutluluğa da yalnızca Kate ile evlenirsem erişebileceğim. Bunun için yıllarca bekledim, artık bekleyemem." Ciddi durmaya, sesini mağrur hale getirmeye çalışıyordu ama bunu sürdüremedi. "Robert, bizim için kraliçeyle konuşmalısın!" dedi ve tüm nezaketini Dudley'in kollarını tuttuğunda yitirdi. "Kate ile evlenirsek sarayı arkamızda bırakıp benim Eltham'daki köşküme gideriz. Yabancı ülkelerdeki şehirleri gördüm. Denizde ve karada savaştım. Hayatımı saray koşullarından ve entrikalarından uzaktaki yeşil ülkede Kate ve çocuklarımla geçirmekten başka bir şey istemiyorum. Şerefim üzerine yemin ederim ki kraliçeye ihanet etmeyeceğiz."

Robert kollarını öyle bir hızla çekti ki Edward sarsıldı. "Seni aptal! Başkaları sizin adınıza kraliçeye ihanet edecek, entrikalar üretip mektuplara sizin adınızı yazacaktır. Bir yıla kalmaz kulenin yüzbaşısı ikiniz için de bir iskele kurmaya başlar" dedi ve samimiyetle devam etti. "Bu sözlerini unutacağım Edward, sen de unut." Acı ile güldü. "Bess'in kadın bedeni gözünü boyamasın, onu yöneten başıdır."

Edward bu sözlerde kalp acısı hissetti.

"Bana kulak ver Edward; kraliçenin tahtına yönelik bir entrikaya başvurma."

"Ama kraliçe bizim..."

"Arzuların seni beni anlamayacak kadar körleştirdi mi? İkiniz de kraliyet soyundansınız, evlenmeseniz bile birer tehditsiniz. Bu yüzden seni saraya kabul etti ve Kate'i yanında tutuyor, ikinizi de gözünün önünde tutup yaptıklarınızı kontrol etmek istiyor. Tudor ve Seymour soyunun erkek varisler olasılığı için bir araya gelmesine izin vermeyecektir. Neredeyse tüm hayatını tahta sahip olmak için korku ve yalnızlıkla geçiren birinin her şeyinin kuzenleri tarafından ele geçirilmesine izin vereceğini mi zannediyorsun?" dedi. Yeleğini düzeltti ve koyu renkli saçlarını başlıkla örttü. "Şimdi lordum, kraliçenin atlarının efendisi olarak görevimin başına dönmem gerekiyor. Yarın sabah at binmek isteyecektir. Bu konuyu bir daha bana açmayın yoksa başınızı kargımda göreceğim."

Edward'ın eli kılıcına gitti. "Beni kimse tehdit edemez."

Dudley uzağa fırladı, sofadaki hizmetçisi hazırlıksız yakalanmıştı.

Edward sessizce durdu, yumruklarını sıkarak açık kapıya baktı. Kalbi gümbür gümbür atıyordu. Kibrinden dolayı Dudley'e meydan okusa sarayın çoğu onu desteklerdi. Robert Dudley'in gerçek arkadaştan çok gerçek düşmanı vardı. Fakat Elizabeth Edward Seymour'u Kate'i bir daha görmemesi için kuleye gönderirdi. Bir an durdu, sakinleşmeye çalıştı.

Hayal kırıklığına uğramış ve öfkelenmiş olmasına rağmen, öfkesinin mantıksız olduğunu biliyordu. Dudley ona gerçek anlamda yardımcı olmaya çalışıyordu. İkisinin de derdi birbirine çok benziyordu ama Edward onun bu yaptığına gücenmişti. Biraz anlayışla öfkesi yavaşça dindi.

Ayrıca Dudley'in şu anki sıkıntılarını da biliyordu. Kraliçenin ve meclisinin huzuruna prenslerden gelen evlenme tekliflerine elinden geldiğince karşı çıkıyordu. Kraliçenin bir prensle görüşmesi yalnızca Elizabeth'le evlenme umutlarını silmekle kalmıyor, aynı zamanda onları tamamen ayırmaya yönelik bir hareket oluyordu.

Fakat kendisi ve Kate için açık bir kapı olmalıydı. Olmalıydı! Dudley yanılıyor olabilirdi. Omuzlarını dikleştirerek, başı yukarıda Dudley'in dairesinin yanındaki kraliçenin dairesine doğru yürüdü. Kate'i bir anlığına görmeyi umut ediyordu ama davulcular ve trampetçiler kapılarda kraliçenin akşam yemeğini duyuruyorlardı. Kapılar açıldı ve Kate'i etrafında buharlı yemekler taşıyan saray görevlileri ile birlikte boş bir tepsiyle diz çökmüş bir halde gördü. Sonra kraliçenin ardından da Dudley'in kahkahasını duydu. Kapılar kapandı. Leydi Saintloe onu görmüştü ve kaşlarını ilgiyle kaldırmıştı.

Umursamaksızın kolundaki tozu silkeledi. Saintloe'ye karşı tetikteydi ama belli etmiyordu. Saintloe zengin ve kurnazdı, üç kocasını da toprağa vermişti. Ateşe körükle gitmeyi seven dedikoducunun biriydi. Zengin bir dul yerine bir köy faresi olsaydı çoktan sandalyeye bağlanıp suya atılmıştı. Kate'i bu kadının bakışlarından korunması için uyarmalıydı.

Biraz ümidini kaybetmişti ama bunu kendine yaklaştırmamaya çalışıyordu. Dudley'in odasının yan koridorunda olan odasına doğru yürüdü. Hizmetçilerinden birinin Thames kokmayan, kuru kıyafetler çıkardığını görünce hızla duş aldı, sakalını kesti, kremlendi ve kuru kıyafetleri giydi. Keyfi yerine geldi, büyük salona gitmek üzere odasından çıktı. Dolu masalardan gelen av eti kokusu midesini guruldattı. Kalbini besleyemiyorsa şimdilik yalnız karnını besleyecekti.

Kırların temiz havasında at bindikten ve Thames'te yüzdükten sonra taptaze, sulu bıldırcının, Portekiz şarabının ve ardından gelen muhallebinin tadını çıkardı. Sandalyesinden henüz kalkmıştı ki, kraliyet uşaklarından biri yanına geldi.

"Lordum, Majesteleri sizi özel odasına çağırıyor."

Edward yeleğini ve yakasını düzelterek adamı takip etti. Bu çağrılmanın hayra alamet olmasını umuyordu ama Dudley aralarında geçen konuşmayı ona aktardıysa diye de kendini kraliçenin çok iyi bilinen öfkesine olabildiğince hazırlıyordu. Gerçi eğer kraliçe gerçekten öfkelendiyse kimsenin yapabileceği bir şey yok demekti.

Whitehall'daki odadan daha iyi döşenmiş bir odaya getirildi. Büyük bir şömine odanın her köşesine ısı yayıyordu, duvarlar ahşap kaplıydı. Yüksek pencereler, alçı dekorla kaplı tavanın kış güneşi ile aydınlanmasını sağlıyordu. Kraliçe'nin tüm tabloları ve duvar halıları asılıydı. Sarayın geri kalan kısmı karmakarışıktı ama bu oda eksiksiz döşenmişti. Edward biliyordu ki, leydiler elli uşağı odayı çabucak yerleştirsinler diye denetlemişlerdi.

Edward başlığını çıkararak diz çöktü. 'Majesteleri, emrinizdeyim.' Etrafına bakınmadı çünkü kendisine yalnızca majestelerinin leydilerinin orada olduğu söylenmişti. Dudley yoktu.

"Hertford Kontum?" dedi majesteleri sesini yükselterek. Onu gördüğüne şaşırmış gibiydi.

"Beni buyurmuşsunuz efendim" dedi. Majestelerinin onun neden burada olduğunu çok iyi bildiğini fark edene kadar özür dileyen bir tondaydı. Dudley'in konuştuklarının ne kadarını kraliçeye anlattığını ya da anlatıp anlatmadığını bilmeden özür cümleleri sarf etmezdi. Dudley aptal değildi. Kötü haber taşıyanlar iyi karşılanmazdı.

"Lord Stewart sizi iyi bir yere yerleştirdi mi Lord Edward?"

"Kesinlikle majesteleri, teşekkür ederim" dedi ve derin bir nefes alarak telaşını ele vermemek için gözlerini kraliçenin yüzüne dikti. Kraliçe de Kate'inkilere benzeyen ışıkta mavi, gölgede koyu barut rengi olan gözleriyle baktı Edward'a. Aynı kana sahip olduklarına şüphe yoktu.

Kraliçe konuşuyordu: "Richmond Sarayı Whitehall gibi güzel değildir, ben de sonu gelmez şikayetler duyacağımdan eminim. Mesela, Leydi Katherine Grey odasını Leydi Saintloe ile paylaşacak olmaktan memnun değil. Oysa ki ben gençler için yaşlıların rehberliğinin iyi olacağını düşünmekteyim, öyle değil mi kont?"

Edward bakışlarını kraliçeden Kate'e çevirmedi. Bir kedi fare oyunu oynandığının, kendisinin de yem olduğunun farkındaydı.

"Öyle olduğunu duydum majesteleri fakat yaşla birlikte kaybolan masum bir meraka sahip gençler tarafından da iyi bir şekilde eğitildim" dedi. Sözleri zekice ve yumuşaktı, kraliçenin yargısını sorgulayan bir havada değildi çünkü saraydaki herkes kraliçenin huzurundaydı.

Kraliçe, bir farenin peyniri tırtıklayışı gibi belli belirsiz gülümsedi ama tuzağa düşmedi. "Lordum, içinizde bir çocuktan eser görmüyorum ama kardeşimin sarayında gördüğüm aşık gencin bu adamın kalbinde olduğunu duyduğuma da memnun oldum."

Edward nefes alamadı. Kate'le arasında geçenlere dair dedikoduları hatırlıyordu, birkaç gün önce leydilerinden birine eşlik etme ricasını da hatırlıyor olmalıydı. Görünen tuzaktan kaçarken gizli tuzağa düşmüştü.

Elizabeth yan sehpasına uzandı, bir parşömen kağıdı aldı ve kırmızı mühürle kendine özgü *Elizabeth R.* ile kağıdı imzaladı. "Bu, Fransız kraliçesinden Protestan halkına karşı hoşgörü ve Duke de Guise' nin anti-protestan politikalarına karşı koruma talep eden mektubumuz. Bu mektubu şu anda Londra'da olan Fransız elçisine vereceksin. Ardından da Westminster'daki evine bakmaya gidebilirsin. İhmal ettiğin sorunlarını halledene kadar orada kalabilirsin. Orada, sonraki isteklerimiz için hazır bir halde bekle."

"Teşekkürler Majesteleri. Güveninize sahip olduğum için çok mutluyum."

Elizabeth mektubu deri bir kılıfın içine koydu, mühürleyerek Edward'a verdi. Edward da mektubu alıp göğsüne koydu.

Kraliçe sehpadaki diğer kağıtlara döndü ve onları okumaya başladı. Edward ayağa kalktı ve giriş salonuna, oradan da hızla kendi odasına yöneldi. Dudley'in ona bir şeyler anlattığı kesindi, hiç olmasa bu görev için onun adını önermiş olabilirdi. Uygunsuz aşıklar için en iyi ilacın ayrılık olduğunu varsaymışlardı. Kraliçe onun Londra'da kalması için birden fazla sebep veya reddedemeyeceği sayısız görev bulabilirdi. Boğazında öfke dolu hatta haince kelimeler birikti ama bu kelimelerin burada hiçbir gücü yoktu. Bacakları bir kuklanın bacakları gibi dimdik hareket ediyor, onu Kate'den ayırıyordu hem de ona bir kez olsun bakamadan veya sessiz bir mesaj veremeden.

Giriş salonuna doğru çıktı. Kraliçenin tenteli sandalyesi koca salona hakim bir basamağın üzerine konmuştu. Lanet olsun! Kız kardeşi Jane'in odasının hangi koridorda olduğunu öğrenmeyi unutmuştu. Taş duvara eklemlerinin derisini parçalayacak kuvvette bir yumruk attı. Yaralı elini emerek uşaklardan birine Leydi Jane Seymour'un odasının nerede olduğunu sordu.

Aceleyle doğru çıkışa yöneldi. Saraydan ayrılmadan önce bir şekilde Jane'i görmeliydi. Kardeşi ona bir mesaj iletebilirdi.

Jane eşyalarının yerleştirilmesi ve elbiselerinin havalandırılması işini yönetmekle meşguldü. "Edward, bu odalar Whitehall'dakilerden daha küçük. Kraliçenin leydilerinden biri olsaydım..."

"Leydi Saintloe ile bir odayı paylaşabilirdin" diye tamamladı Edward alçak bir sesle.

Jane hizmetçilerini dışarı çıkardı ve Edward'ı ateşin yakınında bir yere oturttu. Elini yüzüne doğru sallıyordu. "Bu kömürün dumanı boğazımı yakıyor" diye açıkladı hareketini kapıyı kapatmak için yürürken. "Edward, kardeşim... Kraliçenin Leydi Katherine'yi bu dedikodu üzerine mi böyle yerleştirdiğini söylüyorsun?"

"Evet ve onu senin yardımın olmadan görmem mümkün değil."

"Senin için her şeyi yapacağımı biliyorsun Edward ama bu gerçekten çok tehlikeli. Sarayın yarısı sizin aşkınızı biliyor."

"Sen ve Dudley dışında kimseye bir şey anlatmadım ben."

"Gerçeği hiçbir zaman gizleyemezsin. Her geçen gün kendini daha çok tehlikeye atıyorsun. Hissettiklerini saklayamazsın. Aynı zamanda bu acele beni şaşırtıyor."

"Acele mi?" diye homurdandı. "Dokuz yılın beklemek için yeterince uzun olmadığını mı düşünüyorsun? O benimdi, bunu çok iyi biliyorsun!" Edward'ın sesi olduğundan daha sabırsızdı, sesini yumuşatarak, "Beni istiyorken Pembroke ile evlenmeye zorlandı."

"Ama bu evlilik iptal oldu yani o hâlâ kraliyet soyundan bir bakire. Dikkat et Edward. Kraliçenin izni olmadan tahta çıkmanın vatan hainliği olduğunu biliyorsun."

"Onu bir kez kaybettim, bir daha kaybedemem. Buna izin verirsem kendimi soylu bir erkek yerine koyamam."

"İngiltere kraliçesine karşı çıkamazsın" dedi Jane korkuyla.

"Kraliçe için canımdan vazgeçerim ama Kate'den vazgeçmem" diyerek eğildi, yüzünü ellerinin içine aldı.

❀

Kate kraliçeyi meclis toplantısına götüren kafilenin içindeydi. Yolda Jane Seymour, Kate'in kolundaki katın içine bir not sıkıştırdı. Kate kısa bir reverans yaparak devam etti. Bir yandan da hızla Leydi Saintloe'ye baktı, ama arkadan gelen Saintloe Bayan Ashley'le derin bir sohbet içindeydi.

Kraliçe meclis salonuna geldiklerinde 'Leydi Grey' diyerek Kate' i çağırdı.

Kate, "Buyrun Majesteleri" diyerek hızla ileri atıldı.

"Bugün toplantıya katılmanı istiyorum. Senin için iyi bir tecrübe olacaktır."

Kate kaskatı kesildi. Elizabeth Kate'i hazırlıyor gibiydi ama ne için? Kate ifadesiz halini korudu oysa ki kraliçe bu beklenmedik ricanın Kate' i şüpheye düşürdüğünü çok iyi biliyor olmalıydı.

Kolundaki kağıdın hışırdamasından korktuğu için kolunu rahat bırakamıyordu. Resmi bir duruşla başı yukarıda, bir eli diğerinin üzerinde bekliyordu. Kraliçenin gizli mektuplaşmayı öğrenmesi için iyi bir zaman değildi.

Üniformalı uşaklar meclis odasının kapısını açtılar, meclis üyeleri kraliçe masanın neredeyse sonundaki sandalyeye doğru yürürken onu selamlamak için ayakta bekliyorlardı. Masanın diğer sonunda da elinde beyaz kalemiyle Lord William Cecil duruyordu.

Kraliçe ve hizmetçisi arasında bundan büyük bir karşıtlık olamazdı. Kraliçe asil bir şekilde mücevherlerle kaplı altın rengi satenle, incilerle donatılmıştı. Elbisesine uygun, işlemeli terlikleri vardı. Elmaslar ve değerli taşlar, uzun parmaklarında parlıyordu. William Cecil de son kırk yıldır, koyu dini inanışlarına uygun bir şekilde siyah giyinirdi. Genç kraliçesinin karşısına oturdu.

Kraliçe gülümsedi. "Sevgili kızım Leydi Grey'i tanımışsınızdır."

Bir araya gelen adamlar, Kraliçe'nin Kate'i kızı olarak takdim etmesine Kate kadar şaşırarak onu selamladılar, bu bir latife değildi, genelde de özel de de öyleydi. Kate nefesini tuttu. Kraliçe onu vahşi bir dedikodunun içerisine sürüklemeyi planlıyordu. Bu nasıl bir oyundu? Onu evlenmeye veya varis göstermeye zorlayanları şaşırtmak için bir manevra mıydı?

Aslında Kate'in asıl düşündüğü Ned'in notunun ne olduğuydu.

Kraliçe toplantıyı başlattı. "Baylar, rahatınıza bakın" dedi eliyle oturmalarını işaret ederken. "Fransız kraliçesine Fransız Protestanları'nın yaşadıkları zorluklarla ilgili yazdığımız mektubun bir kopyası var elimizde. Hertford Kontu mektubun aslını ulaştırmak için Londra'ya gitti."

Kate neredeyse yıkılıyordu. Ned gerçekten de Richmond'dan ayrılmış mıydı? Kolundaki not gittiğini mi söylemek içindi? Notun orada olduğundan emin olmak için ona dokundu.

Cecil, duygusuz, sabit ses tonuyla, "Majesteleri, Parlamento'nun bu toplantıda evlilik planlarınızı sunacağınıza dair sözünüzle ilgili bir ricası var. Habsburg hanedanından bir evlilik ihtimali var."

Kraliçe masanın altındaki ayağını sertçe yere vurdu ve öfkeli bir şekilde mırıldandı. "Kraliçe ve evli olmaktansa sefil bir kadın olup bekar olmak daha iyidir."

Cecil duyduğunu göstererek başını öne eğdi, nemrut yüzlü meclis üyeleri ona bakıyorlardı.

Oysa ki kraliçe memnuniyetsizliğini tamamen dışa vurmamıştı. "Parlamentonun evliliğimiz dışında başka önemli bir işi yok mudur? Baylara en uygun zamanda cevabımızı vereceğimizi söyleyin." Öfkeli sesi odada yankılandı: "Lordlarım, başı yönetmek için ayağın çaba göstermesi korkunçtur!"

Cecil sakinleştirici bir tonla, "Majesteleri, biz size tavsiyede bulunmak için görevlendirildik ve söylemeliyim ki yabancı bir Katolik prens, Katolikleri İngiliz kilisesine karşı kışkırtacaktır."

"Evet Majesteleri" diye katıldı Norfolk Dükü. "Böyle bir prensin sarayda önemli mevkilere kendi taraftarlarını yerleştireceğine dair endişemiz var."

Dükün gizli bir katolik olduğu düşünülüyordu, bu yüzden Kate onun cevabını yapmacık buldu.

Elizabeth daha da öfkelendi, yüzü kıpkırmızı olmuştu. "Böyle bir prens savaşları için hazinemizi zayıflatacak, bizim Avusturya ile birleşmemizi isteyecektir," –içini çekti- "ve ben de kocasının emrinde olan bir kadın olarak, tüm bunlara boyun eğmek zorunda kalacağım." Elini masaya vurdu. "Buna rağmen siz hâlâ baş kaldıran İngiliz Lordlarını gücendirmek korkusuyla bir İngiliz Lordu ile evlenmeme karşı çıkıyorsunuz!"

Kate toplantıya niçin davet edildiğini anlamıştı. Kraliçe Parlamentonun evlenmesi için baskı yapacağını biliyor, Kate'i kullanarak onları sakinleştirmeyi planlıyordu. Kate kraliçenin planının dışında kalmak için yavaşça kapıya doğru yöneldi.

"Lordlar, şu anda bizi memnun edecek bir seçeneğimiz yok. İngiltere kraliçesi Parlamento ya da kararsız bir meclisin isteği ile değil, Tanrı'nın isteği ile evlenecek!"

Cecil, Kate'e bakarak, "Bir varis belirtmeniz de bekleniyor" dedi.

Elizabeth sandalyesinde daha da dik oturarak, "Tanrı doğru zamanda İngiltere'ye bir varis verecektir." Sözlerinin Tanrı'dan geldiğinden şüphe etmeye cesaret eden biri var mı diye meclis üyelerine baktı. "Lordlar, babamın çok fazla evlendiği için suçlandığını unutmayın" dedi ve nefes alma ihtiyacıyla durdu.

Kate hazırda sirkeli bez var mı, diye merak etti.

Meclis üyeleri bir anda sus pus oldular, o anda başka bir yerde olmak istedikleri açıktı.

Elizabeth, duyulabilir bir iç çekişin ardından gülümsedi, ellerini kalbinin üzerinde birleştirdi ve ikna edici ses tonuyla, "Sevgili lordlarım, sizi memnun edecekse bu Hapsburg evliliğinin peşini bırakmayın."

Kate rahatlamıştı, fakat kraliçenin o anda ismini vermesi ihtimalinde kahkaha atmamak için kendini çimdikledi. Gidip gelen sadakatini düşününce içten içe güldü. Elizabeth korkutucu, aynı zamanda harika ve değişkendi. Bir anda nereden eseceği belli olmayan bir rüzgarken, suları durultan bir güneş haline dönebiliyordu. Değişken ve karşı konulamaz bir güzellikteydi.

Kate kraliçenin bu değişken halini seyretmenin tadını çıkarırken, Anne Boleyn'in sözde büyücülüğünün kızına geçip geçmediğini merak etmekten kendini alamadı. Kate hemen bu hain-ce düşünceden sıyrıldı.

Elizabeth'in emreden cümleleri konuyu değiştirdi. "Şimdi lordlar, evlilikten daha acil olarak ilgilenmemiz gereken problemler var." Masaya doğru eğildi ve yelpazesini bıraktı. Meclis tüm dikkatiyle onu dinliyordu. "Geçen yıl İskoç Protestanları'na yardım etmeleri için ordumuzu gönderdik. Bunu Fransızlar için de yapabilir miyiz? Bunun kız kardeşim zamanında kaybedilen Calais Limanları'nı geri almamıza bir faydası olur mu, tartışalım. O limanları geri almalıyız!"

Kate üyelerin tartışmasını, vergileri, Parlamentonun isteklerini dinlemekte zorlanıyordu çünkü tek düşündüğü, kolundaki notu Ned'in yazıp yazmadığıydı.

Kraliçe, "Lordlar, buradaki iki insan bile anlaşamıyorsa, kime danışacağız biz?" diye bağırdı öfkeyle.

Kate bu öfkenin dönüp dolaşıp kendini bulacağını çok iyi biliyordu ama şu anda kolundaki kağıt kraliçenin öfkesinden veya sürprizlerinden çok daha önemliydi.

Ned saraydan ayrılsaydı, onu görmek isterdi. Peki ya Ned ikisini de riske atmamayı seçip elveda dediyse? Kate bu kez ömrünün sonuna kadar yalnız kalırdı. Bir daha aşka güvenemezdi.

Kraliçe ayağa kalktı, meclis üyeleri de yerlerini alıp onu selamladılar. Tüm bunlar olurken Kate'in aklı ve kalbi ihtimallerdeydi. Kraliçe meclis salonundan çıktığında Cecil rahatlamıştı. Majesteleri omzunun üzerinden Kate'e, "Leydi Grey, kraliçe olmak bu. Kadınlığını böyle berbat bir şey için bırakmayı isteme" dedi.

Bu benim isteğim değil, size hükmeden sizin isteğiniz diye geçirdi içinden ama sesli söylemedi. Elizabeth her istediğini, istediği zaman yapabiliyordu. Gerçekte kraliçe olmak buydu ama Kate bunlardan hiçbirini istemiyordu. Aldatmaca, bitmeyen toplantılar, entrikalar... bir kraliçenin hayatı Eltham'ın kırlarındaki hayatla ölçülemezdi bile.

Kraliçenin tüm leydileri arkasında toplandılar, davullar ve trampetler de saraya kraliçenin toplantıdan çıktığını, köşelerde gezineceklerine kraliçeyi en çok memnun eden şeyi yapmalarını söylemek için çalmaya başladı. Kate'in başı dönüyordu. Üşümeye başladı, ama soğuk, Richmond'un koridorlarında değil, kendi içindeydi. Elizabeth hiçbir zaman evlenmeyecekti ve kendi reddettiği şeyi Kate'in tatmasına da izin vermeyecekti. Meclisine onu kızı olarak sunmuş, evlilik anlaşmaları hakkında umut vermişti. Ama bunlardan hiçbirini kastetmemişti. Kate, Ned'i bekleyerek yaşlanacaktı.

Dakikalar sonra kraliçenin çamaşır odasında yalnız kaldığında notu çıkardı, ona dokunduğunda bir anda ısındığını hissetti. Bu sıcaklığın kendi vücudundan mı geldiğini, Ned'in gönderdiği bir sıcaklık mı olduğunu merak ediyordu. Elindeki notu çabucak okudu: *Bu gece, kız kardeşimin odasında.*

*

Kate yemekten sonra, karnını tutarak adet döneminde olduğunu söyledi. "Eczacıya gidip biraz solucanotu suyu almalıyım" dedi.

Bayan Ashley, başını salladı. "Bazı kadınların adet dönemleri zor geçer. Solucanotu suyu Elizabeth için ve prensesler için yapılmış bir ilaçtı" dedi.

Kate hızla eczacıya gitti ve küçük bir şişe, damıtılmış solucanotu suyu aldı. İzlendiğinden emindi, Leydi Saintloe saklandığı yerden çıksın diye aynı yoldan geri döndü. Sonra hızla diğer koridora geçti ve Jane Seymour'un odasına doğru yürüdü.

Ned içeride yalnız başına bekliyordu. Görünürde kız kardeşi de hizmetçileri de yoktu. Kate'i kendine doğru çekti ve şiddetle öpmeye başladı. Kate acıyla inledi. Elini dudaklarına götürdü, Ned'in öpüşünün şiddetiyle dudaklarının morardığını düşünüyordu ama acısından çok sıcaklığını hissediyordu.

Ned kollarını gevşetmeden geri çekildi, endişeli görünüyordu. "Buraya nasıl geldin?"

Kate utanarak, "Ashley'e hasta olduğumu söyledim" dedi.

"Sevgilim" dedi Ned korkuyla.

Kate başını sallayarak "Bir şeyim yok. Bu kaçmak için bir bahaneydi" dedi.

Ned rahatladı. "Kate, beni affet. Bunlar saraydaki son saatlerim. Seni bırakmak zorundayım ve bir daha saraya davet edilmeyebilirim de. Aklımı kaçırmak üzereyim."

"Benden ne istiyorsun? Ne yapabilirim?" dedi Kate. Kalbi çılgınlar gibi atıyordu ama sesinin sakinliği karşısında şaşkındı.

Ned onu şöminenin yanındaki banka doğru çekti, oturttu ve kendi de yanına oturdu. "Isın sevgilim. Titriyorsun!"

Kate başını salladı, yüzüne bakmaya veya soğuktan değil de onun yakınlığından titriyor olduğunu söylemeye cesaret edemedi.

"Kate, aşkın kurbanı olmayacağım. Sana karşı olan hislerim çok kuvvetli ve kalbim sensiz bomboş. Seni hayatımın, sabahlarımın ve gecelerimin bir parçası yapacağım. Seni bir kez kaybettim, bir daha kaybedemem. Evlenmeliyiz," –sesi titriyordu – "Tanrı'ya yemin ediyorum ki seni rahiplerin huzurunda eşim yapacağım."

Sözleri Kate'i ona daha da yakınlaştırıyordu. Bir kadın nasıl olur da böyle bir adama karşılık veremezdi? Kate ona baktı, sözleri karşısında yüzünün kızardığını hissetti. Ned, bu umutsuz durumda bile Kate'den gelebilecek herhangi bir olumsuz karşılıktan korkmuyordu. Kate ona evet demek için cesaretini topladı ama yapamadı. Zorlukla yutkundu ve "Lordum, buna imkan yok. Çok iyi biliyorsun ki kraliçe evliliğimizi onaylamaz. Bugün evlenmesi için yapılan baskılara karşı beni kızı olarak sundu ama işe yaramadı."

"Beni dinle Kate." Hiç bu kadar ciddiyetle konuşmamıştı. "Evlilik gerçekleştiği ve kutsandığı zaman" –Kate'in yüzünü elleriyle tuttu ve salladı- "gerçekleştiği ve kutsandığı zaman kraliçe ne yapabilir ki?"

"Bizi kuleye gönderebilir. Babasının beni hanedanlığa girmem üzerine vasiyet bıraktığını ve onların onayı olmadan evlenip tahtta hak iddia etmemin vatan hainliği olacağını ilan ettiğini unuttun mu? Yani kraliçe yasal olarak bizim idamımızı isteyebilir."

"Hayır, bu halkı öfkelendirecektir. Kraliçe popülaritesine her şeyden çok önem verir. Onuruyla aşık olmuş ve kilisenin onayını alarak evlenmiş iki insana, kendi kuzenine ve bir kraliçenin yeğenine zarar vermek onu yatağa düşürür."

Ned'in söylediklerinde doğruluk payı vardı ama Kate kraliçenin bu meydan okumayı affedip affetmeyeceğini bilmiyordu. Affedeceğine inanmak istiyordu. Buna inanmaya ihtiyacı vardı. "Belki, Ned. Bilmiyorum..."

"Biliyorsun!"

Kate o esnada Ned'le birlikte yaşama şansının her türlü riske değer olduğunu fark etti. Onsuz bir hayat, hayat olamazdı.

"Beni sevmiyor musun Kate?" Sözleri acı doluydu.

Kate cevap veremedi çünkü Ned onu yeniden öpmeye başlamıştı. Kate dudaklarını kurtardı ve "Evet, binlerce kez evet... Seni seviyorum!"

Ned geri çekildi, dudakları hâlâ ıslaktı, yüzü de neşeyle aydınlanmıştı. "Kulede birkaç ay geçirip sonrasında affediliriz. Aynı sarayda olup da birbirimizden ayrı kalırsak, sonunda birbirimizi sonsuza dek kaybedeceğiz."

"Kraliçe beni yabancı bir talibe de sunabilir" diye mırıldandı Kate, yüzünü Ned'in yeleğine yaslayarak ve onun ilk karşılaşmalarından beri burnundan gitmeyen kokusunu içine çekerek. "Buna dayanamam."

"Buna dayanmak zorunda kalmayacaksın" dedi. Sesi her zamankinden daha emindi.

"Ama Ned, burada gözetim altındayım. Biz nasıl..."

"Kraliçe yarın, sabahın erken vakitlerinden geç vakte kadar avlanacak. Hastalığının devam ettiğini söyle. Bu bahaneyle sarayda kal ve Jane'in odasına gel. O geri kalanını halledecek" dedi. "Londra'ya gelecek misin Kate? Tanrı'nın huzurunda benimle evlenip eşim olacak mısın?"

Kate duraksadı, kafası darmadağındı.

"Evet de Kate, yoksa sonsuza dek ayrı kalacağız. Bir adam bu şekilde yaşayamaz."

"Bir kadın da Ned. Tüm kalbimle evet diyorum. Eşin olacağım."

Ned ayağa kalktı, Kate'i de ayağa kaldırarak dans edercesine döndürdü. "Pişman olmayacaksın Kate. Yarın rahibin huzurunda ve yatağımda birlikte olacağız, karı koca olacağız ve hiçbir zaman ayrılmayacağız. Bu senin de istediğin şey, değil mi?"

"Hem de her şeyden daha çok" dedi Kate ve kendi sözlerini duyunca bir kez daha Elizabeth gibi olmadığını fark etti. Kraliçenin onayından, annesinin dualarından ya da sarayın aleminden çok Ned'i istiyordu. Onu bu ülkedeki her şeyden çok istiyordu. Ned haklı olabilirdi: Elizabeth rahip tarafından kutsanmış bir evliliği reddedemezdi.

BÖLÜM 4

"Temiz ve masum bir vicdana sahip olan biri hiçbir şeyden korkmaz."
Elizabeth Regina

Bir sonraki sabah

Kraliçe İngiltere için yaptığı sabah duasını bitirdi ve atını Richmond Sarayı'nın ana kapısına doğru sürdü. Tarla kuşları henüz uyanmıştı. Elizabeth ve Dudley uluyan köpekler ve Surrey'deki tüm geyikleri alarma geçiren tiz trampet sesi eşliğinde yan yana ilerliyorlardı. İki avcı da görkemli, siyah kıyafetler içindeydi.

Kate atların arkasında kalkan toz bulutuna baktı. Elizabeth atlarını hadım ettirmemişti. "Erkek ya da at, fark etmez" diye takılmıştı. Kate bunu hatırladığına şaşırarak gülümsedi.

Elizabeth ve Dudley'in yüzleri coşkuyla parlıyordu, yollarına çıkan her engeli hızla aşarak sürüyorlardı atlarını.

Kate, kraliçenin yatak odasındaki pencerelerin birinin arkasında durmuş, onların gidişini izliyordu. Kraliçeyle aynı hisleri taşıdığını düşünüyordu. Elizabeth'in günün birinde Robin'in eşi olmayı kabul etmediği için pişman olacağından şüphesi yoktu. Kate böyle bir pişmanlık yaşamak istemiyordu, buna dayanamazdı. Ned'siz kalma fikri ruhunun derinliklerinde bir anda boşluk hissi yarattı. Bu düşünceyi aklından hemen attı. Aşık olmuştu. Gerçekten aşık olmuştu ve bu aşktan bu kez ne annesi, ne meclis ne de kraliçe için vazgeçmeye niyeti yoktu. Öncesinde çocuktu ve ondan ne isteniyorsa onu yapıyordu ama şimdi kendi istediğini yapacaktı. Bu gücü Ned'in aşkından alıyordu. Ned onun kalbini özgür bırakmıştı.

Kraliçenin geceliğini ve çarşafını aceleyle aldı ve yıkanması için çamaşırcıya verdi. Baş uşağa dişinin ağrıdığını söyledi ve kürk pelerinini almak için odasına gitti. Leydi Saintloe kraliçe ile birlikteydi yani bugün yeterince güvende sayılırdı. Yokluğunun av partisi bittikten sonra hemen kraliçeye bildirileceğini biliyordu. Kontes önce Sybil'i, ardından Jane' i sorgulardı. Saraydan ayrıldığı ortaya çıkınca da tüm odalarda bir feryat kopardı. İkisinin birlikte gittikleri anlaşılınca da kraliçe Ned'in Westminster'daki köşküne muhafızları gönderirdi.

Kalbi biraz korkudan biraz da heyecandan küt küt atıyordu. En güzel elbisesini giydiğinde sakinleşti. Bu elbise, kraliçenin geçen yıl giydiği, beyaz kadife bir elbiseydi. Mücevherleri çıkarılmıştı ama hâlâ güzeldi, harika bir kesimi vardı. En güzel kürkünü de omuzlarına atmıştı ki, bakıcısı Sybil kapıyı açtı.

"Ama leydim, onlara ne söyleyeceğim?" diye sordu.

"Eczacıya gittiğimi" dedi Kate.

"Kürkünüzle mi?"

"Sana ne söylüyorsam onu yap" dedi Kate kabaca. Onu yanağından öptü ve kucakladı.

"Uzun yıllar Lord Edward'ın aşkıyla acı çektiğini biliyorum."

Kate içini çekti, durdu ve kolunda asılan keseden para çıkarıp Sybil'e verdi. "Fırından kendine bir tatlı al Sybil, teşekkür ederim" dedi ve cesaretini kaybetmemek için hızla odadan çıktı. Kabul salonundan geçerken kraliçenin orada olduğunu hissetti, oysa ki taht boştu.

Bu yaptığı tam bir çılgınlıktı ama kendini durduramıyordu.

Jane odasında hazır bir halde bekliyordu, "Çabuk ol" diyerek Kate'i çekti.

Ned'in uşaklarından birini takip etmeye başladılar. Dar, taş merdivenlerden inerek, az kullanılan, tahta iskeleye doğru yürüdüler. İskele şatonun pencerelerinin uzağındaydı ve bataklığın içinde, sisle kaplıydı. İskeledeki büyük filika onları bekliyordu.

"Ned kürekçileri yakındaki bir köyden kiraladı" dedi Jane. "Sessiz kalmaları için çok para ödedik."

Kate başını salladı. Konuşmak ve işkence altında çok az kişinin sessizliğini koruyabileceğini söylemek için çok gergindi.

Nehirde birkaç balıkçı ve Smithfield pazarına kuzu götüren küçük filikalar vardı. Kate kendini öldürülecek kuzuların yerine koymaktan alıkoyamadı. Kendi filikaları siste kaybolunca rahatladı ve kürküne sarıldı. Döndüklerinde Elizabeth'in alacağı intikamın korkusu ile Ned'i gördüğünde kollarında hissedeceği güven arzusu arasında gidip geliyordu. Ned'in haklı çıkması ve Elizabeth' in evliliklerine onay vermesi için dua ediyordu.

Filika Westminster'a doğru gidiyordu. Jane yol boyunca konuşup Dudley'e övgüler yağdırıyordu. Saraydaki leydilerin yarısı gibi o da cesur, güçlü Dudley'e abayı yakmış, fakat karşılık alamamıştı. Kardeşine ve Seymour ailesine bağlı, donuk, sade bir kadındı. Lord Robert gibi bir adamı etkileyebilecek bir kadın değildi. Kate kadınların aşıkken ne kadar yardıma muhtaç, umutsuz, zavallı yaratıklar olduklarını düşündü. Aslında Jane kadar kendini de tanımlıyordu, bunu düşününce gülümsedi. Müstakbel görümcesi Jane, gülünecek bir şey söylemediği için Kate'e incinmiş bir edayla bakıyordu.

Ned, koyu kahverengi, altın çizgili yeleğiyle filikanın merdivenlerinde duruyor, uzun boyu ve ihtişamıyla denizlerin tanrısını andırıyordu. Kürekçileri durdurdu, yumuşak bir öpücükten sonra Kate'in ve Jane'in, hizmetçilerin fenerle aydınlattıkları çamurlu taş basamaklara çıkmalarına yardım etti. Sis, karanlık, çamurlu sokakları sarmaya devam ediyordu.

Belli belirsiz görünen taş kiliseye doğru hızla ilerliyorlardı. Dar patika yol boyunca, karartı halinde görünen çok katlı evler vardı. Dar dehlizler, yolunmuş kazların atıklarla ve el arabalarıyla sabah faslına çıkan, taze balıklarını satmak için bağıran balıkçılarla doluydu.

Ned açık bir meydana gelinceye kadar Kate'in belini ve elini sıkıca tutuyordu. Her adımda Kate'in kulağına, "Korkma sevgilim, her şey güzel olacak" diye fısıldıyordu.

Demek ki Kate'in korkusu, söze dökmemek için çabalasa da, yüzünden okunuyordu.

Meydanı geçip Canon Row'a geldiler. Görünen ilk büyük taş ev Ned'in eviydi. Karşılama ışıkları tüm pencerelerden görünüyordu.

"Acele et Kate, rahip ve şahitler bizi bekliyorlar."

"Her şeyi düşünmüşsün."

"Umarım öyledir."

Ned'in sesi endişeliydi, Kate arkasına dönüp baktı.

"Hayır tatlım, yemin ederim telaşlanacak hiçbir şey yok, her şey hazır."

Hizmetçilerden biri Kate'in kürkünü aldı, kurutmaya ve fırçalamaya götürdü. Kate duvarları dokuma resimlerle kaplı büyük bir salona girdi. Taş şöminede elma ağacı kütükleri yanıyor, Şubat'ın soğuk havasının yerini meyvemsi bir bahar kokusuyla dolduruyordu. Meşe kaplı bir balkon ve yatak odalarına açılan kapılar, salonu yukarıdan çevreliyordu. Kate onlardan birinin Ned'in yatak odası olduğunu biliyordu, birazdan onun olacaktı. Bunu düşününce titredi, Ned de onu daha sıkı tutarak salondaki ibadet odasına doğru götürdü.

Birkaç yaşlı, güvenilir hizmetçi, efendilerinin düğününü izlemek için kapının önünde bir araya toplanmışlardı. Tapınağın lekeli cam pencereleri fenerlerin ve maltızların ışığıyla parlıyordu. Kate kilise mihrabının arkasında, Elizabeth'in katolik kız kardeşinin döneminden kalan büyük haçı görebiliyordu. Mary Tudor eski inancı geri getirmiş, Protestan olduğunu açıkça söyleyenleri yakmıştı. Kate, aykırı inanışlarından ötürü cehennemde yanacaklarsa neden birkaç yıl önceden yandılar ki diye düşündü.

Ned, Kate'i aile mihrabının önüne götürdü, birlikte diz çöktüler.

Rahip eski siyah bir elbise giymişti, rüzgardan darmadağın olmuş gibiydi ve ayık görünmüyordu. "Lordum, hiçbir yasağın olmadığını söylediniz ama ben..."

Ned'in cebinden çıkardığı katlı belge ve sert bakışı rahibi susturdu. "Bu Londra piskoposu tarafından onaylanan, bize her hangi bir yasak olmaksızın evlenme izni veren evlilik sözleşmesi. Şimdi, daha fazla ertelemeyin. Kaybedecek vaktimiz yok."

Rahip bu sözler üzerine bakışlarını Kate'in karnına çevirdi, Kate'in hamile olduğunu, doğumun da yaklaştığını düşünmüş olmalıydı. Peki Ned kraliçenin muhafızlarının gelmesinden mi korkuyordu da böyle acele ediyordu?

Ned, "Başlayın!" diye emretti, Jane onların arkasındaki yerini alınca.

"Aziz dostlar, evlilik zinaya karşı bir çözümdür..."

Ned, "Hayır rahip, ayine başlayın hemen" diyerek Kate'e baktı, bakışları endişeliydi. "Üzgünüm sevgilim, bu kadar aceleye gelmesini istemezdim..."

"Hatırlarsan Ned, tüm bunları hayatımda bir kez duydum ama benim için hiçbir anlama gelmiyorlardı. Şimdi ise bu mihrabın önünde seninle birlikteyken duyacağım tek bir kelime bile benim için çok önemli."

Ned, Kate'in elini daha çok sıktı.

Rahip öksürdü, gözleri tapınağın arkalarında geziniyordu. Büyük ihtimalle bu evlilik töreninde payının ne olduğunu düşünüyordu. "Bir karar almadan önce evliliğinizde herhangi bir engel olup olmadığını sormak zorundayım" dedi.

Ned sabırsızca, "Herhangi bir engel yok!" diyerek kolunu Kate'in zayıf omzuna doladı. "Devam edin!"

Rahip her zaman sunduğu hizmetten farklı bir şey yaptığından dolayı duraksıyordu. En sonunda başladı: "Edward Seymour, herhangi bir engel olmaksızın, Tanrı'nın emri ile evliliğin kutsal mirasını devralarak Lady Katherine Grey'i eşin olarak kabul ediyor musun?"

"Evet, ediyorum" dedi Ned kararlı bir ses tonuyla.

Rahip aynı kelimeleri Kate için de tekrarladı. Kate "Evet" dedikten sonra "ayrıca Hertford Dükü Edward Seymour'a sadık olacağıma söz veriyorum" dedi.

Jane, erkek kardeşine yüzüğü uzattı. Ned, rahibin sözlerinin ardından üzerinde yakutu olan bu altın yüzüğü Kate'in parmağına takarken, "Bu yüzükle evliyiz. Seni tüm varlığımla seviyorum, tüm dünyevi varlığımı sana bağışlıyorum" dedi.

Rahip evliliklerini ilan etti. Kendini kaybetmiş gibi görünüyordu ki hafızası yerine geldi ve yüksek sesle "Sonsuza kadar aşk ve huzurla yaşayın" dedi.

Hizmetçilerden biri rahibe bir kadeh uzattı. Rahip kadehi memnuniyetle alarak, "Şimdi düğün ziyafetine lordum" dedi.

"Ziyafet yok sayın rahip."

"Yok mu?"

Ned rahibe birkaç gümüş para vererek, "Evlilik kâğıdını imzalayın ve sizi bulduğumuz yerde kendinize bir ziyafet çekin. Ve de burada olanlardan kimseye bahsetmeyeceğinize yemin edin rahip. Şimdi kadehinizi Hertford Kontu ve Kontesi şerefine kaldırın."

"Hay haay lordum" diyerek kadehini bitirdi. Hizmetçilerden biri ona çıkış yolunu gösterirken üstündekilere sarmalandı, yağmurlu ve sisli geceye karıştı.

Kate'in önünde bir koşuşturma başladı. Hizmetçiler, nikah şahidi olarak imza atmak için hızla ilerlediler. Sonrasında da uzun bir birliktelik için iyi dileklerini sundukları bir ilahi söylemeye başladılar. Bitirdiklerinde uğur getirsin diye kutsanmış bozuklukları alıp işlerinin başına döndüler.

"Tüm bunların uygunsuz kaçtığını biliyorum Kate ama kaçırılmadan ve saraya dönmeden önce benim olmalısın" dedi Ned yumuşak bir ses tonuyla.

Kahyanın şamdanla aydınlattığı merdivenlere doğru yöneldiler. Kate, "Kraliçe dönmeden önce saraya nasıl dönebilirim ki?" diye sordu.

"Robert kraliçenin av partisini akşamüstüne kadar sürdürecek."

Kate inanmaz bir halde başını salladı. "Dudley bize yardım mı ediyor?"

"Evet tatlım."

"Peki neden Ned?"

Ned omzunu silkti. "Çünkü bir kez olsun kalbinin sesini dinlemeyi seçti."

"Belki de kraliçeye aşkın galip geldiğini göstermek istemiştir ki kraliçe ona daha fazla yaklaşsın."

"Robert'ın bunları neden yaptığını kim bilebilir ki?"

Kate kaşlarını çatarak, "O kendine faydası dokunmayan hiçbir şey yapmaz. Elizabeth'ten çok kendini sever."

"O kibirli ve gururlu, bu konuda sana katılıyorum ama onu böyle sert bir şekilde yargılama lütfen. Saraya benim Hertfordshire'da bir şövalyenin kızıyla evlendiğimi duyuracak."

"Kraliçeyi kandıracak yani?"

"Bunu saraya ben haber vermiş olacağım yani onun bir suçu olmayacak."

Kate suratını astı. "Kraliçenin onu iki kez aldatmış olduğumuzdan dolayı bizi asla affetmemesini garantilemiş bile."

"Tatlım" dedi Ned. Cesareti kollarındaki gergin kaslardan Kate'e geçiyor gibiydi. "Yardımı nerede bulursak ve ne zaman ihtiyacımız olursa kabul etmeliyiz. Cecil ve Norfolk'un da kraliçeye karşı bizi savunmalarını sağlamak için zamana ihtiyacım var."

Kate daha fazla tartışmadı. Kraliçe'yi ve Dudley'i unutmak istiyordu, en azından birlikte oldukları şu kısa süre içinde. Ned'in kollarına atılacağı anı geciktirecek her şeyi unutmak istiyordu, çünkü sevildiğini ve güvende olduğunu hissettiği tek yer orasıydı. Kraliçenin aldatıldığını öğrendiğindeki öfkesi şu an için önemli değildi. Elizabeth'in öfkesini bilirdi, çoğunu kendi bedenine atılmış tokat gibi hissederdi, fakat şu anda, Ned'in kolları ona sıkıca sarılmışken tüm dünyevi cezalardan korunmuş hissediyordu. Elbette ki Tanrı onları kutsamıştı ve her şeyden daha kuvvetliydi.

Tereddüt etmeden merdivenleri çıktı. Bu onun aşk için ve mutlu bir yaşam için ilk belki de tek şansıydı. Elizabeth bunu anlayacaktı. Nasıl olur da aşık bir kadın diğer bir kadının aşkını anlamazdı?

Ned'in yatak odasına geldiklerinde uşak derin oymalı kapıyı açtı. Kate, yeni cilalanmış koyu lambriyle kaplı odaya girdiğinde kahya mumları yakıyordu. Bir odanın mumlarının yakılması hiç bu kadar uzun sürmemişti.

Tüm mumlar yakıldığında Kate kendini kalbindeki ateşle ısınan büyük odanın ortasında ayakta, ne yapacağını bilmez halde dururken buldu. Bu diğer evlilik gecesi gibi değildi. İlkinde, ilk kez adet görmeye başladığı an, gündüz saat on iki gibiyken evlendirilmişti. Düğünden sonra yatağına koşup Ned için ağlamaya başlamıştı. Sybil de onu susturmaya çalışmıştı. Şimdi ise, yaklaşık on yıl sonra, Ned' in ona dokunmasını sabırsızlıkla bekliyordu.

"Kate?" dedi Ned. Ilık nefesi boynuna değiyordu. Kate'in arkasındaydı. Kollarını beline dolamış, çenesini de omzuna dayamıştı.

"Evet?" diye fısıldadı Kate ve bu evetle her şeye evet demek istiyordu. "Ölüm bizi ayırana kadar seni kocam ve aşığım olarak kabul ediyorum" dedi. *Elizabeth bizi ayırana kadar* diye eklemedi fakat ikisinin de bunu düşündüğünü biliyordu.

"Şşşt" diyerek onu kendine çevirdi. Teninin sıcaklığı ceketinden yayılıyordu. "Tanrı'nın huzurunda ettiğin yeminden başka bir şeye ihtiyacım yok" diyerek onu nefesi tükenene kadar öptü.

Kate titredi, kalbi boğazından çıkacakmış gibi atıyordu.

"Keşke uzun zamanımız olsaydı Kate ama... seni incitmeyeceğim. Yapmam gerekenden fazlası olmayacak, biliyorsun."

Kate parmak uçlarıyla dudaklarına dokunarak onu susturdu. "Ned, sarayda yıllarca yaşadım ve gördüm. Ayrıca kız kardeşim Jane de bana evlilik gecesini anlatmıştı" dedi. Yüzü, kız kardeşinin duygusuz kocası hakkında söylediklerini yansıtıyor olmalıydı.

Ned gülümsedi. Parmaklarını Kate'in korsasının bağcıklarına götürerek çözmeye başladı. "Öyleyse sevgilim, sen gizli olan ve iğrenilen şey dışında bir şey bilmiyorsun. Söz veriyorum, çok daha iyisini göreceksin."

Korsa açıldığında, çıkarılmayı bekleyen elbise, kollar, fırfırlı yaka, jüpon, iç gömlek ve çoraplar vardı. Ned ellerine baktı ve "Bu eller bu işi yapmak için sabırsızlanıyorlar Kate, umarım acele edişim seni korkutmaz."

"Beni korkutmuyorsun Ned, bekletiyorsun. Yoksa sana çeyiz getirmeyip yalnızca kendimi getirdiğim için mi? Kraliçenin baş leydilerinden olduğumu ve adıma yılda kırk mark ödendiğini unuttun sanırım."

Ned güldü. "Şahane bir rakam fakat ben şu anda değer biçilemeyecek bir kadın görüyorum karşımda."

Kate de güldü. Onu bu kadar cesur yapan neydi? Bilmiyordu ama sebep her ne idiyse devam etti. Bir kerede altı çiftin sığabileceği geniş yatağa doğru yöneldi. Ağır, işlemeli perdelerini kapadı.

Ned, o esnada onu elbisesinden, iç yeleğinden ve jüponundan sıyırmaya çalışıyordu. Kate İngiltere'ye İspanya'dan gelen jüpondan nefret ediyordu ama hiçbir kadın jüponu olmayan bir elbiseyle topluluk içine çıkamazdı. Üzerindeki son şeyler de çıkınca, kalçaları ve kadınlığı artık ortadaydı.

Ned onu keten çarşaflı ve kuştüyü yastıklı yatağa yavaşça yatırdı. Yatak Ned gibi sandal ağacı kokuyordu.

Ned kendi kıyafetlerini ve çoraplarını çıkardı. Kate sarayın kalabalığında, yaz günleri nehirde yüzerek yıkanan çıplak adamlar görmüştü ama Ned hepsini alt ederdi. Güçlü asker vücudu savaşlarda daha da güçlenmişti, iyileşmiş yara izleri duruyordu. Yüzünde ona aşık olduğu zamanlardaki gibi yumuşak bir gülümseme vardı. Ona bakmamaya çalışıyordu ama olmuyordu. Gözleri geniş omuzları, ince beli, sert kalçaları ve penisine doğru kaydı. Gördüğü şey karşısında şaşkındı. Ned'in Elizabeth'in sarayındaki erkeklerin, erkekliklerini abartılı bir şekilde göstermek için elbiselerinin önüne taktıkları kalıba ihtiyacı yoktu. "Sen..." –söyleyecek bir söz bulamayarak –"harikasın" dedi.

Ned güldü. Bir an için Kate'in bakışını tamamlaması için bekledi sonra yanında uzandı. Elleri, Kate'in başlığının altından yastığa dökülen kırmızı buklelerine uzandı, bu haliyle denizkızını andırdığını düşünüyordu. Göğüslerine dokundu ve parmaklarını her ikisini birden tutmak için açtı. Dudakları Kate'in yanağında, "Kolay olacağına söz veriyorum Kate" fısıldadı.

Kate elini kaldırdı ve göğsündeki kahverengi kıllara dokundu. "Çok fazla endişeleniyorsun, bez bebek değilim, parçalara ayrılmam" dedi.

Ned'in penisi bacağına dokunuyordu ve çok sertti. Ned, Kate'in bu sözlerine pişman olmak için iyi bir sebebi olduğunu düşünüyordu.

Fakat Kate pişman olmak, konuşmak ve düşünmekten çok uzaktı. Ned'in her dokunuşunda küçük parçalara ayrıldığını hissediyordu.

Gözlerini kapadı ve nefesini tuttu. Yavaşça bu törene eşlik ediyorlardı. İlk birleşme anının acısı fazlaydı ama kısa sürdü. Sonrasında tutkuları, aşklarını açığa çıkarana kadar yükseldikçe yükseldi.

Kate'in üzerinde, "Kate... Kate! Benim tek aşkım" diye inliyordu.

Kate de buna tüm bedeniyle inanıyordu. Ned titredi, nefes nefeseydi. Tanrı Kate'i yanlış evliliğinden ve ailesinin işlediği suçlardan Ned için korumuş olmalıydı. Bunun Tanrı'nın bir hikmeti olduğundan emindi. Elizabeth Tudor bile Tanrı'ya karşı gelemezdi.

Ned, Kate'in üzerine bıraktı kendini. "Sen?"

Kate kollarını sararak onu kendine doğru çekti. "Çok iyiyim, hiç bu kadar iyi olmamıştım" dedi. Soluksuz kalmıştı, etrafa yayılan misk kokusunu içine çekti. Tamamen Ned'le dolmuştu, nefesini tutabildiği kadar tuttu. Gülümsedi ve bekâretini teslim etmenin çocukluk çağı cezalarından hiçbiri kadar canını acıtmadığını düşündü.

Gözlerini açtığında Ned'in onu izlediğini gördü. Yatak gıcırdıyor, odanın her bir köşesi sisi dağıtan güneşin cumbalı pencerelerden yansıyan ışığı ile aydınlanıyordu.

Ned başını kaldırarak, "Tanrı bize gülümsüyor Kate" dedi.

Kapı açıldı. Jane aceleyle, "Affedersiniz, bitti mi?" diye sordu.

Ned güldü, Kate de başını onun göğsüne sakladı. "Bitti Jane" dedi. Sonra da Kate'in kulağına "İstediğim kadar uzun sürmese de..." diye fısıldadı.

Kapı daha da çok açıldı. "Laydi Katherine'nin giyinmesi için bir hizmetçi göndereyim mi?"

"Hayır, bugün Hertford Kontesi'nin hizmetçisi benim Jane" dedi Ned. Bacaklarını cibinlikten çıkararak yataktan ayrıldı.

"Beni salonda bekle" dedi.

Jane, "Kaybedecek vaktimiz yok Edward" dedi sertçe. "Hepimiz tehlikedeyiz."

Ned daha da ciddi bir ses tonuyla, "Salonda bekle Jane" dedi. Kapı kapanınca Kate'e göz kırparak, "Kız kardeşler can sıkıcı olabiliyorlar" dedi. Kate'i kaldırırken yüzünde bir anda beliren ifadeyi görünce, "Affedersin tatlım, bir an için kız kardeşin Leydi Jane'i unuttum" dedi.

"Jane, benim için mutlu olurdu. Hatırlamana gerek yok, o çoktan unutuldu" dedi. Sözleri nazik ve iyi kalpli kız kardeşinin anısıyla doluydu. "Bizim sonumuz farklı olacak, değil mi Ned?"

"Çok farklı olacak. Bundan hiçbir zaman kuşku duymamalısın. Kraliçe buna cesaret edemeyecek."

"Başımızı kesmeye mi?" diye tamamladı cümleyi.

"Gel sevgilim" diyerek onu ayağa kaldırdı. "Güneş bu günü hüzün ve şüpheden uzak tutarcasına yükseliyor. Şunu bil ki Tanrı'nın birleştirdiği iki insanı, hiç kimse ayıramaz."

"Kraliçe bile" diye ekledi Kate. Jüponunun içine girdi, Ned de tüm bunların karmaşıklığına gülerek belini bağladı, elbisesini üzerine geçirdi.

Jane, iki hizmetçi ve kahya ile birlikte Westminster kıyısına doğru ilerlediler. Kate yol boyunca Ned'in kolunu sıkıca tuttu, kızaran yüzünü de başlığının gölgesinde sakladı.

Ned, bekleyen filikaya Jane'i bindirdi, Kate'i inletecek kadar sıkıca tutarak öptü.

"Seni yakında görebilecek miyim?"diye sordu. Bu sözü almadan ondan ayrılmak istemiyordu.

"Evet aşkım, göreceksin. Kraliçenin nişanlandığım haberini duyduktan sonra beni saraydan uzak tutması için bir sebebi olmayacak. Döndüğümde, kibar olmak için, bir yandan da birbirimize ilgi gösterdiğimizi belli etmemek için dikkatli olmalıyız."

Kate ona yapıştı. "Ama bu dayanılmaz."

"Biliyorum tatlım ama Jane bizi bir araya getirmek için uğraşacak."

Ceketinin içine elini sokarak evlilik cüzdanını çıkardı. "Bunu al."

Kate ona daha da sıkı sarıldı. "Ama neden?"

"Bana hiçbir şey olmayacak ama bu şimdilik sende kalmalı" diyerek onu öptü, filikaya bindirdi ve kürekçilere yol almalarını söyledi. Kürekçiler ritmik bir şekilde harekete geçtiler.

Kate omzunun üzerinden bakarak el salladı. O esnada güneş bir bulutun arkasına gizlendi ve soğuk bir esinti kapladı Kate'i. Ned'in görüntüsü de yosunlu kıyının gerisindeki karanlıkta bir anda gözden kayboldu.

Richmond'a giden yolu yarılamışlardı ki askerlerle dolu iki büyük filika ile karşılaştılar. Öğle güneşi ortadan kalkmış olmasına rağmen askerlerin mızrakları parlıyordu. Saldırı zamanını ifade eden bir davul çalıyordu. Hızla onlara doğru gelmeye başladılar.

Kate, Jane'i filikanın dibine doğru iterek çöktü. Jane, korkudan inliyordu. Kate de nefes almaya cesaret edemiyordu ama bir yandan da Jane'i susturmaya çalışıyordu.

Kürekçilerin ve davulun sesi daha da yaklaşmıştı ki, dümenin arkasındaki mavnacı, "Leydi, lordunuz bize kraliçenin askerlerini atlatmamız için para ödemedi" diye sızlandı.

Kate, "Sizi temin ederim ki yakalanırsak size vermesi gerekenden daha da azını verecektir!" dedi. Bunu olabildiğince sert söylemişti, fakat vücudunun her bir noktasındaki titremeyi durduramıyordu. Titremesini durdurmak için ellerini yere bastırdı. Korku, onu pelerininden daha çok sarmıştı.

Dudley onları aldatmış mıydı? Bu askerler Ned'i yakalamaya ve kuleye götürmeye mi gidiyorlardı? Güçlü olmak ve döndüğünde karşılaşacakları şeyler karşısında cesaretli olmak için dua etti.

Kate, yolun geri kalanını kendini sakinleştirme çabası ile geçirdi. Sakinliğini kaybediyor, sonra tekrar sakinleşiyordu. Sarayın menzili dışında bir yerde karaya ayak bastıklarında sendelemekte olan Jane Seymour'un koluna girdi ve sanki sıradan bir yürüyüşten dönüyorlarmış gibi saraya doğru ilerlemeye başladılar.

Suçunu belli etmemeliydi ve bu tahmin ettiğinden daha kolay oldu. Tanrı'nın huzurunda, onun emrettiği şey dışında bir şey yapmamıştı.

Birkaç saraylı ile karşılaştıklarında adamlar selam verip, "İyi günler dileriz leydiler"dediler.

Kate de onlara selam verdi. Sarayda olağanüstü bir durum olsaydı, bu adamların haberi olurdu diye düşündü.

"Efendim, askerleri giderken gördük de, bir töreni mi kaçırdık acaba?" diye sordu.

"Majesteleri onları Fransız büyükelçisinin ayrılışı onuruna gönderiyor leydim."

"Peki, kraliçe avdan döndü mü?" İhanetini açığa mı vuruyordu?

"Hayır leydim, henüz değil."

Kate gülümseyerek yoluna devam etti. Jane' in kolunu sıkıca tutarak hatta onu neredeyse taşıyarak patikayı tırmandı. Sesine biraz tehdit havası katarak, "Eğer bayılırsan..."

"Ben iyiyim Kate" dedi Jane ama sesi çıkmıyordu.

Karşılama alanını geçip saraya girdiler. Saray kraliçenin dönüşü için aceleyle hazırlık yapan hizmetçiler ve saraylılarla doluydu. Jane, odasına gitti. Kate de tek bir kelime etmeksizin elbisesini değiştirmek için odasına doğru yöneldi.

Bekâretini kaybetmiş olduğu yüzünden anlaşılıyor muydu? İnsanlar onun sarayı bir bakire olarak terk edip evli bir kadın olarak döndüğünü görmüşler miydi? Tanrı dünyadaki her şeyi görürdü.

Bugün Ned'le birlikte, vaftiz edilmiş kraliçesine karşı gelerek yaptıkları şeyi görmüştü. Titredi ve Tanrı'nın evliliklerini kabul edip etmediğini düşünmeyi bıraktı.

Tanrı'dan önce Elizabeth ile yüzleşecekti.

Elizabeth ve Dudley avdan hava kararınca döndüler. Pelerinleri ve botları çamur içindeydi. Yüzleri renklenmişti, gözleri parlıyordu. Akşam yemeği ve sıcak şarabın hazırlanmasını istediler. Kendilerini kraliçenin odasının girişindeki şöminenin önüne bıraktılar. Rüzgâr hâlâ yüzlerine vuruyormuş gibi yüksek sesle konuşuyor ve gülüyorlardı.

Elizabeth başlığını çıkardı, kızıl saçlarını bekâretinin bir göstergesi olarak omuzlarına düşürdü.

Bayan Ashley Elizabeth'in botlarını çıkarıp ayaklarını ısıtmak için ovalarken, Kate de yemek sunmak için elindeki tabakla diz çöktü. Ned'in evlilik yüzüğü göğüslerinin arasında bir kurdela ile asılı duruyordu.

Kraliçe gülerek soğuk ayağını Dudley'e uzattı. Dudley, yeleğini ve gömleğini çıkardıktan sonra bu ince ayağı eline aldı, kıllı göğsüne götürdü ve sürtmeye başladı. Diğer eli de bileğinin üzerinde geziniyordu. Bunlar âşıkların şehveti oyunla uzaklaştıran veya diğerlerinin ne düşündüğünü önemsemeyen hareketleriydi.

Kate leydilerin tepkisini görmek için bakmadı bile çünkü derin nefes alışları duyuluyor, ne kadar şaşırdıkları anlaşılıyordu.

Elizabeth Bayan Ashley'e gitmesini söyleyerek dirseklerinin üzerinde geriye uzandı. Yüzündeki arzulu ifade neşeyle kaplanmıştı ki, Bayan Ashley'in uyarı öksürüğü duyuldu.

Kate biliyordu ki Ned'e dair duyguları onu kaplasa da, Ned'in sandal ağacı kokusu onu bırakmasa da arzusunu belli etmemeliydi.

"Majesteleri, mutfağınızdan bir kuğu tartı" diyerek tabağı uzattı. Elleri dengesini kaybetmeye başlıyordu. Kraliçe Dudley'in tuttuğu ayağıyla Dudley'e küçük bir tekme attı. Dudley göğsünü tutarak ve inleyerek geriye düştü.

Salonda birkaç ağızdan yükselen inilti karşısında Elizabeth ve Dudley gülmeye başladılar. Sanki hem gösterileri yapıyor hem de gösteriyi izliyorlardı.

Kate elindeki tabağa bakıyor, bir yandan da kraliçenin bu arzuyla ne kadar geride durabileceğini merak ediyordu. Kendini Ned'i özlemekten alıkoyamayacağını biliyordu, alıkoyamamıştı da. Ama şimdi arzunun gerçekte ne anlama geldiğini biliyordu ve onsuz olamazdı.

Kraliçe gülmesine son verdi ve leydilerine bakarak, "Sizin işiniz yok mu kızlarım?" dedi.

Leydiler reverans yaparak "Majesteleri" dediler.

"Öyleyse işinize! Lord Dudley ve ben açlıktan ölmek üzereyiz."

Kate tabağı alçalttı.

Kraliçe, "Tabağı bırakın Leydi Grey" dedi gümüş kadehini yudumlarken.

"Buyrun majesteleri" dedi Kate, tabağı önlerine koydu.

Elizabeth bakışlarını Kate'in yüzünden çekmeden, "Ona söyle Robin" dedi.

"Söylemeli miyim Bess?"

"Evet, emrediyorum."

"Leydi Grey, Hertford Kontu Edward Seymour evlendi" dedi Dudley oturduğu yerden eğilerek.

Kate elbisesini düzeltti ve durdu. Bunu bu kadar çabuk duymayı beklemiyordu. Gülümseyerek, sakin bir şekilde –hatta iyimser bir ifadeyle –başını salladı. "Lütfen ona uzun ve mutlu bir yaşam dileklerimi iletin" dedi. Kraliçeye bakmıyordu ama kötü niyetli bakışını hissedebiliyordu.

Kraliçenin yüzüne baktığında ise oldukça farkı bir şey gördü: kraliçenin yüzünde kötü niyetinden pişman olmuşçasına bir üzüntü hali vardı. Pişmanlık kraliçe için rastlanır bir şey değildi. Bu yüzden Kate, onun ifadesini yanlış anlamış olabileceğini düşündü.

"Leydi Grey" dedi kraliçe sessizce. "Yorgun görünüyorsun. Bu gece odanda dinlen, yarın sabah bahçede yürüyüş yapıp erkekler ve sadakatsizlikleri hakkında konuşuruz."

"Teşekkürler Majesteleri" dedi ve zorlama bir gülümsemeyle salonun kapısına yöneldi. Kraliçenin onu çıkana kadar gözleriyle takip edeceğini hissediyordu.

Kraliçenin dairesinden çıkar çıkmaz koridorda, duvara yaslandı. Kaçmak istiyordu.

Kırmızı giyimli bir uşak, kolunu uzatarak, "Hasta mısınız Leydi Grey?" diye sordu.

Kate birkaç kişinin ona bakıyor olduğunu görerek gülümsedi. "İyiyim efendim" dedi. Uşak selam verdi, Kate de reverans yaptı. Ters yönlere doğru yürümeye başladılar. Kate elini karnına koydu ve evlilik cüzdanının sesini duydu.

Sesi duyunca gülümsedi. Etrafındakiler de onun gülüşüne karşılık verdiler. Bu kadar neşeli görünmesinin nadir olduğunu ve bu gülme ve sevinçten çığlık atma isteğinin bir çılgınlık olduğunu düşündü.

Jane Seymour'un odasına yöneldi. Geldiği haber verilince Jane onu karşılamaya çıktı ve onu şöminenin yanına çekerek, "Kate, bu kadar mutlu görünme, kendini ele vereceksin" diye fısıldadı.

"Bunu söylemek kolay."

Jane başını salladı. Şarabının içine biraz afyon atarak kendini sakinleştirmeye çalışıyordu.

Kate kendine sunulan kadehi geri çevirerek, "Hizmetçilerini dışarı çıkar leydim" dedi.

Hizmetçiler çıktığında evlilik cüzdanını çıkardı ve ciddiyetle, "Bunu Ned için sakla. Odama götürmeye cesaret edemiyorum, çünkü Leydi Saintloe'nin her fırsatta sandığımı karıştırıyor olduğundan şüpheleniyorum" dedi.

Jane Seymour kağıda uzandı ama Kate onu vermeden önce son bir kez bakmak ve ezberlemek istedi. Londra piskoposunun mührüne, imzalara baktı.

"Jane, rahibin ismi nerede?"

Jane omzunun üzerinden baktı. "Belki bir işaret koymuştur. Tüm rahipler açık bir el yazısı ile yazmazlar."

"İsmi neydi peki?" diye sordu Kate. Önceki neşesinden eser kalmamıştı.

"Bilmiyorum. Rahip rahiptir" dedi Jane. Elini Kate'in eline koyarak güldü. "Edward biliyordur. Bu önemsiz bir şey. Korkacak bir şey değil" dedi.

"Onu iyi sakla" diyerek Jane'e verdi. Tam olarak rahatlamış sayılmazdı.

Dakikalar sonra odadan çıktı ve koridorda Robert Dudley ile burun buruna geldi.

"Leydi Grey" diyerek selamladı onu Dudley. Çingene gözleri ışıl ışıldı. "Sizi hiç bu kadar iyi göreceğimi düşünmemiştim."

"Lordum, bunu düşünmüş olmalısınız."

Yüzünde nadiren gizlediği neşe ifadesi vardı. "Belki de. Bunu arkadaşınız Jane'e borçlu olmalısınız" diyerek onu selamladı. Bu kez daha alaycı bir tavırla, "Ah, kadınların aklından geçeni bilemem, değil mi?"

Kate arkasını döndü ve yürümeye başladı. Uzaktan duyulabilecek bir ses tonuyla, "Lordum, sizi her şeyle suçlayabilirim fakat kadınların aklını okuyamamakla değil" dedi.

Uzaktan Dudley'in gülüşü ve Jane'in kapısına vuruşu duyuluyordu. Birkaç dakika içinde tüm ayrıntıları öğrenecekti.

BÖLÜM 5

"Izdırap çekenlere merhamet etmek, kadınlığımızın doğasında vardır."
Elizabeth Regina

St. Augustine Bayramı
26 Mayıs 1562

Kraliçe'nin gemisi, arkasında savaş gemileri ve küçük balıkçı tekneleriyle birlikte Thames Nehri üzerinden Londra'ya doğru yol alıyordu. Bahar gelince saray Paskalya Dönemi için Hampton Sarayı'ndan Richmond'a taşınmıştı. Richmond Sarayı'ndan da pis kokular yükselmeye başlayınca, kraliçenin doğduğu saraya, Greenwich'e gitmeye karar verildi.

Kraliçenin hemen arkasında oturan Kate, yüzüne çarpan soğuk havada nehrin tuzlu kokusunu hissedebiliyordu. Leydi Saintloe'nin günde üç kez verdiği dedikodu haberlerinin arasından martıların kanat çırpışını, armanın gergin yelkenlere çarpışını duyuyordu.

Geçen gemilerdeki denizciler güvertede dizilip, başlıklarını çıkararak kraliçeyi selamlıyorlardı. Kraliçe de teşekkürünü nazik bir şekilde sunuyordu: "Selam benim itaatkâr denizcilerim! Güvenli limanlar bulmanızı dilerim."

Kate kraliyet gemisinin güvertesinde, kraliçenin yanında diz çökmüş bir halde duran Ned'i ve Dudley'i görebiliyordu. Kraliçe, karşısında, kürekçilerin bankında oturtulan meclis üyeleri William Cecil ve hazinedar Sör William Paulet ile tartışıyordu. Her ikisi de tedbirli, sakin adamlardı. Kraliçe kendisine ihtiyatsız danışmanlar seçmemişti ve bu sabah olduğu gibi kendi isteklerine çok karşı olmadıkları sürece genellikle onların isteklerine uyardı.

Kraliçe diğer filikalardan duyulabilecek, muhalif ses tonuyla ayrıcalığını göstermek istiyordu. "İskoç kraliçesi Mary ile, York'ta yapacağımız görüşmeyi ertelememiz gerektiğini söylüyorum."

Cecil makul bir ses tonuyla konuşuyordu. Kate duymak için ileriye doğru eğildi. "Majesteleri, bu görüşme için yapılan tüm hazırlıklar tamamlandı ve çok fazla para harcandı. İskoç kraliçesi güneye doğru genişlemek için lordlarını gönderdi. Dahası, bu gezi onu tahtınıza dair isteğinden vazgeçirmek için bir fırsat. Vazgeçerse, İngiliz Katolikleri emrinizden uzaklaşmayacaklardır."

Elizabeth Cecil'e baktı. "Katolik savunucusu Mary, bekleyebilir." Sonraki sözleri daha sakindi ve yüzünde memnun bir ifade vardı. "Ruhum, bizim yerimize resmimizi göndereceğiz."

Kate biliyordu ki Elizabeth baş danışmanına ona verdiği özel isimle hitap ettiğinde söylenecek başka bir şey yoktu. Sevgisinin göstergesi olarak, Cecil onun ruhuydu, Robin de gözleri. Kate de dâhil olmak üzere onlar dışında hiç kimse böyle bir ayrıcalığa sahip değildi.

Elizabeth'in emreden sesi yükseldi. "Öyleyse sayın lordlarım, Katolik de Guise partisi tarafından zalimce katledilen Protestanlara yardım için, ordularımızı son hızla Fransa'ya göndereceğiz. Kraliçe Catherine de Medici bu saldırıları durdurmada muhalifleri karşısında zayıf kalıyor."

Hazinedar Paulet cevap verme cesareti bularak, "Fakat Majesteleri, İskoçya'daki ve Hollanda'daki Protestanlara yardım ettik. Hepsine yardım edemeyiz yoksa iflas ederiz" dedi.

Elizabeth başlığını indirerek saçlarını yüzünün çevresine bıraktı. Bu haliyle modern bir kraliçeden çok, antik bir tanrıçayı andırıyordu. Tartışmayı sona erdiren tek bir kelime söyledi: "Şşşt!"

Yüzüklerle dolu uzun parmakları ile eteklerini düzeltti. "Hepiniz biliyorsunuz ki İsa adına eziyet görenleri korumamız gerekiyor."

Kate, İngiliz ordusunun, Fransız Protestanları'nın Calais'i teslim etme sözleri karşılığında bu işe giriştiklerini hatırlayarak gülümsedi. Calais'in kaybedilişinin üzerinden üç yıl geçmişti, fakat ülke bunu hâlâ atlatamamıştı. Elizabeth, Plantagenet döneminden beri İngilizlerin olan Fransa'daki son toprak parçası Calais'i geri almak için can atıyordu.

Cecil, "Yüce majesteleri, böyle bir savaş bize çok fazla şeye mal olur" dedi bilge ve sakin bir havayla. "Fransız Protestanları üç yüz bin dükadan fazla para ve 10.000 asker istiyorlar. Hazineniz buna..."

Elizabeth Cecil'in sözünü keserek sunabileceği tek teklifi sundu. "Kraliyet arazilerini satarız. Bundan daha iyi bir işe yaramazlar." Sesini alçalttı fakat oldukça netti. "Böylece İngiliz Protestanları'na olan sevgimizi göstereceğimizi ve onları memnun edeceğimizi bilmiyor musun?"

Cecil başını eğerek daha fazla tartışamayacağını kabul etti.

Sonrasında Kate, Dudley'in kraliçeye Fransız seferine komutanlık etmek istediğini söylediğini duydu.

Kraliçe kraliçe değil de, kadın sesini takınarak, "Hayır Robin!" dedi. Dudley'in yakarışlarını durdurmak için elini kaldırdı. "Senden ayrı kalmaya dayanamam. Senin yerine kardeşin Warwick Kontu gidecek" dedi.

Saraydaki herkes Elizabeth'in bu cevabı vereceğini biliyordu fakat Kate, Elizabeth'in Dudley'in varlığına olan ihtiyacını böylesine cesurca ilan edişi karşısında Cecil'in irkildiğini gördü. Leydilerden hiçbiri de Bayan Ashley'in koruması altındaki Elizabeth'in bu sözlerini duymuş gibi görünmeye cesaret edemedi.

Elizabeth savaş hakkında konuşulacağını, bunların kadınların duymaması gereken şeyler olduğunu söylediğinde leydiler arkadaki gemiye gönderilmişlerdi.

Majesteleri savaş hakkında konuşurken kendi kadınlığını inkâr ediyor, bir yandan da Robin'den ayrılamayacağını söylüyordu. Bunların ikisi de aynı anda oluyordu. Kate şaşkındı, fakat çocukken öğrendiği üzere kral gülmeden kimse gülemezdi. Şimdi ise, bir kadın olarak sevdiği adamdan ayrı kalmanın ne kadar zor olduğunu biliyordu. Elizabeth'le aynı kanı taşıyorlardı, kalpleri de aynı atıyordu.

Kürekçiler rıhtıma yanaştıklarında, Kate kraliçeye hemen eşlik etmek zorunda olmamak için dua ediyordu ki, kraliçe meclis üyeleri ile birlikte diz çökmüş hizmetçilerin ve saraylıların arasından ilerledi. Savaş planlarına devam etmek için meclis odasına gitti.

Kate, meclisin birlikler ve bu birliklerin ihtiyaçları için para harcanmasını onaylamak zorunda olduğunu biliyordu. Meclis üyelerinin onayını almak için zekice planlar yapılmalıydı.

Gemiden hızla inerek ek binaya doğru yöneldi. Birkaç dakikalığına yalnız kalmak istiyordu. Karnında bir ağrı hissetmişti. Geciken adet kanamasının geldiğini umuyordu.

Geçen bir hizmetçiye yalnız kalmak istediğini söyleyerek bunu sağlamasını emretti ve binaya girdi. Eteğini kaldırdı ve iç giysisini kontrol etti. Kanama yoktu. Bir anda başı döndü ve kapıya yaslandı. Birkaç dakika sonra kendine geldi, toparlandı ve dışarı çıktı.

Cebinden para çıkararak hizmetçiye verdi ve yüzünde sabit gülümsemesiyle kraliçenin dairesine doğru yürüdü.

Eşiyle üç kez beraber olmuştu. Ned, evlendikleri günün dışında dışarıya boşalma konusunda oldukça dikkatli davranmıştı. Aptal bir köylü kadını gibi tek birliktelikte hamile mi kalmıştı yani?

İlk ay, kanamasının olmayışını bakireliğini kaybedişine bağladı. Biliyordu ki hemen zarının delinmesi tüm kadınlık sorunlarını da beraberinde getirebilirdi.

İkinci ay ise kilo verdiği için kanamasının olmadığını düşündü. Her gün Elizabeth Tudor'la yüz yüze olmak ve ondan bu büyük sırrı saklamak tüm iştahını alıp götürmüştü. Tarla kuşu böreği bile ilgisini çekmiyordu.

Ama şimdi, kanamasının olmadığı üçüncü aydı ve başka şeyler düşünmenin vakti gelmişti.

Yeşil, kadife kolluklarının altından yumruklarını korkuyla sıktı. Kadınların çoğu doğumda veya sonrasında kontrol altına alınamayan ateşten dolayı ölüyordu? O da ölebilir miydi? Eltham'ın kırlarında özgürce koşan kumral bir çocuğu, Ned' in de dizlerinin üzerine çökmüş, kollarını açmış bir halde onu beklediğini hayal edince bu düşünceden sıyrıldı. İçinde büyüyen Ned'in çocuğuysa bir sonraki Hertford Kontu mu olacaktı, anne ve babasının felaketine mi yol açacaktı?

Kabul salonuna doğru yöneldi. Hizmetçiler, uşaklar ve muhafızlar, kraliçenin tahtını düzenlemekle uğraşıyorlardı. Kimi hizmetçiler de etrafın tozunu alıyorlardı. Salon iyice aydınlatılmış ve Thames nehrini gören açık pencerelerden esen rüzgârla güzelce havalanmıştı.

Kate onu selamlayan hizmetçilerin arasından geçtiği an Ned köşeyi dönüp karşısına çıktı. Yüz yüze gelmişlerdi.

Bir adım geri çekildi, Kate'i selamladı. Etraflarında onları gözleyen biri var mı diye bakınıyordu. "Seni görmeliyim tatlım, hem de bu gece hemen yoksa delireceğim!

Kate, gelen geçeni hızla kontrol ederek reverans yaptı. Yüzündeki sabit gülümsemesini koruyordu. "Kraliçe meclis toplantısından geç dönmezse beni görmek isteyecektir. Dişlerimi veya karnımı bahane edemem artık."

Ned Kate'in ne demeye çalıştığını anlamış gibi görünmüyordu.

"Aşkım, bu gece yoksa öleceğim" diye fısıldadı. Bakışları durumun aciliyetini yansıtıyordu. Etraftaki bakışlara hitaben Kate'i nazikçe selamladı ve geri çekildi.

Kate de kraliçenin dairesine yöneldi. Yolda kraliçenin elbise sandıklarını taşıyan terli hamalları gördü. Elbiseleri acilen havalandırmalıydı. Aceleyle Elizabeth'in kıymetli bakirelerinin yanına gitti. Bayan Ashley, Bayan Perry, Leydi Saintloe ve Mary Sidney –Robin'in kız kardeşi –iç odaya yerleştirilecek eşyaların taşınmasını sağlıyorlardı.

Ashley, "Leydi Katherine, neredeydiniz?" diye sordu.

Kate kaşlarını kaldırdı. Babası düşük mertebeli birinden gelen bir sorgulama karşısında böyle ciddileşirdi ama biliyordu ki Bayan Ashley, sorumluluk duygusu ile korumacı davranıyordu.

Saintloe söze katılarak, "Leydi Katherine'nin yüzü kızarmış" dedi. Sempatiden çok merakla, "Yine hasta mısın?" diye sordu.

Kate omzunu silkerek, "Deniz beni çarpıyor madam" dedi.

"Ne yazık ki Elizabeth'in Calais'i geri aldığında yapacağı partiye katılamayacaksın" dedi Saintloe.

Kate sahtece gülümsedi. Konuşmayı sürdürmeye niyeti yoktu. "Sizin de Majestelerinin diğer leydileri gibi denize alışacağınızdan şüphem yok madam" diye ekledi.

Kate'in kendini tutması Saintloe'nin hoşlanmayacağı bir şeydi, çünkü Saintloe, kelimelerle oynayarak konuşulmayan şeyi keşfetmeye bayılırdı.

Kate elini içgüdüsel bir biçimde karnına götürdü ve karnındaki hafif şişliği ilk kez fark etti. Saintloe'nin ona her zamanki yargılayıcı bakışlarıyla baktığını fark ettiğinde karnını içine çekti ve her zamanki hareketi ile eteğini düzeltti. Bu doğal harekette Saintloe'yi düşündürecek bir şey yoktu.

❀

Saraydaki tüm eşyalar yerleştirilmiş, tüm resimler asılmış, tüm elbiseler düzeltilmişti. Kitaplar yerleştiriliyordu ki kraliçe meclisinden döndü. Yemeğini kaçırmıştı fakat istemedi. Kate ise tüm bahar boyunca hiç olmadığı kadar açtı, hem de aç bir kurt gibiydi. Bebeğini beslemeliydi fakat belli olacak şekilde büyütmemeliydi, en azından şimdilik. Ned'in Cecil'in, diğer güçlü lordların hatta Dudley'in desteğini alması için zamana ihtiyacı vardı. Kraliçeyi etkileyecek biri varsa, bu sevgili Robin'i olurdu. Bu umutsuz aşkı Robin'den başka kim savunabilirdi ki? O da henüz kendi konumunu sağlamlaştırmış değildi.

Kate derin bir nefes aldı ve hiçbir şey kesinleşmemişken her şeyi olumsuz bir havaya sokmayı durdurması gerektiğini düşündü. Tanrı'ya güvenmeli ve mutlu olmalıydı, Tanrı onu huzura kavuşturacaktı. Ona güvenmezse şeytan kalbine girecek ve bebeğine zarar verecekti.

Kraliçenin huzurunda sakin kalmak konusunda epey bir beceri kazanmıştı, fakat zaman geçtikçe sakin kalmakta zorlanıyordu. Ned'in Cecil'e ulaşma çabaları resmi işlerle engelleniyordu, Lord Dudleyde onlara yardım etmekten kurnazca kaçıyordu. Peki neden? Evlenmelerine yardım etmişti. Şimdiki planı neydi?

Elizabeth pelerinini atarak babasının annesi Anne Boleyn için yaptırdığı korkuluklu pencereleri açtı. Aşağıda Anne Boleyn'in taşa işlenmiş sözü görünüyordu: *Samper Eadem*. "Her zaman aynı şey." Elizabeth bunu tahta geçtiği ilk yıl yaptırmıştı. Kate bunun, "Büyük Fahişe" olarak adlandırılan, kendi kardeşi de dâhil beş adamla zina yapmakla suçlanan kadına karşı sessiz bir saygı gösterisi olup olmadığını merak ediyordu.

Genç ve güzel annesinin başı, babasının başka bir kadınla evlenebilmek için verdiği emirle kesilmişti.

Elizabeth Kate'in kolunu tutarak aşağıdaki bir yeri gösterdi. "Şuraya bak, annem orada, babamın penceresinin altında durarak beni kaldırmış, ondan benimle birlikte olabilmek için hayatını bağışlamasını dilemişti" dedi. Sesi Kate'in daha önce hiç duymadığı kadar yumuşak ve üzgündü.

"O zamanı hatırlayabiliyor musunuz Majesteleri?" diye sordu Kate, kraliçenin böyle korkunç bir anı ile yaşıyor olmasına şaşırarak ve üzülerek.

"Üç yaşında değildim. Hatırlıyorum ya da bana öyle anlatıldı. Tek bildiğim bunun aklımda olduğu" dedi kraliçe. Sonra da o anı yaşamamışlar gibi omzunu silkti ama Kate biliyordu ki bu yaşanmıştı, belki de onun söylediğinden ya da bildiğinden daha fazlası vardı.

Kate camdan uzaklaşırken, "Her zaman aynı şey" sözünü can sıkıcı bir şekilde yorumladı: Tüm hainler ölür. Nehirden esen soğuk rüzgarı içine çekerek bu korkutucu düşünceden sıyrılmaya çalıştı. Odanın kokusu da sulanan güllerin kokusu ile yenilendi.

"Devlet işleri ile uğraşmaktan yoruldum" dedi. Gözlerini kapadı ve derin bir nefes aldı. Ellerini çırparak bakirelerini çağırdı, dibine oturttu. "Hadi şarkı söyleyelim" dedi.

Bu bir emirdi ama Kate ve diğer leydiler bunu istekle kabul ettiler. Elizabeth usta bir müzisyendi, şarkı söylerken çok mutlu olurdu ve şarkı esnasında yanlış bir notanın çıkması canını sıkardı.

Parmaklarını piyanonun tuşlarında gezdirirken, "Ne söyleyelim?" diye sordu.

Bayan Ashley, "*Şarkı söylemek istiyorum ama öfkem beni öldürüyor'* la başlayan şarkıyı söyleyelim" dedi.

Kraliçe, "Çok yavaş ve kederli bir şarkı" dedi ve yeni bir şarkı önermedi.

Kate, damarlarında kraliyet kanı akan iki asil leydiden çok, sütçü kızlara uygun bir halk şarkısını düşünüyordu. Kraliçe şarkısına başlayınca düşüncelerinden sıyrıldı ve kendine geldi.

"Ormana gittiğimde..."

Leydiler kendi kısımları geldiğinde şarkıya eşlik ediyorlardı. Kate alçak sesle katılıyordu: "Aşkla yaşayıp..." Söyledikleri bu şarkı aşk ve kader arasındaki mücadeleyi anlatıyordu.

Şarkının sonuna gelmişlerdi ama kraliçe ellerini piyanodan çekmeden devam ediyordu. Başka bir şarkıya başlamadan aynı şarkıya devam ediyordu, hülyalara daldığı her halinden belliydi.

Kate, onun av partisini, pikniği ve elbette ki onun için kışı bahara çeviren Robin'ini düşündüğünden emindi. Elizabeth, onların halini de anlayacaktı...

Hayır, hayır! Bunu düşünmemeliydi. Kraliçe'nin kalbinin diğer kadınlar gibi olduğu fikrine kapılmamalıydı. Kalbi Dudley için kanıyordu ama ona bir işaret dışında tek bir şey vermiyordu ve bu ülkeye yalnız başına hükmetmeye devam ediyordu. O, VIII. Henry'nin kızıydı. Beklenen erkek evlat değildi. Babası annesinden boşanmış, kiliseyi yıkmıştı ama şimdi o tam bir aslan yavrusuydu. Henry gibi ülkeye tek başına hükmediyordu. Bir yandan da Dudley'i sürekli yanında tutuyordu.

Kate, kraliçenin gücüne ve aklına rağmen, kraliyet soyundan başka bir kadının İngiltere tahtı veya kraliçeden çok aşkını tercih edebileceğini düşünemediğini biliyordu.

Ned, Cecil'e veya Dudley'e bir an önce ulaşmalıydı, bebek saraydakilerden gizlenmeyecek kadar büyümeden önce...

Ned'i görmeliydi. Bu, yalnız başına kaldırılamayacak bir yüktü. Kraliçeye hizmet ettiği sonu gelmez saatlerden sonra Tanrı'ya şükür ki artık Saintloe ile paylaşmadığı odasına uğradı ve oradan da Jane'in odasına koştu. Ned onu bekliyordu.

"Ned!" Hıçkırarak onun kollarına atıldı. Ned bu kez onu yatağa değil de şöminenin yanındaki oturağa götürdü. Oysaki yatağında, sıcak kollarında ona sırrını söyleyebilirdi. Odada sade bir sofra hazırlanmıştı. Ateşin üzerinde şarap kremalı yavru kuş kaynıyor, baharatlı kokusu odayı dolduruyordu.

Ned önünde diz çöktü. "Harika haberlerim var tatlım!" dedi.

Yüzü parlıyordu. Yeleğini giymemişti, elbisesinin kolları bileklerinden sarkıyordu ve açık kahverengi sakalı parlıyordu. Saçları nemliydi. İyice kıvrılmış, parmaklarının arasında dalgalanıyordu.

Kate geriye yaslandı ve Ned'in yüzüne, heyecanla parlayan gözlerine baktı. Hamile olduğunu, onun çocuğunu taşıdığını tahmin etmiş olabilir miydi? Bunu belli ediyor muydu ki? O diğer erkekler gibi değildi, her zaman şaşırtıcıydı. Bunu anlamış olabilirdi.

Ned' in sözleri, aklının başka bir yerde olduğunu gösterdi. Sözleri birbiri ardına geliyordu. "Dudley'den şüphelendiğini biliyorum ama o bizim dostumuz Kate. Benim adıma kraliçe ile konuştu."

Kate birden ayağa fırladı. "Ne?" Bunlar beklediği sözlerdi. Dudley'den şüphelenmemeliydi. Ama az önce kraliçenin yanından gelmişti. Kraliçe bildiğini belli eden tek bir kelime etmemişti ya da tek bir bakış fırlatmamıştı.

"Evet tatlım. Hertfordshire'dan 100 askeri alıp Fransa'ya götüreceğim" dedi. Kate'in cevabını beklerken neredeyse nefes nefese kalmıştı.

Kate düşündüğü şeyden çok farkı bir şeyle karşılaşmıştı. Tereddütle, "Ned, ben..." diye söze başlamıştı, fakat Ned çok heyecanlıydı, ellerini Kate'in omuzlarına bastırarak, "Robert kardeşi Warwick'in Calais'i alacak askerlerin komutasını bana vereceğine söz verdi!" diye devam etti. Kate'in yüzüne bakıyor, beklediği şaşkınlık ifadesini arıyordu.

Yemeğe dokunmamışlardı. Krema kaynıyordu, üzeri kaymak tutmuştu. Kate ise konuşmuyordu.

Ned kaşlarını çatarak, "Tatlım, bunun bizim için ne anlama geldiğini bilmiyor musun?" dedi.

"Hayır".

"Öyleyse söylüyorum" diye başladı Ned. Kate'i bekleyemeyecek kadar sabırsızdı. "Bu, benim yani Hertford Kontu'nun Calais'in anahtarlarını kraliçeye getireceğim anlamına geliyor. Calais'in kaybedilişinin utancını yok edeceğim" dedi azimle. "Sonra da günün kahramanı olacağım, böylece kraliçe tüm İngiltere benim ismimi söylerken bizim evliliğimize rıza göstermezlik edemeyecek."

Kate resmen dilini yutmuştu. Ned'in yüzü savaş ve galibiyet ateşi ile yanıyordu. Bu ifadeyi başka erkeklerde de görmüştü. Bu, hiçbir erkeğin inkâr edemeyeceği ve kendini alıkoyamayacağı savaş çağrısıydı.

Tencerede kaynayan kremaya eti batırdı ve beyaz ekmekle dolu bir tabağa koydu. Konuştukça heyecanlanıyor, yüzü gelecek zaferlerin görüntüsü ile yanıyordu. Tüm sorunlarının yok olacağını söylüyordu. Kate, Ned böyle zafer tabloları çizerken ve yanaklarını, burnunu öperken aklında zaferden başka bir şeyin olmadığını biliyordu. Ona göre Elizabeth'in onayını almanın tek yolu buydu. Bu da bir an önce gerçekleşmeliydi.

"Fransa'da ne kadar kalacaksın?"

Ned ayağa sıçradı, odanın içinde geziniyordu. Gölgesi boyunun iki katıydı. "İki ay ya da daha az. Hertfordshire'daki adamlarım bir hafta içinde toplanırlar. İngiliz askerleri her halükârda onlardan daha güçlü Kate." Tekrar gelip oturdu. "Düşün tatlım, iki ay içinde evliliğimizi kraliçeye ve tüm ülkeye duyuracağız. Kraliçe evliliğimizi kabul etmek zorunda kalacak. Biz de Eltham'a gidip kendi hayatımızı kuracağız." Yüzü ev hayali ile parladı.

Kate iki eliyle Ned'in kolunu tutarak, "Tek yol bizim ayrılığımız mı Ned?" dedi.

"Bu bizi sonsuza dek bir arada tutacak en kesin ve en hızlı yol tatlım. Bana ve Dudley'e güven. O en iyisini bilir."

Kate, Ned'e daha fazla karşı gelemedi ve *Hamileyim* diyerek onu yanında kalmaya zorlayamadı. Majestelerinin onayını kazanmak için daha iyi bir fikri yoktu. Dudley'den ve herkesten şüpheleniyordu ama kraliçeyi onlardan iyi tanıyordu. Elizabeth her zaman, herkesi oyuna getirebilirdi ama bu kez böyle bir şey olmamalıydı.

Ned'in bunu denemesine izin vermeliydi. Bu ikisinin de alması gereken bir riskti. Diğer her şey kraliçenin kaprisine maruz kalabilirdi. Eğer kraliçe zafer ile engellenecekse, bu zafer kazanılmalıydı. Bir vatan haininin evliliğinin bedeli başı olurdu ama bu baş Ned'in ya da bebeğinin olmamalıydı. Düzgünce oturdu ve sordu: "Peki ne zaman ayrılacaksın?"

"Yarın sabah erkenden" dedi. Saçını geri atarak gülümsedi. Sonra arzu ile yutkundu.

Kate'i küçük yatağa taşıdı, nazikçe ipek çarşafın üzerine yatırdı ve uzun bacaklarını yanına uzattı.

Ned, aralarındaki ateşi ağzı ile söndürürken, Kate kendisine olan güzel şeyi ona söylememek için kendini zor tutuyordu. Ned ona kendi ateşini gönderdiğinde ise bildiği her şeyi unuttu.

Şehvetin doruğuna erdikten sonra Kate'in kulağına onu sevdiğini fısıldadı. Kate hiçbir şey söylemedi.

İki ay sonra her şey yoluna girecekti. İki ay... İki ay için her şeye karşı koyabilirdi.

Yatakta uyuyan Ned'in dudağına yumuşak bir öpücük kondurup odasına döndüğünde, kalbindeki ateş ışığını kaybetmiş, küle dönmüştü.

❋

Ağustos 1562

Elizabeth, tüm saray Ağustos'ta Hampton Sarayı'na taşındığında ateşli bir hastalığa yakalandı. Bu saray, kralın sarayından daha büyük bir saray yapmaya cesaret eden Kardinal Wolsey'in bir hediyesiydi.

Hampton Sarayı, diğer tüm saraylarda olmadığı kadar büyüleyici avlulara sahipti. Kraliçenin dairesi bağları ve bahçeleri görüyordu ama kraliçe bundan eskisi kadar zevk almıyordu. Fransa'ya ek sefer emirlerini bile yataktan veriyordu.

Kate her gün saatlerce kraliçe ile ilgileniyor, ona çorba içiriyor, onu gül suyu ile serinletmeye çalışıyordu. Kraliçenin odası sıcak ve buğuluydu. Doktorlar kraliçe vebaya yakalanmasın ya da teri soğumasın diye odanın havalandırılmasını yasaklamışlardı. Ona her gün üç kez kaynatılmış solucan otu veriyorlardı, acısını azaltmak için içine bal atıyorlardı ama kraliçe sonunda isyan etti ve bu ilacı bir daha ağzına sürmedi.

Kate, Fransa'dan gelen haberleri kraliçe ile birlikte duyuyordu. Cecil'in raporları ile ilgilenmiyormuş gibi görünse de Ned'den bir haber geleceği umuduyla bir yandan işleri ile uğraşıyor, diğer yandan raporları kelimesi kelimesine dinliyordu. Ned'in Jane'e mektup yazdığını biliyordu. *Arkadaşlarıma ve leydilere iyi olduğumu söyle* demişti bir mektubunda. Kate ise ona yazamamıştı, mektubunu gönderebileceği bir ulak arıyordu.

Fransa'dan gelen haberler kötüydü. Sivil savaş başlamıştı, İngiliz orduları önce Katoliklerin, sonra da Protestanların saldırıları altında kalmıştı. Kate'in duaları önceleri Ned'in sağlam bir şekilde dönmesi üzerineyken şimdi bir an önce dönmesi için dua ediyordu. Hamileliğinin yedi ayı neredeyse dolmuştu, büyüyen karnını jüpon giymediği takdirde çok zor gizleyebiliyordu. Önceleri sevmediği bu giysiler ile şimdi mutluydu çünkü karnını ancak onlarla saklayabiliyordu, fakat genişleyen belini örtemiyordu. Elbiselerini genişleten bir kadın terzi tutmuştu, ona bu sırrı tutması için altın bir taç ile yemin ettirmişti. Bildikleri hakkında tek bir kelime ederse korkunç bir sona uğrayacağını söylemişti.

Bir sabah çarşaf katlarken elinden düşürdü ve eğilip almak konusunda tereddüt etti. Bunun üzerine Bayan Ashley, "Leydi Grey, giderek şişmanladınız ve tembelleştiniz" dedi.

Leydi Saintloe alaycı ve kurnaz gülümsemesini takınarak, "Leydi Grey, tatlılara ve ballı tarlakuşu böreğine çok düşkün" diye söze karıştı.

Saintloe biliyordu! Kate bundan emindi. Eğer o biliyorsa bu diğer tüm leydiler arasında kulaktan kulağa yayılmış olmalıydı. Birileri kraliçe iyileşir iyileşmez bu haberi ona verecekti.

Ashley kraliçenin başında beklemek için odasına gitti. Kate ise Saintloe'yi takip etti. Bu sırrı saklaması için ona ne teklif edebilirdi ki? Ned döndüğünde para ya da Saintloe'nin zaten çok beğendiği annesinin zümrüt kolyesini mi?

Kate bir şey söylemeden Saintloe döndü ve gözlerini açarak, "Ben hiçbir şey görmedim leydim ve söyleyecek bir şeyim yok."

Kate nefes aldı. "Neden? Sen benim dostum değilsin ki, bunu neden yapasın?"

Saintloe alçak sesini yükseltmeden, "Başınızı kaybedeceksiniz leydim. Sizi kirleten kişi Hertford Kontu Seymour, değil mi? Kraliçeye bu haberi veren ben olmayacağım leydim. Kütüğün yakınında olursam bana da kan sıçrar."

Kate'in eli boynuna sıçradı. "Çok zalimsiniz leydim. Lordum ve ben evliyiz. Yine de sessizliğiniz için size teşekkür ederim ve..." Saintloe Kate'in şükran sözlerini durdurmak için elini kaldırdı. Sesi Kate'in kulaklarında çınlıyordu. "Fahişe veya evli olun, Henry'nin varisisiniz. Kraliçenin izni olmadan evlenmeniz vatan hainliği. Düşünün leydim! Sizce Elizabeth'in gözünde hangisi daha tehlikelidir, bir fahişe mi hamile bir varis mi?"

Kate'in söyleyeceği her şey nafileydi.

"Hayır leydim, teşekkürünüzü istemiyorum. Yalnızca kraliçe ihanetinizi öğrendiğinde uzaklarda olmak istiyorum. Onun öfkesi hizmetinde olan herkese olacaktır bu yüzden de diğer tüm leydilerin yapacağı gibi sizi lanetliyorum. Bu sarayın bir köşesinde şefkat var ise, emin olun ki o da sessizliktir."

Kate'in oradan uzaklaşmak dışında yapabileceği bir şey yoktu. Jane'in odasına gitmeyi düşündü. Arkadaş diyebileceği bir tek o vardı ama onunla Ned hakkında konuşmak ızdıraplı oluyordu çünkü onun da Ned hakkında bildiği tek şey Fransızlar tarafından desteklenen bir kasabaya saldırdığıydı.

Yine de Jane'in odasına gitti. Saintloe'nin kininden korkuyordu. Bu sırrı artık daha fazla taşıyamayacaktı. Ned'e haber gönderebilecek birine ulaşmalıydı. Ned dönmeliydi, hem de bir an önce!

Jane Kate'in büyüyen karnı hakkında hiçbir şey söylemedi. Kate onun bunu fark etmeyecek kadar aptal olduğunu düşündü. Kraliçenin leydileri arasındaki yeni konumundan ve Robert Dudley'den konuşup durdu. Her zaman Dudley hakkında konuşurdu zaten.

Siyah elbiselerinin içinde İspanyol elçisi ve papaz Alvarez de Quadra de Avila, Jane'in odasına yaklaşınca durdu ve selam verdi. Sarayın sakin olduğu, herkesin akşam yemeğinde olduğu bir andı.

Kate reverans yaptı ve geçti.

Tam o sırada Quadra aksanlı İngilizcesi ile, "Leydim, resmi bir görüşme yapmayı istiyordum" dedi.

Resmi görüşme mi? "Sayın elçim, Sör Willam Cecil, kraliçe iyileşince size memnuniyetle bir görüşme ayarlayacaktır."

Quadra Kate'in yanlış anlaması karşısında gülümsedi. "Peki kraliçenin sağlığı ne durumda Leydi Katherine?"

"Hafif bir yaz ateşi fakat kısa sürede iyileşecektir."

"Tanrı izin verirse."

"Verecektir."

Quadra başını salladı. "Ben hasta bir kraliçenin varisi olarak sizinle bir görüşme yapmaktan bahsediyordum" dedi.

Kate adımlarını yavaşlattı ve "Efendim, beni aptal mı sanıyorsunuz? İspanya'nın hanedanlık için İskoç Kraliçesi Mary'yi ya da kendilerinden birini desteklediğini biliyorum."

Elçi gülümsedi ve Kate'i selamladı. "Bilinen şey bilinmeyen olabilir leydi Grey" dedi.

Kate cevap vermedi. Bu konuları bir İspanyolla, hatta bir hizmetçiyle dahi konuşması vatan hainliğiydi.

Elçi sesini alçalttı. Beraberindekiler de duymak için hep bir anda öne doğru eğildiler. "Eğer bir İspanyol prensi ile, mesela Kral Philip'in oğlu Don Carlos ile..."

Kate neredeyse kahkaha ile gülecekti ve emindi ki Quadra aklından geçenleri anlamıştı. Don Carlos ünlü bir hovardaydı ve birlikte olduğu fahişelerle işi bitince onları ölünceye kadar kırbaçlardı. Tam bir deliydi. Kate büyükelçinin yüzündeki iğrenme ifadesini gördüğünden emindi. Bunu belli etmeye çalışmıştı.

"Veya hanedanlıktan başka bir prens ile evlenmeyi kabul edersiniz" diye devam etti. "Böylece, bir İspanyol prensesi olarak imana ereceksiniz. Güçlü bir muhalif olmadığınızı düşünüyorum."

Kate yüzünü serinletmek için elini kullandı. Bu adamı geçip gitmek ve bir muhafız çağırmak arasında kararsızdı.

Fakat Quadra sözlerini bitirmemişti. "İspanyol güçleri ordu ve donanması ile sizi destekleyecektir," yaklaşarak, "ve Hertford Kontu'ndan olan oğlunuzu da" dedi.

Kate çok şaşırmıştı. Ses tonunu muhafaza etmeye çalışarak, "Ajanlarınız her yerdeler" dedi.

"Bu düşman sarayında olmaları gerektiği kadar maharetliler madam."

"Yeterince maharetli değiller efendim. Benim bu söylediklerinizden ibaret olduğumu biliyorlar, oysa ki ben bundan daha fazlasıyım; şeytanla pazarlık etmeyecek kadar İngilizim ve Protestanım!"

Eteğini topladı ve başı yukarıda geçip gitti. Sırtını dik tutmaya çalışıyordu çünkü karnı onu öne doğru çekiyordu. İspanyolların kızgın homurtuları kulağına geliyordu ama korkmuyordu. Elizabeth'in portresini taşıyordu. Bu yüzden mi Philip'in adamlarının huzurunda kraliçe gibi cesur oluvermişti. Yoksa bu onun Tudor kanından, cesaretinden mi ileri geliyordu?

Vücudu Ned'in bebeği ile ağırlaşmış olmasına rağmen, aylardır hissetmediği kadar hafiflemiş hissediyordu ve kendini İspanyolların hileleri ile yüzleşmeye değer buluyordu.

BÖLÜM 6

"Bir varis belirlemem, kendi ölüm çanımı çalmamdır."
Elizabeth Regina

Michealmas
29 Eylül 1562

Edward fırtınalı bir öğle vakti, gözlerini ağrı, ateş ve titreme ile açtı. Eylül yağmuru, gri gökyüzünden çadırının kanatlarına düşüyordu. Biraz ötedeki kamp alanında adamları ateş yakmaya çalışıyordu.

Refakatçisi James, Edward'ın kamp yatağına doğru ilerledi. Uyluğuna zehirli salgıları çıkarması için sıcak kompres yapacaktı.

Edward, üzerinden buhar çıkan bez kesik ete değdiğinde çığlık atmamak için kendini çok zorladı. Bacağı La Havre surlarının önünde sivri uçlu bir düşman oku tarafından delinmiş, sonrasında da bu ok beceriksiz bir İngiliz doktor tarafından çıkarılmıştı. Oku yiyip attan yere düştüğünde de bacağının mı kıçının mı daha çok acıdığını anlayamamıştı.

Şu anda anlayabiliyordu. Buharlı ıslak bez açık yarasının üzerinde durup ona eziyet verdikçe buna katlanabilmek için dişlerini kırılırcasına birbirine kenetliyordu. Kate'in altın kızılı saçların görüntüsüne tutunmazsa karanlığa doğru sürükleneceğini biliyordu. Kate'in görüntüsü onu çadırı ve dipsiz karanlık arasında bir yerlerden yükseklere çıkarıyordu.

Onu en son Jane'in odasında görmüştü. Güzel yüzü gözünün önüne geldi, ona dokunmak için uzandı. Kate hiçbir şey söylemedi, onu en son gördüğündeki gibi sessizdi.

Edward Kate ile gurur duyuyordu. Onu gerçek bir savaşçının karısı gibi gözyaşı ve şikâyete mahal vermeksizin görevine uğurlamıştı.

James yatağın üzerine eğilip, "Lordum, doktor bu haşhaş suyunu içmenizi emretti."

"Neden?" diye sordu Edward. Biliyordu ama sormak zorundaydı. Bacağını kesmeyi planladıklarından korkuyordu.

"Bacağınızı kesmek durumundalar lordum. Bu daha da acılı olacak..."

Edward bir kolunun üzerinde doğrularak bardağı fırlattı. "Hayır, bu kanlı kasapların bıçakları ile bana dokunmalarına izin vermeyeceğim."

"Fakat lordum, yaranız iltihaplandı ve ..."

Edward aniden doğrularak kendinde yarattığı acıyla gözlerini sıktı. "Saint Quentin önlerinde ele geçirdiğimiz Fransız doktoru getir. Onun bir adamın bacağını kesmek konusunda daha temkinli olduğunu duydum. Çabuk James, hemen!"

James eğilerek selam verdi ve apar topar görevinin başına koştu.

Edward kendini yavaşça yatağına bıraktı. Baygınlık geçirmemeliydi yoksa İngiliz doktorlar bacağının icabına bakarlardı. En iyisi hayal kurmasıydı. Uzun süredir Kate'e ona olan aşkını ve özlemini belirten bir mektup yazamadığı için acı çekiyordu ama buna cesaret de edemiyordu. Kate'in hanedanlık haklarını savunan Cecil, onu korurdu. Kate'in kraliçe olmakta gözü yoktu ve Cecil bunu iyi biliyordu. Cecil bütün sadakatiyle, Elizabeth'in ajanlığını üstlenmişti. Kıtanın tüm iletişim kanallarını ortaya çıkarıyor ve kraliçeden hiçbir şey saklamıyordu. Fakat Fransız sarayında Elizabeth ve Dudley arasında olanlara dair anlatılan çirkin hikâyeleri kendine saklıyordu.

Edward kraliçenin, tüm ordunun Fransa'ya sevkiyatını istediğinden emindi. Jane'e yazdığı mektuplarda üstü kapalı bir şekilde başarılı olduğunu söylüyordu. Oysa ki Calais'i geri alma umuduyla girişilen bu Fransa macerası ilk günden imkânsızlığını ortaya koymuştu. Warwick bunu henüz daha görememişti. Her zaferin ardından bir kayıp geliyordu ya da köylüler onlara karşı birleşiyorlardı. Yıllardır bilenen bir mücadele ile yüzleştiklerinden şüphesi yoktu. Elizabeth, Fransa krallığını bir Protestan ele geçirmedikçe bu mücadeleyi bırakmazdı.

James, çadırın kapağını açarak, "Fransız doktor lordum" diyerek doktoru takdim etti. Fransız doktor, oldukça zayıftı. Kendine uzun gelen resmi bir elbise giyinmişti. Elbisenin kenarları yerlere sürünmekten yıpranmıştı. James, "İngilizce bilmiyor" diye ekledi.

"Bilmesi gerekmiyor" dedi Edward sertçe.

Doktor eğildi ve selam verdi. "Phillippe Bellon bayım" diye kendini Fransızca tanıttı.

"Memnun oldum doktor" dedi Edward dişlerini sıkarak. Doktor kompresi kaldırınca sıktığı dişlerinin arasından, "Ihhh!" diye inledi. Bez kalkınca yaradan kan ve iltihap fışkırmaya başladı. Tüm doktorlar aptaldı. Edward, bu doktorun Londra'nın yıldız haritaları ve sihirli iksirleriyle orduya katılan sahte doktorlarından daha az aptal olmasını umuyordu. Bellon'un diğer yaralı İngilizlere faydasının dokunduğuna dair haberler vardı. Kendini başlarını sallayarak kendi aralarında mırıldanan İngiliz doktorlarının tedavisine emanet etmektense, bu Fransız doktora güvenme riskini alırdı.

Fransız doktor yarayı incelemek için eğilince Edward okuldan hatırladığı birkaç Fransız kelimeyle kibarca, "Temizleyeceksiniz değil mi?" diye sordu.

"Bayım..." dedi doktor başıyla elinden geleni yapacağını belirtir bir işaret yaparak. Yaraya doğru iyice eğildi ve gördüğü karşısında başını sallayarak şüpheli bir ifade takındı. Edward elini ve başını çılgınca sallayarak, "Hayır! Hayır!" diye bağırmaya başladı.

Doktor kaşlarını kaldırarak bezin arasından çadırın ahşap zeminine yayılan aletlerine ve ilaçlarına doğru yöneldi.

Edward'ın başı dönmeye başlamıştı. Kendini çok zayıf hissediyordu. Fransız doktor bacağını keserse ne yapardı? Kate'e yarım bir adam olarak geri dönemezdi. O andan sonra yaşamak da istemezdi zaten.

Bellon yarayı açmak için pens ve parlak, bilenmiş bir ince bıçak aldı. Yatağın başındaki feneri aldı ve Edward'ın uyluğunu göstererek oraya yakın tutması için James'e verdi. "Biraz" dedi. Edward çürük etin bir kısmını keserek alması gerektiğini anladı.

Sonra Doktor Edward'a bir şişe uzattı. Edward kokusundan bunun bir haşhaş şurubu olduğunu anlayabiliyordu. Bu kez güzelce içti çünkü yarasına giren bıçağın acısını ancak bu şekilde hafifletebilirdi.

Edward James'in ağzına soktuğu deri kayışı ısırdı. Şükür ki doktorun eli çabuktu. Bir an önce bu işi bitirecekti.

Yatağının kenarlarını öyle sıkıca tutmuştu ki, kasları şişmişti. Bıçak yarada ilerlediğinde elinde olmadan çığlık attı. Şurubun sayesinde hisleri azalmıştı, konuşacak mecali yoktu. Böylece hizmetlisinin karşısında utanç verici duruma düşmüyordu. İkinci hamlede Kate ona uzanarak onu çekti, birlikte yumuşak bir boşluğa doğru dönerek savruldular.

Saatler sonra uyandığında yağmur dinmişti. Odada yanan birkaç maltız da soğuğu kırıp çadırı ısıtıyordu. Bellon yatağının başındaki iskemlede, James de kendi şiltesinde uyukluyordu.

Edward kımıldayınca doktor uyandı, gözlerine ve ateşine baktı. Başını salladı. Durumdan memnun görünüyordu. Bir şey söylediyse de Edward duymadı çünkü derin uykusuna tekrar dalmıştı.

Ertesi sabah uyandığında bacağına uzandı, bacağı hala yerindeydi. Doktora iyi dileklerde bulundu. Açlıktan gözü dönmüş gibiydi. Bir an önce yiyecek bir şeyler bulması için James'i çağırdı.

Bellon gülümsedi. James'e bir kâse uzattı. Maltızı göstererek ve kâseyle içiyormuş gibi yaparak sıcak et suyu getirmesini istedi.

James et suyunu getirdiğinde Edward hepsini içti, gücünün geldiğini hissetti. Oturmak için doğruldu ama Bellon buna engel oldu.

Eşyalarının yanına gitti ve domuz yağı ile karıştırılmış bir çeşit bitki getirdi. "Betony" dedi İngilizce.

James, "Sarayda yaralar için kullanılan bir ilaç efendim" dedi.

Edward başını sallayarak, "Duymuştum" dedi.

Doktor sargı bezini kaldırdı. Gördüğünden memnundu. Betony merhemini kalın bir sargı bezine yaydı ve Edward'ın uyluğuna sıkıca sardı. Yatar vaziyette kalması gerektiğini işaret etti. Kum saatini göstererek dört parmağını kaldırdı ve çadırdan ayrıldı.

Edward Bellon'un gidişini izledi, adamın omuzları yorgunluktan çökmüştü. "Ayağa kalktığımda bu iyi doktoru yolculuğumuza dâhil edelim ve evine güvenle gitmesini sağlayalım James" dedi.

Uyudu ve uyandığında ekmek ve İngiliz peyniri yedi. Yarası hala zonkluyordu ama gün geçtikçe acısı azalıyordu.

Bellon iki kez daha geldi. Her geldiğinde bandajı değiştirdi ve yarayı daha iyi buldu. Memnun görünüyordu.

İzin vermemesine rağmen Edward adım atmaya çalıştı, fakat yatağının üzerine düştü. Yarası kraliçenin tören alayındaki tüm davullar çalıyormuş gibi zonkluyordu. Titreyen çenesini sıktı. Sonraki gün çadırın içinde yürüyebildi. Bir sonraki gün ise adamlarına onları yönetebilecek durumda olduğunu göstermek için gezindi.

Tanrı'ya şükür ki bunu yapabiliyordu!

Kamp alanına akşam karanlığı çökmeye başlamıştı. İşlerini yapan askerlerin bağırış çağırışları azalmıştı. İki gündür yeni ordunun gelmesi bekleniyordu.

Edward, sargılı bacağı önünde kamp taburesinde oturuyordu. Warwick ve Cecil arasındaki telgraflara bakarken Jane'den gelen mektubu buldu. Balmumu mührü yırtarak tarihine baktı. Yalnızca beş gün önce yazmıştı!

Edward ayağa kalktı. Bir askerin yardımıyla ağır adımlarla iyi yanan bir maltıza doğru ilerledi. Kağıdı ışığa doğru tuttu. Jane mektubu, Cecil'in adamlarına değil de bir İngiliz gemisinin kaptanına vermişti. Güvenliği için bol miktarda para da vermiş olmalıydı.

Çok sevgili kardeşim Edward,

Seni sevindirecek ve dönüşünü hızlandıracak çok önemli haberlerim var.

Eşin Katherine, hamile. Hemen söylemeliyim ki Katherine ve astrologlar bu çocuğun bir erkek çocuk olduğunu söylüyorlar. Fakat Katherine bu çocuğu kraliçeden daha fazla gizleyemeyecek. Sana yalvarıyorum, ailenin uğruna zaferini bir an önce tamamla ve dön.

Lord Robert hâlâ bizim yanımızda. Bana Leydi Katherine ile ilgili bir şey söylemedi ama şüpheleniyor olabilir. Bu durum artık onun da gözünden kaçmayacaktır. Kraliçenin yanında fakat bize karşı da çok dikkatli davranıyor.

Sevgili kardeşin, Jane Seymour.

Bir erkek çocuk! Edward'ın aklında çınlayan tek kelime buydu.

Mektubu taşıyan eli yaralı bacağı gibi hissiz bir halde yanına düştü.

Tanrı aşkına! Kate tehlike altındaydı ve yalnızdı. Şimdi ne yapacaklardı? Elizabeth'in öfkesinden kaçabilecekler miydi? Yalnızca Calais'in geri alınması onları kurtarabilirdi ama şu anda bu da mucize gibi bir şeydi.

Sendeleyerek yatağına doğru gitti. Soluğu kesilmişti, uzandı. Elini durmadan atan yaralı bacağına, bandajının üzerine götürdü.

Bir şeyler yapmalıydı. Ama nasıl?

Yarası açılmadan seyahat edemezdi. Yoksa işe yaramaz bir adam haline gelirdi.

Yatağında uzunca bir süre uzandı. Daha iyi düşünebilmek için gözlerini kapadı. Adamlarını bu yabancı diyarda, bu kan ve çamur bataklığında nasıl yalnız bırakabilirdi ki?

Bir oğlu olacaktı! Midesi acıyla burkuldu, Kate'in yüzü kilometrelerce uzakta değilmiş gibi gözünün önündeydi. Şu anda kendisine her zamankinden daha fazla ihtiyacı vardı. Oğulları doğduğunda ve sonrasında onların yanında olmak yapması gereken en önemli şeydi. Acaba sonrası ne getirecekti?

Sonunda bu düşüncelerden sıyrılarak plan yapmaya koyuldu. "James, buraya gel."

"Kâğıt, kalem ve yazı tahtamı getir."

James, yazı tahtasını dikkatle Edward'ın kucağına oturttu. Tahtanın üzerine küçük bir kapta mürekkep, ucu sivriltilmiş kalemler ve kağıt koydu.

"Yolculuk için hazırlan James."

"Tamam efendim. Nereye?"

"Londra' ya."

"Peki efendim. Yokluğumda size hizmet edecek birini bulacağım."

Edward James'in eve dönecek olmaktan ötürü sevindiğini görebiliyordu. Pelerinini giydi ve gerekli eşyalarını bir battaniyeye sararak deri bir iple bağladı.

Çadırda pişirdiği yahninin kokusunu ve yeni bir hizmetçiyi bıraktı.

Edward'ın mektubu kısaydı:

Sevgili kardeşim,

Savaşta yaralandım. Bunu Kate'e söyleme, benim için endişelenecektir.

Küçük bir yara fakat iki hafta boyunca at üzerinde oturamayacağım.

Durdu. Jane'in yarasının at üzerinde oturamayacak kadar büyük olduğunu düşünmemesini umuyordu. Kalemini mürekkebe batırarak devam etti.

Jane, Kate'in bir bahane uydurarak Westminster'daki evime götürülmesine yardım etmeni rica ediyorum. Bu mektubu sana getiren kişi size yardım edecektir.

Sonra Dudley'den benim orduya daha fazla komuta etmeye uygun olmadığımı, bir an önce geri çağrılmam gerektiğini kraliçeye söylemesini rica eder misin?

İzin verilse de verilmese de, iki hafta içinde ebedi sevgimin sahibi olan kişiye ulaşacağımı bilmeni isterim.

Edward, Hertford Kontu

James balmumunu eritti ve katlanmış kâğıda damlattı. Edward da balmumu sertleşmeden imza mührünü çıkardı ve mührün ona ait olmadığına dair bir şüpheye mahal vermemek için sertçe bastırdı.

"İyi yolculuklar James. Kardeşim Jane ben size katılana kadar eşime nasıl yardımcı olman gerektiğini söyleyecektir. Bu bana yapabileceğin, benim de unutmayacağım en iyi hizmetin olacak James."

"Lordum, endişelenmeyin. Ben halledeceğim" dedi James. Mektubu üniformasının cebine koydu. Edward'ı selamladı ve çadırdan ayrıldı.

Eğerlenmiş vaziyette bekleyen atın üzerine atlayarak dörtnala uzaklaştı.

Edward James'in en yakın limana gidişini görmek için açıklara doğru topallayarak ilerledi. Bir an önce Londra'ya giden bir İngiliz gemisi bulması için dua etti. James gözden kaybolana dek onu izledi. Bir eliyle de günleri hesaplıyordu: limana bir gün, gemi bulmak için bir gün, yolculuk için bir gün, Thames nehrini geçiş için bir gün derken dört, beş güne, en fazla bir haftaya Hampton Sarayı'nda olurdu.

Hantal bir hizmetçi onu yatağına götürdü. Bu gece rüyasında Kate Tudor'un saçlarını ve gözlerini, kendisinin de boyunu ve gücünü alan güzel bir erkek çocuğu gördü. İsmi Edward'dı. Kontluğun varisi, Eltham ve Hertfordshire'ın gelecekteki sahibiydi. Bunun aptalca bir rüya olmaması, geleceği haber veren bir rüya olması için dua etti.

❃

Hampton Sarayı'nda bilinen en sıcak Ekim günüydü. Güneşin ısısı iç bahçelere doğru geliyor, yeşil yaprakları kahverengiye çeviriyor, kraliçeyi ve saraylıları gezinti için ağaçlıklara çıkmaya zorluyordu. Geceleri de ay etrafı gündüzmüş gibi aydınlatıyor, gece bekçileri fenerlerine yakmak için daha az muma ihtiyaç duyuyorlardı.

Kate Jane'in odasına gitmek için sayısız koridordan geçerken güneş, onu sadık bir köpek gibi takip ediyordu.

Zavallı Jane. Vücudunda oluşan kabarcıklardan dolayı zor günler geçiriyordu. Kate onun odasında Edward'dan gelen bir mektup bulmayı umuyordu ki odası sirke ile temizleniyordu. Odaya giremedi.

Gelen yaz sıcaklarıyla birlikte veba salgını da artmıştı. Ölüler için açılan mezarlar kireç ile kaplanıyordu. Londra'dan ve saraydan uzaklaşan herkes, Thames civarındaki karlı ve soğuk havayı ölü kokan iğrenç havaya tercih ediyorlardı.

Kate de Jane için dua ediyordu, çünkü Jane bugünlerde son doktor olan Tanrı'ya emanetti.

Eğer Elizabeth de doktorlarının bir türlü iyileştiremediği ateşli hastalık ile pençeleşmiyor olsaydı ve de Fransa'dan gelen telgraflar daha fazla asker ve altın taleplerinde bulunmasalardı ve kraliçeyi meşgul etmeselerdi, Kate'in hamileliği çoktan fark edilmiş olurdu. Her gün kraliçenin yemeğini yedirmek için önünde diz çöküyordu ve hantallığının karnında büyüyen çocuk yüzünden olduğu anlaşılacak diye nefesini tutuyordu. Kraliçe bugünlerde yemeğini baş meclis üyesi Cecil, hazinedar Paulet, kuzeni Sör Francis Knowles ve Robert Dudley'le –her zaman Robert Dudley'le –birlikte yiyordu ve Fransa'dan gelen haberler sayesinde leydisinin büyüyen karnını fark etmemiş gibi görünüyordu.

Kate işlerini yapmak için kraliçenin özel odasına girdi. Tüm leydiler nefeslerini tutmuş, Kate'in hamileliğinin Elizabeth tarafından fark edileceği, kendilerinin de şaşırmış görünerek bunu bilmediklerini söyleyecekleri anı bekliyorlardı. Bu yüzden yemek töreni onlar için daha ilgi çekici bir hal almıştı. İçinde şifalı baharatların bulunduğu keselerini burunlarına tutmuş bekliyorlardı. Çiçek hastalığı sarayda da yayılmaya başlamıştı.

Elizabeth araba ile seyahat edecek kadar iyi hissedene kadar yatacaktı. Bugüne kadar da şöminesi hastalık salgılarını yok etmek için sürekli yanacaktı.

Dış salondan kraliçenin erkek koro üyelerinin dört viyola eşliğinde "Tanrı'ya doğru sevinçle"yi söyleyen sesi geliyordu. Kate elinde bir kayık tabak, içinde kımıldayamayan rengarenk tüylerinin üzerinde ölü tavus kuşu ile kraliçenin ve meclis üyelerinin önünde diz çöktü.

Kraliçe elindeki raporu indirdi ve baktı.

"Majesteleri, fırında pişirilmiş tavus kuşu."

'"Lütfen buyurun beyler" dedi Elizabeth gümüş tabağı önünden iterken. Biraz beyaz şarap aldı. Kate'i hâlâ fark etmemişti.

Dudley, "Kraliçem, bir şeyler yemelisiniz" dedi sandalyesinin üzerinden kraliçeye doğru eğilerek. "Eti yiyin ki ben de tüyleri yiyebileyim."

Elizabeth gülümsedi, fakat bu onun Robert'ın esprilerine her zaman verdiği tepkiden farklı, soluk bir tepkiydi.

"Fransa'dan gelen daha fazla asker ve altın talepleri karşısında iştahım kalmadı Robin. Her zaman daha fazlası... Bütçemiz dibe vurdu mu?" diye sordu. Robert'ın onu eğlendirme çabası sona ermişti.

Et kesici servis tabağını Kate'den almak üzere ilerledi. Kate sırtını ve bacaklarını dikleştirerek hamile bir kadının yapabileceğinden daha kolay bir şekilde ayağa kalktı. Bebeği içeride sert bir tekme atmıştı ki, Kate lanet olası Saintloe'nin rahatsız edici bakışlarıyla karşılaştı. Elizabeth leydilerinin güzel olmasını isterken bu kadın nasıl olur da hiçbir özelliği olmaksızın leydiler arasına girebilmişti? Kate bunu düşününce içten içe gülümsedi. Kraliçe üç kez evlenmiş, zengin, her bir evliliği sayesinde iyi unvanlar ve mal varlığı edinen bu entrikacı kadını gözünün önünde tutmak istemiş olmalıydı. Ne güzel ki Saintloe, kraliçenin leydilerinden biri olmadan önce evlenmiş ve çocuk sahibi olmuştu.

Kate odanın kapısından çıktı ve duvardaki halıya yaslanarak ağrısının dinmesini bekledi. Saintloe ve diğerleri, Kate'in kraliçenin huzurunda ayağa kalkamayacağını bekliyorlardı. Bu sahne gerçekleşmeyip de kraliçenin büyük öfkesine maruz kalmadıkları için rahatlamışlardı. Kate, soluk alıp verişlerini duyabiliyordu.

Elizabeth arkasına yaslandı. Önündeki Fransa haritasında parmağını Fransız sahillerinde gezdiriyordu. Dudley Calais yakınlarında geziniyordu fakat kraliçe tereddüt ediyordu. Bir dakika kadar sonra sandalyesine yığıldı, yüzü her zamankinden daha soluktu, yanakları kızardı.

Cecil yemeği önünde ayağa kalktı. "Majesteleri, ateşiniz henüz düştü."

"Evet Sör William. Öğleden sonra devam edelim"dedi Elizabeth.

Üyeler selam vererek ayrıldılar. Dudley kaldı. "Bess" diye fısıldadı.

Elizabeth bir eliyle sıkıştırdığı başını salladı. "Diğerlerinden önce, başım ağrımadığı zaman gelin lordum" dedi.

Dudley, bir eli kalbinde, endişeli bir ifadeyle selam vererek ayrıldı.

Bayan Ashley, Elizabeth'e doğru koştu. Geniş göğsü her zaman anneliğe hazırdı. "Yatağını hazırlayacağım tatlım. Gençliğinde de senden çok şey istendiğinde böyle baş ağrısı, ateş ve su kabarcıkları ile karşılık verirdin."

Kraliçe başını yavaşça salladı. "Bu her zamankinden farklı ama... Ilık bir banyo beni kendime getirir. Banyomu hazırlayın" dedi.

Ashley telaşlandı. "Ama bu ay bir kez banyo yaptınız majesteleri. Bu tehlikeli olabilir."

Leydiler Ashley'e katılarak homurdanmaya başlamışlardı ki kraliçe başını salladı. Teninin rengi yeniden solmuştu. "Size emrediyorum" dedi.

Blanche Parry, "Peki majesteleri" dedi. Her zaman hizmete hazırdı.

Kraliçe başını salladı. "Parry, lordlarım gelmeden önce rengimi geri getirmelisin."

"Kırmızı çanaklarım her zaman hazır majesteleri."

Kraliçe banyosundan çıktı. Kate, Blanche ve Bayan Ashley ona temiz çamaşırlarını, gümüş ve altın işlemeli elbisesini giydirdiler. Kraliçe meclis üyelerini karşılamaya hazırdı.

"Şimdi çalışmamız için bizi yalnız bırakın" diye emretti.

Diğer leydiler odadan çıktığında Kate kraliçenin ıslak banyo kıyafetlerini bir sonraki sabah çamaşırcıya vermek üzere, diğer leydilerin çamaşırlarının da bulunduğu tahta hazneli çamaşır odasında topluyordu.

Dinlenmek için yatağına uzanmaya giderken kraliçenin odasından Dudley'in sesini duydu. Sesindeki yumuşaklık ve yakınlık onu bir adım daha geri gelerek nefesini tutmaya ve onları dinlemeye sevk etti.

"Bess, kendini çok yoruyorsun" dedi. Endişesi sözlerini bastırıyordu. "Ben..."

"Robin, ben bir kraliçeyim" dedi. Ses tonu kimsenin onun işlerini üstlenemeyeceğini vurguluyordu.

Bu söylemesi gereken şeydi. Sonra bir an sessizlik oldu. Kate süzülüp gitmeyi düşündü. Bir adım atmıştı ki, tekrar geri geldi ve kendini gizledi.

Kraliçe pencerenin önündeydi. Başı Dudley'in omzundaydı. Dudley de onu kolları ile sarıyordu.

"Tatlım..." diye mırıldandı Dudley.

Kraliçe de, "Robin, öp beni. Dudakların içimi rahatlatıyor" dedi.

Kate Dudley'in dudaklarının arasından söylediği şeyleri duyabiliyordu. "Bir tane gözüne, bir tane de diğerine, bir tane, bir tane daha... yüzlerce..."

Elizabeth inledi.

"Buraya ve de buraya... Son olarak da buraya tatlım..." diyerek Elizabeth'in yüzünün her köşesini öpüyordu.

Kate nefesini tuttu.

Elizabeth, "Beni bırakma Robin" diye fısıldadı.

Kate ardından gelen sessizlikte düşündü. Birbirlerine karşı hissettikleri, odayı doldurup taşıran tutkuyu anlayabiliyordu. Elizabeth'le birlikte hissediyor, onunla birlikte acı çekiyordu. Kraliçe Dudley'i seviyordu, fakat bunu inkâr ediyordu. Bu kıtadaki her şeye hükmedebiliyordu, fakat kendi mutluluğu için kendine hükmedemiyordu. Bu konuda kardeş gibilerdi.

"Bess, yanıyorsun! Ateşin tekrar yükseldi. Ashley haklıydı, banyo yapmamalıydın!"

"Robin."

Kate bir gürültü duydu ve odaya girdi. Elizabeth yere yığılmıştı.

Dudley zayıf bedenini kollarına aldı ve yatağına götürdü. Kate'e baktı. "Onunla kal. Onu bırakma!" dedi.

Kraliçenin leydilerini ve doktorunu çağırmak için hızla çıktı.

Kate kraliçenin yatağının önünde diz çökmüş beklerken, Mary Sidney geldi. "Mary, Bayan Ashley'e haber ver. Gül suyu ve bez getirsin" dedi. Sonra burnunda baharat kesesi, uzakta bekleyen Saintloe'ye emir verdi.

Elizabeth kalkmaya çalışarak, "Ne çok patırtı yaptınız" diye mırıldandı.

Kate kraliçenin omuzlarından nazikçe tutarak onu yastığına yatırdı. "Majesteleri, sakin olun. Lord Dudley doktorunuzu getirecek" dedi.

"Onu istiyorum... Yalnızca Robin'i..." dedi her zamanki emreden ses tonunun aksine ağlamaklı bir tonda konuşuyordu.

Kate kulağına doğru eğilerek, "Hemen gelecek ve sizi hiç bırakmayacak. Şimdi dinlenin. O sizi seviyor majesteleri. Her şey yoluna girecek" dedi.

Elizabeth gözlerini açtı. Yüzü kızarmıştı. "Beni bırakma Kate" dedi.

"Hiçbir zaman" dedi Kate ve bunu tüm kalbiyle söyledi. İkisi tek bir kalp gibiydi. Onlar, sessizce seven; istedikleri, sevdikleri adama sahip olamayan; özlemle tutuşan kalplerini herkesten gizleyen, aynı soydan gelen iki kadındı. Sevdikleri adamlara sahip olamayışlarının sebepleri farklıydı, fakat aynı acılı sonuçları yaşıyorlardı.

Kraliçenin ateşi birkaç gün sonra düştü, fakat kırmızı kabarcıklar geçmedi. Daha uzun süre geçmezse ciddi bir hastalığa işaretti. Böyle giderse kraliçe ölürdü. Sarayda da bu söylentiler dolaşıyor, hüzün havası hissediliyordu.

Kate günlerdir kraliçenin başucunda uyukluyordu. Üçüncü günün sonunda kraliçe kendine geldi.

Cecil ve diğer üyeler boğucu odanın dış kapısında, ellerinde ağızlarına ve burunlarına kapattıkları sirkeli bezlerle bekliyorlardı. Cecil, yalvaran bir ses tonuyla, "Majesteleri, varisinizi belirlemelisiniz" dedi.

Elizabeth gözlerini yatağının ucunda bitkin bir halde diz çöken Kate'e çevirdi. "İstediğini yap kuzen" dedi şişmiş boğazından gelen fısıltılı sesle. "Benim ölümümü göreceksin."

Kate korkmuştu, çünkü bir keresinde Elizabeth'in ölmesini dilemişti, ama şimdi ve bu şekilde değil. Kraliçenin kulağına eğildi. Yanaklarından sıcak yaşlar süzülüyordu. Kendi hayatı da bebeğinin hayatı da tehlikedeydi fakat, "Hayır majesteleri, hayır! Varisiniz olmak istemiyorum. Tanrı üzerine yemin ederim ki istemiyorum!"

Bu, beklenen aynı zamanda da doğru olan şeydi. Kate, doğuştan sahip olduğu bir sadakât anlayışıyla, kendi ihtiyaçlarını göz ardı ediyor, hayatını riske atıyordu. Bir yandan Cecil'in ve diğer üyelerin kraliçeye onu varis göstermesi için baskı yapacağından korkuyor, bir yandan da Elizabeth'in ölmesi gerektiği düşüncesinden uzaklaşıyordu.

Cecil, "Majesteleri, İngiltere ve halkınız için bir varis seçmelisiniz" diye tekrarladı. "Doktorlarınızın yapacak bir şeyi kalmadı."

Kraliçe konuşacak gücünü kaybetmişti.

Kapıda bir gürültü koptu. Robert Dudley kapıdaki kalabalığı yararak ilerliyordu. "Tanrı aşkına, o ölmeyecek! Ölmek üzere olan birçok insanı iyileştiren bir Alman doktor getirdim" diye haykırıyordu. Doktoru çekiştirerek kraliçenin yanına getirdi. "Kurtar onu Burcot. Yoksa öleceksin."

Doktor kraliçenin vücudundaki kabarcıkları incelerken Kate ve Mary Sidney kenara çekildiler. Doktor kraliçenin vücudunu kırmızı bir bezle sardı ve onu şöminenin yakınına taşıdı.

Elizabeth iki saat boyunca gözleri kapalı ve sessiz bir halde uzandı. Sonra hareketlendi.

Cecil görevinde ısrarlıydı. "Majesteleri, varisinizi belirleyin! Meclisiniz İskoç kraliçesi Mary'yi istemiyor, bir kısmı da babanızın vasiyeti üzerine Katherine Grey'i destekliyor. Bize ne istediğinizi söyleyin" dedi.

Kate gergin bir halde bekliyordu. Elizabeth onu varis göstermezdi, fakat şu anda başka bir seçeneği yoktu. Başını eğdi. Sonuç böyle olacaksa, bu Tanrı'nın isteği olacaktı ve bununla mücadele edemezdi.

Kraliçe çatlamış dudaklarının arasından "Lord Dudley" dedi. "Robin 20 bin Poundluk, hayır 50 bin Poundluk bir maaşla İngiltere kralı olacak. Onun sadık hizmetçisi Tamworth da aylık 500 Pound maaş alacak."

Kate yüzündeki şaşkınlık ifadesinin anlaşıldığından emindi. Kral Dudley ha? Hizmetkârına verileceği söylenen bu rakam da sessizliğini satın almak için olmalıydı. Başka ne düşünülebilirdi ki?

Meclis üyeleri hep bir ağızdan, "Ama majesteleri..."

Elizabeth'in ağzı zorlukla kımıldıyordu. "İnancım üzerine yemin ederim ki Robin'i çok sevmeme rağmen aramızda çirkin herhangi bir şey olmadı" dedi.

Kraliçe en değerli varlığını, ülkesini Robin'e vererek ona olan aşkını ilan ediyordu. Bu odada uyuyan hizmetçi dışında kim Robert'ın varis gösterilmesinde başka bir sebep olduğunu düşünmezdi ki?

Elizabeth'in Cecil'e bakan gözleri *Bana inanın* diye bağırıyordu.

Dudley, meclis üyelerinden yükselen öfkeli karşı çıkışlar karşısında hiçbir şey söylemeyecek kadar zekiydi.

Kate bir sandalye çekti. Yerin dibine batmak, bir daha da çıkmamak istiyordu. Ölesiye yorulmuştu ve bebeği için endişeleniyordu.

Doktor, Alman aksanıyla, "Bakın lordlarım, kraliçenin yüzünde ve kollarında kırmızı noktalar görünüyor. O yaşayacak."

Dudley yalnızca doktorun duyabileceği bir sesle, "Güzelliğini kaybedecek mi?" diye sordu. "Bu Bess için ölüm olur." Burcot omzunu silkti. "Göreceğiz lordum. Güzellik Tanrı tarafından verilir ve onun tarafından alınır."

Kate artık başını taşıyamıyordu.

Dudley onu kolundan tuttu ve sandalyesinden kaldırdı. "Gelin leydim, daha fazla dayanamayacaksınız." Sesini alçaltarak, "İkimiz de bir günde tahtı kazandık ve kaybettik, bu kaldırılacak bir yük değil" dedi. Sonra sesini tekrar yükselterek, "Dinlenmelisiniz. Şimdilik majestelerinin size ihtiyacı yok" dedi. Onu odadan çıkarırken Cecil'e dönerek, "Leydi Katherine'yi odasına kadar götürüp geleceğim" dedi. Buruk bir gülümsemeyle, "Korkmayın, kabul salonundaki tahtı çalmam" diye ekledi.

Cecil başını salladı. Dudaklarını sertçe sıktı. Kate Cecil'in kraliçenin vasiyetinden korktuğunu ve Dudley'in bu konuda espri yapmasından hoşlanmadığını anlayabiliyordu.

Kate Robert'ın espri dışında ne yapacağını merak ediyordu. Bugün ikisi de tahtın eşiğine gelmişti. Kate sonuçtan dolayı rahatlamıştı, fakat Dudley'in ne hissettiğini merak etmekten yorulmuştu. Şu anda uyumaktan başka bir şey yapmak istemiyordu.

Koridorlar doluydu. Herkes Dudley'e, "Kraliçe nasıl? Yaşıyor mu?" diye soruyordu.

Robert Kate'in kulağına eğildi: "Çok üzgünüm Kate fakat arkadaşımız Leydi Jane çiçek hastalığından öldü."

Kate Robert'ın kollarına yığıldı. Başını Robin' in omzuna yasladı. Edward'ın kardeşinin ölümüne duyduğu acıyı gösteremeyecek kadar bitkindi. Var olan tek arkadaşını da kaybetmişti. Çiçek, yaşlı genç, köylü kraliçe herkesi vurmuştu. Kendisi için yapabileceği hiçbir şey yoktu. Islak gözleriyle kendi tenine baktı. Kim için göz yaşı dökeceğini bilmiyordu... Jane, kraliçe ve mezarları kireç ile kaplanan herkes için ağlıyordu.

Dudley Kate'i Sybil'e emanet ederek, "Ona uyku iksiri verin" dedi. Kate ona ilgisinden dolayı teşekkürlerini sunacaktı ki, Robin Elizabeth'in odasına gitmek üzere hızlı adımlarla uzaklaşmıştı. İksiri istemedi, ona ihtiyacı yoktu.

Sybil, "Leydim, Fransa'dan gelen kötü haberler için çok üzgünüm" dedi.

"Ne haberi?" diye sordu Kate yatağında oturarak. Son birkaç saattir olduğundan çok daha uyanık bir haldeydi şimdi.

"Şey... Lord Edward, sizin..." Durdu, yüksek sesle eşiniz demek istemedi.

Kate Sybil'in kolundan tutarak kendini yatağa bıraktı. "Ne haberi Sybil? Ölmedi değil mi? Tanrı aşkına söyle, ölmedi değil mi?"

"Hayır leydim, kötü bir halde yaralandığını söylediler."

"Hayır yüce Tanrı'm! Bu kadarı fazla!"

Sybil onu kollarına aldı. "Şşşşt bebeğim. Her şey yoluna girecek."

Kate artık Sybil'i duymuyordu. Karnındaki ağrı onu rüyaların yumuşak, karanlık boşluğuna doğru sürükledi.

Kate ağlayarak uyandı. Sybil, "Sakin ol, sakin ol" diyerek onu sakinleştirmeye çalışıyordu. Yatağın etrafındaki kalın mumlar ince ince yanıyordu.

"Ned..." diye inledi.

"Bir daha sana Fransa'dan başka bir haber vermeyeceğim."

"Bebeğim?" diyerek yorganın altından karnını yokladı.

"Bebek henüz doğmadı Kate" dedi Sybil sessizce, söyledikleri kraliçenin dairesinden duyulacakmış gibi. "Biraz kanaman oldu. Uyuyarak ve bir şeyler yiyerek toparlamalısın. Bebeğin doğmasına daha vakit var."

Kate dua ile mırıldanarak gözlerini kapattı. Sonra bir anda kalkarak, "Peki ya kraliçe?" diye sordu. "Lord Dudley kraliçenin birkaç saate kendine geleceğini, seni sormadığını söyledi."

Kate başını salladı. Elizabeth iyileşecekti. VIII. Henry'nin yeğeni, Suffolk Dükü'nün kızı Katherine Grey'in kendisini alt etmesine izin vermezdi. Kate'i varis gösterdiğini ima ederek onu kullanmıştı; ilkinde İskoç elçilerine karşı, ikincisinde de de meclis toplantısında. Ölüm döşeğindeyken de Dudley'i varis göstermişti. Oyun bitmişti. Elizabeth onu bir daha evlilik baskılarına karşı kullanamayacaktı. Tanrı'ya şükür artık yalan dolan yoktu. Bu olanlardan sonra Kate'in ve Ned'in gitmesine izin vermeliydi.

Bu güzel hayal bir dakikadan fazla sürmedi. Meclis Dudley'i kabul etmeyip Henry'nin vasiyetini uygulaması için kraliçeyi zorlayabilirdi.

Kate kaçmalıydı! Bebeği doğana kadar Ned'in Westminster'daki evinde saklanmalı oradan da Fransa'ya gitmeliydi. Doğum yaklaştıysa daha fazla bekleyemezdi. Fakat saraydan nasıl ayrılacaktı? Kaçmak için bir arabaya, bota ihtiyacı vardı ama ona yardım edecek kimsesi yoktu. Yalnızca bir tek isim geldi aklına.

Robert Dudley! Robert'ın kendine ait planları vardı ama gerektiğinde onlara yardımcı olmuştu. Jane de öldüğüne göre ona yardım edebilecek tek kişi oydu. Hem onun eniştesiydi. Kate'in durumuna bir çözüm bulmalıydı.

❀

Sybil koyun eti suyu ısıtmış Kate'e içiriyordu. Kate biraz olsun kendine gelmeye başlamıştı. Sybil sık sık ateşini kontrol ediyor, vücudunda kızarıklıklar var mı diye bakıyordu. İkinci günün sonunda gülümsedi ve, "Kızarıklık yok leydim. Lord Robert'ın kızkardeşi Leydi Sydney de tehlikeyi atlattığınızı söyledi."

"Mary Sydney mi? Onun için dua edeceğim."

"Tanrı bebeğinizin uğruna sizi koruyor leydim."

İlerleyen günlerde kraliçenin hızla iyileştiği haberi yayılmaya başladı. Sybil, tüm sarayın bu iyileşmeyi kutladığını, kraliçenin iyileşmesinin onu kutsayan Tanrı'nın işi olduğunu söyleyerek Tanrı'ya şükrettiklerini söylüyordu.

"Lord Dudley'in kraliçenin odasından ayrılmayıp, odadaki bir minderin üzerinde uyuduğunu söylüyorlar leydim. Kraliçe günün her saati onu yanında istiyormuş ama kapıları açık bırakıyormuş."

Kate et suyuna ekmek batırarak yerken Sybil'i dinliyordu. "Lord Dudley kraliçenin odasından ayrılıp uyumak için odasına gittiğinde bana haber ver Sybil."

"Tamam leydim. Kraliçenin yüzünde çok yara olmadığını ama yine de maske taktığını da söylüyorlar."

Kate gülümsedi. Belki kraliçe güzelliğini kaybetmezdi ve Robin ona sahip olurdu. Kate bu ikisinden de şüpheliydi. Robin, kraliçenin ancak ölürse onu kral yapacağını, yaşarsa bunun mümkün olmayacağını biliyor olmalıydı. Bir yandan da bir kadının kalbine karşı koyamayacağına inanıyordu. Bu yüzden de hâlâ umutluydu.

Sybil saray haberlerini vermekten nefes nefese kalmış bir halde, "Ayrıca kraliçe bugün meclisi ile bir araya gelecek" diye devam etti.

Kate başını salladı. Kraliçe Tanrı'ya şükretmesine rağmen yok edilemez olduğuna, bu nedenle kurtulduğuna inanıyor olmalıydı. Kate kraliçenin kendisini Tanrı'nın hizmetçilerinden biri olduğunu düşünüp düşünmediğini merak ediyordu.

Sybil, "Leydim, sizin tekrar gülümsediğinizi görmek dualarımın kabul olduğunu gösteriyor" dedi.

"Çok iyisin Sybil. Eltham'da Lord Edward'la birlikte yaşamaya başladığımda da yılda on marka, ömrünün sonuna kadar benim hizmetçim olacaksın" dedi. Bu güzel bir rakamdı ama sadakât ve bağlılık paha biçilemez şeylerdi.

Sybil eğilerek selamladı ve "Teşekkür ederim Kate. Her zaman senin yanında olacağım."

Sybil Kate'in elinden kasesini alırken Kate Ned'in hayalini kuruyordu. Ned onu kucaklayarak atının arkasına alıyor, herkesin gözünün önünde Hertfordshire' ın kırlarına doğru hızla gidiyorlardı. Kraliçeden herhangi bir davet almadı. Yoksa fark edilmiş miydi? Bunu herkesten önce Saintloe kraliçeye bildirmiş olmalıydı. Böyle beklemek çok zordu.

Bir sonraki gün yatağından kalktı ve kahverengi elbisesini giydi. Son günlerde çok az yemişti ama elbiseleri ona hâlâ çok dar oluyordu. Dudley'le konuşmak umuduyla kraliçenin dairesine doğru gitti. Uşaklar tam kapıyı açacaklarken Saintloe karşısına çıktı ve onu durdurdu.

"Yaşamak istiyorsan girme! Fransa'dan gelen haberler felaket. Kraliçe senin hamileliğini fark ederse..." Cümlenin geri kalanını kaşları söyledi.

"Lord Dudley içeride mi?" diye sordu. İçinden kılıçlı bir adamın veya yüzüğünde zehir taşıyan bir büyücünün bu kadını öldürmesini diliyordu.

"Hayır, uyuması için odasına gönderildi" dedi Saintloe.

Kate bir an durdu. Öfkesini dindirmeye çalıştı. Kızdığında bebeği de hareket etmeye başlardı ama şimdi hareketleri yavaşlamıştı. Bebeğin artık geliyor olduğundan emindi. Doğum yaklaşmış olmalıydı. "Tanrım, bana yardım et" diye geçirdi içinden. Lord Dudley'in odasına doğru yöneldi.

Sarayın koridorlarında dolunayın ışığı eşliğinde yürüyordu. Robert'ın odasına geldiğinde kapıyı çaldı ve bir cevap beklemeden içeri girdi.

Hizmetçilerden Tamworth, "Leydi Katherine, lord yorgunluktan bitkin bir halde uyuyor" dedi.

Başka iki hizmetçi de Kate'i durdurmaya çalıştı, fakat Kate bu hizmetçilerle nasıl başa çıkacağını biliyordu. Onları iterek geçti ve Robert'in yatak odasının kapısını yavaşça açtı, yatağına yaklaştı.

"Lordum" diye fısıldadı. Dudley kıpırdamadı, yavaşça horluyordu. Yatağın yanına diz çöktü. Onu ürkütmek istemiyordu. "Robert" dedi ve kolunu yavaşça salladı.

Robert aniden uyandı ve kılıcına davrandı.

"Kimsin!"

"Robert, benim Katherine. Yardımına ihtiyacım var. Beni saraydan çıkarmalısın. Biliyorsun biz Edward'la evliyiz ve ben hamileyim."

"Kate! Burada ne yapıyorsun?" Yatağından atladı ve üzerine bir şeyler geçirdi. "Kraliçe seni burada görürse şeytandan yardım istemek zorunda kalacaksın. Hemen burdan çıkmalısın!" dedi.

Onu çekerek kaldırmaya çalıştı. "Her şeyi duyduğu gibi bunu da duyarsa bizim aşık olduğumuzu, senin de benim bebeğimi taşıdığını düşünür."

Kate dizlerinin üzerinde, ellerini haçın önünde dua edermişçesine birleştirerek yalvarıyordu. "Ama kardeşim..."

"Kes şunu! Akrabalık ne seni ne de beni kurtarır" diyerek Kate'i kolundan tutarak kaldırdı, kapıya doğru sürükledi. "Ne yapacağımızı düşüneceğim" dedi yalnızca.

BÖLÜM 7

"İhtiraslı birinin verdiği cezanın şiddeti, vahim olacaktır."
Elizabeth Regina

St. Chrispine Günü
25 Ekim 1562

Kate Dudley'in dairesinden ayrılırken arkasında hizmetçilerin dedikodularını ve fısıltılarını bıraktığının farkındaydı. Sarayın koridorlarında ilerliyor, kendi odasına gidiyordu. Üzerindeki pelerini zor taşıyordu ama onu giymeden de olmazdı çünkü artık korsasının bağcıklarını gevşetmek zorunda kalıyordu.

Odasına girdiğinde Sybil kucağındaki sandığa yazın son lavantalarını yerleştiriyordu. "Leydim?"

"Çabuk ol Sybil" dedi. Aklındaki son çare buydu. "Senden bizi Londra'ya götürecek bir bot bulmanı istiyorum" dedi.

Sybil olduğu yerde donakalmıştı. "Ama canım, ben nasıl..."

Kate kontrolünü kaybetmişti. Sybil'in kolundan tutarak, "Eğer yakalanırsam Londra'nın sokaklarında beş parasız bir halde dolaşan biri olacaksın. O zaman yaşamak için yalnızca kendini satabilirsin. İstediğin bu mu?" diye haykırdı. Bu söylediklerinden hemen pişman oldu ve oturdu. Daha fazla ayakta kalamayacaktı. "Üzgünüm, çok üzgünüm..."

"Canım, çok gerginsin" dedi Sybil Kate'in başını göğsüne yaslarken. "Botu ve bizi götürecek kürekçiyi nereden bulabilirim?"

"Mutfaktakilere sor. Onlar bilirler. Sessiz kalmaları için de onlara para ver" dedi. Yatağının başındaki mücevher kutusunu açtı, içinden birkaç şilin çıkardı, Sybil'e verdi. Sakinleşmeye çalışarak, "Şimdi... Bunu benim için yapacağını ve her şeyin yoluna gireceğini biliyorum" dedi. Sybil odadan hızla ayrıldı.

Çok az zamanı kalmıştı. Dün gece Robert'ın gözlerindeki endişeyi görmüştü. Robert ona ihanet eder miydi?

Sybil'in arkasından kapıyı kilitledi. Pelerinini giyerek dua etmeye çöktü. Dua etmek yapabileceği tek şeydi. Elizabeth'i ölümden döndüren Tanrı, onun izniyle ve istediği şekilde evlenen Hertford Kontesi Katherine için de bir şeyler yapardı.

Korunmasız bir halde beklemek yaşanabilecek en kötü şeydi. Kardeşi Jane Grey de ona en kötüsünün kulede kalmak değil idam edilmeyi beklemek olduğunu söylemişti.

Majesteleri, ölüm döşeğindeyken meclisinin önerdiği varis olan Katherine Grey'i idam ettirmeye cesaret edebilir miydi? Aslında Elizabeth'in en büyük sebebi bu olurdu. Elizabeth, Kate'in tahta dair en ufak bir isteği olmadığına inanmıyordu. Böyle bir fikre ihtimal bile vermiyordu.

Kate ellerini yüzüne kapadı. Dua etmekten çok, kraliçenin akrabası olan birini öldürtmeye cesaret edip etmeyeceğini düşünüyordu. Kate ona hastalığı boyunca gece gündüz bakmıştı. Elizabeth tahtta hak iddia eden birinden ölüm kadar korkardı. Bu korku, kızkardeşi Mary döneminde atıldığı kulede, ölümün eşiğinde beklediği günlerden kalmıştı.

Kate'in Edward'la evlenmesi ve onun bebeğini taşıması Elizabeth'in iddiasını kuvvetlendiriyordu. Elizabeth hayatı boyunca beklediği tahtı kaybetme tehlikesini göz ardı edemezdi.

Ned Elizabeth'in Tanrı'nın huzurunda evlenmiş bir çiftin evliliğini kabul etmek dışında bir şansı olmadığını düşünüyordu ama bir kraliçenin her zaman bir alternatifi olurdu.

Kate başını taşıyamamaya başlamıştı. Sybil de hâlâ dönmemişti. Kurtulmak için dua etmeye niyetlenmişken kendini Ned ve karnındaki bebek için dua eder bir halde buldu.

❀

Robert kraliçenin kapısındaki muhafızlara, "Majesteleri ile görüşmeliyim" dedi.

"Majesteleri meclis üyeleri ile birlikte lordum."

"Bu sabah nasıldı?"

"Doktorlar durumundan çok memnunlar efendim."

"Peki majesteleri meclis üyeleri ve doktor dışında kimseyle görüştü mü?"

"Lordum..."

Robert başını salladı. Hizmetçilere kimseye bir şey söylememeleri emredilmişti. Muhafızların gecenin bir köründe odasından bir kadının çıktığını görmemiş olmalarını umuyordu. Parmağıyla istavroz yapıp volta atmaya başladı. Gözü, kraliçenin bir şatodan diğerine taşıttığı, Holbein'in büyük Henry portresine ilişti. Elizabeth'in krallıkta hakkının olduğunu herkese hatırlatma ihtiyacında olduğunu biliyordu. Tek ihtiyacı bu değildi. Yüce, bir o kadar da zalim olan babasının kendisine sürekli kulak vermesini mi istiyordu yoksa? Henry hayattayken onu gayri meşru ilan etmişti. Şimdi ise hem kızkardeşi Mary'den çok Henry'nin kızı, hem de zavallı, hasta oğlu VI. Edward'dan daha çok kralın oğluydu.

Robert Bess'in VIII. Henry'den –onu annesinin sevgisinden mahrum bıraktığı için –hâlâ nefret ettiğinden emindi. Elizabeth'in çocukken Holbein'in resminde de çok güzel yakaladığı o gururlu halini hatırladı. Bess ne zaman değişecekti? Bess onu derin bir aşkla seviyordu, Robert bu aşkı ruhunun derinliklerinde hissedebiliyordu. Ona ve İngiliz yasalarına karşı koyan, özgürlüğü ve hayatı tehlikeye atan böyle bir aşkı, kendi aşkı uğruna affedebilir miydi?

Muhafızın önünde durdu ve "Meclis üyeleri çıkınca bana haber verin" dedi.

"Tamam lordum, hemen."

Kadife bir sandalye çekip oturdu. Sandalye şu anki ruh haline göre oldukça yumuşaktı. Sırtını ve kalbini sertleştirmek için çelik gibi bir sandalyeye oturmalıydı.

Gözlerini kapadı ve küçük Bess'e dair anılarına gömüldü. Bess'in saçları yüzünün etrafında parlayan bir ateş gibiydi. Oynadıkları Ördek, Kaz oyununda yüzü kızarırdı. Robert kaz olurdu, Bess onu yakalamaya çalışmaktan yorulurdu. Greenwich kırlarında çınlayan neşeli kahkahası hâlâ kulaklarındaydı. Onu o günden beridir seviyordu. O zamanlar ikisi de sekiz yaşındalardı. Onun aşkıyla doğdu da denilebilirdi. Kalbinin bir parçası onu ilk gördüğünden beri ona aitti. Bess, Henry'nin çılgın sarayının ve onun kalbinin, asil ve gerçek prensesiydi. Yalnızca Elizabeth olsaydı da onu sever miydi? Kim bilir? Tek bildiği gece gündüz kalbi buruk bir halde yaşadığıydı.

Kraliçenin odasının kapısı açıldı. Robert Cecil'in başında olduğu meclis üyelerini selamlamak için ayağa kalktı. Cecil'in kolunun altında bir yığın belge vardı. Elizabeth'in en üstteki fermanın üzerine attığı imza hâlâ parlıyordu.

Kapıdaki uşak Robert'a, "Lordum, kraliçe sizi emrediyor" diye seslendi yüksek bir sesle.

Robert içeri girdi. Kraliçe şöminenin önünde ayakta duruyordu. Siyah kadifeden, uzun kollu, işlemeli yakalı bir elbise giyinmişti. Başında hastalık döneminde dökülen saçlarını örten, beyaz, işlemeli bir başlık vardı. Yüzünde de soluk, küçük kızarıklıklar kalmıştı. Tanrı'ya şükür yüzünde kızkardeşi Mary Sidney'in yüzünde oluşan çukurlardan oluşmamıştı. Mary bu çukurlukları örtmek için siyah, kalın bir maske kullanıyor, maskeyi eşi Sör Philip'in yanında dahi çıkarmıyordu.

Dudley kraliçenin önünde diz çöktü.

"Robin, ayağa kalk tatlım" dedi kraliçe ve kalkması için ona elini uzattı.

"Majesteleri" dedi Robert. Onu kollarına almak istiyordu ama o, sözleri ve bedeni ile daha fazlasını istediğini ima edene kadar mesafeli davranmalıydı. "Tanrı'ya seni koruduğu için şükrediyorum" dedi.

"Neden korumasın ki?" dedi kraliçe alay edercesine.

Robert'a yaklaştı. Robert onun süründüğü gül kokusunu alıyor, aldıkça da yandığını hissediyordu. Onu kollarına alabilirdi ama almadı. Biliyordu ki kraliçe birazdan anlatacaklarında onun masum olduğuna inanmazsa kötü olacaktı.

"Lütfen oturun majesteleri. Size bazı kötü haberlerim var" dedi.

Elizabeth onu geçerek odanın ortasına geldi, ona doğru döndü. "Bana sürekli bayılıyormuşum gibi davranma lütfen. Söyle bakalım, neymiş haberler? Sarayda çiçek hastalığına yakalananlar mı arttı? Fransız Katolikler kardeşin Warwick'e karşı bir zafer daha mı kazandılar?"

"Hayır Bess." Ona yaklaştı. "Katherine Grey, hamile." Kraliçenin yüzü bir anda değişti. Sanki bir çarpışmadan çıkmışçasına bitap görünüyordu. Son günlerde yeni yeni kazanmaya başladığı enerjisini de kullanarak bir sandalye çekti, oturdu. Boğuk bir fısıltıyla, "Bebek senin mi?" dedi.

Robert önünde diz çöktü, ellerini ellerine aldı ve kalbine götürdü. "Tanrı'nın huzurunda yemin ederim ki, benim değil. Olamaz da. Aşkımız üzerine yemin ederim ki değil."

Kraliçenin nefesi yavaşladı. Robert gözünden bir damla yaşın düştüğünü gördü. "Onu kirletmeye kim cesaret etti?"

"Hertford Kontu Edward, Bess."

Kraliçenin elleri buz gibi olmuştu. "Adi! Kraliyet soyundan birinin bakireliğini ele geçirdiği için başını kaybedecek!"

Robert avuçlarındaki elleri öpmeye başladı. "Daha kötüsü var Bess."

"Daha kötüsü mü? Bundan kötüsü olamaz!"

"Onlar evliler Bess."

Robert kraliçenin titrediğini hissetti ve bayılacağından korktu. "Tahta geçmek için plan yapıyorlar!" dedi. Soluksuz kalmıştı. "Kate, İspanyol elçisi Quadra ile konuşurken görülmüş. Planları var yoksa neden Edward Kate gibi donuk ve ahmak birini istesin ki?"

Robert onu sıkıca tutuyordu ama Bess kendini kurtardı, bağırmaya başladı: "Muhafızlar! Muhafızlar!"

Baş uşak ve üç adamı hızla gelerek diz çöktüler. Elizabeth: "Katherine Grey'i kuleye götürün ve gözetim altında tutun!" diye bağırdı. Nefesini topladı ve "Cecil'e Hertford Kontu'nu Fransa'dan zincirlerle getirtmesini söyleyin. Zincirlerle! Sonra onu da kuleye atın!" diye emretti.

Robert cesaretini toplayarak, "Majesteleri, kont yaralı" dedi.

"Öyleyse sedyede getirin! Kulenin yüzbaşısına bu emirleri iletin ve bu ikilinin sonsuza dek ayrılacağını söyleyin" diyerek emirlerine son verdi.

Hizmetliler ayağa kalktılar ve kraliçeyi selamladılar. "Emirleriniz yerine getirilecektir majesteleri" dediler.

Elizabeth Dudley'e dönerek, "Dudley, onları savunmaya cesaret etme sakın!" dedi.

Robert bir şey söylemedi. Kraliçenin ondan şüphelenmesinden korkuyordu. Söylenenleri duyacak halde değildi zaten. Korkularıyla büyülenmiş gibiydi.

Ellerini yumruk yapmış, odanın içinde ileri geri yürüyordu. "Hertford ve fahişesi babamın vasiyetine karşı gelerek vatan hainliği yaptılar. Herkes biliyor ki bir varisin kraliçenin onayı olmadan evlenmesi hainlik."

Acı acı güldü. "Kate kendi kendini lanetledi. Bana ölene kadar hizmet edeceğine ve evlenmeyeceğine Tanrı huzurunda ruhu üzerine yemin etmişti." Yüzü kızardı, yüzündeki kırmızı noktalar belirginleşmeye başladı. "O bir yalancı!"

Robert sessizce "Bess" dedi, ama farketti ki Bess onu duymuyordu. Ellerini kulaklarına kapamış, duymaya tahammül edemeyeceği şeylere karşı kendini koruyordu.

Robert yüksek sesle Bayan Ashley'e seslendi: "Bayan Ashley, kraliçe ile ilgilenin."

Elizabeth Robin'e doğru eğilerek, "Robin, Kate karnındaki bebek için yalvarsa da ikisi de başını kaybedecek" dedi.

Robin, "Bess" diye fısıldadı. Korkudan titrediğini hissedebiliyordu.

"Bana hiç bir seçenek bırakmadılar!"

Ashley içeri girdi. Elizabeth'i kollarına aldı, yatağına doğru götürdü ve bir çocuk gibi sakinleştirdi.

Robert selam vererek dışarı çıktı. Büyük salona doğru giderken Cecil önüne çıktı.

"Lordum?..." dedi nefesini tutarak.

Dudley sakince "Evet" dedi. "Kraliçe yatağına götürüldü. Sonra gelin, fakat ölüm kararını elinizden geldiği kadar, majesteleri ne yaptığını düşünme fırsatı bulana kadar erteleyin."

"Meclis Leydi Katherine'i kurtarmak için dilekçe verecek" dedi Cecil. Oldukça endişeliydi.

"Bu yaptığınız ortada bir plan olduğunu gösterir. Kraliçenin yalnızca gençlik aşkıyla yanan iki gencin aptallıklarıyla karşı karşıya olduğunu bilmesi gerekiyor. Bunu ona göstermeliyiz" dedi.

Cecil, Robin'e gizli bir gülümsemeyle baktı.

Kate'in odasının olduğu taraftan sert, meşe kapıya vurulan mancınığın sesi geliyordu.

Cecil üzgün görünüyordu. "Leydi Grey, birazdan teslim alınacak" dedi. Dudley'i selamladı ve kendi odasına doğru yöneldi.

Dudley diğer tarafa doğru yürüdü. Kate için yapabileceği çok az şey vardı. Aptal aşıklar! Tüm aşıklar gibi onlar da aşkın tüm engellerin üstesinden gelebileceğini düşünmüşlerdi işte.

Kapının parçalanma sesini duymamak için kulaklarını kapatırken onlardan farkı olmadığını düşündü. Cecil'in gülümseyişinin sebebini de o anda anladı.

Kırışan yeleğini düzeltti. Bir eli kılıcında müzik seslerinin geldiği kabul salonuna doğru gitmeye başladı.

Bess'le çıktıkları at gezintilerini hatırlamıştı. Bess'le birlikte geyik dolu tarlalara, ormanlara doğru yaptıkları yürüyüşleri özlemişti. Şu anki durumun umutsuzluğunu düşününce ürperdi. İkisi için hiçbir alternatif yoktu. Kate ve Edward'ın evliliği, yani Tudor ve Seymour kanının birleşmesi onların kaderini mühürlemek gibi bir şeydi. Bu kapı yalnızca...

Yalnızca bu evlilik olmazsa açık kalabilirdi...

❋

Kate kulenin dar, taş merdivenlerinde dengesini kaybetmek üzereydi. Büyük, demir parmaklıklar ardından kapandı. Bir damla gözyaşı yoktu. Hepsini Hampton Sarayı'ndan kuleye gelirken Thames Nehri'ne bırakmıştı. Londra'da mevsim dışı bir yaz sıcağı vardı ama onun elleri ve ayakları buz gibiydi.

Yüzbaşı, St. Peter kilisesinin önündeki yeşil alanda durdu. Bu çimenler kraliçenin annesi Anne Boleyn'in, Kate'in kız kardeşi Jane Grey'in, babasının ve diğerlerinin kanlarıyla sulanmıştı. Belki kısa bir süre sonra da kendi kanıyla sulanacaktı. Arkasında muhafızlar birliği vardı. Tek bir kadın için çok fazla kişi vardı. Onlara doğru baktı ve "Lordum, bir tek kadın için neden bu kadar tedbire ihtiyaç duydunuz?" dedi.

Lord eğildi. Kate'in sözleri karşısında yüzü kızarmıştı. "Leydi Grey..." diye söze başlamıştı ki, Kate "Hertford Kontesi" diye düzeltti. Şu anda korunmasız bir haldeydi. Ona kalan tek şey evliliğiydi.

Lord tekrar eğildi. "Lütfen beni takip edin."

"Buraya haksız yere kapatılan tek kadın olmamak beni rahatlatıyor. Beni, majestelerinin kızkardeşi Mary tarafından sebepsiz yere kapatıldığı çan kulesine kapatırsanız memnun olurum" dedi.

Kate bu cesaretin nereden geldiğini bilmiyordu. Belki de karnındaki bebeğiydi onu böylesine cesur kılan. Burada söylediği her şeyin başkalarına anlatılacağını da biliyordu üstelik. Bu cesarete sonraki günlerde daha çok ihtiyacı olacağını düşününce ürperdi.

"Üzgünüm efendim ama sizi Beauchamp Kulesi'ne kapatmam emredildi."

"Hazırım lordum" dedi. Başı dimdikti.

Lord, "Bu benim görevim" dedi.

"Gidelim öyleyse" dedi ve Lord'un uzattığı koluna girerek neşeli bir ifadeyle "Benim görevim de Edward'a aşık olduğum için kraliçenin öfkesine katlanmak. Tüm iyi niyetimizle görevimizi yerine getirelim."

Kulenin dolambaçlı merdivenlerinden çıkarken Kate birkaç dakika içinde yalnız kalmak için dua ediyordu. Bu cesur görüntüyü daha fazla sürdüremeyecekti, fakat bir şeyi bilmek istiyordu: "Hertford Kontu, kraliçenin hizmetinde yaralanmışken, yaralı yatağından kaldırılıp buraya mı getirilecek?" diye sordu.

Lord, "Size bilgi verme iznim yok efendim" dedi ve öksürdü. "Beni bağışlayın, geleceğiniz haberini çok kısa bir süre önce aldım. Sizin için ateş yaktırıp yiyecek hazırlatacağım. Hizmetçileriniz..."

"Gönderilmeli. Hampton Sarayı'ndan Sybil'i, kocamın Westminster'daki evinden de iki kişiyi istiyorum. Doğumum çok yaklaştı" dedi. *Şimdi gidin* diye çığlık atmak istiyordu.

Lord, yüzünde acınacak bir ifade ile, eli kalbinin üzerinde hücreden ayrıldı. Bu görevi yapmaktan memnun olmadığı açıktı. Kate'e yardım edebilir miydi? Ned'i uyarmak için ona bir haber gönderir miydi? Bu soruları kendi kendine sorarken cevabı da kendi kendine verdi. Lordun hassas bir kalbi vardı belki ama kraliçenin emirlerine karşı gelmek vatan hainliğiydi.

Kate soğuk şöminenin önünde oturdu. Gün bitiyordu. Karşı duvardaki, dar, parmaklıklı pencereden gölgeler yansıyordu. Kraliçe giyindiği pelerinlere rağmen hamile olduğunu fark etmiş miydi? Hayır, Elizabeth bunu farketseydi hemen harekete geçerdi. Bunu ona birileri söylemiş olmalıydı ama kim?

Saintloe mi? Hayır, Saintloe bunu kraliçeye söyleyerek kendini de tehlikeye atmazdı.

Dudley! Bunu bilen ve başına dert açacağını düşünen tek kişi oydu. Yine de onun söylediğinden emin olamazdı. Çünkü sarayın yarısı bunu biliyordu ama bir sır olarak saklıyordu. Jane hiçbir şeyi kendine saklayamazdı. Tanrı onu yakacaktı! Kate'in kalbi göğsünden çıkacakmış gibi atıyordu. Ölümü düşünüyordu ve bu onu daha da kötüleştiriyordu. Onu bu saate kadar yaşatan şey de şüphesiz ki kraliçenin hastalığıydı.

Ned'i uyarmanın bir yolu olmalıydı ama nasıl. Belki de artık çok geç olmuştu. Kraliçenin muhafızlarının gemisi yakalama emrini yerine getirmek için Fransa'ya doğru hızla ilerliyor olabilirdi. Ned'i hem özlüyor hem de onun için endişeleniyordu. En azından birlikte yargılanmalarına izin verilmeli, oğullarının doğumunda birlikte olmalılardı. Bu her ikisinin de hakkıydı.

Kate bu düşünceler arasında gelip giderken ateşin yakıldığını ve odanın aydınlandığını fark etmemişti bile. Odanın karanlık halinden memnundu aslında. Taş duvarlardan sızan kış soğuğu iliklerine kadar işliyor ve onu titretiyordu. Öyle ki titremekten yüzbaşının karısının gönderdiği sıcak yemekleri dahi yiyemiyordu.

❀

Robert Dudley, Londra' da işleri olduğunu söyleyerek saraydan ayrılmak için kraliçeden yalvar yakar izin alabilmişti. İşleri vardı, Bess'e yalan söylemezdi. Bess işlerini halledip hemen dönmesini söylemişti. Fakat Dudley, Londra'dayken kuleye uğramadan şehirden ayrılmazdı.

Terzisindeki işlerini bitirince Cheapside'ın dolambaçlı sokaklarında gezinip birkaç dükkanda durdu. Thames Caddesi'nde bir dükkandan meyveli turta aldı ve St.Paul'a doğru ilerledi. St. Paul yolu pasaklı kadınlarla, seyyar satıcılarla doluydu. Şehir vebadan, çiçek hastalığından yeni yeni kendine geliyordu. Kapılar ve pencereler havalandırma için açıktı ve çok az dükkanda kalabalık vardı. Soğuk geceler hastalıkları tekrar geri getirebilir diye saray noel zamanı nehrin karşı tarafındaki Whitehall'a taşınırdı.

Dudley bir mücevher dükkanına girdi. Kraliçeye 12.Gece hediyesi bakıyordu, ama dükkanda çok küçük mücevherler vardı. Hiçbiri kraliçeye uygun değildi.

Kulenin batı kapısına yöneldi. Kendini yüzbaşına takdim ederek, "Leydi Katherine'yi görmem gerekiyor" dedi.

Yüzbaşı onu selamladı. "Lordum, leydinin hizmetçilerini gönderdim fakat ziyaretçi almam mümkün değil" dedi.

"Ben saraydan geliyorum ve bu leydi benim akrabam" dedi.

Yüzbaşı zor durumdaydı.

Robert yüzbaşının vicdanına hitap ederse içeri girebileceğini biliyordu. "Zavallı leydiye onun için yapabileceğim bir şey var mı diye sormaya geldim" dedi.

Yüzbaşı yutkundu. "Öyleyse kısa bir ziyaret lordum çünkü ziyaretçi almam için iznim yok" dedi.

Dudley selam verdi. "Size minnettarım efendim."

"Zor bir iş yapıyorum lordum, beni daha fazla zorlamayın" dedi yüzbaşı.

Robert onu takip etti. Aynı şeyi kendi de söyleyebilirdi. Yapacağı şeyler üç insanın canına mal olacak şeylerdi çünkü.

Bess'i şüphelerinden kurtarmalıydı. Onun bu gençlerin yaşamasına izin verdiği zaman yaşayamayacağını biliyordu ve Bess'in yapmadığı bir şeyden dolayı pişmanlık yaşamasını istemiyordu.

Aynı zamanda bu iki aptal gencin de hayatını kurtarmalıydı. Bu duruma gelmelerinde onun da payı vardı. Onları daha çok uyarmalıydı ve durdurmalıydı. Başkalarının aşkı ve evliliği onlara da beraberlik getirir diye düşünmüştü.

Kate şöminenin önünde, pelerinine sarılmış bir halde kendini ısıtmaya çalışıyordu. Jüponunu giymemişti. Karnı önünde duruyordu. Robert ağır kapıyı kapatırken "Leydim" dedi sessizce.

"Zaferini gözlerinle görmeye mi geldin?"

Robert onun hiç bu kadar açık konuştuğunu duymamıştı ama onu suçlayamazdı. "Senin ve Edward' ın hayatını kurtarmak için bir teklif sunmaya geldim."

Kate ona baktı. Yüzü uykusuzluktan ve acıdan zayıflamış, solmuştu. "Ned... Kraliçe onu yakalattı mı?"

Dudley başını salladı. "İki hafta içinde burada olacak."

Kate başını eğdi ve gözlerini kapadı. "Yüce İsa... Robert, kraliçe nasıl..."

Robert onun durumunu nasıl böyle inatla savunduğunu merak ediyordu. "Kate, kraliyet soyundan olan birinin bekaretini bozmak vatan hainliği."

"Sen kendi haline bak Robert."

Robert onu hiç böyle görmemişti. Sakin, çekingen ve itaatkâr Kate nasıl olmuştu da bu kadar cesur olmuştu. Kendine yapılan bu suçlama karşısında sadece yutkundu. Amacından uzaklaşmak istemiyordu. Onun yanına oturarak, "Kate, izin verirsen sana yardım edeceğim. Bunu yapabilecek bir arkadaşın var mı?"

Kate tam cevap verecekken onu susturdu. "Cevap vermeden önce düşün Kate. Kraliçe senin bozduğun yeminin karşısında ihanete uğramış hissediyor ve Edward'la birlikte tahtı ele geçirme planları yaptığınızı düşünüyor" dedi.

Kate ayağa kalktı. Öfkeden deliye dönmüştü.

Dudley, "Dur!" dedi. "Sakın aşktan bahsetme. Bu, yasalara karşı gelmek ve ettiğin yemini bozmak için geçerli bir sebep değil. Hem de gençliğini taht entrikalarını bozmakla harcamış bir kraliçenin ülkesinde."

Kate'in çenesi yükselmişti. Bu iyiye işaretti. Kendini savunma ihtiyacı hissetmesi onu harekete geçirecekti, Dudley de o esnada işini yapacaktı.

Kate'in dudakları titriyordu. "Meclis buna izin vermeyecektir. Herşeyden önce ben Henry'nin varisiyim. Bu bizi kurtaracaktır. Ayrıca benim tahtı istemediğimi çok iyi biliyorsun."

Dudley ellerini avucuna aldı ve "Beni dinle Kate, senin iyiliğini düşünen tek insanı dinle" dedi. Sonraki yalanlarında tökezlememek için bu gerçeği söylemeliydi. "Kraliçe sizin gerçekten evli olduğunuza inanmıyor. Bu demek oluyor ki sen ömrünün sonuna kadar burada kalacaksın, Edward da aşağıda neşeli kalabalığın huzurunda başını kaybedecek."

Kate bu sözler ile titredi. Dudley kendine lanet okuyordu ama istediğini alabilmek için bu zalimce sözleri sarfetmesi gerekiyordu.

"Bizim evli olduğumuzu biliyorsun Robert" dedi Kate. Yalvaran gözlerle ona bakarak, "Bize sen yardım ettin" dedi.

"Hangi rahip sizi evlendirdi?"

"Bilmiyorum."

Kate'in rahibi bilmemesi karşısında rahatlamıştı. Sözlerini oldukça kısa tutmaya çalışıyordu.

"Vatan hainliği ile suçlanan iki insanın onlara yardım ettiğimi söylemeleri dışında bir kanıtları yok yani" dedi.

"Ned'in hizmetçileri biliyorlar."

"Kraliçenin bir vatan haininin sadık hizmetçilerinin sözlerine inanacağını mı sanıyorsun?"

Kate'in omuzları çöktü. "Sen bizim için şahitlik yapmazsın" dedi. Bu bir soru değildi.

"Bir mahkeme bile olmayabilir Kate. Olursa da ben şahitlik yapamam ama... evlilik sözleşmenizin nerede olduğunu söylersen yasal olarak evli olduğunuzu kanıtlar, hayatınızı kurtarırım."

"Sana yalvarıyorum Robert. Bana ne olduğu umrumda değil, bebeğimin ve Ned'in hayatını kurtar."

Dudley başını salladı. Bundan fazlasını da yapamazdı.

Kate başını kaldırdı. "Majesteleri Hertfordshire'a yerleşmemize izin vermez mi?"

Tüm bu umutsuz duruma rağmen Dudley, Kate'in gözlerindeki umut pırıltısını görebiliyordu. Tanrı bağışlasın ki tam bir sahtekârdı. "Eminim ki izin verecektir Kate. Yasal olarak hamile bırakıldığını kanıtlamama izin ver. Kraliçe evlilik cüzdanınızı görünce yumuşayacak ve bir araya gelmenize izin verecektir."

Kate daha fazla düşünmeden cevap verdi. "Evlilik cüzdanımızı güvenli bir yerde saklaması için Jane'e vermiştim, çünkü Saintloe'nin eşyalarımı karıştırmasından korkuyordum. Cüzdan hâlâ Jane'in odasında olmalı."

Robert rahat bir nefes aldı. Odaya göz gezdirdi ve konuyu değiştirdi. "Bir yıldan fazla bir süre bu hücrede kaldım Kate. Babam da benden önce buradaydı" dedi. Başını kaldırdı ve şömine rafını gösterdi. "Oraya bak. İsimlerimiz orada kazılı. Umutsuzluğa kapıldığında ismime bak ve nasıl acı çektiğinizi bildiğimi, sizi kurtarmak için tüm gücümle çabaladığımı hatırla" dedi.

Kate'e sıkıca sarıldı ve yanağını öperek hücreden ayrıldı.

Ahır çalışanından atını istedi ve atına atlayarak Windsor yolundan Londra'ya doğru süratle ilerledi. Hızla artan sis arasından dörtnala ilerliyordu. Kate'e verdiği sözü tutacaktı. Bu konuda yalan söylememişti, onları cezalandırılmaktan ve idam edilmekten kurtaracak tek şey evli olmaları olacaktı. Kate, ilerleyen hamileliği ve yaşadığı şok yüzünden gerçekte ne ile karşı karşıya olduğunun farkında değildi.

Atının üzerinde giderken ne yapması gerektiğini düşünüyordu. Ona göre yaşayan bir fahişe olmaktansa, ölü bir kontes olmak daha iyiydi. Kate Edward'sız bir yaşam istemezdi. Emin değildi ama bu yola girmişti bir kere, devam etmeliydi.

Herşeyden önce Bess'i iki genç aşığı idam ettirme saçmalığından kurtarmalıydı. Böyle bir davranış, halkının sevgisini ve güvenini kaybettirecek, evlenmesi ve varis belirlemesi için sürekli baskı yapan meclisi şaşırtacaktı. Fransa için duyulan destek ve asker ihtiyacından bahsedilmeyecekti.

Kate ve Edward yaptıklarının bedelini ödemeliydiler, fakat canlarıyla değil. Robert belki bunu engelleyebilir, kraliçe de merhamet edip onları serbest bırakabilirdi.

❋

Bataklıklı yol geceleri tehlikeliydi. Atının bacağını kırma tehlikesi vardı. Heron Kulesi'ni görünce durdu, hancıyı ve karısını uyandırdı. Ona soğuk bir çorba ve ısınmasına yetecek kadar bira verdiler.

Atı dinlenince yoluna devam etti ve gün ağardıktan iki saat sonra Hampton Sarayı'na ulaştı. Kraliçenin erken uyandığını biliyordu, onu çağırtmak için birilerini göndermiş olmalıydı. Kıyafetlerini değiştirmek için odasına gelmişti ki girmedi ve üst kata, Jane Seymour'un odasına yöneldi. Jane'in ona vermiş olduğu anahtarları çıkardı ve kapıyı açtı. Jane'in anahtarlarını ona verirkenki utangaç ve umutlu hali gözlerinin önüne geldi. O gördüğü en benzersiz, sessiz ama ayartıcı kadındı. Bu haline merhamet ederek onu öpmüştü.

Westminster'a götürülmek veya yüksek mertebeli saray çalışanlarına verilmek üzere sandıklara konulmuş eşyaları hızla karıştırıyordu. Umutsuzluğa kapılmak üzereydi ki, cüzdanı son sandıkta, elbiselerin, başlıkların ve ayakkabıların arasında buldu. Cüzdan zarfın içinde, bir çift terliğin arasında sıkışmıştı. Yani hizmetçiler bu zarfın öneminin farkına varamamış olmalılardı. Dizlerinin üzerine çöktü ve kırışan kağıdı yere yayarak düzeltti.

❋

"Robin, sonunda döndün!"

Robin, diz çökerek, "Majesteleri, sizinle yalnız konuşmayı rica ediyorum" dedi.

Elizabeth gülümsedi ve leydilerine dışarı çıkmalarını emretti. Saintloe, yüzünü buruşturdu. Bayan Ashley ise endişeliydi, fakat her ikisi de verilen emre uymak zorunda kaldılar.

"Ayağa kalk Robin. Londra nasıldı?"

"Hava Ekim ayına göre oldukça sıcaktı Bess."

Gülümsemeye devam ederek Robin'in elini tuttu ve yanağına götürdü. "Seni üşütüyor muyum lordum?" dedi.

"Hayır Bess. Londra, ellerinin bana verdiği sıcaklık yanında buz gibi sayılır" dedi. Onu kollarına almak istiyordu. Bunu kraliçe de istiyordu fakat Robin elini çekti ve onu saran gül kokusundan uzaklaşmak için bir adım geriye çekildi.

Parry henüz daha kraliçenin yüzünü renklendirmemişti. Kaşlarının ve kirpiklerinin solgunluğu, ona çocukluğunda olduğu gibi şaşkın bir ifade veriyordu.

"Bana ne getirdin?" diye sordu. Bir hediye bekliyordu. Yüzü, Greenwich kırlarındaki gibi parlaktı.

"Yalnızca kendimi Bess. Londra'da sana uygun hiç bir şey bulamadım ama mücevher dükkanlarına kalbimin kraliçesinin kulaklarına layık inciler getirtmemeleri halinde canlarından olacaklarını söyledim" dedi.

Kraliçenin uzun, ince parmaklarının her birini tekrar tekrar öptü. Elizabeth ellerinin güzelliği ile gururlanır, nadiren eldiven giyerdi.

Eğilince cebindeki kağıt hışırdadı ve ona görevini hatırlattı. Kağıdı çıkardı ve kraliçeye sundu.

Kraliçe yakını görmekte zorlanıyordu. "Bu nedir?" diye sordu.

"Bu Hertford Kontu Edward ve Leydi Katherine Grey'in evlilik sözleşmesi" dedi.

Elizabeth kağıdı yere attı ve ayağıyla ezdi. "Hayır! Bu sahte bir sözleşme" dedi. Odanın içerisinde gezindi ve geri geldi. "Bunu nereden buldun?" dedi.

Robert kraliçenin taht söz konusu olduğunda bir anda yüzeye çıkan o şüpheciliğini gördü. Tekrar diz çöktü. "Majesteleri, kuleye gittim. Leydi Katherine, Hertford Kontu'nun hayatını kurtarmak için sözleşmenin nerede olduğunu söyledi. Ben de onu buldum ve sana getirdim" dedi.

"Eğer bu gerçekse kendi sonlarını kendileri getirdiler demektir. Babamın hanedanından olup da benim onayım olmadan evlenmek vatan hainliğidir. Bana babamın vasiyetini uygulamak dışında bir seçenek bırakmadılar" dedi.

Kapı çalındı ve bir uşak içeri girdi. "Majesteleri, yüzbaşının size acil haberleri var" dedi.

Dudley ayağa kalktı ve kraliçenin arkasına geçti.

Elizabeth' in yüzü kızarmıştı. Öfkesi giderek artıyordu. "Tanrı aşkına! Bu sabah başka ne ile karşılaşacağım? Girmesini söyle."

Yüzbaşı içeri girdi. Robert'a selam verdi ve kraliçenin önünde diz çöktü. "Evet yüzbaşım, haberler nedir?"

"Majesteleri, Leydi Katherine bu gece bir erkek çocuğu doğurdu. Eşim şu an onun yanında."

"Bir erkek çocuğu ha!"

"Evet majesteleri, sağlıklı bir erkek çocuğu."

Kraliçe titremeye başladı. Dudley yüzbaşına doğru giderek, "Şimdi çıkabilirsiniz lordum, görevinizi yaptınız" dedi.

Robert, Elizabeth'e yaklaştı. Elizabeth yanağını göğsüne yasladı. Öfkeden titriyordu.

"Bess, bir çıkar yol var."

Kraliçe başını kaldırdı ve "Nedir?"

"Evlilik sözleşmesi yoksa yasal bir evlilik de yok demektir. Böylece doğan bebek yasa dışı olur ve senin tahtını ele geçirebilecek bir varis sayılamaz."

"Verasetten mahrum mu kalır?"

"Evet, hanedanlığa giremez."

"Kate ve Edward'ı bağışlayabilir miyim?"

"Evet, günahlarını Tanrı'ya havale ederek."

"Ama Robin... Edward'ın kraliyet soyundan gelen birini kirletmesi karşısında ne yapacağız?"

"Kate'in sayısız aşıkla yataktan yatağa dolaşmadığını kim bilebilir Bess? İnsanlar evli olmayan ve hamile kalan bir kadın hakkında bunu düşüneceklerdir."

"Sonuç olarak ölmektense bir fahişe olarak anılması daha iyi."

Robert şömineye doğru yürüdü ve evlilik sözleşmesini tereddüt etmeksizin ateşe attı. "Ben de itibarımdansa başımı tercih ederdim" dedi.

Elizabeth öfkeyle güldü. "Öyleyse kulede kalmaya devam edecekler."

"Yapman gereken buysa evet, Bess."

Elizabeth başını salladı ve ona doğru yürüdü. "Diz çök Robin."

Robert bir an için tereddüt etti ama diz çöktü.

Elizabeth omzuna hafifçe dokunarak, "Bu hizmetlerinden dolayı Denbigh Baronluğunu ve Leicester Kontluğunu sana veriyor, Warwickshire' daki Kenilworth şatosunu tüm kirasıyla birlikte sana devrediyorum" dedi.

Robert ileri doğru eğilerek kraliçenin ayağını öptü.

Kraliçe güldü ve eğilerek Robert'in çenesini tuttu. "Göreve başlama törenin Westminster Abbey'de olacak ama bunları önce benim dudaklarımdan duymanı istedim" dedi.

Bu bir davetti, Robert de bu daveti kabul etti. Ayağa kalkarak onu öpmeye başladı. O bir soyluydu fakat İngiltere krallığını Elizabeth ile paylaşacak kadar soylu muydu bilmiyordu. Kraliçe bunu mu istiyordu?

❀

On beş gün sonra, sisli, yağmurlu bir Kasım sabahında Hertford Kontu Edward, pelerinine sarılmış, elleri zincirli bir halde kuleye götürüldü. Rüzgarda sesini duyduğunu sandı. Beauchamp Kulesi'nin pencerelerine baktığında kimseyi göremedi.

Yüzbaşı, "Beni takip edin lordum" diye emretti.

Edward iki muhafızın arasında onu takip etti. Arkalarında kalabalık bir muhafız ordusu vardı. Ellerinde mızraklarla onlara eşlik ediyorlardı.

Edward kuleyi babasını ziyaret ettiği dönemlerden hatırlıyordu. Bell Tower'a götürüldüğünü, Kate'den ayrı tutulacağını tahmin ediyordu. Bu kraliçenin emri olmalıydı. "Efendim, karımı ve oğlumu bir an da olsa görmeme izin verin" dedi.

Yüzbaşı, "Yapamam efendim. Kraliçe ayrı tutulmanız gerektiğini emretti" dedi.

"Bir adamın kendi oğlunu görmekten mahrum mu bırakacaksınız?" dedi. Şaşkına dönmüştü. "Bir adamı ailesinden ayırmak Tanrı'nın yasalarına aykırıdır efendim."

Yüzbaşı durdu, Edward'a döndü ve ellerini dua edermişçesine birleştirdi. Muhafızlar iki adamın etrafında toplandılar. "Lordum, bunun benim görevim olduğunu biliyorsunuz" dedi.

"Efendim, göreviniz bizi ayırmak mı?" Makul bir tonda devam etti. "Yasalar, benim rütbemden birinin bana eziyet etmesini de yasaklıyor efendim."

Yüzbaşı ağzını kımıldatarak mırıldandı. "Evet".

Edward sesini kontrol edemiyordu. "Eşimi ve ilk oğlumu görmememin asılmaktan daha büyük bir işkence olmadığını mı sanıyorsunuz? Bu kadar yakınken onları görememektense, majestelerinin hizmetinde bu ayağı yaraladığım gibi kollarımı da kaybetmeyi tercih ederim" dedi.

Yüzbaşı adamlarına baktı. Mızraklarına yaslanmış onları dinliyorlardı, birkaç tanesinin yanaklarından yaşlar süzülüyordu. "Dağılabilirsiniz" dedi.

Adamlar dağıldılar. Edward, kesilen başları görmekten kalpleri sertleşen bu adamların da merhamet gösterebileceğini görerek bunun iyiye işaret olduğunu düşündü.

Yüzbaşı sessizce, "Ben bana emredileni yapacağım lordum ve sizi onlara yaklaştırmayacağım fakat sizi İsa adına, onları bir an olsun görmekten mahrum bırakamam" dedi ve eğilerek zincirleri çözdü. "Doğumunun ilk ayında eşinizin sizi zincirlerle görmesini istemem" diye ekledi.

Edward yaralı bacağının şiddetle zonklamasına rağmen Beauchamp Kulesi'nin merdivenlerini bir solukta çıktı. Yüzbaşı kolunu tutarak onu geri çekti. "Benim emirlerime uymalısınız lordum. Kapının dışında durabilirsiniz, fakat içeri girmeye ya da dokunmaya teşebbüs edemezsiniz" dedi.

Edward güçlükle yutkunarak başını salladı. Yüzbaşı iyi bir adamdı ama bu söylediklerinin ona ne kadar ızdırap verdiğini bilmiyordu.

Edward kulenin tepesindeki odaya ulaştı. Merdivenlerin başındaki mumu eline aldı.

"Lordum, daha fazla yaklaşmayın" dedi ve eğilerek kapıyı açtı.

Kate şöminenin yanında Sybil ile birlikte oturuyordu. Başında başlığı yoktu, Tudor saçları alev gibi parlıyordu. Yavaşça kapıya doğru döndü, bebeği göğsünde süt içiyordu.

Edward düşünmeksizin eşiğe adımını attı, Yüzbaşı kolunu tutarak onu durdurdu.

"Durun lordum, sözünüzü hatırlayın" dedi.

Edward, "Kate" dedi güçlükle.

"Leydim, sakın yaklaşmayın. Sizi bir araya getirerek kraliçenin emirlerine aykırı davranıyorum."

Kate kımıldamıyordu ama Edward, bebeğini göğsünden kaldırdığında çarşafın altındaki bacaklarının titrediğini gördü. Bebek memesini kaybedince ağlamaya başladı. Kate onu Edward'a doğru tutarak, "Sevgilim, onun adı Edward, senin oğlun ve varisin" dedi.

"Güzel bir erkek çocuğu Kate. Harikasın!" dedi. Söylediklerine kendi de şaşırmıştı.

Edward Kate'in yüzünü zayıflamış ama annelik ateşi ile parlar bir halde gördü. Ağlayan bebek annesinin sevgi dolu göğsüne kavuşunca sustu. Edward kımıldayamıyordu. Nefesi kesilecek gibiydi. "Söyleyecek çok şeyim var Kate. Eminim ki Yüzbaşı birbirimize yazmamıza izin verecektir" dedi.

Yüzbaşı kapıyı kapattı ve Kate'i Sybil ve ateş çıtırtıları ile başbaşa bıraktı.

"Gelin lordum" dedi Edward'ın kolundan nazikçe tutarak. "Daha fazlasını yapamam."

Edward onu Bell Kulesi'ne doğru yavaşça takip etti. Zorlukla yutkunuyordu. İçinden hıçkırarak ağlamak geliyordu. Kulenin taş merdivenlerini tırmanarak onun için hazırlanan odaya girdi. Yere taze saman sarılmış, güzel bir ateş yakılmıştı. Masada bir tabak dolusu yulaf lapası ve bir maşrapa bira vardı. Oturdu ve yaralı bacağını ateşe doğru uzattı. "Merhametiniz için teşekkür ederim lordum. Serbest bırakıldığımda bu iyiliğinizin karşılığını ödeyeceğim" dedi.

Yüzbaşı selamlayarak çekildi, kapıyı kilitledi.

Gün bitmeden Edward'a kalem, kağıt, mürekkep getirildi ve Edward kalbinden gelenleri kağıda döktü.

Sevgilim,

Oğlumuz doğduğunda yanında olamadığım için beni affet. Kanalın dalgaları yükseldi ve bizim Fransa'dan dönüşümüzü geciktirdi. Bacağım iyileşiyor. Rica ederim, benim için endişelenme. Aşkımız üzerine yemin ederim ki bir araya geleceğiz. Mecliste ve sarayda serbest bırakılmamız için uğraşan dostlarımız var. Elizabeth'in bizi vatan hainliğinden mahkemeye çıkarıp çıkarmayacağından emin değiller. İnancını yitirme. Elizabeth' in gücü Tanrı'nın emirlerinden üstün değil.

Benim çok sevgili eşim, odamda bir taş buldum ve penceremin önüne koyarak sağlam bacağımla üzerine çıktım. Böyle yapınca küçük Edward'la birlikte beni beklediğiniz kuleyi görebiliyorum. Kilise çanları çalınca pencerenden bana el salla, ben de sana sallayacağım. Senin ve oğlumuzun ağlayan sesini duyabilmeyi hayal ediyorum. Bedenimin ve ruhumun sizden ayrı geçirdiğim aylarda nasıl ızdırap çektiğini bilmeni isterim.

Kalbine bak, beni orada bulabilirsin.

Ned.

Balmumu olmadığından mektubunu mühürleyemeden gönderdi. Kate'in cevabı bir sonraki sabah kahvaltı ile birlikte geldi.

Mektubu nefes nefese kalarak iki kez okudu. Yulaf lapası beklemekten katılaşmıştı ki, Yüzbaşı geldi. Yanındaki muhafızlara kapıda beklemelerini söyledi.

Üzgün bir ses tonuyla, "Lordum, bacağınızın iyileştiğinden emin olmak için bir doktor çağıracağım" dedi.

Edward başını salladı. Sesinin çıkacağına güvenemiyordu.

Yüzbaşı, ateşi hızlandırdı. Birkaç kez gelip gitti. Edward'ın bilinci yerinde değildi. Kate'i düşünüyordu. "Karım?" diye sordu.

"Leydi Katherine iyi. Eşim sütü azalmasın diye daha çok yemek yemesini sağlıyor. Bebeğe sütannelik yapacak iyi bir köylü kızı bulamadık da efendim, çok üzgünüm."

Edward ellerinin arasına aldığı başını yavaşça salladı. "Bu onu öldürecek. Sizin hiç mi vicdanınız yok?" dedi.

Yüzbaşı kapıya doğru gitti ama kapıyı açmadan mırıldandı: "Bir adamı karısı ve çocuğundan ayırmak Tanrı'nın yasalarına aykırı. Yüce İsa'nın kıymetli anısına... sizi ailenizden ayıramam lordum. Bunun sona ermesi için dua edeceğim."

BÖLÜM 8

"Acı çekmeme rağmen acımı göstermeye cesaret edemiyorum. Aşık olmama rağmen nefret ediyor gibi görünmeye zorlanıyorum."
Elizabeth Regina'nın bir aşk mektubundan

Tahta çıkma günü
Kasım 1562

Kate bebeğini doyurduktan sonra uyuklamaya başladı. Gece yarısından sonra uyandı ve dar yatağından çıkarak bebeğinin beşiğine doğru eğildi; onun ılık, süt kokulu nefesini dinleyerek hayatta olduğundan emin oldu. Rahatladı ve bebeğini kulenin iliklere işleyen soğuğundan koruyan, Lord Dudley'in hediyesi samur örtüyle sardı. Kendini bebeğinin etrafında dolanmaktan, onun güzel, yuvarlak yüzünü, gölgeleri yanaklarına vuran uzun kirpiklerini izlemekten, çıkardığı sesleri dinlemekten alıkoyamıyordu. Acıkıp da meme emmek için uyandığında onu göğsüne aldı. Küçük Edward güçlü, küçük bacakları ile kucağını tekmeleyerek sütünü emiyordu. Kate onu beşiğine bırakmaksızın, sonsuza kadar böyle kalabilirdi.

Küçük Edward'ı ne zaman kucağına alsa planlar yapmaya başlıyordu. Onu hayatı boyunca sevecekti. Çocukluğunda kendinden esirgenen tüm sevgiyi ona verecekti. Hasta olduğunda veya kötü bir rüya görüp de korktuğunda sarılmanın bir çocuğu nasıl rahatlattığını biliyordu. Oğlu, gülücüklerinin hiçbir zaman susturulmadığı, annesine koştuğunda uzaklaştırılmadığı bir ortamda büyüyecekti.

Edward'ın başını okşayarak fısıldadı: "Babanla bir araya geldiğimizde dünyada görülmemiş bir sevgiyi göreceksin."

Edward nefes aldığında ağzında bir süt baloncuğu oluştu. Kate gülümsedi. Soylu kadınlar bir anne ile bebeği arasındaki bu anların güzelliğini fark etselerdi, çocuklarını sütten kesilene kadar süt annelere göndermezlerdi ya da sonrasında bakıcılara emanet edip yalnızca cezalandıracakları zaman yanlarına çağırmazlardı. Ne yazık ki annesi böyle bir anneydi.

Kate bir an için küçük Edward'dan ayrı kalma korkusu yaşadı. Yüce İsa! Bir anda beşiğin kenarlarına sarıldı, sonra da ellerini ağzına götürerek onu saran korkuyu atlatmaya çalıştı.

Sakinleşmek için Ned'in yastığının altında duran mektuplarından birini aldı. Ned Eltham'ın ormanlarında, kırlarında, evlerinin güneşle aydınlanan odalarında sonsuza dek bir arada olacaklarına söz vermişti. Kate, Ned'in sonraki hayatlarına dair yazdıkları ile her şeyi gözünün önünde canlandırabiliyordu.

Sybil'i uyandırmamaya çalışarak şömineye odun attı. Önündeki rahat sedire oturarak sıçrayan kıvılcımları izledi. Annesi Suffolk Düşesi Frances Grey, Bradgate'deki köşkünden beşik ve birtakım eşyaları getirmek için kraliçeden izin almıştı. Getirdiği eşyalar hücreyi daha da yaşanabilir bir hale getirmişti. Başını sedirin arkasına yaslayarak ateşle aydınlanan duvarlara baktı ve annesinin başka neler getirdiğini düşündü: hayalkırıklığı, suçlama ve derin öfke.

Annesi yakın bir zaman önce gelmiş, başında Kral Henry döneminden kalma, eski, güçlü zamanlarını temsil eden İspanyol başlığı ile odanın ortasında ayakta durmuştu.

Yanında getirdiği uşaklara, getirdiği eşyaları yerleştirdikten sonra, "Dışarıda bekleyin ama kulağınız bende olsun" dedi.

Kate, kucağında annesinin hiçbir zaman sahip olamadığı, güçlü oğlu ile ayakta durmuş annesini izliyordu.

Düşes, oturdu, elbisesini düzeltti ve Kate'e ayakta kalmasını emretti.

"Kraliçeyi, yeğenimi görmeye gittim" dedi Kate'e soğuk gözlerle bakarak. "Babanın ailemize sürdüğü ama tamamlayamadığı lekeyi piçinle tamamlamış görünüyorsun. Saraydan uzaklaştırılarak, henüz kazandığımız toprakları, ailemizin gördüğü hürmeti ve tahttaki hakkını kaybettin" dedi.

Kate hayatı boyunca bastırdığı öfke ile titreyerek kucağındaki bebeği kaldırdı ve "Anne, kazandığım şey bu: Senin torunun, Hertford Kontu ile olan evliliğimin ürünü küçük Edward" dedi.

"Böyle bir evliliğin olduğuna dair hiçbir kanıtınız yok."

"Lord Dudley evlilik cüzdanımızı bulacak."

Annesinin acı gülüşü Kate'i kalbinden yaraladı. "Her zaman kafasızın tekiydin. Önce genç Seymour, sonra Pembroke, sonra da bu!" dedi küçük Edward'ı göstererek. "Gitti... Her şey gitti!" Başını çevirdi ve "Götür şunu karşımdan" dedi.

Kate ayakta kalmaya devam ederek gömleğini açtı ve Edward'ı emzirmeye başladı.

Frances Grey, ağzını acı bir şey yemişçesine buruşturdu. "Şimdi de kendini köylü bir sütanneye çevirdin. Buna bir çare bulacağım" dedi.

Kate sesini yükseltmedi, fakat oldukça kararlı bir şekilde, "Hayır, bir çare bulmayacaksın madam. Ben oğlumla ilgileneceğim, onu şişmanlayana kadar kendi sütümle besleyeceğim ve ağladığı zaman onu ben kucağıma alacağım... İhtiyacı olduğu her şeyi ben vereceğim ona."

Annesi ayağa kalktı ve bu görülmemiş saygısızlık karşısında elini kaldırdı. Kate, hayatında ilk kez bu cezalandırıcı eli itti. Annesi sersemleşmişti. Omuzları çöktü. "Tüm hayallerim, ulaşılması çok yakınken, nankör bir evlat tarafından yok edildi."

"Hepsi senin hayallerindi madam, hiçbiri benim değildi." Kate'in sesi doğruluğun cesareti ile çınlıyordu. Annesinden bir daha asla korkmayacaktı.

Düşes kapıya doğru yürüdü ve arkasını dönmeden: "Benimle Bradgate'e gelmen konusunda kraliçe ile konuşarak kendimi boşu boşuna aşağılamışım" dedi.

Kate ürperdi. "Peki ne söyledi?"

"Kraliçe kararlıydı. Suçunun karşılığında kulede kalacaksın."

Kate rahatlayarak derin bir nefes aldı. Göğsünün ucu bebeğin ağzından çıktı ve bebek ağlamaya başladı.

Düşes kapıdan çıkıp kulenin merdivenlerine yaklaştı. "Bence senin ve Edward Seymour'un idam edileceğini söylemek istedi. İsmimiz Londra'nın tüm sokaklarında ve meyhanelerinde anılacak!"

Kapı bu sözlerle kapandı. Hiçbir veda sözü edilmedi.

Kate, günler sonra şöminenin önünde otururmuş annesinin gelişini düşünürken hiçbir şey hissetmediğini fark etti. Bir hücrede bile olsa özgürdü. Bebeği ve Ned'i vardı. Artık annesinin isteklerine bağlı küçük bir kız çocuğu değildi.

Battaniyesine sarılırken, zihnini bu küçük hücrede yemek kadar önemli olan şeye, iyimserliğe sevk etmeye çalıştı. Bir muhafızdan duyacağı tek bir kelime veya her olumlu değişiklik bir işaretti. Elizabeth annesinin eşyaları getirmesine izin vererek onun rahatına hizmet ettiyse, kalbi yumuşuyor olmalıydı. Kraliçe onları öldürtmese de sürgün edecekti. Saraydan uzaklaştırılmak da asiller için verilebilecek en kötü ceza olarak düşünülürdü.

Kate kendi kendine gülümsedi. Ned'le birlikte sessiz bir ülkede yaşayacaklarına kim inanabilirdi? Buna dair hiçbir işaret yoktu, vardıysa da kraliçe ölüm kararlarını imzalamakta tereddüt ettiği gibi bu karara da tereddüt ediyor olmalıydı.

Kate annesinin gelişini ve olasılıkları düşünmekten yorgun düşmüştü ki, yatağına uzanarak küçük Edward'ın süt emmeye uyanmasını beklemeye karar verdi.

Gözlerini kapadı ve anında uyuklamaya başladı.

Paslı kapıdan gelen gıcırtı ile yerinden zıpladı. Loş ışıkta bir adam gölgesi gördü, çığlık atmak için ağzını açmıştı ki, gölge ona doğru ilerledi.

"Şşşt, benim sevgilim."

Bu onun rüyalarında duyduğu, yalnızken özlemini çektiği sesti. "Ned, aşkım..." diye mırıldandı ve kollarını ona doğru uzattı.

"Benim tatlı, güzel karım." Ned'in sesi giderek yaklaşıyordu. Kate'in yanına oturdu ve bir eli başının arkasında ona sıkıca sarıldı. Kate, onun sıcaklığını hissedebiliyor, özlemini çektiği, onu titreten bu kokuyu içine çekiyordu.

Kate'in kulağına doğru, "Tatlım..." dedi. "Çok uzun zamandır özlemini çektiğim şey seni kucaklamaktı. Bunu kraliçenin gözlerinin önünde, Calais'in kahramanı olarak yapmayı isterdim fakat..."

Kate başını salladı, Ned'in sakallı yanaklarına öpücükler kondurmaya başladı. "Calais'i boşver tatlım, bizim zaferimiz oğlumuz" dedi.

Ned onu daha da sıkıca sardı. "Kraliçe evli olduğumuzu biliyor mu? Yüzbaşı çok sakin ve bana hiçbir şey anlatmıyor. Bizim bir çift olarak yalnız kalmamıza karar vermesi iki hafta sürdü."

"Kraliçe biliyor Ned fakat evlilik cüzdanımızı görmeden buna inanmayacaktır diye cüzdanın yerini Robert Dudley'e söyledim."

"Sen?"

"Evet sevgilim. Cüzdanımız oğlumuzun yasal bir çocuk olduğunu kanıtlayacaktır."

Ned'in vücudu kasıldı. "Ona güvenebilir miyiz Kate?"

"Güvenmek zorundaydım Ned yoksa hayatın tehlike altındaydı."

"Ah, şu kraliyet ailesinden birini hamile bırakma meselesi değil mi? Bedelini ödesem de karşılığını alacağım tatlım. Fransa' da geçirdiğim aylar boyunca tek düşündüğüm şey yanımda olmandı" diyerek Kate' in battaniyesini kaldırdı. Kate onun sıcaklığını yeniden hissedebiliyordu.

Nefesi kesilmek üzereydi. "Lordum, yüzbaşı bizim Tanrı'nın emrettiği gibi bir arada yaşamamıza izin verecek mi?"

"Hayır tatlım, ancak bir iki saat birlikte olabiliriz. Bundan fazlasını yapamaz, ama arada sırada böyle buluşmamıza izin vereceğine söz verdi."

"Ona rüşvet mi verdin?"

Ned omzunu silkti. "Buna gerek kalmadı. Kraliçe yüzbaşıyı kulenin başına koymakla büyük bir hata yapmış. Lord çok yumuşak kalpli bir adam, fakat böyle yumuşak bir yatağı yok" dedi.

Kate güldü. Yüzü Ned'in yanağındaydı, yanıyordu. "Ned, yaran..." dedi.

Ned, "Senin dokunuşun, onu Fransız doktorumdan daha çabuk iyileştirecek" diye fısıldadı. "Hizmetçinin uykusu ağır mıdır?"

"Sybil ölü gibi uyur. Horlamasını duymuyor musun?"

"Gök gürlüyor sanmıştım."

İkisi de gülüyordu ve Kate ölmeyi bekledikleri bu yerde gülüyor ve sevişiyor olduklarına inanamıyordu. Ancak deliler böyle bir aptallık yapabilirdi.

Oda soyunmak için çok soğuktu. Kate gömleğinin düğmelerini açtı ve Ned göğüslerini okşamaya başladı. Göğüs uçlarına dokunduğunda, göğsünden sızan sütü Ned'e emzirmek için geri çekildi.

Ned başını eğdiğinde "Hayır tatlım, oğlumun sütünü içemem" dedi.

Kate, "Bunlar ondan önce senindi" diye fısıldadı ve Ned'in başını yeniden göğsüne bastırdı. Bu cesaretine şaşırdı. Bu kadar aydan sonra kocasından utanacağını düşünürdü fakat tek hissettiği şey giderek artan arzusuydu.

"Henüz bir ay kadar önce doğum yaptın Kate, çok dikkatli olmalıyım" dedi. Nefesi hızlı ve sıcaktı. Arzusu ikisini de titretiyordu. "Seni yeniden hamile bırakmamalıyım."

Arkasına dönerek Ned'in bacaklarını kalçalarına sardı. Bacakları onun ağırlığını, hamlelerini hissetmek istiyordu. "Ned, Tanrı'nın emrettiği şeyi yaptık. Ruhumuz ona emanet." Sözleri Ned'i içinde hissettiği an kesildi.

Ned, "Kendimi değil, seni düşünüyorum sevgilim" dedi ve derinlere ilerledikçe sözlerin yerini inlemeler aldı.

Kate onu sıkıca tutarak, "Seni tahmin ettiğimden daha çok seviyorum" dedi. Yalnız geçirdiği aylar boyunca tek düşündüğü şey oydu.

Yatak dönülemeyecek kadar dar, sırıkların arasına çakılmış sopaların üzerine konulmuş saman bir yataktı, ama Kate'in işlemeli büyük yatakların lüksüne ihtiyacı yoktu. Ned'in sıkı, kadife gibi vücudu ve arzusu ona yeterdi. Onu istiyordu ve şu anda annesine hatta İngiltere Kraliçesi'ne rağmen Ned onundu. Hertford Kontesi Katherine her şeyini bu adamın aşkına feda edebilirdi.

Muazzam bir acı hissediyordu ve daha da fazla hissetmek için kendini havaya kaldırıyordu. Ned onu öpmeye başladı. İniltisi, dudaklarının arasından Kate'in iniltisine karıştı.

Sybil'in horlaması durdu.

Ned, "Kate, daha fazla haz duymanı istemiyorum... Biliyorsun ki haz duyarsan hamile kalırsın."

Kate onu daha da sıkı sarıp kendine doğru çekerek, "Ohh, lordum... Bu cadı masalına inanmam" diye fısıldadı.

"Ama doktorlar da..."

"Onlar erkek" dedi. Gülüyordu, fakat Ned'i de gücendirmek istemiyordu.

Ona sarıldı. Üzerinde Ned'in vücudunu hissetmeyi seviyordu. Sybil'in horuldaması duyulana kadar öylece uzandılar. Nefesleri yavaşladı; kıpırdamadan uzanarak fısıldaşmaya, hayaller kurmaya başlamışlardı ki, kapı çalındı.

Ned kalktı, oğlunu, ardından da Kate'in elini öptü. "Kate, beni dinle. Kule bile bizi ayıramadıysa, dünyadaki hiçbir güç bizi ayıramaz."

"Tanrı'ya bunun için dua ediyorum" dedi Kate. Yüzbaşı, endişeli yüzüyle kapıda belirdi ve Ned'i götürdü.

Kate yatakta uzanarak Ned'in söylediği her sözü hatırladı, vücudunun her noktasında onu hissetti. Elizabeth'in yakında Whitehall'da tahta çıkma gününü törenlerle kutlayacağını, tahtı ve kendine hayran saraylılar sayesinde mutlu olacağını ama her halükarda kendisinden mutlu olamayacağını düşündü ve gülümsedi.

Bebeğine dönerek gün ağarana kadar bebeği ve Ned için dua etti.

❀

Kraliçe'nin doğum günü
7 Eylül 1563

Kraliçe, kızıl kıvırcık saçları omuzlarında, Whitehall'un kabul salonundaki tahtında oturuyordu. Robin yaklaştı, diz çöktü ve geçen 12.Gece'de verdiğinin iki katı büyüklüğündeki inciyi öperek kraliçeye uzattı.

Kraliçe, "Oh, Robin" diyerek inciyi aldı ve herkesin görebileceği bir şekilde havaya kaldırdı. "Bu aldığım en mükemmel inci..."

"Kalbimin en mükemmel kraliçesine" dedi Dudley fısıldayarak.

Kraliçe ona doğru uzandı ve uzun bir süre öyle kaldı. Dudley kraliçenin onu herkesin önünde öpeceğini düşünerek nefesini tutarak bekledi, fakat kraliçe son anda geri çekildi. Dudley, salondaki kıpırdanmaları duyabiliyordu. Arkasına baktığında şaşkın yüzler göreceğini biliyordu. Büyükelçiler de kraliçenin arsız davranışını anlatan mektupları ülkelerine gönderiyor olmalılardı.

Flütler ve yaylı çalgılar bir Fransız dans şarkısı çalıyorlardı. Robin ve Bess dans etmeye başladılar.

Dudley, kraliçenin yüzüne baktı ve "Kurt, tilki ve tavşan gördüm" diyerek şarkıya eşlik etti.

Kraliçe gülerek bir sonraki dizeyi söyledi: "Kurt ve tilkinin nasıl dans ettiğini gördüm."

Dudley kraliçenin güzel sesine katıldı ve son dizeyi birlikte söylediler. "Ve onların etrafında döndüm."

Bess incisini Dudley'e verdi ve "Onu tacıma tak, orada..."

Tacında sallanmasını istediğini söylemeden Dudley inciyi alarak taca taktı.

Kraliçenin ne istediğini söylemeden anlardı. Kulağına bir şey söyleyecekti ki, kraliçe onu uyaran bir bakış fırlattı ve onu durdurdu. Başkalarının ne düşündüğünü önemsediği nadir anlardan biriydi. Bileğindeki aynayı kaldırarak tacında sallanan hediyeye baktı.

Cecil kraliçeye yaklaştı. Yüzü ciddi, gözleri sabitti. Dudley orada değilmişçesine, "Majesteleri, Avusturya elçisi grand dük tarafından gönderilen bir evlilik sözleşmesi getirmiş. Meclisiniz cevabınızı duymak istiyor" dedi.

Elizabeth biraz öfkelenerek derin bir nefes aldı. "Lord Cecil, Avusturyalılardan önce bizim kendi halkımızın meselelerini konuşmalıyız" dedi.

Avusturya elçisi kızardı, kısa bir selamlama yaptı ve izin almaksızın kabul salonunu terk etti. Kraliçe kendisine başvuran iki kişiyi dinlerken Cecil onun yanında sabırla bekliyordu.

Dudley'in aklında yüzlerce soru vardı. Bess grand dükü reddettiğini mi söylemek istemişti? Onunla evlenebilmek için mi onu Leicester Dükü yapıyordu? Evlilik, Bess'in aklından geçenler arasında Dudley'in tek tahmin edemediği şeydi. Bess onu sonsuz bir aşkla seviyor, fakat evlilikten kaçıyordu.

Kraliçe kendisine yapılan diğer başvuruları gönderdi, arkasında heyeti, kolunda Dudley salondan ayrıldı. Cecil, hemen arkalarındaydı. "Evlilik, evlilik!" diye yakındı yüksek sesle. Dudley, kraliçenin şikayetini Cecil'e duyurmaya çalıştığının farkındaydı. "Ülkemin tek sorunu bu mu? Bu kelimenin beni yüzümdeki kabarcıklardan daha çok hasta ettiğini söyleyebilirim Robin" dedi.

"Arşidük Charles'in Katolik olduğunu söylüyorlar."

"Ben de akılsız, zayıf biri olduğunu duydum Robin" dedi Elizabeth.

"Ayrıca, kocaman, yamuk bir kafası olduğunu söylüyorlar. Bir canavar kafası." Eğildi ve Bess'in kulağına fısıldadı. "Yatağında onun için iki yastık bulundurman gerekecek Bess."

Elizabeth güldü. "Elçisi evlilik sözleşmesinden bahsediyor, düşmanları Fransa'dan da bizim birleşmemize karşı olduklarına dair söylentiler geliyor."

"Elçi bundan farklı bir şey söylemeyecektir kraliçem, bu yüzden avcı kuşlarını göndermelisin. Bununla ilgilenmemi ister misin?"

Dudley, kraliçenin neşe ile sarsıldığını hissetti. Elini kraliçenin kolu üzerinde duran eline koydu. "Bess, bu evlilik meselesinden her zaman kaçmaya mı çalışacaksın?" Kraliçenin kulağına doğru eğildi, onun yakınmalarının bir davetiye olduğunu hissediyordu. Bugün kraliçenin her davranışı bir davetti. Bundan emindi.

"Leicester Lordum, ben kendimi bir adama adayamam."

"Buna gerek yok Bess. Evlen benimle ve bu eziyete bir son ver."

Elizabeth'in kolu kaskatı kesildi ve kraliçe Robin'in kolundan ayrılarak onu arkada bıraktı.

Hızla Cecil'in yanına gitti ve herkesin duyabileceği bir şekilde sert sözler söylemeye başladı. Robin'in kalbi duracak gibiydi.

"Lord Cecil, benim terfi ettirdiğim biri ile evlenecek kadar akılsız olduğumu düşünebiliyor musun?"

"Majesteleri, elbette hayır."

Cecil ve Elizabeth meclis salonuna geçtiler. Robin arkalarında, onlara uygun adımlarla ilerliyor, duygularını gizlemek için çaba sarf ediyordu. *Ahmak! Doğru zaman fakat yanlış yer! Bess, saraydakilere Avusturya dükü ile evliliği düşüneceği, karısını öldürmeyle suçlanan Leicester Kontu ile evliliktense yabancı bir prensi tercih edebileceği mesajını vermişti ve buna kendisi sebep olmuştu!* Bu sert sözleri içinden gelerek mi söylemişti? Aşkını ve bedenini vermesi için kontluk yeterli miydi?

Meclis masasının altında ellerini sıkıca birleştirdi. Aklında tek bir düşünce vardı: Robert Dudley bir ölüydü.

Avusturya'nın sözleşmesi meclis masasında önüne geldiğinde ona görev icabı göz gezdirdi. Gözleri okuyormuş gibi sağa sola kayıyordu fakat tek bir kelime bile görmemişti.

Cecil, Katolik grand dükün isteğinin Protestan İngiltere içindeki gizli Katolikler açısından düşünülmesi gerektiğini savunuyordu ki, baş muhafız kapıyı çalarak içeri girdi. "Majesteleri, kule yüzbaşısı önemli bir konu hakkında acilen sizinle konuşması gerektiğini söylüyor."

Elizabeth öfkelendi. "Tamam, içeri alın" dedi omzunu silkerek.

Robin rahatladı. Lordun ne söyleyeceğini biliyordu ve bu haberin kraliçenin kendisini aşağıladığına dair haberlerin önüne geçeceğinden emindi.

Lord içeri girdi. Gözleri şişmişti ve bitkin görünüyordu. Kraliçenin önüne gelinceye kadar üç kez diz çöktü. Kraliçe ayağa kalkmasını ve konuşmasını söylemeseydi yere kapaklanacak gibiydi.

"Majesteleri... Kraliçem..."

"Tanrı aşkına, konuş!"

Dudley, adamın ağzından salya aktığını, koluyla onu sildiğini gördü. Kraliçe bu görüntüden iğrenmiş, başını çevirmişti.

"Majesteleri... Leydi Katherine ikinci bir oğlan çocuğu doğurdu."

"Bir oğlan mı? Hem de ikinci bir oğlan!" Elizabeth sandalyesinden sıçradı. "Tanrı bu hain fahişeyi böyle doğurgan yaparak bizimle dalga mı geçiyor!"

Lord, çöktü. Elizabeth Dudley'e baktı ve "Bunu biliyor muydun?" dedi.

"Hayır majesteleri" dedi Dudley. Gözünü kırpmadan yalan söylemeyi uzun zaman önce öğrenmişti.

Elizabeth yere yıkılan adamı kaldırttı. Avusturya grand dükü ile olan evlilik meselesi çoktan unutulmuştu bile. Elizabeth henüz tam anlamıyla öfkelenmemişti, sesi hâlâ duygusuzdu. Robin bu halin daha korkutucu olduğunu biliyordu.

"Lordum, kuleye gidin ve Hertford Kontu'nu muhafızlar eşliğinde iki oğluyla birlikte Eltham'daki köşküne gönderin. Ben köşkten ayrılma izni verene kadar orada kalacaklar." Derin bir nefes alarak devam etti. "Leydi Katherine Grey'i de annesinin kuzeni Sör William Rogers'ın Somersetshire'daki evine götürün. Bundan sonra kontu ve piçlerini asla göremeyecek!"

Cecil bu intikam cümleleri karşısında üzgün görünüyordu.

Yüzbaşı, "Emredersiniz Majesteleri" dedi. Kendine gelmiş gibiydi.

"Ve siz Lordum, rütbenizi bırakarak hizmetimden ayrılacaksınız. İkinci bir emrime kadar da kendinizi Leydi Katherine'nin hücresine kapattıracaksınız."

"Majesteleri, yalvarırım..."

"Kendinize gelin lordum. Yalnızca görevinizi mi yoksa başınızı mı kaybedeceğinizi sonra düşüneceğim."

"Fakat majesteleri, Tanrı aşkına... Edward ve Katherine birbirlerine delicesine aşıklar... Onların mektupları..."

"Aşk, aşk!" Yüzü kızardı ve gözleri büyüdü. "Benim ülkemde aşkın sözü geçmez."

Dudley, Elizabeth'in öfkesinin meclistekilerin kafalarını nasıl dağıttığını ve evlilik meselesini bir kenara attığını zevkle izliyordu. Kendi kendine gülümsedi. Bu salonda aşktan muzdarip tek aptal kendi değildi. Yüzbaşı görevini, kuledeki aşıklar da birbirlerini kaybetmişti. İkinci erkek çocuk onları bu sona itmişti. Elizabeth Londra sokaklarında kuledeki aşıklar için şarkılar yazan, söyleyen halkın tepkisini çekmemek için onları idam edemiyordu. İnsanlar kulenin duvarlarının ardındaki çocukların gerçek Tudor varisleri olup olmadığını merak ediyordu.

Bunu yüksek sesle söyleyen hizmetçilerden biri Hannah Barnes mahkeme huzurunda yargılanmıştı.

Tüm bunlara rağmen Elizabeth halkının Edward ve Katherine'e olan sempatisini yok edemiyordu. Kendini ancak onları ömür boyu ayırarak mutlu edebilirdi.

❃

Bir sonraki sabah, Kate yeni doğan oğlu Thomas William'ı emzirirken yüzbaşı ve karısı geldi. Edward dizlerinin üzerinde emekleyerek "mama, mama, ma- ma..." diye mırıldanıyordu.

Hücrenin paslı menteşelerle ayakta duran ağır kapısı açıldı ve yüzbaşı içeri girdi. Kate bu erken ziyaretin sebebini merak etti ve onları gülümseyerek karşıladı. Lord ve karısı ona karşı oldukça iyilerdi ve bir yıldan fazla süren bu hücre hayatını olabildiğince kolaylaştırmışlardı. Kate arkalarındaki muhafızlar birliğini görünce gülümsemesi yok oldu. İdam edileceği gün gelmiş miydi yoksa? Neden önceden haber verilmemiş, buna hazırlanmamış ve bir rahiple görüşmesi sağlanmamıştı? Hayır hayır, Elizabeth bu kadar zalim olamazdı.

Kucağında bebeğinin ılıklığını hissetti ve bu düşünceden sıyrıldı. Belki de oğlu ve bebekleriyle Ned'in bulunduğu kısma taşınacaklardı ya da birlikte Eltham'a götürüleceklerdi. Bu iki ihtimal, canlı renklerle yapılmış bir resim gibi bir anda gözünün önünde canlandı.

Yüzbaşı tereddütle, "Leydi Katherine, kraliçe yalnız başınıza annenizin Somerset'teki kuzeninin evine gönderilmenizi emretti" dedi.

"Yalnız mı?" Kate bir anda irkildi, bebeği göğsünden ayrıldı ve ağlamaya başladı. "Bunu yapamazsınız. Benim hatam ne?" dedi. Hatasının Elizabeth'in sahip olamadığı her şeye sahip olmak olduğunu biliyordu. "Mahkemem olmayacak mı, yargılanmayacak mıyım?" diye sordu. Farklı bir şeyler duymak istiyordu. "Peki Ned?"

"O da iki oğluyla birlikte Eltham'a götürülecek."

Kate'in gözünün önündeki renkli tablo bir anda grileşti. İki oğluna sarılarak dizlerinin üzerine çöktü. "Hayıııır! Size yalvarıyoruuum!" diye ağlamaya başladı. Çığlığı, uzun yıllar sevilmemiş, ama en sonunda aşkı bulmuş, şimdi yeniden o soğuk boşluğa dönme düşüncesine tahammül edemeyen bir kadının kalbinden geliyordu.

"Sizi kraliçe yargıladı" dedi yüzbaşı. Yüzü soğuk duvarlar kadar hissizdi. "Ben de işimi kaybettim ve sizden sonra ailemle birlikte bu hücreye kapatılacağım. Majestelerinin emirlerine uymamanın cezasını ağır bir bedelle ödeyeceğiz" dedi.

"Çok üzgünüm efendim ama..."

Sybil yaklaştı ve annesinin çığlıklarından korkan küçük Edward'ı kucağına aldı. Annesine gitmek için kollarını uzatan çocuğun kulağına bir şeyler mırıldanmaya başladı.

Kate kanepeye tutunarak ayağa kalktı. Thomas kucağında hâlâ annesinin memesini bulmaya çalışıyordu. Kate'in sesi ve tüm vücudu hastalığa yakalanmışçasına titriyordu. "Kraliçeye mektup yazacağım. Doğum yapalı daha iki gün oldu, bebeklerimi benden alacağına inanamıyorum. Yüce İsa! Hiçbir günah böyle cezalandırılmaz. Elizabeth de bir kadın. Bunu yapamaz..."

Yüzbaşı muhafızlara gelmelerini işaret etti ve arkalarından genç bir kadın çıkarak Kate'e yaklaştı.

Kate, "Hayıııır, hayır onları size veremem!" diye inliyordu. Thomas William'a sıkıca yapışmıştı.

Yüzbaşının karısı arkasında muhafızlarla yaklaştı ve Thomas'ı Kate'in kollarından alarak süt annelik yapacak genç kadına verdi.

Kate o anda yere yığıldı. Dizlerinin üzerinde doğrularak ellerini dua edermişçesine birleştirdi ve yalvarmaya başladı.

Zorlukla nefes alıyordu. Yüzbaşıya dönerek, "Bunu yapamazsınız. Siz bir babasınız ama kraliçe bir anne değil."

"Sizi uyarıyorum leydim, bunları söylemek ihanet. Hâlâ yaşadığınıza şükretmelisiniz."

"Yaşamak mı! Ne yaşaması? Beni kocamın yanına götürün, rica ediyorum lordum."

Yüzbaşı iki muhafıza Kate'i kaldırmalarını işaret etti. Muhafızlar ileri atılarak Kate'in kollarından tuttular ve bitkin bedenini ayağa kaldırdılar.

Yüzbaşının yüzü yumuşamıştı. "Bu zalim cezanızdan kurtulmanız ve bağışlanmanız için dua ediyorum leydim. Cesur olun" dedi ve baş muhafıza Kate'i dışarı çıkarmalarını söyledi. Kate'i zorlukla taşıyorlardı. Merdivenlerde çığlık atıyor, hücreye dönmek için çırpınıyordu. Önceleri cehennem olan o hücre şimdi cennete dönüşmüştü. Gücü tükenmişti. Boğazı kilitlenmişti. Merdivenlerin sonuna geldiklerinde gücünü topladı ve "Ned, yardım et! Beni götürüyorlar!" diye bağırdı. Sesi Beauchamp Kulesi'nin taş duvarlarına çarptı ve yok oldu.

Yukarıdan Sybil'in sesi duyuldu. "Kate, bebeklerine bakıp yanına geleceğim" dedi Sybil.

Aşağıda bir araç bekliyordu. Arkasında ve önünde meşaleler yanıyordu. Onu taşıyan muhafızlar ellerini bırakarak onu arabanın içine ittiler. Karşısına oturarak kapıları tuttular.

Kate pencereyi tutan kayışı yakaladı ve çekerek pencereyi açtı. Başını çıkararak Ned'in bulunduğu kuleye doğru "Need!" diye bağırdı. Rüzgarın ve atların sesinden hiçbir şey duyamadı.

Umutsuzca bir köşeye çekildi, bir çocuk gibi ellerini kucağında birleştirerek oturdu ve pencereden Londra sokaklarına bakmaya başladı. Bakıyordu fakat hiçbir şey göremiyordu.

❀

Elizabeth bir sonraki gece, geç vakitte Lord Dudley'i çağırdı. Dudley bu davet için özenerek giyindi. Çağırılacağından emindi, çünkü kraliçe Dudley'in kalbinde hâlâ yeri olup olmadığını öğrenmek için daha fazla bekleyemezdi. Odasının arkasındaki kraliçenin çamaşır odasına açılan gizli bölmeden geçti ve kraliçenin yatak odasına girdi. Üç kere diz çöktü.

Kraliçe bu ironiyi kaçırmadı.

"Ayağa kalk lordum" dedi yumuşak bir ses tonuyla.

"Küçük köpeğiniz sizin emriniz olmadan ayağa kalkmaz Majesteleri."

"Kes şunu!" dedi kraliçe Dudley'in önünde diz çökerek. Kızıl saçları alev gibi yanıyordu. Leydileri saçlarını bu kadar parlatabilmek için binlerce kez fırçalıyor olmalılardı.

"Önünde yuvarlanmalı ve ölü taklidi mi yapmalıyım yoksa Bess?" dedi Dudley. Sesi olabildiğince duygusuzdu. Eğilmeye başladı.

Kraliçe boğuk bir sesle, "Kes şunu! Bu komediyi durdurman için ne söylemeliyim Robin, benden ne istiyorsun?"

"Hiçbir şey". Böylesine umursamaz bir kelime sarf edebileceğine kendi de inanmıyordu aslında.

Kraliçe, "Lütfen..." diyerek Robin'in dudaklarına eğildi, öpmeye başladı.

Fakat Robin onu memnun etmek adına teslim olamıyordu. Olamazdı. Bess kalbini parçalara ayırmıştı çünkü. "Gitmeme izin ver Bess. Başka biriyle evlenmeme ve gerçek bir erkek gibi yaşamama izin ver."

"Yapamam... Grand dükle, Danimarka prensi ile, Fransız ya da İspanyol prensi ile evlenmeyeceğim. Benim kocam İngiltere, çocuklarım da halkım Robin. Kimseyle evlenemem ama seni sevebilirim Robin."

Robin'i tekrar öptü. Gözyaşları Robin'in dudaklarındaydı.

Robin yeniden kendi ile mücadele ediyordu. Kararlı olmalıydı. Bess onu insanların gözünün önünde aşağılamıştı. Birkaç öpücükle erkekliğini teslim edemezdi.

"Bess onun ellerini avucuna aldı ve ıslak yanaklarına götürdü. Elleri Robin'in ellerinden daha sıcak, canlı ve güçlüydü.

"Şunu bil ki Robin, özgür olsaydım seninle, sadece seninle evlenirdim... ama özgür değilim."

Bess, öyleyse beni serbest bırak."

"Hayır sevgilim" diye fısıldadı. Dudley onun gözlerindeki ızdırabı görebiliyordu. "Benden asla ayrılmayacaksın, ben de senden ayrılmayacağım."

Robin onu öptü, ince, titreyen vücudunu sıkıca sardı. Edward ve Kate gibi arzularının tutsağı olduğunun farkındaydı. Hayatı boyunca Elizabeth'ten ayrılamayacak, ona bu kadar yakın olmasına rağmen hiçbir zaman ona tam anlamıyla sahip olamayacaktı.

İkinci Kısım

SON AŞKLAR

BÖLÜM 9

"Kral olmak ve taç takmak, tacı takanları mutlu ettiğinden daha fazla buna tanık olanları hayran bırakır."
Elizabeth Regina

On İkinci Gece
6 Ocak 1599

Mary Rogers önündeki saray mensubunun kafasındaki kocaman kürk biçimindeki şapkayı eliyle kenara itivermek istiyordu. Başını ne tarafa çevirirse çevirsin, bu adam Mary'nin bütün hayatı boyunca görebilmek için beklediği Kraliçe Elizabeth'i net bir şekilde görmesini engelliyordu. Tam elini havaya kaldırmıştı ki Bayan Katherine Grey'in birçok kez yaptığı uyarıyı anımsadı: "Yavrum, kraliçe nedimelerinin alımlı olmalarının yanı sıra ağır başlı olmalarını ister. Sen yeterince güzelsin fakat bu sabırsızlığın Majestelerinin hanımefendileri arasında bir yer edinmeni engelleyecek. Beklemeyi öğren... Benim yaptığım gibi." Hatta Mary tatlı ve mahzun sesiyle o an orada olsa Bayan Grey'in "Mary saraydaki ilk gününe Kraliyet Şapelinde öfke göstererek başlaman hiçbir işe yaramaz" diyeceğini duyar gibiydi:

Mary elini aşağı indirdi ve sol eliyle sımsıkı tuttu. Çocukluğundan beri kraliçenin nedimelerinden biri olmayı hayal ediyordu ve şu anda tam da bu şansı yakalamışken düşüncesiz bir hareketle her şeyi berbat edemezdi. Kendi sahip olduğu sosyal rütbe ve aile bağları, her ne kadar bir bağa sahip olmak hiç olmamasından iyi de olsa, kraliyet hizmetine otomatik olarak kabul edilmesi için hiç yeterli değildi. Ailesi ölünceye kadar Bayan

Grey'e bakmıştı fakat kraliçe gösterdikleri hizmet için hiçbir memnuniyet belirtmemişti ve Mary'nin büyük babası böyle bir beklenti içinde olmaması için onu uyarmıştı. Kraliçeye hizmet bir şeref sayılıyordu, tabi bazen bu biraz pahalıya mal olabiliyordu; çünkü kraliçe pek fazla aldığı hizmetin bedelini ödeyen biri olarak bilinmezdi.

Mary bir adım atmadan önce iki kez düşündüğü için kendisini tebrik etti. Kabul etmeliydi ki bu her zaman yapmadığı bir şeydi ve memnun ediciydi; yavaş yavaş öğreniyordu. Büyük babasının kulağına eğildi ve "Sör, lütfen biraz daha yakınlaşabilir miyiz böylece kraliçeyi daha iyi görebilirim?" dedi.

Büyük babası derin bir nefes aldı. "Mary Kraliyet Şapel'inde burayı ayarlayabilmek için kapıcıya bir altın rüşvet vermek zorunda kaldım. Şimdi yalvarırım sesini çıkarma. Majestelerini halkın önünden geçerken daha yakından göreceksin" dedi. Sesini alçalttı, fakat Mary, "Birazdan görmek istediğinden daha fazlasını göreceksin" dediğini zannetmişti.

Mary geri çekildi. Büyükbabası Bay William Rogers Somersetshire'den ayrıldıklarından beri üstü kapalı bu tarz uyarılar yapıyordu. Başlangıçta Mary bunu büyükbabasının her zamanki gelişigüzel kibarlığına yormuştu çünkü kraliçe hizmetine girme beklentisi çok yüksekti. Yine de Whitehall'e ulaştıklarından beri ses tonunun biraz sertleştiğini düşünüyordu. "Peki Sör," diye fısıldadı, her ne kadar fısıldamak da onun doğasına uymasa da "Tanrı Elizabeth'e bu adanın kırk yıldan fazla zamandır kraliçesi olacak kadar bir lütuf bahşetmiş" diye devam etti. Önündeki adam etrafındakiler tarafından iteklene iteklene kenara kaymıştı ve böylece Mary de hükümdarı tüm ihtişamıyla ve tam olarak görebiliyordu. "Neden, Sör?" diye devam etti Mary heyecandan titreyen sesini fazla yükseltmemeye çalışarak, "Kraliçe sizden daha yaşlı ama çok daha genç görünüyor?" Düşünmeden söylediğini fark ettikten sonra daha çok diplomatik beceri kazanması gerektiğini sessizce kabul ederek alt dudağını ısırdı.

Bay William Rogers omzunu silkti ve "Mary, Majesteleri sen ona yaklaştıkça yaşlanmaya devam edecek" dedi.

Mary kendi kendine gülümsedi. Büyük babası, tıpkı Bayan Katherine'nin uzun zaman önce dizine oturmuş kocaman gözlerle onu dinleyen kız çocuğuna anlattığı haliyle kalan kraliçenin yıllara meydan okuyan güzelliğini kıskanmıştı. Bayan Katherine Şapel'de dua etmiyor, hasta bir köylüyle oturup sohbet etmiyor ya da zor bir doğumun üstesinden gelmeye çalışan ebeye yarım etmiyorsa Mary ona baloları, piyesleri, büyük turnuvalarıyla sihirli saray yaşantısından sayısız hikayelerinden birini anlatması için yalvarırdı. Bu küçük çocuk nefes kesen her türlü saray hayatını ve entrikaları dinlemişti ve yatak odasının arka planındaki hanımların görevlerini ezbere biliyordu.

Şimdi aynı peri masalı kızıla çalan sarı saçları üzerinde göz kamaştıran tacı, mücevherlerle dolu elbisesi ve içten bir dua için kaldırılmış gibi uzun parmaklı beyaz elleriyle önünde duruyordu. Bir kraliçe ki tüm kraliçelerin üstünde, kusursuz ve şüphe edilemez.

Mary, Bayan Katherine'nin tüm anılarını ilk on yılı boyunca dizinin önünde oturmuş bir çocuğa nasıl aktardığını ve kraliçe onu ömür boyu saraydan uzaklaştırmış kocası ve çocuklarını görmesini de yasaklamış olmasına rağmen bu kadının ısrarla kraliçeyi sevmeye devam edişini hatırlayınca gözleri buğulandı. Mary daima Bayan Katherine'nin mum ışığında geceler boyu nasıl acı içinde kraliçeye kocasına, göz bebeğine, geri dönebilmesi için yalvaran mektuplar yazdığını ve kızıl saçlarının üzüntüden nasıl beyazladığını anımsıyordu. En son söz Burleigh Lordu William Cecil'den geldi; kraliçe gönderdiği mektupların tek bir kelimesini bile okumayı kabul etmiyor ve Bay William'a tutuklu bir hainin mektuplarını getirmesini bırakmasını emretmişti.

Bir çocuğun acımasız açık sözlülüğüyle Mary bir gün Bayan Katherin'e "Büyük babamı kraliçenin sizi hiçbir zaman geri kabul etmeyeceğini söylerken duydum" demişti.

Katherine'in masmavi iri gözlerinden yaşlar dökülüvermişti ve Mary sanki yalan söylemiş gibi söylediklerinden dolayı pişman olmuştu. "Biz sizi seviyoruz. Bizimle kalın hanımefendim" diye yalvarmıştı birden Katherine'in koluna sarılıp. "Burada bizimle mutlu değil misiniz? Neden gitmek istiyorsunuz?"

"Mary" dedi Kate yavaşça, Mary'ye daima büyük bir sabır gösterirdi, "Ned'im ve şimdi birer delikanlı olsalar da çocuklarım olmadan yaşamak ölmüş olmak gibi bir şey. Bir gün Majesteleri beni affedecek. Affetmeli." Katherine'nin titreyen elleri siyah elbisenin üzerinde eklemleri beyazlaşana kadar gerginleşmişti. Sürekli yastaymışçasına daima siyah giyinirdi.

"Hanımefendim büyükbabam kraliçenin varisi olmak istediğiniz için sürgün edildiğinizi söylüyor?"

Katherine başını sallamıştı; hâlâ sevecen olan yüzüne ilk kez kızgınlığın gölgesi düşmüştü. Mary ağlamaya başlamıştı ve her ne kadar Mary artık bir bebek değil on yaşında bir çocuk olsa da Katherine onu kucağına alıp sakinleştirmişti. Belki varis olmak onun aklının ermeyeceği bir sırdı ya da zavallı yaşlı kadın unutmuştu.

Her akşam Bayan Katherine kocası olarak nitelendirdiği kişiye o gününü anlatan mektup yazmaya koyuluyordu. Ne yazık ki büyük babası kraliçenin meclisinin emri üzerine hiç açılmadan ertesi gün geri getiriyordu mektupları. Yine de ertesi gece Bayan Katherine tekrar yazıyordu.

Her şeye rağmen Bayan Katherine sık sık ve yüksek sesle Elizabeth'e olan sevgisinden bahsederdi. Belki Katherine'nin Elizabeth'le ilgili söylediklerinde samimiydi ya da ölümden son anda kurtulmuş bir hain olarak birisi duyar diye sevimli bir çocuğa bile ihanet edecek şekilde konuşmaya cesaret edemiyordu.

Düşüncelerini Bayan Katherine'den Kraliyet Şapelinde karşı karşıya olduğu şu anki manzaraya çeviren Mary kraliçeyi seyretmenin zevkini çıkarıyordu. Whitehall'un dışında eski sarayı, bahçelerini ve çıplak meyve ağaçlarını tarumar eden bir kış fırtınası esse de kraliçe mücevherlerle donanmış bir yaz güneşi gibi ışıldıyordu. Kraliçenin sırtı bir muhafız kalkanı kadar düzdü ve tahtında otururken bile ayakta duran bazı adamlar kadar uzundu. Hayır, bu kraliçe asla yaşlanamazdı. Tanrı'nın yarattığı yeryüzündeki en ulu hükümdara yakın olabilmek ve ona hizmet edebilmek için daha çok zamanı olacaktı; annesiz bir kız için inatçı bir düşünceydi bu.

Mary'nin terlikli ayakları şapelin tabanındaki soğuk taşlardan donmuyor olsaydı, burada kraliçenin... Tamam, belki ona tam olarak eşlik ediyor olmasa da... Onun yanında olduğuna asla inanmazdı... Uzun zamandır kurduğu hayal inanılmaz bir şekilde gerçek olmuştu. Neredeyse...

İki saat süren vaaz ve ilahilerden sonra Mary normal haline kıyasla sinirlerine iyi hâkim olmuş olarak sızlanmaya başladı ve artık üşümenin yanı sıra aynı zamanda ağrıyan ayağını kımıldattı. İspanyollara karşı verdiği savaşta bir kahramanın ölümünü tadan ve onu öksüz bırakan babasının Şövalye Garter bayrağını arayan gözlerle iyice yukarıya, şapelin kemerlerine doğru baktı. Bayrağın İngiltere donanmalarının şanlı zaferini anlatan lekeli bir cam pencerenin yanında soluk kış ışığında asılı olduğunu gördü. Ailesi saraydaki yerlerini babalarının hayatıyla ödeyerek hak etmişlerdi. Babasının anısını ve şanını azımsayamazdı.

Mary'nin uzun boynu kaşınıyordu fakat insanlar öylesine dibine yanaşmışlardı ki başka birinin olmadık bir yerine denk gelir diye boynunu kaşımak için elini kaldıramıyordu. Böyle süslü elbiselere alışması gerekiyordu. Evde genellikle sade giyinirlerdi. Fakat sarayda Puritan eğilim izlenimi verecek her türlü şey babasının kilisesine dört elle sarılmış ve onun tebaasına uyulması konusunda ısrarcı olan kraliçenin öfkesine sebep olabilirdi. Her ne kadar Elizabeth erkeklerin ruhuna pencere açmadığını ileri sürse de erkeklerin onun inançlarını yansıtmasını isterdi. Bu bilgi Mary'ye ilk umudunu vermişti: kendisi gibi kalırken aynı zamanda itaatkâr ve mütevazıymış gibi davranabilirdi. Böyle davranmak hiç de kolay olmazdı. Bu zamana kadar gösterdiği kilise hizmeti ne kadar ihtiyatlı davranması gerektiğini göstermişti ona.

Büyük babasının koluna doğru yöneldi. Bu Epifani* vaazı hiç bitmeyecek miydi? Vaizin sesinden kulakları uyuşmuştu ve vaiz tam Matthew'den eski Tevrat kehanetini anlatmaya başladığında isyan etmeye hazır hissediyordu kendini. Neyse ki buna gerek kalmamıştı.

Kraliçe ayağa kalkmış ve mihraba doğru parmaklarını şıklatarak "Metninize bağlı kalın Sör, metninize bağlı kalın!" demişti.

Vaaz Mary'nin o zamana kadar duyduğu en kısa dua ile sona ermişti. Mary'nin gözleri parladı. Kendisi belki de saf Tudor kanına sahip olmayabilirdi ama tam bir kraliçe mizacına sahipti ve tam anlamıyla kendisi gibi olan Elizabeth'e hayrandı. Çok alımlıydı.

Majesteleri mihraba indi ve mihraba altın ve tütsü bıraktı. Şarkı söyleyen koro üyelerinin hoş sesleri yükseliyordu. Kraliçe alanı terk etmişti, hızla ortadan kaybolan kraliçenin ardından bir kuyruk oluşturan saray ahalisi de alanı boşaltmıştı.

Mary ve büyük babası kraliçenin nedimeleri, meclisi ve ülkenin ileri gelenlerinin arkasında diğer şövalyelerle birlikte kortejdeki yerlerini aldılar. Mary en son aldığı enfes bir dedikoduyu mırıldandı:"Hâlâ avının peşinde koşuyor, biliyorsun."

"Ben de öyle duydum." Büyük babası kolundan tuttu. "Sevgili kızım, bana kalırsa böyle kendi hayal dünyanda devam edersen büyük bir hayal kırıklığı yaşaman senin için kaçınılmaz. Kraliçenin özel odasından daha azını hedeflemelisin. Çocukluğundaki bakıcısı Bayan Ashley öldüğünden beri kraliçenin nedimeleri bir taşra şövalyesinin torunu olan uzaktan akra-

* Mecusilerin Hazreti İsa'yı görmek için Bethleheme gelmelerini kutlayan ve Ocak ayının 6'sına tesadüf eden yortu; Ortodoks kilisesinde İsa'nın vaftizine remiz olarak haçın suya atılma yortusu. (Ç. N.)

ba bir kuzenden daha ziyade yüksek rütbede insanlar oldular."

"Ve İspanyol filosuna karşı savaşmış bir Garter Şövalyesinin kızı" diye düzeltti Mary "ve büyük baba Bayan Grey saraydan atıldığında ona bakmak için seni seçti. Eminim bizi Noel için buraya davet ettiğine göre Majesteleri senin ona yaptığın büyük hizmeti hatırlıyor olmalı" diye ekleyerek.

"Yaptığım masraflarımı karşılayacak kadar yeterli ölçüde hatırlamıyordur. İnanıyorum ki Majesteleri saraya yapılan bu davetin tüm hizmetin karşılığı için yeterli bir ödül olduğunu düşünüyordur."

Büyük babası gülümsedi; en azından Mary bunun bir gülümseme olduğunu düşündü ve hoş kokulu taze çam filizleri ile süslenmiş, duvarları boyalı ya da zengin renkli duvar kağıdı ile kaplanmamış olan kısımları yaldızlanmış büyük protokol odasına girene kadar yürümeye devam ettiler.

Altın bir kubbenin altındaki tahtına oturmuş yelpazesinin ardından insanları seyreden kraliçenin yakınına gelebilmek için saray halkı izdiham yarattı.

Mary hiç bu kadar çok hepsi Fransa'dan son model kıyafetler giyinip süslenmiş ve parfüm sürünmüş üst sınıftan insanı bir arada görmemişti ve bunların bazılarının bırakacakları mirası düşündü kuşkuyla. Beyaz gümüş elbiseleri ve mücevherleri içerisinde parıldayan asil hanımefendiler her biri Tanrı'nın aslında onlara vermedikleri gösterişli, kaslı bir vücut görüntüsü elde etme çabasıyla abartılı derecede geniş omuzlu yelekler giymiş ve dizlerine kadar arkaları kabarık centilmenleri de gölgede bırakmıyorlardı. Bazıları genel gösterişlerinin yanı sıra kurdeleli sakallarını kırmızıya ve sarıya boyamışlardı, elmas küpe takmışlardı ve mücevherle süslenmiş kılıç kuşanmışlardı. Bazılarının yakaları o kadar yüksekti ki başlarını çeviremiyorlardı. Sanki dünya çapında her birinin diğerini alt etmesi gereken bir kıyafet turnuvası gibiydi.

Mary çalımlı çalımlı yürüyen bu tavus kuşlarına kahkaha atmamak için ağzını kapattı ve her biri bir öncekinden korkunç, birer birer önünden geçen bu centilmenlere şaşkınlık içinde, baktığını belli etmemek için kendini zor tutuyordu. Bütün bu fevkalâde sarayın en tepesinde derin derin meydan okurcasına bakan gözleri ile tüylerini salına salına gezen tavus kuşlarından daha capcanlı görünümüyle Elizabeth oturuyordu.

Mary kraliçenin yanı başındakileri fark etmeksizin bu parıltıya daha yakın olabilmek için büyük babasını öne doğru çekiştiriyordu. "Kim bunlar?" diye sordu tahtın önündeki minderlere diz çökmüş iki centilmeni işaret ederek.

"Siyah işlemeli kadife kıyafeti olan Leicester Kontu Robert Devereaux'un üvey oğlu; aynı zamanda da Essex Kontu ve şayet bir gün haddini aşıp saraydan paketlenene kadar kraliçenin en gözde genç centilmeni..."

"Peki ya diğeri, şu gülümseyen esmer genç adam? Oh!" dedi tam kraliçe elindeki yelpazesi ile gülümseyen adama pat diye vurduğu sırada.

Tokat yiyen adam şapkasını indirdi parmaklarını öptü ve nazikçe kırmızı iz kalan yanağına dokundu. Onu bir yerden tanıyordu...

"Bu kraliçenin her şeye burnunu sokan, hiç okumaman gereken ve gerçekten okumana izin vermeyeceğim şeyler yazan ve nam salmış serseri herifin teki olan vaftiz oğlu Sör John Harington. *Arioso* çevirisi berbat. Ondan mümkün olduğunca uzak dur kızım."

Mary bir kahkaha attı ve kahkahası kendi kulaklarını bile rahatsız etmişti. "Merak etme büyük baba. O benim farkıma bile varmaz. Bir keresinde Taunton yakınlarında bir baloda karşılaşmıştık ve beni hiç fark etmemişti."

Büyük babasının yüzü ciddileşti. "Sen o zaman yetişkin bir hanımefendi değildin Mary. Sakın sana çok iyi öğretilen mütevazılığının seni tehlikeye atacak kadar kör etmesine izin verme.

Seni temin ederim ki taze güzelliğin ve masumiyetin cezbedici bir özellik olduğu bu sarayda, özellikle en çok da John Harington'ın, tahmin ettiğinden daha çok dikkatini çekiyorsundur."

"Neden özellikle onun büyük baba?"

"Duyduğum hikayelerle senin tertemiz kulaklarını kirletmek istemiyorum."

"Hikayeler derken?" Sarayla ilgili tüm duydukları Bayan Katherine'den ölmeden önce duyduğu on yıl öncesine ait şeyler olduğu için saraya dair daha çok dedikodu öğrenmek istiyordu.

"Harington kadınları baştan çıkarmaya çalışan bir serseridir yavrum. Senin bekâretinin hoş kokusu onu... Neyse boş ver." Bay William daha fazla konuşmamak için ağzını kapattı.

Mary onun kolunu tuttu ve "Siz iyi ve nazik bir şövalyesiniz Sör; fakat endişelenmenize gerek yok. Ben saraya koca bulmaya gelmedim, sevgili bulmaya da..." O sırada aklından geçen yakışıklı bir kocanın o kadar da kötü bir fikir olmadığı düşüncesiyle hafifçe titremesini durdurmak için büyük babasının şefkatli gövdesine biraz daha sokuldu. Mis gibi parfüm kokusu ve mücevherler ve şaşaa içindeki saray halkının ihtişamı bir an neredeyse duygularını esir almak üzereydi. Elbisesini saklamak istercesine ellerini göğsünün üzerine doğru bağladı. "Benim en güzel kıyafetim bile bu sarayda bir paçavra."

Bu noktada korkuları haklı çıkmıştı. "Bu, saraya yeni gelen yaratık da kim?" Yanındaki bir sürü gümüşle bezenmiş kadın Mary'ye bakıyordu.

"Warwick Hanımefendiciğim" diye yanıtladı yanındaki arkadaşı; "O bir taşra faresinden başka hiçbir şey değil."

Mary yüzüne doğru artan sıcaklığı hissedebiliyordu ve tam cevap vermek için ağzını açmıştı ki biraz düşündü çünkü Kontes Warwick sarayın baş nedimesiydi.

Büyük babası Mary'nin kolunu eliyle iyice sıktı. "Eğer bu şekilde hakarete uğrayacaksan, buradan ayrılmak için izin isteyeceğim."

"Hayır, büyük baba, sana borçlu olunanı almalısın ve Bayan Grey ve nedimelerinin bakımı için ipotek ettirdiğin mallarını telafi ettirmelisin." Mary kraliçenin hizmetinde bir yer edinmek olan hayattaki en değerli amacını dile getiremeden mi ayrılacaktı? Hiçbir hakaret ona sahip olduğu bu tek şansı geri çevirmesine sebep olamazdı. En güzel gülüşünü takınarak Bayan Warwick'e reverans yaptı: "Hanımefendim, benim adım Mary Rogers ve Majestelerinin sarayında sıradan bir Somersetshire kadının görüntüsünü taşımayı kendime görev bilirim... Tamamen göstermek amaçlı yani" dedi ve herhangi bir iğnelemeye mahal vermemek için alçak gönüllü bir şekilde tekrar reverans yaptı.

Warwick ona baktı, başını salladı ve tahta doğru yürüdü.

"Diline sahip ol yavrum" diyerek büyük babası onu kolundan ileriye doğru götürdü.

"Olmaya çalışıyorum büyük baba," dedi daha çok çaba göstermeye azmederek, çünkü henüz en son gösterdiği çaba tam anlamıyla başarılı olmamıştı.

Mary kraliçenin yakınına yaklaştıkça Elizabeth'in artık büyük babasının büyük salonunda asılı portredeki gibi genç ve güzel kraliçe olmadığını kabul etmek zorunda kalmıştı. O halde o zamana kadar duydukları ve o ana dek reddettiği şey doğruydu: Kraliçe artık portresindeki gibi durmuyordu orada, daha ziyade yüzünün eski zamanlardaki hali kullanılmıştı; önce bir tarafı daha sonra başka bir portre için diğer tarafını dönmüş olmalıydı.

Her ne kadar sürme ile hatları ön plana çıkartılmış olsa da gözleri incecik yüzüne gömülmüş gibiydi; elmacık kemikleri keskindi ve genç çenesi sarkık boyun derisi gibi gevşekti. Ne süt ne yumurta ne de başka bir karışım yılların ve dertlerin yüz hatlarında ve bağrında meydana getirdiği değişiklikleri gizleyemezdi. Mary yakınlaştıkça kırışıklardan dolayı yanağında oluşan çatlakları kapatmak için kraliçenin yüzüne sürülen pudra tabakasını daha iyi görebiliyordu.

Yine de kraliçenin bu yıpranmışlığına rağmen Mary, hâlâ parlayan gözleri ve hiçbir şeyi kaçırmayan keskin kulakları ile kraliçenin mükemmel, hatta güzel bir kadın olduğunu düşündü. Muhtemelen kraliçe Bayan Warwick ile yaşadığı küçük diyaloğa tanık olmuştu ve aralarında geçen konuşmayı da işitmişti. Mary ağırbaşlı görünümünü her şekilde yeniden kazanmak zorunda olduğunu biliyordu, *kazanmalıydı.*

Kraliçe Mary'nin büyük babasına eliyle öne çıkması için işaret etti. Büyük baba bir dizinin üzerine çökerek hafifçe ve gelişigüzel bir şekilde şapkasını yan tarafa savurarak eğildi. "Majesteleri" dedi.

Mary heyecandan donakalmış bir şekilde büyük babasının yanına diz çöktü, yalnızca kraliçeye acele bir kaçamak bakış atma cesaretini göstererek.

Elizabeth onlara doğru ilerlemek için kımıldadı. "Bunlar kim?"diye sordu sert bir şekilde onları işaret ederek.

Kırmızı siyah üniforma giymiş bir centilmen hizmetli kraliçeye eğilerek "Sör William Rogers 'malum' hanımefendinin bakımı için yaptığı harcamaların telafisini arz etmek için geldi" dedi.

Kraliçe dudağının kenarını hafifçe kaldırarak "Ah" dedi ve Mary kraliçenin büyük babasının kim olduğunu çok iyi bildiğini zannetti. "Sör" dedi kraliçe yelpazesini tekrar düşürerek "bu güzel hizmetçi kız yaşlılık yıllarınızda yatağınızı ısıtan karınız mı?"

Kraliçenin hemen yanında duran Essex kahkahayla güldü ve "Ayıp ama Sör! Siz yaşlılar bütün güzel kızları alırsanız, biz genç adamlar nasıl gönlümüzü eğlendireceğiz?" dedi o sırada dönmüş merak içerisinde Mary'ye bakan Harington'a dirsek atarak.

Mary büyük babasının kolunu daha da çok sıktı.

"Majesteleri" diye açıkladı büyük babası Mary'i iki adım öne çıkartarak "benim torunum Bayan Mary Rogers."

Kraliçe Essex'i susturmak için elini kaldırdı ve Essex susturulmaktan hiç hoşnut olmadığını belli ederek kaşlarını çattı.

Mary kraliçenin bir önceki manalı hareketinden ötürü kafası karışarak bunu nazik bir iyi niyet gösterisi olarak algıladı. Bir kraliçe söylediği sözden pişman olur muydu?

"Biraz daha yaklaşabilirsiniz Bayan Rogers" dedi kraliçe.

Mary neredeyse tahtın önüne kadar gelmişti, için birden bire rahatlama hissetmesine şaşırarak. Kraliçenin yüzünde bir ilgi gördüğünü düşünmüştü.

"Benim rozetimi mi takıyorsun?" dedi kraliçe Mary'nin beline bir kurdele ile bağlanmış broşa işaret ederek. "Bana yaklaşın."

Mary son basamağa çıktı kraliçenin yanında duran iki adamın broşu görebilmek için eğildiklerini fark ederek.

Kraliçe kaşlarını çattı. "Bunu nasıl aldınız?"

"Majesteleri bu tasvirli broş bana çocukluğumda Bayan Katherine Grey'in hediyesiydi. Çok beğenmiştim ve hâlâ özenle saklıyorum."

Kraliçenin gözleri kısıldı."Bu ismi söylemek bu sarayda yasak."

"Affınıza sığınıyorum Majesteleri" dedi Mary sesinin sakinliğine hayret ederek. "Fakat doğruyu söyledim."

"Gerçekten de sarayda yenisiniz. Bir kraliçe için 'doğru' işitmek istediğimiz şeydir Mary Rogers."

Protokol odası tamamen sessizdi.

Elizabeth aşağıyı görebilmek için yeniden yelpazesini kaldırarak "Ve yıllar sonra hâlâ bu broştaki tasvirime benziyor muyum peki?" diye sordu.

Mary kendisi vereceği cevaptan emin bir şekilde diğer saray halkının onun nasıl cevap vereceğini duyabilmek için öne doğru eğildiğini de hissederek "Hayır Majesteleri," dedi yavaşça John

Harington'un uyarı işaretini görmezden gelerek ve devam etti "Bu tasvir çizildiğinde tahta yeni gelmiştiniz ve henüz şu an olduğu gibi savaşlardan aldığınız zaferin şerefi ve ihtişamıyla olgunlaşmamıştınız." Bu fazla abartılı ama gurur okşayan bir gerçekti ve kraliçenin hiç şüphesiz beklediği, birçok kez duyduğu ve bu sebepten kovduğu içinde çok az gerçeklik barındıran cinsten bir yağcılık da değildi.

Mary reverans yaptı ve her ne gelirse razı olduğunu gösterir bir şekilde başını eğdi; gerçi ne geleceği konusunda tahmini yanlış çıkmış olsa doğruca koşup kendisini Thames nehrinin buz gibi sularına atar ve hiç gelmemiş olmayı dilerdi.

Elizabeth, Harington'a doğru ilerledi. "Sen ne düşünüyorsun oğlum? Şu vatan haini Bayan Grey tarafından yetiştirilmiş bir hizmetçi kızın sözlerine kulak vermeli miyiz? Belki Bayan Grey ona hainlik yollarını da öğretmiştir?"

John bir adım ilerledi ve Mary'nin çok yakınında durdu. Çenesini parmağıyla tuttu ve genç kızın yüzünü kendine doğru çevirdi. Mary öyle şaşırmıştı ki karşı koyamadı. "Vaftiz anne şu anda bu güzel yüzde hiçbir hainlik göremiyorum; çünkü gerçek hainlik bu kadar güzelliği barındıramaz. Eğer barındırabilseydi kimse onu hainlik diye nitelendirmezdi."

Kraliçe kahkaha attı fakat yelpazesiyle Harington'un elini Mary'den uzaklaştırmak için eline vurdu. "Her ne kadar daha önce çok güzel hainler görmüş olsam da bu senin epigramlarından biri Sör ve biraz gerçeklik payı var."

Elizabeth birden durunca Harington eğildi. Mary eteğini topladı ve tekrar büyük babasının yanına gelene kadar geriledi. Fazla mı ileri gitmişti, affedilemez bir şey mi söylemişti, fazla mı zeki görünmüştü ya da hayatı boyunca her şeyi işitmiş olan bu kraliçe hakkında yanlış mı hüküm vermişti?

Kraliçe Essex'le birlikte yanlarından geçerken "Sör William,

On İkinci Gece Eğlencesi'nden sonra torununuzu bize getirin" diye emretti.

Başka bir söz söylemeden arkasından geçit alayına katılıp onu takip eden saray halkı ile birlikte odadan çıktı.

John Harington kısa bir süreliğine durdu ve eğilerek "Sör William torununuz sizin için bir onur kaynağı" dedi.

"Sör John" Mary hiç alışık olmadığı ve tükenmek üzere olan bir dinginlikle büyük babası adına cevap verdi: "Teşekkür ederim ama Yüce Tanrımız beni olduğum gibi yarattı."

Harington sırıttı: "Ve Tanrımız sizi yaratmakla iyi iş çıkarmış Mary Rogers, son karşılaşmamızdan beri de iyi iş çıkarmaya devam ediyor."

Mary ağzı açık kalmasın diye sımsıkı kapattı. Onu hatırlamıştı!

Büyük babasının sesi sinirden titriyordu:Sör, Mary'yi sizin hakkınızda uyarmıştım."

Saray mensubu Sör büyük bir kahkaha attı Mary'ye göz kırparak "Korkmanıza gerek yok bayım. Ben zengin ve dul kalmış bir kontes arıyorum. Ama yine de onu uyarmakla akıllıca davranmışsınız... Çok akıllıca hem de. Çünkü bana tüm arayışımı unutturacak güzelliğe, forma ve zekâya sahip." Yeniden eğildi ve Mary'ye son bir bakış atarak -ve hâlâ büyük bir zevk alarak- kraliçenin geçit alayına katıldı.

Büyük babası neredeyse boşalmış olan protokol odasında sinirden köpürüyordu "Kendini bilmez kibirli serseri!"

Mary geri dönüp tekrar ona bakacak mı diye kraliçenin vaftiz oğlunun ardından baktı. Ama bakmamıştı. "Büyük baba tahtın önünde benim yardımıma gelerek büyük bir centilmenlik yaptığını düşünmüyor musun? Her ne kadar bunu çok iyi gizlese de onun içinde biraz iyilik var."

"Mary, tatlım, burası hile bilmeyen saf insanlar için uygun bir saray değil. Lütfen kraliçenin hizmetine girme fikrinden vazgeç ve benimle batıdaki kasabamıza dön. Seni olduğun gibi koruyabilirim."

Mary gülümsedi: "Kesinlikle beni tüm mizacımla koruyamazsınız Sör. Majesteleri beni huzuruna çağırdı. Onu memnun etmiş olmalıyım."

Bay William kızdı: "Majestelerinin memnuniyeti de genellikle borçlarını hatırlaması gibi kısa sürelidir."

Mary kraliçenin önünde ilerleyen bandonun trampet ve davul sesleri eşliğinde yürürken büyük babasının koluna sımsıkı tutunmuştu. Kızgınlığından ötürü onu ayıplamıyordu. Bayan Grey'e, onun hizmetçilerine ve nedimelerine bakmaktan neredeyse iflasın eşiğine gelmişti. İtibarlı bir insan olduğundan merhum hanımefendisinin yanında kalmak isteyen bakıcı Sybil'e hâlâ bakıyordu. Hazine sorumlusuna verilen her bir fatura görmezden gelinmişti. Şimdi, paradan umudunu kesmiş bir halde vadesi geçmiş olan her şeyi alabilmek için bizzat gelmişti ve Mary de ona yardım etmekte kararlıydı.

❀

Mary Rogers ve Sör William Rogers, kraliçenin centilmen kapıcılarından biri tarafından anons edildiklerinde neredeyse gece yarısıydı.

"Sör William" dedi Kraliçe başından savan bir el hareketi ile "Talebinizi hazine sekreterimiz Robert Cecil'e bildirmeniz gerekiyor. Bizim sizinle bir alakamız yok."

Sör William bekleme odasına doğru geriledi ve kapı kapandı.

Protokolü anımsayarak Mary siyah beyaz saten bir elbisenin içinde başındaki tacını çıkarmış eli çenesinde bir şöminenin yanında oturan kraliçeye doğru yaklaşırken üç kez eğildi.

Elizabeth'in koltuğunun kolunun kılıfından çıkarılmış bir kılıç sarkıyordu. Kılıcın parıltısını seyrederken biraz tedirgin olan Mary yeniden dizlerinin üzerine çöktü.

Elizabeth yorgun başını Mary'ye bakmak için çevirdi.

"Korkmana gerek yok kızım. Kılıcım senin için burada değil; benim kurallarımı yıkan ve hayatıma kastedenler için burada."

Kraliçe yeniden dikkatlice alevlere bakarak ateşi incelemeye devam etti. Uzun bir süre sonra, "İskoç kraliçelerinin canını bağışlamamıza rağmen Bayan Katherine'nin canını bağışladık. Kraliyet tacı onu taşıyanlar için ağır bir yüktür, Mary Rogers."

"Evet Majesteleri."

"Evet sen bizim zalim olduğumuzu düşünüyorsun."

Mary kraliyet tacının kenarını öpmek için eğildi. "Kraliyet kurallarını yargılamak benim haddim değildir" dedi yavaşça, kraliçenin kırılgan ruh hailini sezerek ve birden ona karşı sempati ile dolarak. Bir gün kendisi de aynaya baktığında artık eskisi gibi genç ve sağlıklı olmayan, tanıyamayacağı ve asla sahiplenmek istemeyeceği bir yüz göreceğini düşündü kendi kendine Mary.

Kraliçe boynunu kıvırdı. Yüzündeki yoğunlaştırılmış pudranın bir kısmı çatlamış ve siyah elbisesinin üzerine dökülmüştü. "Yani kraliçeni yargılamaz mısın? Bu da taşra gerçeklerinden bir başkası mı Mary?"

"Majesteleri, affınıza sığınırım. Ben saraya yeni geldim ve saray adabını bilmem. Taşra gerçeği benim tek bildiğim gerçeklik." Başı eğildi, Mary merhametini gösterme korkusu ile ki şüphesiz bu gururlu monarşın hiç istemediği bir şeydi, nadiren bu yıpranmış yüze bakmaya cesaret edebiliyordu.

Elizabeh Mary'nin protokol odasında duyduğu emreden ses tonundan çok farklı bir sesle konuşmaya başlamadan önce Mary uzunca bir süre baktı ve "Pekala küçük hanım, anlat bakalım Kate nasıl öldü?" diye sordu.

Mary şaşırmıştı çünkü büyük babasının son on yıl içerisinde kraliçenin meclisine Katherine Grey ile ilgili bir sürü mektup gönderdiğini biliyordu. "Veremden Majesteleri. Büyük babam ona her şekilde çok iyi baktı. Yanında papazla sizi kutsayarak ve işlediği günahlardan ötürü af dileyerek inanç içerisinde öldü."

Bayan Katherine aynı zamanda bu dünyada kavuşamadığı kocası ve çocukları ile öbür dünyada bir arada olabilmek için yakararak dudaklarında son söz olarak Lord Edward'ın adını sayıklayarak kendi kan gölü içerisinde ölmüştü. Fakat Mary söylenmemiş bir gerçeğin yalan sayılmayacağını umut ederek bu bilgiyi sakladı. Elizabeth ne kadar iyi saklasa da bu yalanı fark eder miydi?

Kraliçe başını salladı, daha sonra da tedirginlik içerisinde etrafa bakmaktan çekindiğini fark etti ve Mary'nin orada olduğunu unutmuş gibi yaparak bir süre etrafa bakmasına izin verdi. Kraliçenin büyük yatağı oyulmuş altın kaplamalı hayvan şekilleri ve deve kuşu tüyleriyle süslenmişti. Bir köşede camdan yapılmış bir virjinal*duruyordu ve kısmen açık olan bir kapıdan Mary kraliçe uyumaya karar verdiğinde ona yardımcı olmak için hazır bekleyen nedimelerin kısık sesle konuşmalarını ve gülüşlerini duyuyordu. Kraliçenin eğer sevgili gözdesi Essex ile kart oynamıyorsa sabahın ilk ışıklarına kadar yatakta devlet belgelerinin arasına gömülüp az uyku uyuduğu bilinirdi.

Mary aynı zamanda odada olmayanı da fark etmişti. Hiçbir yerde ayna ya da görüntüyü yansıtacak bir yüzey yoktu, ne duvarlarda ne de duvar halısı kaplı masalarda... Hatta makyaj malzemeleri ve sürmenin bulunduğu masada bile ayna ya da bakılabilecek bir cam yoktu.

Ayakta durabileceğinden emin olana kadar diz çökmeye devam etti.

"Sen buraya para istemek için geldin," dedi kraliçe kendisini heyecanlandırarak.

"Kendim için değil Majestem, iyi yürekli dedemi ipotek ettirdiği mallarının kaybından kurtarmak için. O hâlâ Bayan Grey'in hizmetçilerinden birine bakıyor." Çoktan fazlasıyla ileri gittiğinin farkına vararak zorlukla yutkundu."Bana gelince Majesteleri, ben siz nasıl uygun görürseniz o şekilde size hizmet etmek istiyo-

* On altıncı ve on yedinci yüzyıllara ait ve çembaloya benzer ayaksız çalgı. (Ç. N)

rum sadece."

"Ah kazançlı bir mevki böylece söylediklerini bize aktarabilmek için saraydaki lordlardan altın elde edebilirsin."

"Yalnızca söyledikleri size hizmet amaçlı ise Majesteleri..." Mary amacına şüpheyle yaklaşmalarına şaşırmamıştı. Elizabeth yanında çalışanları izlerdi.

"Pişt! Zengin bir koca arıyorsun ve uzaktan sahip olduğun bir akrabalık bağının bizim sana asil bir koca bulacağımız anlamına geldiğini düşünüyorsun."

Mary başını salladı, gözünü kırpıştırarak saklamaya çalıştığı gözyaşları aşağı doğru akıyordu. "Majesteleri size bir soru sorarak fazla cesur davranmış olur muyum?"

"Ah, kraliçesine meydan okuyan cesur bir taşra faresi..."

Sesinin tonu Mary'ye kraliçenin şu anda ona inanmadığını gösteriyordu. Yine de Mary düşündüklerini anlatabilmek için daha ne söyleyebilirdi? "Saray için yetiştirilmediğim doğru, Majesteleri. Lütfen iyi bir aileden gelen gerçek bir İngiliz kadınının sadece kendisi için İngiltere'nin büyük kraliçesine hizmet etmek istemesine kraliçenin neden inanmadığını anlayamıyorsam bunun için beni affedin."

Elizabeth'in kafası kızgın ve dehşete kapılmış bir şekilde aniden ona doğru döndü. "Daha önce böyle söyleyen birçoğuna inandım! Fakat nedimelerimin -sevgili kızlarımın- bir çoğu beni aldattı. Ve benim iyi yürekli hizmetçilerim" -ve sesi tek tek isimleri saymaya başladı- "Leicester... Burleigh, Walshingham..." Hafızası umutsuzluk içinde iz sürüyordu. "Sen de tıpkı onlar gibi beni terk edeceksin."

Elizabeth Leicester'i ölmekle mi suçluyordu? Onu yine de seviyor ve bu yüzden mi ona olan sonsuz sevgisinin karşılığında üvey oğlu Essex'i yanında tutuyordu?

Mary kraliçenin acı sözler içerisindeki derin yalnızlığını hissetmişti, fakat bu ona cesaret vermişti. Bayan Katherine öldüğünden beri hiçbir kalbi sakinleştirmeyi böylesine arzulamamıştı. Avuçlarını yalvarır gibi yukarı kaldırarak Mary "Tanrı'nın ne zaman bizi çağıracağını bilemeyiz Majesteleri" dedi.

Elizabeth koltuğunda dimdik oturarak "İngiltere Kilisesinin Valisi olarak seni bize teoloji dersi vermemen konusunda uyarıyorum!" dedi.

Mary başını eğerek fısıldadı: "Sadece teselli etmek istemiştim Majesteleri."

"Ben İngiltere kraliçesiyim ve senin teselline ihtiyacım yok Mary Rogers. Taşradaki malikanene geri dön. Sarayımızda böyle kuzu gibi birine yer yok."

Umutsuz bir şekilde Mary, "Majesteleri hizmetinizde bir kuzu değil, Tilbury'de filolarınızın önünde birliklerinizde sizin olduğunuz gibi bir aslan göreceksiniz" diye ağzından kaçırıverdi.

"Görüyorum ki benim için güvenilemeyecek kadar fazla zekisin. Şimdi burayı terk et" diyerek kızgın bir şekilde Elizabeth elini salladı.

Boğazı pişmanlıkla acıyan ve gözyaşları beceriksiz diline dökülmek üzere Mary ayağa kalktı ve başı önde kapıya doğru geriledi. Hıçkırıklara boğulup iyice kendisini gözden düşürmekten korktuğu için bir daha kraliçeye bakmaya cesaret edemedi.

Koridorda büyük babası onu selamlamak için ayağa kalktı. Yüzüne bir kere baktı ve kollarıyla Mary'yi sardı.

"Beni anlayamadı" dedi Mary hıçkırıklar içinde. "Bana inanması için doğru sözleri bulamadım."

"Yarın eve gitmek için yola çıkacağız. Cecil benim dilekçemi aldı. Burada yapabileceğim tek şey bu. Majesteleri benden istediği hizmeti hatırlamak istemiyor. Burada daha fazla kalmak kıyafetlere ve rüşvete para vermekten cüzdanımı kurutacak. Gel, Mary."

Kraliçenin yatak odasından nedimelerine kızgın bir şekilde bağırışını duydular: "Lordum Essex nerede... Bu ahmak çocuk? Yeniden çağırıp ona uyuyamadığımı ve onun burada olmasını istediğimi söyleyin hemen!"

"Majesteleri" diye cevapladı kapıcısı, "Lordumuzun Wanstead'deki malikanesine gitmek üzere saraydan ayrıldığı söyleniyor."

"İsa'nın çarmıha gerilmiş bedeni adına! Muhafızları gönderin onu bulmaya! Benim emrime itaat etmediği için gerekirse zincire vurup sürükleyerek getirin. Bu arada bana Sör John'u getirin."

Hizmetli eğildi ve kraliçenin bağırarak verdiği emirleri yerine getirmek üzere hareket etti. İz sürücü mızraklarıyla saray muhafızları onu takip etti.

Mary yanı başında omuz silkerek hızlı hızlı yürüyen büyük babasına bir soru yöneltti. "Essex Kontu'nun çok yakışıklı, çok azimli ve kendi cazibesine sahip biri olduğu söyleniyor... Fakat kraliçe onu 'Vahşi At' olarak nitelendiriyor ve ona aşırı düşkün. Tam bir ikilem. Bir yandan saygısızlığından dolayı onu cezalandırıyor, bir yandan ondan etkileniyor." Sör William tökezleyerek yanlarından geçen bir grup sarhoş serseri geçip gidene kadar bekledi ve yeniden koridorda yalnız kaldıklarında konuşmaya başladı: "Çünkü o kraliçeye dalkavukluk yapıyor, onu eğlendiriyor ve onun gençlik duygularını canlandırıyor. ... Yaşlı bir kadının son kara sevdası. Bence sarayındaki insanların yarısı ve yabancı büyük elçilerin çoğu her ne kadar yüzüne söylemeseler de bununla alay ediyorlar. Ve kontun gücünden korkuyorlar; çünkü çok fazla güç elde edeceğinden endişeleniyorlar. Her ne kadar kraliçe onun arkadaşları ile ilgili görevlendirmelerini ilk önce kabul etmese de bazen kont kraliçeyi aniden terk ettiğinde insafa geliyor. Robert Dudley gibi kraliçe onsuz bir an bile duramıyor."

Kendilerine tahsis edilmiş küçük odaya doğru yürürlerken Mary duyduklarından ötürü üzüntü duysa da artık kraliçenin yüzünde gördüğü çizgilerdeki ve sözlerinin ardındaki duyguları daha iyi anlayabiliyordu. Nasıl oluyordu da İngiltere'nin görkemli kraliçesinin sonu yalnız başına getirerek kaybettiği her şeye ve hayranlığı efsaneleşmiş bakire yaşamını katlanılabilir kılan her erkeğe karşı böyle hırçınlaşabiliyordu?

Dilinde söyleyebileceği çok daha iyi sözcüklerle uyandığı ve rüyalarla geçen düzensiz bir uykudan sonra Mary üzgün bir şekilde yardımcısına eşyalarını toplamasını söyledikten sonra mevkileri yemeklerini saray mutfağından odalarına getirtmeye yetmeyen tüm saray halkının yediği büyük salonda bir yulaf lapası ve küçük bir biradan oluşan basit bir yemekle orucunu açmak üzere büyük babasına katıldı. Kısa bir süre sonra katlanmak zorunda kalacağı kemikleri gıcırdatan at arabasıyla soğuk ve karlı yollarda günler sürecek yolculuğu düşününce Mary zengince tatlandırılmış et yemekleri ve muhallebiden uzak durdu.

Yemeklerini yerken etrafındaki insanlar bir gece önceki Onikinci Gece eğlencesinde kraliçenin genç bir kız gibi kaç kez Essex ile dans etiğinden başka bir şey konuşmuyorlardı. Kahkaha yoktu ama şaşkınlık vardı.

Sör John Harington nereden çıktıysa hâlâ Mary'nin protokol odasında onu gördüğü zamanki festival kıyafetleri içinde görünüverdi ve yorgun bir şekilde eğilip selam vererek onun karşısındaki masada bir tabure çekip oturdu.

"Günaydın Sör William, Bayan Mary" dedi kibarca, ekmek ve bira dağıtan bir adamı çağırdı.

"Sör" dedi büyük babası ayağa kalkmadan ve sesinin onu hiç de hoş karşılamayan bir şekilde.

"Sizi tekrar gördüğüme nasıl mutluyum anlatamam Sör William" dedi Harington gülümseyerek, "fakat öfkenizi kabartmak için gelmedim. Torununuza içeriden haber getirmek için geldim. Kraliçenin baş nedimesi Kontes Warwick Bayan Mary'yi çağırttı. Sanırım onun için kraliçenin nedimeleri arasında bir yer olabilir."

Büyük babası şaşırmış bir şekilde baktı ve hızlı bir şekilde ağzından kelimeler döküldü: "Bu sizin marifetiniz mi bayım?"

Harington gülümsedi ve her ne kadar alaycı bir korkuyla elini kalbinin üstüne koysa da Mary cevabı anladı. "Size yalvarırım Sör biraz acıyın. Beni bir iyilikten ötürü suçlayarak zorla elde ettiğim olağanüstü namıma zarar veriyorsunuz! Fakat korkarım torununuza hak ettiği değeri layık görmüyorsunuz. Kraliçe her ne kadar kızı biraz toy bulsa da yalnızca benim de önemsiz bir katkımla bu kararı verdi."

Mary'nin kalbi heyecanla çarpıyordu. Tüm umudunu yitirmişti ve şimdi kraliçenin kapısı bu adam tarafından onun için açılmıştı. "İyilik önemsiz bir şey değil Sör, tüm kalbimle size teşekkür ediyorum. Eğer isterseniz hor görülebilecek bu iyiliğinizi asla unutmasam da bundan kimseye bahsetmem."

Harington Mary'ye baktı, gözleri onun yüzünü süzüyordu ve emin olamasa da Mary sanki onun ona inanmamak için mücadele ettiğini düşündü. En sonunda, yalnızca alaydan başka bir şey olmayan abartılı bir kibarlık ile ona elini uzatarak omuz silkti ve silkinerek birasına ve şarabına geri döndü. Fakat kiminle alay ediyordu? Mary Harington'un bazen kendi kendisi ile alay ettiğini düşünmüştü.

"Sör William, Bayan Mary'yi baş nedimenin huzuruna götüreceğim ve bir Somersetshireli ahbabın şerefi adına kusursuz bir şekilde ona eşlik edeceğime söz veriyorum."

Mary'nin büyük babası dimdik durdu ve aşağılamak amacıyla azıcık eğilerek sert bir bakışla "Mary seni odamızda bekleyeceğim" dedi.

Parmaklarını John Harington'un ona uzattığı ellerine bıraktı ve kraliçenin bölümüne kadar labirent gibi odalardan geçerek sessizce onunla yürüdü Mary. Birkaç dakika boyunca Harington hiç konuşmadı ve onun da aklına sohbet açabilecek mantıklı bir konu gelmedi ya da aklından çok fazla şey geçmişti. Ona yeniden teşekkür etmek kendini küçük düşürmek olurdu. Yıllar önceki karşılaşmalarından konu açmak onun hatırlamasını çok önemsediğini açığa çıkarırdı. En sonunda tahta topuklarının mermer zeminde çıkardığı takırtılara daha fazla dayanamayarak: "Sör sanırım siz kraliçenin vaftiz oğlusunuz."

"Evet, onur duyuyorum bundan. Babam önce VIII. Henry'nin gayri meşru kızlarından biriyle evlenmişti, gerçi ben ikinci karısından olmuşum. Kraliçenin kız kardeşi onu zindana attırdığında annem de babam da saraydalarmış ve kraliçe onların sadakatini hiç unutmamış. Bu sarayda böyle arap saçına dönmüş bir sürü ilişki göreceksiniz Bayan Mary. Siz de damarlarınızda incecik de olsa bir Tudors kanı taşıyorsunuz."

"Evet bayım, gerçi Suffolk dukası o kadar da incecik olduğunu düşünmüyor."

"Evet, çünkü ailene yaptığı bütün iyi şey, herkesin ölmüş ya da sürülmüş olması."

Mary onun kısmen onunla alay ettiğini biliyordu fakat bunun farkında değilmiş gibi davrandı. Onunkisi bir taşra gururuydu; ama her bir parçası en az Harington'un kendisi için önemli olduğu kadar onun için de önemliydi.

Onlara ilgili gözlerle bakan kendi aralarında bir şeyler fısıldayan ancak Harington'a selam vermeyen küçük saraylı grupların yanından geçerek yaldızlı protokol odasına döndüler. "Ah Bayan Mary, görüyorum ki kendimi bütün arkadaşlarıma açıklamam gerekecek."

Onunla mı alay ediyordu yoksa yine kendisi ile mi alay ediyordu? Bilemiyordu ama sarayın görmek istediği sessiz taşra faresi olmaktan yorulmuştu."Peki arkadaşlarınıza ne söyleyeceksiniz, Sör John... Sıradan bir insan olan Mary Rogers'a önemli bir mevki kazanabilmesi için yardım ettiğinizi mi?"

"Böyle söyleyebilirim Bayan Mary; eğer sarayın benim bir

aziz olduğumu düşünmesini istiyorsanız." Gözleri çapkın bir muziplikle parladı. "Bu senaryoya Whitehall'de kimse inanmaz."

"Arkadaşlarınız sizi benim gördüğüm gibi göremeyebilirler Sör. Ben burada düzenbazlık olduğunu düşündürecek bir şey göremiyorum."

Harington ona baktı, ona meydan okuduğu için gerginlikten ya da şaşkınlıktan siyah kaşları dümdüz olmuştu, neden olduğunu ancak cevap verdiğinde tahmin edebilmişti: "Mary Rogers, sizde aksi bir melek mizacı var... Sinir eden ama karşılığında zevk veren bir şey... Tam anlamıyla büyülendim."

Bu seferlik hiç cevap vermemişti... Aksi melek, gerçekten de. Onunla dalga mı geçiyordu? Her nasılsa bunu düşünmedi. "Teşekkürler Sör John."

"Bu kadar çok güven dolu olmayın küçük hanım. Ne bana ne de bu saraydaki diğer insanlara karşı." Onları içeri kabul etmek için kraliçenin kapısında bekleyen kapıcının önüne gelip durana kadar yeniden sessizliğine devam etti. "Siz sadece küçük bir püritansınız* dedi ve devam etti: "O nedenle dikkatli olun, özellikle de benimle ilgili." Söylediklerini yumuşatmak için gülümsedi.

Fenerin ışığında gözlerinin aslında siyah olmadığını gördü; gözleri sisli bir günde denizin aldığı renk gibi yeşildi. Bu onun cazibesine karşı koymayı daha da zorlaştırıyordu.

"Kraliçe genellikle sinirlidir" diye sürdürdü konuşmasını, "duvar dokumalarını bıçaklar ve bir nefeste eğilip hafifçe yanağına üfleyerek derin bir melankoliyle değişebilir ruh hali. Hiçbir zaman bunu senin yaptığını zannetme Mary yoksa senin ruhunu ezer geçer."

"Uyarınız için teşekkür ederim ve büyük bir dikkatle hareket edeceğime söz veriyorum Sör John. Bana verdiğiniz destekten hiçbir zaman pişman olmayacaksınız."

---

* 16. ve 17. yüzyıllarda I. Elizabeth'in İngiliz Kilisesi'nde başlattığı reformist harekete karşı çıkan, kendini "saflığı aramak olarak tanımlayan bir Protestan" doktin ve ibadet şeklidir

"Yok, sizin hakkınızda herhangi bir pişmanlığım olacağını zannetmiyorum Bayan Mary."

Bunu söylerken tonundaki şehvetin farkındaydı ama aynı zamanda kadife eldivenlerinin içine onun ellerini aldığındaki sıcaklığın da...

Bekleme odasının kapıları onlara açıldı ve adının anons edildiğini duydu. Öne doğru ilerlediler. "Belki" dedi fısıldayarak, "onların söylediği kadar kötü değilsindir."

Harington güldü ve büyüleyici an sona ermişti. "Oh, ama ne yazık ki tam olarak hakkımda söyledikleri gibiyim küçük hanım. John Harington madolyonunun iki yüzü vardır... Her ikisi de aynı amaç için mutluluk duyar."

Mary ona baktı. " O halde kendimi korumalıyım Sör." Elbette ki onun daha fazla onunla alay etmesine izin vermeyecekti, baş döndürücü bir şekilde kendisini ondan uzağa çekti ve diğer yanına geçti.

En sonunda basit şeylerle oyalanan kadınlarla dolu bir odaya girdiler. Hepsi de Mary'nin farkında değilmiş gibi davranıyordu, Mary acaba John Harington'dan bir işaret alabilmenin özlemini mi çekiyorlar diye şüpheye düştü.

Sör John protokol odasından gelen inci işlemeli gümüş rengi yeni elbisesinin içerisinde kibirli hanımefendinin önünde durdu. Eğildi ve "Hanımefendim Warwick Kontesi Anne, söz verdiğim gibi size Somersetlerden Bayan Mary Rogers'i takdim ediyorum. İşe başlamak için ne kadar heyecanlı olduğunu göreceksiniz." Mary'yi arkasından dürttü ve Mary selamlamak için tökezleyerek yere çömeldi. Küstahlığından dolayı hiddetle ona baktığında Harington kapıdan çıkıyordu.

"Evet, görüyorum ki... Hevesli küçük taşra faresi" dedi Bayan Anne fakat gülüşü onu sıcak karşılayan cinstendi. "Sör John yakışıklı ve çekici bir hergeledir fakat sakın onun ilgisine davetkhar olma" dedi kontes küçümseyici bir gülümsemeyle onun arkasından bakarak. "Bu odadaki gönüllerin yarısını hayal kırıklığına uğrattı... Ve diğer yarısı için de uğraşıyor."

Mary'ye doğru fırlattığı sert bakışlarından Mary Bayan Anne'den hiç kuşku duymadı.

"Hanımefendim korkarım" diye yanıt verdi Mary diline hakim olamadan "Sör John'un çok da davetiyeye ihtiyacı yok."

"Gerçekten bir taşra faresi için kesinlikle küstah bir dilin var. Şunu unutma ki Majesteleri senin fikrin sorulmadıkça ki sorulmayacak, onun söylediklerine bir cevap vermeni istemez."

Mary bunun için daha çok çalışması gerektiğini fark ederek uysal bir duruş ya da uysal olduğunu düşündüğü bir duruş sergilemeye çalıştı.

Tatmin olmuş bir şekilde Bayan Anne devam etti: "Şimdi küçük hanım, kraliçenin hizmeti için ne getirdin?"

"Çocukluğumdan beri beslediğim Majestelerine hizmet etme arzusu hanımefendim."

Bayan Anne başını salladı, yüzü ciddiydi ama acımasız değildi. "Verilen her görevi yapmaya gönüllü müsün yani? Burada hepimiz kraliçenin bedenine hizmet ediyoruz."

"Majestelerini memnun edebilecek her görevi" dedi Mary ve cesaretini toplayarak devam etti: "Bayan Anne, kraliçenin neden benimle ilgili fikrini değiştirdiğini sorabilir miyim?"

"Bunu asla soramazsın. Kraliçenin fikri değişmez sadece ihtiyaçları değişir."

Kontes Warwick gümüş rengi elbisesini aceleyle çekiştirirken Mary bu bilgiyi daha sonra kullanmak üzere zihnine saklamıştı. Mary artık itaat etmeye kararlı bir şekilde tekrar kabullendiğini göstererek başını eğdi; çünkü artık iyi bir nedimenin böyle yapması gerektiğini biliyordu.

"Pekala tatlım, umarım kraliçe hepimizin iyiliği için seni yeterince uysal bulur. Ağır başlı olduğun kesin- bu Majestelerinin emrindeki nedimelerinde aradığı niteliklerden biridir." Kontes onları dinlemek ve gülüşmek için bir şey yapıyormuş gibi davranmayı bırakan etrafındaki diğer nedimlere baktı. "Buradakilerin çoğu gibi gürültücü ve havai olmamalı". Daha sonra dikkatini yeniden Mary'ye verdi. "Yılda otuz lira karşılığında kraliçenin tuvalet nedimesi görevine getirildiniz." Bu kraliçenin yatak odası nedimeleri arasında en alttaki görevdir. Ama bunu kötülük olarak düşünme. Kraliçeyle zayıf bir bağ oluştursa da birçok üst görev işle, mücadeleyle elde edilir ve çok asil bir sınıftan olmayan birine çok da kolay geçmeyecektir."

Mary kontrol edemeden sözcükler ağzından dökülüvermişi: "Daha önce bu görevi duymamıştım hanımefendim."

"Duyamazdın zaten. Yeni oluşturuldu. Majesteleri odalarından ve ona hizmet eden insanlardan pis kokular gelmesinden nefret eder. Tuvalet uşakları onu nasıl memnun edeceklerini bilmiyorlar. Hiç şüphesiz kraliçe sende bir şey gördü... Taze ve dürüst bir heves... Hayal kırıklığına uğratma sakın."

"Uğratmayacağım hanımefendim" dedi Mary her ne kadar kendi evinde bu görev en alt kademedeki uşağın görevi olsa da her türlü hizmete hazır olduğunu söylediğini anımsayarak.

"Güzel" dedi Bayan Anne ellerini kavuşturarak. "Sana yardımcı olacak üç tane uşak olacak. Kapıda seni bekleyecekler." Sonra etrafına toplanmış her bir kelimeyi dinleyen nedimeleri işaret ederek "Görevlerini öğrendikten sonra bana gel tekrar. Kraliçenin gardırobundan sorumlu Bayan Margaret senin kıyafetin konusunda ne yapabiliriz onunla ilgilenecek... Bu elbiseyi örnek gösterirsek hiçbir nedime Majestelerini gölgede bırakamaz fakat bu sarayda son on yıldır görülmemiş bir biçimde giyinerek de kraliçeyi utandıramaz."

Mary onun elbiselerinin batıda çok saygı gördüğü dilinin ucuna kadar gelmişken böyle kibirli bir cevap vermemek için kendini tutarak yeniden selam verdi. Onun yerine onun için açılmış olan arkadaki kapıya doğru geriledi. Onun belirlenmiş çerçevede olması gereken uysallığından bahseden fısıltı ve gülüşmeleri geride bırakmaktan dolayı mutluydu.

Salonda üç adam bekliyordu. Bir tanesi öne çıkarak "Küçük hanım benim adım Thomas Wright" dedi eğilerek. "Ben tuvaletten sorumlu uşakların başıyım."

"Ben de kraliçenin yeni tuvalet nedimesiyim. Bana Bayan Rogers diyebilirsiniz Bay Wright. Eğer siz de isterseniz bana görev yerimi gösterebilirsiniz."

Bay Wright önden yürüdü ve Mary'ye daha çok küçük bir katedrali andıran yükseğe kurulmuş kemerli banyoyu ve kraliyet oturağının yer aldığı tuvaleti gösterdi. Memnuniyetsizliğini daha fazla gizleyemeyerek içindekileri ağzından kaçırıverdi "Bayan Rogers daha önce hiç benim üstüme biri atanmamıştı."

"Gördüğünüz gibi Bay Wright şimdi beni atamak kraliçenin isteğiydi. Majestelerinin seçimini onaylamıyor musunuz?"

Alelacele eğildi, "Bunu yapmak bana düşmez."

"Kesinlikle Bay Wright." Hizmetçiler bir kez onlara verilen emirleri sorgulamaya başladı mı artık onları kontrol etmek mümkün olmazdı. Ona eli ile kapıyı açmasını işaret etti ve o da bir anlık tereddütten sonra kapıyı açtı ve başını eğerek onu içeri buyur etti.

En iyi tuvaletin bile nasıl pis koktuğunu bildiği için burnuna koku giderici karanfil ya da portakal kokusu geleceğine kendisini hazırlamıştı; kraliçe bu adamdan hiç iyi bir hizmet almıyordu. Ne taze hasır otu kokusu ne kötü kokuyu kapatacak başka bir şey yoktu ve tuvalet haznesinin boşaltılması gerekiyordu... Çok kötüydü. Büyük babasının kasaba malikanesinde bile tuvaletler daha temiz muhafaza ediliyordu. Biraz rahatlamıştı. Her şeyden önce bu uydurulmuş bir görev değildi. Kraliçenin tuvaletiyle ilgilenen dikkatsiz erkekleri yönetecek bir kadına ihtiyacı vardı. Bu adamların daha önce nasıl kule zindanlarına gönderilmediğine hayret etti.

"Bu hazne en son ne zaman boşaltıldı Bay Wright?"

"Uzun süren bir gelenektir ki hazne, halk her Whitehall'e geldiğinde boşaltılır Bayan Mary"

Haftalar olmuştu. "Şimdi yeni gelenek şu ki artık bu hazne her gün boşaltılacak."

Uşaklar, biri sırıtır, diğerleri gözleri fal taşı gibi açılmış, ağızları açık bir vaziyette birbirlerine bakakaldılar.

"Her gün Bay Wright ve her sabah kireç eklenecek... Hepsi kraliçe uyanmadan güzelce yapılmış olacak."

Bir enine bir boyuna yürüyerek etrafına bakıyordu. "Koku gidericiler bugün değiştirilecek ve artık haftada bir düzenli olarak değiştirilmeye devam edilecek. Duvarlar ve yerler taze limon ve sirke ile ovulacak... Ve mevsimine göre çiçek buketleri ya da taze hoş kokulu bitkiler konulacak."

Bıyıksız bir oğlan olan en genç uşak kikirdedi.

Bu gevşek uşaklara otoritesini gösterme zamanıydı yoksa asla onların hanımefendisi olamazdı. "Bay Wright, eğer sorumluluğunuzdaki uşakları kontrol altında tutamıyorsanız hemen görevden atın ve yerine kraliçenin iyiliği için bu işi ciddiyetle yapacak birilerini getirin. İki saat sonra tüm emirlerimin kusursuz bir şekilde yapılmış olduğunu görmek için geri geleceğim." Sağa sola sallandı ve uşaklardan birinin kapıyı açmasını bekleyerek onlara ses tonunun olması gerektiği kadar sert olup olmadığını düşündürecek vakit vermeden aceleyle dışarı çıktı.

Mary sandalyeler ve sandıkların üzerlerinde her yere saçılmış beyaz ya da solgun gümüş elbiseler yığınını görmek üzere çabucak nedimeler salonuna gitti. Neredeyse otuzlarına yaklaşmış ömrünün baharını geçirmiş olan Bayan Margaret yanında kalmış iki yardımcı ile yalnızdı. "Hanımefendim Warwick ve diğerleri meclise kadar kraliçenin geçit alayına refakat emek için gittiler" dedi ve Mary'nin elbisesini çözmeye başladı. Elbisesi yere düştü. "Büzgülü bol bir gömlek ve etek idare eder ama korseye gerek yok."

"Bayan Margaret bu elbiselerin hepsi aynı renk. Ben sarı ya da maviyi tercih ederim."

Nedimenin dudakları keskin bir çizgi şeklini aldı: "Majestelerinden başka hiçbir nedime renkli giyinmez. Anlaşıldı mı?"

Kraliçenin nedimeleri taşra faresine gülmüşlerdi; ama aslında kendileri de süslü olmak ama fazla da süslü olmamak zorunda olan arka planda dalkavukluk eden saray fareleriydi.

Hizmetçilerin etrafına yığılarak Mary'nin korse, etek, elbise, şişirilmiş kolluklar ve bunlara ilaveten manşetler, yaka ve göğüslüklerini giydirdiler.

Gardırop nedimesi endamına dikkatlice baktı. "Kraliçe gençliğinin şehvetini yitirmediği zamanlarda bu elbiseyi giydiğinde olduğu kadar zayıf değilsin ama sana güzel yakıştı."

"Yirmimi birkaç ay geçtim Bayan Margaret" dedi Bayan Margaret onu büyük bir aynanın önüne götürürken.

Bu bilgiyle ilgilenmeyen Bayan Margaret hemen arkasında durdu. "Bunlar işimizi görür. Daha sonra kraliçenin eldivencisi ve ayakkabıcısı ölçülerini alacaklar. Eğer istersen kendi kokunu sürebilir beline siyah bir kurdele bağlayarak hava verebilirsin. Öğüdümü dinleyin küçük hanım ve kraliçe size izin verene kadar onun tasvirini takmayın; çünkü bu sarayda yüksek bir lütuftur ve bu lütfu ancak Majesteleri sunabilir. Ama nezih bir inci olabilir, hatta ipten bir kolye daha da iyi olur. Bu elbise bir zamanlar yüzlerce el işlemeli inciler taşımıştı, ama şimdi Majestelerinin yeni elbiseleri için çıkarıldılar."

"Teşekkür ederim Hanımefendim" dedi Mary sahip olduğu bir taşra şövalyesinin torunu görüntüsünden hoş bir saray hanımefendisi görünümüne dönüşen aynadaki haline şaşırarak. Eli boynuna doğru gitti ve nereden bir inci kolye edinebilirim diye düşündü.

Bayan Margaret aşırı ciddi görünüşünü değiştirmişti. "Söylemeliyim ki bu gümüş kıyafet siyah gözlerine ve saçlarına çok güzel yakıştı gerçekten. Taşra yüzünün güzelliğini bozmamış. Aslında sen bu sarayın arzu edilen doğal rengisin. Kraliçe memnun olacak bundan."

"Bunu duyduğuma sevindim hanımefendim" dedi selam vererek, "büyük babamı uğurlamak için sizden bir saatliğine izin alabilir miyim?"

Bayan Margaret kolunu tutu. "Son bir uyarı... Sakın kraliçeye ipeksi tenini gösterme." Sesini biraz daha alçalttı. "Unutma, Elizabeth ona taze genç teni hatırlatan bir şey görmek istemez." Sonra yeniden sesi yükseldi: "Geri döndüğünde -fazla da oyalanma- makyaj yapılacak. Sonra üzerine uyan birkaç kıyafet daha alacaksın ve kraliçenin beğenisine sunulacaksın."

Mary şimdi de insanın yüzünü kaşındıran o beyaz pudrayı sürmek zorunda olmaktan dolayı hoşnutsuzluğu belli olmasın diye başını eğdi. Fakat söylendiğine göre üç binden fazla elbisesi olan kraliçenin üzerindeki kıyafetleri tıpkı bir zamanlar Majestelerinin olduğu gibi beğenmesi için dua etti.

Mary sanki çoktandır kraliçenin hizmetindeymiş gibi protokol odasına doğru hızlı adımlarla ilerledi. Sör John Harington Essex ile birlikte yüksek sesle gülen bir grup centilmenin tam ortasında dikiliyordu. Hepsi durup ona baktılar ve selamladılar. Henüz yeni yaratılmış bir saray güzeli olarak onun farkına vardıklarından emin bir şekilde Mary yürümeye devam etti. Başını sallayarak nezaketlerinden ötürü gülümsedi. Yeniden eğilip selam verdiler, Sör John en az eğileniydi. Saray kötü namına rağmen hoş karşılayan bir yerdi.

Büyük babası odalarında ateşin önündeki sandığa oturuyordu, kolunda içi kürk kaplı yolculuk paltosunu tutuyordu. Ona baktı; gözleri Mary'nin o ana dek görmediği kadar hüzünlüydü. "Kıyafetinden kendi yolunda gitmeye karar verdiğini görüyorum, Mary" dedi.

Mary büyük babasının yanı başına oturdu ve kolunu onun omzuna koydu. "Büyük baba, kraliçe böyle emrediyor. Şüphesiz bu sarayda halletmen gereken işler ve ailemiz için bir velinimet."

Sör William içinden para şıkırtısı gelen bir keseyi kaldırdı. "Faturalarımın bir kısmı ödendi ve iyi yolculuklar dilediler."

"Kısmen mi?"

"Evet, Kraliçe otuz lirayı senin ödemene tutuyormuş."

Mary şaşırmış bir şekilde büyük babasının elini avucuna aldı. "Büyük baba, kraliçenin teklifini reddedeceğim." Her ne kadar bunu söylemek Mary'nin kalbini kırsa da bunu yapacaktı. "Majesteleri nasıl böyle bir şey yapabildi?"

Büyük babası güldü. "Henüz onu tanımıyorsun. Kraliçe herkesçe olabildiğince tutumlu olarak bilinir... Özellikle de yaptığı anlaşmalarda. Çünkü devletin tüm masrafları onun kesesinden karşılanır."

"Ama-"

Sör William, Mary'yi susturmak için başını salladı. "Lord Sekreter Robert Cecil bu sene sonuna kadar hizmetini kanıtladığında geri kalanını ödeyeceklerini garanti etti. Borçlarımdan kurtulmak için burada yeterince para var. Senin üzerindekileri de inkar edemem, tatlım."

İçini bir rahatlama kapladı. "Memnun kalırsa ödeyecekse ona öyle bir hizmet sunacağım ki maaşım kesinlikle geri kalan kısmı karşılayacak. Sarayda kalacak olan torununla ilgili ise; artık benim geleceğimle ilgili korkmana gerek yok..."

Mary kontrolünü yitirdiği titreyen elleriyle öylece durdu. "Kim bana ne söyleyebilir ki? Ben kötü hiçbir şey yapmadım."

"Mary senin yaptığın bir şeyle ilgili değil zaten ama yine de ayıp. Etrafta senin bir ay içerisinde bekaretini kaybedeceğine dair bir bahis var."

"Kim böyle saçma ve kırıcı bir bahis yürütebilir?"

"John Harington sanırım. Dikkatli ol Mary. Bu adam hiçbir şeyi umursamıyormuş gibi davranan ve sık sık bunu kanıtlamak durumunda kalan birisi."

Göğsü sinirden ve hayal kırıklığından daralmış -ve belki daha fazlasını düşünmek istememişti- Mary yere çöktü ve büyük babasının ellerini avuçlarına aldı. "Korkma. O bir bahisten çok daha fazlasını kaybetti. Ben onun yalnızca alçak biriymiş gibi davrandığını düşünmüştüm. Eğer gerçekten bana karşı kötü bir niyeti varsa, benim saygımı da kaybeder ve bir kere kaybettikten sonra bir daha da kazanamaz."

"Böyle bir adam bir kadının saygısını umursamaz."

Mary güldü, belki biraz yürekten gülmüştü. "Birçok serseri gibi o da kendisini dayanılmaz zannediyor. Bütün saray halkının önünde ona teslim olmayı reddettiğimde umursayacak." Büyük babasını kucakladı. "Bu taşra faresini kimse küçümsemesin."

BÖLÜM 10

"Atılan taş çoğu zaman onu atan kişiye geri döner."
Elizabeth Regina

Aziz Hilary Günü
13 Ocak 1599

John Harington aynasının önünde dikiliyordu. "Bu nasıl bir insan sureti?" diye sordu yüksek sesle soruya cevap vermeden ve karşısında ona bakan yüzünü aynadan çevirerek; en azından tam anlamıyla verecek bir cevabı yoktu. İçini bir soğuk kapladı; çünkü Aziz Hilary günü hep yılın en soğuk günü olurdu. Yine de bundan Aziz Hilary'yi sorumlu tutamayacağını biliyordu.

John, Essex Kontunun ona başka bir şans bırakmadığına kendini inandırarak bir haftadır aptalca bir bahse girerek yaptığı hatadan kendisini aklamaya çalışıyordu. Devereux protokol odasında bir ay içerisinde kraliçenin yeni nedimesi Mary Rogers'a arkadan sahip olacağını haykırmıştı.

John buna çok sinirlenmişti ve sinirlenmesine de şaşırmıştı. "Lordum batıdaki bir kasabadan yeni gelmiş püritan bir kıza sahip olmak senin yeteneklerini aşar" demişti.

Essex kahkaha attı. "Bence asıl senin yeteneklerini aşar John; çünkü sen bir Somerset erkeğisin ama onu kendine sakla. Ne zaman kardeş gibi her şeyi paylaşmadık ki?"

John kızgınlığını belli etmemeye çalıştı, belki de Essex'in söylediklerinin doğruluk payı çoktu ve o birden bire bu doğrulardan dolayı utanmıştı. "Dikkat et lordum. Onun dilinden anlıyorum. Hiç de ilk başta görüldüğü kadar ürkek değil."

Sesleri yükseldikçe etraflarında büyük bir kalabalık oluşmuştu. Essex, her ne kadar bir zamanlar kraliçenin sevgisini kazanmış hatta hâlâ biraz öyle sayılan bu adamdan nefret etse de Sör Walter Raleigh'in pipolarından birini içiyordu. "John o halde sen benim karşımda erkekliğinin testten geçeceğinden korkuyorsun."

"Lordum, hiçbir anlamı olmayan bir amaç uğruna bana hakaret ediyorsunuz. Benim erkekliğim asla beni hayal kırıklığına uğratmaz." Etraflarındaki adamlardan bazıları onu alkışladı. John kendisini Essex'in öfkesine karşı tetikte tutmak için elini kılıcına götürdü. Bu yeni bir ikilem değildi, her ne kadar kontun, kraliçe dahil tüm arkadaşları gibi John çok sabırlı bir arkadaşı olsa da... Kraliçe, Elizabeth Southwell'i hamile bıraktığı için ve her ikisi de kraliçenin yatak odası nedimesi olan –ve sonrasında Essex'in de yatak odası nedimesi olan –Bayan Mary Howard ve Bayan Russel ile olan ilişkilerinden dolayı Essex'i affetmişti. Kraliçenin başcasusunun kızı Walshingham ile evliliği bile Essex kraliçenin önünde secde edip kalbinin tek ve gerçek kraliçesinin yalnızca Elizabeth olduğuna ant içtiğinde kabul edilmişti. Karısını Londra'nın kuzeydoğusunda Wanstead malikanesinde saraydan uzakta tutuyordu; böylece birçok kadının kızıl saçlı erkeği olabilirdi fakat eğer John Essex'e bu kadınların listesine Mary Rogers'ı da eklemesine izin verirse kahrolacaktı.

John aynada yumruklarını sımsıkı sıktığını fark etti ve bu kızgınlığına çok şaşırdı. Genellikle Essex'in kiminle yattığı onu pek ilgilendirmezdi.

"O zaman John," dedi Essex sesi tüm protokol odasında yankılanacak kadar yüksekti "bir erkek ol ve benimle bahse gir. Küçük nedimeye senden önce dimdik kazığımı sokmak için on altın veriyorum."

Essex, bir elinde pantolonunun önünde tuttuğu pürosu bir eli cebinde ilerleyerek birkaç adım attı ve sürekli değişen kalabalığın alkışları eşliğinde en makul şekilde, "Ne dersin John? Kimin daha iyi olduğunu kazanan *horozun* belirlemesini kabul ediyor musun?" diye ekledi.

John aynadaki yansımasına sırtını döndü ve bir sandalyeye çöktü. Bu katlanılmaz alaycı tavır onu karşılık vermek zorunda bırakmıştı. Düşünmeye fırsatı olmadan bu bahis için anlaştığına dair sözlerini işitivermişti. Mary Rogers gencecik bir kızdı, kadın bile sayılmazdı. Onunla ancak nazik bir şekilde flört edilebilirdi fakat azgın bir tecavüzden farkı olmayacak Essex'in saldırısına uğramayı hak etmiyordu. Mary'nin direncini yavaş yavaş kırmak için ona önce peşinden koşan sonra kaçan bir strateji uygulamak gerekiyordu. Ancak şu anda böyle ince oyunlar için vakit yoktu, çünkü Essex son derece hızlı hareket edecekti. John Harington'un Mary Rogers'ı mahvolmaktan ve saraydan atılmaktan kurtarabilmesi için Essex'in üstesinden gelmesi gerekiyordu.

Bu düşünce yüzüne bir gülümseme getirdi. "Seni aptal!" diye bağırdı yüksek sesle. Daha önce sırf yardım etmek için bir bakireyi kendine saklama gereği hissetmemişti. Biraz çıldırmış olmalıydı. Yoksa kızın sihirli masumiyeti onu büyülemiş miydi? Yoksa bu kız bir erkeği değiştirebilecek bir büyücü müydü?

Kendi kendine homurdanıyordu. Çok az zamanı vardı. Essex gerekirse Mary'ye zor kullanırdı. Bahis tüm sarayda konuşuluyordu; şüphesiz kraliçenin ve Mary Rogers'ın kulağına kadar gitmiş olmalıydı. Hemen hemen her gün Mary onun normal nezaketine karşılık vermeden ona karşı görevlerini yerine getiriyordu. Kraliçenin protokol odasında onu tanıyamamıştı. Şimdi Mary'nin gözünde o kötü bir adamdı.

Kahrolasıca Essex! Huzursuz bir şekilde John ayağa kalktı ve yeniden aynanın önüne gitti. Aynı yüz yine ona bakıyordu. Gülümsedi, fakat bu çok da sağlıklı bir gülümseme değildi; sanki son derece sağlıklıymış gibi görünmeye çalışan hasta bir adamın görüntüsü vardı.

"İyi olan tek bir şey senin ruhunu kurtarabilir John Harington," dedi yüksek sesle, kraliçenin hediyesi olan çok değerli inci küpenin görünmesi için boynunu uzatarak. "Hâlâ biraz vicdanın kalmış gibi görüyor."

❀

Saray tiyatrosu kışın ortasında kraliyet seralarından güç bela elde edilen her türlü fidan ve çiçeklerle süslenmişti. Mary büyük salona doğru kraliçenin arkasında protokole eşlik ederken ilk kez saraydaki havanın çekilebilir olduğunu düşünmüştü. Bin kişi ve hizmetçilerle iki katı daha fazla olan kalabalık bir ortamda yaşamaya alışamamıştı. Whitehall sarayında iki bin tane oda olmasına rağmen insanlar ikili ya da küçük gruplar halinde dolaşmaktan ziyade kalabalık halinde gezindikleri için çok dolu görünüyordu. Mary geceleri diğer nedimelerle birlikte kraliçenin yanındaki giriş odasında kalıyordu; hiçbir zaman tek başına kalamadığı için düşüncelerini toparlayamıyordu. Belki de bu iyi birşeydi onun için. Bıraksın düşünceleri dağınık kalsındı. Hayal kırıklığıyla yüzleşmek istemiyordu.. Ah, bu hayal kırıklığı elbetteki kraliçeden dolayı değildi... Onun hayal kırıklığına sebep olan John Harington'du. Onun içinde bir yerde iyi şeyler olduğunu düşünerek kendini kandırmıştı. Şimdi onu alçak insanların bile en alçağı olarak tanıyordu.

Protokol odasına doğru nedimeler az sonra izleyecekleri oyunun merakı içerisinde kendi aralarında konuşarak ilerliyorlardı. Bugün Üstad Şekspir ve Lord Chamberlain'in adamları kraliçenin favori oyunu olan *A Midsummer Night's Dream'**i* sunacaklardı. Atina sarayını simgeleyen beyaz kolonlar kurulmuştu ve Atina'nın dışındaki perili ormanı simgelemek üzere kurulmuş tekerlekler üzerindeki ağaçlar yan salondan içeriye bakıyorlar-

---

* William Shakespear'ın yazdığı ünlü tiyatro eseri. Türkçesi Bir Yaz Gecesi Rüyası

dı. Mary günlerdir yatak odasında konuşma konusu olan oyunun karmakarışık aşk hikayelerinden dolayı oyuna aşikârdı.

Essex Kontu kraliçeye kürsüye ve tahtına kadar eşli etmişti ve bir ara Mary'ye dönüp gülümsemişti; bu gülümseme diğer kadınları dehşete düşürmüştü. Kabul etmeliydi ki Essex gerçekten çok yakışıklıydı, çok uzun boyluydu; taş işlemeli ve çok renkli kıyafeti teniyle bütünleşmiş sanki ikinci teniymişçesine üzerine oturmuştu. Pantolonu sağlam kaslarını belli edecek şekilde bacaklarını sımsıkı sarmıştı. Mary sarayda bu uzun bacakların adımlarını özleyen kadın var mı acaba diye düşündü.

John Harrington tahtın yanında tembellik ediyordu. Çok güzel giyimli değildi; üzerinde sadece beyaz yakalı siyah bir kıyafet vardı. Öte yandan Essex'in sakal ve bıyığı uzun ve dağınıkken John'un sakal ve bıyığı kısa ve özenle taranmıştı. Harington'un tek süsü kulağına taktığı büyük bir inci tanesiydi. O da çok iyi farkındaydı ki onun bu sadeliği diğer saray erkeklerinin yanında göze çarpıyordu. Mary'ye doğru bir adım attı fakat Mary ondan yüzünü çevirdi. "Aptal" diye mırıldandı. Onu sonsuza dek kendisinden uzak tutamazdı. Çünkü çok sık kraliçenin yanında bulunuyordu ve eğer kraliçenin en gözde vaftiz oğluna kaba davranırsa kraliçeyi gücendirebilirdi. Derin bir nefes alarak Mary tam selam vermek için arkasına dönmüştü ki Harington Bayan Warwick'in kulağına bir şeyler fısıldıyordu. Her ne söylediyse Kontesi güldürmüştü.

Mary'nin yüzü kontrolü dışında alev alev oldu. İsa aşkına! Kendi adını berbat etse de etmese de ona haddini bildirmenin zamanı gelmişti. Kraliçenin heyetini bırakarak dikkatini birden ona yönelten Bayan Warwick'e selam verdi.

"Sör John" diye söze başladı Mary sesini kontrol ederek, hatta hiç ilgilenmiyormuşçasına oldukça tok bir sesle "Sanıyorum yakın bir zamanda cüzdanınızdan on altın eksilecek, aynı şekilde Lord Essex'in de. Size tavsiyem, bundan sonra paranıza sahip çıkmanız çünkü ne kont ne şövalye benim sayemde zengin olamayacak." İşte buydu! Şimdi ona göre bu alçak herifin arkadaşlık foyası meydana çıkacaktı.

Mary onun huzursuz olmasını bekliyordu ama Harington gerçekte ne hissettiğini gizlemekte gerçekten ustaydı. İleri düzeyde hile öğrenmesi için yeterli olacak kadar uzun süredir saraydaydı. "Bayan Mary, cüzdanımda bu kadar çok para yok, olmasını da istemem."

"Yakında olacağını zannediyorsanız da yanılıyorsunuz." Karşısındaki serserinin yüzündeki pişmanlığı görse de meseleyi kapatamıyordu. *Bunun için çok geç Sör John.*

John usulen eğildi. "Bir dahaki sefere karşılaştığımızda küçük hanım keskin dilinize karşı zırh giyinip geleceğim."

"Çok akıllıca bir karar Sör."

Bayan Warwick sürmeli kaşlarını uyarı niteliğinde kaldırarak. "Uslu durun Bayan Rogers, uslu durun..." dedi.

Kontesi selamlayarak Mary elbisesini sanki Londra'nın en pis sokağının lağımcısıymış gibi Harington'a dokunmasın diye topladı ve geriledi. Lord Essex'in bu sahneyi görüp görmediğini anlamak için ona baktı ve Essex'in yüzündeki o büyük gülümsemeden gördüğünü doğrulamış oldu. Mary yüzüne doğru yükselen ateşi dizginlemek için derin bir nefes aldı. Saray horozları tetikte bir sürü serseri ile doluydu. Yakında ne kurnaz ne de sağlam bacaklı bir serserinin Mary'nin bekâretini alamayacağını anlayacaklardı. O buraya kraliçeye hizmet etmek için gelmişti ve bu hizmetine son vermek için şişmiş bir karından daha iyi bir yol yoktu. Mary başı yukarıda tahta doğru ilerliyordu ki Essex önünü kesti.

"Bayan Mary." Kraliçenin yeni nedimesine her zamanki gibi bir kibarlık gösteriyormuşçasına eğilip selam verdi. "Bildiğiniz gibi Majestelerinin ilgi odağıyım. Sizi daha yakından tanımak ve batıdaki insanlarla ilgili bilgi edinmek isterdim. Kraliçeye bağlılıkları nasıl?"

"Lordum, hepsinin adına konuşamam ama benim babam ilk deniz filosunda ölecek kadar bağlıydı ve ben de kraliçenin güvenini boşa çıkarmayacak kadar bağlıyım." Mary adımını ileri doğru atarak Essex'i geçmeye çalıştı fakat Essex kolunu tuttu.

"Belki daha sonra buluşup uzun uzadıya konuşabiliriz... Bu akşam benim odamda küçük bir akşam yemeğinde mesela?"

"Tıpkı kraliçe gibi ben de çok sık yemek yemem Lordum."

"Söz veriyorum sizi bile baştan çıkaracak bir yemek bulacağım."

Essex'in umutlarına bir son vermenin zamanı gelmişti. "Lordum bırakın beni gideyim. Ben saraya Elizabeth Tudor'a hizmet etmek için geldim... *Ve sadece bunun için.* Sizin *yemek* teklifiniz hiçbir zaman beni cezbetmeyecektir."

Essex yavaşça güldü. "Asaleti olmayan bir taşra kızına göre fazla gururlusunuz. Ulaşamayacağınız *amaçlar* gütmeyin." Eğildi ve fısıldayarak "Ben asla kaybetmem güzel Mary" dedi.

"Eğer bu yaptığınız kraliçenin kulağına giderse o zaman kaybedersiniz Essex Lordum."

Essex kızardı. "Kimsenin tehdidini tanımam ne kadın ne de erkek! Kraliçe yalnızca bana inanır küçük hanım. Dikkat edin! Beni kendinize düşman ediyorsunuz."

Mary hiçbir hanımefendinin konuşmaması gereken bir şekilde onun bu affedilmez davranışına cevap verecekken Essex Majestelerinin yanına gitti.

Essex'in tahtın hemen yanında aldırışsız hareketiyle afallayan Mary, kraliçenin odasına ilk gün öğrendiği gibi nedimelerin arasındaki yerine geçti. Essex ne planlıyordu? Kraliçe böyle bir şey duysa Essex'i mi suçlardı yoksa Mary'yi mi? Kraliçenin Vahşi At'ının tüm yaptıkları bir delikanlı taşkınlığı olarak görülüp af mı ediliyordu? Mary Essex'in çok daha kolay olduğunu kabul ederek Lord Essex'ten de en az Sör John kadar uzak durmaya kararlıydı.

O zamana kadar Majesteleri görünüşünü onaylamak dışında; her ne kadar Mary daha çocukken saray adaplarını ve her bir hareketin kraliçe için taşıyacağı anlamı en küçük noktasına kadar zihnine kazımış olsa da onu fazla dikkate almıyordu.

Öte yandan kraliçenin dairelerindeki hiçbir şey Mary'nin gözünden kaçmıyordu. Görevlerini çabuk öğrenmişti fakat her ne kadar mor kadifelerle kaplasa da kraliçenin tuvaletindeki gelişmelerden ötürü ondan bir takdir beklemesi de boşunaydı. Büyük babası yaptığı en küçük şeyde bile övgüler yağdırarak onu şımartmıştı. Kraliçenin hizmetinde ondan daima mükemmelliğin beklendiği ama karşılığında takdir beklememesi gerektiğine alışması gerekiyordu.

Oyuncular üstü kubbeli sahneye yaklaştılar ve şapkalarını ellerine alarak kraliçenin önünde diz çöktüler.

"Oyun başlasın üstad Şekspir" dedi kraliçe orta boylu, iri ve parlayan gözleriyle kel adama. "Bottom ve Puck'la ilgili neler olacak görelim... Bir de şu komik Robin Goodfellow'a."

"Majestelerinin hoşuna gidecek eklemeler yaptım," dedi Şekspir.

Yavaşça eğilerek bazı oyuncular ortadan kayboldu.

Bayan Margaret, Mary'ye "Kadınları oynayacak erkekler kostümlerini ve kanatlarını değiştiriyor olmalı" diye fısıldadı.

Nihayet üstad Şekspir giriş müziği için trampetçilere işaret verdi.

Mary göz ucuyla John Harington'un saray tiyatrosunu terk ettiğini gördü. Artık sürekli onun nerede ne yaptığını takip etmek zorunda kalmadan rahatça oyunu izleyebilirdi... Bir yandan onun ne planladığını merak ederek ve gözlerini ona çevirmesini bekleyerek... Her nedense, Essex'in alenen yaptıklarıyla kıyaslayınca Harington'un mizacı ona daha tehlikeli geliyordu. O gün bir daha John Harington'u paylama fırsatı olmayacağı için garip bir şekilde pişmanlık duydu ve neden böyle hissettiğine de anlam veremedi.

Bayan Margaret Mary'yi kolundan tuttu ve tahta doğru bakarak eliyle dürttü. Essex tahtın dibinde yaslanıyordu... Kraliçenin uzun parmakları Essex'in boynunda ve saçlarında dolaşıyordu. Bu Mary'ye göre fazla samimi bir hareketti ve bakmamak için başını başka yöne çevirdi. Saraydaki birçok insan bunu gördüğü için Majesteleri adına utanmıştı.

Trampetler çalmaya başladı ve kızıl tepeli başlığı ve parlayan zırhıyla elinde bir mızrak kraliçenin karşısına çıkan Amazonlar kraliçesi Hppolyta'nın sahneye gelmesiyle oyunun ilk perdesi açıldı. Elizabeth çok memnun olmuştu ve birden sanki Essex yaramaz bir çocukmuş gibi onu kenara iterek yazarın bu bariz jestini alkışladı.

Mary gülümsemesini bastırdı. Bu kadar zaman bir erkeğe ihtiyaç duymaksızın her savaşa ayaklanmaya rağmen meclise, halkına ve parlamentosuna hükmeden Elizabeth gibi bir kadını üstad Shakespeare ya da başka biri bundan daha iyi nasıl açıklayabilirdi ki? Böyle kralsız bir kraliçe sıradan bir kadın olamazdı ancak bir tanrıça olmalıydı. Yoksa nasıl kadınların akıllarının ermediği hatta hakkında hiçbir şey bilmedikleri kraliyet işlerinin üstesinden gelebilirdi?

Mary birçok insanın varlığın doğal düzenini kabul ettiğini biliyordu: Tanrı her şeyin üstündeydi, sonra kral, asiller, orta direkler, en altta ise kadınlar. Elizabeth'in bu düzene meydan okuyuşu birçok hemcinsini de yüreklendirmişti. Mary kendi kendine gülümsedi. Eğer Elizabeth Tudor Fransa ve İspanya'ya karşı koyabildiyse Mary Rogers da Harington ve Essex'e karşı koyabilirdi.

Önündeki sahne birden ormana döndü ve yeniden dikkatini topladı. Orman oluşturmak için ağaçları yığmışlardı ve Mary periler kralı Oberon'un sihirli çiçeğin suyunu bulup kraliçesi Titania'nın uyurken göz kapaklarının üzerine dökmesi için Puck'ı görevlendirmesini izlerken hayran kalmıştı. Bu sihirli iksir onun gözlerini açtığı ilk kişiye delicesine aşık olmasına sebep olacaktı.

Oyunu daha önce izlemiş olan Mary'nin etrafındaki kadınlar zevk içinde gülüştüler.

Başka bir yerde bir ağaçlıkta bir grup adam başka bir oyun sergiliyorlardı. Oyunculardan biri, adı Bottom'dı, Mary'ye tanıdık geldi. Oyuncu yüzünü tahta döndüğünde Mary bunun yırtık pırtık giysiler içinde John Harrington olduğunu fark etti. Harington'un oyunculuk yeteneği olmasına şaşırmamıştı ama onun bir başka yeteneğinin olması onu etkilemişti. Yazar, saray mensubu, süvari ve şimdi de bir aktör olarak çıkmıştı karşısına. Aklını başına topladı: Onu alkışlamayacaktı.

Bottom her sahnede rol almak isteyen zevzek bir karakterdi; Mary'ye göre kraliçenin yatak odası nedimelerinin her birini yatağa atmak için can atan bir adam için fazla bir oyunculuk yeteneği gerektirmeyen bir roldü. Ona fazla dikkatini vermemeye çalışıyordu ama bu çok mümkün değildi.

Puck Titania'nın göz kapaklarının üzerine o sihirli iksiri damlatmıştı. Bottom ise her zamanki gibi dalavereci, kafasına bir eşekbaşlığı geçirmiş bağıra bağıra anırarak dörtnala koşuyordu. Titania uyanmış ve ilk görüşte ona tutulmuştu. Peri kraliçesi kovalıyor Bottom ise sahnede koşturarak ağaçların arkasına saklanarak ondan gizlenmeye çalışıyordu. Yakalanmak üzere olduğu her seferde bir takla atıveriyordu.

Mary John'un bu kadar atletik olmasına şaşırmıştı. Onun yatağı dışında bir egzersiz harekette bulunduğunu düşünmüyordu.

John Harrington ilginç esprileriyle gittikçe daha enerjik ve şaşırtıcı oldukça saraylılar ellerinde olmadan kahkahalara boğuluyorlardı. En sonunda Bottom, Titania arka bacaklarından yakaladığı sırada arka bacaklarını bırakıp ileri atılmıştı.

Mary ciddi durmaya çalışıyordu ama John eşekbaşlığıyla peri kraliçesinin arkasına atlayınca kendini tutamadı daha fazla: Titania sahnenin kenarına fırlayıp John da Elizabeth'e dönerek "Eşek de olsam, yine de kraliçenin onurunu koruyacağım ve onun sihirli iksirinin şehvetine kurban gitmeyeceğim" dediğinde kahkahalarla gülmüştü.

Elizabeth alttan alta bekaretine övgü gönderen bu sahneye olan memnuniyetini bir işaretle belli etti. Yine de Mary bu sahnenin Üstad Shakespeare'den ziyade John'un ürünü olup olmadığını merak etmişti. Bottom Titania'nın sırtına binmiş ve ormana doğru yol alırken hızlanması için poposunu kırbaçlayarak uzaklaştı. Saraylılar birbirlerine ne kadar beğendiklerini mırıldarken seyircilerden homurtular yükseliyordu.

En sonunda Puck sihri kaldırdı ve tüm aşıklar kavuştu. Böylece oyun mutlu sona erdi ve her yer alkışa boğuldu. Arka bacakları yeniden takılmış olan John diğer oyuncularla birlikte sahneye yaklaştı ve eşekbaşlığını kraliçenin ayağının dibine koydu. Kraliçenin nedimelerine eğilerek selam verdi. Mary bu sırada John'un gözlerinin onu aradığını fark etmişti. Onu görmezden gelmek yakışık almazdı. Kibarca alkışlarken içinden bu kadar takdirin ona verebileceğinin en iyisi olduğunu telkin ediyordu kendisine. Harington'un ilgisini çekebilmek için daha az kahkaha atan diğer nedimelerin belli bir niyetleri olup olmadığını merak etmişti.

Majesteleri ayağa kalktı ve Üstad Shakespeare'e bir kese altın verdi. "Size ve oyuncularınıza çok teşekkür ederiz Sör." Sonra tüm kalabalığı kucaklarmışçasına içtenlikle kollarını açtı.

John, göğsü ve kaslı kollarını ortada bırakan Bottom'ın eski püskü giysileri içinde emekleyerek elindeki eşekbaşlığını ekibiyle birlikte bitişikteki salona doğru geri geri giden Shakespeare'e teslim etti.

Essex, John'un önüne geçmeye çalışsa da Kraliçe onu kenara itti ve "Oğlum Jack senin bir yazardan daha çok, iyi bir Bottom olduğunu düşünüyoruz" dedi.

John ayağa kalktı ve eğildi, ses tonu şakacıydı. "Vaftiz anne her ne kadar zavallı bir oyuncudan başka bir şey olmasam da bence sahnede bir eşeği yaratmakla sahnede bir eşek olmak arasında çok da fazla fark yok.

Elizabeth onu şımartmamak için gülümsemesini yelpazesi ile kapattı. Yine de kraliçenin nedimelerinden bazıları kraliçenin gülümsemesi solana kadar kahkahayla gülmüşlerdi.

Essex kaşlarını çatmıştı ve tekrar Harington'un önüne geçti. "John'un en iyi nüktelerinden biri değil ama bu Majesteleri. Aslında son zamanlarda elle tutulur hiç doğru dürüst yaptığı bir şey yok. Vasatlık bu kadar cesaretlendirilmemeli" dedi.

John ellerini iki yanında sımsıkı sıktı, çok açıktı ki sinirlerini kontrol etmeye çalışıyordu.

Elizabeth birden yelpazesini kapattı ve memnuniyetsiz bir şekilde "Essex Lordum bize şairliği mi öğreteceksiniz? Yoksa şu anda sahip olduğunuz mizahla bile sizde olmayan bir yetenek başkasında var diye kıskandınız mı?"

Neden Majesteleri Essex'i bu kadar kışkırtıyordu? Bu fazla kendini beğenmiş Lordun kibirini mi kırmak istiyordu? Yoksa kendinden otuz beş yaş küçük bir adama duyduğu aşıkane eğilimli duygularını yalanlamak için mi yapıyordu tüm bunları? Mary, aynı zamanda kendi duygularıyla da savaş veren bir kadın için aklın yetip yetmeyeceğini düşündü ve sonra kendisinin de Sör John'u sürekli terslemesinde buna benzer bir inkârın söz konusu olup olmadığını merak etti.

Bu sırada Essex affedilemez bir şey yaptı: Kraliçeye arkasını döndü ve onun iznini almadan saray tiyatrosundan hızlı adımlarla uzaklaştı. Gündüz vakti iki kadının ellerine düşüp azar işitmek ona acizlik gibi görünmüştü.

Kraliçe ayağa kalktı; sallanıyor ve bir yandan tahtına tutunuyordu. Yelpazesini hızla ilerleyen Essex'e doğrulttu. "Geriye dönün Essex Lordum," diye bağırdı ayağını yere vurarak. "Dikkat edin Sör. Atılan taş çoğu zaman tahttakinin başından size geri döner."

Essex geri dönmedi, kraliçe fildişi yelpazesini elinde ikiye katlanana kadar sımsıkı tuttu, yüzü hiddet doluydu.

Hiç kimse kıpırdamadı. Mary çoğunun o sırada kraliçenin dikkatini üstüne çekmektense soluk almak için durduğunu düşündü.

İkinci kez öfkeden benzi atmış olan Elizabeth boynu yelpaze gibi adımlarıyla uyumlu bir şekilde aşağı yukarı zıplayarak odasına doğru yürüdü. Mary ve diğer nedimeler ona ayak uydurabilmek için birbirlerini ite kaka peşinden gittiler. Habersiz yakalanan trampetçiler notaları kaçırarak hızlı hızlı çalıyorlardı müziklerini.

Protokol odasına yaklaştıkları sırada Elizabeth önündeki hizmetkârına bağırdı: "Tanrı ve İsa aşkına ve çarmıha gerilen bedeninin parçaları ve azizler, inanç, sadakat ve her şey aşkına - hemen aç şu kapıyı!"

Bu çok abartılı bir lanetti ve Mary'nin hiç kraliçenin ağzından böyle şeyler duyabileceği aklına gelmezdi.

"Lord Bekçisi Edgerton'u çağırın bana!" Kraliçe en içteki odasına hışımla ayağını yere bastığında topallıyordu.

"Ama kraliçe kendi canını acıtıyor" dedi Mary Bayan Margaret'e.

Bayan Margaret elini ağzına kapatarak verdi cevabını: "Ayağı şiş ama önemsizmiş gibi davranıyor, önemsemeyerek iyileştireceğini zannediyor."

Mary buna şaşırmamakla beraber hayret etmeye de vakti yoktu. Eğer kraliçe bir şişkinliği bile kendi iradesi ile iyileştirebiliyorsa, çocukça bir lordu ve huysuzluklarını da yine iradesi ile umursamayabilirdi.

Zaten oyunu izlemek için gelmiş olan Lord Bekçisi Edgerton anons edildi.

Elizabeth onun etrafında dönüyordu: "Lordum Essex'i hemen bana getirin!"

Verilen emirdeki aciliyet tartışılamazdı bile ve Lord Bekçisi neredeyse koşarak yola koyuldu.

Edgerton'un Essex'i getirmesi bir saatten fazla zaman almıştı. Bu süre içerisinde Elizabeth çıldırmış gibi önce kendini kağıtların içine gömmüş, iki kez elbisesini değiştirmiş, göğüslerini göstermek için üstünü başını açmış, sonra tekrar korsesini bağlattırmış ve bir ileri bir geri yürümeye başlamıştı odanın içinde. Her geçen dakika öfkesi daha da artıyordu.

Edgerton içeri girdi ve onu arkasında üç muhafız ile Essex izledi. Az kalsın bir mahkum olabilirdi.

Mary diğer nedimelerle birlikte giriş odasına doğru geriledi.

"Kızlarım burada kalacak!" Bu göz ardı edilemeyecek bir kraliyet emriydi. Mary nedimelerden birazdan karşılaşacakları sahneye gerçekten tanık olmak isteyen var mı diye içinden merak etti.

Essex kraliçeye bakmadı ve adet olduğu üzere yere diz çökmedi. "Hükümdarınızın önünde diz çökseniz iyi edersiniz Lordum" dedi Elizabeth; sesi odada çınlamıştı, hatta belki kocaman sarayın yarısında sesi çınlamıştı.

Mary kraliçenin vücudunun titrediğini fark etti ve kraliçenin sinirinin çoğu zaman bayılmasıyla sonuçlandığını hatırladı. Kraliçeye en yakında olan Mary böyle bir şey olursa kraliçeyi hemen kavrayabilmek için bir adım öne yaklaştı.

Essex yüzünü kaldırdı, kızıl kahve bukleleri yüzüne düşmüştü ve şık yeleği düğmelerinin yarısı çözülmüştü. Yüzünde kitapların arasında uyurken hocasına yakalanmış ve cezalandırılacakmış gibi çocuksu bir somurtkanlık ve meydan okuma vardı.

Muhafızlar zorla dizlerinin üzerine çöktürdüler.

Kraliçe etrafında yürüyor, ellerini bir kenetliyor bir açıyor ama hareketsiz duramıyordu. Essex bakışlarını onu takip etmekten alıkoymaya çalışıyordu fakat dikkatini üzerine çekmeye kararlıydı ve en sonunda tamamen bunu başardı.

Essex ona baktı, göz pınarlarındaki yaşlar parlıyordu.

Elizabeth'in yüzünde hiçbir acıma yoktu.

Essex kraliçenin ayaklarına çöktü "Kraliçem affınız için yalvarıyorum ve..."

"Hiçbir şey için yalvarmayın Lordum. Ben size şeref, mal, tatlı şaraplardan vergi, İspanya'ya karşı denizlerde komutanlık verdim. Geçen yıl Asor adalarında İspanyolların hazine yüklü donanmalarını ele geçiremediğinizde seni affettim."

Bu kadarı Essex'in gururu için fazlaydı. Kraliçenin iznini beklemeden silkinerek ayağa kalktı. "Size o olayda asıl kabahatin Raleigh'de olduğunu anlatmıştım. O benim düşmanım ve yalan söylüyor."

"Ele geçiremediniz dedim çünkü benim paramı harcayıp sırf kişisel zaferin peşinde koşup ki onun da büyük bir kısmını kaybettiniz, eli boş döndünüz." Elizabeth sanki konuşmak için var gücünü harcıyordu. Öyle ki bir ara durup derin bir nefes almak zorunda kaldı. "Ben sizi yüzlerce kez affettim ama siz tüm saray halkının önünde bana sırtınızı dönüp gittiniz. Şimdi de ben aynısını yapacağım. Essex Lordum, şu andan itibaren saraydan uzaklaştırılıyorsunuz."

"Majesteleri bunu yapamazsınız..." diye söze başladı Essex.

"Yapamaz mıyım!" diye kükredi Elizabeth hırsla etrafında dönerek ve birden üzerinde doğru yürüyerek. Elini açtı ve yüzüne bir tokat indirdi.

Essex kılıcına uzandı tam kabzasını tuttu ama muhafızlar tepesinde belirdi. "Kral babanızdan asla böyle bir davranış görmezdim!"

Elizabeth geriledi, korkmuştu. "Bu bir ihanet!"

"Ne!" dedi Essex, tüm sabrı tükenme noktasındaydı. "Prensler hata yapamazlar mı? İnsanlar yanılamazlar mı? Bunu kabul edemem."

"Benim hayatımı tehdit ediyorsunuz ve tebaamın önünde otoritemi sorguluyorsunuz!" Elizabeth öfkeden alev alev yanıyordu. "Götürün ve idam edin."

Muhafızlar tarafından sımsıkı tutulan Essex, Elizabeth görmese de o durumda yapabileceği en iyi şekilde eğildi. Kraliçe yürüyüp gitmişti, sırtı dimdikti ve altın tacı şöminenin kıvılcımlarıyla parlıyordu.

Mary iki yanda ellerinin titrediğini hissetti. "Her zaman böyle mi oluyor?" diye fısıldadı Bayan Margaret'e.

"Bu kez daha önce gördüklerimden çok daha vahim. Onu zindana attırabilir, mahkum edebilirdi... Ve hâlâ bunu yapabilir."

Mary düşüncelerini kendisine saklaması gerektiğini biliyordu. Fakat Kraliçe onun sonsuz itaatini beklerken Essex'in de onun tüm dikkatini üzerinde istemesi kaçınılmazdı.

Yatak odası nedimelerinin arasında bir sürü dedikodu dönüyordu ve rahatça birbirleriyle paylaşabiliyorlardı. Tüm duyduklarına göre Kraliçe Essex'e iyice kızacaktı ve yaralanmış gibi görünerek çocukça bir telaşla ona karşılık verecekti. Elizabeth öfkelenip onu saraydan atacaktı. Essex incinmiş duygularıyla başını alıp gidecek ve Elizabeth'i derin melankoli dolu gün ve haftalarla baş başa bırakacaktı... Ta ki biri diğerini affedene ve her şey yeniden başlayana kadar. Bu sefer affedilme olasılığı var mıydı?

O gece Mary giriş odasında kraliçenin ona emir vermesi için hazır bekliyordu. Gerçi Kraliçe, Essex götürüldükten sonra kimseyi çağırmamış akşam yemeğine de dokunmadan olduğu gibi geri vermişti.

"Niçin bu kadar dalgınsınız küçük hanım?" diye sordu Warwick odanın en ucunda duran yatağının ucundaki sedire oturarak.

"Üzgünüm çünkü Majesteleri de üzgün."

"O halde sık sık üzüleceksiniz. Neredeyse on yıldır genç kont ile kraliçenin ilişkileri bu şekilde devam eder... Robert Dudley öldüğünden beri" dedi ve Kontes sadece bir fısıltıya dönüşecek şekilde sesini alçalttı. "Her ikisi de hayatlarında onların kötü yönlerini kontrol eden tek adamı kaybettiler çünkü."

"Leciester Lordunu tanıyor muydunuz?"

"Evet, o zamanlar genç bir kadındım ama kraliçenin Robin'inin ona kendi elleriyle yemek yedirmek istediğini asla unutmayacağım. O da en az Essex kadar tutkulu biriydi ama kraliçe onun kalbinin ilk kadınıydı ve kraliçe de bunu biliyordu."

Mary gülümsedi. Bayan Warwick romantik biriydi. "Sanırım anlıyorum" diye mırıldadı Mary, kontesin ender rastlanır bir şekilde ona güvenmesi hoşuna gitmişti. "Hem Majestelerinin hem de kontun sadece Robert Dudley'nin verebileceği sonsuz sadakate ihtiyaçları var." Oh, çok ileri gitmişti. "Özür dilerim Bayan Warwick, bunu söylemek benim haddime düşmez."

"Evet, düşmez" dedi Anne Warwick ciddi bir şekilde ve daha yumuşak bir tonla cümlesine devam etti "Ama diyelim haddine düşer, doğru bir sonuca vardın diyebiliriz." Kontes kolunu Mary'nin omzuna koydu. "Bu ince analizinizi başka bir adam için de kullanabilirsiniz Bayan Mary."

"Görevime gidip Majestelerinin tuvaleti yarın için hazır mı değil mi kontrol etmem lazım, hanımefendim." Mary ayağa kalktı ve selam verdi, kontesin lafı John Harington'a getirmek istediğini anlamıştı. O serseri ile ilgili zerre kadar bir şey duymak istemiyordu.

Mary yürürken Bayan Warwick'in onu takip eden sözlerini işitti: "Görüyorum ki ahmak erkekleri affetmeyen sadece kraliçeler değil."

Kraliçenin tuvaleti iyi durumdaydı. Biraz daha fesleğen serpti. Bu kraliçenin en sevdiği bitkiydi. Fakat bunu yaparken her zamanki gibi dikkatini veremiyordu. Aklı duyduklarıyla meşguldü... Ve duymaması gereken şeylerle... Her şeyden önce gerçekten tam bir taşra faresi miydi? Bayan Warwick muhtemelen onun sarayın karmaşıklığına uyum sağlayamayacağını düşünmüştü. O halde Whitehall'de bir kadın için bir bahisçinin malzemesi olmak çok doğal bir şey miydi? Bazen kraliçe belden aşağı espriler yapsa da böyle bir şey aklına gelmezdi. Kraliçenin banyosunun kenarındaki taş bir banka oturdu, kocaman genişlikteki odada yankılanan sessizliğe minnettardı ve fenerin ışığıyla parıldayan suyu seyrediyordu.

"Bayan Rogers."

Mary duyduğu sesle birden irkildi ve öylesine hızla ayağa kalktı ve geriye doğru gidiyordu ki yalnızca John Harington'un çevik bir hareketle kolundan tutmasıyla banyonun içine düşmekten kurtulabildi... En iyi doktorların ilaç bulamayacağı bir kış banyosu yapıyordu az kalsın.

"Sizi şaşırttım. Özür dilerim. Sizi burada bulacağımı tahmin etmiştim. Bu zor görevde bile çok titiz ve özenli olduğunuzu işittim."

Mary kolunu ondan kurtardı ve kapıya doğru hızla ilerledi.

"Hayır, bekleyin," diye ekledi Harington. "En azından beni dinleme nezaketini gösterin."

"Size bir nezaket mi borçluyum Sör?"

Başını salladı. "Bana hiçbir şey borçlu değilsiniz. Size borçlu olan benim ve borcumu ödemeye geldim."

"Anlıyorum," dedi Mary hiçbir şey anlamadan ve anlamak istemeden, yalnızca öfkesine sımsıkı tutunarak ve neden öfkesini zirvede tutma gereği hissettiğini de merak etmeye başlamıştı. "Ballandırılmış sözlerinizin size on altının kazandıramayacağını kazandıracağını düşünüyorsunuz herhalde."

"Siz böyle görüyor olabilirsiniz fakat görüşünüz doğrucu öfkenizle gölgelenmiş... Hem de en kör eden cinsinden bir öfke," dedi ve durdu John. Derin bir nefes aldı ve devam etti "Affınız için yalvarmaya geldim" – itiraz etmesine fırsat vermemek için eliyle onu susturdu ve diz çöktü -"Evet size en alçakgönüllü halimle yalvarıyorum ve şunu söylemek istiyorum: Girdiğim bahsin tamamını ödedim ve arkadaşlarımın önünde tam bir aptal olduğumu kabul ettim. Bazılarının bunu zaten biliyoruz demelerine rağmen bunu yaptım." Yaptığı her hatalı mimikte ağzı büküllüyordu.

Yüzünü kaldırdı ve Mary'ye baktı ve yüzü yakındaki bir fenerin ışığıyla canlanıyordu. Neredeyse melek gibi görünüyordu, aklı başında olan bir kadının aldanmaması gereken bir yüzdü bu ve Mary de kendisini hep böyle bir kadın olarak düşünüyordu.

Işık John'un yüzüne çok hoş bir şekilde yansısa da onun yakışıklı hatları Mary'yi kontrolü altına alamayacaktı. "Kesinlikle bu bir mucize," dedi, duyduğu alaycı sözler hiç hoşuna gitmemişti. Diline hakim olabilmek için kendisiyle mücadele ediyordu adeta. "Sör John, bu kadar kısa sürede böylesine değişeceğinize inanmamı mı bekliyorsunuz?"

"Çünkü artık bir eşekbaşlığıyla gezmiyorum."

Mary'nin içinden gülümsemek geldi ve bunun ilk kez gelmediğini fark etti. Biraz yumuşamış görünmüş olmalı ki John ayağa kalktı ve eliyle ona bankın üzerine oturması için işaret etti. Mary'yi şaşırtan itiraz etmeden onun dediğini yapıp yerine oturması olmuştu.

John ondan bir hayli uzağa oturdu ve eliyle kulağını ovaladı.

Başka bir şeyden ötürü umutsuz bir şekilde Mary "Artık kraliçenin hediyesi olan inci küpeyi de takmıyorsunuz sanırım" dedi.

"Onu rehin vermek zorunda kaldım... Borçlarım için."

"Size şiddetle tavsiye ediyorum bunu söylemek için hiç iyi bir zamanlama değil Sör. Majesteleri derin bir üzüntü içerisinde."

John ışıkla dans eden mermer çizgili banyoya baktı.

"Bir gün kraliçenin sabrı kırılacak ve Essex affedilmeyecek. Umarım bu olduğunda ben sarayda olmam."

Mary sert bir şekilde ona baktı. "Umarım ben burada olurum Sör John. Majestelerinin bir kadının anlayışına ihtiyacı olacak çünkü."

John ona baktı, bakışları ciddiydi, Mary'nin onda görmeye alışık olduğu nadiren saklayabildiği muziplikten eser yoktu. "Majestelerine... Bir kadının affetmesinin nasıl bir tecrübe olduğunu aktarabilir misiniz?"

Mary cevap vermedi çünkü cevabı kendisi de bilmiyordu. Neden Essex'in John'a göre daha suçlu olduğunu unutmak daha kolaydı? Neden John onu bu kadar hayal kırıklığına uğratmıştı? John Harington hakkında önceden vermiş olduğu yargıdan dolayı bu kadar samimiyetle kendisinden af dilese bile onu affetmeyecek kadar gururlu muydu? Mary başka birisi bunu yapsa bu kadar gururdan dolayı o kişiyi eleştireceğini biliyordu.

John elini kalbinin üzerine koydu ve eğildi. "Sizi bu akşam iki şeyden ötürü aramıştım Bayan Mary."

Çabucak ayağa kalkarak kendini hazırladı Mary. "Sizin içinizde iyilik olmadığını anlamalıydım Sör. Tuvalet hizmetkârlarım kapının diğer tarafında bekliyor." Yalan söylüyordu ama Tanrı onu affederdi.

John'un üslubu biraz daha ciddileşti. "Benim hakkımda en kötüsünü düşünmekte çok acele ediyorsun Mary. Hiç ikinci bir şansım yok mu? Çarmıha gerilmiş hırsız bile Lordumuz tarafından affedilmiştir."

Mary yüzünün kızardığını hissederek ona baktı. Şimdi de tüm azizler adına dini alıntılar yapacaktı herhalde. "İkinci sebebi nedir Sör burada olmanızın?" Göz ucuyla ona bakıyordu ama John ona doğru hareket etmedi.

"Sanırım Majestelerinin minnettarlığını kazanmanız adına sizin için bir şey buldum."

"Neden böyle bir şey yapacaksınız peki?

"Takdirinizi kazanmak için."

"Ve dolayısıyla da kraliçenin," dedi Mary.

"Belki de. Çünkü sizin saygınızı kazanmak çok daha zor."

"Siz bir kere benim saygımı kazandınız ve sonra fırlatıp attınız. Neden şimdi bunu istiyorsunuz ki?" Fazla ileri gitmiş olmaktan korkmuş adeta nefesini tutmuştu. Hiç naz yapmayı bilmiyordu. "Benimle oynuyorsunuz. Eminim bir şey bulduğunuz filan da yok." Şimdi de sırf öyle olmuş olmak için dik başlı davrandığını fark etmişti.

"Ama var."

John onun merakını uyandırmaya çalışıyordu. Mary derin bir iç çekti. "Nedir bu mucizevî buluşunuz?"

John sırıtarak yanıtladı "Kraliçe için bir tuvalet... Kötü kokuları yok eden bir tuvalet."

Kırk yıl düşünse Mary'nin aklına John'un yeni bir tuvalet yaparak onu etkilemeye çalışacağı aklına gelmezdi. Serseri ruhlu bir adamdan başka nasıl bir adam bir kadının sevgisini kazanmak için böyle bir şey düşünebilirdi? Kendini tutamadı ve kahkaha attı. "Siz... Siz çılgınsınız Sör," dedi John'un ciddiyetine aldırış etmeden. "Böyle bir şey olabilir mi?"

"Eğer bana güvenirseniz olabilir," dedi John Mary'nin eline uzanarak. Mary birden kapıya yöneldi ve John ekledi arkasından her zamanki muzip tavrıyla, "Sadece biraz..."

BÖLÜM 11

"Bu hayat pek çok şey yaşadım.... Güvendiğim insanların ihanetine uğrarken hiç beklemediğim insanlardan büyük yardımlar gördüm."
Elizabeth Regina

Yüce Aziz Gregory Günü
12 Mart 1599

Mary Richmond Sarayında Tudorların gül ve misk kokusunun izlerini taşıyan kraliçenin hemen arkasından merdivenleri çıkıyordu. Kraliçenin kürklü gümüş elbisesi kesilmiş kollarının üzerinden siyah ipekle birleştirilerek süslenmişti. Elbisenin her bir noktasında inci taşlar vardı ve bu taşlar kıyafetini ağırlaştırıyordu fakat Mary kendisinden talep edilmediği sürece yardım teklif etmeye cesaret edemedi. Diğer tüm Nedimelerin arasından sadece onun Meclis salonuna kadar Majestelerinin hemen arkasında tek başına onu takip etmesine şaşırmıştı. Kraliçe genellikle odasından beraberindekilerle birlikte kraliyete ait bir merasimle çıkardı ve her fırsatta kraliyet itibarını göstermeye çalışırdı.

Mary dışarıda sağlam kulelerin tepesinde vızıldayan batıdan gelen bir bahar fırtınasının uğultusunu duyuyordu.

"Şişt! Şişt!"

Gizlice gülümseyerek Mary kulelerin altında da bir fırtınanın kopmak üzere olduğunu düşündü. "Majesteleri?"

Kraliçe cevap vermedi ama bir şeyden dolayı memnun olmadığını gösteren belirgin işaretler veriyordu. Mary kraliçenin kızgınlığının kaynağını tahmin edebiliyordu. Bu sefer Essex değildi.

Kraliçenin güzelliğine övgülerle dolu mektuplar, yalvarışlar, mücevherli hediyeler ve arkadaşlarının ricalarından sonra eskisi gibi kraliçenin gözdesi konumunda olmasa da nihayet Essex saraya dönmüştü. Mary kontun mektuplarından birini okuduktan sonra kraliçenin mırıldandığını işitmişti bir seferinde, "O kendi gururuna dayandıkça ben de kendi itibarıma dayanacağım."

Yine eskisi gibi Essexle flört ediyor şakalaşıyordu ama aralarında bir mesafe vardı ve bir zamanlar delikanlılığına verip görmezden geldiği hatalarını yüzüne vurmak için fırsat kolluyordu. Tüm nedimeleri kraliçenin artık onu "Vahşi Atım" diye çağırmadığının farkındaydı. O zamana kadar Essex onun saraydan kovulmasına sebep olan o her şeyi berbat eden hatası gibi bir hatayı tekrarlamamaya özen gösteriyordu. Bayan Warwick onların barıştıklarını düşünüyordu ama Mary o kadar da emin değildi ve kraliçenin sadece seyredip beklemekle yetindiğini hissediyordu ve zamanını kollamasını çok iyi biliyordu.

Kraliçe yavaş yavaş merdivenleri çıkıyordu ve Mary de adımlarını onunkilere uydurmaya çalışırken bir yandan da Elizabeth'in şu anki memnuniyetsizliğinin John'un kitabından mı kaynaklandığını merak ediyordu. John'un "Eskimiş Bir Konu Üzerine Açığa Çıkarılan Yeni Gerçekler" adındaki daha iyi serserilik yapabilmesi için roman planı... Manalı mimikleri ve hareketleri de dahil olmak üzere hiç karşı koymamıştı. Kitap sarayın namını düzgün aksettirmek konusunda özen gösteren kraliçe tarafından yakışıksız olarak görülmüştü. Her ne kadar John'un zekice buluşundan bir tane yatak odasına yapılmasını emretse de...

"Oğlum John'un buluşu nasıl çalışıyor?" diye sordu kraliçe omzunun üstünden bakarak. John kraliçeye buluşunu iyice açıklamış ve resimlerini birkaç kez göstermişti. Majestelerinde unutkanlık mı başlamıştı? "Bana yaklaş," dedi Elizabeth Mary'ye öne çıkmasını işaret ederek.

"Majesteleri Sör John tuvalete su boşaltan bir sarnıç yerleştirecek ve kötü kokuları engellemek için de deliğe bir kapak yapacak."

"Su sarnıcı mı? Oldum olası zeki bir çocuktu..." dedi Elizabeth sesi bedeniyle birlikte savruldu ve dengesini sağlamak için Mary'nin kolunu tuttu. "Oğlum Jack ile çok fazla vakit geçiriyorsunuz Küçük Hanım."

"Majesteleri tuvalet nedimeniz olarak görevlerimi yerine getirmek zorundayım."

Elizabeth başını salladı. "Evet, evet. Onun yakışıklı bir serseri olduğu konusunda hemfikiriz fakat onunla evlenmeyi düşünmeyin."

Mary gerginleşti ve kraliçe de bunu hissetti. "Zamanı geldiğinde kızım, bana olan iyi hizmetinin karşılığında sana daha iyi bir koca bulacağım. Servet ve nüfuz sahibi biri... Gençliğin verdiği toyluğu dengelemek için yaşça daha olgun birini..."

"Majestelerine teşekkürlerimi sunarım," onun gibi düşük asaletli ve fakir bir nedimenin isteyebileceği düşünülen her şey ona sunulduğunda başka ne diyebilirdi ki? Üstelik bu kadar çok itibar onu neden üzüyordu ki saraydaki herkes onun zenginliğini düşünürken? Her şeyden önce kraliçe onun işini ne kadar iyi yaptığının farkındaydı. Fakat gelecekteki hangi zamandan bahsediyordu ki Elizabeth? Öldüğü zamandan? Kraliçe nedimelerini kolay kolay azad etmezdi... Evlenmeden hamile kalmadıkları sürece... Böyle bir durumda da bazen savurur ve daima utanç içerisinde bırakırdı. Mary derin bir nefes aldı. "Majesteleri, evlenmek için bir arzum yok."

"Siz öyle söylüyorsunuz ama bizim gözlerimiz görüyor küçük hanım."

Kraliçe neyi görmüştü? Kesinlikle Mary John'a doğru herhangi bir meyil göstermiş olamazdı. Yoksa aşırı tedbirli davranarak kendini ele mi vermişti? Bilemiyordu. Kraliçenin aklındakileri bilemezdi. John geçen son aylarda genellikle onunla beraberdi ve yavaş yavaş ona karşı kendini koruma güdüsünü bırakmaya başlamıştı, çünkü arkadaşlığından hoşlanıyordu. İstemeye istemeye John'un hoş biri olduğunu kabul emişti ve de düşünceliydi aynı zamanda.

John ona kendisinin *Aristo*'nun bir çevirisinden aldığı bir yazı ile ona bir hediye göndermişti bir keresinde: *Kitaplar bir kimsede zaten yoksa akıl vermezler. Fakat birazcık akıl varsa onu geliştirirler.* Mary sık sık bu sözler üzerine düşünürdü çünkü bu sözler tam onu ifade ediyordu: biraz kibirliydi ama Mary'nin etkilenmemek için tüm karşı koyma çabasına rağmen çekiciydi.

İlk başta mesafeyi iyi korumuştu fakat John centilmenlik dışı hiçbir davranış sergilemeyince rahatlamıştı. Yine de John ona yaklaşmamıştı, ta ki Mary'nin neredeyse haberi bile olmaksızın oyun tam tersine dönene kadar. Mary yalnızca onun daha dikkatli olması için kendisini onun yoluna koymuştu. Belki de hâlâ John Mary'nin ona kızgın olduğunu düşünüyordu her ne kadar Mary böyle olmadığını her şekilde göstermeye çalışsa da. Belki de *her şekilde* göstermiyordu.

Saray mensupları meclis holünün her iki tarafından kraliçeyi selamladılar ve kraliçenin sendeleyen adımlarını görmezden geldiler. Halbuki Mary'ye göre hepsi bunu fark etmişti. Bütün meclis kraliçenin 65. yaş günü olan o gün pür dikkatti. Kraliçe de bunun farkındaydı; her yaş gününde yıllara karşı bir savaş veriyordu. Doktorları ona artık ata binmeyi bırakmasını veya yağmurlu ve rüzgarlı günlerde dışarıda yürümemesini söylediği zaman onlarla dalga geçiyordu: "Ben altı tane doktoru gömdüm ve sizi de gömerim hatta fiziğinizi, ilacınızı tedavinizi her şeyinizi gömerim!"

Acaba kraliçe ölümsüz olduğunu mu düşünüyordu? Ünlü Danimarkalı kimyacı Cornelius Lannoy'dan ebedi gençlik iksiri satın almıştı. Tadı iğrençti ve çok pahalıydı ama herkes tarafından şiddetle tavsiye ediliyordu. Fakat Elizabeth'in solgun yanaklarında kırışıklıklar belirince bu adam ülkeden kaçamadan yakalanmış ve zindana atılmıştı. Kraliçeyi aldatmak ihanetti.

Majesteleri meclisin büyük kapıları önünde durdu ve açılmasını bekledi. Kapılar derhal açılmıştı. "Bana eşlik edin Bayan Fare."

Mary kolunda hissettiği kraliçenin ağırlığını taşımaya çalışarak ilerledi. Bayan Katherine Grey Mary'ye mecliste kraliçeye eşlik etmenin nasıl bir şey olduğundan bahsetmişti. Bir nedimenin görevi mecliste konuşulanlardan hiçbirini duymuyormuş gibi yapmak ve daha sonra da kim sorarsa sorsun ya da ne kadar pahalı hediyeler sunulursa sunulsun konuşulanlara ilişkin tek kelime bile etmemekti.

Meclis ayağa kalktı. Elizabeth'in en son ve en sevgili danışmanlarından William Cecil'in oğlu Robert Cecil Elizabeth'in tam karşısındaki babasının yerinde ayağa kalktı. Artık devletin Sekreteri olmuştu ve kısa boyu, kambur sırtı ve donuk yüz ifadesi ile hiçbir zeka pırıltısı vermiyordu. Üstü örtülü masanın üzerinde yığınla resmi belgeler yığılıydı önünde.

Mary, Elizabeth'in onu cüce diye çağırdığını biliyordu. Bu tarz takma isimler takmasının kraliçenin o kişiye duyduğu sempatiden ileri geldiğini söylüyordu herkes. Mary kendisi kraliçenin taktığı başka bir isme layık görülen tek kadın olsa da Robert Cecil'in onun Fare diye adlandırılmasından hoşlandığı kadar takma isminden hoşlanıp hoşlanmadığını emrak etti. Neden isim takıyordu kraliçe? Öylesine yaptığı bir şey miydi yoksa tatlı bir söz müydü?

Sör Walter Raleigh'in de aralarında bulunduğu kraliçenin yaşlı meclis üyeleri uzun, kıvrımlı masanın bir tarafında oturuyorlardı. Southampton Kontu, Essex ve diğer genç meclis üyeleri onların tam karşısında oturuyorlardı ve savaş için can atıyorlardı. Essex Mary'i görünce kaşlarını çattı.

Raleigh eğilerek selam verdi ve elini kalbinin üzerine koyarak "En yürekten özürlerimi kabul edin Majesteleri," dedi.

Sabırsız bir şekilde Elizabeth oturdu ve meclistekiler de sandalyelerini ileriye doğru sürükleyerek yerlerini aldılar. "Diğer ada sürekli sorun içerisinde," diye söze başladı kraliçe, gözlerini kısmış karşıdaki duvara asılı haritaya bakıyordu. Doktorların getirdiği uzak gözlüklerini takmayı reddediyordu. "Şu hain Tyrone Kontu İrlanda'da yine bize karşı bir ayaklanma çıkardı, ordumuzu telef etti ve şimdi de üzerimize yeniden bir deniz filosu göndermek için İspanyollarla plan yapıyor. İrlanda İngiltere'nin arka kapısı; buna izin veremeyiz. Lord Lietenant komutasındaki yeni bir orduyla Lord Mountjoy'un işini bitirmek derdindeyim."

Mary tartışmayı daha iyi izleyebilmek için kraliçenin sandalyesinin uzun sırt kısmından yana doğru bir adım kaydı. Essex açıkça bu görevlendirmeden dolayı çok kızgındı. Robert Cecil bir şey belli etmiyordu ama Mary onun her kelimeyi tarttığını düşünüyordu.

Essex konuşmaya başladı ve ilk kez diline hakimdi. "Majestleri, bu görev engin tecrübeye sahip bir askere ve daha önce savaşta bir orduyu yönetmiş bir asile göre bir görev."

Cecil yavaşça konuşmaya katıldı. "Lordum bu tanımlarınız sizi tarif ediyor. Kendinizi mi öneriyorsunuz?"

Cecil'e aldırış etmeyerek Essex oturduğu yerden kraliçeyi selamladı. "Bana güvenin Majesteleri. Size dizlerinin üzerine çökmüş bir İrlanda getireceğim."

Eli çenesinde bir müddet düşünerek ve elindeki kuş tüyü kalemle Essex'in garantisini verdiği şeye işaret ederek mırıldandı kraliçe "Güvenimize ihanetle karşılık verdiniz."

Mary Essex'in boynundan yanaklarına doğru kıpkırmızı olduğunu fark etti. Kızıl kahve bıyığı daha koyu bir renk almıştı sanki.

Kraliçe omuz silkti. "Peki, yine de dediğiniz gibi olsun." Her zamankinden daha atik bir hareketle izin kâğıdının üstüne kıvrak imzasını atıverdi.

Elizabeth'in bu ani karar değişikliğine şaşırıp kalan Mary acaba yaşlı kurnaz kraliçe Essex'i ya hatalarını bağışlatacak ya da hem kraliçenin hem de halkın gözünden düşürecek bir tuzağın içine mi çekmeye çalışıyor diye aklından geçirdi. Elizabeth öncesinden Essex'in bir insanın nefese ihtiyacı olduğu kadar zafere susamış İngiliz ordusuna komuta etme şerefinin başka birine verilmesine müsaade etmeyeceğini düşünmüş müydü? Kraliçeyle ilgili Katherine Grey'in ona öğrettiklerini ve son iki aydır kendisinin görerek öğrendiklerini bir araya getirdiğinde Mary acaba Elizabeth gerçekten de sinsi mi diye düşünmekten kendini alamadı. Fakat neden öyle olsundu ki, Essex'i böylesine severken? Acaba bu Kraliçenin mantığını devre dışı bıraktığı bir anlık bir şey miydi yoksa Essex'in ya batıp ya da çıkacağı ve böylece kraliçenin de tüm sorumluluğu üzerinden atacağı bir test miydi?

Mary Essex'in yüzündeki zafer pırıltısını gördü ve hemen ardından onu gölgeleyen endişeyi... İrlanda yüz yıllardır geçilemez bataklıklarının tuzağına düşürdüğü İngiliz orduları ile birçok saraylının kariyerine son veren bir lağım çukuru olmuştu. Fakat Essex yeniden kazandığı bu statüyü kaybetmeden geri çeviremeyeceğini biliyor olmalıydı. Mary meclis masasında birçok insanın yüzünde zafer pırıltısı görüyordu.

Essex kontu Robert Devereaux kibir ve entrikaları yüzünden bir zamanlar dostu olan insanlardan bile birçok düşman kazanmış biriydi. Hemen soğukkanlı görünümüne büründü. Dağınık saçları ve onu otuzundan çok daha genç gösteren pürüzsüz yüzü ile Elizabeth'e gülümsedi. “Majesteleri, yanıma Southampton Lordu'unu almak istiyorum... Bir de atların idaresine John Harington'ı” dedi ve Mary'ye baktı.

Mary şaşırmıştı. Essex neden John'un ona eşlik etmesinde ısrarcıydı? Şaşırtıcı da olsa John sarayda artık çok daha dürüst davranan biri olarak görülmeye başladığından beri ikisinin eski arkadaşlıkları gündeme gelmemişti bir daha. Essex John onun yokluğunda ilgi odağı olabilir diye mi onu yanında götürmek istiyordu yoksa sadece John bu iş için en uygun insandı ve Essex bunun böyle olduğunu bildiği için mi? Mary'nin aklında birçok soru işareti vardı ancak cevapları yoktu.

Kraliçe toplantının ve sabrının sonuna geldiğini belirten bir işaretle ayağa kalktı "John bizim için yaptığı işi bitirdiğinde onu da götürebilirsin."

"Majesteleri" dedi Essex de ayağa kalkarak, "Kesinlikle bu büyük girişim çok büyük önem taşıyor..."

"Ben hâlâ burayı yönetmeye devam ediyorum Lordum ve neyin önem taşıdığına ben karar veririm. Ben nasıl istersem öyle olacak."

Kraliçe odadan çıktı ve çıkarken genç yüzü kızgınlıktan kapkara kesilen Essex dışında herkes kraliçeyi selamladı. Arkadaşı Southampton Essex'in gergin omuzlarından tuttu.

Trampetler, davullar, muhafızlar ve saray halkının bir kısmı kraliçeye protokol odasına kadar eşlik etmek için dışarıda bekliyordu. Kraliçe odasında dilekçe sahiplerinin isteklerini dinleyecekti.

Kraliçe kubbeli tahtına oturur oturmaz uzun siyah kadife cüppeleri içinde Polonyalı elçiler kraliçeye yaklaştı ve krallarından getirdikleri Latince arzuhali sundular. Polonya kralı İngiltere kraliçesinden onun deniz ticaretine karışmaktan vazgeçmesini istiyordu. Drake, Hawkins ve Frobisher isimli kraliçenin deniz bekçileri kraliçe diğer tarafın peşindeyken deniz açıklarında dolaşıyordu ve elde ettikleri hazinelerin üçte biri onların oluyordu.

Elizabeth gözleri alev alev ve sinirden kapkara kesilmiş bir halde elçileri sonuna kadar dinledi ve sonra ayağa kalkarak ılımlı ve mükemmel diplomasi Latincesi ile aklındakileri söylemeye başladı. Mary arada birkaç sözcüğü yakalayabilse de kraliçenin Latincesinin oldukça iyi olduğunu biliyordu. Kibirli elçiler bu asil hamle karşısında mest olmuş bir şaşkınlıkla kraliçenin önünde diz çöktüler.

En sonunda Cecil bir adım öne çıkarak elini uzattığı sırada kraliçe de memnuniyet içinde gülümseyerek "Lordum körelmiş Latincemizi kullanabilme şansı elde ettiğim için çok sevindim" dedi.

Mary kahkahayla gülmemek için dudağını ısırdı. Kraliçe her gün Latinceye düzenli olarak çalışırdı ve hatta çocukluğundan bu yana... Latincesi tacı kadar paslanmıştı. O anda Mary çabuk parlayan yaşlı kraliçe korkusunun son damlasını da atmıştı üzerinden. Çocukluğundan beri Mary babasından kalan küçük ada parçasını almış ve dünyanın bir numaralı gücü haline getirmiş bu hükümdara hayrandı. İngiltere'nin göbeğinde onun muhteşem sarayında kim ona hizmet etmek için can atmazdı ki? Mary o sırada mevkinin verdiği gururdan daha öte bir şey hissetti. Elizabeth'i sevmekten kendini alamıyordu. Bu sevgi Mary'nin büyük babasına duyduğu karşılıksız ve şefkatli sevgiden farksızdı, ve tamamen gönüldendi.

❀

Bir öğleden sonra kraliçe kraliyet dairesinin iç kısmındaki odada meclis üyeleri ile görüşürken ve İrlanda girişimi için öngördükleri harcamalara yüksek sesle karşı çıkarken Mary John'un tuvalet çalışmasının nasıl gittiğine bakmaya gitmişti. İşçiler öğle yemeğindeydi ve John ne orada ne de eski tuvalet odasında yoktu.

Amaçsız bir şekilde Mary nedimelerin salonuna geri dönüyordu.

"Mary, kraliçe bugün sadece birazcık sulandırılmış şarap içecek akşam yemeğinde. Sen yemek yemek istersen büyük salonda yiyebilirsin" diye seslendi Bayan Warwick.

Mary eğilip selamlayarak yemeğini yemek için diğer nedimelerin yanına gitti. Yemekler her zamankinden daha azdı ve sadece şeker ya da bal tarzı şeyler kalmıştı. Et ve ekmek için çok geç kalmıştı. Her ne kadar Richmond Sarayı kraliçenin saraylarının içerisinde en sıcağı olsa da eski sarayın buz gibi kilerlerinden getirilecek et ve ekmek bu saatten sonra bayağı soğuk olurdu. Mary yemeği çok beğenmemişti. Kraliçenin bölmesine geri dönmek için başka bir salona döndü.

Bir kapı açıldı ve üniformalı bir saray hizmetlisi yolunu kesti. Tam arkasına dönmüştü arkadan onu takip eden, görünmeyen birisi kolunu tuttu: tuzağa düşürülmüştü.

"Lordum Essex kendisine eşlik etmenizi istiyor küçük hanım," dedi bir tanesi rahatça pis pis sırıtarak.

"Lordunuza benim pişmanlıklarımı iletin çünkü şu anda kraliçeye bir görevimi yerine getirmem gerekiyor."

"Lordumuz fazla vaktinizi almayacak" dedi hizmetlilerden bir tanesi. Her iki kolundan da tutmuşlardı.

Bağırmasına fırsat kalmadan kendisini bir bölmenin içinde arka odalardan birine doğru sürüklenirken buldu Mary. Avazı çıktığı kadar bağırsa da kim duyabilirdi ki onu? Dışarıda rüzgar uğulduyor ve gök gürültüsü ile birbirine karışan yağmur damlaları pencerelere vuruyordu.

Mary'yi kapı aralığından içeriye itmişlerdi ve arkasından büyük kapılar kapanmıştı. Üzerinden çevrilen büyük bir kilit sesi duydu.

Odanın içi dışarıdaki fırtınaya meydan okurcasına alevleri yükselen büyük bir şöminenin ateşi ile aydınlanıyordu. Mary omuzlarını düzeltti ve sırtını doğrulttu. Bu kadar gözden düşmüş olan bu lord kendisine yüz vermedi diye kraliçenin nedimelerinden birine tecavüze kalkışmak için çıldırmış olmalıydı. Bu kraliçenin otoritesine çok büyük bir saygısızlıktı ve kendisi bunu biliyor olmalıydı tabi eğer biraz delirmediyse. Hatta biraz değil çok delirmediyse...

Mary soğukkanlılığını korumaya ve bir yanlışlık sonucu oraya getirilmiş gibi davranmaya kararlıydı. Korkmuş bir çocuk gibi görünmeyecekti. Çünkü bu sadece Essex'i memnun etmeye yarardı ve daha da cesaretlendirirdi. Mary'ye göre o asil bir zorbaydı.

Essex üzerinde gömlek ve pantolonuyla iç kısımdaki odadan çıktı. Ayakları çıplaktı; Mary bunun sebebinin peluş İran halılarını daha iyi hissedebilmek olduğundan emindi. "Ah, en sonunda davetimizi kabul ettiniz Bayan Mary."

Mary itiraz etmek için ağzını açmıştı ki Essex arkasını dönmüş biraz daha odun atmak için şömineye yönelmişti. Pamuk doldurulmuş saray kıyafetleri yokken zayıf ve oldukça uzun olduğunu fark etti. Hatta kendi zamanında bir dev olarak nitelendirilen kraliçenin babasından bile uzundu. Her ne kadar kendisi onlardan biri olmasa da şüphesiz Lordun peşinde koşan bir sürü kadın vardı.

"Lordum, bu ne anlama geliyor? Eminim hizmetkârlarınız beni başka bir sebepten buraya getirdiler." Sesi azametliydi; sanki biraz Elizabeth'in tonu vardı sesinde. Başka bir zaman olsa bu durum onu gülümsetirdi.

Essex yüzünü dönmedi ve cevap da vermedi. Belki de sadece onu korkutmak istemişti; Mary'yi hiç tanımadığı için bunu yapabileceğini zannetmişti muhtemelen.

Yatağının kenarlarında işlemeli örtüler, kraliyete ait her türlü malzeme ve hatta kraliçenin taç giyme töreninin portresi bile asılıydı. Gencecik masum yüzü tacının altından bakıyordu. Cüppesinin altından görünen narin elleri İngiltere'nin simgesi olan asa ve küreyi tutuyordu. Mary bu odanın bir zamanlar portrenin yapıldığı zamanlarda kraliçeye aşık olan Robert Dudley'e ait olduğunu duymuştu. Essex her yönde pek başaramasa da Dudley'nin yerini dolduruyordu. Kraliçenin ilk aşkıyla ilgili tüm bildiklerine göre Robin asla bir kadını kazanmak için onun yolunu kesmezdi.

Kont Mary'ye doğru yaklaştı ve onun merak dolu bakışlarını yanlış algılamış olmalıydı. "İyice bakın Küçük Hanım ve şükredin ki sizin düşmanınız değilim... Tabi dostluğumu reddederseniz beni kendinize düşman etmenize de az kalmış demektir."

Mary reverans yaptı, sağlam formalitelerden taviz vermemeye karalıydı. "Bunu duyduğuma sevindim Lordum... Fakat yine de eğer görevimi yerine getirmeme izin vermezseniz büyük bir hata yapmış olacaksınız çünkü biliyorsunuz ki Majesteleri bekletilmekten hiç hoşlanmaz."

Essex bir kahkaha attı. "Her şeyden önce çok zeki değilsin. Yaşlı kraliçeyi hâlâ tanıyamamışsın. Senin söylediklerine inanmaz. O ben yanında yokken perişan olur ve geri geldiğimde dünyalar onun olur."

Mary dikkatlice Essex' baktı. Bu aşırı özgüvenini aklı almıyordu. Bunca yıldır sarayda olmasına rağmen Elizabeth'i düşündüğü kadar iyi tanımıyordu.

"Yine de küçük hanım birçok insanın onun bana olan ilgisini yok etmeye çalıştığını söylemeliyim. Robert Cecil ve Raleigh ve hatta belki de senin John. Oh, evet, onun seninle ilgili ne düşler kurduğunu tahmin edebiliyorum." Neredeyse tükürerek konuşuyordu. "Fakat ben tüm zaferleri kazanacağım; seni ve Elizabeth'i de küçük hanım. Kılıcımın ucunda İrlanda'yla döndüğümde zaferimi göreceksiniz."

O anda Mary daha da şaşırmıştı çünkü onun daha önce görmediği yönlerini görüyordu. Kendisinde zerre kadar hata görmüyordu ve zihni kuşku, kesinlik ve gösteriş etrafında dolanıp duruyordu. Mary onun hayal ötesi bir özgüvenle kendini kandırdığını fark etti. Bu delilikten daha beterdi. Bu düşünce bir an önce onu kırılgan ve narin görünümünden uzaklaştırdı ve kapıya doğru ilerledi. "Bunların hepsi doğru olabilir ama şimdi gitmem gerekiyor. Kapıyı açın Lordum."

Anlamsız bir şekilde baktı Essex.

"Unutmayın, ben Majestelerinin koruması altındayım." Mary kapıya doğru yaklaştı fakat Essex daha önce davrandı ve onu engelledi. "Lordum Essex," korkusunu gizlemeye çalışıyor ve öfkesinden sesi titriyordu, "Bay John sizden çok daha centilmen."

Essex'in kibirli kahkahası çok tiz bir sesle yankılandı ve bu tuhaf sesle Mary'nin içi ürperdi. "Ne fark eder ki?" diye sordu Essex bir taraftan gömleğinin üst düğmesini açarak. "Onu yanımda İrlanda'ya götüreceğim ve en ön safa koyacağım."

Mary artık gerçekten korkuyordu. Bu Lord kendi hatasını düzeltecek ve şerefini yeniden kazanacak diye John'u öldürecekti. Mary başka bir kapı var mı diye etrafına bakmak için arkasına döndüğünde Essex ona iyice yaklaşmıştı.

Mary soluk ve kısık ses tonundaki nefreti gizleyemedi. "Bahisle kazanamadığınızı kaba kuvvetle alacaksınız öyle mi? Bu ne rütbenize yakışıyor ne de kraliçenin size olan güvenine."

Essex'in yüzü kıpkırmızı oldu. "Sen ne cüretle beni sorguluyorsun? Ben kraliçenin nedimelerinden dört tanesine sahip oldum ve hepsi de mevki olarak senden daha üsttelerdi."

Dört mü? Mary sadece üçünü duymuştu.

Essex'in sesi kulağını tırmalıyordu. "Beni tüm saray halkının önünde küçük düşürdünüz küçük hanım ve bunu da sahip olduğunuz tek hazine ile ödeyeceksiniz."

Mary bağırmak için ağzını açtı ama nefesini içine çektiğinde Essex kahkaha attı "İstersen bağır. Hiç kimse bana karşı gelemez."

Uzun bir kol Mary'nin omzunun etrafından dolandı ve Essex'in diğer eli de Mary'nin göğsünün üzerinde dolaşıyordu; parmaklarıyla iç gömleğini yırtmaya çalışıyordu. Hayatı boyunca hiç bu kadar korkmamış olan Mary var gücüyle onu itmeyi başardı ve Essex dış kapıya çarptı.

Essex yeniden ayağa kalktı fakat yüzü kızgın bir hale dönüşmüştü.

Mary geriye doğru çekildi; artık kaybettiğinden emindi. Essex'in sözleri ve hareketleri hayatının en iğrenç anını yaşayacağını doğruluyordu.

"Sessiz ve itaatkâr olacaksın," dedi Essex. Kısılmış sesi daha da ürkütücüydü. Eliyle pantolonunu indirdi ve kendi tabiriyle dimdik "horozu" ortadaydı. "Eğer az sonra sahip olacağım ödülle ilgili tek kelime edersen seni ve John'u yakaladığımı söylerim... Hem de sen onu tahrik ederken. Tuvalet nedimesi Bayan Mary'yi yakmak istermisin?"

Essex küçük düşürücü tacizleriyle Mary'yi yatağa doğru iterek ona doğru ilerliyordu. Son hamlesinde Mary'yi halının üzerinde topuğundan yakaladı ve ipek çarşafların üzerinde arkasından üstüne abandı. Artık Mary'nin hiç kaçma şansı kalmamıştı.

Mary umudu tükenmiş bir halde onun aklını meşgul etmeye çalışarak yalvardı. "Neden Lordum? Sizin için can atan bu kadar çok kadın varken neden ben?"

Bayatlamış şarap kokusu Mary'yi iyice sarmıştı ve titreyen vücudu artık beyninin komutlarına uyamıyordu. Bir taraftan Mary'nin eteklerini yoklayan Essex'in üzerindeki ağırlığını hissediyordu. Birden çılgına dönmüş bir şekilde dizlerini sımsıkı kenetleyerek ters döndü ve onun sırtını tekmelemeye çalıştı fakat Essex çok güçlüydü; Mary'nin omuzlarına çöktü; yüzünün üstünde Essex'in penisi sallanıyordu. Hırsından ağlamak istiyordu ama acılı gözyaşları düşmeden göz pınarlarında kuruyordu. Bağırmak istiyordu fakat boğulan sesinden gırtlağı tıkanmıştı. Mahvolmuştu. John bile onu mahvolmuş olarak görecekti. Ruhunun derinlerinden gelen ümitsiz bir sesle inledi.

Hayal meyal dış tarafta sesler duydu. Kılıç şakırtısı gibiydi.

Kapı birden arkasındaki bölmeli duvara çarparak açıldı. John kılıcını çekmiş bir şekilde içeriye daldı. *Tanrıya şükür!* Essex'i Mary'nin üzerinde görünce durdu. Öfkesinin yerini şüphe almıştı. "Bayan Mary, kendi isteğinizle mi buradasınız?" Sesi pişmanlık dolu ve boğuktu.

"John! Yardım et!" Bu bir feryattı.

John ileriye atıldı. "Lordum, size egzersizinizi tenis kortunda yapmanızı öneririm." Sanki hepsi bir şakaymış gibi gülümsedi.

Essex daha iyi görebilmek için biraz kıvrıldı. Bir an tereddüt etti ve sonra her zamanki tavrını takınmaya çalışarak konuşmaya başladı "Gel sen de katıl John. Hep arkadaşlarıma karşı paylaşımcı bir insan olmuşumdur."

"Lütfen John!" Nefesi kesilmiş, çıldırmak üzere olan bir feryat yükselmişti Mary'den.

"Bırakın onu Lordum."

Essex homurdanarak cevap verdi "Çıkın buradan bayım. İşime karışmayın." John ona doğru ilerleyince Essex yataktan aşağı atladı ve Mary de fırsatı değerlendirip hemen elbisesini üzerine geçirip tökezleyerek yataktan aşağı yuvarlandı. Titriyordu ama birden hissettiği rahatlamayla göz yaşlarına boğularak kontrolünü kaybetmemeye kararlıydı.

Essex güldü. "John, bu küçük orospu kendisi bana geldi... Ve ona sahip olmam için bana yalvardı. Yemin ederim."

"Bu korkunç bir yalan." Mary yeniden derin bir nefes alarak John'a koştu. "Sizin şeref ve namus kavramlarına saygılı biri olduğunuzu biliyorum, beni buradan götürün."

John kılıcını yerine soktu. "Buraya nasıl geldiniz küçük hanım?"

Mary'den şüphelenmişti ve bu onu çileden çıkarmıştı. "Kendi isteğiniz dışında!" Mary avazı çıktığı kadar bağırarak cevap verdi "Kraliçenin odasına dönerken onun hizmetkârları gelip beni zorla buraya sürüklediler."

Essex gülmeye çalışarak, kibirli bir şekilde omzunu silkti. "John biliyorsun bundan daha iyi yöntemlerim de var. Kime inanacaksın... Tabi ki sana bu şövalyeliğini ve zenginliğini veren adama değil mi?"

John eğildi fakat eli Mary'nin beline dolandı. "Doğrusu her neyse Kontum; fakat Bayan Mary şu anda kendi isteği dışında burada."

"Ne fark eder ki... Kadınlar her gün kolaylıkla kandırılabilir." Essex her zamanki yapmacıklığına bürünmeye çalışsa da, az zaman sonra omzunu silkip eliyle onlara gitmelerini işaret etti. "Al onu ve gidin. Zaten benim için hatta bütün doğru erkekler için fazla değişken ve dik kafalı."

John sözleriyle tahrik olmayacağını göstererek gülümsedi. "Lordum Essex," dedi gayet resmi bir şekilde, selamlayarak ve yüzlerine bakmayan iki hizmetli tarafından açılan kapıdan hızla Mary'yi çıkartarak.

Koridora çıktıklarında John onu bitişikteki bir odaya götürdü. Mary şimdi titriyordu. Şöminenin yanındaki bir oturağa kadar onu götürerek "Otur dedi," ciddi ama yine de kibar bir şekilde. "Elbiseni ve boynunu düzelt." Eliyle nazikçe Mary'nin yüzüne düşen saçını kenara çekti.

Mary ellerinin sıtma tutmuş gibi titremesini engellemeye çalıştı. Mary'nin aklını bir soru kemiriyordu ve kendisini John'un Essex'in planladığı bu şeyden haberi olmadığına ikna etmeye çalışıyordu. "Nasıl oldu da beni aramak için Essex'in odasına geldin?"

"Kraliçenin yanında yoktun, Bayan Warwick'in söylediği gibi yemek salonunda da değildin." Önce uzaklara doğru bir müddet baktıktan sonra John tekrar Mary'nin gözlerinin içine baktı. "Yılların tecrübesi bana nereye bakmam gerektiğini hatırlattı."

Mary ona inanmıştı fakat son bir şeyi daha bilmek istiyordu. "İnanmıyorsun değil mi benim-"

"Hayır, Essex'e inanmıyorum. Majesteleri ile kavga ettiğinden beri kendisi gibi davranmıyor."

"Yanlışın var John," dedi ve ürpererek derin bir nefes aldı. "O dünyayı kendi istediği şekilde görüyor. Beni İrlanda'da seni en ön safa koymakla tehdit etti."

"Benim hayatım senin için bu kadar önemli mi Mary?"

Mary bu soruya cevap vermedi. "Majesteleri nasıl Essex gibi bir adamı sevebiliyor?"

John'un gözleri kederlendi. "O hiçbir zaman az önce bıraktığımız Essex'i sevmedi. Essex kraliçenin sevgisini kaybettiği ve dolayısıyla daha fazla yükselme şansını da kaybettiğinden beri çok değişti. Kaybetmeye tahammülü yok."

"Onun iddiası bu John. Seni ölmüş görmek. Herkesin önünde ondan da ön planda olduğun için seni asla affetmeyecek."

"Yanlışı var. Ben ondan ön plana çıkmadım... Sadece kendimden daha ön plana çıktım. Ona bunu anlatacağım." John biraz daha yaklaştı, eğildi ve yüzüne dikkatlice bakarak daha kısık bir sesle "Her ne kadar sana anlatamasam da."

Mary ona tüm güvenini verdi. Bu güven allak bullak olmuş yüzüne yerleşmiş ve ellerinin titremesini durdurmuştu. Biraz kendine gelen Mary Bayan Margaret ve kraliçenin centilmen uşaklarından birinin oradan geçtiğini gördü ve ilgiyle onlara baktı.

Ayağa kalkarak izin istedi. "Sör John, beni kurtardığınız için size nasıl teşekkür edeceğimi bilemiyorum," dedi resmi bir şekilde, selam verdi ve başıyla Bayan Margarete işaret ederek hızla kraliçenin bölmesine doğru yürüdü. Aklı karmakarışık olmuştu ve arkasına dönüp asıl karmaşayı yaratan adama bakmaya cesaret edemedi. Ona söyleyeceği ne kadar çok şey vardı. Ya da söyleyemeyeceği...

❀

Birkaç gün sonra son derece gösterişli bir şekilde giyinmiş Essex arkasında avukatlarıyla kraliçenin iznini alarak on altı bin bölükten oluşan ordusunu toplamak ve İrlanda'ya hareket etmek üzere saraydan ayrıldı. Protokol odasından ayrılırken gözleri sadece kraliçedeydi ve Mary ona bakmadığı için kendisini rahatlamış hissetti. Muhtemelen Mary'nin onun gücünden korktuğunu düşünüyordu ve Mary saldırıyla ilgili sessizliğini koruyunca daha fazla korkutmaya gerek görmüyordu. Doğru ya da yanlış, böyle olduğunu düşünmek Mary'yi rahatlatıyordu.

Kraliçe Essex ve ordusunu tek bir şey için iyice tembihlerken Mary kraliçenin tam karşısındaydı ve ona bakıyordu: "Lordum, her seferinde bizi tuzağa düşürdükleri için İrlanda köylerinde birçok baskın için çok fazla hazine ve asker harcadık. Sizden istediğim direk düşmana doğru ilerlemeniz ve kuzey yataklarında onları yok etmeniz. Bana bu kez zafer getirin ve zaferimiz sonsuza kadar sürsün."

Essex yumruğunu göğsünün üstüne koydu ve eğildi. "Majesteleri, size bu zaferi ve daha nice zaferleri getireceğim... İrlanda meselesi bir son bulacak."

Mary bir kadının komutanlığı altında olmaktan dolayı Essex'in yüzünde her zamanki küçümseyici işaretlerinden birini aradı fakat göremedi. John'un söylediği bir şeyi hatırladı. "İrlanda onun son şansı," demişti Essex için. Mary Essex'in savaştan ne kötü dönmesini ne de iyi dönmesini istiyordu; onunla ilgili hiçbir şey düşünmek istemiyordu.

O gün geç saatlerde Essex'in zafer sözüyle şehirden ayrıldığı haberi kraliçeye ulaştı. Kalabalık halk toplanmış onun adını tekrarlıyor ve Londra'nın çıkışına kadar yol boyunca dizilmiş atlarının ayaklarına çiçekler atıyorlardı.

Bir an için Mary Elizabeth'in yüzünde bir memnuniyetsizlik belirdiğini fark etti. Nedime odasında bu düşüncesinden Bayan Warwick'e de bahsetti.

"Çok fazla dikkatli bakıyorsunuz küçük hanım," diye çıkıştı Anne her ne kadar gülümseyerek sözlerini yumuşatmaya çalışsa da. "Londralılar ilk tahta çıktığı günden beri Majestelerine aittirler. Kraliçe babasının asla izin vermeyeceği bir biçimde kendisine meydan okuyan genç ve yakışıklı bir Lorda ilgi göstermelerinden hoşlanmaz. Aslında, Henry bir günde onun kellesini Londra

Köprüsü'ne bir mızrağa takar, parçalanmış hain bedenini de şehir kapılarına astırırdı."

Mary ürperdi. En kötü düşmanı için bile, hoş zaten Essex onun için öyleydi, böyle bir sonu olsun istemezdi. Essex asla onun tarafından reddedilmeyi unutmayacaktı. Mary onun erkekliğini inkâr etmiş ve kadınlara olan o şanlı cazibesini sorgulamış ve başka bir erkekle onun odasını terk etmişti. Yine aynı durumla karşılaşsa yine aynı şeyi yapardı.

❀

Görevi icabı Mary her sabah erkenden bir parça ekmek ve kraliçenin en sevdikleri arasında yer alan mayhoş bir birayla orucunu açtıktan sonra kraliçenin günlük rutinlerini kontrol ederdi. Eski tuvaletin hemen bitişiğine yapılan yeni sifonlu tuvalet hemen hemen bitmek üzereydi.

Banyoyu aydınlatan fenerler, gömleğinin kollarını yukarıya kadar çekmiş, aletlerle dolu bir masaya serdiği planları önünde bir grup işçiyi yöneten John'u aydınlatıyordu.

Meraklı bir şekilde Mary özenle çizilmiş planlara bakmak için eğildi. John çok başarılı bir tasarımcıydı. Mary bununla meşgulken John yanına yaklaştı ve bir parmağı ile çizimlerini göstererek açıklamaya başladı. Mary ellerinin kir pas içinde olduğunu ve bu yüzden daha da güçlü göründüklerini fark etti.

"Görüyorsunuz küçük hanım, burada pislikleri arıtacak su sarnıcı olacak. Kullanılmadığın zaman pisliklerden deliğe kadar uzanacak deniz kabuğundan boru."

Mary ona baktı ve gülümsedi: "Çok zekice bir plan, John, özellikle de kraliçe pis kokulardan bu kadar nefret ederken. İngiltere'deki tüm güzel kokulu bitkileri toplasam kötü kokuları gideremiyorum."

John ılık nefesini hissedecek kadar yaklaştı Mary'ye. "Daima uşakların öğlen ve geceleri deliği boşalttıklarından emin olun ve delikte yarım metre derinliğinde taze su bulundurun." Yüzü şimdi Mary'ye daha da yakındı. "Bu şekilde güzel kullanılırsa Majestelerinin tuvaleti yatak odası kadar hoş olacaktır ve siz de vaftiz anneme her zamankinden daha sevecen görüneceksiniz... Tıpkı şimdi bana göründüğünüz gibi."

Mary ona baktı, sesi gitgide sakinleşiyor ve yavaşlıyordu. Mary korkmuyordu ve birden ona bütün erkeklerin üstünde güvendiğini fark etti. Bu ağır ağır süren bir değişimin sonucuydu; John'un onu kurtarması ile başlamış ve her gün bir kat daha artarak çoğalmıştı.

Ona çok yaklaşmıştı, sesi de çok etkileyiciydi. Kıpırdanmak istedi fakat ayakları aklının dediğini yapmadı. Başka bir konu bulmaya çalıştı. "Bu tuvalet çalışmanız gerçekten dahice bir icat Sör John," dedi plan taslaklarına doğru hareket ederek. "Kesinlikle ünleneceksiniz." John'un memnun olduğunu anladı.

"Ya, her malikanede bir John Harington tuvaleti olacak."

Muzipçe gülümsedi Mary, "Bir tuvalet için fazla uzun bir isim."

John bu oyunu sevmişti. "Ne olsun Peki? John Tuvaleti?"

Mary'nin yüzü kızardı. "Olabilir."

John keyif içinde dudaklarını büktü. "Gerçekten de genç bir kıza kur yapmak isteyen bir erkek için garip bir konu."

Ellerini Mary'nin ellerinin üzerine koymuştu fakat Mary hemen çekti. "Bizim bir arada olabilmemizin bir yolu yok."

"Hayatta birçok yol vardır Mary ve bizim için doğru olan yolu bulacağım. İnan bana" dedi ve durgunlaştı. "Akşam yemeğinden önce arkadaki ağaçlığın oraya gel de vedalaşalım."

"Vedalaşalım mı?"

"Yarın günün ilk ışıklarıyla yola çıkacağım... İrlanda'ya."

"Fakat John-"

"Ağaçlığın orada... Akşam yemeğinden önceki saatte," diye tekrarladı John ve dinlemiyormuş gibi yapan işçileriyle konuşmak üzere uzaklaştı.

Öğleden sonra gün ışığı yana doğru batıdan alçalırken Mary pelerinine sarınmış göğe yükselen yaşlı porsuk ağaçlarının bulunduğu ağaçlığa doğru bahçe yolundan yürüyordu... John'a neden onunla buluşamayacağını anlatacaktı. Ağaçlığın girişindeki taş oturaklar boştu. Etrafta John görünmüyordu.

Üzerinde bir top kar birikmiş yeşil ağaçlığın oraya ulaşmıştı ki, uzun bir kol uzandı ve onu bir erkek göğsüne çekti. Düzgün bıyıklarının altında bir erkek dudağı dudaklarına dokundu ve nazikçe onu öptü.

Hayal kuramayacak kadar duygularını yitirmeden öncesine kadar Mary'nin hayal ettiği ilk öpücükleriydi bu onların. Dudakları sıcacıktı. John onu daha sıkı sardıkça ağzı iyice açıldı; hayal ederken hissedemeyeceği şeyleri hissediyordu: tüm bedenine bir sıcaklık yayılmıştı, dizlerinin bağı çözülmüş gibiydi ve aşka susamış gibi salıvermişti dizlerini.

İlk John durdu ama hâlâ kollarıyla onu sımsıkı sarıyordu. "İrlanda'daki ilk zaferimizden sonra rızasını almak için kraliçeye yazacağım; sonra da büyük babana."

Mary çaresizce başını salladı. "Kraliçeyi bırakamam" dedi titreyerek. "Majesteleri işlerini yoluna koyduğunda kendisinin benim için bir eş bulacağını söyledi."

John Mary'yi biraz daha kendine yaklaştırdı. "Sana bunaklıktan eli ayağı tutmayan yaşlı Howard ya da Carey kuzenlerden birini önerecek." Kollarını bıraktı ve geriye doğru yürüdü sonra bozulmuş çimlere ayağını sürüyerek tekrar geri geldi."

Mary John'un dudaklarının sıcaklığını ve güçlü kollarının ağırlığını özlemişti, yeniden ona doğru yaslandı özlemine kavuşmak için. Ve kavuşmuştu.

"Beni seviyor musun Mary?"

"John, bu mümkün değil. Senin gibi iyi bir adamı üzemem."

"Artık çok geç... Senin sayende ben artık çok daha iyi biriyim... Senin sadakatin ve cesaretin sayesinde... Güzelliğin her gün beni benden alıyor. Başka hiçbir kadın-"

Mary söylediklerinin, yüzünün ve dudaklarının etkisinde iyice kaybolmamak için onu durdurmak zorundaydı. "Sör John, bu haber saraydaki birçok kadını rahatsız edecek."

John gülümsemedi. "Artık eski namımı hak edecek biri değilim. Sen benim artık yepyeni bir erkek olduğumu bilecek saraydaki son kadın olacaksın... Senin erkeğin."

Mary'nin içini bir pişmanlık kapladı. "Beni affet John; sen artık benim suçlamalarımın, eleştirilerimin hiçbirini hak etmiyorsun..." Yeniden gevşemiş bedenini toparlamaya çalıştı ve uzaklaştı. "Gitmeliyim. Kraliçenin benden ne istediğini unuttum. Bir daha evlilikten bahsetme. Bu mümkün değil."

Ağaçlığın dışındaki yoldan ayak sesleri hışırtısı duyuldu.

Yeniden Mary'yi kollarına çekti ve askeri kıyafetlerine iyice bastırdı; peleriniyle iyice sarmıştı Mary'yi. "Ama ya mümkün olursa," diye fısıldadı.

Ağaçlığın girişinde ayak sesleri durdu ve biraz daha uzağa çekildi.

"John..." Başka bir şey söylemek istemedi fakat söylemek zorundaydı. "Birtanem, John, yokluğum hissedilmeden ya da burada birine yakalanmadan kraliçenin odasına dönmek zorundayım." Yine de ayakları bu sıcacık sığınağından ayrılmasına izin vermiyordu.

Yavaşça güldü John. "Onlara seni donarken bulduğumu ve yeniden canlandırdığımı söylerim."

"Canlanmış gibi mi görünüyorum?" diye sordu alev alev olmuş yanaklarının sıcaklığını hissederek. Bu cilvesi de nereden gelmişti? Kendi kendine merak etti. Kendisinin acemi olduğunu düşünürdü ama John'un yanında sözcükler kendiliğinden dökülüveriyordu.

"Seni hatırlayacağım gibi görünüyorsun Mary, Mary tam tersi, İrlanda'dayken güzel ve çok daha canlı yüzünü hatırlayacağım." Hafifçe güldü. "Fakat benim kadar da canlı değil tabi..."

John onu bedeninin üstüne doğru kaldırdı ve Mary John'un kollarını sımsıkı kavradı, karı bile eritecek kadar sıcaktı bedeni. Mary günah işlemeye çok yaklaştığını hissetti birden ve daha fazla sarılmadı. John bunu fark etti, Mary'nin bedenini ısıtmak için yaklaştırmıştı kendi bedenini onunkine.

Son kez gücünü topladı ve John'u bırakarak kış gecesinin gölgesiyle yavaş yavaş karanlığa bürünen bahçede geldiği yöne doğru koştu ve sonra sanki hiçbir şey yokmuş öylesine biraz hava alıp gezinmek için çıkmış izlenimi vermek için yavaşladı. John'un onu takip edip etmediğine bakmak için bile arkasına bakmaya cesaret edememişti. Eğer takip etmiş olsaydı, dünyada hiçbir şey onu geriye dönüp ona sarılarak az önce fark ettiği şeyi, şimdi hatta belki bir ömür boyu saklamak zorunda olduğu bu sırrı ona söylemekten alıkoyamazdı.

Evet, evet, diye geçirdi içinden, dudakları bu sözcüklerle kıpırdıyordu. *Onu seviyorum, ona aşığım ve onu sonsuza dek istiyorum.* Kraliçe Elizabeth'in hükmettiği bir dünyada olduğunu yeniden hatırlamak için ayağını kaskatı mermerin üzerine bastı. Kraliçe Elizabeth, Gloriana*.

Aşkı inkâr eden ve unutan bir kadın... Bir kadın için John Harington'suz yaşamanın ne kadar yaralayıcı olduğunu unutmuş olmalı.

Kraliçenin bölmesine geldiğinde dışarıdan bakınca Mary aynı Mary'ydi ve bir an önce görevlerini toparladı; fakat aslında

* 16. yy. şairlerinden Edmund Spenser Faerie Queen isimli şiirinde kraliçeyi temsil eden karaktere bu ismi vermişti. Daha sonra kraliçeyi anmak için zaman zaman bu isim kullanıldı.

Mary çok değişmişti. John'un Elizabeth için yaptığı sifonlu tuvaleti kontrol etmek üzere kraliçenin banyosuna gittiğinde John'u orada çalışma tezgahında gördü. Halbu ki artık orada bir çalışma tezgahı yoktu. Uzağa baktığında bile hâlâ onu görüyordu. John'un silueti aklına kazınmış gibiydi, her zaman her yerde onu görür olmuştu.

Gece yarısında yatağına gitti, mumu yaktı ve yorganın içine girdi, gözleri kocaman açıktı. O gece çok az uyudu. Sabahın ilk ışıklarıyla beraber dışarıda sarayın bahçesinde at takırtıları duydu. John gidiyordu. Nefesini tuttu ve bekledi, neredeyse John'un fikrini değiştirdiğini ve gitmeyeceğini haykırmasını bile umut ediyordu. Fakat tek duyduğu toynak takırtısıydı. Bu ses feryat etmesine sebep olur diye kulaklarını kapattı duymamak için.

Sevgili Tanrım, onu koru, diye dua etti tekrar tekrar görevlerini yerine getirmek üzere yataktan kalkana kadar. Önünde hiç bitmeyecekmiş gibi soğuk günler onu bekliyordu.

BÖLÜM 12

Greenwich Sarayında Majestelerinden Essex Kontuna:
"...Eğer bu deniz seferinin hiçbir şekilde sağlamadığı etkiler üzerine harcanan zaman ve gücü kıyaslarsanız bize olan etkisiyle asla kendimizi memnun edemeyiz."
Elizabeth Regina

Lammas Günü
1 Ağustos 1599

John Harington Dublin dairesinde oturmuş, pencereler dışarıda parlayan dolunaya sonuna kadar açılmış, gecenin serinliğinde, kollarının düğmeleri çözülmüş nemli gömleği ile kandil ışığında bir şeyler yazıyordu. *Canım sevgilim*, diye başladı sonra karaladı, mürekkep lekesi olmuştu yazının üstü. Kağıdı buruşturup attı ve başka bir kağıt çekti önüne. Kendi olmalıydı, köylü güzelinin ardında dolaşan kara sevdalı bir delikanlı değil... Tüylü kalemini lambanın isine bandırdı.

Mar, Mary, tam tersi, diye başladı tekrar ve sonra birbirine çocukça kafiyeyle bu kadar uyan mürekkepli sözcüklere güldü ama kendi Mary'sinin kaderinin İskoç Kraliçesi Mary'ninkine benzememesini diliyordu. Selamlama kısmının tatlı sözlerden çok önce onu sinir edip Mary'nin onu azarlayacağını umuyordu. İrlanda denizinin karşısında ve Londra'dan at üstünde tam üç günlük mesafede bile odasında Mary'nin yokluğunu hissediyordu. İrlanda seferine Mary'nin alt üst olmuş o tatlı gencecik yüzü ve onu süzen kapkara gözlerini de getirmişti. Kolaylıkla teslim olan ve askerlerini İngiliz ordusuna katan küçük Lordları baskı altında tutmak için köy ve kasabalarda Essex onları üç ay boyunca gereksiz bir şekilde dolaştırdıktan sonra yeniden Dublin'e dönmüşlerdi. Ordunun yarısı garnizonlarda ve ileri karakol mevkilerinde bırakılmış ya da çatışma, hastalık ve firar gibi sebeplerden dolayı zaiyat verilmişti. Başarısız olmuşlardı.

John kraliçenin çok mutsuz olduğunu biliyordu çünkü Essex kraliçenin uzun mektuplarından her birini okuduğunda hırsından kuduruyordu. Kont kraliçesinin askeri meseleleri anlayamayacağını sayıp söverek komutanlarını ileri sürüyordu fakat aslında John Essex'in artık kraliçenin asıl emrettiği şey neydi onu bile unuttuğunu biliyordu. Tükenmiş bir orduyla Tyronne'yi kontrol altına almak bir mucize olmadan neredeyse imkansızdı ve İrlanda'da lanet olası mucizelere çok az rastlanırdı.

John kandili biraz daha yaklaştırdı ve gece 11'de her yer kapkaranlıkken yazmaya başladı:

Senden hiçbir cevap alamadım son zamanlarda; halbuki Dublin'e döndüğümde benim için bir mektup bekliyor olur diye umuyordum. Şimdi her Londra postasını büyük bir hevesle bekliyorum, tatlım. Sana "tatlım" demeye cüret edebiliyorum çünkü ben bir askerim ve her ne kadar bu savaşta pek öyle olmasa da çok cesur ataklara alışkınım.

Eminim kraliçe zaten herkesin duyabileceği şekilde sert sözlerle bağırarak durumumuzu açığa vurmuştur o nedenle sana başarısızlığımızı anlatmama gerek yok. Ama asla bilemeyeceğin bir şey var çünkü kimse kalbimin içini bilemez; seni görmek, kraliçeden ve büyükbabandan evliliğimiz için izin almak için can atıyorum. Senin de kabul ettiğini düşünüyorum ama duygularıma karşılık verdiğin doğru mu? Çünkü son gün ağaçlıktaki öpücüğün ve benim hayatımdan endişelenmen bana her şeyi anlattı. Belki de her şeyi değil ama anlatılacak diğer şeyler başka bir günde başka bir düşte bizi bekliyor...

Her çatışmada benim süvari alayıma sorumluluk yüklense de İrlanda'ın yarasını hiçbir yara almadan at üstünde geçmeyi başardım fakat her savaş meydanında göğsümün içinde yaralı bir kalp taşıdım.

Mektuptan başını kaldırdı ve pencereye doğru baktı. Kapısının önünde atla birisinin durduğunu işitti. Eğer bunu Londra'ya gidecek bir sonraki postaya yetiştirmek istiyorsa acele etmesi gerektiğini biliyordu.

En son büyük babanın yasaklamasına rağmen benim Orlanda Fruiso *çevirimi okuduğunu ve çok beğendiğini hatta sözcüklerimi eleştirmediğini yazmıştın. Bu her yazarı mutlu eder.*

Okurlar kitaplarımı severler.

Diğer yazarlar ise onları içine sindiremezler.

Ama ben bir ziyafet veriyorken kimin umurunda,

Misafirler yemekleri değil beni övsün yeter.

Evet, bu da şiirlerimden bir tanesi, gerçi bir tane de senin gözlerin için yazmıştım.

Essex'in dediğine göre kraliçe sana Howard kuzenlerden birini önerecekmiş. Vaftiz annemin seni evlilik için zorlayacağını düşünmüyorum. Genellikle verdiği sözlerle ilgili gizli amaçları vardı ve sık sık fikrini değiştirir. Geldiğimde ona yalvaracağım. Sonra geriye bir tek büyük baban, Sör William kalıyor. İşte bu noktada cesaretleniyorum. Çünkü büyükbabana karşı gelerek benim Orlando'mu okuduğuna göre, gerekirse yine karşı gelip benimle evleneceğini umut edebilirim. Ben sende bir ömür yanımda olmasını istediğim akıl ve ruh güzelliklerini bir arada buldum. Yalnız seninle ben hep olmak istediğim gibi bir adam olabilirim ve umarım senin de olmamı istediğin gibi bir adam olurum...

Kapıda sert bir ayak sesi duydu ve gürültülü bir şekilde biri kapıyı çaldı. Posta torbasına atılmadan ve geridönüşü olmadan önce mektubu daha fazla iyice yalvaran bir şekle bürünmeden birisinin onu bölmesinden mutlu olmuştu.

Haberci yeniden kapıya vurdu. "Sör John, Essex Lordum karargâhında sizi görmek istiyor. Hemen, Sör."

Aklından bir sürü çarpıcı sonuç cümlesi geçirdi mektup için... Her gün tek düşündüğünün yalnızca o olduğu ve gördüğü her siyah saçlı İrlandalı güzelde onu gördüğünü... Ama hiçbirini yazmadı ve çabucak mektubu imzaladı.

John Harington, Şövalye

Katladığı kağıdın üzerine sıcak mum damlattı. Üzerine kendi mühür yüzüğünü bastıktan sonra diğer gözlerden sakınarak ceketinin içine iliştirdi.

Dar sokaklar boyunca hızlı bir şekilde atını sürerek kısa bir zaman içinde Dublin'in dış kısmındaki karargahında bulunan Essex'in yanına ulaştı. Ele geçirdiği malikanenin büyük salonunda Essex'in Lordluğu hakimiyetini kurmuştu. Burası oldukça kasvetli ve gürültülü patırtılı bir yerdi. John oraya neden çağrıldığını öğrenmek için beklerken Essex Southampton Kontu hariç odadaki tüm askerlerine dışarı çıkmalarını söyledi.

"Bu tahammül edilemez!"

Yuvarlak pürüzsüz ve gencecik yüzlü bir adam olan Southampton onu anladığını gösteren bir şekilde başını salladı. "Çok fazla eleştiri yükü taşıyorsun üzerinde Robert."

Essex John'un eline bir raporu çarptı ve "Bunu oku ve meclisteki düşmanlarımın özellikle de kahrolası Raleigh ve Cecil'in ben burada sağlığımı ve hatta hayatımı tehlikeye atmış Majestelerine hizmet ederken arkamdan ne iş çevirdiklerini gör."

John hemen kraliçenin bitişik satırlarla orantılı bir şekilde çok güzel biçimde yazılmış el yazısını tanıdı. Çabucak okudu ve birkaç saniyede satırlardaki eleştiri ve öfkenin ne kadar belirgin bir şekilde ortaya konduğunu fark etti. Majesteleri açık açık Essex'in doğru dürüst bir şey başaramadığını öncü isyankârlardan bir tanesini bile ele geçiremediğini fakat bir sürü masraf yaptırdığını söylüyordu. Çok açıktı ki kraliçe Essex'i suçluyordu ve onun hiçbir bahanesini ve öne sürdüğü sebepleri kabul etmiyordu. Kraliçe ona bir an önce kuzeye ilerleyip Tyronne'ye saldırmasını ve işi bitirmeden de geriye dönmemesini emrediyordu. *Bu işin sorumluluğu senin, eğer bizi memnun etmek istiyorsan sakın emrimizi yerine getirmeden bu krallığa geri dönmeye kalkma.*

"Görüyor musun," diye yan odalardan bile duyulabilecek kadar yüksek sesle bağırdı Essex, "etekli generaller nasıl savaştan hiçbir şey anlamıyorlar ve benim sağlığımı umursamıyorlar?"

John sessizliğini korudu. Essex de sorusuna bir cevap beklemiyordu zaten. Sessizliğin söylediklerinin onayladığı anlamına geldiğini varsayıyordu. Kraliçenin tüm yazdıkları doğruydu. Fakat Essex'in asıl kızgınlığı kraliçenin onun harekete geçmemek için öne sürdüğü sebepleri kabul etmemesi ve saraya geri dönme isteğini geri çevirmesiydi. Kesinlikle o bunu başarısızlık olarak görmüyor ve kendisini suçlamıyordu.

Onu uzun zamandır tanıyor olmasına rağmen John kontun bu düşüncesizliğine şaşırıp kalmıştı. Şüphesiz kraliçenin ordu içerisinde kişisel yazışmaları da vardı ya da onun olmasa da Robert Cecil'in vardı. Essex kraliçenin aşkının onu koruduğundan hâlâ bu kadar emin miydi? Kraliçenin haddinden fazlaca affına sığınarak ona olan şefkatini azar azar tükettiğini göremeyecek kadar kibiri gözlerini kör mü etmişti? Belki de Mary haklıydı ve Essex gerçekten de biraz deliydi. Bir sonraki sözleri Mary'yi iyice haklı çıkarmıştı.

"Tanrı aşkına, orduyu alıp İngiltere'ye kraliçeye geri döneceğim. Düşmanlarım Cecil ve arkadaşlarını zindana kapattıracağım. O zaman kraliçe benim istediğim gibi hareket edecek!"

John eğildi ve daha fazla bir şey duymadan oradan ayrılmak üzere kapıya yöneldi. İhaneti dinlemek de ihanete ortak olmaktı ve şüphesiz şu anda başkaları da bu konuşulanları dinliyordu. Yine de son bir kez Essex'in mantığına dokunmayı denemek istedi. "Size yalvarırım Lordum, birlikleri yeniden kraliçeye götürmeden ve bunu yüksek sesle ilan etmeden önce bir kez daha düşünün. Çünkü bu, devlete ve Majestelerinin hakimiyetine karşı iç savaş ilan ettiğiniz anlamına gelecektir." John bu sözleriyle kendisine zorlu bir düşman kazandığını bilmesine rağmen tereddüt etmeden sözlerini sürdürdü, "Ben böyle bir planın içinde yer alamam."

Essex ona baktı ve sonra ihtiyatsızlığından uzaklaşmış ve biraz kontrolü elde etmiş gibi görünüyordu. "Tyrone'nin karşısındaki Ulster'e ilerleyeceğiz," diye bağırdı Southampton'a. "Ve eğer ölürsem en sonunda kraliçe muradına ermiş olur."

O gece daha sonra, sinirli ve uykusuz bir vaziyette Essex fener ışığında taburları gezdi. Emri üzerine John da onu arkasından takip ediyordu ve onun ruh halinden endişeliydi. Kendisine komplo kurulduğunu düşünen bir adam her şeyi göze alabilirdi.

Harekete geçmeden önce neredeyse şafak sökmek üzereydi. Essex birlikleri Tyronne'den uzaklaştırmak için oyalama amaçlı seçilmiş bir birliğin önceden yola çıkmasını emretti.

"Bu birliğe komuta etme görevini bana verin Lordum," diye yalvardı John, bu lordun içerideki düşmanlara karşı yavaş yavaş mantığını ve sağduyusunu yitirmesini seyretmektense savaş meydanında gerçek bir düşmanla karşılaşmayı yeğliyordu.

"Hayır, John, benim irademe karşı olsan da, sana güvendiğim gibi güvenebileceğim çok az insan var. Seni yanıbaşımda istiyorum."

"Lordum," dedi John eğilerek, en küçük bir şeyi bile kolay kolay affetmeyen Essex'in ona bu kadar çabuk bir özür bahşetmesine hayret etmişti. Acaba Essex arzuladığı kadını elinden alan ve onun peşinden İngiltere'ye dönmeyi reddeden adamın ölümüne tanık mı olmak istiyordu? Essex birçok kez düşüncesizce davranmıştı evet fakat böyle öldürücü bir şeyi aklından geçirmezdi. Gerçi her geçen gün biraz daha sağduyusunu yitiren böyle bir adamın geçmişte yaptıklarına bakarak gelecekte yapacaklarını öngörmek pek de mümkün değildi.

Nonsuch'ta, kraliçenin babasının Londra'nın güneyine inşa ettirdiği peri masallarındakileri andıran kalede Mary diğer nedimelerle birlikte nedime odasına çekilmişti. Kraliçenin yatak odasından gelen ve giderek yükselen sesleri duymamaya çalışarak artık bir düzineyi bulmuş olan elbiselerini tekrar tekrar katlayarak kendisini oyalamaya çalışıyordu.

"Günde bin sterlin mi?" diye bağırıyordu Elizabeth. "Tanrı aşkına! Bin sterlin!"

Bayan Warwick kapının önünde fısıldayan nedimelerin bazılarını uzaklaştırdı ama bu kraliçenin sözleri duyulduktan sonra olmuştu.

"Pygmy, Essex kontu İrlanda boyunca gezintiye çıkmanın mı peşinde acaba? Hazinemizi batıracak!"

"Majesteleri, görünüşe bakılırsa öyle," dedi kraliçenin yanında bulunan ve kraliçenin onayladığı her fırsatta düşmanını eleştirmeye hazır Raleigh.

Essex Robert Cecil'in bariz düşmanı olmasına ve hatta çocukluktan beri durumun bu şekilde süregelmesine rağmen, Cecil her zamanki ılımlı ses tonuyla konuşuyordu. "Gerçekten Majesteleri bu tehlikeli girişimle ilgili çok büyük problemler var" dedi ve duraksadı. "Şimdi de kont iki bin daha ilave birlik istiyor. Görünüşe bakılırsa düşmanı oyalaması için Conaught'a gönderdiği öncü süvariler bir bataklığı geçerken yakalanmışlar ve bir kişiyi öldürmüşler."

Mary eliyle ağzını kapatıp gırtlağına gelen çığlığı zapt etmeye çalıştı. *Oh, Lordum,* diye yakardı, *John olmasın. Lütfen John olmasın.*

Cecil konuşmasına devam etti. "Üzülerek söylüyorum ki Bay Covyers Clifford'un ölümüyle ilgili rapor bu haberi doğruluyor."

"İyi ve asil bir adamdı," diye ekledi Raleigh.

Son duyduklarının verdiği rahatlıkla başı dönen Mary yatağa yığılıverdi ve ilk kez John'a duyduğu aşkı o kadar da derinlere saklayamadığını ve de bunu karşısında durmuş ona bakan Bayan Anne'den bile saklamadığını fark etti.

Yatak odasında kraliçe gürledi. "Sağlam adamlar ve bolca hazine! Peki, ne için?"

"Öyle görünüyor ki İrlanda yine bizi yendi Majesteleri," dedi Cecil tereddütlü bir ses tonuyla.

"Asla," diye yanıtladı Elizabeth. Mary Majestelerinin odasında ayağını yere vuruş seslerini duyabiliyordu ve onu elinde kılıcıyla hayal etti.

"Majesteleri, bir de iyi bir haber var," dedi yine Cecil. "Ordu içerisinde kişisel görüştüğüm bazı kişiler bana Lordları kontun Tyronne'ye karşı ani bir saldırı planladığını söylediler."

"En sonunda meydandaki yerimizi alıyoruz Majesteleri," Raleigh'in sesi yankılanmıştı.

Kraliçe bir süre sessizliğini korudu ve daha yavaş ama herkesin duyabileceği bir ses tonuyla, "Cecil, ona kraliçenin kendisine çok dikkat etmesini emrettiğini söyleyin."

"Derhal Majesteleri."

Mary Cecil'in soğuk yüzü ve Raleigh'in kıskanç yüzü arkasında neler düşündüklerini hayal edebiliyordu. Kraliçe, iki yol arasında kalmıştı: birisi ülkesinin başkaldıran bir parçasını fethetme arzusu; diğeri ise kendisine Robin'inden yadigar kalan vahşi bir delikanlıya olan düşkünlüğü.

Ne kadar süreyle o delikanlının şimdi arkasında kocaman bir orduyla güçlü ve tehlikeli bir adam olduğunu göz ardı edebilirdi?

Bayan Warwick çalan kapıyı açtı ve bir kuryenin getirdiği mektubu aldı. Mektuba baktı, mühre bakmak için elinde çevirdi ve kaşlarını çattı. Mary gayri ihtiyari ileri atıldı.

"Dublin'den size küçük hanım," dedi Warick elindeki katlanmış mektubu ona doğru uzatarak.

Bayan Margaret ve diğer nedimeler etrafında toplandı, fakat Mary onların hayret içinde mırıldanmalarına aldırmadan mektubu alarak elbisesinin içine iliştirdi. İşleri bittiğinde sessiz bir yere giderek kendi başına onu izleyen meraklı gözler olmaksızın mektubu okuyabilirdi.

Kısa süre sonra, kraliçe davul ve trampet sesleri arasında tüm ihtişamıyla o günün arzuhal sahiplerini kabul etmek üzere protokol odasına gitti. Mary her ne kadar saraylılar o geçerken selam verse de en alt mevkideki nedime olarak en arkadaki yerini aldı. Onu kızıl yakalı saray muhafızları takip ediyordu. Tahtın arkasındaki yerine geçerken göğsünde sıcacık John'un mektubunu hissetti.

Protokol odası yaldızlı meyve ve sedir ağaç kabuğuna işlenmiş kumaş kaplı taze çiçeklerle dolu sepetlerle bezenmişti kalabalık bir yaz gününde oluşabilecek kötü kokulardan sakınmak için... Buna rağmen Elizabeth sık sık koku topunu burnuna götürüyordu.

Cecil ilk arzuhal sahibini duyurdu. "Majesteleri Hertford Kontu Edward Seymour huzurunuza gelmek istiyor."

Kraliçe biraz tereddüt ettikten sonra elini evet anlamında kaldırarak, "Lordum, ülkemizin tüm insanlarına sarayımızın kapısı açıktır," dedi.

Mary gelen kişiyi görebilmek için biraz eğildi. Bayan Katherine'in kocasıydı bu. Son nefesinde iflas etmiş ciğerlerinden boşalan kan dünyadaki çilesine ve hayatına son vermeden önce dudaklarından cennetin yerine onun adı dökülen, ömür boyu kalbinde taşıdığı cesur ve yakışıklı adam buydu demek!

Artık yaşlanmış olan ve ayakta durabilmek için bir bastona yaslanan kont yavaşça yaklaştı ve diz çöktü. Sakat bacağını sert mermer zemine koyduğunda acıdan geri çekmişti.

"Yaralı bacağınızı soğuk zemine koymamanız gerekiyor. Ayağa kalkın Lordum."

"Nezaketiniz için teşekkür ederim Majesteleri," dedi Lord Edward ayağa kalkarak.

Yüzündeki çizgilere rağmen yüz hatları düzgündü, gri sakalı bir zamanlar sahip olduğu daha açık renkle birbirine karışmıştı ve büyük bir çabayla hâlâ sırtını dimdik tutmaya çalıştığı çok belliydi.

Mary kraliçeyi daha iyi görebilmek için tekrar kımıldadı. Herford Elizabeth'in saltanatının pek hoş olmayan bir perdesinin bir parçasıydı; kraliçenin kuzeni Bayan Katherine Grey'i ölümüne kadar kocasından ve oğullarından ayırdığının hatırlatıcısıydı. Yaşlı kont aynı zamanda belki de en kötüsü buydu, ihtişamlı kıyafetlerinin ve mücevherlerinin sütünü örtemediği bir gerçeğin hatırlatıcısıydı. Kendi gençliği şimdi kontun gençliğindeki aşkı gibi mazide kalmış bir hatıraydı.

"Yaşlı askerlerimize her zaman değer veririz Lordum," dedi kraliçe siyah ipek ve fildişi yelpazesini kaldırarak.

Mary Majestelerinin siyah beyaz elbisesi ile son modaya uygun uzun taçlı başlığının uyumunu beğenmişti. Sıra sıra beyaz ve siyah renklerde dizilmiş inciler boynunu, belini ve bileklerini sarıyordu. Hiç kimse bu sembolizmi yanlış anlayamazdı çünkü bu renkler bekaretin evrensel sembolüydü.

Edward içerisinde kocaman ve ender bulunur cinsten ortası gün ışığında parlayan olgunlaşmış üzüm tanesi gibi parlayan simsiyah bir inci bulunan kadife çizgili bir kutuyu açtı. Başını eğerek bunu kraliçeye uzattı. "Bu naçizane hediye size saraydaki ilk günümde hediye ettiğim incinin eşi. Majesteleri umarım bu hediyeyi size olan sevgim ve itaatimin bir göstergesi olarak kabul edersiniz." Kraliçe elinden kutuyu alırken kafasını kaldırdı.

"Teşekkür ederim Lordum." Başka bir şey söylemeden kutuyu Bayan Warwick'e verdi. Kraliçe ona başıyla çok hoşuna gittiğini belirten bir işaret verse de Hertford hayal kırıklığına uğramış gibiydi.

Bastonuna dayanarak kımıldandı. "Majesteleri, sizden her ikisinin de şu anda kendi oğulları olan oğullarım Edward ve William için bir isteğim var. Onları meşru kılmanız için yalvarıyorum." Yazılı dilekçesini vermek istedi ama Kraliçe onu alması için Cecil'e işaret verdi.

"Lordum Hertford, oğullarınızın meşruluğunu kanıtlayan evlilik belgenizi de getirirseniz dilekçenizi değerlendireceğiz. Oğulları meşru kılmak Tanrı'ya mahsustur bizim dünyevi güçlerimizde böyle bir yetkimiz yok. Siz beş yıl önce değil ondan da daha önce bunun için bize gelmiştiniz ve küstahlığınızdan dolayı bir süre zindanda kalmıştınız. Yaşınızın bir kez daha gelmenize müsaade etmeyeceğini düşünmüyor musunuz?"

Hertford bastonunun üzerine çöktü. Mary yığılacak diye korktu. Uşaklardan birisi yardım etmek için yanına gitti ve oradan uzaklaştırmak için koluna girdi. Fakat kont biraz daha cesaretle yeniden konuştu. "Kate'in mezarını Eltham'daki malikanenin oraya gömmek istiyorum... Oğullarımın hatırı için."

Mary, kraliçe uşağa kontu götürmesi için işaret verirken yüzünde hiçbir acıma duygusu görememişti kraliçenin. Elizabeth'in Kate ve Edward'ı zindana attırdığı zamanla kıyaslandığında kendi sonuna yaklaştıkça tahtında hak iddia edenlerin komplolarına olan korkusu daha da artmıştı.

Elizabeth ayağa kalktı ve o gün başka arzuhal kabul etmeyeceğini söyledikten sonra hep birlikte kraliçenin yatak odasına gittiler. Cecil'in sekreteri de orada İrlanda'dan gelen son haberi vermek için onları bekliyordu.

"Savaşı kazandık mı?" diye sordu kraliçe kendisinin kabullenmeyeceği bir bitkinlikle vücudunu salıvererek.

Cecil rapora bir göz attı ve hiçbir şey söylemeden kraliçeye uzattı. Saniyeler sonra kraliçe öfkeden kudurdu. "Mayısa kadar ateşkes mi! Ne başarıldı peki? O kadar hazine hiçbir şey uğruna mı harcandı? O kadar İngiliz kanı boşuna mı aktı? Tyrone'e bu ateşkesle bir düzine daha uzaklaştı." Yüzü de dudakları gibi kıpkırmızı olmuştu. En sonunda kraliçe bitkin düştü ve birden yazı masasına çöktü.

"Majesteleri için biraz şarap getirin," dedi Cecil ve Mary hemen elinde bir bardakla Majestelerinin önüne çöktü.

Elizabeth bir eliyle aldı ve titretmemek için büyük bir çaba harcadıktan sonra yüzünü gizleyerek bir yudum aldı.

Bardağı indirdikten sonra, "Sekreterlik Lordum," diye başladı söze elinde raporu tutarak, "bu konuyu sizinle saat üçte meclis salonunda daha detaylı tartışacağız fakat Lord Essex'in bu itaatsizliğini görmezden gelmeyeceğiz, gerçekten bunu görmezden gelemeyiz."

Cecil ve habercisi eğilerek gerilediler.

Bayan Warwick nedimelere çekilmelerini işaret etti ve hepsi kapıyı kraliçe seslenirse diye hafif aralık bırakarak hızla nedime odasına çekildiler.

Mary arkasına baktı ve Majestelerinin gözlerini kapatıp arkası yüksek döşemeli sandalyesine başını yaslayıp dinlendirdiğini gördü. Yüz ifadesinden hiçbir şey okunmuyordu. Çok önce düşüncelerini yüzüne yansıtmaktan kaçınmayı öğrenmişti.

Mary Bayan Warwick'ten sarayın bahçesinde biraz hava almak için izin alıp çıkış kapısına doğru ilerlerken Elizabeth'in bu yeteneğinin onda birine sahip olabilmeyi diledi. Biraz önce yağmur yağmış ve sarayın bahçesindeki kaldırım taşlarını temizlemişti. Taze çimen ve ağaç kokusu sinmiş alana uzanan geometrik şekilleri andıran dümdüz taşlı bahçe yolundan ileriye doğru uzaklaştı. Dört masal kapısının birinden girerek çadırlar ve neşeli köpeklerle dolu kuzeydeki çayırlara doğru yürüdü. Nonsuch Richmond ve Whitehall kadar büyük değildi ve küçük saray halkının birçoğu kendi çabalarıyla hayatlarını sürdürüyorlardı. Araba yolundan yalnız kalabileceği ve sorulara maruz kalmadan rahatça John'un mektubunu okuyabileceğini düşündüğü ağaçlı tepelere doğru ilerliyordu.

"Bayan Rogers."

Sesin geldiği yöne baktı ve Hertford Kontunun kendisine doğru yavaşça yaklaştığını gördü. "Lordum," diyerek reverans yaptı.

"İzin verirseniz birkaç şey konuşmak istiyorum Bayan Rogers. Benim Kate'imle uzun yıllar birlikteydiniz."

"Çocukluğumdan beri Lordum."

"Ölümü" -derin bir nefes aldı- "kolay oldu mu onun için?"

"Son derece huzur içinde öldü Lordum," diye yalan söyledi.

Kont biraz rahatlamıştı, her ne kadar Mary daha sonra onun bu cevabını sorgulayacağını düşünse de. Çünkü herkes kan öksürerek ölmenin kolay olmadığını biliyordu.

Kont eğildi ve yürüdü.

"Lordum," diye seslendi Mary yavaşça.

Kont durdu ancak geriye dönüp ona bakmadı.

"Cennetin kapıları ona açılmadan önce söylediği son söz *Ned* olmuştu."

Hertford bastonuna daha sıkıca tutundu ve yavaşça yürüdü ama Mary hâlâ meydan okuyan mırıltılarını duymuştu, "Yakında Tanrı'nın hükmettiği yerde onun yanında olacağım."

Doğru sözleri seçip seçmediğini ve bundan sonrası için ona bir avuntu mu olur yoksa acı mı verir diye düşünürken Mary emir, rica, hile ve hiçbir şey duymayacağı ve yalnız kalabileceği ağaçlığa doğru yürüdü... Bir ışık demetinin aydınlattığı eski bir meşe ağacının yapraklarının gölgesine sığındı, John'un mührünü öptü ve sonra açarak yavaşça okumaya başladı. Her sözcük onun ağzından dökülüyor gibiydi ve söyleyişini duyuyordu. Mektubu burnuna götürüp onun kokusunu almaya çalıştı, fakat sadece postadan kalan bir parça deri ve İrlanda denizinin tuzu kokuyordu. Mesafeler sözcükleri dışında ona ait bir şeyi ona getiremiyordu. Yaşlı ağaç gövdesine yaslandı ve elbisesine aldırmadan toprağın üzerinde kaydı ve mektubu yeniden okumak için yaprakların üzerine oturdu ve sonra tekrar okudu.

❀

Aziz Michael Arifesi
Eylül 28, 1599

Sabahın erken saatlerinde, gün doğumundan hemen sonra John Dublin'den bu yana yaptığı yolculuğun sonunda bitap düşmüş ve üstü başı toz duman içerisinde Essex ve birer birer seçilmiş bir düzine arkadaşıyla birlikte Lambeth geçidine ulaştı. John kendisinin de ekibe dahil olduğundan emindi çünkü lordu kraliçenin vaftiz oğluna olan sevgisinin kendisinin özel emirlerine rağmen İrlanda'dan dönüşünü affettirmesini sağlayacağını düşünüyordu. Bu neredeyse ihanet sayılacak bir hareketti. John Essex'e yardım edebileceği ya da yardım etmek isteyip istemediği konusunda emin değildi. Ayrıca Essex ve yanındaki hevesli lordların isyana kalkışıp kalkışmayacağı ya da kraliçenin şahsına karşı cüretkâr bir harekette bulunmayacakları konusunda hiç tatmin olmamıştı. Konuşmaları öfke doluydu ve kazara bir duyulsa ihanet sayılırdı. Robert Cecil'i öldürüp Elizabeth'i Essex'in gücü altında bir kukla kraliçeye çevirmekten bahsediyorlardı.

John kendisinin önce kraliçeye ulaşması gerektiğini yoksa ondan da şüphelenileceğini biliyordu.

Lambeth'de Essex daha dinç atlar buldu ve Londra'nın güneyine on mil uzaklıkta bulunan Nonsuc'a doğru yola çıktı. John'un lord Grey Wilton olarak tanıdığı bir atlı Essex'in dur emirlerine aldırmayarak dörtnala koşarak önlerine geçti.

"Bırak peşinden gideyim," diye atıldı Bay Christopher St. Lawrence. "Onu öldüreceğim ve ardından Cecil'i."

"Hayır bunu yasaklıyorum," dedi Essex ve John, Essex'in birden böyle bir davranışın affedilmez olacağını anladığını ve eşikten döndüğünü anladı. Fakat Essex yarı deliydi ve bir sonraki dakika fikrini değiştirebilirdi.

"Lordum," diye bağırdı John, "En iyi at benim. Ben Grey'i takip edip sizin adınıza saraya gidişinizden önce bahsetmemesini emredeyim."

"Git, John ve Grey'in Cecil'e ulaşmadan yolunu kes."

Giderek artan çılgınlıktan memnun bir şekilde John toz bulutlu içerisinde atını sürdü. Halbuki asla Cecil'in yandaşı Lord Grey'i geçemeyeceğini biliyordu çünkü o, o anda tehlikenin kokusunu almış ve hırslı bir şekilde dört nala kırbaçlıyordu atını.

Duvarları kocaman Zeus'un tahtı üzerinde VIII. Henry'nin resmi ile süslü Nonsuch'ın ana giriş kulelerine ulaştığında John kaldırım taşlı bahçenin içine doğru gürültüyle girdi atı üzerinde. Sağ tarafa ahırların olduğu yere döndü ve dizginleri bir seyise fırlatarak sert adımlarla Cecil'in ofisine doğru ilerledi. Saray sekreteri bir eliyle kahvaltısını ediyor diğer eliyle bitmek bilmeyen kağıtlarından birini yazıyordu.

"Sör John," dedi John üzerine doğru geldikçe hafifçe ayağa kalkarak.

"Essex neredeyse kapıda Cecil ve öyle bir ruh hali içerisindeki kraliçeyi uyarman gerekiyor." John biraz nefes alma gereği hissetti ve bir sandalyeye çöktü.

"Lord Grey telaş içinde buraya gelip gitti ve birçok şey anlattı." Cecil yerine oturdu fakat başka bir harekette bulunmadı.

"Sekreterlik Lordum," diye çıkıştı John "ne söylediğimi duymadınız mı?"

"Evet, Sör John o İrlanda'ya vardığından beri orayla iletişim halindeyim. Neyin yapılıp, neyin yapılmadığını ve dibindeki mecliste neler konuşulduğunu biliyorum. Kont İrlanda'dan ayrıldığından beri ona karşı hazırlıklıyım ama sizin de onun adamlarından biri olduğunuzu duyduğumda dehşete düştüm." Omzunu silkerek devam etti. "Kendisini tedirgin etmemek için her şeyi açıkça belirtmememe rağmen kraliçenin etrafındaki muhafız sayısı çoktan iki katına çıkarıldı."

John şaşırmamıştı ama kendisinin sadakatinden şüphe edilmiş olmasına üzülmüştü. "Ben daima vaftiz anneme hizmet ettim Sekreterlik Lordum."

Cecil kafasını salladı ve elindeki kalemi mürekkebe batırdı. "Bunu da biliyorum."

John yorgunluktan sallanarak güçlükle ayakta duruyordu. "Essex'i ve yanındaki öfkeli dürzüleri durdurun yoksa onu kendi ölümüne mahkum edeceksiniz."

Cecil kambur sırtının müsaade ettiği kadar dik bir şekilde oturdu ve gülümsedi.

John tükendiğini zannettiği enerjisini son kez toplayarak kendini dışarı attı ve koşarak uçsuz bucaksız koridorlardan ve protokol odasından geçerek kraliçenin nedime odasına doğru ilerledi. Amacı kraliçeyi uyarmak ve Mary'yi gözü dönmüş adamlardan korumaktı... Sadece çığrından çıkmak üzere olan olayları engelleyebilecek bir şey yapmak istiyordu.

Kraliçenin nedime odasının kapıları açıktı ve muhafızlar koridorun sonundaki protokol odasının yanında bekliyorlardı. Yaklaşmış olmalıydılar. Elbette ki Cecil Essex'i tuzağa düşürebilmek için kraliçeyi tehlikeye atmazdı. Yoksa yapar mıydı?

John nedime odasına yürüdü ve eli gerektiğinde çekmek üzere kılıcının kınında hazır durumda, iç kısımdaki kraliçenin yatak odasının kapısını çaldı. "Majesteleri, Lordum Essex hızla yaklaşıyorlar," dedi.

Kraliçenin odasında bulunan Mary John'un sesini duyunca büyük bir rahatlama hissetti. O buradaydı. Onu görebilecek, ona dokunabilecekti. Sonra eli yüzünde seğirir vaziyette, Elizabeth'in yaralı ve kocaman açılmış gözlerini gördü. Kraliçe Mary'nin ve diğer herkesin gördüğü şeye dokundu. Bu kraliçenin tüm aynaları yasakladığından beri bakmaya dayanamayacağını düşündüğü şeydi: sarkmış yüzünde şişmiş gözleri.

Elizabeth solgun boynunu açıkta bırakan şahane mavi işlemeli ipek sabahlığını kavradı. Gece başlığının kenarından bir iki tutam beyazlaşmış saçları dökülmüştü. Elizabeth birden kraliçeden daha çok, çılgına dönmüş bir kadın oluvermişti.

Essex yanında diğer adamlarıyla eskimiş kıyafetleri toz içerisinde, yüzü bitkin düşmüş ama hâlâ inadına yakışıklı ve erkeksi görünüşüyle kapıyı çalmadan kraliçenin yatak odasına daldı.

Bay Christopher tarafından giriş odasında tutulan John oradan kurtulup içeriye koştu ve Essex'in adamlarının diğer yan tarafında onlardan ayrı bir yere geçip durdu. Eli herhangi bir ani harekete karşı kılıcının kabzasındaydı.

Kont diz çöktü ve boğumlu bir sesle kraliçeye olan sevgisini ve görevlerini saymaya başladı. "Majesteleri, sizinle konuşmalıyım."

Kraliçe önündeki masayı sımsıkı tutuyordu. "Konu," dedi. Sesi Mary'nin hiç kraliçeden duymaya alışık olmadığı bir sesti.

"Majesteleri, sizin güzelliğinizden bu kadar süre ayrı kalmak bir erkeğin gücünün ötesinde bir şey. Sizin için İrlanda isyanını sona erdirdim, aynen emrettiğiniz gibi ve sizin şerefiniz için askerlerimi ölüme sürdüm. Şimdi fark ettim ki sizin güneşinizin ışığı olmadan daha fazla nefes alamayacağım. Şu andan itibaren hiçbir erkeğin olamayacağı kadar size aidim."

Mary'nin elleri kraliçenin takma peruğunu tutmaktan havada buz gibi olmuştu. Bir taraftan da yaralı mı iyi mi diye gözü John'daydı. Sonra birden kraliçenin eli kalbini kavrayacak gibi göğsünün üzerinde titredi. Elizabeth hayatından endişe duyuyordu.

Bu saatte kraliçenin yatak odasına bu şekilde paldır küldür içeri girilmesinin verdiği şaşkınlıkla sersemlemiş olan Bayan Warwick kendi bedeniyle kraliçeyi koruyabilmek için atıldı fakat korku birdenbire üzerlerine düştüğü gibi birdenbire de kalkmıştı.

Kraliçenin yüzü biraz huzursuz ama sevecen bir gülümseme ile yumuşadı "Lordum, ben sizi olduğunuz gibi biliyorum. Siz de beni olduğum gibi biliyorsunuz. Şimdi gidin ve biraz kendinize gelin. Ben de üzerimi giyinmemi tamamlayayım. Daha sonra gelin ve İrlanda maceranızla ilgili uzun uzun konuşalım."

Essex biraz daha hasret sözcükleri dökerek, karşılaştığı tepkinin verdiği rahatlamanın etkisi ile - Mary böyle olduğu kanısındaydı- omuzları düşmüş bir şekilde ayağa kalktı ve odadan çıktı. Essex giriş odasının kapıları kapanmadan önce bir zafer kazanmış havasında John'a baktı ve Mary John'un da bir uyarı, bir soru ya da anlayamadığı bir mesaj vermeye çalışarak kendisine baktığını gördü. Bu bakışın anlamını tahının edebilmeyi isterdi. Onunla yalnız görüşmeliydi. Odanın hemen karşısında onun çok yakınındaydı ama yine de sanki aylardır olduğu gibi ona çok uzaktı.

"Oğlum Jack," dedi kraliçe yeniden cesaretini toplayarak o tok sesiyle. "Senin her türlü hain girişimde bana karşı masum olduğuna inanıyorum."

"Vaftiz anne, hayatım boyunca hiçbir zaman senin asil kişiliğine karşı hareket edecek bir şey yapmadım ve aklımdan bile geçirmedim."

Elizabeth başını salladı. "Essex'i takip et ve odasına gittiğinden emin ol. Sonra da sessizce Cecil'i bana gönder, *derhal.*"

"Hemen, Majesteleri," dedi John eğilerek ve ayrıldı. Ama Mary vücudunun yorgunluktan afalladığını fark etmişti. Onunla konuşabilmek ve kollarının sıcaklığına kendisini bırakmak için can atıyordu. Yakında, umuyordu ki yakında kavuşacaktı.

"Kapıları kilitleyin," diye bağırdı kraliçe muhtemelen hizmetli odasından geçerek Essex ve arkadaşlarının atlatmayı başardığı muhafızlarına.

Mary elinde perukla Elizabeth'in arkasında dikiliyordu ve kraliçenin sahte sıcak gülümsemesinin gergin bir rahatlamaya dönüştüğünü gördü. Bu ifadede Essex için en ufak bir şefkat kırıntısı görememişti.

"Beni *böyle* mi gördü?" Sözlerinde üzgün, endişeli ve kutsallığı bozulmuş bir hava vardı. Kraliçe derin bir nefes aldı. "Çabuk beni giydirin," dedi ve sesinde ihanete uğramış bir kadından ziyade, kraliçelere yakışır bir asalet vardı.

İki saat sonra Essex tek başına geri geldi. Kraliçe üzerinde gerçek gümüş iplikten yapılmış bir elbise ve boynunda üç büyük zümrütün sallandığı kolye ile odasında bekliyordu. Nazikçe Essex'e elini uzattı ve tam karşısına oturması için izin verdi. Anne Warwick, Bayan Margaret, Mary ve diğer nedimeler kraliçenin tahtının arkasına sıralanmışlardı. Saray muhafızları gözleri kontun üzerinde odanın iç kısmında ellerinde uzun mızrakları ile sessizce bekliyorlardı.

Majesteleri bir süre Essex'in İrlandalılara karşı ne zorluklar çektiğini, bazı hastalıklarla uğraşmak zorunda kaldığını dinledi. Essex'in kraliçenin ve sırasıyla nedimelerinin samimi karşılamalarından çok mutlu olduğu belliydi.

Ayrılmak üzere diz çöktü ve "Majesteleri, İrlanda'daki fırtınalı birçok savaştan sonra size aşık askeriniz yeniden sizde böylesine tatlı bir huzur bulmaktan çok mutlu," dedi.

Fakat Mary onun ne tatlılık ne de huzur bulamayacağını biliyordu. Çünkü kraliçeyi Cecil'e muhafızları iki katına çıkarması ve Essex'i öğleden sonra İrlanda'da yaptıklarının ve özellikle kraliçenin emirlerine uymayışının hesabını sormak için meclise çağırmasını emrederken duymuştu. Daha sonradan söylendiğine göre, Essex saatlerce sadece bahaneler öne sürmüş ve kendisinde hiçbir hata görmeyerek John Harington da dahil olmak üzere hep başkalarını suçlamıştı. Meclis onu dinledi ve onun aleyhinde karar verdi. Bu yakışıklı gözde fazla ileri gitmiş ve en sonunda gözden düşmüştü. Kendi arkadaşları bile onun için ağızlarını açmamışlardı.

Essex'in kendi odasında tutulması emredildi. Ve daima bir korku içerisinde olan kraliçe Cecil'e Londra'daki en ufak bir askeri hareketi gözlemlemesini tembihledi. Henüz hiç kimse Essex'in ordusunun bir kısmı mı yoksa tamamı mı ona sadık kalmış ve peşinden gitmişti emin değildi. Essex'in hataları korkular ve yalanlar üzerinde yetiştirilmiş ve bunlar yüzünden sütten kesilmiş, hırslı ve sabırsız bir erkeğin mantığının nasıl işlediğini bilen bir kraliçeyi korkutmuştu.

Ertesi sabah, batıdan ve şehirden gelen raporlar doğrultusunda Essex'e bağlı kalan herhangi bir asker birliğinin olmadığı anlaşılınca kraliçe Lord Bekçisi Edgerton'a Essex'i alıp Strand'daki York House'a tutuklu olarak götürmesini emretti. Kraliçe onu görmeyi, aşk ve boyun eğen mektuplarını okumayı reddetmişti. "Bu zamana kadar onun yazdığı çok şeyi okuduk," demişti yüksek sesle," bir zamanlar mektuplarında yazdıkları dokunaklı ve hoş gelirdi ama şimdi hepsinin boş olduğunu biliyoruz."

Mary geri geri odadan çıkarken kraliçenin kalbine hükmeder gibi mırıldandığını duymuştu, "Vur ya da vurul. Vur ya da vurul." Essex bu kez affedilmeyecekti.

O gün öğleden sonra fısıltıyla kulağına gelen bir davete cevap vererek Mary Nonsuch yakınındaki ormanda John'la buluşmaya gitmeyi başardı. John, Mary'nin onun son mektubunu okuduğu ağaçlıkta bir meşe ağacına yaslanmış bekliyordu.

"Gel," dedi onu kucaklamak için kollarını açarak. "Gölgelik soğuk ama ben sıcağım."

Mary güldü ve onun kollarına koştu. John Mary'yi kucakladı ve kimsenin görüp görmesine aldırış etmeden kucağında döndürdü. Öyle sıkı tutuyordu ki onu Mary güçlükle nefes alabiliyordu.

"John, oh, John, dikkat edelim kimse bizi görmesin."

"Umrumda değil, nihayet sana bu kadar yaklaşmışken."

Mary nefesini tuttu. "İrlanda kızlarını beğenmedin mi?" Şaka yapmıştı ama yine de cevabı bekliyordu.

"Bakmadım ki."

Mary güldü, hem ona inanmıyor ama aynı zamanda inanmak istiyordu.

Gezintiye çıkan bir grup saraylı ağaçlığın kenarındaki araba yoluna gelmişlerdi.

John onu iyice gölgeliğe çekti, ellerini, yüzünü aynı ateşli tutkuyla dudaklarını öpüyordu. Sonra durdu ve nefes alması için biraz rahat bıraktı Mary'yi. "Seni ilk gördüğümde-"

"John, kraliçeyi uyarmaya geldiğinde sana koşmayı öyle istedim ki."

"Tatlım, Majesteleri kadar senin için de korktum. Çünkü Essex yarı delirmiş haldeydi ve diğer nedimelerin içinde en çok senden nefret ediyordu. Yaptıklarının birçoğunun kraliçeye rapor edildiğini biliyordu." Tekrar Mary'yi öptü ve ellerinden geldiğince Essex'i unuttular.

"Essex artık bitti," dedi Mary dudakları John'un dudaklarında, birazcık bile ondan uzaklaşmak istemiyordu.

Başka bir gezinti grubunun geçmesi için sessizce gölgeliğe gizlendiler fakat adamlardan biri gölgeliğe bakmak için durdu.

"Yakında, aşkım," diye söz verdi John ve hızlı adımlarla araba yoluna ilerledi. "Ah, Sör Josiah," dedi grubu uzaklaştırarak.

Saraydaki görevlerine kendini verdikçe Mary herkesin kraliçenin Essex'i unutmasının kaç gün, kaç hafta süreceğini merak edip bahse girdiklerini gördü. Mary nedime odasına döndüğünde Anne Warwick yanına geldi.

“Kraliçe hemen şimdi sizinle konuşmak istiyor... Yalnız.”

Canım Lordum! Onu görmüşlerdi. Fakat içinde tıkanan nefesini kontes rahatlattı: “Seni endişelendirecek bir şey değil, tatlım.”

Alelacele eteğini çekiştirerek ve elbisesinde hiç yaprak kalmış mı diye nedime aynasına baktı ve yakasını düzelterek hızla kraliçenin yatak odasına ilerledi. Kraliçe genellikle nedimelerini çağırdığını unutur ve rahatsız edildiği için bozulurdu. Fakat o akşam ilk karşılaştıkları günkü gibi şöminesinin hemen yanında oturuyordu. Mary yaklaştı ve diz çöktü.

Elizabeth dalgın bir şekilde baktı. “Fare?” diye sordu dikkatini tam toplayamamıştı. Mary şüphesiz kraliçenin yüzüne böylesine hüznün gölgesini düşürecek kadar aklını neyin kurcaladığını biliyordu ve bu ifadeyi daha önce de gördüğünü hatırladı. Bu sadece ölümün ya da ölüm kadar uzun sürecek bir şeyin sebep olacağı sonsuza dek kaybetme hissiydi. Bunu daha önce babası öldürüldüğünde büyük babasının yüzünde ve Bayan Grey Ned'ine mektup yazarkenki yüz ifadesinde de görmüştü.

“Majesteleri,” dedi Mary.

“Siz içi dışı bir, tatlı bir kızsınız Mary Rogers ve sizden çok memnunuz. Bayan Warwick titizliğinizi çok takdir ediyor.”

“Majesteleri, size iyi bir şekilde hizmet edebilmek benim için büyük mutluluk.” Bu yalan değildi; ama tamamen doğru da değildi.

Kraliçe alaylı bir şekilde güldü ve derin bir nefes aldı. “Eğer bize iyi hizmet edebilmek istiyorsanız Oğlum Jack'i aklınızdan çıkarın.”

Mary başını kaldırmadı, çünkü kaldırırsa kraliçe yüz ifadesinden her şeyin doğru olduğunu anlayacaktı. Elbetteki Cecil tüm mektupları açmış ve içindekileri kraliçeye rapor etmişti.

"Beni yanlış anlamayın. Elbetteki keratayı çok seviyorum fakat size gerçek bir anne olmak ve sizi size uygun olmayan erkeklere karşı uyarmak zorundayım... Her ne kadar siz John'un üzerinde kalıcı bir etki bırakmış olsanız da... Sizi bana olan hizmetiniz karşılığında ödüllendirmek istiyorum. Sizin için uzaktan kuzenim olan Lord Matthew Howard'ı düşünüyorum. Rütbe olarak ikinci derecede ama sizin için büyük bir yükselme olmuş olacak bizim gözümüzde."

Yüzünü kraliçeye göstermeden Mary toparlamak için gayret etti. "Majesteleri Bayan Howard'ın hâlâ yaşadığı doğru mu?"

"Bu talihsiz kadın yıllardır bebek veremiyor. Siz kocaman bir kuzey malikânesinin hanımefendisi olacaksınız. Lord çoktan sizinle alakalı benimle konuştu."

Mary belinin üzerinde sımsıkı kenetlediği ellerini hissetti. Şu anki karısının yerine başkasını arayan böyle bir lord belki geleceği için iyi bir şanstı ama Mary'ye göre hiç iyi biri olamazdı. Beyazlamış sakalıyla elli yaşına yaklaşıyor olmalıydı.

Kraliçe aynen düşüncelerini okumuş gibi gülümsedi. "Erkekler hangi yaşta olursa olsunlar yataklarında yalnız olmayı sevmezler."

Sanki Mary'nin tüm hayat senaryosu önceden yazılmış gibi kraliçe ekledi, "Sizi tuvalet hanımefendiliğinden alıp güzel kırların hanımefendiliğine yükseltiyorum. Bundan sonra benim iç çamaşırlarımdan sorumlu olacaksınız. Ve son bir görev... Fildişi mücevher kutumdan da sorumlu olacaksınız." Hangi sarayda olursa olsun yanında ve hep aynı yerde taşıdığı, yatağının kenarında duran masadaki küçük oymalı kutuya uzandı. Kimse bunun içerisinde ne olduğunu bilmiyordu ama herkes çok değerli bir şey olduğunu tahmin edebiliyordu. Mary zorla gülümsemeye çalıştı. "Çok teşekkür ederim Majesteleri ama tuvaletinizden kim sorumlu olacak peki?"

"Sizin çok iyi bir şekilde eğittiniz seyisler görevlerini sürdürecekler. Sör John'un sarayın her yerine sarnıçlı tuvaletlerini inşa ettirmesini planlıyoruz ve bir seyisin onunla birlikte çalışması daha uygun olur." Kraliçe alevlere doğru derin derin baktı. Bu daha fazla bir şey söylemeyeceğinin bir işaretiydi.

Mary ayağa kalktı ve selam verdikten sonra geri geri çıktı odadan. Sessizce kapıyı kapatmadan önce Elizabeth tekrar konuştu: "Artık küçük broşunuzu takabilirsiniz, Fare."

Warwick nedime odasında bekliyordu. "Tebrikler, güzel kızların hanımefendisi ve artık kraliçenin broşunu taktığınızda herkes onun sizi nasıl sevdiğini anlayacak." Kontes daha yakından baktı Mary'ye. "Fakat neden böyle kederlisiniz? Kraliçenin yatak odasının üçüncü nedimesi oldunuz ve sizi aldığında tuz vergisi alacak olan toprak sahibi bir lordla evlenip sosyal bir rütbe kazanacaksınız." Anne Mary'nin çenesini kaldırdı. "Fakat güzel yüzünüzde kederden başka bir şey göremiyorum."

"Hayır, Bayan-"

"Evet, küçük hanım," dedi Warwick hafifçe alay ederek. "Sizinki oldukça eski bir hikaye. Sizin uygunsuz bir ilişki kurduğu için kraliçenin dirayetli davranıp kurtardığı ilk kişi olduğunuzu mu düşünüyordunuz?"

Mary şimdi anlamıştı ne demek istediğini ve yüzüne baktı."Siz de mi Bayan Anne?"

Warwick omzunu silkerek devam etti, "Uzun zaman önceydi ve her şey geçip gitti. Çocuğumuz olmasa da Leicester'in kardeşi Warwick Kontu benim için iyi bir adam ve iyi bir eşti."

"Peki, size uygun olmayan adam kimdi Bayan?"

"Unuttum," dedi ve arkasını döndü.

Mary kontesin uzun yıllar kendisine bu yalanı söylediği için artık kendisinin bile inanmaya başladığını düşündü. Bunun her zaman böyle mi olduğunu merak etti ve kontesin bunun bir kanıtı olmasını ve kendisi için de böyle olmasını diledi.

Güzel kırların yeni hanımefendisi o gece geç vakte kadar hiçbir şeyden emin olamamıştı. Bayan Margaret'in bir iş için gönderdiği sırada John'un odasının önünden geçerken kapıyı açık görünce içeri bakmaktan kendini alamadı. Aklından öyle bir emir gelmemesine rağmen bakışları o yöne çevrilmişti.

Daracık yatağının kenarında kolları ve ayakları çıplak, önü açık bir gömlekle öylece duruyordu. Onu hep hatırlamak istediği gibi görünüyordu. John eğildi.

Mary selam verdi.

John onu içeri çekti ve görülme ya da onun odasına girdiği kraliçeye rapor edilme tehlikesine karşın sanki boynunda bir yular varmış gibi John'a itaat etti.

"Sana daha önce sormaya fırsatım olmadı, Dublin'den gönderdiğim son mektubumu aldın mı, Mary, Mary, tam tersi?"

"Evet John." Endişesine rağmen güldü.

"Cevap verecek miydin?"

"Tüm mektupları Cecil okuyordu," dedi Mary.

"Kapıyı kapat," dedi John emreder gibi.

"Hayır, John."

John sırıttı. "'Evet, John, Hayır, John.' Ne yapacağımdan korkuyor musun?" diye sordu kollarını uzatmış ona doğru hızla yaklaşırken.

"Benim ne yapacağımdan da, olmaz John, yapamayız," diye tekrarladı ve kaçtı. Bir tarafı onun peşinden gelmesini istiyordu ama koridorun mermer taşlarında duyduğu yalnızca kendi ayak sesleriydi.

BÖLÜM 13

"Şefkat? Şefkatin yanılgısı!"
Elizabeth Regina

Taç Devir Günü
17 Kasım 1599
Whitehall Sarayı

Mary, kule topları kraliçenin gelişini kutlayan Southwark'ten Londra köprüsü boyunca şehrin sokaklarını doldurmuş kalabalığı selamlarken yana doğru kıpırdanan beyaz kısrağını zapt etmeye çalışıyordu. Halk yollarının üzerine sıra halinde dizilmiş "Tanrı Majestelerini korusun," diye bağırıyorlardı. Karşılığında Elizabeth de eliyle her iki tarafı da tepedeki pencerelere kadar selamlıyor ve "Tanrı hepinizi korusun sevgili halkım," diye bağırıyordu. Mary kraliçenin bu selamlamayı gerçekten içinden gelerek yaptığını biliyordu. Yaldız işlemeli büyük kasaba evlerinden el sallayan zengin giyimli asillerden tezgahları önünde duran satıcılara ve kaldırım taşlarının üzerinde diz çökmüş yırtık pırtık kıyafetli dilencilere kadar kraliçe tüm halkını seviyordu. Onları sanki kendisinin doğmamış çocukları gibi seviyordu.

Kraliçenin tacı devralmasının kırk birinci yıl dönümü tüm halka tatil ilan edilmişti. Kraliçe Ludgate'e doğru Cheapside ve St Paul'ün oradan geçerken de gülümseyerek tebaasını selamlamaya devam ediyordu. Kraliçe toynaklarının altına atılan ve hoş kokulu bir halı görünümü alan çiçekleri ezmemek için muhteşem bir şekilde zıplayarak giden siyah atının üzerindeydi. Güllerin kokusu Fleet Nehri'nin oradaki çöplük alanının kokusunu bile bastırmıştı.

Strand'daki York House'un önünden geçerken kraliçe başını çevirdi ve selam vermedi. Mary hiçbir pencerede Essex'in yüzünü görmemişti ama kraliçe onun gizlenerek bakıyor olabileceğini düşünmüştü. Rahatsızlandığı söyleniyordu ama kraliçenin sevgisini kaybetmesi dışında başka hangi sebepten rahatsızlandığını kimse bilmiyordu. Kraliçeyle aralarında geçen bir tartışma sonucu saraydan atıldığından beri bilinmeyen hastalıklara maruz kalmıştı zaten ve Elizabeth bunu bildiği için kendisini onun çok özlediği çocuksu yüzünü görmekten alıkoymuştu.

Şimdi herkes bir zamanlar çok sevilen gözden düşmüş bu adamla kızgın kraliçe arasında bu kez ne olacak diye nefesini tutmuş bekliyordu ama uzun süredir öfke ve kederden bir karara varamamış olan kraliçe karar vermek için de acele etmiyordu. Olasılıklar üzerine bahislere tutuşuluyor ve servetler dökülüyordu. En yüksek para da kraliçenin daha öncelerde olduğu gibi yine Essex'i affedip kontun eski mevkiine ve yüksek rütbesine geri döneceği ihtimali üzerine konuluyordu. Bu kez Mary çok emin değildi. Sanki son iki aydır yavaş yavaş kraliçenin kalbinin katılaştığını hissediyordu.

Cecil bu konuda sessizliğini koruyor ve kraliçenin vereceği kararı bekliyordu. Mary Sekreterlik Lordunun bir seferinde kraliçeye tavsiyede bulunmak tavsiye eden kişinin başına bela getireceğini söylediğine kulak misafiri olmuştu ve daha sonra yaşanılanlar karşısında Cecil'in bu konuda haklı olduğu kanısına varacaktı.

Raleigh ve Bacon Cecil'e kulak vermediler ve her biri kendi bildiğini okudu. Raleigh bariz bir şekilde kontun düşmanıydı ve bunu saklayamıyordu ve her fırsatta kraliçeye onun aleyhine dava açılmasını tavsiye ediyordu. Kraliçe Bay Walter'a genellikle kızardı çünkü verdiği hükümler genellikle yanlıştı. Özellikle kraliçe böyle üzgün bir ruh halindeyken kesinlikle Essex'i eleştirecekti. Bu kraliçeyi kontu savunmak zorunda bırakacaktı ve kendisine daha da çok kızacaktı.

Bir zamanlar Essex'in adamlarından biri olan Bacon daha kurnazdı ve hukuki bir dil kullanarak kraliçenin ilgisini koruyordu. "Majesteleri, Lordları bu sefer çok ileri gittiler ve sizin sabrınızı zorladılar."

"Aynen öyle," dedi kraliçe, birisinin onu anlamış olmasından memnuniyet duyarak. Gerçi Mary Elizabeth'in bir saraylının anlayışına ihtiyacı olmadığını düşünüyordu.

"Öte yandan Majesteleri," diye devam etti Bacon, "elimizde ihanetini kanıtlayan açık bir delil olmadan onu mahkemede yargılamak her an isyan çıkarmaya hazır olan Londra'nın asi kesimini öfkelendirebilir. Halk, Majesteleri, her şeyi anlamak ister."

Mary bir taraftan Bacon'ın mahkeme yanlısı ve karşıtı önerilerinin kraliçenin kararsızlığına yansıdığını ve kendisi için en doğru kararı alabilmesi için Bacon'ın düşüncelerini ölçüp tartamaya sevk ettiğini bilirken bir taraftan tüm bunları görüyor ve duyuyordu. Şüphesiz bu kraliçeyi Bacon'a mecliste bir mevki vermeyi düşünmeye de sevk ediyordu ve tüm saray Bacon'ın bunu istediğini biliyordu. Her ne kadar biraz etkilenmiş olsa da Mary Bacon'ın John'la ilgili kararına asla itimat etmemeye karalıydı çünkü genellikle kraliçe ve tebaası için en doğru öğütten ziyade karşıdakini memnun edecek cevapları veriyordu. John'la beraberken böyle aklında dolaşan bir sürü düşünceler olurdu. John'la birlikte değilken de olurdu. Nasıl Tanrı tarafından kutsanmış bir kadın olan kraliçeye meydan okuyabilirdi? Tanrı'nın iradesi yasaları belirliyordu ve bu da meydan okumayı ihanetle eş değer kılıyordu. Mary'nin büyük babası zamanla razı gelebilirdi ama ne kadar zamanı vardı? Bir öyle, bir böyle. Bir öyle, bir böyle. Arapsaçına dönmüş düşünceleri ona huzur vermiyordu.

Kraliyet konvoyu gürültülü bir şekilde King caddesinden geçerek Holbein Kapısı boyunca Whitehall'un içine yanaşırken nedimeler uşaklar ve seyislerden ayrılarak kraliçenin eşyalarını yerleştirmeye gittiler. Yıllardır saraydan saraya taşına taşına birçoğu ilk seyislerinin oğulları olan seyisler görevlerini çok iyi biliyorlardı. Mary çabucak kraliçe ve nedimelerin geleneksel olarak bütün turnuvaları izlediği oyun alanına tepeden bakan uzun taş salona doğru Elizabeth'in ve diğer nedimelerin peşinden gitti.

Majesteleri pencerede görünür görünmez trampetler onun geldiğini müjdeledi ve zengin bir şekilde süslenmiş bir atın üzerinde parıldayan zırhıyla bir şövalye salonun girişinde göründü ve günün anlam ve önemini duyurdu:

"Kraliçemizin tatilinin şerefine
Bu altın çağımıza uygun zevkli bir spor
Mutluluğumuzun doğduğu bugün,
Şimdi çiçek açma zamanı, İngiltere barışının baharı."

Kraliçe eliyle selamladı, şövalyeye teşekkür etti ve tribünlerdeki Londralılara eliyle oturmaları için işaret verdi. Bir an önce trampetler çoğu atı üzerinde kavalyeleri ile birlikte şövalye çiftlerinin meydana girişlerini ilan etti. Yalnız bir kişi at yerine ejderha şeklinde inşa edilmiş gemi gibi bir şeyin üzerinde ata binmiş gibi oturarak girdi ve herkes çok alkışladı.

Mızrak oyunu başladı ve hava soğuktu.

Mary gözden kaçmayacak bir şekilde yüreği ağzında bekliyordu çünkü büyük beyaz alacalı bir atın sırtında parlak gümüşle cilalanmış zırhı içerisinde John meydandaki yerini almıştı. Mızrağının etrafına siyah ve beyaz mendiller bağlanmıştı ve bu bekaretin sembolüydü. Bu bakire kraliçeye mi ya da Mary Rogers' a mı veya bakire kalan ya da kendisini öyle gösteren tüm saray kadınlarına mı bir atıftı? Zeki hergele! Her kadın kendi istediği gibi algılayacaktı ve sadece John asıl kime atıfta bulunduğunu bilecekti. Mary Elizabeth'in memnuniyetini ve başını salladığını görünce yüzünde beliren gülümsemeyi bastırmaya çalıştı. Mary'nin kadın yüreği nasıl böyle bir adama karşı koyabilirdi? Bu gerçekten de imkansızdı çünkü elleri titriyor, terliyor ve bir sıcaklık akıyordu içinden.

S şeklindeki bariyerden ilk geçişlerinde John da rakibi de ıskaladı. Dönüşte John başka bir mızrak aldı, miğferini biraz indirdi ve trampet sesinin ardından atını dörtnala sürdü. Mary tırnaklarının avuçlarının içine battığını hissediyordu. John'un mızrağı rakibinin kalkanına çarptı ve parçalandı. O sırada Mary kendini riske attığını düşünmeksizin açık pencereden ileriye doğru koştu. Bacaklarının sanki kendi iradesi varmış gibiydi. Böyle bir vuruş her iki taraf için de tehlikeliydi.

John dizginlerini çekti ve bariyerin etrafından dolanarak mızrağını düşürmüş ve eyerin üzerinde sendeleyen diğer şövalyenin yanına doğru gitti. John cesurca rakibinin doğrulmasına yardım etti ve tribünlerde oturan tüm insanları alkışlıyordu.

Bayan Anne Mary'nin hemen arkasındaydı ve hemen fısıldadı: "Hemen yerinize dönün küçük hanım."

Mary söylenileni yaptı ve onun hangi şövalye için ileri atıldığını bilse de kendisine bakmayan kraliçenin arkasına çekildi. Mary tavandaki muhteşem Musa figürlerine baktı. Elizabeth Mary'nin de aşkı ve kraliçeye karşı görevi arasında sıkışıp kaldığını anlayabilir miydi? Şüphesiz mevkileri ne olursa olsun kraliçe kadınların ne kadar birbirine benzediğini anlayabilirdi.

Mızrak oyunu sona erdiğinde saat neredeyse beş olmuştu ve çok fazla yaralanmamış şövalyeler saray halkı, kraliçe ve nedimelerle birlikte ziyafete katılmak üzere büyük salona geçtiler. Eğlencede bir şaklaban kafasına zilli bir şapka takmış elinde bir maymunla masa masa dolaşıp hayvanı herkese Mısır Düşesi diye tanıtıyordu.

Majesteleri her zamanki gibi tahtında oturuyor, sunulan çeşit çeşit yemeklerden birazcık alıyor ve her birinden birili lokma yiyiyordu. Sulu şarabını küçük yudumlarla içerken sırayla her bir şövalyeyi nazikçe kabul ediyordu. Gözleri Mary'nin üzerinde John yaklaştığında kraliçe sevecen bir şekilde onu selamladı: "Sevgili oğlum Jack."

"Majesteleri," dedi diz çökerek John.

"Bugünkü zaferinden dolayı sizi kutluyorum Sör Şövalye fakat oyun alanında yeteneklerini harcıyorsun. Geleceğin kesinlikle tuvaletinde yatıyor." Salonda gülüşmeler duyuldu.

John sırıttı ve diz çökmesine rağmen daha uzun göründü gözüne. "Her zaman zavallı bir şövalye elinde maymunla dolaşan bir şaklabanlıktan daha fazla eğlendiremez insanları Majesteleri."

Kraliçe sessizlik olması için elini kaldırdı. "Oğlum Jack, beni yanlış anlama. Tuvalet icadından çok memnunum ve aynısından Windsor ve Greenwich'teki saraylarımıza da yapmanı teklif ediyorum. İşini bitirdiğinde tekrar buraya dönebilirsin." Kraliçe herkesin duyabileceği kadar yüksek sesle konuşmuştu.

John ayağa kalktı ve kendisine özgü bir üslupla eğildi. "Çok sevdiğim vaftiz annem, size tüm kalbimle teşekkür ederim. Derler ki Kader Tanrıçası birçoklarına gereğinden fazla verir ama kimseye de yeteri kadar vermez."

Mary sandalyesini sımsıkı kavradı. Oh, canım Lordum, bu da Elizabeth'e ithafen başka bir epigram olmalıydı. Belki de Essex'i kastetmişti? Nasıl cesaret edebilmişti böyle bir şeye? Bu sebepten bir daha dönmemek üzere sürgüne gönderilebilir.

Fakat John Elizabeth'i yanlış anlamamıştı. Onun mizahında hep zeki bir küstahlık vardı zaten. Elizabeth gülümsedi ve eliyle uzaklaşmasını işaret ederken gülümsemesini yelpazesi ile kapattı. John başını kraliçeden masalarda yemek yiyen insanlara çevirdiğinde gülüşmeler durmuştu.

Fakat son sözü kraliçe söyleyecekti. John yemek masalarından birine oturmadan önce kraliçe Cecil'i çağırdı ve "Sekreterlik Lordum, gelecek ay On ikinci gece ve Noel öncesi kutlamaları için

Lord Howard'ı da aramızda görmek istediğimizi kendisine iletin, kendisini bir bayanla tanıştıracağım."

John'un Mary Rogers'i ilk yatağa atmak için Essex'le tutuştuğu bahisten vazgeçtiğinin ötesindeki dedikoduları henzü duymamış olan saraylılar kraliçenin bu sözleri söylerken bir John'a sonra da Mary'ye bakmasından şimdi daha fazla şey öğrenmişlerdi.

Masalarda bir fısıldama uğultusu dolaşıyordu.

Ertesi sabah John kraliçenin verdiği bir görev için yeniden yola koyuldu. John ahırın bahçesine bakan gölgelik bir yerden üzengileri ve at başlığını hazırlarken Mary de onu seyrediyordu. John dönüp saraya doğru bakmasına rağmen Mary'yi görmemişti. John ortalığa yayılan saman ve toz bulutu içerisinde atını sürüp giderken Mary bir yerden destek alma ihtiyacı hissetti ve yanındaki taş duvara yaslandı. Onsuz bir belki iki ay daha... Peki sonra? Bayan Howard ölecek ve Mary Noel zamanı Lord saraydayken nişanlanacak mıydı? Yoksa evliliği mi kutlanacaktı? Kraliçenin bir nedimesinin düğününe katılması onur vericiydi çünkü düğünleri pek sevmezdi. Diğerleri Mary'yi kıskanacaktı.

Mary zindanı görmeyi düşünerek Thames nehrine doğru dalıp gitti. Böyle bir evlilik hayatı boyunca bir mahkum olmaktan farksızdı.

❀

Yirmi sekiz Kasım günü akşam yemeği şöleninden hemen önce öğleden sonra geç saatlerde kraliçe Cecil'i yanına çağırdı. Mary çamaşır dolabında kraliçenin az önce yıkamadan getirilmiş kıyafetlerini katlamakla meşguldü. Daha sonra biri altta diğeri üstte vida ile sıkıştırılmış iki plakadan oluşan zekice tasarlanmış bir alet olan ve tüm kırışıklıkları gideren bu aletle kıyafetleri düzeltti ve yatak kılıfları ile kişisel kıyafetlerini ayırarak içine kurutulmuş gül goncaları ve menekşeler konulmuş hunçların içerisine yerleştirip ayrı ayrı sandıklara koydu. Aslında lavanta daha iyi olurdu çünkü kraliçe artık ağır kokulara tahammül edemiyordu.

"Majesteleri," dedi Cecil her zamanki gibi manalı o uzun ince yüzü ile "imzalanacak birkaç evrak getirdim."

Mary kraliçenin giriş odasına açılan kapıları açık olduğu için çok net duyabiliyordu.

"Şimdi değil Pygmy. Lordum Essex'in o olsa da olmasada Yıldız odasında ona karşı öne süreceğimiz suçlamalara cevap veremeyecek kadar çok hasta olup olmadığını öğrenmeye karar verdim."

Cecil tereddüt etti ve Mary onun sözcüklerini dikkatle seçerek konuştuğunu hissetti. "Majesteleri, eğer aleni bir şekilde cevap vermesine izin verilirse halk daha iyi tatmin olacaktır."

Uzun bir sessizlikten sonra kraliçe ses tonundaki acıyı gizleyemeyerek "Hâlâ halk için bir kahraman mı?" diye sordu.

"Majesteleri, halk onu Kadiz limanındaki kahramanca mücadelesi ve burayı ele geçirmesi ile hatırlıyor."

Elizabeth sabırsız bir şekilde cevap verdi ve Mary kraliçenin kılıcının her zaman asılı durduğu sandalyesinin oraya mı yöneldiğini aklından geçirdi. Acaba bu kılıcı yalnızca geçit törenlerinde devletin kılıcı olarak taşınan gücünün bir sembolü olarak mı görüyordu? Yoksa bu yaşlı bir kraliçenin bayılma korkusu olmadan öfkesini ifade edebileceği tek yol muydu?

Fakat kraliçe, sesi her zamankinden daha sert bir şekilde konuşuyordu. "... Peki, onun kraliçenin emirlerini yerine getirmek yerine kişisel zaferler peşinde koştuğu için Azor kıyılarında nasıl İspanyol filolarını kaçırdığını ve en son aynı sebepten İrlanda'daki başarısızlıklarını hatırlamıyorlar mı? Bu kendini gereğinden fazla güçlü zanneden lord adam edilecek, Bayım! Burada benim sözüm geçer!"

Cecil yeniden tereddüt etti ve Mary onun kambur vücudunun üzerinde dahiyane kafasının dikkatli bir cevap bulmakla meşgul olduğunu hissetti. "Majesteleri, insanlar onlara günlük hayatlarındaki sefaleti unutturacak ve onlara bir amaç sunacak kahramana inanma ihtiyacı hissederler. Gönüllerine kahraman diye böyle birini koyduktan sonra onları o kişiden vazgeçirmek zordur, hem de ortada bir sürü başarısızlığı olsa bile. Bu başarısızlıkları görmezden gelirler."

Mary kraliçenin kıskançlık dolu bir öfkeye kapılacağını düşünürken havada ipeksi bir gece melteminin esintisini hissetti. Fakat daha makul bir cevap duyunca içi rahatlamıştı.

"Çok akıllısın Pygmy. Seninle ilgili hep doğru karar vermişim ya rahmetli babanla. Yine de kendimiz için gerçekten hasta olup olmadığını görmeliyiz çünkü kraliçenin emirlerine kibir göstermenin cevabını verecek. Ve bunu benim yüzüme söyleyecek!

"Majesteleri, doktorunuzun dediğine göre Essex ölüm döşeğindeymiş!"

"Doktorlar ahmak insanlardır. Onu yargılayacağız. Lord Worcester'a iki nedimemle birlikte beni görmeye gelmesini söyleyin. Beni saltanat kayığımda beklesin.

"Nasıl isterseniz Majesteleri."

Mary arkasından kapıların kapandığını duydu. Kıyafetleri düzeltmeyi bitiren Mary ayağa kalktı ve Elizabeth'in oturduğu odaya geçti.

"Fare, siz ve Bayan Warwick bana eşlik edeceksiniz, üzerinize bir şeyler alın."

"Peki Majesteleri." Mary selam vererek sessizce Bayan Warwick'in çoktan süet yağmurluğunu giymekle meşgul olduğu giriş odasına gitti.

Birlikte saltanat kayığına doğru ilerlediler. Mavnacılar hızla yükselen akıntılarla uğraşıyorlardı ve akşamüstüne doğru York Malikanesi'ndeki nehir basmaklarına tırmandılar. Mary hemen bitişikteki Thames nehrine akan Strand'ın kıyısındaki Essex malikanesine baktı. Arka pencerede yas tutar gibi siyahlar giyinmiş bir kadın durmuş onlara bakıyordu. Mary soru sorduğunu belli eder biçimde başıyla onaylayan ve *Karısı* olduğunu dile getiren Bayan Anne'ye baktı. Kraliçe hiç farkında değilmiş gibi görünüyordu. Neden farkında olsundu ki? Kraliçe Essex'in kendi malikanesinin hemen yanındaki York malikanesinde tutulmasını ancak karısı dahil hiç kimse ile görüştürülmemesini emretmişti.

Bir an için kocasına bu kadar yakınken onu göremeyen Bayan Essex için Mary'nin içi sızladı. Majesteleri onları ayrı tutuyor, kendi aşkına ve dostluğuna ihanet eden bu adamın arkadaşları tarafından bile sevgi ve destek görmesine izin vermiyordu. Mary kendisini kuzeydeki malikanelerin birinin penceresinde dışarıya bakıp geçmişini ve pişmanlıklarını düşürken hayal etti ve içi ürperdi, pelerinine daha sıkı sarıldı.

Lord Bekçisi Edgerton bir elinde fener bir elinde bir çanla arka kapılardan birinden çıka geldi. "Majesteleri, geldiğinizi bilmiyordum yoksa-"

Kraliçe onu neredeyse tanıyamamıştı. "Beni Lord Essex'e götürün."

Edgerton sayısız odalardan ve kapılardan geçirerek kraliçeyi üst katta bir yere götürdü. "Burada kalıyor Majesteleri. Kendisine Londra'nın en iyi doktorunu getirttim-"

"Evet. Evet. Ondan şüphem yok. Kendimizi göstermeden onu görebileceğimiz bir yan kapı da var mı?"

"Buradan, Majesteleri," diye cevap verdi Edgerton. Endişeli bir şekilde aşağı yukarı sallanarak...

Mary ve Bayan Anne canlı bir şekilde yanan kocaman bir şöminenin bulunduğu aynalı bir odaya giren Elizabeth'i takip ettiler. Kraliçe pelerinini fırlattı ve yan kapıya doğru yöneldi. Mary hemen aldı pelerini. Her zamanki emir veren ses tonundan daha yavaşça "Sadece birazcık," dedi kraliçe.

Majesteleri kapının gümüş sürgüsünü tutarak odanın içine doğru baktı. Mary Essex Kontu'nun sağlam bir flaman bağıyla bağlanmış arkasına düşen kıvırcık kızıl saçları kadar beyaz yüzüyle yığıntılardan oluşan bir yastığa koyduğu başını birazcık görebilmişti kapı aralığından. Sakalı traş edilmişti ve bu da ona yaşı otuz ikisine yaklaşmış olmasına karşın her zamankinden daha inanılmaz bir gençlik katmıştı.

Essex başını yavaşça Elizabeth'e döndü ve alev alev iri gözleri kraliçeyi kendisine çekti. Kraliçe eteğiyle geçebileceği kadar kapıyı araladı ve yavaşça kapattı.

Worcester Lordu ve Edgerton primera denilen bir kart oyununu oynamak üzere kraliçenin her an bir emriyle fırlamaya hazır huzursuz bir şekilde odanın karşısındaki küçük bir masaya çekildiler.

Bayan Anne Mary'yi kolundan çekti ve nehrin kıyısında günü bitirmek üzere olan balıkçılara, süpürge ve eski ayakkabı satan seyyar satıcılara ve güne yeni başlayan meyhanelerdeki gürültülü kalabalığa bakan pencerenin önüne götürdü. Köşede, ustaların getir götür işi için kullandıkları çıraklar elindeki üç feneri fırlatarak meydanda ışıkla oynayan bir hokkabazı seyrederek oyalanıyorlardı. İki kadın sessizce bir süre dışarıdaki bu manzarayı izlediler.

Bayan Warwick birden yavaşça çöktü ve bir eliyle sol kolunu sımsıkı tutmuş alnını kurşunlu soğuk cama dayadı.

"Bayan Warwick," dedi Mary endişeli bir sesle "hasta mısınız? Size bir sandalye ve baharatlı sıcak şarap getirteyim mi?"

"Hayır, tatlım, sadece gelip geçen bir ağrı. Yaşlanıyorum malum" dedi solgun bir gülümsemeyle. "Rica ederim telaşlanma."

Fakat Mary telaşlanmıştı. Bayan Anne'in yüzü bembeyaz olmuştu. Ağrı oldukça keskin olmalıydı. Mary Anne'nin elini avuçlarının içine aldı ve yavaşça ovmaya başladı.

Kontes başını kaldırdı, dudakları hafifçe titriyordu. "Sen şu çekici hergele John Harrington'a olan yanlış duygularına rağmen iyi bir kızsın." Gücünü yeniden toplama başlamıştı, Mary'nin elini sıkıca tuttu. "Bana daima onun yanında olacağına dair söz ver."

Mary Bayan Anne'nin kraliçeyi kastettiğini biliyordu. "Majesteleri-"

"Hayır, hayır ama herkesin onun sevgisine ihanetle karşılık vermesi onu hep derin bir üzüntüye sürüklemiştir. İhanet onun için ölümden farksızdır. O hâlâ Leicester, William Cecil ve bakıcısı Kat Ashley için gözyaşı döküyor. Onların hepsi ona çok iyi hizmet ettiler fakat-" Bayan Anne'nin gözlerinde öfke parıltıları görülebiliyordu- "onun kraliyet rızasını almadan öldüler hem de o onlara ömür boyu kendisine hizmet etmelerine izin verecekken." Kontes birden yeniden ciddileşti. "Bana onun isteklerine karşı gelmeyeceğine söz ver. Bunu sadece senden istiyorum, diğer nedimelerden değil çünkü senin de onu çok sevdiğini biliyorum. O artık uyumuyor, çok az yemek yiyor ve tehlikeli bir şekilde sıhhati gittikçe bozuluyor."

Mary de bunları kraliçede gözlemlemişti fakat bu sözün ne anlama geleceğini tam olarak düşünemeden fısıldadı: "Majestelerinin bana ihtiyacı olduğu sürece ona tüm sadakatimle hizmet edeceğime söz veriyorum Bayan."

Bayan Anne gözlerini kapatıp bir süre dinlendi, oldukça rahatlamıştı.

Essex'in kaldığı odanın kapısı yavaşça sallandı ve hepsi kraliçenin yanına koştular.

Fakat kapı iyice sürgülenmemişti. Elizabeth eli onun ellerinde kontun yatağına eğilmişti.

Anne Warwick içeriye girilmesine engel oldu ve Lord Worcester ve Edgerton oyun masalarına döndüler. Hem Mary hem de Anne içerideki bu samimi manzaradan başlarını çevirdiler, fakat Mary aklında bu manzarayı çok net bir biçimde hep taşıyacağını biliyordu. Mary bu mum ışığında aydınlanmış gölgeli odada kraliçenin eli ellerinde ya da Essex'in eli onun ellerinde üzgün yüzü kontun solgun yüzüne bakarkenki manzarayı aklından çıkarabilir miydi bilmiyordu. Önce hangisinin eli diğerine uzanmıştı merak etti.

Ve hangisi daha çok hastaydı? Mary düşündü. İkisinin yanağında da gözyaşı görememişti... Her birinin aklında diğerinin ihaneti ve eski günlerine duydukları özlem vardı gözlerinde ve her ikisi de böylesine büyük bir bedel ödeyecek kadar inatçı...

Saniyeler sonra fenerlerle aydınlatılmış merdivenlerden inerek Elizabeth'i takip ettiler. Saltanat kayığı yaklaşırken kraliçe yumuşak bir ses tonuyla Edgerton'a "Lordum, gündüz vakitlerinde Bayan Essex'e kocasını görebilme hakkı verebilirsiniz."

Bayan Anne sessizce mesaj verir gibi Mary'ye baktı, *Kalbi yumuşamıştı.*

Yine de en yakınındakiler bile kraliçenin kalbindekileri gerçekten bilebilir miydi?

Saltanat kayığında Elizabeth henüz donmamış nehrin üzerinde nehri kamçılayan soğuk kış rüzgarına karşı uzun koltuğuna dimdik oturdu. Mavnacılar Whitehall'un su basamaklarına doğru kürek çekerken kürekler dalgaları dövüyor ve deniz kuşları başları kanatlarının altında geminin başındaki fenerlerin etrafında dönüp duruyorlardı. Kraliçe mücevherler ve dantellerle dolu incecik silüetine göre kesilmiş siyah pelerinine sarındı. Ayaklarını çok hoş bir biçimde boyanmış bir İran halısına uzatarak yüzü mermer gibi kaskatı öylece yaklaştıkları kıyıya doğru bakıyordu. Sonra herkes rüzgarın sesine karışan kraliçenin emreden sesinin yükseldiğini duydu: "Lordum Worcester, saraya döndüğümde Bacon ve Cecilli bana çağırın. Yarın Yıldız odasında meclis toplanacak ve Lordum Essex'in görevlerini yerine getirmeyişi, benim emirlerime itaat etmeyişi ve Tyronne olayındaki ihanetiyle ilgili rapor açıklanacak. Halkımıza onun suçlarını ve öfkemizin sebebini açıklayacağız."

İlerleyen günlerde kraliçenin tüm suçlamaları halka açıklandı ve Yıldız odasının avukatları ve lordları tarafından kabul edildi. Essex bunun karşılığında titreyerek bembeyaz kesilmiş yüzüyle tüm suçlamaları reddetti.

Vatandaşlar da bu meclise davet edilmişti ve kraliçe daha sonra bu meclise katılan ve katılmayanların listesini kontrol etti. Sonrasında ise katılmayı reddedenleri kendisinin düşmanı Essex'in ise dostu olarak görmeye başladı.

❀

Aralık ayının ortalarında Bayan Warwick görevlerini yerine getiremeyecek kadar hastalandı. Kraliçe onu yanındaki bir dairede tutuyor ve her gün ziyaret ediyordu. Doktorlar kanını akıtarak vücudu temizlemeyi, daha da sıcak tutulması için ısı mangalı kullanılmasını ve kesinlikle temiz olmayan ortamda bulunmamasını tavsiye etmişlerdi ama Anne gitgide daha da zayıf düştü. Artık ayağa kalkamıyordu ve ağzı bir yana sarkmıştı.

Elizabeth sık sık kendi elleriyle et suyu içiriyordu, başkasından içmiyordu ve ona Anne'nin her şeyden çok iyi geldiğini iddia ettiği doktorunun kendisi için hazırladığı yeşil ilaç şişelerinden getiriyordu.

Mary, Anne ölüm döşeğinde ve Elizabeth de Tanrı'nın işine karışma pahasına da olsa çok güvendiği arkadaşını eski sağlığına döndürme çabasında bu iki kadını böyle üzgün görmeye içi dayanmasa da kraliçeye bu çabasında eşlik ediyordu.

"Majesteleri," diye fısıldadı Anne, "kendinizi huzursuz etmeyin."

"Şişşt! Bir şey yapmıyorum ki Anne."

Bayan Warwick artık yutamayacak noktaya gelince ve uykuya dalmış gibi görününce kraliçe ayağa kalktı ve Mary de kapıya doğru arkasından takip etti.

Bayan Anne hafifçe kalkarak güçlükle anlaşılabilecek şekilde "Mary Rogers, bana verdiğiniz sözü unutmayın" dedi.

"Unutmayacağım Bayan," diye cevap verdi Mary sadece yeniden yastığa başını koyan ve gözlerini kapatan Bayan Anne'nin duyabileceği şekilde.

Elizabeth yaklaşması üzere açılan kapının önüne gelince eteklerini topladı. "Ne sözü Fare?"

Mary'nin yüzü kızardı. "Daima size göz kulak olacağımın sözü Majesteleri."

"Peki sen ne cevap verdin?"

"Size her zaman tüm sadakatimle hizmet edeceğimi söyledim."

Kraliçe başını eğdi ve yürüdü. Mary kendiliğinden gelen gözyaşlarını gizlemeye çalıştığını düşündü.

Bir sonraki hafta bir kontun kızı olan ve kraliçenin hizmetine yeni katılan Bayan Fitton o sabah Majesteleriyle birlikte yürüyüş yapan ve protokol odasında ona hizmet eden nedimelerin arasına katılmıştı. Anne'nin kraliçenin kalbindeki yerini hiç kimse alamasa da gardrop nedimesi olarak yerine Bayan Margaret geçmişti.

Mary güzel kırların nedimesi görevine yükselmesinden dolayı memnundu. Güzel bitkiler ve ipeklerle ve en iyi bitki buketleriyle uğraşmaktan daha iyi ne olabilirdi ki? Bu onun şu ana kadar düşündüğü en iyi iş olduğu kanısındaydı. Hiç kimse kraliçenin bedenine Mary Rogers'tan daha yakın hizmet etmemişti.

Bayan Fitton, kraliçenin ilk başta düşündüğü kadar itaatkâr olmasa da gençliği ve güzelliğiyle kraliçenin nedimeleri arasında gördüğü tarzda biriydi. Mary'ye göre Bayan Fitton Elizabeth'in fark ettiğinden çok daha fazla zeki ve cilveli bir kadındı.

Mary yeni nedimeyi çok tehlikeli bir oyun oynadığı konusunda uyarmak istedi ama fakat Bayan Fitton asil bir koca bulma konusuna öyle odaklanmıştı ki bunun üzerine bir daha endişelerini dile getirmeyen Mary'ye gülmüştü. Mary nasıl Aralık'ın on ikinci gecesinde Noel kutlamaları sırasında Candlewick Alley'in çok yakınında bulunan Büyük Kilise Sokağındaki Bell'in Hanı'nda onunla buluşması için John'un ısrarlarına cevap verebilirdi? John Greenwich'ten Windsor'a kraliçenin emrettiği üzere başka bir sifonlu tuvalet yapmaya gidecekti ve bu sırada yalnızca bir geceliğine Londra'da kalacaktı.

Özel bir kuryeyle gönderdiği mektubu John'un aşkı ve yalnızlığı ile doluydu.

Benim tatlı Mary'm,

Hızla Efendimizin 1600. yılına yaklaşıyoruz. Seni görebilmek için bir asır daha bekleyemeyeceğim ama Whitehall'de de olay çıkartamam ya da bu duvarların içindeki bir kadına gönlümü tamamen kaptırdığım için böyle bir şey yaparak kraliçenin öfkesine sebep olamam. Aralık'ın on ikinci gününde hem gündüz hem de gece sizi bekliyor olacağım.

Birden Mary okumayı kesti. Onunla buluşamazdı. Her ne kadar çok uzak olmasa da süslü kıyafetler içindeki bir kadın için gün ışığında bile saraydan şehre tek başına gitmek tehlikeli olabilirdi. Onunla gelmesi için bir muhafıza rüşvet verse hiçbir para muhafızın daha sonra böyle entrikalı bir haberi arkadaşlarıyla paylaşmaması için yeterli olmazdı ve bu haber döne dolaşa kraliçenin kulağına gelirdi. Nasıl olur da sadık bir hizmetkâr Majestelerinin yüreği zaten bunca kederle yüklüyken böyle bir şeyle bir kat da kendisi bu kederi artırabilirdi? Peki John'a nasıl hayır diyebilirdi? Ya da kendi yüreğine nasıl karşı koyacaktı?

Mary aceleyle okumaya devam etti:

Holbein kapısında senin için bekleyen güvenilir bir arkadaş olacak. Bu mektup başkalarının eline geçebilir o nedenle o arkadaşın ismini vererek tehlikeye atamam. Eski moda şapkasındaki armadan onu tanıyabilirsin.

Sabırsızlanıyorum, John.

Mary mektubu sımsıkı göğsüne bastırdı. Eğer kraliçe zamanının bu işe son vermek için en iyi ilaç olduğunu düşünmüşse zaman büsbütün başaramamıştı. John hiç değişmişe benzemiyordu ve Mary Rogers tüm kalbiyle kendisinin de değişmeyeceğini biliyordu. Sırf beraber olmalarının imkansız olduğunu söylemek için bile olsa Mary, John'u görmek için sabırsızlanıyordu. Onu görebilir, yüzüne bakabilirse nasıl ona olan aşkından ve hasretinden başka bir şey söyleyebilecekti? Fakat ona olan hislerinden bahsederse kraliçenin isteklerine karşı gelmiş olacaktı. Ya yüreğine ya da kraliçeye olan sadakatine karşı gelecekti. *Tanrım yardım et ikisini de yapamam* diye geçirdi içinden.

❦

Noel Haftası, 1599

Londra sokaklarını süpüren ve Whitehall'un camlarını takırdatan buz gibi bir batı rüzgarı kraliçenin meyve bahçesindeki çıplak erik ağaçlarının dallarını eğerken Aralık'ın on ikinci gecesi için gün yavaş yavaş ağarıyordu. Tabi sadece bu Mary'yi tehlikeli bir şekilde şehre doğru yola koyulmaktan alıkoyamazdı. Lord Howard bir gün önce sabahtan gelmişti ve o günün akşamına da büyük babası gelmişti. Öyle görünüyordu ki kraliçenin ona seçtiği koca için kendi ailesi de dahil olmak üzere herkes onu John'dan uzak tutmak için birlik olmuştu. Aslında Mary yalandan hastalanmış gibi yapmayı bile düşündü ama sonra bu fikre çok sıcak bakmadı çünkü büyük bir yalan söylemiş olacaktı ve sonsuza kadar kendisinde bir utanç olarak bunu taşıyacaktı.

Mary fark edilir diye endişesini bastırmaya çalıştı. O gün bir ara Bayan Fitton onu gözleriyle süzdükten önce kendi kafasında bir şeyler kurmuş olacak ki onu kolundan tutarak nedime odasının dışındaki koridora çekti.

"Bayan, koca adayınızı görme fikri canınızı sıkıyor gibi," dedi sırıtarak. "Koca adayının geldiğini gördüm ama bu sizi pek ilgilendirmiyor gibi. Biraz göbeği var ama" "-neşeli bir edayla-

"zengin bir biçimde süslenmiş ve eski moda bir kodpisi* var." Beceriksizce eğlencesini sonlandırmaya çalıştı. "Ama asil bir isminiz ve büyük bir malikaneniz olacak."

"Lord Howard'ı görmek canımı sıkmıyor," diye karşılık verdi Mary, bu haddini aşan ve kraliçenin hizmetine girdiği ilk andan beri gelir gelmez dedikoducunun biri olduğunu gösteren bu kızdan pek hoşlanmıyordu.

Bayan Fitton yapmacık bir şekilde gülümsedi. "Çirkin ve yaşlı kraliçemiz bize yakışıklı lordlar bulmayacak kadar kıskanç. Geçip gitmiş güzelliğinin hürmetine bütün yakışıklı lordları kendisine ayırıyor. Ama ben o olmadan kendime bir lord bulacağım."

Mary'nin ağzı açık kalmıştı."Hükümdarın hakkında bu şekilde konuşmaya nasıl cüret edersin! O bütün İngiltere'nin sevgilisi ve-"

"Tabi bütün İngiliz erkekleri hariç." Bayan Fitton tekrar sırıttı."Bir tane benim için kalmış olmalı, sen de kendil ordunu bulduğuna göre...Sen gerçekten ne kadar aptal ve geri kalmış bir kasaba faresisin."

Mary "Majestelerinin neler çektiğini bilmiyorsun ve benim o isterse ölene dek ona hizmet edeceğime dair yemin ettiğimi de... Benim yanımda Majestelerinden bahsederken dikkatli ol!" dedikten sonra Bayan Fitton'u bırakıp gitti.

Fitton Mary'nin arkasından kafası karışmış bir şekilde "Sarayda herkes onun arkasından gülüyor" diye seslendi.

Mary öfkeden titriyordu. "Bana bir daha böyle şeyler söyleme. Bayan Warwick burada olsaydı seni kırbaçla cezalandırır ve nedimelerin yüz karası olarak seni evine gönderirdi."

"Ölüm döşeğinde bir başka bunak... Yeni nesil gücü eline alıyor Bayan Rogers. İskoçlu James tahtı ele geçirdiğinde siz geri planda kalacaksınız. Saray halkının yarısının şimdi bile çoktan hükümette yer alması için ona mektuplar yazıp hediyeler gönderdiğini bilmiyor musunuz? Yeni kralla birlikte sizin artık burada bir yeriniz olmayacak ama benim olacak."

---

* Eski bir Yunan kılıcı (Ç. N)

"Kraliçenin ölümüyle ilgili yorum yapmak ihanettir," dedi Mary, çok kızmıştı. "Buna tahammül etmeyeceğim."

Fitton endişeli bir şekilde kahkaha atarak ve sallanarak koridor boyunca ilerledi. Gelip geçen tüm erkeklerin dikkatini üzerinde topluyordu.

O gün öğleden sonra Mary kraliçenin o gece yapılacak büyük partide giyeceği elbiseyi hazırladı ve daha sonra büyük babasıyla öğle yemeği yiyebilmek için yemek salonuna koştu. Rüzgarın pencerelerine vurduğu uzun salonda Mary çaresizce John'un Holbein kapısında bekleyen arkadaşından mesaj alabilmenin yollarını düşünerek dışarıya doğru baktı. Gitmediğinde John ne düşünecekti. Aşkının öylesine değersiz olduğu için onun yokluğunda bittiğini ya da zengin yaşlı Lord'un kendisi için daha iyi bir seçenek olduğuna karar verdiği için mi gitmediğini düşünürdü? Pencere eşiğine tutundu. Meyhanedeki kızlardan birini alır mıydı yatağına? Büyük yemek salonuna yaklaştıkça dikkat çekecek kadar yüksek sesle sızlandı.

Oturduğu yerde Bay William'ı gördü ve biraz rahatlama ihtiyacı ile büyük babasının onu kutsaması için başını eğerek ona doğru koştu.

"Mary, kızım ağlamak yok," dedi büyükbabası avcunu başına değdirip onu kutsayarak ve yanağına bir öpücük kondurdu. Mary yanı başına otururken büyük babası yüzüne baktı.

"İyi görünüyorsun büyük baba."

"Daha da büyümüşsün."

"Neredeyse bir yıl oldu. Çok şey öğrendim büyük baba."

"Ama yine de üzgünsün. Neden peki, kraliçenin o kadar sevgisini de kazanmışken? Senin çok yükseklere ulaştığını düşünmekle hata etmişim. Seni bir Somerset kızı olarak bırakmıştım. Ama şimdi büyük bir hanımefendisin ve kraliçenin güvenini kazanmışsın." Bıçağını bir kuzu bacağına batırdı ve havuçlu pırasalı et suyu çorbasını büyük bir iştahla kaşıklamaya başladı.

"Majesteleri için olan sevgim asla sahte değil büyük baba."

"Onun sana olan sevgisi de öyle kızım. Bana mektup yazdı kraliçe; senden sevgili kızım diye bahsediyor ve seni evlendirmek için ikinci kuzeni Lord Howard'ı seçtiğinden bahsetti... Tabi evlenmeniz için bir mani kalmadığında...Ben de elbette razı oldum." Yemekten başını kaldırdı ve kaşlarını çattı. "Fakat sen mektuplarında hiç o Lord'dan bahsetmemiştin ve şimdi yüzünden anlıyorum ki Majestelerinin sana ve ailemize bahşettiği bu onurdan memnun değilsin."

Mary cesaretini toplayarak büyük babasının gözlerinin içine bakabildi ve hiç mütevazı değildi. "Beni seviyorsan beni zorlama büyük baba. Onu sevmiyorum. Lütfen Majestelerine bu evliliğe karşı olduğunu söyle."

"Sen çıldırdın mı? Majesteleri senin için onu seçmiş ve ben de onay verdim. Bize imtiyaz tanındığını görmüyor musun? Sevgi ne ki? Sevgi daima evlilikten sonra gelir önce değil." Sonra salondaki masalara göz gezdirdi. "Şu John Harington hergelesi ortada görünmüyor, kraliçenin ikinizin bir... ilişkili olduğunu söylemesine rağmen. Eminim Majestelerinin söyledikleri yanlıştır. O adam sarayda senin namusun üzerine bahis oynadıktan sonra sen asla..."

Büyük babası onu çok iyi tanıdığı için Mary başını çevirdi küçük bir ekmek parçası alarak bir kase bira da onu yumuşatmaya koyuldu.

"Mary?"

"Büyük baba, John'u tanımıyorsun." Sesi titredi. "Ben de onu tanımıyordum. Ama yanılmışım hem de çok yanılmışım. Bahis Essex'in fikriymiş ve John ona bir servete mal olmasına rağmen bunu reddetti. Daha sonra kont bana tecavüze kalkıştı ve John-"

Büyük babası elini kılıcına götürdü. "Essex ne yaptı?"

"Büyük baba kont rezil oldu ve muhtemelen ölmek üzere. Artık yaptıklarının bir önemi yok. Benim için tek anlam ifade eden John. Karısı öldüğünde Lord Howard'la evlenemem. Fakat kraliçe bunun en iyisi olduğunu ve-" Mary belki gözyaşlarını saklar diye başını çorba kasesine gömdü.

Bay William endişeli bir şekilde Mary'ye baktı. "Daha detaylı konuşmalıyız Mary fakat zaman ve mekan şu an bunun için uygun değil. Birileri duyabilir ya da görebilir. Bu gece kraliçenin eğlencelerine katıldıktan ve Lord Howard ile tanıştıktan sonra odama gel. Bu konuda fikirlerin kesinlikle değişecektir. Gel Mary," dedi ve kırışmış bronz ellerini Mary'nin genç pürüzsüz ellerinin üzerine koydu. "Ben daha önceki odamda kalıyorum yavrum."

"Evet büyük baba," diye onayladı Mary büyük babasının elinin üzerindeki elini öpmek üzere eğilerek. "Şimdi görevimin başına dönmeliyim."

"Fakat kızım neredeyse bir lokma bile bir şey koymadın ağzına..."

Mary duymuştu ama cevap vermeden acele acele yoluna devam etti, ne bir lokma daha yutacak ne de Lord Howard'la ilgili tek kelime daha edecek hali kalmıştı.

O gece dışarıda fırtına esiyordu ve Whitehall mumlar ve fenerlerle aydınlatılmıştı. Çam dallarından oluşan çelenklerle süslenmiş yoldan büyük salona doğru muhafızlar ve diğer nedimelerle birlikte Mary Kraliçeyi takip ediyordu. Şaklabanlar ve köpeklerin çıngıraklı zilleri salona neşe katıyordu. Müzisyenler balkon kısmına yerleşmiş kutsal bir kraliçenin en gözde bestecisi William Byrd'in en ağır şarkısını çalıyorlardı. Mary kraliçeye hediyelerini sunmak için gelen süslü kıyafetler giyinmiş saraylılar ve hem İngiltere hem de Avrupa Lordlarına bakınca sanki tüm dünya Elizabeth'i hükümdar olarak kabul etmiş gibi görünüyordu. Böyle bir kraliçeye nasıl karşı gelebilirdi?

Mary büyük salondakilere göz gezdirirken elinde olmadan hangi yaşlı lordun Lord Howard tanımlamasına uyduğunu bulmaya çalıştı ancak bulamadı. Salon sadece Noel için gelen bir sürü Lordla doluydu ve birçoğunun göbeği vardı ve modadaki değişikliklere aldırmaksızın kotpis takıyordu. Çok az sonra kendisine seçilen eş adayını görecekti. Yüzünü canlı tutmaya çalışıyordu fakat gülüşü sanki boyalı bir maske takmış hissi uyandırıyordu.

Elizabeth yaşlanmış derisini ortaya çıkaracak şekilde meme uçlarına kadar inen göğüs dekoltesiyle –hatta bu saraylılar arasında fısıldanmalara sebep olmuştu son derece gösterişli, işlemeli siyah elbisesi içinde kubbeli tahtına oturdu. Mary gülüşme duymamıştı ama bir zamanlar çok güzel olan kraliçe gibi bir kadının şimdi yaşına rağmen hâlâ kadın olduğunu gösterme ihtiyacı hissetmesi yüreğini acıtmıştı. Belki de bu ihtiyaç gençliğinden kalan tek şeydi çünkü Essex ve aşkının yalan olduğunu ortaya koymuştu.

Kraliçe dansın başlaması için işaret verdi. "Tüm nedimelerimin birer erdemi temsilen benim için dans etmelerini istiyorum dedi, orkestra bir saraband* çalmaya başladığında.

Mary sıra ona geldiğinde tahtın önünde selam verdi ve temsil ettiği erdemi tekrar etti "Metanet, sizin ilkeniz onuruna 'Daima aynı'."

Kraliçe memnuniyet içinde gülümsedi.

Bayan Fitton da sırası geldiğinde kraliçeye selam verdi ve "Majesteleri siz de bizimle dans eder misiniz?" dedi.

"Peki siz hangi erdemi temsil ediyorsunuz küçük hanım?"

"Sevgi," diye yanıtladı nedime, belli ki kendisinin çok zeki olduğunu düşünüyordu.

"Sevgi mi? Sevgi diye bir şey yok!" Kraliçenin sözleri küçümseyen bir edayla büyük salonda titredi ve bütün duvarlara asılı olan Arras halılarına çarparak yankılandı. Artık herkes her ne kadar Essex'in yavaş yavaş iyileştiği haberleri gelse de kraliçenin onu affetmediğini öğrenmişti.

Kraliçe dans etmeye kalktı ve Mary o sırada tüm saraylıların Essex'le tüm arkadaşlarını ve ilişkilerini bitirmeye karar

* Yavaş tempolu bir İspanyol dans türü. (Ç. N.)

verdiklerini görebiliyordu ve bir daha ondan yana bahis oynamamaya...

Bir süre sonra eski moda bir şekilde sol omzundan kısa bir cübbe sarkıtmış ve yuvarlak hatlarını gizleyemeyen bir yelek giymiş orta yaşlı bir adam tahta yaklaştı ve diz çöktü. Kraliçenin ayaklarına serdiği diğer hediyelerin yanına bir de gümüş sandık ekledi, kraliçe de teşekkürlerini sundu.

"Lord Howard, sarayımıza hoş geldiniz. Umarım eşinizin sağlığı yerindedir."

"Maalesef hayır Majesteleri. Doktorlar çok umut olmadığını söylüyorlar."

"Doktorlar hiçbir zaman umut vermezler kuzen, çünkü verdikleri umut karşılığında para alamazlar."

"Çok doğru Majesteleri, gerçi nedimelerinizin zerafeti ve güzelliği bir erkeğe hayatın en güzel zamanlarını verirler... yani umuttan daha fazlasını."

"Bayan Mary Rogers da bunlardan biri Lordum ve bu gece kendisi metaneti temsil ediyor. Size kendisinin bu erdeme sonuna kadar sahip olduğunun garantisini verebiliriz, güzelliğinin ve çalışkanlığının yanı sıra."

Mary bir adım öne çıktı ve Lord Howard'a elini uzattı. O anda reddetme şansı yoktu.

Dans ağır bir pavenneydi ama yine de Lordları kısa bir süre sonra oturmak istedi. "Bilmenizi isterim ki yorgun değilim fakat sizinle baş başa konuşmak istiyorum." Sonra Mary'yi bir pencere girintisine götürdü. Mary minderli bir yere oturdu ve Lord gelip bakışlarını kendisine çevirmek için önüne dikilene kadar dans pistinde fırıl fırıl dönen renklere, parıldayan mücevherlere bakıyordu.

Mary'de dışarıdan çok fazla görülmeyen çizgili yüz hatlarının yansıttığı hevesli bir avcı izlenimi yaratmıştı. Lord Howard gençliğinde yakışıklı biriymiş ve her ne kadar ilerleyen yıllarla birlikte ciddileşse de hâlâ asil yüz hatlarından bu tahmin edilebiliyordu.

"Lordum, eşinizin iyileşememesine çok üzüldüm." Mary bu sözlerini ona hissettiklerini anlatacağını düşünmüştü fakat işe yaramadı. Lord bunu kadınca bir nezaket olarak algılamıştı.

"Teşekkür ederim Bayan Rogers. Şimdilik sadece zaman meselesi. İyileşeceğine dair hiç ümidim yok."

Mary derin bir nefes aldı ve dizinin üzerinde kıpırdayan ellerine baktı. Aklında hem ona olan hislerini açığa vuracak ancak aynı zamanda kraliçenin seçimine de hakaret etmeyecek bir cevap bulmaya çalışıyordu.

Lord Howard ona doğru eğildi. Yüzü onunkine iyice yaklaşmıştı ve çok sert bakışları olduğunu fark etti Mary. Lord Howard kraliçenin ona vaad ettiği salt vergi payından kolay kolay vazgeçmeye niyeti yokmuş gibi görünüyordu.

"O mutsuz gün geldiğinde bayan, sizin için geleceğim her ne kadar şimdiden size ilk doğacak oğlunuzun ismimi alamayacağını söylemem gerekse de. Bu konuda bir yanılsamaya düşmeyin lütfen çünkü zaten hayatta olan beş tane oğlum var. Tabi ki bizim çocuklarımız için çok zengin imkanlar sunacağım."

Mary birden ayağa kalktı, neredeyse ona çarpacaktı. "Lord Howard, yalvarırım... Karınız hayattayken böyle konular üzerine konuşamam."

Kızgın bir şekilde Lord Howard önünü kesti, yüzü kızarmıştı. Bir şeyler söylemek için ağzını açsa da Mary ağzından çıkanları duymamıştı.

Yan tarafından sıyrılarak hızla uzaklaştı, aklında bu büyük salondan ve vermeye zorlandığı o sözden pervasızca kaçmaktan başka bir şey yoktu. Dansı izleyen saraylıların arasından geçerek ayrılmak için izin almaksızın açık kapılardan dışarıya fırladı ve büyük babasının odasına doğru paldır küldür koştu.

John Harington karanlığın içinden çıkıvermişti ve Mary onun buz gibi kollarına kendini salmıştı. "Nihayet. Gelmek zorunda kaldım, daha fazla bekleyemezdim. Fakat tatlı sevgilim hayalet mi gördün?"

"Hayır John. Tahammül edemeyeceğim bir koca adayı gördüm!" diye ağlamaya başladı Mary hıçkırarak. Başını göğsüne dayamıştı ve o an birisinin görmesi ya da gidip kraliçeye bu manzarayı yetiştirmesi umrunda bile değildi. "Buraya nasıl geldin? Kraliçe öfkelenecek."

Dakikalar sonra, John onun titreyen vücudunu gittikçe ısınan bedenine bastırdığında Mary, John'un üzerinde arma olan eski moda bir şapka taktığını gördü.

Mary'nin bedeni John'unkine iyice sokuldukça John King sokağındaki Holbein kapısında gündüz saatlerce beklerken maruz kaldığı buz gibi soğuktan daha çok arzudan titriyordu. Allah'tan saraydaki kraliçenin balosuna davet edilecek kadar asil olmayanlar odalarında saklanıyorlardı. O yüzden önemli hiç kimse kraliçenin vaftiz oğlunu saray koridorlarında kraliçenin nedimelerinden birini kucaklarken görmemişti. Ne de bu karanlık köşede onun saçlarını, yanaklarını, gözlerini ve dudaklarını öperken... Ya da Mary'nin elleri onun hızla buzları çözülen yeleğine sımsıkı sarılmışken...

Sonunda John parmak uçları mermer zemine dokunana kadar Mary'nin vücudunu aşağıya salıverdi ve aşka açlığını doyurmak için yeniden dudaklarını onunkilere bastırdı.

Sonra biraz ara verdiler ve Mary nefes nefese John'un omzuna yaslandı. "John, bitanem... Buna katlanamıyorum," dedi. Sesi boğazına duran bir yumruyla kısılmıştı sanki John gırtlaktan gelen bu sesi tanıyamamıştı.

"Tanrı aşkına, Howard'la evlenmeyeceksin."

"Nasıl karşı gelebilirim? Kraliçe böyle emrediyor. Ve büyük babam... Hangi kadının seçme özgürlüğü var ki?"

"Peki, hangi erkeğin var? Öz babamın defalarca sorumluklarım ve saraya gelip asalet sahibi biriyle evlenip zenginlik elde etmem gerektiği üzerine nasihatlarını dinledim."

"Peki, neden yapmadın? Eline defalarca bu şans geçmişken üstelik... Senin istediğin de bu değil miydi?" Mary bu sorunun cevabını nasıl merak ettiği göstermemek için büyük bir çaba sarfetmişti.

"Doğru," dedi John gülümseyerek, "sanırım bunca zamandır senin karşıma çıkmanı bekliyormuşum." John onu sımsıkı saran kollarını biraz gevşetti ve yüzüne baktı. Bu anı belleğine kazımak istiyordu; aptalca olsa da onun yüzünde beliren ifade bunu çok değerli kılıyordu. Mary onu seviyordu ve ondan ayrıyken acı çekiyordu, tıpkı onun çektiği gibi bir acı. Bu düpedüz belliydi.

"Söylediklerin senin için de imkansız olduğunu ortaya koyuyor," dedi Mary. "Nasıl ki ben kraliçe istediği müddetçe ona hizmet etmeye dair verdiğim sözü inkâr edemezsem sen de kendi aileni ve kraliçeyi inkar edemezsin."

John Mary'nin dudaklarına parmağıyla dokundu. "Şişşt, tatlım. Ne kadar az söz söylenirse mesele o kadar hızlı kapanır.* Bir yolunu bulacağız."

Mary John'a sımsıkı sarıldı, kafasının içinde gelebilecek bilinmeyen şeyler dolanıyordu ve başı ağrıyordu.

Sör William kapısını açtı ve koridorda onları gördü. Kaşlarını çatarak hemen onları içeriye çekti ve etraflarında birkaç tane muhafız dolandığı ve başka şansları olmadığı için Mary'le John da ona boyun eğdiler.

Küçük odanın bir köşesinde ateş yanıyordu ve bölmeli duvarlara ve yağlı tahta yer döşemelerine vuran titrek ışıklarıyla içeriyi aydınlatıyordu. Bir hizmetçi esneyerek şarap koydu ve eğilerek yatak odalarından birine çekilirken sessizce kapıyı kapattı.

Sör William Mary'nin boşta kalan diğer elinden tuttu ve onu bir yere oturttu. John Mary'nin büyük babasının kaşlarını yeniden çatmasına rağmen sımsıkı tuttuğu diğer elini bırakmadı ve boşta kalan diğer sandalyeye de Sör William oturdu.

---

* Bir İngiliz atasözü. "Least said, soonest mended."

Önce Mary konuştu. "Büyük baba, bu John'un hatası değildi-"

John Mary'nin onun adına konuşmasına izin vermedi. "Evet, benim hatam Sör William. Mary'nin aşkını kazanma onuru için her şeyi yaptığımı inkâr etmeyeceğim."

Sör William burnunu çekerek konuşmaya başladı. "Sör John bir bayanla ailesinin ve majestelerinin rızası olmadan bir kadınla aşk yaşamak onurlu bir şey değildir."

"O halde Üstad Şekspir'in *Romeo ve Juliet*'de çok güzel bir şekilde ifade edildiği gibi şu sıralar sayısız erkek ve kadınla aynı onursuz davranışı paylaşıyorum."

Sör William her zamankinden daha sabırsız görünüyordu. "Sahipsiz erkekler ve yankesicilerle dolu düşük bayağı oyun evlerine pek uğramam."

John gülümsedi. "Tek dileğim bayım, benim karakterimde meydana gelen değişikliğin sizin ve Majestelerinin de kafalarını değiştirmesi ve Mary'yle bana mutluluk bahşetmeniz."

Sabırsız bir şekilde Mary'nin büyük babası ayağa kalktı ve John'un tam karşısına dikilerek "Bu daima gençlerin kapıldıkları boş bir ümittir ama yaşlandığınızda gerçek mutluluğun büyüklerinizin sizin için uygun gördükleri beraberlikle geldiğini anlayacaksınız" dedi ve gözlerini yaşartmasına rağmen bir yudumda şarabını içip bitirdi. "Sizce Majesteleri son derece cömert şefkatiyle ailemizi yerlere göklere sığdıramazken size rızamı vereceğimi mi sanıyorsun?" Parmağını John'a doğrultarak devam etti. "Bu uygunsuz ilişkiye devam ederseniz Sör kendinizi zindanda bulacaksınız ve torunumu da beraberinizde götüreceksiniz. Tüm bencilliğinizle istediğiniz şey bu mu?"

John dimdik karşısına dikildi, Sör William'dan bir baş boyu daha uzundu. "Hayır, Sör, tek dileğim onun mutlu olması... Ve kendim için de tek umudum... Bunu da inkâr edemem."

"Eğer onun mutluluğunu istiyorsan onu Majesteleri ve benim onun için planladığımız daha iyi geleceğiyle baş başa bırak.

Yüce İsa'nın aşkına Sör, ona asil bir soy ve mertebe öneriliyor. Bundan daha fazla sizin önerebileceğiniz bir şey var mı?"

"Var Sör William."

"Yine aşk," dedi neredeyse haykırarak, yüzü onun bu eşi benzeri olmayan soluksuz duyguyu hissettiği zamanları çoktan unuttuğunu gösteriyordu. "Tüyü bitmedik bir ergen değilsiniz siz, ne de iradesi dışında hareket eden bir şair... Daha aklı başında davranmalısınız ya da davranamıyorsanız da size akıl verenlere kulak vermelisiniz."

"Büyük baba!" Mary hâlâ bir eli sımsıkı tuttuğu John'un elinde ayağa kalktı. "Beni seviyorsan..."

Sör William aceleyle kapıya yöneldi, kapıyı zorlayarak açtı ve "Muhafızlar!" diye bağırdı.

John artık bu adamın sinirden onun söylediklerini duyamaz noktada olduğunu anladı. Bay William'ın önünde eğilerek Mary'nin elini öptü ve sımsıkı kalbinin üstüne bastırdı. "Birlikte olacağız," diye fısıldadı. "Çaresiz değilim." Sonra kapıya yürüdü ve koridorun aşağısına doğru ilerledi. Bu kez Mary'nin onunkine sarılmış bedeni yoktu ama hâlâ onun kıvrımlarını üzerinde hissediyordu.

Uzun taş salondan geçerek dışarıya kiraladığı arabanın onu beklediği yere ulaştı. Her nasılsa fırtınanın uğultusu dinmişti ve ne arkasından onun isminin bağırıldığını işitmişti ne de Mary'nin altın sarısı örgüsü çözülmüş saçları yüzünün üzerinde dağılarak büyük kapıdan geçerek aşağıya koştuğunu görmüştü.

BÖLÜM 14

İSKOÇ JAMES'E BİR MEKTUP
"Şimdi size tüm sevgili vaatlerinizi ve sözlerinizi bildiğimi itiraf etmeliyim çünkü her şeyden haberim var... Bırakın herkes sözler vermeye devam etsin ama ben diğerlerinin hileyle yaptığını elimden geldiğince doğrulukla yapacağım."
Elizabeth Regina

14 Şubat 1600
Whitehall Sarayı

Haftalar boyunca kraliçe, Mary'nin büyük salondan ve Lord Howard'dan kaçışıyla ilgili sinir bozucu bir şekilde sessizliğini koruyordu. Mary şimdi kraliçenin söylemekte hiç acelesi yokmuş gibi davrandığı affedici bir sözcük duyabilmek için her gün bir bekleyiş içerisinde olmanın ne demek olduğunu anlayınca Essex'i de daha iyi anlamaya başlamıştı. Mary kraliçeden gelecek gazabı beklemenin avaz avaz bağırarak açığa vurulan öfkeden çok daha kötü olduğunu düşünüyordu.

Artık tam anlamıyla sarayın bir numaralı flörtçüsü olan Bayan Fitton Mary'nin tutumuyla ilgili ortada dolaşan dedikodulardan duyduğu memnuniyeti içinde tutamıyordu. Protokol odasında yüksek sesle kraliçenin duyabileceği şekilde şöyle demişti: "Bugün Sevgililer Günü ve kumruların çiftlerini seçtikleri gün, size soruyorum: Mary Rogers'ın bu tavırları da ne böyle? Kendi adıma ben böyle önemli bir Lordu reddetsem kendi aklımdan şüphe ederdim ve ailem de beni akıl hastası diye evlatlıktan reddederlerdi."

Kraliçe bu fingirdek kızın aptalca ve dedikoducu sözlerine kulak asmıyordu. Fakat Mary'yi de görmezden geliyordu.

Mary'yi ayakta tutan tek şey John'un aşk, heyecan ve onun kendine has mizahıyla dolu mektuplarıydı. Kraliçenin kıyafet dolabında işler yoğun olmadığı zamanlarda karnında sakladığı mektupları çıkarıp onlara dokunuyor tekrar okuyordu. John mektuplarında kendisine Pisliklerin Lordu diyordu ve şüpheci ve hatta John'un icadının içine düşüp lağım çukuruna oradan da en büyük lağım çukuru olan Thames'e sürükleneceklerinden korkan Windsor sarayının hizmetçileri ile verdiği savaşı anlatan hikayelerle onu güldürüyordu. Yine de her mektuptan sonra Mary kendisini bir kargaşada buluyordu. Kraliçenin isteklerine John için bile ihanet edebilecek noktaya gelebilecek miydi? Yapabilir miydi? Bütün hayatı boyunca kraliçenin ona sarayda verdiği bu yer için can atmıştı. Bu kadar nankör müydü? Yoksa aynı Bayan Katherine gibi miydi ve onunla aynı bedeli mi ödeyecekti?

Şubat sonuna doğru bir sabah kraliçenin çamaşırlarını ütülerken kraliçe odaya girdi. Mary neredeyse yere kadar eğilerek selam verdi ve titremesi görülmesin diye ellerini kolluklarının içine kadar çekti. Kaç aydır kraliçe kendi giyinme odasında hiç görünmemişti.

"Lord Howard'dan haber aldık," dedi Majesteleri hafif bir ses tonuyla.

"Evet, Majesteleri." Kraliçenin yüz ifadesi artık kızgın olmadığını mı gösteriyordu?

"Gerçekten de anlayışlı bir lord kendileri Fare ve şimdi tavrının neden kaynaklandığını anlayabiliyorum," dedi Majesteleri çekmecelere yerleştirilmek üzere ütülenmiş ve katlanmış çamaşırlara bakarak. "Bana çok iyi hizmet ediyorsun, ben söylemeden ihtiyacımı anlıyorsun ve sanki beni memnun edebilmek için özel eğitilmiş gibisin."

Mary başını öne eğik tutmaya devam etti ve içinden cennete huzur içinde yatan Bayan Kate'e şükranlarını sayıkladı.

"Gerçekten, kızım," dedi kraliçe şefkatle, "senin yerine başka bir nedimenin bu kıyafetlerimin görevini üstlenmesini istemiyorum."

Kızım mı? Yüce İsa! Mary Elizabeth'in gerçekten de annelik konusunu içine sindirdiğini fark etti ve bu çok içine dokunmuştu. Tüm güçlü erkekleri kontrol edebilen ve gönderdiği her donanmayla İspanya'yı yenen bu yüce kraliçe kendi boş rahmini kızları gibi gördüğü kişilerle doldurmuş olmalıydı.

Kraliçe bir yandan Lord Howard ve çamaşırlar arasında düşüncelerini kaybetmiş gibi görünse de Mary'ye normalin dışında bir övgüde bulunmuş olmasına rağmen Mary mütevazılığını bozmadı.

"Ah, evet," dedi kraliçe sanki birden uyanmış gibi, "Howard senin karısı henüz hayattayken yapmaya kalkıştığı ileri giden konuşmasıyla ürküttüğü narin bir bakire olarak görüyor... Sanırım böyle düşünmeye hakkı var?"

Mary yalan olmayan bir cevap bulmaya çalıştı. "Majesteleri, karısı hasta yatağındayken bir adamla evlilik ve çocuklar üzerine konuşmanın beni dehşete düşürdüğünü inkâr edemeyeceğim."

Elizabeth öpmesi için uzun parmaklı beyaz elini Mary'ye uzattı. Bir parmağında taç giyme töreninde taktığı kraliyet yüzüğü vardı. Mary dudaklarını kraliçenin eline götürdü ve dudaklarının dokunduğu kırışmış ellerinin soğukluğunu hissetti. "Majesteleri, size eldiven getirmemi ister misiniz?"

Kraliçe gülümsedi. "Evet, bana kırmızı İspanyol derisi eldivenlerimi getir. Koku sürme lütfen. Sabahki yulaf lapası çok kötüydü."

Mary kraliçenin eldivenlerinin bulunduğu çekmeceye koştu ve eldivenleri ona getirdi. Kraliçe başını salladı ve Mary nedimelerin yatak odasına döndüğünde Bayan Fitton'u çok belli olan bir huzursuzluk içerisinde ağlarken gördü.

"Ne oldu?" diye sordu Mary. Bu şımarık kızı ağlatacak kadar korkunç derecede kötü bir haber geldiğini düşündü.

Nedime hıçkırıklarını kontrol edemiyordu. "O...O... yapmayacakmış..." Kendisini yatağına attı ve başını öyle sert bir şekilde yastığa gömdü ki kuğu tüyü yastık patladı ve tüyler uçuşup saçına karıştı.

"Kimden bahsediyorsun?" Essex miydi? Elbette John değildi. Mary kızı sarstı. "Kim? Hangi adam? Adı ne?"

"Pembroke... Kontu," dedi Bayan Fitton.

Mary ismi duyunca şaşırmıştı. " Bir zamanlar Bayan Katherine Grey'le evlenen aynı kont.. Tabi oğlu."

"Torunu," diye cevap verdi Bayan Fitton ve tekrar hıçkırmaya başladı, sarsılarak yutkundu. "Kraliçe onu zindana mahkum etti."

"Neden?"

Kız daha sesini iyice alçaltarak cevap verdi; öyle ki Mary duyabilmek için eğilmek zorunda kalmıştı. "Çünkü hamileyim. Onun çocuğunu *taşıyorum*!"Son sözü titreyen bir feryadı da beraberinde getirmişti.

"Sakin ol. Kraliçe evlilik konusunda ısrar edecektir. Majesteleri nedimelerinin halk arasında kötü konuşulmalarına katlanamaz. Bu ona da yansır. Aynı şekilde Raleigh'i Bayan Throckmorton'la evlenmeye zorladı, Southampton'ı da-"

Çılgına dönen kız katıla katıla hıçkırıyordu. "O... o bunu reddetmiş... Zindanı *bana* tercih etmiş." Nedime gözyaşlarının bir kısmını yutkundu ve sesi fısıltıya dönmüş bir halde "Kraliçeye benim kontes olmak için uygun olmadığımı söylemiş" dedi.

"Ne!"

Bayan Fitton Mary'ye üzerinde kontun imzası bulunan gözyaşlarından ıslanmış ve buruşmuş bir kağıdı uzattı.

Bir tanesiyle yatmak binlerce fahişeyle yatmakla aynıdır.

Buz bir kere bir yerden kırıldı mı, diğer yerlerden de kırılmaya devam eder.

Mary'nin tüyleri ürperdi. Kızcağız yanlış yerde zengin koca aramıştı ve flört ederken görünüşe göre ölçüyü kaçırmıştı. Yine de Mary bu adamın cevabı kadar zalim bir şey duymamıştı her ne kadar bu düşünce yaygın da olsa.

"Ne yapacaksın?"

"Ne yapabilirim?" dedi Bayan Fitton kızarmış ve şişmiş yüzünü kaldırarak. "Kraliçe beni çağırtmış. Korkarım-"

"Kraliçe bugün nezaketli bir gününde," dedi Mary kızı yatıştırabilecek başka bir söz bulamamıştı.

Kapıda Bayan Margaret göründü ve ne yüz ifadesi ne de sesi teselli veren bir havada değildi. "Bayan Fitton kraliçe derhal sizi görmek istiyor. Ağlamanıza hakim olun. Majesteleri bundan hoşlanmaz."

Mary soran gözlerle Bayan Margaret'e baktı ve Bayan Margaret başını salladı.

Elbisesini düzeltip ve kurdelesinde kalan bir kuğu tüyünü temizledikten sonra Mary de onları takip etti. Bayan Margaret Fitton'u kolundan tuttu ve kraliçenin huzuruna itti.

Majesteleri şöminenin hemen yanında dikiliyordu; yüzü az önce giyinme odasındaki nazik hatlarından arınmış öfkeden çarpık bir hal almıştı.

Bayan Fitton diz çökerek yalvarmaya başladı "Beni affedin Majesteleri. Ben bir şey yapmadım. Bana benimle evleneceğine dair söz vermişti yoksa hiç-"

Kraliçe ağır ağır yürümeye başladı. Çok belliydi ki öfkesi giderek artıyordu.

"Fahişe! Orospu! Sürtük! Bir erkeğin horozu ne zaman uyarılsa avaz avaz bağırır. Sana kızım gibi davrandım ama sen

İsa'nın kutsal tırnakları ve yaraları adına, beni ve sarayımı rezil ettin. Yıkıl karşımdan hemen!"

Kız yüzünü kapattı ama ellerinin üzerine Mary'nin böyle haklı bir öfke içerisinde bile yaşlı kraliçenin gücünden beklenenden çok daha şiddetli bir kraliyet tokatı inmişti.

Tokatlar yerini buldukça Bayan Fitton acınacak halde ağlıyordu. Kırbaçlanmış bir köpek gibi elleri ve dizleri üzerinde Elizabeth'den kaçmaya çabalıyordu; bir parmağı çoktan şişmiş ve bükülmüştü. Belli ki kırılmıştı.

Ölüm dışında, Majestelerinin sorumsuz bir hizmetçiyi ya da bir anne olarak sadakatsiz ve söz dinlemez kızını her şekilde cezalandırma hakkına sahipti. Merhamet kraliyete ait bir ayrıcalıktı; Mary bunu anlamıştı ancak affetmek yoktu. Daha sonradan meydan okumaya sebep olabilir diye kraliçeler asla affetmezdi.

Mary tökezleyen kıza nedimelerin yatak odasına kadar eşlik etti. İkisi odada yalnızdı. Koridorda kopan kıyametten dolayı diğer nedimeler nedime odasındaki gözden düşmüş kızdan da kraliçenin öfkesinden de uzakta durmayı tercih ediyorlardı. Bu tarafta Bayan Fitton'a çok teselli yoktu çünkü nedimeler arasında kendisini pek sevdirememişti.

İçeriden kraliçenin öfke nöbetinin devam ettiğini gösteren sağa sola çarpan tabak çanak sesleri geliyordu. Mary alelacele Bayan Fitton'un elini bir bezle sardı ve pelerinini eline geçirdiği gibi nedimenin omuzlarına örttü. "Daha kötü bir şeyle karşılaşmamak için bir an önce burayı terk edin... Belki sizi zindana bile gönderebilirler. Bakmayın Pembroke bile zindanda sizden rahat bakılacaktır. Söz veriyorum eşyaların arkandan gönderilecek."

"Mary Rogers, biliyorum bana yardım etmeniz için hiçbir sebep yok ama size yalvarıyorum... Kont, babam, beni dövecek ve herhangi bir köye gönderecektir. Şerefli hiçbir erkek beni istemeyecektir. Nereye gidersem gideyim arkamdan hep fısıltılar dolaşacak. Henüz on dokuz yaşında bile değilim ve mahvoldum."

Mary çılgına dönmüş bu kız için gerçekten çok üzülmüştü ama yapabileceği ya da söyleyebileceği çok bir şey yoktu çünkü bu zavallı aptal kızın söylediklerinin hepsi doğruydu. Karanlık ve ateşli gecelerde telaş içinde verilen sözlere kanmıştı ve şimdi bedelini ödemek zorundaydı; tıpkı kendisini yanlış adamlara veren kadınlar gibi.

İlk kez Mary, John sarayda olmadığı için kendisini şanslı hissetti. Çünkü her ikisinin de yanıp tutuştuğu o ana karşı koyabilecek gücü kendi bulabilir miydi emin değildi. Her geçen gece içini kaplayan ateşli ve huzursuz arpıyla mücadele ederken John'un kollarında olma hayallerinin de kendi kadınsı zayıflığının olduğunu düşündü.

❀

O yılın Nisan ve Mayıs ayları gelmişti ve baharın ilk soğuk ve ılık günleri birbirini kovalıyordu. Birden boşalan yağmurlar ağaçların meyve vermesini saplarken kraliçe yanında Mary'yle gizli bahçelerinde yorulmadan hızlı hızlı yürüyordu.

Herkes artık altmış yedinci yaş gününü kutlayacak olan bir kadının bu tempoda yürüyebilmesine hayret ediyordu ve Elizabeth elçilerin hükümdarlarına yazdığı ele geçirilen ya da şifreleri çözülen mesajlarda nasıl Elizabeth'in bitmek tükenmek bilmeyen enerjisinden bahsettiklerini okuyor hatta Mary'ye de anlatıyor ve gülüyordu. Elizabeth en çok Fransız elçisi De Baise'nin IV. Henry'ye bir erkeği utandıracak şekilde onun beyaz teninden ve nasıl dünya meseleleri üzerine kafa yorabildiğinden bahseden raporu sevmişti. Tabi ki bundan da çok Fransız asilzadesinin kraliçenin hala "belli bir uzaklıktan" güzel olduğunu yazan not onu etkilemişti. Bu ifade yabancı Lordun sonsuza dek kraliçenin "belli bir uzaklığında" sürgünde kalmasına sebep olmuştu.

Mary De Baise ile aynı görüşü paylaşsa da, kraliçe durup bahar menekşelerini, yaprakları açmış gonca gülleri ya da saksılardaki pembe karanfilleri hayranlıkla izlerken Majestelerinin ağırlığının büyük kısmını vererek ona yaslandığını ve birkaç dakikalığına kırmızı yanaklarının altında yüzünün daha da beyazladığını sadece o biliyordu.

Bir sabah kraliçeyle sığınağın yanındaki bahçelikte yürürken sanki kara bulutlar üzerlerinden çekilip gözlerini yaşartan sıkıntılarından onları kurtarmak istermiş gibi Mary'ye Bayan Howard'ın mucizevî bir şekilde iyileşmeye başladığı haberi gelmişti. "Tanrı'nın lütfu, Majesteleri," diye cevap verdi düzgün bir şekilde Mary kendisinin her gece kilisede bu kadının iyileşmesi için dua ettiğinden ve bu iyileşmedeki katkısından bahsetmeyerek. Bayan Howard'ın son nefesini verdiği anda kederli kocasının dörtnala kraliçeye koşarak Mary Rogers'la evlenmek için iznini isteyecek diye ödü kopuyordu. Yılda bin sterlin anlamına gelen tuz vergisi bu lordun yıllık gelirini ikiye katlayacaktır.

John'a bu haberi verdiğinde John gece gündüz çalışarak bir an önce Greenwich sarayındaki kraliyet tuvaletini tamamlayıp geri döneceğine yemin etti. İşçilerinin yavaşlığından ve kraliçenin harcamalar için ihtiyacı olan parayı isteksizce vermesinden şikayetçiydi. Şöyle yazmıştı: *Her ne kadar bu icadım yakında en küçük tüccarın bile evine yerleştirilerek İngiltere'nin tüm havasını çiçek gibi kokutacak olsa da sırf beni senden ayrı bıraktığı için keşke hiç tasarlamamış olsaydım diyorum. Yakında vaftiz anneme mutluluğumuz adına fikrini değiştirmesini sağlamak için geleceğim.*

Mary de şöyle yanıt vermişti: *Kalbimin biricik Şövalyesi, eğer Bayan Howard ölürse kraliçe sözüme sadık kalarak kendisine yaşadığı sürece hizmet etmemi isteyecek ve Tanrı'ya şükür daha çok yaşayacak gibi görünüyor.*

Mayıs ayında kraliçe sessizce Essex'i serbest bıraktı. Şimdi gayet iyi ve sağlıklıydı ve Lord Keeper Edgerton'un gözetiminden kurtulmuştu ama kont sadece kendi Essex malikanesinde özgürlüğün tadını çıkarabilecekti. Kraliçe daha da cömert davranmıştı: artık Essex kimi isterse ziyaretçi olarak kabul edebilecekti. Sarayda Essex'in yeniden eski konumuna gelip gelmeyeceği ile ilgili bahisler yeniden başlamıştı. Majesteleri bir süre sonra onu yeniden huzuruna getirme konusunda açık ve netti. Herkes kraliçenin reddettiği bu yakışıklının arkadaşlığı yerine kendisini oyalamaya çalıştığı umursamaz at gezintileri, melankoli ve neşesini yakından görebiliyordu.

❃

Haziran başında John Harington Windsor'daki işini bitirmiş saray Londra'nın kenarlarında salık veren kaçınılmaz yaz salgınının gölgesindeyken Oatlands'e doğru yola çıkmıştı. Durdu ve Essex'in yola devam etmeden önce Essex malikanesine uğraması yönündeki davetini gönülsüz de olsa kabul etti.

John kontu İskoçya Kralı James'e dertlerini yazarken buldu; kendisinin sarayda hak ettiği yeri geri alabilmesi için asker gönderip Cecil ve Raleigh'i düşürmeyi ve hatta karşılığında taht konusunda James'i destekleyeceğini yazıyordu. Kont bu mektubu John'a gösterecek kadar da kibirliydi.

"Lord Kontum, boyunuzdan büyük işlere kalkışıyorsunuz," dedi John. Okudukları onu tedirgin etmişti. Karşısında kraliçe onu varis ilan etmeden James'i İngiltere'nin varisi ilan eden ve daha kraliçe hayattayken kendisine garantör arayan bir Essex vardı. Böyle bir mesaj Cecil'in eline geçse ihanet sayılır ve kurnaz danışman kraliçenin melankoliden öfkeye kaymaya meyilli olduğu en doğru zamanda Elizabeth'in önüne koyardı.

Essex suratını astı. "Bana daha fazla ne yapabilir ki? Beni sefalete düşürdü, meclisten ve saraydan uzaklaştırdı... Bu ülkenin evladı olarak hak ettiğim konumdan bile uzakalaştırıldım."

"Başınızı kaybedebilirdiniz."

"Beni tutuklamaya cesaret edemez. Yoksa Londralılar ayaklanırlar."

"Peki, sonra Lordum? Sizi kral mı yaparlar?"

Essex bile fazla ileri gittiğinin farkına varmıştı ve bir saniyede fikri dönüverdi. "Saraya mı gidiyorsun John?" dedi yalvaran bir ses tonuyla John'u kolundan yakalayarak. Ona onu yeryüzündeki tüm erkeklerden daha çok sevdiğimi söyle ve onu görene kadar benim için güneşin öldüğünü ve dünyanın kapkaranlık olduğunu söyle.

"Lordum, bunu kendisine yazdınız mı?"

"Evet. Evet, mektuplarımı okuyup okumadığını ya da onları algılayabilecek ruh halinde mi değil mi bilmesem de ona onlarca farklı şekilde onlarca kez bunu yazdım. Muhtemelen Cecil onları kraliçeye okutmuyordur. Onu bana karşı zehirliyor." Sonra kendini kaybetmiş gibi rastgele yönünü değiştirerek bir ileri bir geri yürümeye başladı. Övgüye değer bacaklarına yapışmış pantolonunu lekeleyen siyah mürekkebe aldırış etmeksizin elinde ucu damlayan bir dolma kalem tutuyordu. Yüzünde önce keder belirdi, sonra öfke ve yeniden keder, ta ki uzun büyük adımları onu neredeyse bir duvarının dibine getirene kadar. "Lanet olası kadın! Zavallı kral müsveddesi!"

"Lordum, sadık bir tebaa olarak yanımda böyle konuşulmasına tahammül edemem." John izin istemeden aceleyle çıkış kapısına baktı. Kimin aklının başında olmadığını çok iyi biliyordu. Elizabeth'in vahşi atı şimdi iyice vahşileşmişti.

Essex gönlünü almak ister gibi elini omzuna koydu. "Gitme John, enn azından biraz daha kal. Biz seninle yıllardır dostuz. Kraliçenin aklını başına toplayıp ona en iyi kimin hizmet ettiğini görebilmesi için sana ihtiyacım var."

John bu pervasız lordla uzun zaman önce kaybettikleri, daha doğrusu Essex Mary'ye tecavüze kalkıştığında yok olan böyle bir dostluğu doğrulamaya korkmuştu. "Lordum, kraliçenin aklı başında, saray neşe ve eğlenceyle dolu."

Kont yumruklarını sıktı ve neredeyse öfkeden titreyerek "Ben her türlü yardımdan mahrum edilirken ve borçlarım giderek artarken o sarayda gülüp oynuyor. Herkes benim aleyhimde konuşuyor. Cecil ve Raliegh beni rezil etmek için uğraşıp duruyorlar. Asıl vatan haini onlar bence, çünkü İspanya'yı seviyorlar ve İspanyollarla komplolar kuruyorlar" dedi.

"Lordum, kesinlikle yanılıyorsunuz. Kraliçenin bakanlarını düşmanlarımızı sevmekle suçluyorsunuz."

Essex daha başka şeyler söylemek için ağzını açmıştı ki yeniden kendini topladı; çünkü mantıklı olarak düşününce bir noktada söylediklerinin yanlış bir kuruntu olduğunu kabul etmek zorundaydı. "Sanırım aldığınız bu duyumlar kraliçenin çok yakınındaki bir nedimeden geliyor." John'a baktı ve bariz bir şekilde ağzını kulaklarına kadar yaymak için can atsa da dudaklarını kontrol etmeye çalışarak yapmacık bir şekilde gülümsedi.

"Evet, Lordum." John elini kılıcının üstüne koydu ve kapıya ilerledi.

"Bayan Mary'ye çok sevgi dolu selamlarımı ilet." Bu sefer o yapmacık gülümsemesini ortaya koymuştu. John Lordu ayaklarının altına alıp çiğnemeden odadan ayrıldı. Böyle bir şey yapsa kendisine laf getirmiş olurdu çünkü Essex'in kendisi dışında herkesi suçlayarak en hırçın hatta en hain duygularını bile saklayamadığından sahip olduğu azıcık sağduyuyu da yitirdiği çok belliydi. Essex farkında olmasa da tüm bu ifadeyi yüzünde yansıtıyordu.

John, yüreği sanki bilemeyeceği ve önleyemeyeceği kötü şeyler olacakmış hissiyle kararmış, kafası Mary, Essex ve kraliçeyle allak bullak olmuş ikindi yağmurları altında atını sürüyordu. Toz duman içinde Thames nehrinin birkaç mil yukarısındaki Hampton Sarayı'ndan kraliçenin en küçük sarayı olan Oatlands'e doğru ilerledi. O geçerken etraftaki insanlar en yakınlarındaki ahır ya da köy evlerine sığınmak zorunda kalmışlardı. Kraliçenin av konağının kırmızı kiremitli bacasından ve çıkıntılı kulelerinden önce ağaçların tepesinde uçuşan kargaların sesini duymuştu.

Nihayet üzerine Tudors arması kazınmış ve tepesinde kraliçenin içeride olduğunu belli etmek amacıyla kraliçenin bayrağı dalgalanan kule kapısının önüne gelmişti. Dizginlerini uyuklayan bir ahır seyisine attı ve kahyanın onun olduğunu belirttiği ortadaki avlunun kenarındaki küçük evlerden birine doğru ilerledi.

Burayı sevmişti. Kendi yaptığı tuvaletlerle hoş kokulu bir hava yaratmaya çalıştığı soğuk taş yığınlarından farklıydı. Birbirine çapraz geçirilmiş urganlardan yapılmış yatağın üstündeki saman doldurulmuş yastığa üstündeki kıyafetlerle kendini attı ve kollarını göğsünde kavuşturarak Mary'ye sarılıyormuş gibi hayal edip uykuya daldı.

❋

"Benimle yürü vaftiz oğlum."

"Zevkle Majesteleri," diye yanıt verdi John ertesi sabah, tıraşını olmuş, temiz ve yakışıklı, saçlarını taramış, yeni kolalanmış büzgülü yakalı temiz bir gömlek giymiş bir şekilde. Mary'nin nedimelerin sürmeleri gereken kozmetik maskeyle çok taze ve güzel göründüğünden öyle emindi ki ona bakmamak için tüm iradesini harcamak zorunda kalıyordu. Mary birkaç nedimeyle birlikte kraliçenin birkaç adım gerisinden takip ediyordu. Mary'yle baş başa konuşamamıştı ama Mary'nin gözleri en kısa zamanda bir yolunu bulacağını söylüyordu. John kraliçenin bu enerjik yürüyüşüne alışkınmış gibi davrandı. Onun genç erkekleri canlılığıyla, yaşlı erkekleri ise bilgisiyle alt etmekten zevk aldığını biliyordu. Kraliçenin özel bahçesinin orta çeşmesine gelene kadar John düşerim diye korkusundan Majestelerinin yeni tuvaletine girmeyi reddeden muhafız kaptanı Windsor Castle'in gülünç hikayesini anlattı. Mary'nin John'un icadından korkan hizmetliden bahsettiğini anlayıp anlamadığına bakmak için yönünü ona çeviremedi. Herhangi bir mimik William Shakespeare'in birçok öğleden sonra Globe Tiyatrosu'nda yaptığı gibi biraz abartı ve süsleme ile daha esprili aksettirilebilirdi. Zaten bütün bunlar bir saray tiyatrosu Mary, kraliçe ve diğerleri de oyuncular değildi de neydi ki? Repliklerini okuyor, rollerini yapıyor, dans ediyor ve günler geceler boyu poz veriyorlardı. Bunu ilk kez düşünmüyordu aslında; çok iyi biliyordu ki, bu onun sonsuza dek yaşamak istediği bir hayat değildi. Mary için de böyle olmasını istemiyordu; her ne kadar Mary saray hayatı için can atarak büyümüş olsa da...

Yanakları daha da içine gömülmüş olan Elizabeth hikayesi üzerine yorum yapmıştı: "Görünüşe göre cesur muhafız kaptanımıza tuvalet yolunu öğretmeliyiz."

John gülmemesine rağmen takdir ettiğini belli ederek eğildi. Bazen kraliçe skandal yaratacak mimiklere eğilimli olurdu fakat John emin olana kadar...

Sabah güneşinin parıltısıyla mücevherli elbisesi ışıldıyor ve beyaz yüksek yakası parlak kızıl peruğunun arkasında sallanıyordu. Kraliçe eğilip yapraklarında yağmur damlası birikmiş bir gül goncasını kokladı.

John bir adım ilerledi, gülü kopardı ve hançerini çıkartarak dikenlerini budadı. Bu toprak asla bir damla bile kraliyet kanıyla sulanmamalıydı.

Diz çöktü ve gözlerinde mizah parıltısıyla gülü kraliçeye uzattı. "Naçizane kulunuz John Harington'dan İngiltere'nin Yüce Tudor gülü Majesteleri için yazın ilk gülü."

Kraliçe gülü burnuna götürdü ve uzaklara dalıp gitti. Konuşana kadar John kraliçenin ne kadar uzağa baktığını anlayamadı.

"Babam kuzenim Catherine Howard'a 'dikensiz gül' derdi. 'Onun anısını canlandırıyorsunuz, Sör."

John başını eğdi ve cevap vermedi. Elizabeth'in kendisi dışında kimse VII. Henry hakkında konuşmaya cüret edemezdi. On altı yaşındayken Catherine Howard kralın beşinci karısı olmuştu ve sonra birkaç tane aşığı olduğunu öğrenip bir tane dikenini bulduğunda idam ettirmişti. Her ne kadar Henry muhtemelen o sıralar iktidarsız olsa da genç ve güzel karısının bu davranışı zindanın kütüğünde başını baltanın altına uzatarak ödemesi gerektiğini düşünmüştü. Elizabeth ondan nasıl da korkmuş olmalıydı; babası annesini ve kendi kuzenini idam ettirmiş, kendisini memnun etmeyen kadınlardan boşanmış ya da bir şekilde başından atmıştı. Zalimliği dışında Elizabeth sertliğini ve mizacını babasından almıştı. John zalimliğini almamış olmasını umuyordu her ne kadar kraliçe krallığını bir ayının yavrusunu koruduğu gibi vahşi bir şekilde korusa da. Derin bir nefes aldı ve kendisine açılan tek yoldan ilerlemeye devam etti.

Kraliçe birden düşlerinden sıyrıldı ve o ana dönerek ayağa kalkması için John'a elini uzattı. "Seni uzun süredir benim hatırım için ihmal ettiğin Somertshire'daki mal varlığına kafa yorma görevinden kurtarıyorum."

"Majesteleri, itiraf etmek isterim ki saraydaki hizmetinizden öyle uzun süre uzak kaldım ki, bir süreliğine sizinle kalabilmek için can atıyorum."

Kraliçe uzaktaki kiremit bir duvara doğru çiçek açmış, iki yanında çiçek açmış İspanyol portakal ağaçlarının sıralandığı patika yola doğru biraz hızlanarak yürüdü ve John da yanında kalabilmek için ayak uydurmaya çalıştı telaşla. "Mary Rogers'la ilgili fikrimi değiştirmeyeceğim Sör John," dedi açıkça... Duraksadı ve devam etti: "Sana hiçbir şey kazandırmayacaksa neden sarayda kalacaksın ki?"

John cesaretinin her zaman en iyi silahı olduğundan emindi.

"Aşk, Majesteleri."

"Bana aşktan bahsetme." Sesi boğuk ve sert çıkmıştı; neredeyse bir homurtu gibiydi.

John'un kaybedecek bir şeyi kalmamıştı. "Aşk benim bildiğim tek şey Majesteleri. Benim ana dilim oldu aşk."

"Bence Latince'ye çalışsanız daha iyi olur Sör. Aşk yenilir, yalandır ve kısa süre içinde kendi ateşinde yok olup gider." Elinde çevirip durduğu güle baktı. "Ya da ölür."

"Sizinle aynı kanıda olmadığım için beni bağışlayın vaftiz anne."

"Fikrime karşı gelinmesini bağışlamam."

John yeniden dizlerinin üzerine çöktü. Umutsuzluk iyice etrafını sarmıştı ve başını önüne eğdi.

İngiltere kraliçesi John'un kendisine verdiği gülle vaftiz oğlunun kafasına sağlam bir şekilde vurdu. Bu sembolik olarak onun başını kesmek anlamına mı geliyordu? Yüzüne ve yeleğine gülün yaprakları dökülürken John bahçeden uzun adımlarla uzaklaşırken ona bakmak üzere başını kaldırmıştı; Mary de gözlerini dehşet içinde John'a dikmiş onun peşinden gidiyordu.

O gece Danimarka büyükelçisi bir balo ile onurlandırılmıştı. John da katılmıştı baloya ancak Mary de kraliçenin hemen yanı başında duruyor olmasına rağmen kraliçe ona işaret edene kadar tahtın yanına yaklaşmadı. John işaretin üzerine öne çıktı, diz çöktü ve şapkasını yere indirdi.

Flüt, trampet, gitar ve davullar İspanyol müzikali çalıyorlardı. Kraliçe öfkeli bir şekilde ayağını yere vurdu.

"Majesteleri bu tip konularda sizin bilginize ihtiyacım var."

"Kendini geliştirmek için dans hocasından yardım almalısın."

John eğildi yeniden. Bahçedeki o çıkışından dolayı affedilmemişti; en azından tamamen affedilmemişti her ne kadar vaftiz annesinin sert bakışlarında gölgeli bir parıltı seçilebilse de. John gerilerken kraliçe ayağa kalktı ve elini uzattı.

"Bu kadar perişan görünme John. Bana bu kadar yakın ve bu kadar yüksek mevkide bir adam da hasta olursa..."

"Beni sizden uzaklaştırırken gülümseyemem."

"Bizden ayrılmak için acele etmenize gerek yok."

Elizabeth tek solukta karşısındakini hem azarlayıp hem de affedebilme yeteneğini düşünüp gülümsedi. John sanki hararetli bir eyleme girişecekmiş gibi pelerini sıyırdı ve yere attı asil bir hareketle.

"Kerata!" diye kızar gibi yaptı kraliçe ama sonra başını çevirip güldü.

O anda sert bir kraliçeden genç şuh bir kadın görünümüne değişebilmişti.

Elizabeth her zamanki gibi dans ediyordu; vücudu her zamanki gibi dimdikti, ayakları bileklerini ortaya çıkaracak kadar hızlıydı ve el hareketleri abartılı olsa da zarafetini koruyordu. John fırsat buldukça çaktırmadan Mary'ye bakıyordu; bu arada diğer dansçılarla dönerken kraliçenin birkaç kez göz ucuyla Danimarka elçisine baktığını fark etti. Kırk yaşının üstündeki hiçbir kadın dans pistine ayak basmıyordu. John çok iyi biliyordu ki Majesteleri Danimarkalılara her ne kadar John onu parmak uçlarında yükseltip bırakırken ellerinin altında onun titreyen vücudunu hissetse de İngilizlerin hâlâ genç bir kraliçe tarafından yönetildiğini göstermek istiyordu. Hiçbir zaman çok etli butlu olmamıştı ama şimdi neredeyse tamamen kemikten ibaretti.

"Lord Howard'ı avlanmak üzere saraya davet ettim," dedi kraliçe John onu tahtına götürürken.

John'dan hiç yanıt gelmemişti, fakat kraliçenin elinin altındaki kol kaslarının gerildiğini hissetti.

"Vaftiz oğlum," dedi kraliçe fısıldayarak, "kendine başka bir aşık bul. Seni böyle mutsuz görmek istemiyorum. Fakat Lord Howard bekar kaldığı ve dünyevi işlerimizi de yoluna koyduğumuz anda Mary'ye sahip olacak. Bu Lord ben daha mezarıma girmeden İskoçyalı James'in gözüne girmek için yalakalığa kalkışmayan kuzeydeki ender sadık lordlardan biri. James'in sabırsızlığa kapılması ve sırasını beklemeden sınır geçmeye kalkması ihtimaline karşı onunla yakın durmalıyım. Bir zamanlar sevdiğimiz ama şimdi James'e çanak tutan kişiler var." Tabi ki Essex'i kastediyordu. Yelpazesinin kurdelesini çözdü ve vurgulama mahiyetinde John'un çenesine vurar gibi yaptı.

John kraliçenin Essex hakkında bilmediği bir şey olmadığını fark etti. Eğer Cecil söylemediyse kraliçeye yaranmak için İskoçya kralı söylemiş olmalıydı. Ve tabi ki Essex'in evinde onun en yakın sırdaşları arasında casusları olmalıydı. "Vaftiz anne, tahtında senin oturmadığın hiçbir sarayda bulunmak beni heveslendirmiyor." John gerçekten hissettiğini söylüyordu ve kraliçe bunu biliyordu.

Elizabeth yelpazesini açtı ve yüzünde belirebilecek herhangi bir duygusal ifadeyi örtmek için yüzüne kaldırdı. John da Mary'nin çoğu şeyi anladığını, geri kalanını da tahmin ettiğini bilmesine rağmen ona bakmadan geri çekildi.

❃

Kraliçe yatağına yatıp tertemiz yatak örtüsüne sarındıktan sonra o gece Mary John'un odasına geldi ve yavaşça kapıya vurdu. Üzüntüsü ve telaşı ortadaydı.

"John, ne yapıyorsun sen? Kraliçe kesin seni saraydan uzaklaştıracak ve geri dönmene izin vermeyecek."

"Ona dürüst bir şekilde cevap vermek dışında bir şey yapmadım."

"Kraliçeye sadece ani bir kıvılcım yeter." Mary dudağını ısırdı. "Her defasında sen ona kendi tahtı uğruna reddettiği şeyleri hatırlatıyorsun."

"Kraliçe böyle mi söylüyor?"

"Hayır, açıkça söylemiyor ama her zaman yüzünden okunabiliyor ve özellikle son zamanlarda fildişi kutusunu daha çok açıp elinde onunla oturup düşünmesinden anlaşılıyor. O kutunun içinde onun için çok değerli olan bir şey var. Ayrıca Essex'in yokluğuyla mücadele ediyor. O kraliçeyi tam olarak nasıl genç hissettireceğini ve yeniden sevdireceğini iyi biliyordu."

John Mary'yi eşikten içeri çekti ve kollarının arasına alarak tekrar tekrar öpmeye başladı, defalarca kez... Aylardır hasret çektiği, bedeninin duyduğu arzuyu hafifletmek için hayalini kurduğu ve bastırmaya çalıştığı öpücüklerdi bunlar.

Önce biraz durdu; Mary'yi sanki John hükmetmediği sürece hareket edemezmiş gibi kolları iki yana sarkmış nefes nefese bırakmıştı. "Hiç dönmeyeceksin sanmıştım," dedi nefes nefese. "Bu sabah seni bahçede gördüğümde, ben-"

"Evet, sen tatlım?"

John tehlikeli bir biçimde acıtırcasına sarmıştı Mary'yi. Fakat birden Mary'nin aklına Bayan Fitton'un kaderi geldi. "John, çok dikkat etmeliyiz," diye fısıldadı aklından güç alabilmeyi umut ederek.

John küçük şömide yanan ateşe biraz daha kömür atmak için geri çekildi. "İşte benim yaptığım şey bu," dedi, sesi Mary'nin kendisinden sakınmasını umduğu ellerinden daha sakindi.

Mary yutkunarak, "O zaman sen iki kat daha fazla dikkat etmelisin, çünkü benim daha fazla takatim kalmadı..." dedi ve durdu; bedeni kendiliğinden John'a doğru çekilmişti. "Oh John, ayrı kaldığım 12 aylar öyle uzun geldi ki, geceleri kapkaranlıktı."

John ona sarıldı ve ateşin yanındaki bir sandalyeye oturttu ve sonra yerdeki hasıra oturdu; ateş yüzünde parlıyordu ama yine de birbirlerine dokunabilecek kadar yakında değillerdi. Dokunmak arkasından birçok tehlikeyi getirebilirdi.

John yüzünde Mary'yi önce kızdıran sonra ise ürperten çapkın bir ifadeyle ona baktı. "Bir gemiye atlayıp hep sıcak kalacağımız Şeker Adalarına doğru yol alabiliriz," dedi bir taraftan Mary'nin vereceği tepkiyi bekleyerek.

"Şu ankinden daha mı sıcak?" dedi Mary cesur birşekilde.

John sırıttı: "Yok o mümkün değil."

"John, sende yolculuk tutkusu var ama beni deniz tutar," dedi gülümseyerek ve bu fikri çok ciddiye almadığını göstererek.

Çenesi avuçlarında dirseklerini dizine dayamış, John'un yüzüne kederli bir ifade çökmüştü. Mary'ye dönerek: "Genç yaşına göre fazla akıllısın."

"Fazla akıllı değilim John, yoksa burada olmazdım, tahrik ederek-"

"Beni mi?"

"Kendimi."

"Yine Batı taşralarının dürüstlüğü..."

İçini çekti Mary. "Başka bir şeyim yok ki."

John tek hareketle ayağa kalktı. "O halde benim Somerset'teki Kelston malikanem bizim evimiz olacak."

"Keşke olsa... o zaman geldiğinde." Kucağında kavuşturduğu ellerine dikmişti bakışlarını.

John onu sandalyesinden kaldırdı ve başını nazikçe kaldırdı.

"Yakında geliyor... Lord Howard," dedi Mary sonunda.

John bir kol boyu uzaklaştı Mary'den ve gözlerinin içine baktı. "Evet, avlanmak için... Kraliçe söyledi. Sen sakın adama cesaret vermeyeceksin."

"Buna ihtiyacı yok ki."

"Senin kayıtsız kalman onu caydırabilir."

"Tuz vergisi düşüncesi onu yüreklendiriyor."

John aradaki mesafeyi kapattı ve Mary'yi kollarına aldı. "Mary, kraliçe her zaman ortaklıklarını sağlamlaştırmak için evlilikler kullanmıştır. James'i destekleyen Kuzeyli Lordlara karşı onu kendisine müttefik gibi görüyor. Aslında Howard da James'in gelmesini dört gözle bekliyor ama bu düşüncesini Cecil'in okuyabilme ihtimaline karşın kağıda dökmeyecek kadar akıllı." Bir parça kömür şöminenin ızgarasından fırlayıp yere düşmüştü. John Mary'yi bıraktı ayağıyla burarak kömür parçasını ait olduğu yere itti.

Mary geri dönmesi için yalvarırcasına kollarını açtı ve John'da Mary'nin kollarına geri döndü.

"Biliyorsun yakında mevkime geri dönmem gerekiyor," dedi John. "Bu görevler yüzünden epeydir uzakta kaldım. Kraliçe bu konuda haklı."

Mary bir süre sessiz kaldı ve yeniden alevlenen ve küçücük odayı ısıtan şöminenin ateşini ve ışık yayan kıvılcımlarını seyretti.

John yanağına eğilerek fısıldadı, "Umutsuzluğa kapılma. Tanrı bize sırf bizden tekrar geri almak için bu duyguyu bahşedecek kadar acımasız değildir."

"Benim korkum bu. Tanrı bizi bu duyguyla bırakacak sadece ve hiçbir şekilde..." Mary'nin göğsünü ağır bir keder doldurmuştu. "Burada Elizabeth'in kuralları geçerlidir, John, unutma."

John'un elleriyle onu sımsıkı tutarak biraz geriye doğru çekti ve "Onun kuralları krallığa hükmeder, bizim yüreklerimize değil. Kararını değiştirecektir. Değiştirmeli. Bir yolunu bulacağım. Güven bana," dedi ve onu yeniden kendisine çekti. Mary bir an düşmemek için John'a sımsıkı tunarak dudaklarını ona uzattı; sonra avluya koşarak av konağına geri döndü.

❀

Lord Howard Haziran ayının sonuna doğru yüz yirmi tane şövalye ve silahlı adamdan oluşan etkileyici bir ekiple, beraberinde kraliçenin hoşlanacağı kürkler, mücevherler, özellikle de etrafı has yakutlarla çevrili ortasında Yunan av tanrıçası Diana'nın figürü işlenmiş çok güzel bir fildişi hediyeyle gelmişti. "Majesteleri," dedi eli göğsünün üstünde diz çökerek, "Size kuzeyde sizin hakimiyetinizi nasıl koruyabildiğimi göstermek için bu sadık adamlarımı getirdim."

"Teşekkür ederim Lord Howard," diye cevap verdi kraliçe, memnuniyeti çok açıktı. "Yarın bizimle ava gelmelisiniz fakat söyleyin eşiniz nasıl?"

Başını eğerek cevap verdi Lord Howard: "Çok zayıf Majesteleri. Çoğu zaman kendi çocuklarını tanımıyor."

"Umarım bir an önce huzura kavuşur Lordum."

"Amen," dedi Lord Howard ciddi bir şekilde gözlerini kaldırarak; ama gözleri mutluluktan parlayarak Mary'nin göğüslerine doğru kaymıştı.

Ertesi sabah güneş yağmursuz bir güne doğmuştu fakat güneş yükseldikçe girdaba dönen kara bir sis vardı. Av grubu erkenden yola çıkmıştı ve Lord Howard kraliçenin yanıbaşında onur yerini almıştı. Kraliçeye ayak uydurabilecek kadar iyi ata binebilen nedimeler ve Mary kraliçeyi takip ediyorlardı. John en iyi avcı olarak kraliçenin diğer yanından av görevlilerini takiben ilerliyordu.

Sabah saatlerinde kraliçe okuyla bir geyik vurdu ancak sadece yaralamıştı ve geyik kaçtı. Kraliçenin buna morali bozulmuştu.

Saat on bire doğru akşam yemeği için masaların kurulduğu açık bir meydana yaklaşırlarken başında kocaman sivri boynuzları yükselen muhteşem bir erkek geyiğe rastladılar. Sanki ormanın kenarında hafif bir yükseklikte dikilen bir kral gibi görünüyordu. Kraliçe hayran kalmıştı. "Bu geyiği vurmalıyız."

Mary, John geyiğe doğru atını sürdükçe ona bakıyordu. Ne yapıyordu böyle? Önce atış yapmaya cesaret edememişti.

Elizabeth bir yığın kargaşadan sonra eline alabildiği tatar yayını istedi. Yayı hazır duruma getirdikten sonra nişan aldı ve atışını yaptı. Gözleri henüz avlanamayacak kadar işlevini yitirmemişti. Geyik okun etkisiyle yalpaladı; göğsünden kan akıyordu fakat düşmedi. Tam tersine kocaman kafasında tıpkı Elizabeth gibi her türlü acıya karşı koyma etkisi yapmıştı ve açık meydana doğru sıçradı.

Elizabeth'in acı dolu çığlığı duyuldu hemen ardından. "Asil hayvan!"

"Çok yazık, Majesteleri." dedi Lord Howard.

Mary bundan sonra olanlara inanamadı. John atının mahmuzlarına vurdu ve meydanda savrulan geyiğin peşineden hızla atını sürdü. Geyiğe yanaşmıştı ve atının adımları hayvana ayak uyduruyordu. Onu öldürene kadar koşturmaya mı çalışıyordu? "Dikkat et John!" diye seslendi Mary düşünmesine fırsat kalmadan.

John atının dizginlerini eyerin çatalına sararken ve az sonra yapacağı sıçrayış için sert kaslarını gerdirirken işitmişti onu. Planladığı kadar düzgün atlayamamıştı hayvanın üstüne ama boynuzundan yakalayarak düzgünce yerleşmişti üstüne ve hayvanın kocaman kalbinin inip kalktığını hissederek yavaşça kafasını çevirdi. Hayvanı çevirdikçe sırtının üzerinden kan ve ter karışımı akıyordu ve kendi ağırlığı da yavaş yavaş hızını yitiriyordu.

John'un kolları bu dev gibi kemik boynuzla mücadele etmekten uyuşmuştu. Bir yandan da sivri uçlu kavislerinden yara almamak için uğraşıyordu. Bacakları da hayvanın hiç de binmek için uygun yaratılmamış ikide bir sıçrayan sırtında durabilmek için kasılmaktan iyice acımıştı.

Hayvan meydanın karşısında heyecan içinde bağırıp sallanan av görevlilerinin ve kraliçenin av grubunun dizili olduğu yere yaklaştıkça tökezliyordu. Mary kraliçenin yanında durabilmek için atından inmişti.

John tüm gücüyle boynuzlarını çekerken, isteksizce canını teslim etmek üzere olan hayvanın genişlemiş burun deliklerinden girip çıkan havadan fısıltı gibi sesler çıkıyordu. Son bir titreme ve tökezlemeden sonra hayvan Elizabeth'den bir insan boyu uzağına düştü ve öldü. Elizabeth şaşkınlık içinde hayvanın açık kalan gözlerine bakıyordu.

Hayvanın sendelediği son saniyelerde John hayvanın üstünden atlamıştı. Son gücünü kullanarak Elizabeth'in önüne diz çöker şekilde düşmüştü. Başından düşen şapkasını kavrayarak, "İşte istediğiniz av Majesteleri," dedi.

O sırada Lord Howard, Mary'yi uzaklaştırmaya çalışarak kraliçenin yanına ilişmişti. "Majesteleri, atım tökezledi yoksa buraya-"

Kraliçe onu işitse de oralı olmadı. John'u kendi ellerini de kana bulaştırarak ayağa kaldırdı. "Bay Şövalye, bundan böyle size Kraliçenin şampiyonu ünvanını veriyorum."

Mary kalabalığın önüne çökmüş üstü başı kan olmasına rağmen son derece ihtişamlı olan John'dan bakışlarını çevirdi. Önceleri Şampiyon ünvanı Essex'indi. Çok iyi biliyordu ki bu unvan onu şereflendirecek ve daha çok sarayda olmasını sağlayacaktı; fakat Lord Howard'ınki şöyle dursun Essex ve arkadaşlarının düşmanlığını kazanmasına sebep olacaktı...

Peki şimdi, kraliçe biricik şampiyonunun isteğini nasıl geri çevirecekti?

Ertesi gün, sarayda ve tüm Londra'da duyulmuş olayın ardından ortalıkta hızla dolaşan ve John'un kocaman geyiği nasıl yakaladığını anlatan heyecanlı konuşmaların ortasında bu ihtişamlı otuz puanlık geyik Majestelerinin odasına getirilmişti. Kendi ödülünü verecek kadar da minnettar değildi şampiyonuna.

BÖLÜM 15

"Hükümdarların saltanatına ilişenler merhameti hak etmezler."
Elizabeth Regina

Aziz Michael Yortusu
29 Eylül, 1600

John Harington ışıltılı bir sonbahar sabahı Arnavut kaldırımlarının arasına düşmüş kuru yapraklara basarak Essex malikanesine gitmişti. Malikanenin bahçesi ve giriş odaları kendi aralarında konuşan üzgün insanlarla doluydu.

Atından indi ve kalabalık arasında yürümeye başladı. Etrafta Elizabeth'in İngiliz Kilisesini Katoliklikten yeterince uzaklaştırmadığını düşünen siyah kıyafetlere bürünmüş Puritanlar vardı. Eski dinlerine dönmek için can atan boyunlarında altın haçlarını takmış Katoliklerle tıka basa doluşmuşlardı. Liderlerine kötü davranıldığını düşünen çavuşlar ve kaptanlar, kaba saba giyinmiş ve üstlerine yığınlarca silah kuşanmış kontun İrlandalı ordu mensupları, sadakatlerinden çıkar sağlama ümidiyle yolu doldurmuşlardı.

Essex yanı başında kendisine yaltaklık eden Southampton Kontu ve Bay Christopher Blount'la birlikte sanki saray sahibi bir kral gibi büyük bir odanın ortasında bir kürsüye kurulmuştu.

John gergindi ve sürekli arkasını kolluyordu. Kraliçeden güzel bir haber getirmemişti. "Lordum," dedi John eğilerek "Sizinle özel konuşmak istiyorum."

"Ah, kraliçenin yeni şampiyonu. Ne diyorsun şampiyon? Burada hepimiz aynı düşüncede olan yakın dostlarız. Kraliçe en sadık kuluna ne söylemek için seni gönderdi?" Buna gülüşmüşlerdi ve John önceki ağır kılıcından daha hafif ve yakın dövüş için özel yapılmış Fransız kılıcının kabzasını tuttu.

"Lordum Essex Kontu," dedi resmi bir şekilde, "kraliçe meclislinde bu kez şarap konusunda sizin tekelinizi yenilememe kararı aldı ve tüm gelirleri Kraliyet Hazinesine geri alacak." İşte her şey dökülüvermişti. Kendisinin birazdan patlayacağı kesin olan öfke fırtınası için hazırladı.

John herkesin Essex'in bir tepki vermesinin beklentisi içinde sessizliğe kapıldığını sezmişti. O da bir tepki bekliyordu; henüz kraliçenin söylediklerinin hepsini iletmemişti ama bunun eninde sonunda Essex'e iletileceğini biliyordu: "Asi bir hayvanın mali kaynaklarına son verilmeli," demişti Cecil ve Raleigh'e. Bu sözler sarayın duvarlarında yankılanmış ve şok etkisi yaratmıştı çünkü birçok lord kraliçeye hizmet ederken yaptıkları masraflar için kraliçenin cömertliğine güvenirdi.

Essex hiçbir şey söylemedi. Kıpırdamadı. Şakağındaki mavi damarı hızla atmasına karşın yüzünden bir şey okunmuyordu. John'un arkasındaki kalabalığın mırıldanmaları birden gürültüye dönüştü ve bu olay karşısında kontu isyan çıkarmaya teşvik eden haince sesler yükselmeye başladı. Adamlar kılıçlarını kınlarından çıkarmış hatta birkaç tanesi zırhlarını bile giymişlerdi. Bu isyana eğilimli bir gruptu.

Essex sessiz olmaları için eliyle işaret verdi. "Yalan söylüyorsun şampiyon." Sözcükleri sert hecelere ayırarak çıkmıştı kelimeler ağzından. "Kraliçe asla tatlı şarap tekelini benim elimden almaz. Bu Cecil ve Raleigh'in marifeti. Beni yoksullaştırmak istiyorlar... Ve sonra öldürmek!"

Bu söz üzerine Essex'in adamları çığlıklar atmışları bazıları kılıçlarını havaya kaldırmışlardı.

Kont John'a baktı; gözlerinde şüphe, yenilgi ve kendinden bir şeyler vardı. "Böyle küçük düşürücü bir şeyi kraliçenin kendi ağzından duymadan inanmam. Derhal ona gideceğim."

"Lordum," dedi John, normalde olması gerekenden daha endişeliydi, "bu çevreden dışarıya çıkmanıza izin verildi, ancak saraya girmeniz yasak." Sesini yükselterek devam etti: "Şerefim üzerine söylüyorum, kraliçe tekelliğinizi kendi iradesiyle kaldırdı. Vermek de almak da onun bileceği iş ve onun sözü kanundur."

Kalan metanetini de yitirmiş olan Essex ayağa kalktı ve herkesin üzerinde iyice yükseldi. Odanın içinde dolanarak öfke dolu sözler savuruyordu: "Saraya girmem yasak mı? Şarap tekelliği kaldırıldı demek! Eğer elimde ne var ne yok alacaksa, yasaları da kendisi gibi kokuşmuş!"

John bu affedilmez sözleri mümkün olsa bile kendisi önce gidip havayı yumuşatamadan Thames'de yankılanıp Whitehall'e tahtın ayağının dibine düşecekti.

"Son kez sizden izin istiyorum, Lordum," dedi ve John arakasını dönerek kapıya doğru ilerledi. Atına atlarken soğuk rüzgara rağmen alnında boncuk boncuk ter birikmişti. Havada isyan ve panik kokusu vardı ve tüm bunların ağırlığı sanki onun üzerine çökmüştü.

Whitehall'de Mary buket yapmak için çiçek topluyormuş gibi yaparak kraliyet bahçelerinde ahırların orada onun dönüşünü bekliyordu. John'un batı görevinden dönüşünden ve Mary'nin kraliçeye yaz gezisinde eşlik edip dönüşünden beri hiç baş başa görüşmemişlerdi.

"John... Tatlım," dedi Mary John'un yaklaştığını görünce. Sanki ona dokunarak gerçek olduğuna kendini inandırmak ister gibi titreyerek elini uzattı. Fakat John da ona uzandığında "Dikkatli ol," diye uyardı. Bahçeye bakan koridor pencerlerine doğru başıyla işaret etti.

"Çok fazla şey istiyorsun," dedi elini öperek John. "Sana sarılamazsam..."

Mary kraliçenin iradesine itaatlerini kıracak herhangi bir şeye yol açar korkusuyla onu ve kendisini durdurmak zorundaydı. "Seni seviyorum John."

"Aşk bir sözcük," dedi Mary onun duygusallığını görmesin diye başını eğerek. "Beni al, aşkım, her şeyden çok buna ihtiyacım var."

"Benim de John." Mary kendisini John'un kollarına bırakmasını sağlayacak iki adım ileriye atılmak istedi fakat yapamadı. Uzaklaşarak yere eğilip bir çiçek kopardı. John'un yüzü yaz güneşinden bronzlaşmıştı. "İyi görünüyorsun, Bay Şövalye."

Muzipliğini yeniden ele alan John, "Şimdi öyleyim," diye yanıtladı onu.

Mary gülümsedi. "Hiç değişmemişsin." Doğruldu ve ciddileşti. "Essex'e gönderildiğini duyduğumda senin için çok endişelendim. Söylediklerine göre tatlı bir pişmanlık ve ümitsiz bir isyankârlık karışımı bir çılgına dönmüş."

John yeniden eğildi. "Ben bugün tatlı olan bir şey görmedim. Essex ciddi anlamda kraliçeye hakaret etti."

"Yüce İsa! Ne dedi?"

John Essex'in söylediği iğrenç sözleri tekrarladığında Mary'nin ağzı açık kaldı. "Kraliçenin sakladığı ve her gece şöminen başına oturup okuduğu hayranlık dolu mektuplarının hepsi yalansa kraliçe onu asla affetmeyecektir."

"Zamanında ona meydan okumalıydım."

"Bir kabadayıya meydan okuyamazdın!"

"Kraliçenin şampiyonu olarak benim görevim-"

"-kraliçenin hükümdarlığına... Ve bana geri dönmek John." Son sözleri fısıldar gibi söylemişti.

Şimdi birbirlerine iyice yakın duruyorlardı. Saray dedikodularını körükleyecek olduğunu bilse de Mary'nin beline dolanmamak için daha fazla kendine hakim olamadı. Dudaklarından ufacık uzaklıkta bilek tutabilmek için dudaklarını tüm gücünü harcıyordu. "Ne zaman yalnız kalabiliriz? Bu gece?"

"Kraliçe bu gece onun odasında uyumamı emretti. Yarın, John. En kısa zamanda sana geleceğim."

"Londra'dan dönerken büyük babanla karşılaştım."

Mary'yi şaşırtmıştı.

"Neden? Ne-"

John sırıttı. "Söylediğiniz gibi Bayan Mary, şimdi istediklerimizi alabilmemiz için her ikimizin de yarına kadar beklemesi gerekiyor." Mary öyle hayalkırıklığına uğramış gibi görünüyordu ki John'un muzipliği silindi. "Ümitli ol," dedi.

"Ümidim azalıyor."

John öyle yaklaştı ki nefesi yanağını ısıttı. "Ama ümit hep yeniden canlanır tatlım."

Haklıydı. Bazen Mary boş ümitlere kapılmamak için başından savmaya çalışsa da ümit hep kendiliğinden yüreğinde yeniden can buluyordu. Cesaretlenerek, "Bugün akşam yemeğimi büyük salonda yemeye çalışacağım," dedi.

John göz kırptı. "Ama ben şimdi açım."

Mary dizlerini kırıp selamladı; fener gibi parlayarak herkesin fark edeceğinden korktuğu ona olan hayranlığını gizleyememişti. Arkasındaki saray pencerelerine bakmamasına rağmen, onların şüphelendikleri her şeyi gören gözleri ve uğuldayan dudakları olduğundan şüpheleniyordu. John taş salonun girişine doğru yürürken Mary de sanki asıl niyetinin bu olduğunu ispat etmeye çalışır gibi bir başka sarı çiçek buketi yapmak için durmuştu.

Mary kraliyet mutfağına geç kalmıştı; çorba, ekmek ve kraliçenin tercihi olan badem ezmesinden oluşan hafif akşam yemeğini aldı. Kraliyet dairesine geldiğinde Majesteleri udunu çalıyor, nedimeler de şarkı söyleyerek ona eşlik ediyorlardı. Mary kraliçenin çoğunlukla keder yüklü olduğu zamanlarda söylediği bu ses tonunu ve şarkı sözlerini biliyordu. Essex'in şahsını hedef alan hakaret edici sözleri yükselen bir med cezirden bile daha hızlı uçup gelmiş miydi ona?

Çocukken, Mary Katherine Grey'in Elizabeth'in daima onu bu ülkenin ve yüreklerinin yegâne güzeli ilan eden genç ve yakışıklı erkeklerin iltifatına ve beğenisine ihtiyaç duyduğunu söylediğini işitmişti. Mary bu sözlerin önemini o zaman anlayamamıştı ama şimdi hatırlamış ve anlamıştı. Kraliçenin bu yaşlı yaşında, son yirmi yıldır kraliçe aynaları yasaklamış olsa da Mary onun bu mücevher değerindeki sözlerin şimdi yalan hatta uzun süredir yalan olduğunu düşünmeye katlanamıyordu.

Mary Majestelerinin etrafındaki halkaya oturdu ve doğal vibrato sesiyle şarkıya eşlik etmeye başladı. Kraliçe ona baktı ve sürmeli gözlerinde hiçbir tanıdık duygu göstermeksizin başını salladı.

"Ben genç ve güzelken,

İyilik lütfedildi bana..."

Kraliçe sanki hiç acımıyormuş gibi çekiyordu parmaklarıyla tellerini udun ama Mary çoğu sabah onun bu yüzden acı çektiğini biliyordu. Artık nedimeleriyle birlikte şarkı söylemiyordu çünkü sesi artık boğuk ve çatlaktı.

"Kaç kez ağlayan gözlerim kederden perişan oldu.

Kaç kez yüreğim iç çekti ama yine de daha da gururlandım..."

Mary gözlerini aşağı dikti ve çiçeklerin saplarını büktüğün ve yapraklarının elinde solduğunu fark etti.

Kraliçe küçük korosunu yeniden başlatmıştı ki ne bir duyuru ne de bir uyarı olmaksızın kraliçenin odasının kapısı açıldı ve Essex içeriye daldı. Bayan Margaret bir çığlık atmış ve hemen elini boğazına götürmüştü. Bayan Fitton'un yerini alan Bayan Anne Russel bembeyaz kesti ve oturduğu sandalyeden yere düştü.

Parlayan siyah kadife cüppesi, kolalanmış beyaz yakaları ve alnına düşen bukleleriyle gösterişli genç bir lord gibi görünen kont kendisini kraliçenin ayaklarının önüne attı ve eteğinin ucunu kavrayarak sanki tüm dantel ve incileri yalayıp yutacakmış gibi öpmeye başladı.

"Kalbimin en sevgili kraliçesi-" Sesi alçak ama gürdü; odayı erkeksi bir tutkuyla dolduruyordu.

Daha devam etmedi. Kraliçe elbisesini ellerinden kurtardı ve ayağıyla sıçrayarak udunu yerdeki halının üzerine bıraktı. Elizabeth bir kelime etmedi; muhafızları da çağırmadı; sessizce onun ümitsizce yeniden yakalama girişimleri üzerine geriledi. Yüzündeki o soğuk aşağılama ifadesi duyarlı her erkeği dondurabilirdi.

Kont, dengesini yitirmesine rağmen ayağa kalkmaya çalıştı. Kraliçe için endişelenen Mary mümkün olduğunca Elizabeth'e yaklaştı. Essex ona saldırmak için kılıcını çekerse kendisini kılıç darbesinin önüne atacaktı.

Fakat tehlikeyle karşı karşıya olan Elizabeth değildi. Kraliçe geri çekilmedi; tam tersi Essex'in üstüne gitti. Essex kraliçenin üzerine yürümeleri için dışarıda ordusunu hazır bulunduruyordu ama Elizabeth yumruklarıyla Essex arkasına sendeleyene kadar göğsüne vurarak onları iyice geriye doğru açmıştı.

Kont açıkça çok şaşırmıştı. "Majesteleri! Size yalvarırım... bana konuşun... kederime kulak verin. Bana yön gösteren ve gençliğin hatalarından ve çıldırtan şevkinden beni alıkoymayan aşkınız olmadan on bir aydır yapayalnız kaldım. Gerçekte, Majesteler-"

Kraliçe herhangi bir ses vermeksizin ve buz gibi bakışları hiçbir yumuşama belirtisi göstermeksizin üzerine yürümeye devam etti. Hiç hararetli bir öfke göstermiyordu; sadece yüzünün her çizgisinde ve her mimiğinde bir küçümseme vardı. Essex'i yeniden itti ve yeniden geriye doğru sendeledi kont; ağzından hâlâ sözcükler dökülüyordu fakat artık hiçbiri mantıklı sözcükler değildi. Belli ki kendisinin kraliçeye olan yakınlığına güveniyordu her zamanki gibi affını alıp buzlarını eritmek için.

Son bir hamleyle, neredeyse tüm gücünü kullanmış olmalıydı, Essex'i kapının dışına itti ve kapıları Essex'in hâlâ şaşkın bakan yüzüne kapattı.

Mary sarf ettiği güçten Elizabeth'in düşmek üzere olabileceğini düşünerek hemen arkasına geldi. "Majesteleri size biraz şarap vermemi ister misiniz?"

Kraliçe yüzünde zafer kazanmış bir ifadeyle dönüyordu. "Bu eğri vücudun böyle aptal erkekleri alt etmek için yiyeceğe içeçeğe ihtiyacı yok. Ona ihtiyacım olduğunu onun gitmesine izin vermeyeceğimi zannediyor... Kendisinin daha güçlü olduğunu zannediyor," dedi neredeyse fısıltıdan biraz yüksek sesle ve sonra tüm sesiyle "Şişşt!" diye devam etti.

Elizabeth yerdeki udu aldı ve kalın bir akortla çalmaya başladı "... ve daha da gurulanıyorum."

Öğleden sonranın geri kalan kısmını Cecil, Raleigh ve meclisten başkaları görüşmek isteseler de kimseyi kabul etmedi ve ateşinin başında tek başına oturarak geçirdi. Genellikle dimdik duruşu bitkinliğin ve bitap düşmüşlüğün her belirtisini gösteriyordu. Mary de yanında eline aldığı bir yastık kenarına iğnesiyle motifler işleyerek kendini oyalayarak yanında kaldı.

Geç vakit büyük yemek salonunda Mary John'un yanına oturdu, elma şarabı yudumlayıp tuza turp banarak olan biteni anlattı. "John Majesteleri Essex'e tek bir şey söylemedi. Çok tuhaftı; hatta ürkütücü. Fakat o gittikten sonra Essex'in Essex Malikanesinde onun hakkında söylediklerini tekrarladı." Mary ürperdi. "Kraliçe onu sevmişti ve ona her şeyi verdi ama şimdi Essex her şeyin yalan olduğunu ortaya koyuyor. Elizabeth'in yüzündeki o korkunç bakışı asla unutamam. Daha önce hiç böyle görmemiştim."

"Sakin ol Mary," dedi John yavaşça. Mary'nin tabağına ekmek böldü ve ucu kıvrık bir bıçakla ortadaki tahta tabaktaki büyük parça etten baharatlı et sosu üzerine gelecek şekilde bir parça ayırdı. "Bence bu Essex'in kraliçenin sevgisini tamamen yitirdiği anlamına gelir."

"Ne yapacak?"

"İyi bir tavsiye dinlecek olursa, bu ülkeyi ter ketip bir daha dönmeyecek."

"İyi bir tavsiye dinler mi dersin?"

Birkaç dakika sessizlik içinde yemek yediler. Mary fazlaca ısınana kadar John'un baldırını teninde hissetti ve sonra biraz dönüp bacaklarını uzaklaştırdı. Ona bakmaya cesaret edemiyordu. Önündeki et sosuyla oynayıp duruyordu çünkü iştahı kaçmıştı. "Kraliçenin bana her zamankinden daha fazla ihtiyacı var John." Sesi titremişti bunu söylerken.

John ona bakmadı. "Ben bir erkeğim Mary. Seni beklemek adeta bir ızdırap."

Gözleri dolmuştu Mary'nin ama göz pınarlarından taşıp yanaklarına süzülmesine izin vermeyecekti. "Ben de bir kadınım John, o ızdırabı sen tek başına çekmiyorsun."

John'un dizlerinin üzerindeki baskı yeniden gelmişti ve daha da sıcaktı şimdi.

John başını eğerek fısıldadı "Tüm alçakgönüllüğümle affınıza sığınıyorum küçük hanım." Yeniden soğukkanlılığını kazanmak için çabalamıştı. "Her şey bitmedi henüz. Kraliçe Lord Howard için vaat ettiği tuz vergisi garantisini ne kadar bekletirse bizim de aşkımız adına yalvarıp yakarmak için o kadar vaktimiz var demektir." Elindeki kalaydan yapılmış bira bardağını kaldırdı ve "Karısının sağlığı şerefine," dedi.

Mary titreyerek derin bir iç çekti ve sanki fırlayıp John'un eline düşüverecekmiş gibi duran ve John'un bakışlarını da çeken elbisesinin içinde göğüslerine baktı. Kızardı ve sonra cesaretini toparladı. "Büyük babama ne dedin? Ve o sana ne dedi?"

Mary yemeklerini çiğnerken konuştuklarının arada kaynamasını ve kimsenin onların konuştuğunu görmemesini diliyordu içinden. Çünkü sarayda John'un yokluğunun aralarını açtığı izlenimini vermeye çalışıyorlardı.

John bir parça balık aldı. "Ona bir keçi hediye ettim. Önce reddetmeyi düşündü ama sonra bunu yapamadı." John gülümsedi. "Sürüsünü ve cüzdanını zenginleştirecek bir hediyeyi geri çevirecek kadar aptal biri değil."

"Ama gururludur ve eğer duygu ve düşünceleri bir şekilde değişmemiş olsa hediyeni kabul etmezdi. Lord Howard ile ilgili bir şey söyledi mi?"

"Aslında ondan hiç bahsetmedi ya da senden... Ben de bahsetmedim. Sen aklımızda olsan da tatlım, daha çok gelecek sezonda bu kuzuların ne kadar iyi bir katkı sağlayacağı üzerine konuştuk."

Mary şaşırmış ve tatlı bir öfkeye kapılmıştı; sözleri iğneleyeci bir şakayla çınladı: "Bu durumda hediye kuzu ben mi oluyorum?"

"Tatlım," dedi John eğlendiğini göstermekte çekinmeyerek "Torununun Bath yakınlarında Somerset'te olmasının kuzeyde Lord Howard'la olmasından daha iyi olacağını düşünmeye başlamış olabilir." Başını kaldrdı ve Mary'ye baktı gözlerini kırıştırarak. "Böyle bir düşüncenin artık durulmuş ve erkek varisi olmayan yaşlı bir adamı cezbetmesinde yanlış olan bir şey yok."

"Bu kadar sinsi olduğunu bimiyordum."

"Eski alışkanlıklar Bayan Mary ama şimdi bunu iyi bir şey için kullanıyorum."

Mary ayağa kalktı ve eteğiyle selam verdi; dudaklarını titreten tebessümü durduramamıştı. "İçinde hâlâ biraz yaramazlık var."

John önündeki sosu kaşıklayarak oturduğu yerden selamladı. "Bir zaman gelecek bundan memnun olacaksın."

Mary içindeki muzipliği durduramamış şimdi gülüyordu. "Peki, yakın mı o zaman?"

John kaşığını yalayarak "Yüce Tanrı bize iyilik ederse."

Ya da yüce Kraliçe. Mary böyle haince kötü bir sözü yüksek sesle söyleyemezdi ama Tanrı biliyor, aklından geçirmişti.

"Yarın gece o zaman," dedi John kısık bir sesle. "Üzerimizde başka gözler olmadan bir plan yapabilmek için konuşmamız gereken çok şey var."

"Fakat yalnız kalmamız... Çok da mantıklı değil John," dedi Mary ama hayır diyemedi; demiş olsa daha tedbirli davranmış olacaktı.

"Buluşmamız belki biraz sağduyu eksikliği yaratıyor olabilir ama kesinlikle gerekli." John bunu hafif bir sesle ama fevri bir çıkışla söylemişti, "ya da Mary, Mary sana sahip olmazsam seni temin ederim tüm Whitehall'u ayağa kaldırırım."

Tüm sonbahar ve kış boyunca John, Kraliçenin Şampiyonu olarak görevden göreve gönderilirken, Mary aklına rağmen sonunda herşeyin onlar için güzel olacağına Tanrı'nın sadece gerçek aşıkları bu şekilde test ettiğine inanıyordu. Büyük babasının mektupları her zamankinden daha şefkat dolu olsa hatta John'dan ne kadar cömert diye bahsetse dahi, büyük babasının eğiliminde herhangi bir değişiklik yoktu. Böylece Mary kraliçenin günlük işleri ve yegâne umuduyla baş başaydı- belki de bu umut John'a dair bu hayatta sahip olabileceği tek şeydi. Fakat ikinci kez düşündüğünde bu düşünceden vazgeçti. Umuttan öte ne vardı ki? John ona böyle söylemişti ve şimdi o da bunun farkındaydı.

1601 Ocak ayında Bayan Howard son nefesini verdi; fakat Mary her dakika yağmur yağsın, nehirler dolup taşsın, seller aksın ki kuzeyden gelen yollar ne atla ne de arabayla geçilmez olsun diye dua etmişti. Mary Tanrı'nın onun Lord Howard'la evliliğini onaylamadığına inanmaya başlamıştı. Tanrı gerçekten herşeye kadirdi. Elizabeth Tudor'a karşı koyabilecek tek kişi O'ydu.

Şubat ayında kraliçenin meclisine Essex Malikanesinin konplolarla dolup taştığı ve bu komploların giderek hızlandığı haberi geldi. Kraliçe Robert Cecil'i yanına çağırdı.

"Sekreterlik Lordum, Essex Lordum ile ilgili çok ciddi şeyler çalkalanıyor etrafta."

"Evet Majesteleri. Saraya bir baskın yapıp şahsınızı esir almayı planladığına dair önemli söylentiler var. Bilgim var her şeyden ve adamlarının arasında casuslarım var."

"Biri kraliçeyi mi öldürecek!"

"Hayır, Majesteleri, ama sizi Parlemento ve hükümeti değiştirdiğinizi ilan etmeye zorlayacakmış."

"Değiştirmek mi!" Kraliçenin ses tonu en öfkeli ve yüksek noktaya kadar yükselmişti. "Babamın sarayında beni bir kukla mı yapmak istiyor?"

Cecil'in cevabı alaycı değildi ama gerçeklik payı da vardı. "Majesteleri o sizin onun her tavsiyesini dinleme ihtiyacında olduğunuzu düşünüyor. En önemlisi Majesteleri onun tüm düşmanlarının tutuklanıp yargılanmasını istiyor."

"Sen, Pygmy?" Sesi yumuşacıktı ve Cecil'e taktığı lakabı çok sevecen çıkmıştı ağzından.

Cecil başını salladı. "Ben onların en başında geliyorum, madam. Birçokları da ona sadık değil."

"Bu ihanet!"

"Eğer amaçlarını gerçekleştirebilirse... evet. Fakat kanıt herkesin görebileceği kadar açık olmalı."

Mary kraliçenin elbisesini kavrayan ellerinden sözlerinin onu ne kadar çok acıttığını görebiliyordu.

"Majesteleri dahası var."

"İsa'nın tırnakları ve zincirleri adına! Daha ne olabilir?"

"Adamlarından birini altın rüşvet vererek Globe tiyatrosuna *Richard II'ı* oynaması için göndermiş bugün."

Elizabeth birden sıçradı ve odanın içinde ileri geri yürüyerek sesli düşünmeye başladı: "Böylece Londra halkı *Boling broke* Richard'ı tahttan indirdiği gibi beni tahttan indirmesine yardım edecekler."

"Ayartıldı diyebiliriz, Majesteleri. Ama ben Londra sokaklarında Essex ve adamlarının hain olduğunu ilan eden bir haberci gönderdim."

"Meclisin önünde kendini savunması için çağır onu."

"Majesteleri, baş danışmanınız olarak ben çoktan onu çağırttım ama çok hasta olduğunu ve doktor görmeyi de reddettiğini söyledi."

"O zaman Lord Muhafızı Edgerton'ı ve Lord baş yargıcı çağır, onu tutuklasınlar... gerekirse bir sedyede..."

"Majesteleri, Şampiyonunuz Sör John bu sabah saraya döndü."

"Bir zamanalar iyi arkadaştı onlar," dedi ve tereddüt etti. "Sör John'u da gönder. Belki eski dostlukları kontun dik başlığını yatıştırmak için işe yarar," dedi ve katı bir ifadeyle ekledi, "Çok geç olmadan..."

Cecil topallayarak kraliçenin yazı masasına gitti ve üzerine yazılı birçok kağıt bıraktı. "Bunlar tutuklama taahhütleri, Majesteleri. Buna ilaveten saray muhafızlarını iki katına çıkararak güvenlik önlemlerini artırdım. Essex, emrinde üç yüz adamıyla ayaklanmış."

Kraliçe kendi elinden bir bir Cecil'e geçen kağıtları imzalamak için hışımla kalktı.

"Üstelik saray muhafızlarını iki kat artırıp tedbir aldım. Essex'in emrinde üç yüze yakın adam var."

Kraliçe kendi elinden Cecil'e geçen tüm gerekli emirleri imzalamak için yerinden fırladı.

Mary aceleyle John'un dairesine ve yatak odasına koştu. John tozlu gezi paltosunu yerdeki hasır minderin üstüne atmış elinde bir kadeh baharatlı şarapla şöminenin başında ısınıyordu.

Mary'yi görünce ayağa kalktı ve kollarını ona doğru açtı. "Seni kimse gördü mü?"

Mary kollarına atılmaya direndi. "John dinle, Saray Essex'ten gelen haberle çalkalanıyor-"

"Ne? Ne yapmış ki?"

"Kraliçe onu tutuklatmak için seni çağırıyor."

"Tutuklamak mı? En sonunda buraya kadar geldi mi?"

"Tutuklama, arkasından mecliste yargınlanmasını da getirecektir tabi."

Her ikisi de birinin kapıya gürültülü bir şekilde vurduğunu ve John'un ismini çağırdığını duydular. "Bay John, bir an önce Lord Cecil'in yanına gitmeniz gerekiyor."

John şöminenin başında ısınmış uzun çizmelerini kavradı.

"Dikkatli ol John," dedi Mary yavaşça paltosunu ve kılıcını alan John'u seyrederken. Mary yaklaşarak John'un boyun bağını bağladı. "Essex ülkenin yönetimini ele geçirmeye çalışıyor," dedi ve Mary Cecil'den duyduğu tüm haberleri anlattı.

John büyük bir şaşkınlıkla başını salladı. "Fazla ileri gitti. Kraliçenin kendi şahsına bir şey söylerse belki tahammül edebilir kraliçe ama hükümdarlığına dil uzatırsa kendini ölmüş saymalı."

"Zannediyor ki o çağrıda bulunduğu anda tüm Londra Majestelerine karşı ayaklanacak."

"İnsanları etkileyebildiği konusunda kendisine hep çok fazla güvenmiştir."

Mary kendini tutamadı. "Bu birçok erkeğin düştüğü bir hatadır, aşkım."

John Mary'nin çenesine hafifçe tuttu. "Ama benim değil," diye fısıldadı. Dudakları neredeyse Mary'ninkilere dokunmak üzereydi. "Benim henüz kullanmadığım ama hazırda cazibelerim var."

Mary güldü. Dudaklarına öpücük kondurduktan sonra John gitti. Mary onu böyle bir tehlikeye böylesine neşe içinde uğurladığı için kendisini aptal gibi hissetti. Fakat aynı zamanda John'un olmasını istediğinin de bu olduğunu biliyordu.

John White Hall Sarayı'nın su basamaklarında bekleyen Lord Bekçisi Edgerton, Worcester Kontu ve Essex'in annesinin bir akrabası olan Bay William Knollys'in de içinde bulunduğu Edgerton'un botuna bindi. Birlikte Essex Malikanesine doğru Thames nehri boyunca kürek çekmeye başladılar. Bir ay öncesine kadar Londra'nın yarısının üzerinde kemikten patenleriyle kayak yaptıkları bir buz pistine benzeyen nehrin şimdi buzları çözülmüştü. Yine de gelen akıntıya karşı kürek çektikçe ara ara tırtıklı buz parçaları ortaya çıkıyordu.

Paltosuna sımsıkı sarılan John yüksek sesle konuşmaya başladı. "Lordlarım, şu anda bir aslanın inine gidiyoruz. Neden sağlam muhafızlarla gitmiyoruz?"

"Kuzu kuzu gelip meclise hesap vermek yerine neden tehditkâr bir tutuklamayla ürkütelim ki?" dedi Lord Edgerton.

John bunun çok küçük bir ihtimal olduğunu düşündü. Acaba Essex'i tamı tamına ateşli bir isyana mı teşvik etmeye çalışıyorlardı?

John kalbi güm güm atarak bottan kontun nehir kenarındaki iskelesine indi. Essex ve Southampton Kontu, Bay Christopher Blount ve avam tabakasından bir grup daha insandan oluşan yandaşları ellerinde kılıçları, İskoç kamaları ve en güzel tabancalarıyla iskeleye doğru geldiler.

Edgerton emir veren bir ses tonuyla, "Lordum, silahlarınızı indirin ve derhal saray meclisine gelin. Kraliçe buyruğuna itaat etmenizi istiyor" dedi.

Knollys devam etti boğuk bir sesle, "Robert, sana söz veriyorum onurlu bir muamele göreceksin."

John kontun yüzünde göstereceği herhangi bir direncin onu tüm akraba ve dostlarının desteğinden gitgide uzaklaştıracağını anladığına dair bir parıltının gelip geçtiğini fark etmişti.

Buna rağmen, Essex'in doğasında çok uzun süre mantığına kulak verme söz konusu olamazdı; özellikle de kendi kaderine meydan okuduğu düşüncesine...

Arkasında kavgaya hazır insanlar birbirini iteklerken kontun gözleri kraliçenin adamlarını süzdü ve John'da durdu. "Sen de mi Brütüs?"

O anda John Essex'in kendisini Sezar, diğerlerini de hainler olarak gördüğünü anladı. Onun için artık hiçbir umut kalmamıştı.

"Alın onları," dedi Essex ve adamları Edgerton, John, Worcester ve Knoylls'un başına üşüşüp silahlarını yere fırlattılar.

"Öldürün onları," diye bağırdı bazıları.

"Hayır!" diye emretti Essex. "Rehinlere ihtiyacımız olabilir. Onları kütüphanenin üst katına kilitleyin.

John pis pis sırıtan bir haydut tarafından cüzdanı boşaltıldıktan sonra elleri kendi pelerini ile bağlanmış bir şekilde iteklenerek Essex'in önünden geçerken Essex eliyle omzuna dokundu, "Sen de bu grubun bir parçası olabilir ve gelecekte benim hizmetimde çok iyi bir konumda olabilirdin."

John cevap veremedi. Gerçekliğe yer bırakmayacak bir şekilde kanserli bir tümör gibi karşısındakinin beyninde büyüttüğü bir fanteziye nasıl cevap verebilirdi ki? Ardından onu itekleyen kaba ellerin etkisiyle merdivenlerde tökezleyen John kapının kilit sesini işitti. Usulca pencereye yaklaştı ve aşağıda dolup taşan insan yığınına baktı.

Essex'in sesi üst kata kadar geliyordu. "Şimdi gidip İngiltere'yi arkamızdan iş çeviren şu Cecil ve Raleigh hainlerinden temizleyelim," dedikten sonra arkasında adamlarıyla ileri atıldı.

Edgerton asabi bir şekilde John'u kenara itti, işe yaramaz bir şekilde başıyla aşağıdaki kalabalığa işaret ederek "Hepsi çıldırmış," dedi.

"Lordum," dedi John "kraliçeye Essex'in arkasında bir sürüyle sokaklarda serbest olduğu ve isyana kalkıştığı ile ilgili haber uçurmalıyız."

"Şu anda esiriz."

John kapıya doğru hışımla hareket etti ve bir omuz vurdu; Knoylls da ona yardım etmeye çalıştı ama ağır çam tahtaları geçit vermedi. John tekrardan Knollys'e döndü. "Beni çöz."

Dakikalar sonra elleri çözülmüştü ve Knollys'u de çözdü; Knollys de diğerlerini... John pelerinlerini birbirine bağlayarak uzunca bir ip elde etmeye çalıştı.

"Sizin amacınız ne Bay John?" diye sordu kaşlarını çatarak Edgerton.

"Essex'i durdurmak ve kraliçeyi uyarmak." Bir tane sandalyeyle pencereye vurdu ve pencerenin camı parçalandı. Sonra hazırladığı büyük ipi ağır bir masaya bağlayarak duvarın dibine yanaştırdı.

"İp yeterince uzun değil," dedi Knollys John'un kolunu kavrayarak.

John aldırış etmedi fakat pencerenin eşiğindeki taş çıkıntıya çıkarak ipi ağırlığına göre test ettikten sonra kendisini aşağı sarkıttı. Ayakları kaba saba duvar taşlarının arasında basacak yerleri buluyordu ve en sonunda kendi boyundan biraz fazla yükseklikten avludaki kaldırım taşlarına kendini bıraktı. Ayak bileğinde hissettiği keskin acıdan incittiğini düşündü. Bir de dizi sıyrılmıştı fakat özgür kalmış olmanın verdiği zafer hissi acısını hafifletti.

Topallayarak iskeleye gitti fakat lord muhafızının botunun halatı kesilmiş Londra köprüsüne doğru yüzüyordu. Avludaki kaldırım taşlarının üstüne düşürdüğünü kılıcı ve İskoç kamasını kavradığı gibi ayak bileğindeki acıyı hissetmemeye çalışarak hızla nehrin kıyısına doğru ilerledi. Bayan Essex'i arabasına binmiş pencereden "Sevgili vatandaşlar, Lodrum Essex'i seviyorsanız ayaklanın ve onu korumak için gidin!" diye seslenirken tam zamanında yakalamıştı.

Bayan Essex üniformalı uşaklarını yanına almayacaktı, o nedenle John arabanın arka kısmında bulunan bu uşakların ayakta dikildikleri kısma sıçradı ve ayağındaki acıyı umursamayarak insan kalabalığının oraya kadar bu arabayla gitti. "Aziz Paul Kilisesine" diye bağırdıklarını duymuştu.

Onlar geçerken pencereler ve kapılar kapanıyordu. Günlerden Pazar olmasına ve her İngilizin kiliseye gitmek, aksi takdirde para cezası ödemek zorunda olmasına rağmen sokaklar bomboştu. Şehri uyaran haberciler işlerini iyi yapmış gibi görünüyordu.

Bir kilise görevlisi, bir kuyumcu dükkânının gölgesine sokulmuş muhtemelen böyle gürültücü ve silahlı bir kalabalığı durdurmaya cesaret edemeden duruyordu.

Araba durdu ve John da arabadan atladığı gibi kilise görevlisini kolundan yakaladı ve saklandığı yerden çıkardı. Ben Bay John Harington, Kraliçenin Şampiyonu ve sana Whitehall'e gidip lord Essex'in isyana kalkışmış bir kalabalığın başında olduğunu bildirmeni emrediyorum."

Kilise görevlisinin şaşkınlıktan ağzı açık kaldı ve öylece kalakaldı.

John saraya giden King caddesini işaret etti. "Çabuk ol be adam! Tüm hızınla! Kımılda yoksa bu gece zindanda uyuyacaksın!"

Adamı beklemeden John kılıcını çekti ve yolunu kesebilmek umuduyla Ludgate Hill'e doğru sapan Essex'in peşine düştü. Onu durdurmalıydı! Botlarının sert derisi içinde ayak bileğinin iyice şiştiğini hissediyordu fakat acıyı umursamadı. Dar sokaklarda koşarken şehrin meraklı kalabalığına seslenen Essex'in sesini işitti: "Kraliçe için! Bana katılın. Cecil beni öldürtüp İngiltere'yi İspanya'ya satmayı planlıyor-"

Yolu üzerindeki tüm pencereler ve kapılar sımsıkı kapanmıştı ve yolda yakaladıkları vatandaşlar da ondan kaçıyorlardı. John, Bayan Essex'in arabasını yanaştırıp belediye meclisi üyesi bir adamı arabasına çağırdığını gördü. Adam evinden çıkıp geldi, arabaya bindi ve olabildiğince hızlı bir şekilde diğer kapıdan çıkarak mümkün olduğunca hızlı bir şekilde uzaklaştı.

John'un hayranlıktan göğsü kabardı. Bu şehirde ayaklanma olmayacaktı. Londralılar Elizabeth'e sadıktı.

John biraz dinlenmek ve ayak bileğinin zonklamasını durdurmak için yarı ahşap bir eve yaslandı. O sırada Essex'in hışımla Aziz Paul'den geri döndüğünü gördü. Thames'ten esen soğuk bir rüzgar ve sise rağmen, kontun gömleği ve saçları terden sırılsıklamdı ve kör olmuş gibi çılgınca dört dönüyordu. "Geriye! Essex Malikanesine!" diye bağırdı, sesinde bir feryat vardı.

Kılıcının kabzasını sımsıkı tutarak John kontun yoluna çıktı. "Lordum, hâlâ kraliçenin merhametine sığınabilecekken teslim olun."

"John sen de benimle aynı düşünüyorsun." Gözlerinin üzerindeki teri sildikten sonra devam etti: "Hayır," sonunda gözleri kulaklarının duymadığı şeyi görmüştü, "Sen onlarlasın. Bu hain Cecil ve Raleigh'in-"

"Bence Lordum, her şey bitti ve siz de bunun farkına varmalısınız."

Essex kılıcını indirdi ve gergin dudaklarından zorlukla birkaç kelime daha döküldü. "Seni hain!"

Essex'in adamları karanlık dar sokaklarda kaybolurken John yavaşça konuştu: "Lordum, şimdi teslim olun ve erkekçe davranın."

Essex John'a doğru bir hamle yaptı fakat John da aynı anda kılıcını savurdu ve Essex'in kılıcını düşürdü. Her ikisinde de yeni Fransız kılıcı vardı ve İrlanda'da uzun süre pratik yapmışlardı. Yenilginin acısı Essex'i sarmıştı ve içindeki kötülük iyice tahrik olmuştu. Önce geri adım attı ve yeniden saldırdı. "Sen benden önce öleceksin John."

John acıyan ayak bileğine dikkat etmeye çalışarak Essex'in hamlelerini savuşturdu ve farketti ki onlar karşılıklı hamle yaptıkça kendi canının derdine düşen Essex'in adamları tek tek kaçmaya başlamışlardı. En sonunda ordudan geriye tek bir kişi kalmıştı.

Bay Christopher Blount kendi kılıcını ikisinin arasına koydu. “Robert, onu rahat bırak. Nehrin bir sonraki yükselişinde seni Fransa’ya götürecek olan bir bot bekliyor. Acele et!”

Essex her yerinden terler damlayarak başını salladı. “İngiltere’nin şampiyonu kimmiş görelim bakalım,” diye haykırdı tüm öfke ve nefretini karşısındaki düşmanına odaklayarak.

John Essex’in darbesine karşılık verdi ve kılıcının keskin tarafını Essex’e dayadı. Bu sırada Essex kılıcının sapını bırakmak zorunda kaldı ve kılıcı gürültüyle sokağa düştü. Karşısında apaçık duran bir zamanlar gurur ve kibirle kabaran bu adamın göğsüne daldırabilirdi kılıcını fakat kılıcını indirdi.

Bitap düşmüş bir halde Essex çıldırmış gibi bir hışımla hareket etti ve kaldırım taşlarının üstünden kılıcını kaparak John’un göğsüne sapladı.

Sanki yüzlerce arı iğnesini batırmış gibi bir acı hisseti John ve dizlerinin üstüne çöktü. Tuhaf bir şekilde, şimdi yere çarpan dizleri incinen ayağından daha feci bir acı veriyordu.

“Robert! İsa aşkına, o senin yaşamana izin vermişti!” diye haykırarak Blount Essex’i kolundan çekti. Essex neredeyse bayılmak üzereydi ve bir kez daha arkasına dönüp baktığında tökezledi. John gözlerini kapatmadan kontun yüzündeki pişmanlığı görmüştü. Zihninde bir an, bir zamnlar yaşadıkları dostluğun soluk hatırası canlandı. Ve bu John’un düşünebildiği son şeydi.

Mary diğer nedimeler ve Robert Cecil ile birlikte kraliçenin yanında bekliyor ve saat başı gelen haberleri takip ediyordu. İlk önce tüm Londra’nın isyana kalktığını işittiler.

“Şişşt!”demişti Elizabeth bir ileri bir geri yürümesine ara vererek. “Savaşta ilk gelen haber daima yanlıştır.”

Sonra eline bir zırh alıp zırhın üzerindeki deri kayışların üzerinden kollarını geçirerek eline bir kılıç aldı ve kapıya yöneldi. “Ama eğer sarayıma ilişmeye cüret ederlerse karşılarında beni bulacaklar.”

"Majesteleri," dedi Cecil telaş içinde, "yalvarırım kendinizi ortaya atmayın."

Kraliçe girişe doğru sırtı bir askerinki kadar dümdüz bir şekilde ilerledi. "Henry Tudor'un kızı bu hain isyancılara karşı odasında gizlenecek mi zannediyorsunuz?"

Elizabeth'den çok daha kısa olan Cecil kendini Elizabeth'in önüne attı ve dizlerinin üstüne çökerek "Size yalvarırım Majesteleri, sarayda kalın. Muhafız sayısını iki kat artırdım. Londra gözcüleri şehrin etrafını gözlüyorlar. Düşmanlarınız yenildi ve çil yavrusu gibi dağılıyorlar" dedi.

Mary de Cecil'e katılarak ellerini dua eder gibi katladı ve diz çöküp yalvarmaya başladı. "Majesteleri, size yalvarırım muhafızlarınızın hükümdarları için görevlerini yerine getirmelerine izin verin. Gece yarısına kadar tüm hainler elimizde olacaktır."

Elizabeth bunun üzerine durdu ve Mary'nin düşündüğü gibi bir kraliçenin varoluş zincirindeki yerini çok iyi biliyordu. O emreder, diğerleri savaşırdı. Ama ordusu onun tıpkı İspanyol donanması İngiltere sularına kadar geldiğinde Tilbury'de yaptığı gibi onlarla birlikte dimdik durduğunu bilirdi.

Mary kraliçenin düşündüğü şeylerin hepsini tahmin edebiliyordu. "Majesteleri sizin cesaretiniz zaten İngiliz erkekleri arasında bir efsane olarak dolaşır."

Elizabeth derin bir nefes aldı; öylece hareket etmeden bir süre durdu ve derin derin bakan gözlerindeki öfke bir süre sonra soldu. "Pygmy," dedi Cecil'i kaldırmak için yavaşça eğilerek, "Lordum Essex yakalandığı anda bana bildir."

"Tabi, madam, derhal bildiririm."

Essex'in yakalandığı haberi geldiğinde akşam karanlığı çöktükçe John'la ilgili endişeleri giderek artan Mary kraliçenin dairelerinde mumları yakıyordu. Köşeye kıstırılmış bir şekilde etrafı sarılan Essex ve adamları esirleri bırakmış ve kılıçlarını kırarak teslim olmuşlardı. Bir an önce zindana doğru yola çıkarılmışlardı.

"Teşekkür ederim Lordum," dedi Elizabeth; üzerinde bir durgunluk vardı.

Cecil başını salladı, yüzünü gizleyerek. "Ve bir de kötü haberimiz var Majesteleri. Şampiyonunuz Bay John ellerinden kurtulmuş ancak meydanda kontla dövüşürken ağır yaralanmış."

Mary elindeki mumu düşürüverdi. "Hayır!"

Cecil Mary'yi görmezden geldi. "Bay John Lord Mayor'un evine götürüldü. Majesteleri, sizin böyle isteyeceğinizi düşünerek hekimlerinizi gönderttim. Kontun kılıcı Bay John'un kalbini sıyırmış, fakat-"

Mary kraliçenin dairelerinden koşarak çıktı ve Elizabeth'in geri dönmesi için verdiği emri duymadı bile.

❋

Bundan sonraki tüm yol boyunca Mary onu Lord Mayor'un malikanesine getiren arabayı nasıl kiraladığını bile hatırlamıyordu. Sadece hayal meyal para sayacak durumda olmadığı için cüzdanını arabanın şoförüne fırlattığını hatırlıyordu.

Lord Mayor'un kapısını çalarken elini acıtmıştı ama deliye dönmüş gibi bakan gözleri ve gözyaşlarıyla harap olmuş yüzüne rağmen içeriye alınmıştı. "Ben kraliçeden geliyorum," demişti ağır altın memuriyet kıyafeti içinde şaşın şaşkın ona bakan Lord Mayor'e ve koşa koşa aralık bırakılmış kapısından ışık sızan büyük yata kodasına doğru çıktı.

Karyolunun etrafında yıldızlı siyah cüppeleri içinde hekimler sıralanmışlardı ve Mary onların arasından geçerek yatağın kenarına geldi. "John," diye fısıldadı göğsünün üstündeki kanlı sargıyı, bembeyaz yüzünü ve solgun dudaklarını görünce. Hekimler göğsüne ve şişmiş ayak bileğine şişeler koymuşlardı.

"Neden şişe koydunuz?"

"Küçük Hanım, eğer kılıç ciğerlerini yırttıysa şişeler kanla dolacaktır."

Korku kalbini sıkıştırmıştı Mary'nin ve nefes alamamıştı çünkü başı sanki dipsiz bir kuyunun etrafında fırıl fırıl dönüyordu ve peşinden karanlık bu anı yok edecek ve Mary'nın korktuğu şeyler olacaktı. "Oh, İsa, ne olur ona yardım et."

Omzuna sert bir el dokundu Mary'nin. "Bu adamın rahatsız edilmemesi gerekiyor. Siz karısı mısınız?"

Tüm kalbiyle bu soruya *evet* demek isterdi ama yutkundu ve kelimeleri yuvarlayarak doğru bir cevap vermeye çalıştı: "Bir arkadaşıyım. Yakın bir arakadaşı... Ben kraliçenin hizmetindeyim ve kraliçe onun durumuyla ilgili bilgilendirilmeli."

"Her ne kadar zorlamak için bitki şurubu içirdiysek de henüz onun idrarını inceleyemedik," diye cevap verdi hekimlerden biri ciddi bir şekilde. "Haber göndereceğiz."

Başka bir hekim ona doğru eğilerek "Onun doğduğu gün ve saati biliyor musunuz? Kalp Leo, ciğerler ise Gemini tarafından yönetilir. Aslında iyi bir teşhis yapabilmemiz için horoskopunu çıkarmamız lazım" dedi.

Mary başını salladı; hekimin söylediklerini hayal meyal duymuştu. Kulakları John'un aldığı kısa nefes alışverişinde, gözleri ise yüzündeydi. "Size yalvarıyorum, o yaşayacak mı? Ne olur bir şey söyleyin. Bana bir umut verin."

"Kılıç darbesi göğsünü sıyırmış, yoksa o anda ölebilirdi fakat ciddi anlamda yara almış."

"Yine de yaşayacak mı?" Kendi boğuk sesinin odanın duvarlarında yankılandığını duymuştu fakat duyduğu diğer sözler ise adeta zihninde yankılanmıştı:

"Kim bilebilir ki? Bu sorunun cevabı yıldız haritasında yatıyor."

❀

Lord Essex'in mahkemesi çabuk olmuştu ve her ne kadar Cecil'i İspanya'yla iş birliği yapmakla ve hainlikle suçlamaya çalışsa da hiç kimse, ne Londralılar ne hakimler ne de Elizabeth onun bu çılgınca sözlerine inanmamıştı.

Kraliçe birkaç gün sonra onun ölüm fermanını imzaladı; aşkına ihanet eden ve çok kez tolerans tanınan bu vahşi at şimdi tek bir şekilde yola getirilecekti.

Mary onu Somersetshire'a gönderecek araba gelene kadar eşyalarını topladı. Majesteleri onu eski görevine kabul edene kadar saraydan uzaklaştırılmıştı. Kısa süreli uzaklaştırma kraliçeye itaat etmemenin en hafif cezasıydı fakat Mary için kırılan bir parmaktan daha kötüydü. John'la ilgili bir haber alabilmek için iki elinden birini vermeye hazırdı o. Yemek yiyor muydu? Oturuyor muydu? Onu hayal kırıklığına uğratmıştı. Kraliçeyi de hayal kırıklığına uğratmıştı.

Majestelerinin doktorlarına günlük haber veriyor ve John'un hayatta olduğunu söylüyorlardı fakat üstün tıp uğraşlarına rağmen Majesteleri iyileşip iyileşmeyeceğini sorduğunda yıldız işaretlerinin çok iyi olmadığını söylüyor, suratlarını düşürüyorlardı.

Elizabeth "iyileşirse onu Bath yakınlardaki Kelston malikanesine götürmesi için en iyi tahterevanımı göndereceğim" diyordu.

Eşyalarını topladıktan sonra Mary biraz soğuktan ama daha çok gelecek korkusundan titreyen bedenine kollarını kavuşturdu ve yatağın üzerine oturdu. Tanrı ona bu katlanılmaz acıya sabredebilmesi için güç verecek miydi?

Giriş odasının açık kapısından kraliçenin içeriye giren Cecil'in sesine aldırış etmeden "virginals"ıyla neşeli bir şarkı çaldığını duyabiliyordu.

"Majesteleri," dedi Sekreterlik Lordu. Mary onun yere diz çöküp acıyla yüzünü ekşiterek sırtını dikmeye çalıştığını gördü. "Essex Kontu on altı Şubat 1601 tarihi ve bu saat itibariyle ölmüştür. Son sözleri size övgü dolu sözler oldu."

Müzik bir anlığına büyük saatin tik takları duyulacak kadarlığına durdu ve sonra yeniden başladı.

1601 yılının Mart başında Mary isteksiz bir şekilde saraydan eve döndüğünde, büyük babasını merdivenleri çıkamayacak kadar sağlığı kötüleşmiş, büyük salonda şöminenin başında uyurken buldu. Bir an aklını John'dan alıp Sör William'a vermeye çalıştı ve hemen onu yukarıya odasına çıkarttırdı.

Yolları süpüren fırtınalar ve bundan dolayı kapanan yollarla kasvetli bir Mart ayı yavaş yavaş geçip gitmişti. Bayan Grey'i düşünüyor ve acaba hiç Ned'le birlikte Mary'nin şimdi yaptığı gibi kış fırtınalarını izleyip, Elizabeth'in onları affetmesi umuduyla beklediler mi diye merak ediyordu. Yüce İsa, sen onu ve John'u bu kaderden sakın.

Nihayet Bayan Margaret, Mary'ye kraliçenin bazen unutup faresini çağırdığını yazmıştı. En sonunda o güzel haber geldi ve John Bath yakınlarındaki evinde yavaş yavaş iyileşiyordu. Mary John için endişelenmekten başka bir şey yapamadığı için büyük babasına göz kulak olarak acısını hafifletmeye çalışıyordu.

Kış sona erip bahar gelirken hayvanlarla ilgilenerek meşgul olabildiği için mutluydu ve bazen uzun saatler boyunca doktorunun karanlıkta tutulmasını söylediği Bay William'ın odasında yatağının başucunda oturuyordu. Bu melankolik havayı engellemesi için biberiye, turunç ve bir sürü bitki topluyor acaba kendisinin de bu bitki ilaçlarına ihtiyacı yok mu diye merak ediyordu.

"Bay William'ın kalbi fazla heyecanlanmış," demişti sağ kolunu kanatarak Taunton kasabasından gelen başka bir doktor ve güçlü bir boğanın kalbi de bir insanın kalbine aynı gücü verdiğinden kalbi güçlendirmesi için boğa yüreği tozu tavsiye etmişti. Acaba bu John'a da iyi gelebilir miydi? Bir sonraki mektubuyla biraz göndermeye karar vermişti.

Yaz yaklaşırken ön pencerede durup Bath'ten belki John'la ilgili bir haber gelir ya da belki John'un yanında ona bakan kız kardeşi Lora güzel haberler gönderir diye yolu gözlüyordu ama sadece birkaç atlı geçiyordu ve onlar da onun ümitlendiği haberleri getirmiyorlardı.

Sör William giderek zayıf düşüyordu ve öksürmekten yutamaz noktaya geldiği için iştahı da azalmıştı. Ağustos'la birlikte boğucu yaz sıcakları arttığı için Mary ona titrek mum ışığında yüksek sesle İncil'den ayetler okuyarak onu rahatlatmaya çalışıyordu ve böylece kendisi de bir süreliğine korkularını unutmuş ve kendisini rahatlatmış oluyordu. Hayatta sevdiği iki erkeğe de yardım edemiyordu. Genleri sürekli Tanrı'ya dua etmekle geçiyordu.

Sör Willam ancak bir at sesi ya da araba sesi duyduğunda tepki veriyordu.

"Kraliçe seni tekrardan hizmetine çağırdı mı?" diye sormuştu yine bir gün, Mary hal hatır sormak için gelen ve ilaç getiren misafirleri uğurlamaktan döndüğünde.

"Hayır, Büyükbaba."

Başka bir gün kraliyet postacısı gelmişti. "Bayan Margaret'ten bir mektup var." Mary ona gerçeği söylemişti ama tam gerçek değildi çünkü John'un ablası Lora'dan da mektup geldiğini söylememişti.

"Oku bakalım Bayan Margaret ne diyormuş kızım." Bitkin bir halde zayıf düşmüş yüzünü ona doğru çevirmişti sadece karaltı gibi görebilmesine rağmen.

Mary aceleyle tek bir sayfadan oluşan okunaksız yazıya göz attı. Okudukça kalbi daha hızlı atıyordu çünkü mektupta Mayıs ayında Lord Howard saraya geldiğinde kraliçenin söz verdiği nedimesini ancak nedimesinin ona olan hizmeti tamamlandığında göndereceği ve Lord Howard'ı geri çevirdiği yazıyordu.

"Ne diyor mektupta?" diye sordu tekrar Sör William.

Mary telaş içinde mektubun geri kalan kısmını okudu. "Bayan Margaret kraliçenin kıyafetlerini kimsenin benim gibi düzgün tutamadığını söylediğini yazmış." Mary büyükbabasının yüzünde gurur duyan ifadeyi görünce gülümsedi ve devam etti: "Diyor ki eğer Majestelerine hatamı kabul ettiğimi yazarsam hemen affedilirmişim."

"Kraliçeye daha önce hiç mektup yazmadın mı?"

"Hayır, büyükbaba çünkü kraliçenin öfkesi geçene kadar af dileyen rica mektuplarını okumaktan nefret ettiğini biliyorum."

"O zaman hemen... Yazmalısın," dedi Sör William konuşmak için sarf ettiği çabadan beyazlayan yüzüyle yastıkların içine biraz daha gömülerek.

"Seni bırakamam Büyükbaba." Bunu söylerken kraliçenin hizmetine dönmek ve giderken John'un malikanesinin oradan geçen kuzeydeki yoldan geçmek için nasıl can attığını gizlemeye çalışmıştı.

"Hizmetkârlar bana bakarlar... Artık sayılı günlerim kaldı. Ömrümün sonuna geldim. İçimi huzursuz eden tek şey seni... Seni evlenmiş bir rütbe almış ve kocasıyla ve çocuklarıyla güven içinde görememek." Durdu ve kısa bir soluk aldı. En azından Lord Howard'a fakir biri olarak gitmeyeceksin; bu konağı ve Somersetshire'ın ikinci büyük koyun çiftliğini götüreceksin." Yatağının kenarındaki bir kutuya işaret etti. "Vasiyetim... Bu kutunun içinde... Ve şimdi lütfen papazı çağır." En sonunda tükenmiş halde gözlerini kapattı ve derin bir uykuya daldı.

Mary uyanıp ona ihtiyacı olabilir diye bir süre bekledikte sonra uyanmayacağından emin oldu ve baş kahyasını çağırdı. "Hemen kilise papazını çağırt ve ben geri dönene kadar Sör William'ın yanında kal," dedi ve aceleyle kendi odasına gitti. Ağustos güneşinin vurduğu pencerenin önüne bir sandalye çekti ve titreyen ellerle John'un ablasından gelen mektubu açtı.

Bayan Rogers -ya da kardeşimin dediği gibi Mary Mary- selamlar. John size her an sizin düşüncenizle daha da iyileştiğini yazmamı istiyor ve acısını reddedercesine saraya dönmekten bahsediyor. Yine de eklemem gerekir ki her inat-

çı erkek gibi aslında kendisinin düşündüğü kadar da güçlü değil henüz. Büyükbabanızın hasta olduğunu biliyor ve size iyileşir iyileşmez buraya gelmeniz için yalvarıyor. Ben de yalvarıyorum çünkü eğer yakın zamanda sizi göremezse atına atlayıp kendisinin gideceği konusunda ısrar ediyor.

Lore Harington- Kuzey

Mary Lora'nın mektubunu bir daha okudu ve John'un yatmamakta inat edip iyileştiği konusuna inat edişini hayal etti. Mektuptaki kelimelerin arasında onu canlandırmıştı. O da onu seviyor ve istiyor, Mary'nin kalbine karşılık veriyordu.

Baş kahya kapıdan ona seslendi. "Gel," diye çağırdı Mary.

Kapı açıldı. "Küçük Hanım, üzülerek söylüyorum ama Bay William uyanmadı."

"Hâlâ uyuyor mu?" diye sordu Mary, "uyuyor" cevabını almak için.

"Ruhu göklere yükseliyor küçük hanım."

Gerçekle yüzleşmenin verdiği şokuyla Mary eteklerini topladı ve portrelerin sıralı olduğu büyük salondan geçerek büyükbabasının odasına koştu. "Büyükbaba," diye mırıldandı üstüne eğilerek. Sonra bir yastıktan bir tüy aldı ve burnuna yaklaştırdı. Büyükbabası nefes almıyordu.

Bir an kederine yenik düşmek istedi ama teselli de yine kederde gizliydi. Büyükbabasının acıları dinmişti. Son günlerini karanlık ve acı içinde geçirmişti. Yeterliydi!

Pencereye koştu ve bütün panjurları, perdeleri açtı ve pencereleri açtı. Büyükbabasının bir an önce ışığa kavuşmasını sağlayacaktı.

Daha sonra Mary Sör William'ın yanında diz çöktü ve ruhu için dua etti. Onun arkasında başları öne eğilmiş sessizce duran hizmetçiler odayı doldurmuşlardı.

Sonraki iki hafta keder, papazlar, avukatlar, kışın sellerine hazırlık için su kanallarının tamiri ve malikaneyi yönetmekle geçmişti ve Mary John'a kavuşacağı gün gelene kadar günlerin hızla geçip gitmesinden memnundu. Kıymetli bir saatini Dadı Sybil ile geçirmiş ve ona sarayı, Hertford Kont'unu nasıl gördüğünü anlatmıştı.

"Hanımefendinin çocukları onunla mıymış?" diye sormuştu yaşlı dadı kemiklerini ısıtmak için şöminenin başında oturmuş.

"Hayır, fakat kont kraliçeyle onların adına konuştu." Mary Sybil'in kraliçenin ne cevap verdiğini soracağını düşünmüş hatta cevabını da tasarlamıştı kafasında. Fakat neredeyse seksen yaşına ulaşmış olan dadı uykuya dalmıştı.

Mary'nin özür mektubu kraliçe tarafından çok iyi karşılanmış ve Majestelerinin hoş kokulu kırlarının nedimesinden büyükbabasıyla ilgili işleri hallettikten sonra bir an önce saraya dönmesi istenmişti. Kraliçe tarafından imzalanmış olan bu mektup içini büyük bir neşeyle doldurmuştu. Her cümlede çektiği ıstırabı gösteren fakat en sonda bir kasaba kızının samimiyetiyle ama resmi bir ifadeyle bitiren mektubu için doğru sözleri bulmuş olduğunu duymak onu rahatlatmıştı:

Majesteleri, sizin nezaketinize karşı yaptığım hatadan dolayı gerçekten tüm kalbimle üzgünüm. Her an sizi yeniden sağlıklı bir şekilde görebilmek için yaşıyorum.

Sizi seven ve minnettar,

Fareniz

Ağustos ortalarına doğru nihayet sandıkları doplanmıştı ve Somerset'in kuzey batısından Mendip tepelerine doğru yaklaşık bir günlük uzaklıkta bulunan Kelston Malikanesi'ne doğru yola çıkmıştı. Uzun saatler süren yolculuk boyunca hep John'u düşünmüştü; ancak Lord Mayor'un üst kattaki odasında yarı ölü bir şekilde gördüğü halini değil, onunla saraydaki ilk karşılaşmasında onu sırayla nasıl çıldırttığı, Mary'nin asla karşı koyamayacağı bir tutku ağı ördüğü o zamanlardaki halini düşünmüştü.

Güneş alçalmasına rağmen Mary John'un malikanesine vardığında hâlâ yaz güneşinin ışıkları aydınlatıyordu her yeri. Malikane yarı eski taştan, yarı yeni kerestelerden yapılmıştı. Kale hendeği doldurulmuş ve içine bir bahçe ile çeşme yapılmıştı. Kelston asil bir şekilde bir tepenin üstünde duruyordu. Mary bir grup köpek tarafından karşılanmıştı ve düzgünce taş döşenmiş giriş yolundan topallayarak gelen John görünmüştü hemen. Daha zayıftı ve saçları uzamıştı; yüzü tertemiz traş edilmişti ancak uzun süre yatmaktan solgundu. Mary elini ona uzattı ve attan atladı. Vücudu tozlu ve sarsıcı yollar boyunca yaptığı yolculuktan uyuşmuştu neredeyse.

"Mary," diye haykırdı ve koltuk değneğini bir çite fırlattı. Mary'yi kollarıyla öyle bir sarmıştı ki neredeyse üzerine düşecekti; ve Mary'nin ismi kulağında bir fısıltı olmuştu şimdi: "Mary, Mary"

Mary, John'un ablasına ve merak içinde bakan hizmetçilere aldırış etmeden sımsıkı sarıldı John'a. Kalbi onun kalbinin üstünde atıyordu ve dakikalarca hiçbir şey demedi. Ona dokunmak ve yeniden kazandığı ve bir süre önce kaybedeceği için Mary'yi çok korkutan hayatını yeniden hissetmek yeterli geldikten sonra ayrıldılar ve Mary "John, bacağına ne oldu?" diye sordu.

"Essex'in kütüphanesinin penceresinden atladığımda ayak bileğim kırılmıştı," diye yanıtladı John ve hemen ardından ekledi "Bir hayli iyileşti."

"Peki, yaran?" dedi ve hafifçe omzuna dokundu Mary.

"Hemen hemen iyileşti. Sadece bunca zaman yatarak kaybettiğim gücümü yeniden toplamam gerekiyor. Kız kardeşim mükemmel bir hemşire." Eğilip iyice yaklaştı ve Mary öpeceğini düşünerek umutlanmıştı ki ablası yaklaştı ve karşılıklı selamlaşarak birbirlerine tanıtıldılar.

"Bayan Rogers onun 'iyileştim' masallarına inanmayın. Yarası iltihap kaptı ve vücudunu zehirledi. Hekimleri yaldızlı hap kullanmasını tavsiye etti ama dinlemiyor. Bayan Mary lütfen ona Kraliçenin şövalyesi olabilmek için onlara ihtiyacı olduğunu söyleyin," dedi ve gülümsedi. Mary Lora'nın erkek kardeşinin Mary'ye karşı çıkacağını düşünmediğini biliyordu. Değneğini aldı ve malikanenin büyük salonuna doğru ilerlediler.

"Sizi görmek için sabırsızlanıyordum," dedi Lora, "çünkü John sizden başka kimseden bahsetmiyor; sarayda sizden daha güzel bir kadın olmamalı."

"Kardeşiniz genellikle abartır," Mary bunu söylerken hoşuna gittiğini de gizleyememişti.

"Evet, eskiden beri böyledir."

Lora gülümsedi. Mary onun gülümsemesinde John'unkini görmüştü. "Madam, bu hoş karşılamanız için çok teşekkür ederim. Kardeşiniz sizin gibi bir hemşireye sahip olduğu için çok şanslı."

Bu konuşmayla sabırsızlanan John salon boyunca Mary'ye eşlik etti. Etrafta hizmetçiler sanki o eve geri dönen evin hanımıymış gibi eğilip selamlıyorlardı. "Beni çok onurlandırıyorsun John."

"Daha fazlasını hak ediyorsun," dedi. "Ne kadar kalabileceksin?"

"En iyi ihtimalle birkaç gün... Kraliçe beni yeniden saraya çağırdı."

"Bayan Rogers'a yatak odasını göstereceğim," dedi John. Sesinde malikanenin efendisi olduğunu belli eden bir ton vardı. Laura müsaade isteyip akşam yemeğini kontrole gitti.

John koltuk değneklerine de Mary'ye de dayanmayı reddederek merdivenleri çıktı ve büyük bir yatak odasının kapısını açtı. Hizmetçilerin Mary'nin eşyalarını yerleştirmelerini sabırsızlıkla bekliyordu. "Bayan Rogers'a yardım etmesi için bir bayan hizmetçi gönderin... Bir saat içerisinde..." diye emretti ve hizmetçiler eğilerek ayrıldılar.

Kapı kapanır kapanmaz John Mary'yi yakaladı ve kendine doğru çekerek büyük bir hasretle öpmeye başladı. Dudakları her zamanki gibi sıcacık ve arzuluydu.

Hızlı hızlı nefes alarak Mary yatağa uzandı; bakışları daima John'un bakışlarındaydı.

"Kız kardeşinizin yanlışı var bayım. Belli ki yeniden şampiyon olmaya hazırsınız."

"Seni şaşırttım mı? Affet beni tatlım. Çok uzun zaman oldu," dedi, Mary'i bir kez daha kendine doğru çekerken. "Sanırım ben ölmüştüm ve şimdi tam anlamıyla hayatta dönüyorum."

Mary'yi bırakırken sendeledi ve Mary onu bir sandalyeye oturtmaya çalıştı. "Otur John. Kendini inandırmaya çalıştığın kadar güçlü değilsin henüz."

"Aşkımı gösterecek kadar güçlüyüm," diye yanıtladı John.

"Size inanıyorum bayım," dedi daha alçak bir ses tonuyla Mary. Fakat dışa vuramadığı tutku, dişlerini gıcırsatıyordu ve bir adım daha bu tutkudan ulaşmaya çalıştı. "Sana bir haberim var John." Cebinden Bayan Margaret'in mektubunu çıkardı ve John'a uzattı; mektup okunmaktan kırış kırış olmuş, yıpranmıştı.

John mektubu okumadan önce tekrar Mary'ye baktıktan sonra aceleyle göz gezdirdi. "Kraliçe Lord Howard'la ilgili fikrini değiştirdi mi yani?" diye sordu şaşkın bir şekilde. Mary cevap vermeden "Yoksa tüm bu eziyet yalnızca bir diplomasi miydi?" diye ekledi.

John Mary'nin ellerini avuçlarına almak için uzanırken Mary yanıtladı: "John, aşkım, Majestlerinin kendinde olduğunu düşünmüyorum. O daima kalbinin onu yönetmesinden kaçmaya çalıştı, aşka kulak asmadı. Şimdi neden fikrini değiştirsin?"

"Çünkü tatlım aşka inancını gösterebilmesi için bu onun son şansı."

Mary derin bir nefes aldı John'un ümidini de içine çekercesine. "John, sen bir romantiksin."

John onun ellerini biraz daha sıkıca tuttu. "Bilmiyor muydun?"

Bir sevgi seli doldurmuştu Mary'nin kalbini. John hiç değişmemişti. Çok ağır bir şekilde yaralanmıştı ve bunca zaman ayrı kalmışlardı ama aralarındaki hiçbir şey değişmemişti.

Üç gün çok çabuk geçti. Bahçede ancak hayal edebilecekleri bir geleceği düşleyerek, gerçekleşmesini istedikleri ümitlerinin sözcüklerle hayallarini çizerek birlikte çok uzun saatler geçirdiler. Fakat gerçekleşmesi imkansız olan tüm bu hayaller için bu kadarı yeterliydi.

Mary, John'un bir gece yanına gelebileceğini düşünmüştü ve gece saat 12'yi vurana kadar beklemişti fakat John onu da kendisini de onurlandırmıştı. Bir seferinde uyuyamamıştı Mary ve penceresinin kenarına gitmişti ve John'un ayışığı altında bahçedeki bir banka oturmuş onun odasını izlediğini görmüştü.

John'un malikanesi Mary'nin büyükbabasınınkinden büyüktü. İki kez arabayla etrafı dolaşmışlardı. Koyunları, çimenlikte otlanan ve John'un sütlerinden Harington kaşar peynirini ürettiği sığır sürüsü çok hoşuna gitmişti. Ahırda kadın hizmetçiler fıçıların içindeki sütleri parçalanmış yayık tokmaklarıyla çalkalarken John "Somerset'in en iyi kaşarı," diyerek övünmüştü.

John daha sonra onu peynirin on iki ay boyunca bekletildiği mahzene götürdü ve bir parça kesip ona yedirdi. Mary gerçekten de bunun yediği en iyi kaşar peyniri olduğunu söyleyerek onaylamıştı. Her dişlediğinde neşeyle tadının ne kadar nefis olduğunu haykırarak ve sonra kendisini günde üç kez kaşar peyniri yerken bulmuştu. Her bir parçada Mary'nin John'u mutlu etmek için çabalaması, John'un da Mary'yi mutlu etmek için uğraşması Mary'nin hoşuna gidiyordu. "Siz Şampiyon bir peynircisiniz Bay Harington."

Mary'nin gitme vakti çok çabuk gelmişti. Elizabeth bekletilmeyi sevmezdi. "Ne kadar zaman alır?"diye sordu Mary kız kardeşine hoşça kal dedikten sonra sımsıkı John'a sarılarak.

"Gücüme güç kattın tatlım," dedi John arabanın kapısında. "Yağmurlar yolları geçilmez yapmadan evvel saraya döneceğim. Senden ayrı bir kış daha geçirmek istemiyorum."

Hizmetçilerinin bakışları altında John Mary'yi öptü. "Tanrı yolunu açık etsin Mary, Mary."

Mary ondan ayrılabilmek için tüm gücünü toplamak zorunda kalmıştı. Sabahın ilk ışıklarında John, malikanesi tepelerin ardında kalana dek pencereden geriye bakarak ve el sallayarak gitmişti.

BÖLÜM 16

"Benim yerime bir kraldan başka kim geçebilir ki?"
Elizabeth Regina

Mart 1603
Richmond Sarayı

"İki yıl. İki yıl ve sonra yeniden geldi," dedi kraliçe yatağının yanındaki büyük taş şöminenin başında melankoli içerisinde oturmuş, gözleri şöminede yanan ateşte, çenesi göğsüne gömülmüş bir vaziyette. Odaya yerleşmiş bir kış soğuğu gırtlaktan çıkan boğuk bir sese dönüştürmüş ve bu sözcükleri anlamsız kılmıştı. Elizabeth sarayı hava koşullarının nehir gezintisine izin vermediği Ocak ayında Whitehall'den Richmond sarayına taşımıştı. Fakat o yine de nehir gezintilerine devam edecek ve sonuç olarak geçmek bilmeyen o üzücü hastalığa yakalanacaktı.

Mary kraliçenin bu neşesiz sözlerinin ne anlama geldiğini merak etmiyordu. Elizabeth Essex'in her ölüm yıldönümünü derin bir melankoli içerisinde geçirirdi. Aniden girdiği bazı zamanlar ise Mary kraliçeyi Essex'in idamından bir gün önce zindandan yazdığı mektubu okurken buluyordu.

"Neden kızım? Neden bana boyun eğmedi?" diye sordu kraliçe yine daha önce birçok kez yaptığı gibi.

Ve her zamanki gibi Mary kraliçenin herhangi bir cevap beklemediğni biliyordu. Mary'nin ona verebileceği bir cevap da yoktu. Daha doğrusu Majestelerinin yüreğini acıtmadan verebileceği bir cevap yoktu ve onu incitecek bir şeyi de zaten yapamazdı.

Çılgına dönmüş yaşlı bir kadının üzerinde egemenlik kurmaya kalkan hırstan gözü kör olmuş, iktidara susamış, yakışıklı ve kibirli bir genç adam... Bunlar bu soruya verilebilecek yeterli yanıtlardı. Ancak bunların dışında çok az kişinin, bu kişilerin arasında tabi ki kraliçe yoktu, bileceği ya da kabul edeceği birkaç sebep daha vardı- kraliçenin kendi hataları.

Elizabeth onu çok daha önce cezalandırmış olsaydı her şey daha farklı olabilirdi ama kraliçe onu hala uzun süre önce rahatlatmak için bırakılmış şımarık çocuk Robin olduğunu düşünmüş ve birçok kez onun çocukça isteklerine, kavgalarına müsamaha göstermiş, onu her defasında affetmişti. O bu oğlan çocuğunun ne zaman çizgiyi aşıp sorumsuz bir adama ve ona hükmetmeye kararlı haince bir tehlikeye döndüğünden habersizdi.

Böylesine acı bir gerçek aynaların acımasızlığından uzak, solmuş ve yılların izlerini taşıyan bir güzelliğe, yakışıklı saray erkekleri hâlâ onun aşkını anlatan soneler yazarken, ona Diana, Gloriana, Peri kraliçesi ismini takarken dile getirebilir miydi? Doğru, son zamanlarda saraylıların çoğu İskoçyalı James dönemi için yerlerini garanti etmek adına kuzeye doğru kaymaya başladıkları için bu soneler ve iltifatlar da iyice azalmıştı. Hâlâ konuşulan hoş sözcükler duyanlar tarafından gizli bir eğlenceye dönüşüyordu.

Bunları yüksek sesle dile getirmek çok zalimce olurdu fakat Mary ve John saraya döndüğünden beri fırsat buldukça buluştuklarında bunlardan bahsediyorlardı. John aslında tam olarak iyileşmemişti ancak daha fazla ayrı kalamadıkları için saraya dönmüştü.

Kraliçenin Şampiyonu olarak geçen yılın büyük bir bölümünü İrlanda'da Essex'in yenildiği yerlerde şimdi zaferler kazanan ve İrlanda isyancılarının köşe bucak saklanmasına sebep olan Lord Mountjoy'la birlikte İrlandalı isyancıların peşinde koşarak geçirmişti. Her ne kadar John gururla görevini yerine getirse de kişisel mektuplarında aklında başka bir metod varken bu şekilde yalnızca kalemle yürütülen bir aşka itirazını dile getiriyordu. Sonunda iki hafta öncesinden saraya dönmüştü ve kraliçenin fikrini değiştirmek için gerekirse yalvarmaya kararlıydı.

Elizabeth derin derin öksürüyordu, bunu duyan Mary hemen koştu. Yatıştırıcı bir sesle Elizabeth'i doktorun verdiği semizotu, karanfil ve afyon çiçeği karşımından bir karışık daha almaya kandırmaya çalıştı. "Majesteleri, bu öksürüklerinizi yatıştırır." Mary bu karışımın zayıf düşüren hastalığı için de iyi geldiğini eklememişti.

Kraliçe ayağa kalktı ve sanki yeni uyanmış gibi etrafına baktı. "Bayan Warwick'i bana çağır." Sesi Mary'nin son zamanlarda sık sık duyduğu şekilde çocuksu ve huysuzdu.

Mary yavaşça cevapladı, "Majesteleri Kontes Warwick öldü."

"Öldü mü? Anne mi?" Kraliçenin çenesi yeniden göğsüne dayanmıştı. "Evet, neredeyse üç yıl geçip gitti... Hayal kurarak.... Hayal kurarak."

Daha önce de unuttuğu olurdu ama bu tarz dönemleri genellikle yürüyüşler at gezintileri takip ederdi. Geçen yaz Surrey ve kuzeye bir devlet gezisine gitmişti, neredeyse o eski Elizabeth'ti. Fakat şimdiki gibi bir unutkanlık gelmiş ve günlerce devam etmişti. Ayrıca aşırı halsiz düşmüştü ve bu ölümün teslimiyet çağrısıydı adeta ve kraliçenin zihni bu çağrıdan mümkün olduğunca uzaklaşmaya çalışıyordu.

Bir centilmen uşak yaklaştı ve diz çöktü. "Majesteleri, Bay John Harington huzurunuza gelmek istiyor."

"Gelsin," diye sinirli bir şekilde yanıtladı kraliçe başını kaldırmadan.

John o sıralar buzla kaplı olan kraliçenin bahçesinden gelen taze bir esinti gibi girmişti içeriye. John'un bıyığına ve sakalına vaktinden önce beyazlar düşmüştü. İyileşmesi zaman almıştı ve aceleci çabaları iyileşmesini yavaşlatmıştı. Bu süreç hem Mary'de hem de onda ölüme ne kadar yaklaştığının hatırasını bırakmıştı. John yaklaştıkça Mary heyecandan titredi. Onu günde kaç kez görürse görsün hep bu oluyordu; onu ilk gördüğü andaki gibi heyecanlanıyordu.

John kraliçeye yaklaşmadan Mary onun yanına gitti ve her ne kadar bunca zamandır bekledikleri şey için biraz daha beklemesini söylemek içini acıtsa da böyle yaptı ve "John, tatlım. Majesteleri çok halsiz... Şimdi bizim meselemizle canını sıkma."

John yüzünü buruşturdu; Mary ondan imkansız bir şey istediğinin farkındaydı.

"Majesteleri," diye söze başladı diz çöküp elindeki içinde tamamen açmış tek bir altın Hollanda lalesi bulunan küçük mavi toprak saksıyı ona uzatırken. "Çiçekler hasta olduğunuzu duyduğunda sizi neşelendirmek için hemen açtılar."

Kraliçe solgun bir şekilde gülümsedi. "Sen her şeyiyle baharın geldiğine kendini inandırmak için bu çiçeği açmaya zorladın."

"Hayır, vaftiz anne," dedi gülümseyerek John. "Ama açması için cesaret verdim, sizin hastalığınızdan bahsettim ve bu çiçek sizi sevindirmek için hemen yapraklarını açtı..."

"Oğlum Jack, zamanın kapının önünden sessizce geçip gittiğini hissederken maskaralıklar seni daha az mutlu eder," dedi ve sonra ona öpmesi için elini verdi ve avucu açık bir şekilde kucağına düşmeden önce John'un yanağını şefkatle okşadı bir süre.

Mary nefesini tutmuş bekliyordu John'un kraliçenin ölüm döşeğinde olduğunu görmesine rağmen daha fazla bekleyemeyeceğini de izlerken.

"Vaftiz anne," dedi yavaşça, "sana bana hayattaki tek dileğimi bana vermen için yalvarıyorum."

Elizabeth gözlerini kapattı ve cevap vermedi.

John Mary'ye baktı ve Mary onu uyarmak için başını salladı ama John aldırış etmedi. Belki de edemedi...

"Mary Rogers'ı tüm ruhum ve benliğimle seviyorum ve ilk gördüğüm andan beri bu böyle. Ona karım olma onurunu vermek istiyorum."

Mary başı dönene kadar nefesini tuttu ve sonra nefes almak zorunda hissetti.

Kraliçe gözlerini açtı ve öksürdü. "Jack, aşk evliliğin temelini oluşturmaz. Krallıklara sahip biri olarak ben bile..." dedi ve gözleri kapanırken kelimeler uçup gitti.

"Majesteleri, size yalvarıyorum."

Elizabeth tüm nefesini kullanarak konuştu. "Kızıma karşı görevimi yerine getirdim ve ben ona kendisi için Lord Howard'ı daha çok uygun gördüm. Mary'nin bana hizmeti bitene kadar onu saraydan gönderdim. Son derece hevesli olan Lord'un hastalığımı duyunca çoktan Londra'ya doğru yollara düştüğünden şüphem yok. Yolları sel alsa bile o buraya yüzerek gelecektir," dedi ve kendi sözlerine gülümsedi. "Tanrı bana biraz daha ömür verirse benim tüm sadık kuzey lordlarıma ihtiyacım olacak." Bu kadar konuşmayla boşalan ciğerlerine biraz daha hava doldurdu. "Bu konu üzerine başka bir şey konuşmayalım lütfen. Ben sözümü verdim." Yüzündeki o anlamlı gülümseme yeniden belirdi. "Yaşamaya devam edeceksiniz, sör. Aşk kimseyi öldürmez," dedi ve ağzından çıkan sözlerin üzerine gözleri sonuna kadar açıldı, "Aldatmadığı müddetçe..." ekledi.

Umutsuzluktan çöken John kendisine bakış atan Mary'ye baktı.

Bu kendi aralarında Mary'nin daha sonra John'un odasına geleceği anlamına gelen bir işaretti.

Mary görevlerini bitirip fırsat bulduğunda öğleden sonra geç vakit olmuştu fakat nihayet kraliçenin hekimleri kraliçeyi yatmaya razı olmasa da biraz ilaç alıp dinlenmesi için kandırmayı başarmışlardı.

❋

Mary John'un odasına girdiğinde eyer çantalarını toplarken buldu. Sakinleştirici herhangi bir sözcük bulamamıştı; zaten buna daha ziyade kendisinin ihtiyacı vardı. "John, hayır, Kes şunu!"

Ama John kesmedi ve deri çantaların içine kolluklarını ve temiz bir gömleği doldurarak toparlanmaya devam etti. Konuşmak için ağzını açtığında öfkesi haykırışa dönüşmüştü. "Bunun için üç yıl boyunca bekledim. Benden daha fazlasını bekleyemezsin. Senden daha fazla bir şey bekleyemez. Sen üzerine düşen görevi fazlasıyla yerine getirdin. Şimdi benimle gel!"

"John, bir tanem, onun etrafındaki herkes, hem de onun yükselttiği onu terk ediyor, hastalanması ve zayıf düşmesi için dua ediyorlar, kimi ise hiçbir bahane öne sürmeden çekip gidiyor," dedi Mary boğazı duyguların yoğunluğundan düğümlenerek. "Onu çok derinden incittiler. Şimdi ben de terk edemem. Benden bunu isteme."

John'un yüzü düşünceden uzaktı; yalnızca acı vardı yüzünde. "Howard her an buraya gelebilir ve geldiğinde kraliçe sizin evlilik sözleşmenizi imzalayacak. Kendisi Robert Dudley'ye olan aşkı yüzünden evlenmedi ve yıllar ondan bu acının izlerini alıp götürdü."

"Biricik şövalyem, o hâlâ bu acıyı çekiyor."

"Ben de onu senin onu sevdiğin gibi seviyorum ve onun için hayatımı verebilirim. Ama senin hayatını veremem Mary. Seninkini veremem." John'un derin bakışları Mary'nin bakışlarına saplandı. "Bu gece buradan gitmeliyiz. Benimle gelecek misin?"

"John, hayatta en çok istediğim şey senden hiç ayrılmamak ama..."

"Ama ne?"

"Onu hayatının son saatlerinde bırakıp gidemem. Bana çok bağlı... Bana her zamankinden daha çok ihtiyacı var."

"O şu an yanında kim olduğunu bile neredeyse bilemiyor. Diğerleri ona bakacaktır," dedi yüksek sesle John, öfkesi ve sinirine hakim olamıyordu.

"Ama ona gerçekten şefkatle hizmet edecek kimse kalmadı."

John'un paldır küldür sesinin etkisiyle yatağın başucundaki boş şarap kadehi titremişti: "Onun uzayıp giden hayatı asla sona ermez. Ama bizimki başlayabilir," diye cevap verdi.

"Benden yeminimi bozmamı isteme." Mary bir sonraki sözcükleri söylerken boğulacak gibi oldu ama onu durdurabilecek her türlü tavize hazırdı. "Lord Howard uzun süre yaşamaz ve sonra..."

John irkildi. "Bana daha fazla uzun vadeli ihtimallerden bahsetme. Daha fazla bekleyemem. Seni o yaşlı adamla el ele görmeye tahammül edebileceğimi mi sanıyorsun?"

"Fakat John, senin söylediğin benim için imkansız bir seçenek. Bayan Katherine Grey onu terk etti. Tüm hayatım boyunca ona daha iyi hizmet edeceğime inandım."

"Yani ölmüş bir kadınla kıyaslayınca onur verici bir zafer mi kazanmış oluyorsun?"

Mary, John'un eşyalarıyla dolu eyer çantalarına elini koydu. "Artık kendi ağzımdan ne çıktığını bilmiyorum. Ya da senin," diye fısıldadı ve John'un önünde diz çöküp başını eğdi: "Lütfen John." Adeta dua eder gibiydi.

John onu yakaladı ve kabaca kendine doğru çekip kendisine doğru bastırdı, dudakları Mary'nin sözcüklerini kesmişti.

Kendisine engel olamayarak Mary de onun tutkusuna karşılık verdi ve her ikisi de boğulacakmış gibi nefessiz kalana kadar öpüştüler ve sonra John geri çekildi.

"O soğuk lordun yatağındayken bu anı hatırla!" dedikten sonra eyer çantasını omzuna atıp odadan fırladı.

Serseme dönmüş bir halde el yordamıyla yatağa dayandı ve dizlerinin bağı çözülmüş bir halde kendini yatağa bıraktı. Sadakatin bedeli bu muydu? Borcu yüzüne vurulduğu ana kadar bu bedeli ödemeye istekliydi. Şimdi onun peşinden koşmak umutsuzluğunu teselli etmek arzularını bu sefer salıvermek istiyordu. Bu Elizabeth'in ilk Robert Dudley'si ve sonra Essex'inden darbe aldığında hissettiği şeydi. Hayattaki tek isteği Somerset tepesindeki malikanede yaşamak olan Mary Rogers nasıl olur da bir kraliçenin cesaretiyle kendininkini denk sayabilirdi ki?

Lord Howard yolculuktan bitap düşmüş bir halde iki gün içerisinde saraya gelmişti. Bu sefer yanında ne bir heyet ne de hediye getirmişti. "Majesteleri," diye söze başladı kraliçenin önünde diz çökerek, bir gözü kraliçenin koltuğunun arkasında duran Mary'de. "Gelinimi almaya geldim. Artık evlenmek için beklemenin aptallık sayılacağı bir yaştayım."

"Evlenmek için beklemek hiçbir zaman aptallık değildir Lordum," dedi Elizabeth gözleri ateşten parlıyordu. "Bilakis, fevri davranıp hata yapmayı engeller."

"Haklısınız, Majesteleri."

Mary lordun kibar bir şekilde majestelerini onaylamak için kendini zorladığını görebiliyordu.

"Majesteleri-"

Kraliçe, bitkin bir şekilde lafını kesti. "Dur! Evlilik sözleşmesi bugun bekleyecek lordum... Benim daha fazla canımı sıkmayın."

"Teşekkür ederim. Acaba Majesteleri gelecekteki gelinimle baş başa görüşmeme izin verir mi?" Lord Howard bunu söylerken kaşlarını çatarak Mary'ye baktı.

Mary'nin gözleri bütün gece sırılsıklam olmuş bir yastıkta ağlamaktan şişmiş ve kızarmıştı. Lordun bu halde gözlerinin feri sönmüş ve rengi solmuş birini istemeyeceğini umuyordu.

"Bu kadar süre yeterli lordum. Bu kadar yeterli.... Sizin için. Şimdi ona her zamankinden daha çok ihtiyacım ama daha az zamanım var."

Mary lordun kraliçenin cevabından hoşlanmadığını gördüğü halde Lord Howard itaatkâr görünmeye çalışarak eğildi ve odadan çıktı. Oysa bu cevap Mary'nin çok hoşuna gitmişti.

Kraliçe elindeki sıcak bitki çayının buharını eliyle havada savuşturdu. "Lord hazretleri epey hevesli bir damat," dedi fısıldayarak. İçinde biraz da eski alaycı ifadesi gizliydi. "Ve oğlum Jack batıya yola çıkmak üzere sarayı terk etti. O bu kadar hevesli değil mi dersin?"

"Sadece gururlu, Majesteleri."

"Ve çok genç bir adam... Hayal kırıklığının gelip geçici olduğunu anlamayacak kadar... Avrupa'nın birçok hükümdarını ya da oğullarını parmağımda oynattım. Onlardan istediğimle evlenebilirdim ama sadece Robin'i istedim ve kendime izin veremedim..." dedi sinirlendiği zamanlarda çıkardığı her zaman ki *Pup! Pup!* sesini çıkardı.

"Erkekler büyücü gibidirler ama sen daha gençsin ve bir kraliçe için kendi güvenliğinin önce gelmesi gerektiği gerçeğini anlayamazsın."

Mary cevap veremedi. Elbetteki bunu anlayabiliyordu. Hangi kadın hayatı boyunca temel dayanağı olan iki şeyi aşkı ve fedakârlığı anlayamazdı ki?

Tekrardan giderek soğuyan bitki çayından içmesini rica etti kraliçeye.

"Hayır, Fare," dedi Elizabeth elini sallayarak. "Gittikçe unutkanlaşıyorsun. Ben senin yaşındayken böyle değildim; hükümdarlığıma henüz yeni başlamıştım."

Mary gülümsedi ve izin istemeden şefkatle Majestelerinin elini öptü.

Kraliçe o öğleden sonra hatıralara gömülmüştü, arada birkaç yudum taze bitki çayından alıp dişi acıyana kadar ağzında tatlı bir şekerlemeyi emerek... Neden sonra yeniden toparlandı ve büyük duvar saati dört kez çaldığında ayağa kalkmaya çalıştı fakat yapamadı. Mary hemen bastonunu getirdi ama Elizabeth Mary'yi de bastonu da iterek ayakları üzerinde durdu.

Ve orada acı dolu saatlerce hayata tutunmaya çalışarak öylece durdu.

En sonunda dizleri artık onu taşıyamadı ve yere düştü.

Mary'nin çılgınca bağırışıyla birlikte giriş odasında bekleyen hekimler yetiştiler. Birbirlerine fısıldadıktan sonra bir tanesi: "Majesteleri yatağınızda dinlenmenin sizi iyileştireceğini düşünüyoruz,"dedi.

"Yatakta yatmanın benim ömrüme birkaç gün daha ekleyeceğini düşünüyorsan sevgili hekim, o zaman senin bir gözlüğe ihtiyacın var." Diğer nedimeleri kraliçenin kalkmasına yardım etmek için yanaştı fakat kraliçe onlara bir el işaretiyle yaklaşmamalarını işaret etti.

"Yastıklarımı getir Fare" dedi hekimleri gönderdikten ve geri gelmemelerini emrettikten sonra.

Her türlü değişik süsler, kadife minderler, en iyi işlemeli süslemelerle kaplı kadife çiçekleri ve güller getirtildi kraliçenin emri üzerine ve şöminenin yanına yere konuldu. Kraliçe o karanlık gece ve gündüz boyunca uzaktaki bir noktaya gözleri dalmış bir şekilde öylece yattı. Her farklı gün, farklı insanlar görüyordu. En sonunda süt kuzusu bir bebek gibi başparmağını emerek geçmişe sürüklendi.

❀

John öfkesinden dolayı feci şekilde duyduğu bir pişmanlık duygusu ile yol boyunca oyalanıyordu. Somersetshire'a evine doğru giden Richmond'un güneyi ve batısına doğru atını sürerken kendi kendine kızıyordu... Pişmanlıktan öteydi hissettiği şey. Birkaç saat sonra öfkesini kendine çevirdi. Atının ayak sesleri bir mesaj verir gibiydi: Seni aptal.. Seni kör aptal.. Seni ahmak! Karanlık çöktüğünde iki yüz metre bile yol gitmemişti ve aşk sersemi şövalyeleri bekleyen haydut gruplarının ve sisle kaplı ormanların arasından geçen tekerlek izleriyle dolu yoldan devam etmeyi göze alamadı.

Yolun kenarında fener ışığıyla yorgun yolculara kapısını açan Blue Boar hanı vardı. John biraz dinlendikten ve yemek yedikten sonra yola daha iyi devam edeceğini düşünüyordu. Mary'nin yüzünü hafızasından silecek ve sonsuza dek peşini bırakmayacak o terk edilmiş bakışlarını unutturacak kadar içmek istiyordu...

Şafak vakti hangi sabaha uyandığını bilmeksizin uyandı. Başıboş şarap bardaklarının arasında kollarının arasına gömülmüştü. "Hancı bana atımı getirir misin?" Bir an sendeleyerek ayağa kalktı ve masaya bozuk para bıraktı. "Ne kadar süredir buradayım ben?"

"Sör, pekala oldukça sessiz bir misafirsiniz ve şimdi size daha bu sabah çıkmış taze yumurtalarla hazırlanmış bira ve yiyecek getireyim... Şaraptan bozulan bir miğde için kesinlikle birebirdir" dedi ve hancı elindeki kaseyi John'a uzattı. John bu karışımı bir yudumda içti ve midesinin böyle kaygan bir ilacı nasıl reddetmediğine hayret ettikten sonra teşekkür ederek biraz daha bozuk para bıraktı.

"Tekrar gelin, size her zaman kapımız açık Sör Harington."

"Beni tanıyor musun?"

"Evet, taht töreni turnuvalarından."

"Bu yoldan bir daha geçeceğimi söyleyemem."

"Affınıza sığınıyorum Sör ama şarabın unutturamayacağı acınızı dindirmek için bu yoldan tekrar geçmelisiniz."

John hancıya baktı. İnsanların ruhlarını görebilen bir hancı... Bu gerçekten inanılmaz bir çağdı.

Güneş alçak tepelerin üzerinden yeni doğarken sisli bir şafağa doğru yola çıktı. Bir taraftan yüzüne çarpan soğuk ve nemli havayı içine çekiyordu ve şarap sarhoşu zihninin biraz ayıldığını hissetti. Ne garip bir büyüydü yaşadığı? Bunca zaman ona bağlı kalmasını sağlayan ve onu Mary'ye çeken iki şey olmasına rağmen onun şefkatli sevgisi ve sadakâtinden ötürü Mary'yi azarlamıştı. Çok utanıyordu ve bir an bile düşünmeden Richmond'a doğru hızla atını sürdü.

Hızla bir atlı yanaşırken John ter içinde kalan atını sulamak için küçük bir köyde durmuştu. Bunun kraliçenin habercilerinden biri olduğunu farketti.

"Sör John... Sör John," diye seslendi haberci atının dizginini çekerken. "Bayan Mary Rogers kraliçenin ölüm döşeğinde olduğunu ve bir an önce dönmeniz gerektiğini iletmemi istedi."

"Evlilik sözleşmesi beklemeye mi alındı?"

"Evet. Böyle bir şey duydum."

"İmzalandı mı peki?"

"Bilmiyorum Sör John."

Bu konuşmadan sonra her ikisi de atlarına binip üstü sazlarla örtülü küçük köy evlerinin arasından kuzeye Richmond sarayına doğru atlarını sürdüler. Köylerdeki kilise kulelerinin çanları çalmaya başlamıştı ve gözü yaşlı yaşlı kadınlar yol kenarında dikiliyorlardı. Fırının başında yüzü kızarmış olan bir demirci deri önlüğüyle yüzünü kapatmıştı.

John sarayın bahçesine vardı sonunda ve atını ahıra bıraktı. "Kraliçe hâlâ yaşıyor mu?"

Seyis başını salladı. "Fakat kötü bir uğursuzluk yüzünden dili tutuldu ve artık konuşamıyor Sör."

John büyük çeşmeyi ve duvarlarla çevrili bahçeyi geçerek saraya ilerledi. Protokol odasında kendi arasında fısıldaşan bir grup saraylı vardı. Bütün saray, nefesini tutup beklediği için kraliçenin dairelerine giden koridorlar sessizlik içindeki başı boş hizmetçiler ve uşaklarla doluydu.

Centilmen bir uşak John'a odanın kapısını açtı. "Kraliçe kimseyi göremiyor Sör John."

Cecil özel danışmanların bulunduğu bir grubun arasında ona baktı ve başıyla selamladı.

Lord Howard da baktı ve onu görünce kaşlarını çattı. "Sizin çağrıldığınızdan haberim yoktu Sör Harington."

"Lordum, çağrılsa da çağrılmasa da kraliçenin şampiyonu her zaman kraliçe hazretlerinin hizmetine hazırdı." Bunu söylerken biraz utanmıştı. Sarayı terk ettiğinde bu doğru değildi ama şimdi doğruydu.

Howard John'a sırtını dönerek tepkisini göstereceğini düşündüğünden sert bir şekilde dönüp salonun en uzak köşesine gitti ama bu John'a daha ziyade bir rahatlama hissi vermişti.

John Lord Howard'ın elinde göze çarpan bir sözleşme tuttuğunu gördü ama her ne kadar üzerinde bir mühür ve kurdele olsa da imzalı olup olmadığını seçemedi. Bunu öğrenmeliydi.

"Sekreterlik Lordum," dedi Robert Cecil'e hitaben, "Sakıncası yoksa size özel bir şey soracağım."

Siyah cübbesini giymiş ve üzerinde görev nişanını taşıyan Cecil yanındaki meclis üyelerini selamlayıp ona yaklaştı. "Kraliçe ciddi şekilde hasta."

"Umut var mı?"

"Majesteleri hekimleri ve sanki yattığında bir daha kalkamayacağını biliyormuş gibi yatağına yatmayı reddediyor." Cecil'in yüzünde gençlik yıllarından beri hizmet ettiği kadınla gurur duyduğunu gösteren bir ifade vardı.

"Bayan Mary-"

"Kraliçenin yanında, iki gündür uyumuyor."

Lord Howard onları duyabilmek için başını uzattığı için John daha alçak bir sesle "Evlilik sözleşmesi imzalandı mı?" diye sordu.

Cecil başını salladı ve John'un omzuna elini koydu. "Kraliçenin yerine geçecek varisin belirlenmesi gerekiyor. Majestelerini daha küçük şeyler için rahatsız etmeyin."

John'un bedeni katılaştı.

Cecil'in ağzından kelimeler hızla döküldü. "Üzülerek söylüyorum ki dostum, bildiğim kadarıyla sözleşme-"

"İki kişinin hayatını mahvetmenin ne denli önemli olduğundan haberiniz bile yok."

Cecil gülümsedi. "Yok mu?"

"Özrümü kabul edin Sekreterlik Lordum," dedi John eğilerek. Fazlasıyla hayal kırıklığına hazırdı ama bu kendisine acı verici bir şekilde yapılmıştı. Kendi yolunda gitmek acısını hafifletmemişti. Kraliçenin özel odasının kapısı açıldı ve Bayan Anne Russel elinde ağzı bir bezle kapatılmış bir leğen ile aceleyle çıktı. John kraliçenin başucundaki minderlere diz çökmüş, son nefesinde son gücüyle ve inatla kraliçesine sarılmış bitkin bir halde oturan Mary'yi gördü.

Bu iki kadın John'un gördüğü tek bir şeyin iki ayrı örneğiydi; her ikisi de verdikleri söze derinlemesine bağlıydı. İngiltere böyle kadınlara sahip olduğu için büyük gurur duydu ve bir anlığına her birine borçlu olduğu sadakati unuttuğu için yeniden utanç hissetti. Bu bir daha olmayacaktı.

Mary, Bayan Russel daha çok taze ve soğuk gül suyu getirmek için içeriye girip çıktıkça tozlu yeleği içinde yüzünü gölgeleyen üzüntüyle buruk bir vaziyette John'un orada olduğunu fark etti. Yüreği onu görünce ferahlayan ve John'un bunu bilmesini isteyen Mary yüzüne en içten gülümsemesini takındı. Siteme yer yoktu. John onun bir işaretiyle geri dönmüştü ve bu gitmesinden daha önemliydi. Bu yeterli olmalıydı.

Ya da Lord Howard John'un önüne geçip eğilmeseydi yeterli olabilirdi.

"Majesteleri," diye seslendi kraliçenin kapı görevlisi; belli ki iyi rüşvet almıştı. Öne çıktı ve diz çöktü. "Lord Howard evlilik sözleşmesini sunuyor."

Kraliçe bir iki adım atmış olmasına rağmen kapı görevlisine eliyle uzaklaşmasını işaret etti. "Bu hükümdarın artık lordun iyiliğine ihtiyacı yok," dedi ya da Mary kraliçenin bunları fısıldadığını düşündü. Ya da o bunları duymak istemiş olabilir miydi?

Elizabeth kıpırdamaya başladı ve Mary kapı görevlisini görmezden gelerek eğildi ve nazikçe "Majesteleri, fareniz ve tüm nedimeleriniz bir şeyler yemenizi ya da biraz şarap içmenizi istiyoruz."

Majesteleri cevap vermedi; yüzü hipnoz olmuş gibi hareketsizdi. Sanki başka bir yerde başka bir zamandaydı o anda. Ağzını açtı ve bir şeyler söylemeye çalıştı tüm gücüyle. Mary duyabilmek için eğildi.

"Robin." Fısıltı bile denilemezdi, hafif bir iç çekişti sanki. Elizabeth bakışlarını yatak masasına ve fildişi mücevher kutusuna doğrulttu.

Mary ayağa kalktı ve çabucak kutuyu getirdi. Tekrar diz çöktü ve kraliçenin açmasını istediğini anladı. Kapağını açtı ve kutuda kraliçenin annesi An Boleyn'in bir minyatürü, tozlanmış tüylerden yapılmış sapı sarı fildişi bir yelpaze ve kraliçenin kendi el yazısı ile *'Son Mektubu'* yazılı katlanmış bir kağıt vardı.

Elizabeth'in gözleri öyle hasretle doluydu ki Mary mektubu aldı ve kraliçenin kalbine koydu. Solgun mavi gözleri Mary'ye baktı; o bakışlarda tüm hatıralar, hasret, tatlı bir sükut... herşey vardı.

Mary hemen gözyaşlarına hakim olmaya çalışarak Elizabeth'in elini tuttu. Kraliçe yine de Mary'yi kendine çekebilecek gücü bulmuştu. "Hatıralarım yakın zamanda yok olacak ve sadece bu mektup kalacak." Bir kez daha çaba sarf ederek hizmetliye gitmesini işaret etti ve uzun zamandır çalışan ve kraliçenin sinirinin nasıl olduğunu bilen hizmetli hemen emre itaat etti.

Mary John'a baktı ve başıyla işaret etti. John çabucak içeri girdi ve yanında diz çöktü. Elinin üzerinde John'un ellerinin sıcaklığı Mary'nin ihtiyacı olan tek şeydi. Biraz daha gayret ederek Elizabeth elini onların ellerinin üzerine koydu ve biraz kederlendi.

Giriş odasında Mary ve John bir çekişme olduğunu gördü; Cecil kraliçeye doğru ileri atılmaya yeltenen Lord Howard'ı tutmaya çalışıyordu. İki tane muhafız Lord Howard'ı sımsıkı tuttu.

"Meclis üyesi," diye haykırdı Lord Howard, yüzü öfkeden kıpkırmızı kesilmişti "kraliçe doğru karar verecek durumda değil."

"Lordum, Majesteleri her zaman doğru karar verebilecek durumdadır. Saygınlığınızı koruyun ve geri çekilin."

Omuzlarını silkerek muhafızlardan kurtulan Howard paldır küldür dışarıya çıktı ve çıkarken rütbesiyle birlikte imzalanmamış evlilik sözleşmesini de yırtıp attı.

John Mary'nin omzunu tuttu ve Mary'nin hissettiği rahatlamayla bedeni gevşemişti.

Elizabeth'in taşra faresi ve oğlu Jack arasındaki her şeyi gördüğünü ya da sezdiğini biliyordu. Majesteleri bu zamana kadar hep onları kutsamayı mı planlıyordu yoksa son nefesinde verebileceği en şefkatli hediye olarak son anda yüreği kararını değiştirmesine mi sebep olmuştu? Kraliçe gittikçe bu dünyadaki gücünü kaybetmesine rağmen Mary kraliçenin gittikçe kararan gözlerinde soru soran bir ifade hissetmişti. Artık kraliçenin tüm seçenekleri geçip gittiğine göre acaba şimdi farklı bir şekilde yaşamış olmayı mı düşünüyordu; Robert Dudley ile evlenip onun çocuklarını doğurmayı ve onunla birlikte ülkeyi yönetmeyi mi tercih etseydi? Elizabeth Robin'in mektubunu sımsıkı tuttuğunda Mary onun yorgun gözlerinde bir şüphe gördü. Aslında Mary hep bu şüphe zaten orada mıydı yoksa yılların getirdiği kederle mi gelmişti diye merak ediyordu.

Cecil çağrılmadan yaklaştı "Majesteleri, sizi seven halkınızı üzmemek için yatağınıza gitmelisiniz."

Hâlâ ve daima kraliçe olan Elizabeth bu sözün üzerine yeniden gücünü toplayarak ayağa kalktı. "Küçük adam, küçük adam, bir hükümdara yapmalısınız denmez. Ama biliyorsun ki ben ölüyorum ve bu sana haddini aşma cesaretini veriyor."

Cecil olduğu yerde diz çöktü ve dua eder gibi ellerini birleştirerek kraliçenin nedimeleri ile birlikte gece boyunca uyamadı.

John, Mary ve Cecil acıyan dizlerinin üzerinde kımıldadıkça saatler geçiyordu. Kraliçenin diğer nedimeleri odanın en uzak köşesinde durmuş ellerinin arkasından fısıldaşıyorlardı.

Nihayet akşama doğru Elizabeth nefesini tuttu ve fısıldadı, "Kızım hepinizin içi rahat olsun artık yatmak için hazırım."

Bunun üzerine yorgun bedenini oymalı başlığı tavuskuşu tüyleriyle süslü kocaman yaldızlı yatağına taşıdılar ve başını dantel işlemeli yastığına koydular.

Kraliçe giriş odasında dua etmek için hazır bekleyen Başpiskopos Canterbury'li Whitgift'i çağırttı. Başpiskopos onun azametine övgüler yağdırarak duaya başladı.

"Lordum, artık benim azametime dair tek kelime etmeyin," dedi son gücüyle. "Yeteri kadar kibir gösterdik."

Yüreği ağırlaşmış olmasına rağmen Mary buna neredeyse gülümsedi. O zamana kadar ihtiras denizinde hiçbir zaman tatmin olmayan Elizabeth şimdi tüm alçak gönüllüğüyle cennete yaklaşıyordu.

Başpiskopos birkaç saat dua etti ve ayrılmak üzere kalktığında Elizabeth sanki dualar onu cennete taşıyacakmışçasına yeniden dizlerinin üzerine çökmesi için işaret etti. Kim bunu istemezdi ki?

Mary yanıbaşında John'la birlikte Elizabeth'in eline uzandı fakat kraliçenin elleri onunkileri tutmadı. "Majesteleri," dedi tekrar Mary yanağını kraliçenin elinin yanına ipek örtüye yaslayarak. "Anne," diye fısıldadı bu sefer faresinden Elizabeth'e son bir hediye vermek ister gibi. Elizabeth duysa bile cevap veremezdi; oysa Mary duymuş olması için dua ediyordu.

Daha sonra Cecil yaklaştı kraliçeye. "Majesteleri, tahtınızın varisi... İskoçyalı James mi olacak?"

Dudaklarına doğru eğildi ve daha sonra "Majesteleri 'Benim yerime bir kraldan başka kim geçebilir ki?' diye buyurdu," diye açıkladı herkese.

Kimse kraliçenin böyle dediğini duymamıştı. Mary kraliçenin son nefesinde tahtından bile vazgeçmesi konusunda şüpheye düşmüştü fakat Tudor soyunun ya da Plantagenet soyunun düşüşünde hak iddia edecek hırstan gözü dönmüş herhangi bir grubun isyanına mahal vermek istemediği için bu konuda Cecil'le tartışmayacaktı.

Nihayet Elizabeth sonsuz uykuya daldığında salonu bir sessizlik kapladı.

Başı sağ kolunun üzerine düşmüş, artık bitkin düşmüş bedenini istediği huzura daha fazla direnememişti. Büyük saat 24 Mart günü ikinci saati vurduktan hemen sonra can çekişir gibi son bir nefes aldı ve mücadelesi sona ermişti.

Ve kazanmıştı, Mary bunu biliyordu. Onun halkına olan sevgisi ve halkının da ona olan sevgisi daima hatırlanacaktı. Elizabeth kendi parlamentosunda da buna dikkat çekmişti: "Beni Tanrı yükseltmiş olsa ve tacımın şerefini buna borçlu olsam da sizin sevginiz sayesinde hüküm sürdüm."

Kraliçenin uzun bir iç çekişle yaptığı son veda odada yankılanmıştı. Mary onun için dua etmek için başını önüne eğdi ve bir anlığına acaba Elizabeth Tudor cennette ikinci planda bir yer edinir mi diye endişelenmişti.

En sonunda, John'un kolları Mary'nin belinde ve Mary John'un yeleğine gömülmüş gözyaşları dökerken ikisi tek vücut olmuşlardı.

Bir hekim yanaştı ve Elizabeth'in iki büklüm olmuş bedenini daha düzgün bir şekle getirdi. Bir taraftan da Bayan Margaret kızıl peruğunu ve tacını başına iliştiriyordu.

John Mary'yi giriş odasına doğru uzaklaştırdı. "Burada her şey bitti. Görevin de sonuna erdi." Onu sımsıkı tutuyordu. "Babası, erkek kardeşi ve kız kardeşi hepsi acı çekerek öldüler. Onun yaşamı daha uzun sürdü ve daha güzel sona erdi. Bundan dolayı mutlu olmalısın tatlım."

"Bundan mutluyum John, her ne kadar onun başka türlü bir acı çektiğini bilsem de..."

"Biz böyle bir acı çekmeyeceğiz," dedi John. Kollarını Mary'nin omzuna dolamıştı ve kendi gücünü ona aktarıyordu.

Daha sonra kimileri sessiz, kimileri ise kuzeye yeni krala doldurulması beklenen yeni pozisyonlardan yer edinmek için ellerinde hediyelerle koşturan saraylı grupların arasından geçerek kraliyet daireleri boyunca yürüdüler.

Diğer bazı saraylılar ise çapulculuğa girişmişler, bulabildiklerini ceplerine atmaya başlamışlardı. Duvardaki el işi halılar çoktan ortadan kaybolmuşlardı. Bir kolona yaslanmış duran Mary bir hizmetkârın kap kaçak, çatal bıçak ne bulursa kucaklayıp götürdüğünü gördü. Dışarıya açılan yerlerdeki meşaleler yakılmıştı ve iç kısımlardaki birçok oda zifiri karanlıktı.

"John, bu çok ayıp... Çok yakışıksız bir şey. Elizabeth'i böyle mi onurlandırıyorlar. Muhafızları çağır, buna bir son verdirmeliyiz."

"Mary, onları durdurmak mümkün değil. Çapulcular her yere doluşmuşlar."

Mary John'un değişen kişiliğini son bir kez test etmek zorunda hissetmişti. "Sen de diğerleri gibi kuzeye Kral James'in peşinden gidecek misin?"

"Sadece sen de gidersen... Kraliçenin bana yaptığı iyilikleri hafızamdan çıkaramam. Ona olan sevgim öyle köklü ki başka hiçbir hükümdara böyle sevgiyle bağlanacağımı düşünmüyorum." Sonra Mary'yi alnından öptü. "Ve tatlım artık birlikte bir hayata başlayacağımız zaman geldi. Bizi kutsadı mı?"

"Evet, kendi yöntemiyle kutsadı. Her ne kadar fikrini değiştirdiğini ifade edemese de..."

John Mary'nin yüzüne baktı, bir cevap bekleyişi içerisinde. "Sarayı ve sarayın verdiği güzellikleri özlemeyeceksin değil mi?"

"Benim başka şeyleri özlememe fırsat verecek misin?" diye yanıtladı cesurca Mary.

John sırıttı. "Şafak vakti güney kapıda iki tane at hazırlanmış bekliyor olacak."

❃

Uzaklardan gelen silik çan seslerine doğru güneye ve batıya doğru atlarını sürdüler. "İyi yürekli Kraliçemiz Bess artık yok mu?"

"Evet, bu sabahtan itibaren yok," birçok kez ağlamışlardı bunu her dile getirişlerinde. Bir kez daha kedere gömülüyorlardı kraliçenin nasıl gönülsüzce bırakıp gidişini anımsadıkça.

Köy evlerinin bacalarından çıkan dumanların üzerinde solgun kış güneşi yükselirken onlar atlarını sürmeye devam ettiler. Üzücü haber yayıldıkça kiliselerin kulelerinde çalan kasvetli çan sesleri de gittikçe yayılıyordu. Şaşkın köylüler, hatta yaşlı olanları bile başka bir hükümdar görmemişlerdi ve hiç kimse Tudor soyu dışında bir saltanat bilmemişlerdi. "O İskoçyalı mı geçecek yerine?" diye soruyorlardı, İskoçyalıların onların bir zamanlar kanlı bıçaklı düşmanları olduğunu anımsayarak.

John önceleri soranlara cevap veriyordu ama sonra sorulara cevap vermeyi bırakarak tozlu yollarda yoluna devam etmeyi tercih etti. Nereye gittiğini biliyordu.

Öğleden sonra yeni geçmiş akşam yemeği vakti yaklaşırken Mary atından eğilerek "Üzgünüm John. Son zamanlardaki üzüntü ve tasalardan dolayı bitkin düştüm."

John ona yaklaştı atıyla, bacakları onunkilere değiyordu. "Sadece üç dört yüz metre daha kaldı Mary. Sonra sen tekrar gücünü toplayana kadar dinleneceğiz."

Bloe Boar Hanı'nın orada durdular. Hanın avlusunda ahır işlerinin koşuşturması vardı. Sabahın ilk ışıklarıyla yumurtlamış avaz avaz öten tavuklar atların ayakları arasında koşuşturuyorlardı. John atından indi ve Mary'nin de eyerinden inmesine yardım etti. Mary kendini John'un kollarına bırakıvermişti.

Hancı kapıda göründü. "Tekrar hoşgeldiniz Sör Harington," dedi. "Bu kadar çabuk döneceğinizi tahmin etmiyordum. Atları su ve taze samanla besleyin," diye yanında bekleyen seyislere emretti sonra. "Bu taraftan Bayan Harington," diye ekledi hemen atından hafifçe eğilerek.

Mary kızardı. Henüz John'un karısı değildi. Önce John'un malikanesine ulaşmaları, nikah ilanı yayınlayıp ardı ardına üç Pazar günü bu ilanı okutmaları gerekiyordu. Onun Bayan Harington olabilmesi en az bir ayı bulacaktı. Yine de, 'Bayan Harington' kulağa çok hoş geliyordu, her ne kadar kendisi de defalarca bunu düşünmüş, diliyle telafuz etmeye çalışmış ve eline kalem alıp yazmış olsa da...

John onun ocağın başında arkası uzun bir sandalyeye oturmasına yardım etti. "Hancı," dedi "Hanımefendi için biraz baharatlı sıcak şarap. Ve biraz şu ünlü çiftlik peynirinden ve taze ekmek..."

Başını sandalyeye yaslayan Mary gözlerini kapattı ve ne John'un ne de kendisinin birbirlerine kavuşmak için daha fazla beklemeye sabırları kalmadığını düşündü. John hemen Mary'nin yanına oturmuştu ve şarap geldiğinde şarap bardağını alıp onun dudaklarına götürdü. Sonra biraz ekmek ve peynirden bölüp lokma lokma ona yedirmeye başladı ve onun ilgisinden hoşlanan Mary de buna izin verdi.

"Bana bir bebekmişim gibi davranıyorsun," dedi bitkin bir halde. John'a baktığında gözlerinin ağlamaktan kızarmış ve beyaz pudra ve allığın akıp gittiği yanaklarının iyice solgun görünüyor olmasından korktu. Eliyle yüzüne dokundu.

"Mary, tatlım, senin zaten mahmur bir güzelliğin var. Seni her zaman olduğun gibi taze ve gencecik güzelliğinle görmek istiyorum."

Mary hafifçe güldü. "Tabii ki her zaman gencecik bir kız olarak kalmayacağım John." Yine de John onun aklındakileri okuyabilseydi Mary gelecekte sahip olacağı böyle bir koca ve özellikle de birlikte olacakları ilk gecenin hayaline dair düşünceleri saklamak zorunda kalırdı. John bir taraftan gülüyor, bir taraftan da hancıya sesleniyordu.

"Hancı, bize yepyeni çarşaflı en temiz odanı vermeni, yıkanmak için bir ibrik gül suyu ve içmek için biraz bira istiyoruz. Ve sonra, yani epey sonra akşam yemeği için biraz sıcak et..."

Bunun üzerine hancı karısına ve yanlarındaki hizmetli kıza seslendi ve John'un tekrar seslenmesi üzerine bir koşu geri geldi: "Bir şey daha... Senin ve kıymetli eşinin evlilik sözümüze tanık olmanızı istiyoruz."

Hancı hemen işe koyuldu.

Mary John'u kolundan tuttu. "Ben uygunsuz bir şekilde seninle kaçsam da beni onurlu bir kadın olarak koruman gerekmez mi?"

"Elizabeth'in onayını aldık. Bence Sör William da şu an yukarıdan bize bakıp şimdi bile dört gözle bir torun bekliyordur... Tıpkı benim bir varis için can attığım gibi..."

"Durun bakalım Sör," dedi Mary şakayla ve bu kadar yorgun haliyle bile espri yapabilmesine şaşarak, "Erkeklik hünerlerinizden pek eminsiniz bakıyorum."

John bu sefer daha yüksek sesle güldü; gülüşü Mary'nin o ana dek görmediği kadar neşe doluydu ve uzun zaman önce saraydaki ilk gününde Essex'le birlikte Elizabeth'in yanında onu gördüğü hiçbir şeyi umursamayan o adamı anımsatmıştı ona bu gülüş. "Bir şeyi unttun John."

"Neyi unuttum?"

"Evlilik sözünü geçerli kılacak olan damadın geline hediyesini." Bunu söyledikten sonra hediyelerin onun için hiçbir önemi olmadığını belli etmek için de ağzından çıkan bu sözler öylesine çıkmış gibi omuz silkti.

John iki parmağını cebine soktu ve birbirine dolanmış üç halkadan oluşan altın bir yüzük çıkararak önündeki sehpaya koydu. Başparmağıyla yüzüğü bir seferde çevirdikten sonra ilk halkayı işaret ederek "Akıl," dedi "yürek ve el. Seni ilk gördüğümden beri bu yüzüğü yanımda taşıyorum."

"John, bu kadar uzun zamandır taşıyor musun?"

"Evet, eğer evlenemeseydik bu yüzüğü altın bir zincire takıp sana verecektim," diye yanıtladı John ve elinin arkasıyla Mary'nin yanağını okşadı. Daha ciddi bir hâl alan bakışları Mary'deydi. "Yine de seni kendime bağlamak için bir altın zincir alacağım."

Mary John'a yaslandı ve gözlerini kapadı. Dudaklarını John'un dudaklarına yaklaşana kadar yanağında gezdirdi. Johnda oun öpücüklerine karşılık verdi oturduğu yerde huzursuzca kıpırdanarak. "John, birtanem, John," diye fısıldıyordu Mary "benim sana bir altın zincirden daha güçlü bağlarla bağlı olduğumu bilmiyor musun?"

Hancı ve karısı onlara doğru yaklaştılar ve John ayağa kalktı. Sonra elini uzatarak Mary'yi de kaldırdı. "Çok az zaman sonra öğrenmiş olacağım tatlım."

İkisinin elleri sımsıkı kenetlendi birbirine, hancı ve karısının önünde dikildiler.

"Ben, John Harington, yemin ederim," dedi John üç halkalı yüzüğü Mary'nin parmağına geçirirken, "ve inancım ve bağlılığım üzerine söz veririm ki bu genç bayan Mary Rogers'la mümkün olan en kısa zamanda kutsal bir evlilik töreni ile hayatımı birleştireceğim. Hepinizin şahitliği huzurunda, buna ant içiyorum. Bu benim kilise ve İngiltere yasalarına göre verdiğim yasal bir taahhüttür."

Solgun enerjisiyle Mary de parmağındaki altın evlilik yüzüğünün ağırlığını sonuna dek hissederek ve handaki diğer insanların farkında bile olmadan yalnızca John'un gözlerinin içine bakarak yemini tekrarladı.

Mary yeminini bitirdiğinde hancı kızlar, ahır işçileri ve ıslak kıyafetleri ile onların boşalttıkları masaya oturmuş öğle yemeği yiyen çiftçiden bir alkış yükseldi. Mary'yi kaldıran ve göğsünde kucaklayan John merdivenleri çıkarken bir alkış daha yükseldi; mutlu yüzleri gördükleri ve hatırladıklarını yansıtıyordu.

"Artık sözünüzle bana bağlısınız Sör John," diye fısıldadı Mary John'un kulağına.

"Atalarımız ne derler? Acele eden Mary..."

"*Asla* pişman olmaz," diye bitirdi eski atasözünü John kendince.

Kapıya bir tekme atarak kilidini açan Mary yere serilmiş güzel kokulu bitkilere basarak çatı katındaki aydınlık odaya girdi. Mary'yi nazikçe yatağa bırakırken John yatağın içine doldurulan at kılı ve kamışlara karıştırılmış lavanta kokusunu içine çekti.

Çarşaflar kaba ketenden yapılmıştı ama John korsajını çözüp elbisesini çıkarırken Mary keten çarşafların pürüzünü hissetmiyordu bile.

John oturdu ve botlarını çıkardı; botlarını koyarken iki kez çıkan güm sesiyle aşağıdan silik bir alkış sesi daha gelmişti. Daha sonra yeleğini fırlattı ve elini tutmak dışında Mary'ye dokunmadan yanına uzandı. "Şimdi uyu Mary. Dinlenmeye ihtiyacın var."

"Faktat John..."

"Ah sevgili karım, itaat etmeyi öğrenmelisin." Mary'nin gözlerine bakabilmek için başını çevirdi. "Yaşlı kocalar ne diyor? Kadınlar ve atlar iyi yönetilmelidir."

"Sanırım sen hiçbir zaman yaşlı bir koca olmayacaksın John."

"Şu anda ben de aynı şeyi düşünüyorum," dedi John ve Mary'nin gözleri ağırlaşıp kapanana ve derin nefes alıp verişinden uykuya daldığını anlayana kadar onun yastığa dağılmış simsiyah saçlarını, güzel yüzünü izledi. En sonunda hâlâ nasıl birkaç saat daha sabredebildiğine kendisi de hayret ederek Mary'nin yanında uykuya daldı.

Mary uzun süre rüya gördükten sonra batıya yönelen güneş odaya sızan uzun gölgeler bırakırken uyandı. Bir an Richmond sarayının nedime odasındaki her zamanki insanları görememişti ya da Majestelerinin acı birasını istemek için seslenişini işitmemişti.

John çıplak bacaklarını uzatmış gömleğiyle şöminenin başında öylece izliyor, bekliyor ve gülümsüyordu.

"John," diye fısıldadı Mary evlilik taahhütlerini hatırlayıp keyiflenerek. "Neden gülümsüyorsun?"

"Dudaklarıma hükmedemiyorum."

Ayağa kalkıp Mary'nin yanına geldi ve Mary onun kaslı bacaklarının tahmininden bile daha iyi gelişmiş olduğunu fark etti. *O beni seviyor.* O İngiliz yasaları önünde ona aitti ve Eden* cennetinin eski yasalarına göre daha da fazla ona aitti.

"Çok cesur gözleriniz var Bayan Harington," dedi John. Bu sefer *Bayan Harington* sözü yüzünü kızartmamıştı.

"Ve sizin de pantolonunuz yok Sör John," kendi cesaretine hayret ederek. John yatağa eğilirken John'un güzel yüzünü seyrediyordu. Eğilip Mary'nin omuzlarından çamaşırını indirdi ve ardından tenine dokunmadan öpmeye başladı. Sonra çorabını çıkarttı ve Mary'nin külodu ortaya çıktı. Dudakları da hareketlerinin peşinden gidiyor ve öpücükleri dokunuşlarını takip ediyor-

---

* Adem'in cennet bahçesi.

du. Bir Nisan esintisi gibi hafifçe ve nazikçe dudaklarının gezindiği her yerde bir sıcaklık sarıyordu bedenini. Mary öpücüklerin daha hızlı aşağıya doğru inmesi için can atıyordu ama kendi arzuları içinde inlediği için o sırada bunu dile getirecek durumda bile değildi.

Mary artık her şeyiyle çırılçıplak ortadaydı ve ona rağmen hiç bu kadar güvende hissetmemişti kendisini. "Kocacığım." Bu kelimenin anlamı yüreğini doldurmuştu. Artık sonsuza dek Mary'nindi o. Lord Howard'ın yatağında hissedeceğini düşündüğü o soğuk korkunun tam tersine... O cehennemin tam tersi bir cennette gibiydi.

Mary, John çabucak üzerindeki gömleği çıkarıp boynundan itibaren güneşin değmediği yerleri açığa çıkarken onu seyretti. Önceleri mızrak ve kılıç tutan o güçlü kolları ve omuzları şimdi Mary'yi sarıyordu. O çok eski bir usta tarafından yapılmış bir heykel gibiydi ve... *O beni seviyor*. Sözcükler beyninin içinde dönüp duruyordu. John hafifçe kalkmış uzun bir sonsuzluk gibi ona bakarken. Bakışları dudaklarının keşfettiği yerlerde dolaşıyordu.

John telaşla üzerine yatınca Mary'nin memeleri onunkilere yapışmış, dudakları dudaklarında sonsuz açlıklarını öpücükleriyle gideriyorlardı.

Dikkatli bir şekilde John onu biraz kaldırdı ve içine girerek kızlık zarına ulaşana kadar hafifçe kendini itti. O sırada biraz tereddüt etti.

"John, şimdi!" Can havli içinde bir istek, acı içinde bir iç çekişe dönen bir arzu, bir emir gibiydi sözleri.

John hızla itti kendini; ardından gelecek kan akıntısı içinde Mary'nin o anlık acısını bastırmak için. Bu acı Mary için dayanılmaz bir acı değildi. Her ne kadar Essex'le girdikleri bahsi duyunca bir süreliğine nefret ediyormuş gibi görünse de onu ilk gördüğü andan itibaren seviyordu. "John... John..." Bu ismi sayıklamasına mani olamıyordu, nefes alır gibi... Sahiplenerek.

Aşkını Mary'ye akıttığı, tek hayat, tek gelecek, tek aile oldukları o anda John'un gözleri kocaman açılmıştı. Tüm bekleyişler sona ermişti. Ve sonra şişmiş dolgun göğüslerini bastırarak Mary'nin üzerine yığıldı. Mary'nin zevk içinde haykırışı odada yankılanmış sonra yeniden onlara geri gelmişti.

Tam anlamıyla teslim olduğu o anda Mary daha önce hayal ettiği şeyi hissetti: John çıplak bir şekilde ağırlığını ona vermiş üzerinde onu öperken... O tüm erkeklerin en güçlüsü, en iyisiydi. Sonsuza kadar bunu hissedecekti. "Aşkım," diye fısıldadı Mary John'u kendine çekerek. En sonunda bunun sadece her gece kurduğu hayallerden biri olmadığına gerçek olduğuna inanmaya başlamıştı.

Daha sonra birbirlerine sarılarak giderek kararan odada öylece yattılar. Şömineye biraz daha odun atılması gerekiyordu, gittikçe sönükleşiyordu.

Mary eğildi ve John'un kalbini, dolayısıyla Mary'nin kalbini, sıyırıp geçtiği büzülmüş kırmızı yara izini öptü. "Bunca zamandır, sanki sen yokmuşsun gibi davranıyordum ama nefes aldığın her an seni hissediyordum."

"Ve ben de sabırla bekliyormuş gibi yapıyordum; her saniye sabırsızlığım katlansa ve vaftiz annemi kıskansam da."

"John, artık bunlara gerek kalmayacak."

"Hayır, aşkım, hayır."

Mary içini çekti, bedeni rahatlama ve keyifle titredi.

John bu iç çekişi yanlış anladı ve Brüksel yorganını çekerek üzerine doğru örttü.

"Üşümüyorum," dedi Mary. "Kraliçeyi düşünüyordum."

John onu susturmak için parmağını dudaklarına dokundurdu.

"Hayır John, üzülmek için değil... Ama merak ettim. Umarım şu an bizim hissettiğimizi o da zamanında hissetmiştir. Sence o da yaşamış mıdır bu güzel duyguyu?"

John dirseğine dayandı ve karısının gözlerinin içine bakarak gülümsedi. "Yaşadığından eminim karıcığım."

"Nasıl?"

"Saraya ilk geldiğim zamanlarda daha gençken, Elizabeth'le Leicester Kontunu gördüm kont ölmeden önce..."

"Sevgili Robin'iyle mi?"

"Evet."

"Her ikisi de orta yaşlarındaydılar. Zaten her ikisinin gözlerinden okunuyordu, ikisi de aynı odadayken ve birbirlerine dokundukları zaman... Her şey açıkça görülebiliyordu. Birbirlerini doyasıya seviyorlardı ve bu her zaman yüzlerinden okunuyordu."

"O hiçbir zaman bizim sahip olacağımız şeye sahip olamayacak."

"Hayır, tatlım ama o asla Robin'i kaybetmedi. Sonraki yıllarda ne zaman onun adı anılsa-"

Mary dudaklarıyla John'un dudaklarına öpücük kondurdu. "Gördüm John. Ne zaman onun adı anılsa yüzü hatıraları gizlemek için bir maskeyle gizlenirdi adeta." Fısıltıyla içini çekti. "Şimdi her ikisi de sonsuza dek birbirlerine kavuştular. Biz de öyle olur muyuz John?"

John sırıttı. "Biz daha uzun süre hep birlikte olacağız, sonsuza dek..."

Biricik John'u daima onun yüreğine dokunacak sözcüğü biliyordu.

O sırada kapı çaldı. "Sör John, sıcak etiniz geldi." Yemek tabağı yere bırakıldığında bir takırtı oldu.

"Aç mısınız Bayan Harington?" diye mırıldandı John, sözcükler Mary'nin kulağını öpmüştü.

"Hayır," diye yanıtladı Mary yorganı başlarına çekip ikisi için bir dünya yaratarak.

Hizmetkarın aşağıya inerkenki ayak sesleri işitiliyordu.

VIVAT REGINA

EPILOG / SONUÇ

Nisan 28, 1603
Westminster Manastırı
Kraliçe Elizabeth'in Cenaze Töreni

Karısının eli sımsıkı kalbinin üzerinde, Sör John ve Bayan Harington sevgi dolu bir halk tarafından Londra'daki tüm kiliselere kazılmış olan bir yazıtı okumak için yollarının üzerindeki küçük bir papaz kilisesinde durdular.

GERÇEK DİNİN SAF KORUYUCUSU
SARAYDA BİR AZİZ, SAVAŞTA BİR AMAZON
YAŞAMI ŞANLI, ÖLÜMÜ ÜZÜCÜ
İŞTE BÖYLE EŞSİZDİ
ELIZABETH

Hatıralara dalmış bir şekilde ikisi birlikte giderek artan kalabalık boyunca Westminster manastır kilisesine doğru yürüdüler. Yağmur dinmişti ama hâlâ yapraklardan damlalar akıyordu. Çancılar cenaze merasimi öncesi bağırarak insanlar arasından yol açmaya çalışıyorlardı, "Yol verin, yol verin!" Kraliçeniz son kez aranızdan geçecek.

Londralılar eski manastır kilisesine uzanan tüm yol kenarlarına ve sokaklara sıralanmışlardı. Kimileri ise yüksek pencerelerinden sallanıyorlardı. Kraliçenin uzun merasim alayı göründüğünde büyük bir uğultu yükseldi. Mor örtüyle örtülmüş dört atın üzerinde gelen tabutunun üstünde tacı ve cübbesiyle bir tasviri duruyordu. Boğuk sesiyle davullar tabutun arkasından gelen ters çevrilmiş bir mızraklı asker birliği için ölçülü bir ritm çalıyorlardı.

John'un kolları askerler ilerledikçe Mary'nin sarsılan omuzlarını tutmak için uzandı. "Bunun üstesinden geleceğiz sevgili karıcığım," dedi. Söyledikleri gürültüye rağmen net ve yatıştırıcıydı.

Mary söylediklerinin ne kadar doğru olduğunun farkında ve ona minnettar bir şekilde yüzüne baktı.

"O bu hayatın Gloriana'sıydı." Londralılar tasviri görünce sık sık aralarından geçen kraliçelerini hemen tanımış ve bağrışmaya başlamışlardı. Kimileri gözyaşlarını silmeye çalıştı, ölmüş kraliçe tasvirinde her zamankinden daha iyi görünüyordu; hatta kalbinin üzerinde asasını ve küresini de tutuyordu. Bazıları baş parmakları ve iki parmakları ile haç işareti yaparak inatçı bir ruhu ele geçirmek için daima pusuda duran şeytanı kovmaya çalışıyorlardı.

"Ona bak oğlum," diyordu kıyafetinden tuhafiyeci olduğu anlaşılan bir usta yanındaki çırağa, bir taraftan onu öne doğru itekleyerek. "Bakire kraliçemiz gibi bir tane daha bu dünyaya gelmeyecek."

"Daha iyileri gelecek," diye mırıldandı çırak. "Şimdi güçlü kralımız James var."

"Diline hakim ol!" dedi John. Kederi öfkeye dönüşmüştü. "Ben Kraliçenin Şampiyonu olarak onun güneşinde ısındım ve ustan doğru söylüyor."

John'un kıyafetlerini ve madalyalarını fark eden tüccar dizleri üstüne çökerek başını eğdi ve yanındaki çocuğu da aynısını yapması için çekiştirdi. "Tüm samimiyetimle bu aptal çocuk adına özür dilerim Sör." Sonra sert bir şekilde çocuğun kafasına vurdu. "Nehir kenarında arkadaşlarınla meyhanede değilsin. Kral bile kraliçemizle ilgili söylediğin bu şeyi ihanet sayardı."

"O saymasa bile ben sayarım," dedi John.

Çocuk suratı asık ve inatçı bir şekilde kafasını ovdu. "Diğerleri daha kötü şeyler söylüyorlar. Babası onun adını koyduğundan beri o bir piçmiş. Ve dahası onun da bir sürü piçi varmış."

Mary neredeyse boğulacak gibi hissetti. "Ben onun nedimesiydim. Böyle kötü şeyler uyduranlar yalan söylüyorlar."

Tuhafiyeci aceleyle eğildi. "Oh hanımefendim, beni böyle dikkatsiz olduğum için affedin. Kızkardeşimin oğluna şu ana kadar ceza vermedim ama bu seferkini affetmeyeceğimden emin olabilirsiniz."

Usta elini sert bir şekilde çocuğun ağzına kapattı. "Bir kelime daha edersen Clink hapishanesine gideceksin ve kefalet falan vermem. Hareketlerine dikkat et oğlum. Bir kelime daha edersen sen de sokakta bir lokma ekmeğe, bir yudum biraya muhtaç, hırsızlık yapan işsiz güçsüz çocuklardan biri olacaksın. Hemen lorddan ve hanımefendiden özür dile!"

Sonunda boyun eğen çocuk kirlenmiş ayak parmağını ayakkabılarının arasına sokuyordu.

John mırıldanan çocuğu bıraktı ve Mary için yol açarak onu güney girişe doğru götürdü. "Kalbinin kırılmasına izin verme, tatlım. Her zaman böyle dedikoducular olacaktır. O kadınların ötesinde bir kadındı; erkeklerin anlayışının çok ötesinde..."

"Evet, kocacım," dedi Mary nadiren başarabildiği itaatkâr eş haline bürünmeye çalışarak. "Belki de," diye ekledi konuşmak için çaba göstererek, "Elizabeth, bir kraliçe olarak, aslında tam olarak yapabileceklerinden alıkonulamamasına rağmen..."

Yaklaşan geçit alayının gürültüsü gittikçe yükseliyordu ve John onu tam olarak duyamamıştı. Mary gülümsedi. Kilise törenleri olalı bir hafta olmuştu ve bir kış gecesi ağır ağır yanan bir şöminenin başında ya da Kelston malikanesinin sürekli planlamasıyla uğraşacağı upuzun bahçesinde günışığında yapacakları uzun yaz yürüyüşlerinde en derin düşüncelerini anlatabilecekleri bir ömür vakitleri olacaktı.

John'la birlikte ileriye doğru yürüdükçe, her ne kadar kraliçeye söylenenler içini acıtmış olsa da, Mary sıcak bir hatırayı anımsamıştı. Bayan Katherine Grey daima doğru zamanda doğru yolu göstermek için ona kendisini hatırlatıyor gibiydi. "Hiçbir zaman Elizabeth'i hafife alma," demişti küçük Mary'ye defalarca. Şimdi kraliçenin tasviri yaklaşırken Mary bu düşünceyle ısınmıştı. Majesteleri kendisine ve şanına sahip olacaktı... Gerektiğinde cennetten bile... Mary kraliçenin gücünü ve kraliyet şanının yüceliğini hâlâ hissediyordu, sanki kraliçenin bir parçası hep onunla birlikteydi.

Sonra oymalı yüksek girişe vardılar ve başları önünde beklediler. Tabutu yas içindeki halkın yola attığı bahar çiçeklerini ezerek ilerleyen altı tane şövalye taşıyordu. Daha sonra Mary kraliçenin nedimelerine, kraliçenin yatağının başında dua eden Canterbury başpiskoposuna ve siyahlar giyinmiş asillerin oluşturduğu uzun geçit alayına katılmak için ileriye atıldı. Kalabalığın haykırışları yükseliyor ve geçit alayını kraliçenin Maundry gününde İsa'yı simgelemek için ayağını yıkadığı beyaz örtülü fakir kadınlar takip ediyordu.

Kubbeli tabut, manastırın içine doğru kaybolurken dışarıdaki kalabalıktan aynı anda büyük bir iç çekiş yükseldi. Bu ses öyle yüksekti ki neredeyse manastırının taşlarında ilerleyen neredeyse bin tane ayak sesini bile bastırmıştı.

İçeride John kutsal kitap okunurken ve vaaz boyunca kilisenin derin kavislerindeki koyu lamba fitillerinin karanlıkla adeta mücadele ettiğini düşündü. Keder içinde sabırsız yaşlı kraliçenin her Pazar sabahı yapılan uzun süren vaazlardan birinde kulak tırmalayan yüksek sesini anımsadı: "Bağlı kalın sevgili vaiz!"Aslında John kraliçe geçen ay ölmemiş olsaydı Elizabeth kesinlikle bu fazlaca kelimelerle yüklü vaazın üzerine gizlice çıkıp giderdi.

Nihayet tüm törenler sona erdi ve Edmund Spenser'in tabiriyle Peri Kraliçesi üvey kardeşi Katolik Mary Tudor'un başına yerleştirilirken Mary'yle John yeniden bir araya geldiler. Bu kraliçe öleli yarım yüzyıldan fazla zaman geçmesine rağmen hâlâ sapkın diye görülenlerin şehir boyunca sürüklenip nasıl küllerinin savrulduğu ve Smirtfield'dan yükselen dumanları unutmayan Londralılar tarafından hâlâ Kanlı Mary olarak anılıyordu. Eğer İngiliz erkeklerinin sevgisi ondan yana olsaydı Mary Tudor Elizabeth'in de başını vurdururdu. Bu sevgi olmadan genç Bess'e ilişmeye cesaret edemedi. Her şeye rağmen işte iki kız kardeş buradaydılar ve ölüm onları hayattayken hiç olmadıkları kadar birbirlerine yaklaştırmıştı.

"Kral James böyle emretmiş," diye mırıldandı John, "aynı zamanda annesi İskoç kraliçesini de buraya taşıyormuş."

"Yeni bir devir başlıyor," dedi Mary hafifçe Kral James'in sözünün kanun yerine geçtiğini kabul ederek.

Yas içindeki insanlar Elizabeth'in mezarına dolup taşıyordu ve mezarın üzerinde şöyle yazıyordu: "*Tahtta da mezarda da yoldaş olan iki kız kardeş olarak, Elizabeth ve Mary, yeniden hayat bulma ümidiyle burada yatıyoruz.*"

Robert Cecil onlara yaklaştı ve karşılıklı selamlaştılar. "Bu düzenlemeyle ilgili ne düşünüyorsunuz Sör John?"

"Lordum, Ben sanki bir yerlerden *Pup! Pup!* sesleri duyar gibiyim."

Cecil gülümsedi. "Majesteleri, Kral James bunun en uygun yazıt olacağını düşündü. Ben de yeni danışmanı olarak itiraz edemedim."

Hepsi Elizbeth'in mezarının bulunduğu taş mezarın önünde diz çökerek karşılarındaki tasvire baktılar.

Cecil bu tasvire işaret ederek, "Majesteleri kendisinin bu tasvirini beğenmezdi."

Mary başını salladı. "Burnunu pek beğenmezdi Lordum. O nedenle bu şekilde çizilmek istemezdi."

Mary ve John çabuk sinirlenen heyecanlı Elizabeth'i hatırlayarak birbirlerine bakıp gülümsediler. Daha sonra son vedalaşmalarla, hâlâ arkalarını dönüp gitmeye cesaret edemeyerek saray adabıyla geri geri çıktılar oradan.

Geniş ana koridordan geçerek, buharı yükselen ıslak kaldırımları aydınlanan güneş ışığında artık başlarındakileri çıkarmış bekleyen sessiz insan kalabalığının bulunduğu manastır girişine kadar birlikte yürüdüler.

Cecil sırtını olabildiği kadar dikleştirip mümkün olduğunca uzun görünmeye çalıştı. "Karınızla birlikte batıya mı gidiyorsunuz Sör John?"

Sör John'un kolları güneşin aydınlattığı yüzünde gülümsemeyle ona bakan karısının omuzlarını sımsıkı sarmıştı.

"Evet, Lordum Cecil; eve gidiyoruz. Bayan Grey'in en küçük oğlu Lord Thomas William annesinin mezarını Eltham'a taşımak için bir hafta içerisinde gelecek," dedi ve Mary'ye gülümsedi. "Biz de bu gece Richmond'un güneyinde yolumuzun üzerindeki bir handa kalacağız."

"Siz nasıl isterseniz, eski dostum, eğer dinlenmek isterseniz size Whitehall Sarayı'nda bir oda da ayarlatabilirdim."

John yeniden Mary'ye gülümsedi. "Teşekkür ederiz, Lordum Cecil fakat Blue Bar hanı bizim bu geceki sarayımız olacak."

"Ve sonsuza kadarki..." diye fısıldadı Mary.